LES LARMES DE L'HUDSON

Marie-Bernadette Dupuy est née et vit en Charente. Écrivaine aux multiples talents, elle aborde avec un immense succès les genres les plus variés : biographies historiques, grandes sagas familiales, policiers, romances. Son œuvre, traduite jusqu'en Russie, lui a permis de conquérir le cœur de très nombreux lecteurs et de devenir la reine française de la saga.

MARIE-BERNADETTE DUPUY

Les Larmes de l'Hudson

L'Orpheline de Manhattan ***

CALMANN-LÉVY

ISBN : 978-2-253-26216-9 – 1re publication LGF

New York

Si loin de toi, tu me manques, New York. Toi, l'immense cité aux milliers et milliers de lumières, dès la nuit tombée. New York qui m'a fascinée, enchantée, grisée dès notre première rencontre. Un peu de mon âme est restée là-bas, dans tes avenues, tes rues, et chaque fois je te quitte avec l'envie de revenir très vite.

New York, où sont nés certains de mes rêves, dans les allées de Central Park, ce vaste et séduisant domaine d'eau et de verdure, que tu abrites au sein de ton univers de pierre, de brique et de fer. Des images inoubliables se sont inscrites dans ma mémoire éblouie, comme celles de la gigantesque statue de la Liberté éclairant le monde, de l'Empire State Building, du pont de Brooklyn, du Madison Square Garden. La liste serait longue, et je voudrais aussi évoquer les noms qui chantent dans mon cœur, Manhattan, Broadway, Harlem, Times Square. Mes plus beaux souvenirs de voyage, je te les dois.

New York, je t'aime.

1
Disparition

New York, Lower East Side, jeudi 3 août 1905

L'enfant, recroquevillé sur lui-même, claquait des dents malgré la chaleur étouffante qui régnait dans le cagibi où on l'avait enfermé. Il tremblait de tout son petit corps, en proie à une peur immense. Jamais il n'avait été livré à l'obscurité, à la solitude. De mauvaises odeurs l'écœuraient, tandis que des grattements, derrière une cloison, achevaient de le terrifier.

Il imaginait l'approche d'une bête monstrueuse, capable de le dévorer. Il aurait voulu crier, mais plus aucun son ne pouvait sortir de sa bouche. Il n'arrivait même pas à pleurer.

— Vas-tu arrêter de brailler et de geindre ! Si tu continues, je t'éclate la tête ! avait menacé l'homme avec une grimace hideuse.

Sa voix rauque, à l'accent étranger, résonnait encore en lui.

C'était la veille au soir. Depuis il était prisonnier du réduit, dans lequel il avait fini par s'endormir sur la terre battue, d'où s'élevait un relent d'urine, car il s'était mouillé pendant la nuit.

« Je suis puni, puni, puni, se répétait-il en silence. Maman, viens, oh, maman... »

Son univers familier lui semblait déjà lointain, comme noyé dans une brume de chagrin. Chacune des heures qui s'étaient écoulées depuis sa fuite avait eu son poids d'anxiété, de pure panique, d'incompréhension et d'incrédulité. Et s'il osait gémir ou sangloter, l'homme lui éclaterait la tête, Antonin Johnson n'en doutait pas une seconde.

De grosses larmes coulèrent sur ses joues. D'une intelligence précoce, l'enfant comprenait soudain combien il était heureux, avant. Des images lumineuses le traversèrent : sa chambre peinte en jaune, les frises en haut des murs qui représentaient des animaux charmants. Il revit surtout les lapins aux yeux gentils, aux formes rondes. Puis il pensa à ses jouets, surtout le cheval à bascule doté d'une crinière en laine blanche.

Une plainte étouffée lui échappa, à cause d'un doux sourire surgissant dans l'ombre, sur un visage adoré au regard plus bleu que le ciel d'été.

« Maman, maman, viens me chercher », implora-t-il de toute sa jeune âme épouvantée.

Il redouta d'avoir réussi à articuler les mots et le souffle coupé, il tendit l'oreille. Non, personne n'approchait, mais il sursauta quand des pattes griffues effleurèrent ses mollets nus. Un bref couinement l'alerta. Il bondit sur ses pieds et gesticula, toujours sans pousser un cri. C'était sûrement un rat, parce que son *grandpa* lui avait expliqué que ces bestioles proliféraient dans les endroits sales, dans les maisons en ruine et dans les caves.

Antonin se remémora le long trajet qu'il avait fait sur la banquette arrière d'une automobile, tout confiant. On lui disait qu'il allait rentrer « à la maison », qu'il allait retrouver sa mère. Pourtant plus la voiture roulait, moins il reconnaissait les environs du Dakota Building. Des immeubles en brique rouge se dressaient, flanqués d'escaliers de secours en ferraille, du linge pendait aux fenêtres et il n'apercevait aucun arbre à l'horizon, qui aurait annoncé les frondaisons vertes de Central Park.

Ensuite, les deux hommes l'avaient emmené dans un lieu affreux, un sous-sol. Il s'était débattu, pris au piège, affolé. On l'avait fait taire d'une gifle, la première qu'il recevait.

Antonin se rappela que c'était mardi soir, le soleil baissait, il avait faim et soif. Une femme s'était occupée de lui. Il avait pu manger de la soupe et boire de l'eau. La femme aussi l'effrayait, la bouche trop rouge, les paupières fardées de noir. Elle l'avait couché sur un matelas, dont le tissu sentait la poussière.

— Qu'est-ce que vous comptez faire de ce mignon petit gars ? avait-elle demandé aux hommes en riant. Il est de la haute, fringué comme ça, et bien propre !

— On en tirera un sacré paquet de dollars, j'ai un amateur de chair fraîche en vue, Courtney. Tu auras ta part si tu en prends soin. On revient plus tard.

Toutes ces paroles ne signifiaient rien de précis pour l'enfant. Mais son caractère énergique, l'habitude qu'il avait d'agir selon sa volonté l'avaient poussé à se rebeller. Il s'était relevé et il avait tenté d'ouvrir la porte de la cave, plusieurs fois il avait hurlé « maman » en pleurant de toutes ses forces. Au retour, un des hommes l'avait encore giflé et jeté au fond du cagibi. Il ne savait plus depuis combien de temps.

Antonin se répéta qu'il était puni. Ses jambes cédèrent sous lui et il dut s'asseoir de nouveau, le front appuyé contre les planches de sa prison. Il se sentait perdu, complètement perdu.

— Maman, chuchota-t-il. Viens, maman.

Deux jours plus tôt, Dakota Building,
mardi 1er août 1905

Il était 11 heures du matin. Il régnait un calme agréable sur le toit du Dakota Building. Un couple de résidents disputait une partie de cricket sur le terrain dévolu à ce divertissement ; une élégante vieille dame lisait sur un des bancs du jardin. Le soleil, voilé par un cortège de nuages d'un blanc crémeux, n'allait pas tarder à réapparaître.

Un serveur du restaurant déplia un parasol en prévision, car les habitués de l'établissement viendraient bientôt déjeuner sur la terrasse, où il soufflait toujours un peu de vent frais.

Il vérifiait le pli des nappes quand il vit surgir devant lui une jeune femme en robe de chambre. Elle avait les joues en feu, un regard très bleu mais affolé. Sa longue chevelure brune était attachée sur la nuque, mais une mèche soyeuse masquait en partie son visage.

— Je vous en prie, avez-vous vu un petit garçon ? demanda-t-elle, essoufflée.

Sidéré, le serveur, qui venait d'être engagé, fit non de la tête. Il hésitait à la congédier lorsqu'un de ses collègues, plus âgé, accourut.

— Madame Johnson ! s'écria-t-il. Que se passe-t-il ?

Malgré son allure négligée, l'homme avait tout de suite identifié la ravissante Élisabeth Johnson, considérée comme la fille adoptive des Woolworth.

— Je cherche mon fils, Antonin, l'avez-vous aperçu ? Vous le connaissez, n'est-ce pas ?

— Bien sûr.

Dès le début de la belle saison, Edward invitait souvent son épouse, Élisabeth, et Antonin à dîner ici, d'où la vue était splendide, surtout le soir.

— Il a disparu, précisa-t-elle. Je sais qu'il demande souvent à venir ici, dans le jardin. Notre gouvernante l'y accompagne de temps en temps.

— Un enfant n'aurait pas pu prendre seul l'ascenseur, rétorqua le serveur. Avez-vous interrogé le liftier ?

— Oui, il ne l'a pas vu, répondit Élisabeth, tout en observant le terrain de cricket, les arbustes en pot qui ornaient la terrasse du restaurant. Mais mon fils a pu emprunter l'escalier.

Elle avait l'impression de devenir folle. Edward lui avait dit de ne pas monter sur le toit de l'immeuble, pour les mêmes raisons que venait de lui exposer l'employé du restaurant. Elle crut entendre sa voix grave :

— Mais enfin, Lisbeth, tu perdrais du temps à grimper là-haut ! Antonin doit se cacher dans l'appartement.

— Non, *daddy*, nous avons fouillé chaque pièce, chaque placard, chaque armoire ! avait-elle protesté, saisie d'une peur viscérale.

Un vertige la fit tituber. Elle était d'une pâleur mortelle. On lui apporta un verre d'eau fraîche qu'elle but d'un trait.

— Nous allons vous aider, madame, affirma le serveur, mais je vous assure que nous aurions remarqué un petit garçon seul, surtout à cette heure-ci où il n'y a presque personne.

La vieille dame élégante s'était rapprochée, les joueurs de cricket également. Une jeune serveuse lançait des coups d'œil navrés vers la malheureuse mère dont les joues étaient brillantes de larmes. Aucun des témoins n'osait évoquer une chute de l'enfant par une fenêtre.

— Je sais ce à quoi vous pensez ! décréta soudain Élisabeth. Non, Antonin n'est pas tombé d'une fenêtre, notre gouvernante s'en est assurée immédiatement. C'est terrible, il a vraiment disparu, en quelques instants.

Un sanglot la fit taire. Pleins de bonne volonté, les témoins de sa détresse se mirent à explorer l'espace du toit réservé à l'agrément des résidents du Dakota Building. Élisabeth, la gorge nouée, dut se résigner, son petit garçon n'était pas là. Elle remercia à voix basse et prit la fuite.

Pendant son absence, Edward Woolworth avait organisé les recherches, secondé par son épouse Maybel et par Norma, leur gouvernante. Des voisins compatissants se mettaient eux aussi en quête de l'enfant disparu. Toutes les hypothèses étaient à envisager. Antonin avait pu se faufiler dans un appartement de n'importe quel étage, en passant par les escaliers qui suppléaient aux quatre ascenseurs. L'immeuble était bien surveillé, certains ne fermaient pas leur porte à clef la journée.

— Il a pu trouver ça amusant, expliquait Maybel aux personnes qu'ils dérangeaient en cette fin de matinée.

Élisabeth, de retour chez les Woolworth, éprouvait dans chaque fibre de son corps un pressentiment effrayant. Le destin s'acharnait sur elle, le bonheur lui était interdit.

« J'ai retrouvé mon père, et mon fils m'est enlevé ! » songeait-elle.

Adossée au mur du vestibule, ses beaux yeux bleus fermés, elle évoqua un cauchemar qui l'avait bouleversée, trois jours auparavant. C'était encore un de ses mauvais rêves où elle voyait des images inquiétantes, fort brèves, mais très réalistes.

« Je courais dans les rues, je sanglotais, ivre de chagrin, et mon cœur me faisait mal, tellement mal. »

Norma entra à son tour dans le luxueux appartement. Elle avait le teint cramoisi et le souffle court.

— Lisbeth, haleta-t-elle, j'ai pu visiter deux logements, dont celui de Scarlett Turner, qu'un danseur étoile de la troupe du Metropolitan Opera a loué. Je suis désolée, il n'y a pas trace d'Antonin. Je suis même descendue interroger le portier, il m'a affirmé que votre fils n'est pas sorti par le porche.

— Seigneur, comment ai-je pu oublier Scarlett Turner ? gémit Élisabeth. Et si elle se vengeait de moi, en me prenant ce que j'ai de plus cher au monde, mon enfant adoré ?

— Je vous en prie, Lisbeth, ne vous mettez pas des idées pareilles en tête, protesta gentiment Norma.

Elles avaient noué de solides relations d'amitié, au bout de cinq ans, et bien souvent, si elles étaient seules, leurs conversations avaient un ton familier, intime.

— Vos parents continuent à chercher, reprit la gouvernante. Mais l'immeuble est tellement vaste, il y a tant de cachettes possibles. Un de mes frères faisait enrager ma mère, il se terrait dans un endroit inimaginable et ne répondait pas quand on l'appelait.

— Mais ça ne ressemble pas à Antonin de se cacher ainsi, du moins il ne l'avait encore jamais fait. Il a pu descendre dans les cuisines, ou à la blanchisserie. J'y vais, Norma.

— Je vous accompagne, Lisbeth. Nous serons plus efficaces à deux. Il faudrait avertir votre père, il pourrait avoir besoin d'aide et il ne comprendra pas pourquoi il est seul.

Guillaume Duquesne avait passé une semaine à l'hôpital français, avant d'être transporté chez les Woolworth. On lui avait attribué une des chambres d'amis, dont les fenêtres ouvraient sur Central Park. Une infirmière venait s'occuper du malade tous les après-midi.

Élisabeth, soulagée de pouvoir veiller sur lui, se dévouait corps et âme à son rétablissement.

— Si je dis à papa qu'Antonin a disparu, il va s'inquiéter. Ses nerfs sont encore très fragiles, le docteur a été formel, il a besoin de calme. La moindre émotion peut le perturber gravement. Ne perdons pas de temps, papa doit dormir, il dort toujours après avoir bu du lait et pris ses gouttes.

Norma approuva d'un signe de tête. Elle vérifia la propreté de son tablier blanc et l'ajustement de l'étroite coiffe en lin qu'elle portait sur ses cheveux blonds.

— Alors allons-y, Lisbeth.

Guillaume Duquesne cligna des paupières. Il avait somnolé, ce qui lui arrivait à plusieurs reprises dans une même journée. Quand il se réveillait, ses idées demeuraient confuses pendant quelques minutes. D'abord il se demandait où il se trouvait, car l'ordre et le confort de sa chambre lui semblaient irréels.

Tout l'avait désemparé, dès qu'Élisabeth l'avait installé là. Le lit au matelas souple, la literie douillette, le parfum de lavande des draps doux comme de la soie.

Cependant, il ne se lassait pas de contempler sa fille, en qui il voyait l'image de la ravissante enfant de jadis.

— Tu n'as pas changé, déclara-t-il un matin.

— J'ai quand même grandi, papa !

— Oui, bien sûr... tant d'années gâchées.

Après avoir fait cet amer constat, Guillaume avait poussé une plainte, puis il s'était mis à pleurer, en proie à un intolérable chagrin.

— Je me sentais mieux sans mémoire, disait-il entre ses sanglots. Mon Dieu, je voudrais ne plus me souvenir. Lisbeth, ta maman, ta chère maman, ma Cathy. Morte, hein, sur le bateau.

Les mots prononcés par saccades exprimaient la douleur qui le ravageait. Pleine de compassion, Élisabeth avait essayé de le calmer, mais une crise nerveuse s'était ensuivie, très éprouvante pour la jeune femme. Un peu plus tard, l'infirmière, mise au courant, s'était hasardée à une explication :

— Votre père mettra longtemps à retrouver son équilibre mental, madame Johnson. Sa mémoire lui a été rendue, mais de toute évidence, les événements d'il y a vingt ans sont comme tout récents pour lui.

— Et il est incapable de me dire comment il a vécu durant ces dernières années, hélas !

— Parlez-lui doucement quand il vous paraît vraiment lucide et reposé, il doit établir un lien entre le passé et le présent. Vous pouvez me faire confiance, madame, j'ai travaillé plusieurs mois dans un asile.

— Papa n'est pas fou ! avait protesté Élisabeth, sans parvenir à cacher son angoisse.

— Je n'ai pas dit ça.

En dépit de cette assertion, Guillaume semblait parfois très incohérent. Il se réveillait en criant, en se débattant contre un ennemi invisible, puis, lorsqu'il reprenait conscience, il cédait à un profond abattement. La seule solution consistait à lui donner des sédatifs.

Ce matin-là, il fut étonné par le silence de l'appartement. D'ordinaire, des voix se faisaient entendre, des voix de femmes, le babil d'un enfant aussi, et le timbre plus grave d'un homme. Il perçut de façon nette qu'il était seul. Ses mains décharnées montèrent, comme mues par leur volonté propre, jusqu'à son visage qu'elles étudièrent à tâtons. Ses doigts effleurèrent le front et le crâne hérissé d'une courte toison grise.

— J'avais un bandage, hier soir, se dit-il tout bas. Qui me l'a ôté ?

L'ancien compagnon charpentier avait déjà oublié le geste qu'il avait eu deux heures auparavant, d'arracher le pansement.

Élisabeth et Norma, dans leur quête effrayée, découvraient les coulisses du somptueux immeuble qu'était le Dakota Building. Tout avait été pensé avant même sa construction pour le confort des résidents. Des cuisines fonctionnaient, qui proposaient des repas de qualité, ainsi qu'une blanchisserie où s'affairaient des dizaines d'employés.

La rumeur se répandit rapidement. On devait chercher un enfant de cinq ans, les cheveux noirs, vêtu d'un pantalon gris et d'une marinière bleu foncé. Le moindre recoin fut exploré, des caisses déplacées, des placards ouverts, sans aucun résultat.

— Je vous remercie de vous donner tant de mal, répétait Élisabeth d'une voix faible.

Mais au regret général, Antonin demeurait introuvable. Norma et elle échouèrent dans la grande cour, de plus en plus anxieuses. Edward Woolworth, quant à lui, venait de fouiller son automobile, garée dans le local qui servait jadis d'écurie à son cheval et où il remisait sa calèche.

— J'espérais à chaque seconde voir surgir le minois de notre Antonin, dit-il d'un ton amer. Il m'aurait dit qu'il nous avait joué un bon tour. Il a tant d'imagination.

— *Daddy*, il faut continuer à le chercher, il se cache quelque part, tu as raison.

Les nerfs à vif, Woolworth perdit patience :

— Lisbeth, comment ton fils a-t-il échappé à notre surveillance, à la tienne surtout ? Je t'ai déjà mise en garde, Antonin devient turbulent, très insolent pour son âge. Que faisais-tu ? Tu m'as avoué t'être enfermée dans ta chambre.

— Oui, j'écrivais à Justin. Je lui avais promis dans ma dernière lettre de donner régulièrement des nouvelles de papa.

Le mot « papa », qu'elle prononçait à la française, agaçait cet homme qui lui avait servi de père. Il se sentait dépossédé, un peu trahi par l'ironie du destin.

— Il n'y avait pas urgence, trancha-t-il. Tu estimes normal que Maybel et Norma se chargent de ton enfant. Laisse-moi te dire que tu lui accordes peu de temps, entre ta correspondance et les heures que tu consacres à ton malade.

— Tu es injuste, *daddy*, lui reprocha-t-elle, au bord des larmes. Où est *mummy* ?

— Là-bas, sous le porche, rétorqua-t-il d'un ton exaspéré. Elle a eu l'idée d'interroger à nouveau le portier.

— Je lui ai parlé, monsieur, intervint Norma. Il n'a pas vu sortir de petit garçon. Cela dit, il ne connaît pas Antonin, il est engagé depuis peu.

— Peut-être distrait, aussi ! tonna Edward. Certains portiers traînent devant l'entrée, à regarder les jolies femmes passer.

— *Daddy*, tu insinues qu'Antonin aurait pu partir dans la rue, lui dit Élisabeth, livide. Il faut appeler la police, nous avons trop attendu.

— C'est exactement ce que je comptais faire, admit-il en hochant la tête.

Maybel courait vers eux, en robe d'été, ses cheveux défaits au vent. Elle avait un masque de tragédie.

— Mon Dieu, je pense qu'Antonin est sorti ! cria-t-elle.

— Pourquoi ? demanda son mari. Explique-nous, vite.

Il étreignit la main de son épouse. Maybel Woolworth, les joues roses d'émotion, reprit son souffle. C'était une jolie femme de presque cinquante ans, au corps potelé mais gracieux.

— En fait, le portier se rappelle avoir salué la nurse des Griffith, qui emmenait des enfants au parc, comme chaque matin. Ces gens ont trois fils, de quatre à huit ans... Il a cru se rappeler qu'il y avait un autre garçon.

Élisabeth ferma les yeux, en partie soulagée. Son fils devait être à Central Park. La colère la submergea alors, en tempête.

— Si Antonin les a suivis, dit-elle, la nurse aurait dû nous le ramener immédiatement. Est-elle stupide ?

— Notre chéri a pu lui raconter qu'il avait le droit d'y aller seul, ou que nous ne tarderions pas à le rejoindre, supposa Maybel.

— *Mummy*, il n'a que cinq ans, quelle mère lui donnerait ce genre de permission ? Il n'y a pas un moment à perdre. Norma, pars tout de suite à Central Park, je dois m'habiller, je ne serai pas longue. *Daddy*, tu devrais prendre la voiture et suivre la voie carrossable.

— D'accord, Lisbeth, répondit-il gravement. Maybel, monte avec notre fille, tu n'es pas habillée, toi non plus.

— Oui, bien sûr.

De retour dans le luxueux appartement, Élisabeth fut saisie d'une intuition. Elle entra dans la chambre d'amis où était installé son père.

« C'est la seule pièce où nous n'avons pas cherché, s'effara-t-elle. Antonin avait l'interdiction formelle d'y entrer, mais je me méfiais, je fermais à clef par prudence. »

Elle s'en voulut d'avoir agi ainsi, sur les conseils de Maybel. Selon sa mère, l'aspect de Guillaume pouvait impressionner un petit enfant. De plus, il y avait ces crises d'agitation frénétique qui survenaient brusquement. La jeune femme avait préféré attendre encore quelques jours pour les présentations, même si elle avait confié à son père être la maman d'un adorable Antonin, né de sa brève union avec Richard Johnson.

— Papa, je viens voir si tu n'as besoin de rien, dit-elle d'une voix douce, car Guillaume avait les yeux ouverts.

Avant d'approcher du grand lit haut sur pied, elle examina les angles de la pièce, écarta les doubles rideaux de la fenêtre et jeta un coup d'œil sous le meuble, même sous le lit.

— As-tu perdu quelque chose ? demanda-t-il.

— Oh, un mouchoir, quand je suis venue te dire bonjour. C'est sans importance. Je dois m'absenter mais l'infirmière viendra plus tôt, je vais lui téléphoner. Je suis désolée, papa.

Guillaume approuva d'un battement de paupières. Il lui adressa un sourire contraint.

— Je te cause du souci, ma princesse, soupira-t-il. Dis-moi, Jean m'abandonne depuis que je suis ici.

— Non, il viendra demain, sûrement.

— Entendu, je serai content de le voir.

— Il faut te reposer, mon petit papa.

— Je ne fais que ça, et puis je sommeille. Je voudrais ne pas dormir, car j'ai des cauchemars.

— J'en suis navrée, j'en parlerai au médecin.

Élisabeth n'osait pas montrer trop de précipitation, pourtant elle avait hâte de s'habiller. Son cœur cognait si fort qu'elle en ressentait les battements dans tout son corps.

« Je voudrais être à Central Park, chercher moi aussi Antonin et surtout le serrer dans mes bras, le couvrir de baisers, songeait-elle. Mon bébé, mon trésor. »

— Ne te retarde pas, Lisbeth, marmonna Guillaume.

Château de Guerville, même jour

Justin galopait en larges cercles sur la belle jument blanche qu'il avait offerte à Roger, son palefrenier. Il exerçait les chevaux sous le couvert du manège qu'il avait fait construire. Une pluie d'été, soudaine et tiède, tambourinait sur les tuiles de la toiture.

— Cybèle est une merveille, cria-t-il au jeune homme, debout au milieu de la piste tapissée de sciure et de sable. Mon ami, à toi de la monter.

Roger paraissait hésiter. Il veillait sur Cybèle avec affection et grand soin, mais il n'arrivait pas à croire qu'elle était bien à lui.

— Je ne suis pas aussi bon cavalier que vous, m'sieur Justin, dit-il. Si je lui donnais de mauvaises habitudes, hein ?

— Aie confiance, répliqua le châtelain en descendant de sa monture. Tu peux te contenter de la faire marcher au pas, elle a suffisamment travaillé. J'attends une visite.

— Bien, m'sieur, je ferai comme vous dites.

Amusé par l'expression éblouie de Roger, Justin s'éloigna en direction des écuries. Une fois à l'abri dans l'allée centrale, il sortit une enveloppe de la poche de son pantalon d'équitation. La lettre qu'il attendait impatiemment était arrivée trois jours auparavant, le plongeant dans une joie sincère tout en le bouleversant.

Il la déplia et la relut, afin d'être en compagnie d'Élisabeth. De nature sensible, enclin au romantisme, il évoqua son beau visage penché sur les feuilles, en train de lui écrire.

— Un océan nous sépare, déplora-t-il. Mais ce n'est pas ça le plus grave, ma princesse.

Il gardait sur lui une minuscule carte où Élisabeth avait tracé ces mots :

Justin, mon tendre amour,

Au moins, sur le papier, je peux me griser de mots doux, te dire et te redire combien je t'aime. Nous sommes si loin l'un de l'autre que j'oublie sans peine nos liens de parenté et que je suis toute à toi. Sur les pages jointes, je tais mes sentiments pour toi, ainsi tu pourras les faire lire à pépé Toine et à Pierre.

Un bruit de pas énergiques tira Justin de sa lecture. Il vit Pierre Duquesne qui poussait un vélo. Le meunier était en chemise, son pantalon de toile maculé de farine, une casquette sur ses boucles grisonnantes. Élisabeth prétendait qu'il ressemblait lui aussi à Guillaume, mais âgé de cinquante-cinq ans, épaissi, le front dégarni, l'aîné des Duquesne lui semblait moins séduisant que Jean, le benjamin de la famille.

— Bonjour, Pierre ! s'exclama Justin avec un large sourire. Je vous guettais.

Le visiteur conserva sa moue irritée. Il posa son engin contre le mur et, les poings aux hanches, il se planta devant le jeune homme.

— Ta bonne fortune te monte à la tête, ma parole ! rugit-il. Tu me vouvoies, tu joues les messieurs ? Je te préviens, la prochaine fois, fais l'effort de venir chez nous si tu as une « importante nouvelle » à me confier. Mais je suis là, alors cause, je n'ai pas beaucoup de temps. J'ai reçu ta lettre ce matin et j'ai fait ce que tu demandais, je n'en ai pas parlé à mon père.

— Pierre, voulez-vous m'accompagner jusqu'au château, je vous offrirai à boire, de l'eau fraîche ou du cidre ?

— Jamais je ne ficherai un pied dans cette bâtisse, jamais ! Tu n'as pas honte d'y rester ? Bon sang, c'est sous ce toit que Laroche a abusé de ma nièce, sous ce toit que bien avant, il a comploté pour faire assassiner mon frère Guillaume. Je l'aimais.

La voix forte de Pierre devint rauque. Il se tut, un pli amer au coin des lèvres. Embarrassé par son attitude hostile, Justin sauta sur l'occasion.

— C'est précisément au sujet de Guillaume que je vous ai prié de venir, dit-il. Élisabeth m'a envoyé un télégramme à la mi-juillet. Elle m'annonçait qu'elle avait retrouvé son père vivant, mais qu'il était dans le coma. Je ne devais pas encore mettre monsieur Antoine au courant, ni vous. Ensuite j'ai reçu un second télégramme, où j'apprenais que votre frère était sorti du coma et avait reconnu sa fille et Jean. Votre nièce me conseillait aussi de vous avertir le premier. Quant à la lettre annoncée, je la tiens dans ma main. Vous devriez vous asseoir et la lire.

Pierre avait écouté Justin bouche bée. Il le fixait à présent d'un air incrédule.

— Guillaume serait en vie ? Mais pourquoi Élisabeth ne nous a pas prévenus ? Pourquoi te l'annoncer, à toi ?

— Nous sommes restés très proches, et quand je l'ai revue à New York, notre amitié s'est renforcée, hasarda Justin. Je crois qu'elle a agi avec précaution. Ne soyez pas vexé.

— D'abord arrête de me donner du « vous », ça me gêne.

— Pierre, ton frère est vivant, il se souvient de sa fille, de vous tous. C'est une merveilleuse nouvelle, tu devrais être heureux !

Justin avait prononcé ces derniers mots d'un ton véhément. Le meunier fit quelques pas et alla s'adosser au tronc d'un chêne. Il passa plusieurs fois ses mains sur son rude visage marqué de rides. Il frottait ses joues, soudain humides.

— Je te laisse un peu seul, Pierre, pendant que tu lis les explications d'Élisabeth. J'aurais pu me rendre au moulin mais je souhaitais ton avis sur la façon d'apprendre l'événement à ton père.

— Merci, mais ce n'est pas la peine, j'ai besoin de toi. Pardi, ma vue a baissé, et je n'ai pas pris mes lunettes. Je t'écoute.

Pierre n'ajouta rien. Justin lut à haute voix :

Cher Justin,

Je dois te raconter par quel miracle j'ai retrouvé papa, mon père, oui, Guillaume Duquesne. Je ne l'aurais jamais reconnu dans ce miséreux à l'air hébété dont j'avais si peur, tu t'en souviens, je te l'avais dit dans ma précédente lettre. Pourtant c'était lui, mon pauvre petit papa, devenu amnésique... Une voiture l'a renversé, à cause de la police qui lui a fait peur. J'essaie d'être concise, car c'est une longue histoire.

Mon Dieu, quand j'ai pu mieux étudier la physionomie de cet homme, j'ai été troublée, puis à certains détails, j'ai reconnu mon père disparu, mon cher papa.

Le soir, Jean est venu le voir à l'hôpital. D'abord il a douté, mais grâce aux cicatrices que portait son frère, il a acquis la certitude que c'était bien lui. Nous avons pleuré de joie. Après quelques jours de coma, pendant lesquels nous ne cessions pas de lui parler, d'évoquer des souvenirs, il s'est réveillé, et il avait retrouvé la mémoire. Quel bonheur, Justin ! Je te laisse le soin de prévenir Pierre le premier, afin de préparer mon pépé Toine à cette extraordinaire nouvelle.

Maintenant papa mange bien, il se rétablit, toujours avide de ma présence à ses côtés. Il m'appelle sa princesse, comme avant.

Maybel et Edward Woolworth sont venus faire sa connaissance et avec leur générosité coutumière, ils m'ont proposé que papa finisse de guérir chez eux, en faisant appel aux services d'une infirmière.

Inutile de te dire que je veillerai tendrement sur mon petit papa. Il ne peut pas encore nous raconter comment il a vécu durant ces dix-neuf années, cependant il est évident que c'était une vraie lutte pour survivre, s'abriter du froid, se nourrir. Jusqu'à présent, il n'a pas fait allusion à l'atroce agression dont j'ai été témoin fillette.

Je refuse de penser à ce triste passé, je suis tellement heureuse. Mon oncle Pierre sera sûrement fou de joie, mais il faut ménager le cœur fragile de notre pépé Toine.

J'écrirai souvent désormais, pour te tenir au courant, et bien sûr, j'écrirai au moulin. J'ignore ce que nous ferons plus tard. Papa a besoin de beaucoup de repos. Je te remercie, mon cher Justin, de te faire le messager de ce miracle.

Affectueusement, ta nièce, Élisabeth

— Alors, c'est bien vrai ? s'extasia Pierre, essuyant ses larmes. Nom d'un chien, comment annoncer ça à mon père ? Je vais dire à Yvonne de s'en occuper, ma femme est plus délicate que moi. Ou ce sera toi, Justin. Mon Dieu, Guillaume est vivant !

Le robuste meunier semblait complètement abasourdi. Il riait et pleurait encore, ses yeux gris levés vers le ciel, comme pour louer le Seigneur de sa miséricorde.

— Une chose me fend le cœur, dit-il dans un souffle. Mon pauvre frère était devenu un miséreux, un vagabond. Une pareille épreuve laisse des traces, non ? Il ne redeviendra jamais lui-même, celui que j'ai connu dans notre jeunesse.

— L'avenir le dira, Pierre. J'ai confiance en Élisabeth, elle saura prendre soin de son père, répondit Justin. Je vais te ramener à Montignac en calèche, nous accrocherons ton vélo à l'arrière. Je dois seulement donner des consignes à mon palefrenier et avertir la cuisinière que je ne dînerai pas ici ce soir. Nous avons de la chance, il ne pleut plus.

Pierre fit oui de la tête. Il se remettait doucement de la violente émotion qui l'avait terrassé.

— Je t'ai mal jugé, Justin, avoua-t-il. Tu es un brave gars. J'en ai la preuve, Élisabeth te tient en haute estime.

— Et j'en suis touché, crois-moi, murmura le jeune châtelain.

Central Park, même jour, 4 heures de l'après-midi

Assise sur un banc, Élisabeth sanglotait éperdument, à bout de résistance nerveuse. Norma lui tenait la main, elle aussi épuisée d'avoir parcouru Central Park en tous sens.

— Courage, Lisbeth, monsieur est parti téléphoner à la police. Nous savons au moins qu'Antonin était là ce matin. Votre oncle Jean ne devrait plus tarder, madame l'a appelé il y a une bonne heure.

— Mais où est mon petit garçon, Norma ? Et si ce n'était pas lui qu'a vu l'employé du carrousel ? Je deviens folle !

— L'homme était catégorique, il se souvenait très bien de votre fils, à cause de la chute qu'il a faite au mois de mai, insista la gouvernante.

Elle compatissait de tout son cœur au désespoir de la jeune mère. La disparition d'Antonin lui causait un terrible chagrin qu'elle tentait de dissimuler à Élisabeth.

— Tu l'as vu naître, Norma, balbutia celle-ci. Il a grandi près de nous tous. *Mummy* a peur, comme nous deux, comme *daddy*. Si je pouvais le prendre contre moi, l'embrasser. Seigneur, je veux mon fils, mon petit, mon chéri.

— Je prie de toute mon âme, Lisbeth, souffla Norma. Nous le retrouverons.

— Je crains le contraire, je n'ai pas droit au bonheur, voilà.

— Ne dites pas ça, gardez foi en Dieu.

Élisabeth crispa ses doigts sur son mouchoir humide, roulé en boule. Dieu avait-il eu pitié d'elle une seule fois ?

— J'avais six ans lorsque maman est morte, gémit-elle. Six ans aussi quand papa est tombé sous les coups de ses agresseurs, dans le Bronx. Non, Dieu m'a rejetée dans les ténèbres, j'ai été marquée par trop d'ignominie. On me punit, peut-être. Tu ignores des choses sur moi, Norma.

— Je sais à quel point vous êtes généreuse, dévouée à autrui et étonnamment humble, Lisbeth. Ce sont là des qualités que Dieu apprécie.

— Je repars, décréta Élisabeth en guise de réponse. Antonin doit avoir faim et très peur. Si seulement la nurse des Griffith s'était aperçue de sa présence, ce matin. Quand j'ai discuté avec elle, je n'ai rien pu en tirer, elle me toisait comme si j'étais une mère indigne.

Elle se releva en scrutant les buissons, les massifs de fleurs, le pont de pierre qui leur faisait face. Il y avait une telle foule dans Central Park : des couples d'amoureux assis sur les pelouses, des familles en promenade, des cavaliers sur l'allée qui leur était réservée, sans compter d'innombrables badauds.

Le soleil dorait le feuillage des grands arbres, lançait des reflets sur les massifs fleuris aux vives couleurs. Élisabeth, le cœur broyé dans un étau d'angoisse, contemplait d'un regard désolé le paysage qui l'entourait, dont la beauté et le charme l'avaient si souvent fascinée.

— Norma, je retourne au carrousel pour interroger l'employé encore une fois, dit-elle à mi-voix. Nous ne sommes pas assez nombreux ! Comment être partout ? Voyez tous ces enfants. Seigneur, et le lac ? Je n'ai pas pensé au lac. Antonin a pu se noyer.

— Non, non, Lisbeth, n'imaginez pas ça ! s'indigna Norma en lui prenant le bras. Il vaut mieux marcher, continuer à chercher. La police sera bientôt ici avec monsieur. Ayez du cran, une personne bien intentionnée a pu recueillir Antonin, ou un agent l'aura emmené au poste le plus proche.

La gouvernante n'ajouta rien. Elle savait comme Élisabeth que le petit garçon était tout à fait en mesure de donner son nom et son adresse.

— Il est perdu, Norma. Tout seul, perdu, effrayé, débita la jeune femme d'un ton saccadé. J'ai vécu ça, dans ce parc, mais il faisait nuit. Oh, je ne veux pas qu'il fasse nuit, pas sans lui, non, pas sans lui. Il doit me réclamer.

Élisabeth avait titubé, en proie à un vertige, cependant elle se redressa, très pâle, et marcha d'un pas plus ferme. Il lui semblait impossible de ne jamais revoir son enfant.

« Pardonnez-moi, mon Dieu, j'ai péché, j'ai eu tort, et mon repentir est sincère. Rendez-moi mon fils, par pitié. Si Antonin m'est rendu, je promets de chasser de mon cœur l'amour interdit que j'éprouve pour Justin, le frère de ma mère. Je vous en prie, Seigneur. »

Montignac-sur-Charente, moulin Duquesne,
même jour, mardi 1er août 1905

Antoine Duquesne savourait chaque jour d'été. Au printemps et en automne, ses rhumatismes le faisaient souffrir, mais à la belle saison, il retrouvait tout son allant et il avait plaisir à travailler la terre du potager, à récolter les légumes lui-même, et au petit matin, il partait en promenade le long du fleuve.

Souvent aussi, il allait regarder son fils Pierre et son épouse à l'ouvrage. Le couple lui avait succédé au moulin depuis une vingtaine d'années, mais le vieil homme éprouvait une joie profonde quand il voyait tourner l'énorme meule en pierre qui broyait le grain, actionnée par un mécanisme bien entretenu. Il humait l'odeur de la salle, mélange de froment, de roche tiède, et d'une main un peu nostalgique, il caressait un pan de mur, tapotait les sacs de farine prêts à être livrés.

Ce soir-là, sensible à la beauté du crépuscule, il fumait sa pipe sous le grand tilleul de la cour. Les oiseaux pépiaient dans la haie de laurier toute proche, prêts à passer la nuit parmi le feuillage.

— Dis donc, Yvonne, où est Pierre ? demanda-t-il à sa bru, qu'il apercevait par la fenêtre ouverte de la cuisine.

— J'en sais rien, pépé Toine, répliqua-t-elle en riant. Mon mari a filé à vélo, avec des airs de conspirateur.

— Oui, je l'ai vu partir, mais il tarde à revenir. Il faudrait souper de bonne heure. Et tes garçons, où sont-ils ?

— Je leur ai préparé un casse-croûte, ils voulaient pêcher des anguilles. Pensez-vous, à leur âge, on ne tient pas en place.

Le vieillard évoqua les sveltes silhouettes de ses petits-fils, Gilles et Laurent, qui avaient seize ans et quatorze ans. Un soupir lui échappa, à l'idée de ses autres descendants.

— Je ne verrai jamais à quoi ressemble mon arrière-petit-fils, l'enfant d'Élisabeth, ni le garçon de mon Jean, William, déplora-t-il tout haut. C'est un beau bébé, un gros poupon, si l'on se fie aux photographies.

Yvonne sortit de la maison, en sabots et long tablier gris. Elle portait une coiffe en lin sur ses cheveux châtains. Ses yeux bruns, très doux, s'attachèrent au visage de son beau-père.

— Ne soyez pas triste, pépé, Élisabeth est bien gentille de nous envoyer autant de clichés. Antonin est superbe, sur les derniers.

— Tu peux le dire, c'est un joli petit gars, avec le regard bleu de sa maman et les boucles noires de ce malheureux Richard Johnson, concéda Antoine.

Il y eut un silence, puis Yvonne annonça qu'elle devait mettre le couvert. Selon une habitude bien établie, la famille prenait ses repas dehors, sous le tilleul. Antoine Duquesne entendit soudain le bruit caractéristique que faisaient les sabots d'un cheval sur la terre caillouteuse du chemin. Il se redressa, posa sa pipe au coin de la table, au moment où une calèche entrait dans la cour.

— C'est Justin qui ramène Pierre, s'étonna Yvonne. Boudiou, en voilà une surprise !

— Je n'y comprends rien, marmonna le vieux meunier.

Il observa les deux hommes qui descendaient de la voiture. La mine de son fils aîné l'intriguait, car il lui avait rarement vu un air aussi étrange, entre l'exaltation et la crainte.

— Des soucis avec ta bicyclette ? l'interrogea-t-il. Vous vous êtes croisés, Justin et toi ?

Le jeune châtelain, vêtu d'un pantalon d'équitation et d'une chemise de couleur claire, salua d'un signe de tête. Comme Pierre, il semblait mal à l'aise. Mais ce dernier dit tout de suite à sa femme :

— Va chercher la bouteille de gnôle et des verres, Yvonne. On en aura peut-être l'usage.

— De la gnôle avant le repas ? protesta-t-elle, sidérée. Je peux ouvrir du cidre, c'est moins fort.

— Fais ce que je te dis, je t'en prie, répondit-il en lui lançant un coup d'œil insistant.

Elle s'exécuta, accoutumée à ne pas discuter les ordres de son époux, à l'instar de la majorité de la gent féminine. Antoine, de plus en plus inquiet, scruta les traits séduisants de Justin.

— J'espère qu'il n'y a pas de mauvaises nouvelles de New York, mon garçon, s'alarma-t-il. Mon cœur a trop souffert, déjà. Et toi, Pierre, qu'est-ce que tu as ? Ma parole, tu me fais peur.

— Non, ça va, papa, il n'y a rien de grave.

— Mais oui, pépé Toine, ce sont de bonnes nouvelles au contraire, renchérit Justin.

Cependant ni lui ni Pierre n'ajoutèrent un mot. Ils attendaient le retour d'Yvonne. Dès qu'elle apporta l'eau-de-vie, ils prirent place autour de la table. Les grillons se mirent à chanter, dans l'herbe folle le long des murs.

— Papa, commença Pierre, je suis allé à Guerville cet après-midi, parce que Justin m'avait écrit de lui rendre visite.

— Ah ça, si je m'attendais ! Vous n'êtes pas en très bons termes, tous les deux, nota Antoine.

— Ne m'interromps pas, je te prie, sinon je n'arriverai pas à causer comme je le voudrais, ronchonna son fils. Eh bien, Justin voulait me faire lire une lettre d'Élisabeth. Je n'avais pas mes lunettes, c'est lui qui l'a lue. Et j'ai appris... Comment dire, enfin, voilà, ça concerne Guillaume. Il aurait survécu.

Le vieil homme ouvrit la bouche. Son menton tremblait un peu.

— Pierre, que veux-tu dire par là : « Il aurait survécu » ?

— Qu'il est vivant, papa. Guillaume est vivant.

La voix grave de Pierre avait monté d'un ton. Un sanglot sec l'empêcha de poursuivre. Justin s'en chargea :

— Élisabeth a retrouvé son père, votre fils, pépé Toine. C'est une longue histoire. Nous avons encore peu de détails, mais je crois avoir compris que Guillaume avait perdu la mémoire durant toutes ces années. Il a eu un accident récemment et une fois bien soigné dans un hôpital, il a reconnu Élisabeth et Jean. Votre petite-fille préférait être sûre que son père était sauvé avant de vous avertir.

Médusée, Yvonne demeurait muette, tout en surveillant son beau-père. Elle était prête à lui servir un verre de gnôle, si par malheur il faisait un malaise. Ce ne fut pas le cas.

— Guillaume est en vie, dit-il tout bas, les yeux levés vers le ciel. Je vous rends grâce, Seigneur, d'avoir écouté mes prières. Merci, Dieu de bonté, merci.

Des larmes brillaient sur ses joues sillonnées de rides, tandis que son expression devenait extatique. Justin tressaillit, ému de lire une telle félicité sur le visage de l'aimable vieillard.

— Maintenant, je veux tout savoir, déclara-t-il, une fois tiré de son émerveillement. Où est la lettre de ma petiote ?

— La voici, dit Pierre en lui tendant l'enveloppe.

— Je cours chercher vos lunettes, pépé, proposa Yvonne, sortie de son ahurissement.

Pierre fut parcouru d'un long frisson. Il dédia un regard plein de gratitude à Justin, qui lui adressa un sourire amical. Antoine Duquesne, bouleversé, respirait mal. Son esprit tentait d'accepter l'extraordinaire nouvelle, sans vraiment y parvenir, même s'il ne doutait pas une seconde de sa véracité.

— Si seulement j'avais dix ans de moins, je m'embarquerais pour l'Amérique, lâcha-t-il soudain. Pardi, c'est beaucoup trop loin, le courrier met des jours à nous arriver. J'aïmerais tant embrasser Guillaume, être à son chevet. Est-il blessé, est-il malade ?

Yvonne réapparut, l'étui à lunettes d'une main, une lampe à pétrole de l'autre. Antoine lut deux fois la lettre d'Élisabeth, puis il la replia soigneusement. D'un mouvement las, il s'appuya au dossier de son fauteuil en osier, les paupières mi-closes. Vite, Pierre lui donna un verre d'eau-de-vie.

— Merci, fiston, ce n'est pas de refus, murmura-t-il. Le sort se joue de nous. On subit des épreuves qui pourraient nous tuer, ensuite viennent des instants de joie si forte qu'elle pourrait aussi nous foudroyer. Mais je tiendrai le coup, la Faucheuse ne m'aura pas tant que je n'aurai pas serré Guillaume sur mon cœur.

Central Park, même jour, en fin d'après-midi

Élisabeth, entourée par Maybel et Edward, écoutait les propos du policier, un haut gradé, qui semblait surtout s'adresser à Jean Duquesne, peut-être pour la simple raison qu'il était le plus calme. Un peu à l'écart, un autre agent tenait deux chiens en laisse, dont le halètement constant vrillait les nerfs de la jeune mère, complètement désespérée.

— Vous êtes sûr de ce que vous affirmez ? décréta Jean, sans oser regarder sa nièce.

Les recherches avaient été infructueuses, malgré le nombre de policiers venus explorer l'immense espace du parc. Beaucoup de gens avaient été interrogés, les employés du zoo, des buvettes, les joueurs de tennis et les promeneurs.

Les grosses bêtes, dressées à cet effet, étaient censées sentir la piste d'Antonin, mais il fallait un de ses vêtements, porté récemment. Norma avait couru jusqu'au Dakota Building afin de prendre la veste de pyjama de l'enfant, ce qui avait achevé de terrasser Maybel, secouée de sanglots.

— Ne pleurez pas, madame ! s'était écriée la gouvernante. Dieu nous rendra Antonin.

Nichée dans un fauteuil du salon, sa patronne avait haussé les épaules, un rictus amer sur ses lèvres pâles. Néanmoins elle s'était levée pour suivre Norma, sans même prévenir de son départ l'infirmière qui veillait sur Guillaume.

Une folle espérance avait balayé l'angoisse, quand les chiens s'étaient élancés, la truffe au ras de la pelouse, tirant sur leur laisse, comme pressés d'accomplir leur tâche. Ils allaient à droite, à gauche, zigzaguaient, pendant qu'Élisabeth, Maybel, Norma, Edward et Jean faisaient en sorte de ne pas être distancés.

Ils passèrent devant le carrousel, puis ils montèrent sur la terrasse de Belvedere Castle, d'où Antonin aimait contempler l'étendue du parc, blotti dans les bras de sa mère. Le château, de dimension modeste, leur plaisait à tous les deux, avec son style néogothique, sa tourelle.

Maintenant Élisabeth le considérait avec un début de haine, à cause du discours monocorde du policier qui venait de donner une explication qu'elle refusait d'admettre.

— La piste de l'enfant s'arrête net ici, en bas de ces rochers, au pied de Belvedere Castle. Les chiens ne peuvent pas se tromper, le petit n'a pas approché du plan d'eau, en fait il a disparu ici, exactement ici, où on l'aura soulevé du sol et emmené.

— Vous pensez à un enlèvement, conclut Woolworth d'une voix sans timbre. Dois-je m'attendre à une demande de rançon ?

— C'est à envisager, mais...

Élisabeth comprit qu'il n'osait pas s'exprimer devant elle et Maybel. Avançant vers lui, elle le fixa de ses yeux si bleus, assombris par un intolérable chagrin.

— Mais quoi ? dit-elle. Je préfère savoir.

— De nombreux enfants, filles et garçons, tombent entre les mains de personnages méprisables, madame, rétorqua le policier. Je souhaite pour vous que le vôtre ait été recueilli par de braves gens qui vont vite se manifester.

Maybel laissa échapper un cri affreux, pareil à un râle d'agonie. Norma dut la soutenir, car elle vacillait sur ses jambes. Jean, livide, céda à la colère. Il apostropha le policier, qui, pourtant, n'était pas responsable de la situation :

— Nous devons accepter la chose ? cria-t-il dans un mauvais anglais. Il y a un trafic d'enfants, c'est ça ?

— Vous êtes impuissant à lutter contre la corruption, les gangs, et le sort de ces pauvres petits importe peu, ajouta Edward Woolworth, le teint cramoisi sous sa couronne de cheveux argentés.

— Nous faisons notre métier du mieux possible, trancha le policier. Je vais contacter des collègues habilités en la matière. Vous devriez tous rentrer chez vous.

Élisabeth, hébétée, observait les chiens. Puis elle baissa les yeux vers le carré d'herbe rase où son fils devait se tenir, des heures auparavant. Mais quelqu'un l'avait emmené.

— Pour le secourir ou lui faire du mal ? questionna-t-elle dans un souffle. Antonin, mon chéri, mon tout-petit !

Jean l'empêcha de tomber à genoux. Il craignait de la voir embrasser le sol ou succomber à une crise nerveuse.

— Viens, ma pauvre petite, viens, chuchota-t-il à son oreille. Peut-être que nous aurons une heureuse surprise, qu'une bonne âme aura raccompagné Antonin chez lui.

Elle posa sa tête au creux de l'épaule de son oncle, se prenant à croire qu'il avait raison, qu'un nouveau miracle aurait lieu.

— Si tu disais vrai..., articula-t-elle avec peine.

Mais un sinistre pressentiment lui ôtait ses forces, ravageait son âme et son cœur. Élisabeth avait la certitude qu'elle vivait à présent le pire des cauchemars, tout éveillée cette fois. Elle émit une légère plainte, jaillie du tréfonds de son être.

— Viens, insista Jean en l'entraînant par la taille.

Un triste cortège traversa Central Park, que le crépuscule envahissait. Le ciel était mauve à l'ouest, parsemé d'écharpes de nuages mordorés. Jamais le chant des oiseaux, qui se perchaient pour la nuit dans les bosquets et la ramure des grands arbres, n'avait paru aussi cruel à Élisabeth.

« J'ai perdu mon enfant, mon fils, se répétait-elle, la bouche close sur des clameurs d'horreur. Pardon, Antonin, pardon. »

2

Des heures d'angoisse

Dakota Building, mercredi 2 août 1905

Maybel, Bonnie et Élisabeth sursautèrent lorsque la sonnerie métallique du téléphone résonna dans la pièce jouxtant le grand salon, où Edward Woolworth l'avait fait installer. Il travaillait parfois là, le soir, entouré de livres et de documents rangés dans des classeurs.

— *Daddy* a décroché, ça y est, murmura la jeune femme en se levant. Si seulement quelqu'un avait recueilli Antonin hier, et qu'on nous le ramenait ! Dites-moi que cela va arriver ! *Mummy*, Bonnie, dites-le !

Ses deux compagnes approuvèrent d'un faible « oui », que leur expression démentait. Élisabeth ajouta, haletante :

— Je ne cesse d'espérer qu'on nous demande une rançon car, dans ce cas, on ne fera pas de mal à Antonin si nous remettons l'argent exigé.

— Tout dépendrait de la somme, dit tout bas Maybel. Les affaires d'Edward ne sont pas florissantes, tu le sais.

— Les choses vont si mal que cela, *mummy* ?

— Je le crains, Lisbeth.

Bonnie faisait sauter son fils William sur ses genoux. Le bébé, âgé de treize mois, commençait à se traîner à quatre pattes si on lui en donnait l'occasion, mais sa mère refusait ce mode de locomotion, entêtée à lui apprendre à marcher.

— Pose-le donc ! conseilla sèchement Élisabeth, excédée par le manque de sommeil.

Elle avait passé une nuit presque blanche, entrecoupée de courtes périodes de somnolence.

— Pardonne-moi, Bonnie, j'ai envie de hurler à la mort, cette attente me rend folle, dit-elle très vite en guise d'excuse. La police nous dit de ne rien faire, qu'elle recherche Antonin. Moi, je voudrais courir dans les rues, interroger chaque personne. J'en ai rêvé, je m'en souviens. Le même rêve atroce, où je courais sur le trottoir, où je sanglotais, le cœur brisé. Mon Dieu, quand est-ce que je prendrai la mesure de mes cauchemars ? Si j'avais mieux surveillé mon fils, hier matin, il serait ici, parmi nous. Dans mes bras. Mes bras sont vides…

Elle esquissa le geste de câliner un enfant invisible, ce qui refit pleurer Maybel. Elle non plus n'avait guère dormi. Edward entra dans le salon, l'air soucieux, le teint blafard.

— C'était un appel de Jack, mon secrétaire. Un problème à régler sur une expédition de coton et de tabac de Virginie. Il m'a promis de m'avertir si je recevais un coup de fil, à mes bureaux, des éventuels ravisseurs.

— Tu ne nous quittes pas, alors ? supplia Maybel.

— Non, chérie, je reste auprès de vous.

Élisabeth se mit à faire les cent pas dans le grand salon, sans accorder un regard au magnifique mobilier Chippendale[1], qu'elle avait tellement admiré fillette. Elle se souvint qu'Edward se vantait souvent d'en avoir hérité, en raison de leur grande valeur sur le marché des antiquités.

« Il faudra les vendre si la rançon demandée est importante, songea-t-elle. Ou Justin m'aidera, il hypothéquera le château. »

Elle voulait croire de toutes ses forces à la thèse du rapt. Le policier, la veille, l'avait avancée en premier lieu, lorsqu'il avait entendu le nom d'Edward Woolworth, dont la fortune était bien connue à New York. Si elle pensait à son petit garçon livré à des brutes sans moralité, pétries de vice, elle aurait envie de se jeter par la fenêtre pour ne plus souffrir.

---

1. Thomas Chippendale (1718-1779) : ébéniste et créateur de meubles anglais très prisés au début du XIXe siècle.

On sonna à la porte de l'appartement. Tous se raidirent, le souffle suspendu. Norma avait ouvert. Elle fit irruption dans le salon, un mince plateau en argent à la main.

— Un télégramme pour vous, Lisbeth, débita-t-elle d'un ton anxieux.

— Merci, Norma.

C'était un long message de Justin, expédié le matin même de la poste de Rouillac. Élisabeth le lut debout près d'une fenêtre.

Annoncé la nouvelle au moulin. M. Duquesne très heureux de savoir Guillaume vivant. Pourrais-tu le tenir au courant de sa santé par des télégrammes réguliers ? Merci pour lui.

Elle fut soulagée de voir son oncle Jean traverser la pièce pour la rejoindre. Il avait dormi dans la chambre de son frère Guillaume et venait de lui tenir compagnie trois heures d'affilée.

— Tiens, ça vient de France, précisa-t-elle en lui tendant le rectangle de papier beige. Tu peux lire, pépé Toine sait enfin que nous avons retrouvé papa. Oncle Jean, j'étais si heureuse ces derniers jours. Et le destin me frappe encore, oui, encore et encore. Je dois le mériter.

— Ne dis pas ça, Élisabeth, affirma-t-il gravement. Je suis désolé que tu souffres autant, mais ne perds pas espoir. Ton père te réclame, il a remarqué combien tu étais triste ce matin. Ne m'en veux pas, j'ai jugé utile de lui dire la vérité.

— Tu as parlé de la disparition d'Antonin ? Non, il ne fallait pas. Le docteur m'a dit qu'il ne devait pas éprouver d'émotions trop fortes.

Bonnie, Maybel et Edward faisaient mine de ne pas écouter leur conversation, incapables cependant d'échanger quelques mots entre eux. La tension qui régnait dans le salon était palpable.

Norma apporta du café et des tasses, ainsi qu'un biscuit pour le bébé.

— Élisabeth, je ne pouvais pas mentir à Guillaume, il se doutait de quelque chose, poursuivait Jean à voix basse. Il y a plus surprenant, il pense avoir vu un petit garçon brun, près de son lit. C'est très confus dans son esprit. Il se plaint aussi des images qu'il voit, une fois assoupi. Là, il s'est éveillé d'un bref somme en criant, en gesticulant. C'était effrayant.

— Je sais, oncle Jean, j'en ai été témoin, concéda-t-elle.

Maybel bondit de son siège, les traits tendus, le regard noir. Elle se planta devant eux.

— J'ai entendu ! Antonin serait entré dans la chambre de ton père, Lisbeth ! Je t'avais pourtant dit que c'était une mauvaise idée de tenir notre pauvre chéri à l'écart. Combien de fois depuis une semaine je l'ai trouvé qui fixait cette porte. Il a dû réussir à tourner la clef !

— *Mummy*, l'appartement est tellement grand, je n'avais aucune raison de m'inquiéter, riposta la jeune femme. Pendant les trois premiers jours, Antonin n'a pas posé une seule question.

— Je suis d'accord avec Maybel, Lisbeth, insista Edward. Ton fils est habile de ses mains et très malin. Tu lui as dit que bientôt il pourrait rencontrer « le monsieur malade » que nous avions invité, il s'est arrangé pour prendre la clef et ouvrir. Peux-tu imaginer à quel point l'aspect de ton père a pu le terrifier ? Je suis navré, mais je devais te le dire.

Jean Duquesne n'avait rien saisi de la véhémente tirade, hormis les trois mots « le monsieur malade », énoncés en français.

— Qu'est-ce qui se passe ? demanda-t-il à sa nièce.

— On m'accuse d'être responsable, pour Antonin, répondit-elle d'une voix sourde.

— Pourquoi donc ? C'est stupide, maugréa-t-il avant de s'asseoir près de Bonnie, qui pourrait jouer les traductrices.

Élisabeth considéra ses seconds parents avec une douloureuse incrédulité. Dès l'installation de son père, elle avait perçu leur contrariété, même s'ils s'évertuaient à la dissimuler.

— Je ne comprends pas, déclara-t-elle. Rien ne vous obligeait à héberger papa, vous me l'avez proposé. Il en était gêné car vous êtes des étrangers pour lui. Bonnie et oncle Jean auraient pu l'accueillir, je serais allée chez eux le soigner.

— Tu divagues, Lisbeth, affirma Edward. Nous n'avons pas été contrariés du tout. Mais le fait est qu'il fallait mieux surveiller Antonin. Norma aurait pu s'en charger !

— Elle a suffisamment de travail, nota Maybel, tremblante de nervosité. Seigneur, nous nous querellons, alors que notre petit amour est peut-être…

— Tais-toi, *mummy*, tais-toi, par pitié ! hurla Élisabeth. Antonin est vivant, mon cœur me le dit.

Elle s'enfuit en courant vers la chambre d'amis, tout au bout du large couloir au plancher ciré. Une vision abominable lui arracha un gémissement. Elle avait osé se représenter son fils gisant sur le pavé d'une rue, son adorable visage blême, son corps inerte.

« Non, pas ça, se dit-elle. La police a promis de vérifier dans chaque hôpital, le docteur Foster aussi fait des recherches. »

D'un élan affolé, Élisabeth se rua au chevet de son père. Là, ses jambes cédèrent sous elle. Guillaume la vit appuyer le front au bord du matelas. D'une main timide, il lui caressa les cheveux.

Château de Guerville, même jour

En France, à des milliers de kilomètres du Dakota Building, Justin contemplait le déclin du soleil derrière la cime des chênes. Il sortait des écuries quand il s'était arrêté, charmé par l'odeur de la terre mouillée, à laquelle se mêlaient les senteurs grisantes des rosiers. Malgré la douceur de l'air, la beauté du ciel gris et or, il eut un pincement au cœur. Sa solitude lui pesait souvent, en dépit de l'agréable compagnie de Roger, qui partageait ses repas.

— Ma princesse, dit-il tout bas, j'aimerais tant te voir surgir au bout de l'allée.

Il se creusa la tête pour découvrir ce qui lui procurait un début de malaise depuis la veille. Les Duquesne l'avaient gardé à dîner. Les discussions avaient tourné autour de la résurrection de Guillaume et ses conséquences.

— Ton pépé Toine rêve d'embarquer et de revoir son fils, Élisabeth, dit-il encore pour lui-même. Je pourrais lui offrir la traversée, mais Pierre s'y opposerait. Bah, j'ai vu des passagers aussi âgés, sur le paquebot.

— Vous causez tout seul, m'sieur Justin, remarqua Roger en s'approchant.

— Oui, c'est vrai. Un problème de conscience. Je te dirai ce qu'il en est ce soir, pendant le dîner.

— Ben, moi, je suis comme vous, mais c'est un problème d'un autre genre.

— Ta jument ne te donne pas satisfaction ?

— Oh si, m'sieur, elle est facile à monter, grâce à votre dressage. Je la traite avec respect et elle me le rend bien. Non, il s'agit de la petite Germaine.

Justin hocha la tête. Il avait engagé une jeune fille qui avait déjà été au service d'Élisabeth, six ans auparavant. Germaine avait à peine quinze ans à cette époque, et elle était tombée entre les griffes du vieux châtelain. Hugues Laroche avait abusé d'elle.

— Elle ne se plaît pas ici ? Elle s'est confiée à toi, Roger ?

— Non, pourtant ça fait deux fois que je la croise à l'étage du château, en train de pleurer sans bruit, les joues toutes rouges. Je lui ai demandé ce qui se passait, elle n'a pas répondu, rien, pas un mot. Hier, j'ai voulu porter son panier, qui était bien lourd, et elle a reculé comme si je la menaçais de je ne sais quoi.

— Dis-moi, j'ai l'impression qu'elle te plaît, Germaine.

— Pardi, elle est plutôt mignonne.

— Mais très timide, à mon avis, Roger. Sois patient, elle finira par se rassurer. Il paraît que son père boit beaucoup trop, depuis le décès de sa femme. C'est même pour cette raison que j'ai accepté de lui donner la place de femme de chambre. Ici au moins, elle est en sécurité.

— On ne dirait pas, m'sieur Justin.

Roger souleva le bord de sa casquette et marcha d'un bon pas en direction du pré des poulinières. Un coup de tonnerre éclata, encore lointain. Justin, lui, se dirigea vers le château. Il se sentait soudain oppressé, mal à l'aise.

« Ce doit être l'orage, songea-t-il. Et les souvenirs... »

Il n'avait rien changé dans l'aménagement des pièces. Un peu las, il s'allongea sur une méridienne de style Louis XIV et posa son avant-bras sur ses yeux.

« Si je proposais à pépé Toine de l'emmener à New York, je reverrais Élisabeth. Que peut-il lui arriver au cours du voyage ? Il prétend être trop vieux pour un tel périple, mais je veillerais sur son confort. Cher pépé Toine, quel homme de qualité... Un cœur d'or, une grande âme. »

Justin s'accorda une plaisante rêverie, où Antoine Duquesne et lui foulaient les pavés de New York. Il lui montrerait la statue de la Liberté, les splendides immeubles des avenues, et surtout ils se baladeraient dans Central Park, avec Élisabeth.

— Je vais le faire, dit-il en se redressant subitement. L'argent ne manque pas. Ce ne serait que justice. Pépé Toine verrait son petit-fils William, et son arrière-petit-fils Antonin.

Une bouffée de joie, teintée d'impatience, le rasséréna. Un léger bruit lui fit tourner la tête. Germaine, en robe noire et tablier blanc, ses cheveux blonds nattés dans le dos, se tenait sur le seuil de la salle à manger. Son regard d'un brun clair trahissait sa crainte.

— Aux cuisines, on voudrait savoir à quelle heure il faut servir le dîner, chuchota-t-elle.

— Je n'ai pas bien entendu, Germaine. N'ayez pas peur, enfin. Bon, je crois deviner. Hortense vous a envoyée à propos de l'heure du dîner, c'est ça ?

— Oui, monsieur, parce que ce soir, Hortense va à une veillée funéraire, chez sa cousine, dont le père est décédé.

— Dans ce cas, nous dînerons à 7 heures, Roger et moi.

— Bien, monsieur.

— Germaine, est-ce que vous vous plaisez au château ? Personne ne vous ennuie ? Il faut me prévenir si quelqu'un se comporte mal.

Ses joues rondes empourprées, la jeune fille lâcha un « non » presque inaudible. Puis elle prit courage et précisa :

— Le vieux Léandre est très gentil. Il m'a cueilli une jolie rose, avant-hier. Alors je l'ai aidé un peu à pousser sa brouette, qui était pleine de terre.

— Je m'en doute, je dois engager quelqu'un pour le seconder, certains travaux l'épuisent. Merci, Germaine, de m'y avoir fait penser, dit-il avec un sourire chaleureux.

Elle sortit en reculant, un fragile sourire sur les lèvres. Justin décida d'écrire immédiatement à Élisabeth. Il déboutonna le haut de sa chemise blanche, rejeta une mèche d'un blond foncé qui dansait sur son front. Toujours en tenue d'équitation, il s'installa devant un secrétaire en marqueterie où, jadis, Adela Laroche payait les fournisseurs.

Derrière les petits carreaux de la porte vitrée donnant sur le grand hall décoré de trophées de chasse, Germaine guettait ses moindres gestes. Elle n'avait jamais vu un jeune homme aussi beau, aussi séduisant. Son cœur battait très vite, tandis qu'un soupir de désolation gonflait sa poitrine.

Elle gardait en elle, comme un éclat de soleil dédié à elle seule, le magnifique sourire que le châtelain lui avait accordé.

Dakota Building, même jour

Élisabeth, agenouillée près du lit de son père, éprouvait un peu d'apaisement sous les caresses que Guillaume continuait de lui prodiguer, sur ses cheveux, son front.

— Papa, papa, dit-elle brusquement, vous m'avez tant manqué, maman et toi. J'avais *mummy* et *daddy*, mais quand je me suis souvenue de la tragédie de mon enfance, à seize ans, j'aurais donné beaucoup pour avoir grandi près de vous deux.

L'aveu avait jailli du fond de son âme égarée, du tréfonds de son être dévasté par la pire des angoisses. Guillaume répondit d'une voix enrouée :

— Je comprends ça, ma petite princesse. Hélas ! Je n'ai pas pu te protéger. Il y a eu ces hommes, dans la ruelle. Je n'étais pas de taille contre eux. Sous leurs coups, je ne pensais qu'à toi. J'avais une peur terrible, je me disais qu'ils allaient te faire du mal, à toi aussi, alors je t'ai dit de partir. Au moment de perdre connaissance, j'ai ressenti un immense désespoir. Je te savais seule, la nuit, dans la grande ville. Dieu t'a prise sous son aile.

— Je dirais plutôt Maybel et Edward Woolworth, qui m'ont adoptée de manière officieuse. Papa, as-tu vu mon petit garçon hier matin ? Est-il entré ici ?

Élisabeth se releva pour s'asseoir au bord du lit. Guillaume scruta son joli visage meurtri par les larmes.

— Je ne sais plus, mais je pense que non, puisque l'infirmière et toi, vous refermez à clef. J'étais d'accord, je ne dois pas être beau à voir pour un enfant de cinq ans.

— Tu te souviens de son âge ?

— Oui, s'étonna son père. Au début, quand tu m'as parlé de lui, j'avais l'esprit plus confus. Pourtant j'étais content d'avoir un petit-fils. Tu me l'amèneras plus tard, j'ai encore ces crises, au réveil, car je me débats contre les brutes qui ont voulu me tuer.

— Je suis soulagée, tu sembles réfléchir de mieux en mieux, et au moins tu n'as pas oublié ta langue natale. Au fait, papa, ils ont reçu ma lettre, en Charente. Mon pépé Toine était vraiment heureux d'apprendre que tu étais vivant, Pierre aussi, sans aucun doute. Yvonne et lui ont deux garçons, Gilles et Laurent. Tes neveux. Je te montrerai des photographies de la famille demain, nous passerons un bon moment.

Mais elle pleurait en disant cela et ses mains tremblaient sur l'édredon en satin vert.

— Pourquoi ces larmes, ma princesse ?

— Je suis émue parce que tu es là, que nous discutons ensemble, c'est un miracle. Mais je t'en prie, fais un effort. Tu m'affirmes que tu n'as pas vu mon fils, pourtant oncle Jean prétend le contraire. Tu lui as dit qu'il y avait un petit garçon brun, dans cette chambre, précisa-t-elle d'un ton pathétique.

— C'était en rêve… Élisabeth, pourquoi l'infirmière n'est pas là ? J'aurais besoin d'elle. Comprends-moi, je refuse que tu fasses certaines besognes peu ragoûtantes.

— Elle ne va pas tarder, papa. Repose-toi. Tu es gentil, mais autant te l'avouer, je suis des cours dans un hôpital du Bronx, en vue de devenir infirmière. Je pourrais faire ce qu'elle fait.

— Non, non !

Guillaume avait une expression de panique et secouait la tête, comme indigné. Mais la garde-malade frappa au même instant. La quinquagénaire entra, en blouse blanche, sa coiffe calée sur son chignon gris.

— Bonjour, madame Binns, dit Élisabeth doucement. Mon père vous réclamait. Je te laisse, papa, je reviendrai à l'heure de ton dîner.

D'un pas chancelant, elle longea le couloir et se glissa dans la chambre de son fils. La vue de ses jouets, éparpillés pour la plupart sur le tapis chamarré en laine, de son pantalon de pyjama sur le dossier d'une chaise, tout cela la plongea dans une amère douleur.

— Mon petit chéri, mon trésor, gémit-elle.

Élisabeth ramassa un chien en baudruche, de couleur rouge, qu'Antonin adorait. Il lui avait arraché une oreille, mordillé une des pattes. Elle le pressa sur ses lèvres, puis le serra contre son cœur brisé par la perspective intolérable de ne jamais revoir son enfant.

— J'en mourrai, oui j'en mourrai, dit-elle.

Bonnie, qui la cherchait, l'aperçut dans l'entrebâillement de la porte. Elle se précipita pour l'attirer sur sa poitrine maternelle, aux tendres rondeurs.

— Là, là, ma petite, calme-toi. Un policier a téléphoné. Déjà, il semble qu'Antonin n'a pas eu d'accident. N'entrons pas dans les détails, ils sont bien tristes, mais ton fils n'est dans aucun des hôpitaux.

— Comment en être sûrs ? Nous aurions dû vérifier par nous-mêmes. Bonnie, je suis témoin de bien des choses affreuses lorsque j'assiste les Sœurs de la charité. Des garçons de cinq ans, bruns aux yeux bleus, il peut y en avoir douze ou vingt chaque jour que l'on conduit à la morgue, ou sur la table d'opération. Si Antonin est inconscient, il ne pourra pas dire son identité, que je lui ai apprise sur le bout des doigts. Alors, il ne reste aucun moyen de savoir si c'est lui ou un autre petit.

— Tu as donné une description précise de ses vêtements, m'a dit Maybel. Ce sont des habits d'excellente qualité, une culotte courte en flanelle grise, une marinière bleu marine à col blanc.

— Mon Dieu, tu as raison, Bonnie. Hier matin, j'ai accroché sa médaille de baptême sur la marinière, à gauche, comme toujours. Peut-être que ça nous aidera à le retrouver, n'est-ce pas ? Je t'en prie, dis-le-moi, dis qu'on le retrouvera !

Élisabeth éclata en sanglots dans les bras de sa fidèle amie. De nouvelles heures d'angoisse les attendaient, des heures lourdes, cruelles, interminables.

La nuit était tombée. Norma s'apprêtait à servir le dîner, en songeant que personne n'aurait grand appétit. Néanmoins, la gouvernante estimait indispensable de proposer un menu léger, du potage et une salade verte, agrémentée d'œufs durs.

Bonnie et Jean avaient prévu de dormir chez les Woolworth, ce qui réconfortait Maybel, dont l'humeur était exécrable. Elle adorait Antonin, et ses sentiments pour lui étaient proches de ceux d'une mère. Elle se répétait intérieurement combien elle avait eu de grandes joies depuis sa naissance, n'ayant pas pu mettre au monde un bébé bien à elle.

Assise sur le canapé du salon, un mouchoir humide entre les mains, Maybel se remémorait chaque étape du développement d'Antonin. Elle lui avait donné d'innombrables biberons, quand Élisabeth l'avait sevré. Le petit, cramponné à sa jupe, s'était élancé pour ses premiers pas dans le couloir de l'appartement.

— Seigneur, nous n'avons plus d'avenir sans notre chéri ! s'écria-t-elle soudain, avant de sangloter.

Edward prit place à ses côtés et la câlina. Il cachait de son mieux sa propre anxiété, hanté par les mots que lui avait soufflés à l'oreille un des policiers, la veille, sous les murs de Belvedere Castle.

— Monsieur Woolworth, il y a très peu de chances de retrouver une trace du garçon. Nous sommes impuissants à lutter contre les trafics d'enfants, orphelins ou non.

New York, Lower East Side, jeudi 3 août 1905

Antonin cligna des paupières lorsqu'un faisceau lumineux balaya l'intérieur du cagibi avant de s'arrêter sur son visage. Une grosse main noueuse s'empara de lui, en le tenant par le coude. Il suivit le mouvement, soulagé de sortir de l'affreux réduit.

— Il est dans un sale état, Courtney, tu vas m'arranger ça, dit l'homme avec un accent étranger. Tu le laves, ses habits aussi. Je reçois quelqu'un ce soir, à l'étage. Fais-le-moi beau, ce gamin, que j'en tire un gros paquet de dollars.

L'enfant, ébloui par la clarté électrique d'une ampoule qui pendait au plafond de la cave, demeura un instant hébété. Sa culotte détrempée d'urine se plaquait sur ses fesses et ses cuisses. Il avait faim et très soif.

Quand ses yeux furent habitués à la lumière, il regarda autour de lui, avant de fixer l'unique porte. On le mit en garde.

— Ne recommence pas tes sottises, conseilla la femme fardée, à la bouche trop rouge, aux cheveux jaunes.

— Oui, tiens-toi tranquille, petit, sinon tu auras affaire à moi, renchérit l'homme, de haute taille et coiffé d'un chapeau noir.

Il menaça Antonin d'une main levée, avant de s'en aller d'un pas pesant. Courtney l'avait accompagné d'une démarche lascive. D'un geste appliqué, elle tourna un verrou.

— Je n'ai pas envie que tu te sauves, c'est moi qui prendrais ! Mais tu empestes, mon garçon.

— Je voudrais bien boire et manger, osa-t-il lui dire d'une faible voix pâteuse.

— On verra plus tard, d'abord je te décrasse.

Figé sur place, Antonin l'observa tandis qu'elle faisait chauffer de l'eau sur un réchaud, disposait une grande bassine en zinc par terre. Elle ouvrit bientôt un placard, revint avec une serviette de toilette sur le bras, un savon à la main.

— Il me fait rire, Tom, j'n'aurai jamais le temps de faire sécher tes vêtements. Elle est pourtant jolie, ta marinière. Un coup de brosse suffira. Enlève ta culotte et ton slip. J'en ai des propres à te mettre.

La femme s'adressait à lui d'une intonation indifférente, sans tendresse ni dureté. Sa moralité n'était plus qu'un très lointain souvenir, seul l'argent gagné facilement l'intéressait. Elle s'était occupée d'une centaine d'enfants en dix ans, filles ou garçons. Dix ans d'obéissance à Tom, de son vrai nom Thomas Perkins, qui était son amant. Avant de le rencontrer, elle se prostituait. Le présent travail lui convenait.

Nu comme un ver, les pieds dans l'eau tiède, Antonin fut frictionné, rincé et séché avec énergie. Pendant toute l'opération, il ne détacha pas son regard bleu du visage de la femme, et sondait ses yeux dès qu'elle lui jetait un coup d'œil.

— Veux-tu cesser ? s'exaspéra-t-elle. Pose tes mirettes ailleurs, garnement.

Il ignorait le mot « mirettes », cependant il comprit l'ordre, certain qu'elle était agacée par sa façon de la fixer.

— Allez-vous me ramener chez ma maman ? demanda-t-il. Je voudrais la voir. Elle est très belle. Je parle français avec elle, et l'anglais avec les autres gens.

— Tu es malin, dis donc, ronchonna Courtney. Mais tu es une tête de mule, arrête de me regarder comme ça. A-t-on idée ? Et je te préviens, ce soir, un gentil monsieur, bien comme il faut, te prendra sur ses genoux, même qu'il te cajolera un peu. Faudra que tu sois sage. Tom ne plaisante pas, il en a battu à mort des aussi mignons que toi, s'ils se tenaient mal, là-haut.

— Et le gentil monsieur, il m'emmènera chez maman ?

— Si tu es gentil toi aussi, tu iras dans sa maison à lui. Tu seras gâté, c'est sûr.

— Je m'en moque, je veux maman ! cria-t-il, affolé.

Courtney lui tourna le dos un moment, puis elle entreprit de l'habiller et de peigner ses cheveux d'un noir intense. Une fois chaussé, Antonin se retrouva assis à la table sur laquelle s'étalait un jeu de cartes. Il eut droit à un bol de lait et à du pain. Elle fronça les sourcils lorsqu'il la remercia poliment.

— Norma me donne un œuf à la coque, dit-il tout bas.

— Qui c'est, celle-là ?

— Notre gouvernante. Madame, vous voulez bien me ramener chez moi ? *Grandpa* vous donnera de l'argent, ils doivent tous être inquiets. Je n'aurais pas dû m'enfuir.

La parfaite élocution du petit garçon, sa moue hautaine, qu'il tenait de son défunt père Richard, intriguèrent Courtney. Elle céda à la curiosité.

— Pourquoi tu t'es enfui ? Je croyais que tu t'étais perdu dans Central Park. Tom t'a ramassé là-bas.

— J'ai eu peur, admit-il. Il y avait un méchant homme dans la chambre d'amis. Il criait, il remuait les bras, et il a arraché un pansement de son horrible tête rasée. Il avait des cicatrices, et j'ai cru qu'il voulait m'attraper.

Courtney émit un sifflement de surprise. Elle parut réfléchir et enfin elle donna des biscuits à Antonin avant d'en croquer un.

— C'n'était pas une raison pour décamper, marmonna-t-elle, la bouche pleine.

— Maman m'a souvent dit de me sauver si j'étais en face d'un vilain bonhomme. Alors j'ai couru dans le couloir et je suis sorti, j'ai descendu l'escalier.

Antonin se tut, le cœur serré. Il regrettait cette énorme bêtise, car il avait assez de jugement pour considérer ainsi sa fuite affolée.

— Tu as eu tort, mon garçon, trancha Courtney.

— Je sais, madame.

Il ne put retenir ses larmes. La séance de toilette, les habits secs, le lait et le pain l'avaient rassuré. Il tentait de se montrer courageux, cependant il se languissait de sa mère, de sa *grandma* et de son *grandpa*.

— Mais je vais revoir maman, hein ? Je dirai au gentil monsieur de ce soir qu'il ne peut pas me garder, qu'il doit me ramener chez moi.

— Pourquoi pas, mentit la femme. Sois sage comme une image et il sera d'accord.

Pour la première fois depuis dix ans, Courtney éprouva un peu de compassion. Elle déplora le sort que son amant réservait à ce beau petit gars qui essayait de ne pas pleurer. Deux coups discrets frappés à la porte l'empêchèrent de s'attendrir davantage. Antonin la vit se lever, déverrouiller et entrebâiller la porte. Aussi preste qu'un chat, il bondit de sa chaise.

Courtney poussa un juron quand il se faufila dans l'interstice, entre le chambranle et le battant, en bousculant au passage une fille d'environ treize ans. Sidérée, celle-ci lâcha le cabas qu'elle tenait.

— Rattrape-le, Sarah, vite ! Sinon Tom m'écorchera vive. Je ne peux pas monter, avec mes pauvres jambes…

Antonin s'était élancé à l'assaut d'un étroit escalier en métal rouillé. Il n'y avait pas beaucoup de marches. Ses jambes à lui ne demandaient qu'à se dégourdir. Parvenu en haut, il chercha une autre issue, mais on le saisit par la taille.

— Tu n'iras pas loin, le rideau de fer est baissé, chuchota une voix douce à son oreille. C'est un ancien magasin. Tom entre par une autre porte, qu'il ferme à clef derrière lui.

— Je veux voir maman, sanglota l'enfant.

Il distingua dans la pénombre les traits fins d'une fille aussi brune que lui. Des boucles souples ornaient son front et ses épaules.

— L'as-tu attrapé ? hurla Courtney du seuil de la cave.

— Oui, ne vous inquiétez pas, madame White. Je lui fais la leçon et nous descendons.

La dénommée Sarah attira Antonin contre elle de ses bras menus. Il fut réconforté par son sourire.

— Alors, tu as une maman, toi, souffla-t-elle.

— Bien sûr, et elle est très belle. Pas toi ?

— Je n'ai plus de parents, ils sont morts sur Ellis Island, à cause d'une épidémie. J'avais ton âge. Je me souviens d'eux, sais-tu.

— Tu habites avec la dame qui est en bas ?

— Je fais les courses pour elle, ses jambes sont malades, elle ne peut pas marcher facilement. Monsieur Tom me fait travailler. Comment tu t'appelles ?

— Antonin Johnson. J'ai cinq ans et demi. Mais je déteste ce Tom, il m'a frappé, il m'a jeté au fond du cagibi. Je dois partir, maman m'attend. Je suis sûr qu'elle pleure.

Sarah caressa la joue du petit garçon. Elle savait quel sort odieux lui serait réservé tôt ou tard, ayant elle-même été livrée au plaisir de nombreux clients aux penchants pervers, dès qu'elle avait suivi Thomas Perkins. Il lui avait promis d'être un père pour elle, qui errait, seule, éperdue de frayeur, le long des quais.

— Allez-vous redescendre, oui ou non ? s'égosilla Courtney.

— Tout de suite, nous bavardons un peu, répliqua Sarah.

Antonin, d'instinct, perçut la bonté de la jeune fille. Il lui prit la main et l'étreignit. Ses yeux s'accoutumaient au clair-obscur si bien qu'il put la regarder, d'un air de petit animal pris au piège.

— Je t'en prie, conduis-moi chez maman, murmura-t-il. Sinon le monsieur m'emmènera dans sa maison. On m'a dit d'être sage quand je serai sur ses genoux, mais je ne pourrai pas. Je le taperai, je crierai très fort. Tant pis si Tom me bat encore.

— Qu'est-ce que je deviendrai, moi, si je t'aide ? Ils me tueront, tu ne les connais pas. Je ne vaux pas cher pour eux.

Ces paroles énoncées très bas firent trembler Antonin de tout son corps. Élisabeth lui lisait des contes, le soir, en évitant ceux susceptibles de l'effrayer. Cependant Maybel, plus étourdie, lui avait lu l'histoire du Petit Poucet et de l'ogre aux bottes de sept lieues. L'ogre avait tranché la gorge de ses filles, par erreur. Son esprit en plein éveil, marqué par les derniers événements, dut accepter la réalité.

— Te tuer, en vrai ? bégaya-t-il. Maman ne les laissera pas faire, tu resteras avec nous. *Grandpa* est très riche.

Depuis des mois, Sarah rêvait d'échapper à l'emprise de Tom et de Courtney. Elle envisagea les choses avec ses dernières capacités d'espérance. La famille du garçon pouvait lui donner une récompense. L'argent lui permettrait de s'acheter à manger, dans un autre arrondissement de New York. Peut-être qu'elle irait ensuite se réfugier chez les Sœurs de la charité.

— Ne fais pas de bruit, ou bien, pleure fort. N'aie pas peur si je te gronde, d'accord, dit-elle à l'oreille d'Antonin.

Fasciné, il lâcha des plaintes lancinantes. Sarah l'accabla de réprimandes, à haute voix, tout en l'entraînant en arrière, vers le fond du magasin désaffecté.

— Je t'ai menti, moi j'entre ici par cette porte, expliqua-t-elle. Viens vite, dehors il faudra courir.

Ils étaient dans une cour envahie de mauvaises herbes. Il faisait grand soleil, ce qui impressionna Antonin. Il avait presque oublié la splendide lumière de l'été. Sarah enjamba un grillage en partie affaissé. Ils déboulèrent dans une rue étroite, encombrée de détritus malodorants.

— Tiens bien ma main ! ordonna-t-elle. Je connais le quartier, on doit s'éloigner le plus vite possible. J'ai de la monnaie, on pourra peut-être prendre le tram.

Antonin était tellement soulagé d'être sorti de la cave qu'il aurait suivi Sarah n'importe où. Un vent chaud lui effleurait le front, le ciel resplendissait. Ils coururent longtemps avant de se reposer, le dos au mur, sur un trottoir.

— Où habite ta maman ? questionna-t-elle.

— Dans le Dakota Building, au troisième étage, répondit-il d'un ton fier.

— J'ignore où c'est, se désola-t-elle. Je n'ai jamais dépassé ce carrefour. Je viens là, le soir, je regarde le tram, en rêvant de monter à l'intérieur.

— De la fenêtre de ma chambre, je vois les arbres de Central Park, tu as dû y aller, insinua le petit garçon.

— J'en ai entendu parler. Je vais demander notre chemin, n'aie pas peur.

— Je n'ai plus peur, Sarah.

Il serra fort les doigts de l'adolescente, infiniment heureux.

Moulin Duquesne, jeudi 3 août 1905, au crépuscule

Justin était venu à cheval. Encore inconsolable de la perte de Rayonnant, le hongre de race anglo-arabe que lui avait offert Hugues Laroche, il montait désormais une jument noire, très docile, qu'il achevait de dresser. Dès qu'il mit pied à terre, Gilles, le fils aîné d'Yvonne et de Pierre, accourut et prit les rênes de l'animal. Il avait un visage plaisant, des yeux gris, des cheveux bruns très courts, un corps athlétique.

— Bonsoir, m'sieur Justin ! claironna l'adolescent.

— Bonsoir, Gilles.

— Pépé Toine arrose le potager, Laurent est en train de l'aider. Vous soupez avec nous ?

— Si on m'invite, oui, volontiers. Mais tu peux m'appeler Justin, le « monsieur » est de trop.

— Pourtant, vous en êtes un, de monsieur.

— Pas vraiment, j'ai grandi dans des conditions misérables et j'étais promis à un avenir de palefrenier. Je suis peut-être à la tête d'un grand domaine et d'un château, mais ça ne m'a pas changé.

Ce petit discours embarrassa Gilles, qui admirait beaucoup la prestance du visiteur, son aisance une fois en selle. Il esquissa un sourire avant de conduire la jument dans la grange.

— Si tu pouvais la faire boire, hasarda Justin. Enfin, à condition que ça te plaise.

— Un peu que ça m'plaît, répondit Gilles, enthousiaste.

— Tant mieux, je ne voudrais pas t'obliger à quoi que ce soit.

Le jeune châtelain se dirigea vers le jardin potager. Il trouva Antoine Duquesne penché sur une plate-bande de carottes. Le vieil homme se redressa en entendant un bruit de pas. Ses traits s'illuminèrent quand il reconnut Justin.

— Bonsoir, mon p'tit gars ! lui cria-t-il.

— Bonsoir, pépé Toine.

— Aurais-tu reçu un télégramme de New York ?

— Non, pas encore, sans doute demain.

Ils échangèrent une poignée de main sous le regard intimidé de Laurent, dont les quatorze ans souffraient d'une poussée d'acné. Comme sa mère Yvonne, il avait des boucles souples, châtain clair, des yeux bruns très doux.

— Vous avez de beaux légumes, remarqua Justin. Surtout vos tomates, elles sont superbes. Léandre, le jardinier du château, n'en a pas eu d'aussi appétissantes, cette année. Je dois engager quelqu'un pour le seconder.

— Pardi, il n'est plus tout jeune, Léandre, je le croisais à la foire de Rouillac, jadis. Pourquoi ne pas embaucher Gilles ? Il aide Pierre au moulin, mais il préfère le grand air, brasser la terre.

— J'en serais ravi, répliqua Justin. Il touchera de bons gages.

— Bien, tu en causeras à ses parents. Qu'est-ce qui t'amène ?

Auprès d'Antoine, Justin se sentait un grand enfant, protégé par un respectable aïeul. D'un geste spontané, il lui prit le bras.

— Je vous accompagne jusqu'à la maison, nous boirons un verre sous le tilleul, proposa-t-il. Cher pépé Toine, j'ai apporté dans mes fontes[1] une bouteille d'un excellent vin blanc.

— Ah, en quel honneur ?

— En l'honneur de votre fils Guillaume, bien sûr !

— Ma bru fait mijoter un civet de lièvre, tu m'en diras des nouvelles, se réjouit le vieux meunier.

Une heure plus tard, la famille Duquesne était réunie autour de la table dressée dans la cour. Le soleil couchant jetait des reflets d'incendie sur le feuillage du vénérable tilleul. Les grillons et les grenouilles s'en donnaient à cœur joie, comme pour offrir un fond musical aux humains rassemblés là.

Au dessert, Yvonne, rose de plaisir, servit une tarte aux poires. Justin attendait ce moment afin d'aborder ce qui l'avait lancé au galop sur le chemin de Montignac.

— Pépé Toine, j'ai beaucoup réfléchi depuis mardi. Vous êtes en bonne santé, en cette saison, rien ne vous empêche d'aller à New York avec moi. Je vous offre le voyage et je veillerai sur votre

1. En équitation, double sacoche en cuir que l'on met derrière la selle.

confort. Pendant la traversée en paquebot, j'ai croisé sur le pont des personnes aussi âgées que vous, qui appréciaient grandement leur périple. Vous avez cru Guillaume perdu à jamais, il est en vie, près de votre petite-fille. Élisabeth vous présentera Antonin, Jean sera fier que vous puissiez embrasser William, son bébé.

Pierre se racla la gorge, prêt à protester de façon véhémente, cependant Yvonne, d'un regard impérieux, l'en dissuada.

Antoine Duquesne contemplait en silence la flamme de la lampe à pétrole. Ses yeux très bleus, dont avait hérité Élisabeth, brillaient d'une mystérieuse rêverie.

— C'est généreux de ta part, Justin, dit-il enfin. Je serais idiot de refuser.

— Oui, avant-hier vous disiez que si vous étiez plus jeune, vous embarqueriez dans le premier bateau, se souvint Yvonne.

— Vas-y, pépé Toine, renchérit Gilles, tout content.

Son père avait accepté l'emploi de jardinier que lui proposait Justin, et l'adolescent, du haut de ses seize ans, exultait d'habiter le château.

— Je serais idiot de refuser, reprit Antoine d'un ton solennel, pourtant je le fais. Je te remercie du fond du cœur, Justin, mais je ne partirai pas. Si je dois avoir le bonheur de revoir Guillaume, ce sera ici, dans notre pays, là où il est né, où il a grandi. Et puis, je serai franc, j'ai plus d'orgueil qu'il n'y paraît. Je ne peux pas te laisser faire une telle dépense pour moi.

Chacun perçut le soupir de soulagement de Pierre, qui était incapable de concevoir une telle aventure pour son vieux père.

— Dans ce cas, je n'irai pas sans vous, déplora Justin.

— Surtout que tu dois surveiller tes vignobles, les vendanges seront précoces, elles commenceront vers la mi-septembre, à mon humble avis. L'aurais-tu oublié, mon garçon ? s'étonna Antoine. Tu m'as dit un jour que tu souhaitais gérer au mieux la production des eaux-de-vie, pour partager les revenus avec Élisabeth.

— J'y compte bien, pépé Toine, affirma gravement Justin.

Yvonne découpa la tarte. Son cœur de femme plaignait le jeune châtelain. Elle savait qu'il aimait Élisabeth de toute son âme et elle devinait la nature exacte de sa déception.

— Eh oui, il y a les vendanges, insista-t-elle avec un sourire qui se voulait consolateur.

Le repas se termina, les convives tous perdus dans leurs pensées. Pierre se promettait d'écrire très souvent à son frère Guillaume, certain qu'il reviendrait plus tard au pays. Gilles se voyait déjà travaillant aux côtés du vieux Léandre, dont Justin avait vanté la gentillesse et l'expérience.

Antoine, lui, essayait de se représenter la physionomie de son fils exilé en Amérique, qu'il n'avait pas embrassé depuis presque vingt ans.

« Quels ravages la misère a-t-elle causés sur lui ? se disait-il. Seigneur, mon enfant a souffert de la faim, du froid. A-t-il commis des méfaits ? A-t-il été un voleur, un criminel ? Nous ne le saurons peut-être jamais. »

Le vieil homme s'avoua qu'il redoutait d'être face à face avec Guillaume, dont il était tellement fier, en d'autres temps. Une main fine se posa sur son poignet. C'était celle de Laurent, qui semblait avoir deviné sa détresse, et appréhendait quant à lui son avenir au moulin, soumis à l'autorité paternelle.

Paupières mi-closes, Yvonne se projetait sur le pont d'un grand bateau, métamorphosée en une dame élégante, coiffée de ces chapeaux à large bord, ornés de fleurs en tissu, chaussée de jolis escarpins. Un pli amer se dessina au coin de ses lèvres. Elle ne quitterait jamais les bords du fleuve Charente, ni ses sabots.

Seul Justin concentrait son esprit sur l'image adorée de celle qu'il surnommait sa « princesse ». Il rêvait de la serrer contre lui, de la griser de baisers, de la sentir encore défaillante, livrée à la joie extrême qu'ils avaient partagée, dans un local abandonné de la 34e Rue. Une sève brûlante montait en lui, lorsqu'il revivait la merveilleuse étreinte de ce jour du mois de mai.

« Une passion interdite, un amour condamné, songea-t-il. Il vaut mieux rester loin l'un de l'autre. »

Dakota Building, même jour

Le soleil dispensait une chaleur étouffante sur New York, où la montre-bracelet d'Élisabeth indiquait 15 heures. Norma l'aidait à s'habiller pour sortir.

— Je vous en prie, ne tremblez pas ainsi, Lisbeth.

— C'est plus fort que moi.

— N'y allez pas, restez ici, monsieur vous l'a conseillé. Ce sera une terrible épreuve pour vous, si par malheur…

— Dis-le, Norma, continue, si c'est le corps d'Antonin. N'aie pas peur des mots. De toute façon, je n'y survivrai pas. Je me détruirai car c'est ma faute, ma très grande faute.

Un affreux sanglot, rauque, proche d'un râle d'agonie, secoua la jeune mère. La gouvernante pleura à son tour, mais un élan de pitié la poussa à prendre Élisabeth dans ses bras.

— Je prierai pour vous, chuchota-t-elle à son oreille. Ce n'est peut-être pas votre petit garçon.

— *Daddy* m'attend, Norma, parvint elle à répondre. Je n'en peux plus de cette attente, des questions qui me rongent. Même s'il s'agit d'Antonin, au moins je saurai où il est, je pourrai le cajoler, l'embrasser. J'ai vécu les heures les plus épouvantables de ma vie, depuis sa disparition.

On frappa à la porte de la chambre. La voix d'Edward s'éleva, altérée par le chagrin :

— Es-tu prête, chérie ? demandait-il. J'ai envoyé ton oncle démarrer la voiture, la police est déjà sur place. Autant faire vite.

Élisabeth avait mis une robe noire. Son visage meurtri par les larmes était d'une pâleur morbide.

— Oui, autant savoir très vite, lâcha-t-elle d'un ton mourant.

Des dockers avaient repêché le corps d'un enfant de l'âge de son fils. D'après les premiers constats, il aurait séjourné environ deux ou trois jours dans le fleuve Hudson.

3

Les larmes de l'Hudson

New York, jeudi 3 août 1905, même jour

Edward Woolworth conduisait lentement, comme s'il n'avait aucune envie d'arriver à destination. Assise près de lui à l'avant de la voiture, Élisabeth gardait les yeux baissés sur ses mains gantées de dentelle noire. Elle ne pouvait pas dire un mot, la gorge nouée par l'horreur de ces instants.

— Je suis rassuré que ton oncle tienne compagnie à Maybel, lui confia Edward. Elle semblait prête à s'évanouir lorsque nous sommes partis.

— Bonnie saura quoi faire, *daddy*, articula-t-elle avec peine. Mais c'est rassurant, en effet.

Elle avait la bouche sèche, une migraine cognait à sa tempe gauche. La rumeur constante de la circulation renforçait son malaise. En ce milieu de journée, les omnibus frôlaient les automobiles qui se faufilaient entre les attelages des particuliers, moins rapides.

« Mon Antonin chéri se serait noyé dans l'Hudson, songea-t-elle. Pourquoi ? Comment ? Il n'a pas pu aller seul au bord du fleuve. On l'a tué et on a jeté son doux petit corps dans l'eau. »

Élisabeth se crispa tout entière. Elle éprouva une brusque haine envers le fleuve et l'océan.

— *Daddy*, j'ai vu la dépouille de maman disparaître dans la mer, et Richard a été englouti lui aussi par les vagues. Souviens-toi, quand j'avais seize ans, *mummy* et toi m'avez avoué qu'on avait repêché un homme, dans l'Hudson.

— Je ne pouvais pas te raconter ça lorsque tu étais fillette, à présent je me demande qui était ce malheureux…

— Et il portait la veste de papa, où il manquait un bouton avec l'insigne des compagnons charpentiers. Personne ne le sait, mais peu après je suis allée en taxi sur les quais, pour jeter des fleurs dans l'eau, entre deux coques de bateaux. J'ai versé tant de larmes, debout sur le quai, glacée par le vent qui soufflait du nord. Je m'étais promis de ne plus m'approcher du fleuve. J'ai failli y retourner, le jour où je me suis promenée avec Justin, car j'avais cueilli du lilas dans une cour de la 34e Rue. Maintenant le destin me vole mon fils, mon petit garçon. Combien de larmes cette eau maudite va-t-elle exiger de moi ?

Elle se tut un instant, sous la montée d'un paroxysme de chagrin.

— Je ne peux pas admettre la mort d'Antonin, *daddy* ! Le voir privé de vie, lui qui était si turbulent, qui riait aux éclats quand je le chatouillais. Il m'est enlevé au moment où je retrouve mon père.

— Tu n'aurais pas dû venir, Lisbeth, se désola Edward. Ce sera une épreuve insupportable pour toi. Promets de rester à l'écart, chérie. Nous avons encore un espoir, n'est-ce pas ?

— Si mince, si fragile, *daddy*. Je préfère me préparer au pire.

Ils n'échangèrent plus une parole, tous deux obsédés par l'imminence d'une tragique révélation. Ils roulèrent bientôt sur une avenue menant droit aux quais de l'Hudson. Élisabeth aperçut des mâts de bateaux, le ballet des mouettes sur le ciel bleu. Edward lui tapota le genou.

— Courage, dit-il.

Elle constata qu'il pleurait sans bruit, les lèvres pincées sous sa moustache grisonnante. Ce triste spectacle la fit sangloter de nouveau. Peu après, ses yeux embués distinguèrent un fourgon de police, des agents dans leur uniforme sombre, entourés par d'autres hommes dont la tenue débraillée était celle des dockers.

Ils travaillaient dur, de l'aube à la nuit, dans la chaleur, le froid, sous le soleil ou la pluie.

— Ne bouge pas de la voiture, Lisbeth, recommanda Edward dont la voix vibrait d'émotion.

Ne fais pas la folie d'approcher tant que je ne t'aurai pas dit ce qu'il en est.

Contre son gré, il désigna une bâche qui recouvrait une petite forme allongée, aux pieds des agents. Puis il s'éloigna d'un pas hésitant. Élisabeth hocha la tête, en tamponnant ses joues de son mouchoir. Rien ne l'empêcha de fixer le miroitement de l'eau, dont le courant paisible emportait vers l'océan Atlantique des embarcations de toutes tailles.

— Mon Dieu, pardonnez-moi et rendez-moi mon enfant, dit-elle tout bas.

Un des policiers arrêta Woolworth d'un geste et lui parla à mi-voix, en jetant des coups d'œil inquiets à la jeune femme assise dans la voiture. Il l'avait reconnue, pour l'avoir vue dans Central Park, pendant les recherches.

— Monsieur, votre fille ne devrait pas être là. Une personne de la famille suffit à identifier la victime. Le garçon était quasiment nu. Le légiste atteste qu'il y a eu viol puis strangulation.

— Oh Seigneur, gémit Edward.

Il avait envie de hurler, de se plier en deux, une nausée lui tordant l'estomac, mais il se ressaisit, afin de ne pas se trahir.

— Allons-y, dit-il. Qu'on en finisse.

Ses efforts avaient échoué. Élisabeth ne fut pas dupe. La secousse nerveuse qui avait ébranlé la silhouette de son père adoptif, son pas saccadé la renseignèrent mieux que des cris. Elle descendit de l'automobile, avança un peu. Là-bas, on levait la bâche sur un petit corps d'un blanc ivoirin.

— Antonin !

Une clameur atroce lui avait échappé. Elle se rua sur les pavés, trébucha, vacilla. Son cœur battait à se rompre. Edward fit demi-tour en courant. Il stoppa sa course folle en la prenant par les épaules.

— Ce n'est pas lui, Lisbeth. Entends-tu ? Ce n'est pas lui ! Tu n'as pas besoin d'approcher, crois-tu que je pourrais te mentir ? Nous pouvons partir.

Elle avait tellement souffert en quelques minutes qu'elle ne ressentit aucun soulagement réel. Certes, ce n'était pas son fils, pourtant un innocent du même âge gisait sur les pavés, peut-être un des milliers d'orphelins livrés à eux-mêmes dans l'immense cité new-yorkaise.

— Qui pleurera ce pauvre petit ? s'égosilla-t-elle. Sa mère attend-elle son retour, comme je le fais ? *Daddy*, tout va recommencer, alors ! Je vais regarder l'heure tourner, sans savoir où est mon enfant, si on le maltraite ou non, s'il est vivant ou mort. Je n'en ai pas la force, vraiment pas.

Elle se libéra de son étreinte pour marcher jusqu'au bord du quai, à une cinquantaine de mètres de la petite victime. L'eau du fleuve clapotait contre les pierres du mur, en reflétant les grues, les treuils de déchargement. Elle longea un navire de marchandises. Le son lugubre d'une sirène retentit en amont. Élisabeth tomba à genoux et le visage entre ses mains, elle versa des larmes tièdes sur la misère du monde, sur le petit inconnu dont elle ignorerait toujours les traits et le bref passé. Elle pleura aussi sur ce regain d'espérance qui palpitait au fond de son âme.

Edward Woolworth la découvrit ainsi, dans la position d'une femme en prière à l'église. Il la fit se relever.

— Lisbeth, il faut rentrer. Tu m'as fait peur, je craignais que tu ne sois partie dans les rues, comme hier où tu es restée trois heures dehors, sans qu'on sache où tu étais. Maybel et Bonnie m'ont envoyé te chercher mais tu étais introuvable.

— Comme Antonin. Je devais sortir, *daddy*, me débarrasser du poids de l'angoisse, bien plus atroce quand on demeure assise au milieu du salon, sans rien faire. Au moins, j'interrogeais les gens, les commerçants, et je courais le long des trottoirs en sanglotant, ce que j'avais déjà vécu dans un cauchemar.

— Et cela n'a servi à rien, sauf à nous tourmenter, chérie.

— Pardon. Mais je voulais vivre ce mauvais rêve, car il pouvait m'aider. Il faudrait être moi, être à ma place, pour comprendre le calvaire que j'endure depuis mon enfance. Petite, je n'osais pas raconter ce qui m'apparaissait la nuit, une fois endormie. Je me répète si souvent que j'aurais peut-être pu sauver maman, papa et Richard. J'aurais pu ne pas subir l'acte abominable que m'a imposé mon propre grand-père.

— Là, là, dit doucement Edward en la tenant par le bras. On ne peut pas changer le cours des choses ni lutter contre le destin, ma petite Lisbeth. Ton père n'était pas mort, et il t'est redonné.

— Sans doute, mais nous avons été séparés des années. Je peine à le reconnaître, parfois. Sa vie d'errance, de miséreux sans mémoire, l'a marqué à jamais. Il était beau, jeune, très beau, ils s'aimaient très fort, maman et lui.

Le corps du petit noyé avait disparu lorsqu'ils montèrent en voiture. Un des fourgons de police démarrait. Les dockers s'étaient dispersés et avaient repris leur dur labeur.

— *Daddy*, penses-tu vraiment qu'Antonin s'est sauvé à cause de mon père ? demanda Élisabeth. Pourquoi aurait-il été effrayé au point de quitter l'appartement ? S'il avait eu peur, il serait venu nous le dire.

— Va savoir comment fonctionne l'esprit d'un bambin de cet âge ? Nous avons bien réfléchi, mardi matin. Maybel et moi étions dans notre chambre, toi tu faisais ta toilette, Norma pliait du linge au fond de la pièce où elle repasse. Antonin, pris de panique, a pu se croire seul, en grand danger.

— Peut-être, *daddy*… Pourtant Antonin n'est pas peureux.

Cette éventualité torturait Élisabeth. Durant le trajet du retour, elle s'abandonna à un abîme de détresse, scrutant chaque silhouette d'enfant dans les rues.

Dakota Building, trois heures plus tard

L'orage grondait dans un ciel devenu couleur de plomb. Des rafales de vent chaud s'engouffraient par les fenêtres du salon, où étaient réunis les Woolworth, Bonnie et Jean, Élisabeth et l'infirmière, Mme Binns.

— Nous aurons enfin de la pluie ce soir, affirma celle-ci. Je vous remercie pour le thé. Je vais souhaiter une bonne nuit à mon patient.

Elle portait encore sa blouse blanche et sa coiffe, malgré son départ imminent. Des zébrures argentées, suivies de violents coups de tonnerre, illuminaient la pièce que le crépuscule avait plongée dans une tiède pénombre.

Maybel gisait sur le canapé, un carré de linge humide sur le front. Elle avait trop pleuré, en attendant son mari et sa fille. Elle avait mal à la tête.

— Ce n'était pas notre chéri, murmura-t-elle pour la dixième fois. Mon Dieu, le reverrons-nous un jour ?

Edward, en aparté, avait confié à Jean le rapport du légiste. Il s'était exprimé en un français approximatif et par gestes, dans le couloir. Ils étaient d'accord pour ne pas l'ébruiter. Néanmoins, ils songeaient chacun de leur côté à l'horreur sans nom qu'avait endurée la petite victime.

— Mon William dort bien, commenta Bonnie, afin de tromper son anxiété. Dis, ça ne t'ennuie pas, Lisbeth, je l'ai couché sur le lit d'Antonin.

— Non, ça m'est égal. C'est très gentil de nous soutenir, Bonnie. Et toi, oncle Jean, tu risques de perdre des clients.

— Je m'en contrefiche, ma nièce. Le commerce bat de l'aile, ces temps-ci. Je te relaie au chevet de Guillaume, tant pis pour l'épicerie. Surtout avec ce grand malheur qui nous arrive !

Élisabeth approuva d'un signe de tête. Elle se sentait très lasse car elle avait à peine dormi pendant ces trois jours. Norma servit du thé à la bergamote et des scones garnis de confiture.

— Vous devez reprendre des forces, dit-elle en les regardant tour à tour. Monsieur, j'ai un aveu à vous faire.

La gouvernante, les paupières rougies, les traits tirés, fixait Edward Woolworth.

— Je suis obligée de vous quitter, pour avoir la conscience en paix. J'ai fait ma valise, je partirai demain matin.

— Norma, tu ne peux pas t'en aller ! protesta Élisabeth. Tu es mon amie désormais.

— Vous nous abandonnez, Norma, alors que nous sommes en plein tourment ! renchérit son patron, sidéré.

— Oui, monsieur, puisque je m'estime coupable. J'ai beaucoup réfléchi, cet après-midi. J'ai la certitude que la porte principale de l'appartement n'était pas verrouillée, mardi matin. Je suis prête à assumer les conséquences de ma négligence. Antonin n'aurait pas pu s'enfuir de l'immeuble si j'avais tourné le verrou du haut. Je ne me le pardonnerai jamais.

Maybel se redressa, ses cheveux cuivrés en bataille, le teint blafard.

— Pourquoi ne pas l'avoir dit bien avant ? Personne ici ne s'était posé la question. Antonin est assez habile pour tourner une clef dans une serrure, si la clef s'y trouve, mais il ne peut pas atteindre le verrou du haut, en effet. Autant dire que vous avez tué notre chéri, Norma. Partez dès ce soir.

— *Mummy*, es-tu devenue folle ? s'écria Élisabeth. Nous sommes tous responsables, inutile de congédier Norma.

— Traduis ce qu'elles disent, Bonnie, je n'y comprends rien, se plaignit Jean.

La vibration métallique de la sonnette coupa court au débat qui s'amorçait.

— Ce doit être le commissaire, il m'a averti qu'il passerait chez nous, indiqua Edward.

— Je vais ouvrir, monsieur, proposa Norma humblement.

Exaspérée à l'idée de revoir un policier, Élisabeth se réfugia au creux d'un confortable fauteuil en cuir. Soudain elle éprouva une surprenante sensation de délivrance, de légèreté. Un sourire se dessina sur ses lèvres, tandis que son cœur cognait de nouveau à grands coups dans sa poitrine.

— Oh, écoutez, dit-elle en bondissant de son siège.

Un enfant avait parlé, elle en était sûre. Une voix inconnue, claire, haut perchée, lui parvint.

— Lisbeth ! appelait Norma. Seigneur, venez vite !

Élisabeth accourut, éperdue de joie, de gratitude envers Dieu.

— Maman ! hurla Antonin qui se ruait vers elle.

— Mon chéri, mon petit amour, répondit-elle.

Elle l'avait soulevé du sol et le serrait dans ses bras, en proie à un tel bonheur qu'elle chancela. Son fils l'étreignait de toutes ses forces.

— Maman, gémit-il. Je voulais tant te voir.

Tout le monde déboula du salon, même l'infirmière, alors que l'orage grondait plus fort et qu'une pluie diluvienne s'abattait sur New York. Ce furent des exclamations ravies, des baisers et des câlins, des larmes de soulagement. Élisabeth avisa la première une frêle adolescente qui se dissimulait derrière Norma.

— Bonsoir, mademoiselle, dit-elle avec une infinie douceur. Est-ce toi qui m'as ramené Antonin ? N'aie pas peur.

Norma, d'un geste délicat, obligea Sarah à se montrer. Elle avança d'un pas, les mains derrière le dos.

Quand Antonin lui avait désigné de l'index le Dakota Building comme étant l'endroit où il habitait, elle avait eu envie de l'escorter jusqu'à la cour et de s'enfuir. Maintenant c'était plus impressionnant encore, ce large couloir aux boiseries luisantes, le superbe tapis, le lustre et les lampes accrochées au mur.

— Le portier, y n'voulait pas laisser passer Sarah, s'indigna Antonin, toujours pendu au cou d'Élisabeth. Et puis je lui ai dit mon nom et celui de *grandpa*. Après il nous a accompagnés.

— Trésor, tu avais disparu, la police enquête, elle te cherche partout, expliqua Maybel. Les portiers de la résidence étaient au courant.

Sarah tremblait de timidité. Elle ignorait l'existence dorée d'une partie de la population newyorkaise. Ses yeux noirs osaient à peine admirer la robe en soie mauve de Maybel, les bijoux qui brillaient sur sa gorge laiteuse.

Les adultes qui lui faisaient face, eux, ne se trompaient pas sur ses origines et son mode de vie.

Honteuse, elle baissa le nez pour déplorer l'état lamentable de ses sandales en toile, maculées de taches et trouées au bout. Sa jupe grise ne valait pas mieux que sa tunique en cotonnade à fleurs, taillée et cousue en vitesse par Courtney dans un rideau.

Mais Élisabeth, fascinée, contemplait les boucles noir de jais de l'adolescente, son pâle visage étroit au nez retroussé.

— Quel est ton nom ? lui demanda-t-elle.

— Sarah.

— Elle m'a emmené loin du cagibi, de la dame aux cheveux jaunes, de Tom. Lui, il m'a frappé.

— Seigneur, où étais-tu, mon petit ? interrogea Edward en lui caressant les joues. Un policier va venir, tu dois tout nous raconter, et *grandpa* lui racontera ensuite ton histoire.

— J'ai promis à Sarah qu'elle aurait une récompense, décréta Antonin qui, revenu au sein de sa famille, se sentait fort et hors de danger pour toujours. Si elle retourne là-bas, ils vont la tuer.

Bonnie se signa, Maybel étouffa un cri effrayé. Élisabeth prit la main de Sarah.

— Tu as sauvé mon enfant, mon fils adoré, lui dit-elle avec des inflexions tendres. Plus personne ne te fera du mal, nous te protégerons. Voudrais-tu prendre un bain ? Tu dormiras ici cette nuit, dans ma chambre.

— Je ne suis pas sale, madame. Si vous me donnez de l'argent, je m'en irai.

— Sous la pluie, sans veste ? Et où comptes-tu t'abriter, puisque tu ne peux pas rentrer d'où tu viens ? insista Élisabeth, dont l'âme et le cœur rassérénés débordaient de compassion.

Edward Woolworth toussota nerveusement. Il aurait aimé profiter du retour inespéré d'Antonin.

— Cette demoiselle a raison, dit-il. Elle aura sa récompense et trouvera où se loger. Je peux même la conduire dans un foyer de jeunes filles. Mais il faut attendre le commissaire. Il sera plus qu'intéressé par les renseignements qu'elle lui fournira.

— Non, moi je ne dirai rien à la police ! s'insurgea Sarah. Il me mettra en prison, Tom m'a prévenue, Courtney aussi.

Comble de malchance pour elle, la sonnerie tinta et cette fois, il s'agissait bien du commissaire.

— Laissez-moi filer, supplia Sarah.

— Ne crains rien, je t'assure que tu n'iras pas en prison, affirma Élisabeth. J'en fais serment.

Elle posa Antonin par terre, non sans l'embrasser encore. Maybel s'en empara aussitôt et le couvrit de baisers frénétiques. Elle inspecta ses vêtements, étonnée que le petit soit propre.

— Regarde, Bonnie, on dirait qu'il vient juste de sortir, notre chérubin !

— C'est vrai, madame, s'extasia celle-ci.

— La dame dans la cave, elle m'a lavé, précisa l'enfant.

Norma avait introduit le policier qui aperçut tout de suite le groupe rassemblé au milieu du vestibule. Edward entraîna le visiteur vers le salon, lui résumant la situation à voix basse. Jean leur emboîta le pas, ainsi que Bonnie, certaine d'être obligée de traduire l'entretien.

— Madame Binns, pouvez-vous rester là ce soir ? Je vous paierai en conséquence, demanda Élisabeth à l'infirmière. Les chambres ne manquent pas. Je suis si heureuse, je veux me consacrer à mon petit garçon.

— Je me réjouis pour vous, madame Johnson. Bien sûr, je peux rester. Les avantages du célibat, plaisanta la garde-malade.

La scène qui suivit, ponctuée de coups de tonnerre, devait longtemps marquer Élisabeth. Plus tard, elle l'évoquerait en faisant allusion à l'injustice sociale et à « l'envers du décor ».

— Je suis enchanté que vous ayez retrouvé ce pauvre petit, trancha le commissaire. Je qualifierai son retour de miracle. Ne m'en veuillez pas, mais s'il s'exprime correctement, je tiens à écouter sa version des faits.

Antonin, blotti sur les genoux de Maybel, se lança dans un récit confus. Il avait faim et sommeil. Sain et sauf, il rêvait d'un bon repas, de son lit douillet. Élisabeth lui tenait la main, comme elle tenait serrée celle de Sarah, assise à ses côtés.

— J'ai eu très peur d'un affreux bonhomme, et j'étais tout seul, dit-il. Je me suis sauvé, parce que je croyais que maman était partie à Central Park. Je l'ai cherchée partout, même près du zoo. Après, je suis monté à Belvedere Castle et je me suis caché dans les rochers. J'avais très soif, après, alors je suis descendu et les messieurs m'ont emmené. Ils disaient qu'ils m'emmenaient voir maman.

La désolation et l'effarement accablèrent tout son auditoire quand Antonin raconta la brutalité d'un certain Tom. Ce qu'il débita par la suite causa une terrible émotion.

— Il m'a tapé sur la figure, il m'a jeté dans le cagibi. Il y avait des rats et j'ai mouillé ma culotte. La dame m'a lavé, à cause d'un monsieur. Ce monsieur, je devais être sage avec lui, pour qu'il me prenne dans sa maison. J'avais peur, je réclamais maman. Et puis Sarah m'a aidé à sortir. On a beaucoup couru, on a pris un tram. Je suis fatigué…

Le petit garçon, qui se remémorait ces interminables heures de terreur, se mit à pleurer. Élisabeth l'enlaça et le berça un peu.

— C'est fini, tu es chez toi, dans mes bras, lui chuchota-t-elle en français. On ne se séparera plus, mon chéri, plus jamais.

— Voulez-vous que je conduise Antonin à la cuisine ? proposa Norma. J'ai du potage de légumes tout chaud.

— Oui, je veux du potage, se lamenta-t-il.

Le commissaire poussa un soupir de satisfaction lorsque la gouvernante sortit du salon avec l'enfant. Il se leva de sa chaise et en quatre enjambées rapides, il atteignit le canapé.

— Viens par là, toi, graine de potence ! ordonna-t-il à Sarah qu'il attrapa par les poignets. M. Woolworth croit que tu as raccompagné le gamin ici par bonté, je n'avalerai pas cette salade. Tu travailles pour qui ? Je veux des noms, l'adresse de ton souteneur.

L'adolescente, tétanisée, se laissa secouer sans réussir à répondre. Courtney et Tom avaient dit la vérité. La police serait sans pitié si elle était arrêtée un jour. Outrée, Élisabeth se jeta sur le commissaire.

— Je vous interdis de la maltraiter, lui dit-elle froidement. Comment osez-vous, alors qu'elle m'a ramené mon fils ?

— Je parie qu'elle a exigé une belle récompense. Madame, on vous abuse facilement. Ce genre de gamine s'y entend à vous apitoyer. M. Woolworth rira moins, si on vous cambriole une nuit. La racaille qui répand le crime dans la ville a plus d'un tour dans son sac. Une vaurienne comme elle, bien dressée, sait prendre le modèle d'une serrure avec de la mie de pain ou du mastic. Bah, elle sera plus bavarde après deux jours en cellule.

— *Daddy*, fais quelque chose ! s'enflamma Élisabeth. Et vous, lâchez-la !

Le policier lut dans le regard limpide de la jeune femme une réelle colère. Elle attira Sarah dans ses bras.

— Si elle dénonce ceux qui ont kidnappé mon fils, si elle vous donne l'adresse où il a été enfermé, vous renoncez à la prendre, à la faire souffrir ! Je suppose que cette enfant, car c'est encore une enfant, mérite une vie meilleure. Je me moque de son passé, c'est une victime, parmi tant d'autres.

— On pourrait négocier, concéda le commissaire, furibond.

Bonnie, bouche bée, oubliait de jouer les traductrices. Jean, excédé, alluma une cigarette. Il devinait un peu ce qui opposait sa nièce et le robuste Américain en costume gris et chapeau de feutre.

Maybel redoutait de perdre contenance. Elle n'avait qu'une envie, chasser les deux intrus pour enfin respirer, se détendre, savourer la fin du cauchemar qu'ils avaient vécu.

— Je t'en prie, parle, Sarah, implora Élisabeth. Tu ne vas pas défendre ceux qui ont enlevé Antonin, qui t'imposaient sûrement des corvées, de pénibles corvées. Tu as un grand cœur, je le sais. Si tu as sauvé mon enfant, c'est parce que tu as eu pitié de lui, tu as voulu qu'il soit épargné.

— Oui, c'est ça, admit l'adolescente tout bas. Antonin est si mignon, le client de ce soir l'aurait acheté très cher. Tom me tuera pour ça, s'il me retrouve.

Ces propos d'une sinistre simplicité firent gémir Maybel. Edward, ulcéré, tapa du poing sur un guéridon.

— Il n'en fera rien, déclara le commissaire, radouci. Indique-moi l'adresse, Tom et sa complice seront derrière les barreaux ce soir ou demain.

— Leurs noms, c'est Thomas Perkins et Courtney White. Il y a un autre homme, Jim. Ils louent un ancien magasin, dans le Lower East Side. On peut entrer par la cour derrière, on s'est enfuis par là, le grillage ne tient plus debout.

Sarah donna également le nom de la rue, en décrivant le rideau de fer de la boutique.

— Bien, j'estime qu'elle a fait le nécessaire, commissaire, nota Élisabeth. Je l'emmène à la cuisine. Elle doit être affamée.

La beauté de la jeune femme, vêtue de noir, son maintien et sa voix suave eurent raison de l'humeur hargneuse du policier. Il était suffisamment informé.

— Je vous téléphonerai, monsieur Woolworth, dès que l'affaire sera réglée. Confiez la fille aux Sœurs de la charité, elles ont coutume d'accueillir les brebis galeuses.

— Mon mari s'en chargera dès demain matin, affirma Maybel, un peu de rouge aux joues. La bienséance s'impose, dans notre cercle familial.

— Je suis d'accord avec vous, madame.

Edward le raccompagna. Élisabeth considéra sa mère adoptive d'un air effaré.

— *Mummy*, tu me déçois. Nous pourrions garder Sarah quelques jours. As-tu oublié qu'elle nous a ramené Antonin, qu'elle lui a évité un sort abominable ?

— Je lui en suis reconnaissante, et elle aura sa récompense, mais il est difficilement envisageable de l'héberger. Pas chez nous, Lisbeth.

— Jean et moi, nous pouvons la prendre, intervint Bonnie. Sarah s'occupera de William, elle couchera dans l'arrière-boutique.

Prudemment, elle avait fait sa proposition en anglais, ce qui agaça Jean. Élisabeth, écœurée par l'attitude de Maybel, traduisit pour son oncle.

— Je suis d'accord, dit-il en souriant. Une gosse de cet âge aussi courageuse et dévouée, je lui ouvre ma maison et mon cœur.

Il reçut alors de sa nièce un merveilleux sourire. Sarah, elle, patientait, inquiète, lorsque Antonin la rejoignit et lui prit la main.

— Maman, je veux montrer mes jouets à Sarah. Mais Norma dit qu'elle doit manger, d'abord.

— Oh, mon chéri ! Quelle joie de te voir, de t'entendre ! s'écria Élisabeth. Je vais faire ta toilette et te coucher. Pendant ce temps, Norma fera dîner mon invitée. Sarah, je reviens vite. Tu es en sécurité, je te le promets.

Malgré son expression apaisée, la lumière d'azur de ses yeux qui avaient versé tant de larmes, Élisabeth vibrait intérieurement d'une vive indignation.

« J'aurais pu frapper ce policier, qui secouait Sarah et qui l'a humiliée devant nous, songeait-elle. *Mummy* me déçoit beaucoup. Je remercierai Bonnie et oncle Jean tout à l'heure. Ils sont les seuls à avoir eu une réaction charitable. »

Elle sortit du salon, en portant son fils dans ses bras. Sarah la suivit, comme elle aurait suivi un ange descendu du ciel.

Trois heures plus tard, un grand calme régnait dans le luxueux appartement des Woolworth. La fureur des éléments s'était mise au diapason de ces instants de sérénité. L'orage grondait bien plus loin et il ne pleuvait plus. Un air rafraîchi pénétrait par les fenêtres ouvertes du salon.

Norma avait servi le dîner plus tard que d'ordinaire. Élisabeth s'était absentée longuement, le temps de coucher Antonin, à qui elle avait chanté une berceuse. La jeune femme s'était ensuite occupée de Sarah. Sa protégée était allée de joyeuses surprises en pur émerveillement.

Le bain chaud lui avait paru un extraordinaire cadeau, comme les serviettes-éponges moelleuses, le parfum du savon. Élisabeth avait brossé ses cheveux humides, dont le noir intense brillait sous les lampes.

— Je te prête mon grand lit, Sarah, avait-elle dit en riant. Mais je t'offre une de mes chemises de nuit. Nous la raccourcirons demain. Ma tante Bonnie est une excellente couturière.

— Je ne veux pas d'argent ! s'était exclamée l'adolescente. J'ai déjà eu ma récompense. Vous êtes si gentille, madame.

L'intimité qu'elles avaient partagée, les regards chaleureux échangés commençaient à créer un lien affectueux entre elles. C'était le sujet de la discussion que venait de lancer Maybel, autour d'une infusion de verveine. Seul Jean manquait, ayant préféré récupérer du sommeil en retard. Au matin, Bonnie et lui rentreraient à Brooklyn.

Ignorant la cruelle tempête qui avait ébranlé sa fille et les Woolworth, Guillaume Duquesne, lui, dormait profondément, aidé en cela par des sédatifs. La garde-malade s'était retirée elle aussi.

— Cette jeune personne ne restera pas chez nous, Lisbeth, disait Maybel d'un ton ferme. Je suis assez consciente des tristes réalités. En dépit de son jeune âge, elle s'est prostituée. Edward te le confirmera, le commissaire a été explicite sur ce point.

— On l'y a forcée, *mummy* ! Excuse-moi d'être franche, mais mon fils de cinq ans aurait connu le même sort ignoble sans le secours de Sarah. Je lui ai parlé, pendant qu'elle prenait un bain. La pauvre petite a eu pitié d'Antonin, qui me réclamait, après avoir réussi à quitter la cave lorsque cette affreuse Courtney a entrebâillé la porte. Il a été d'un courage étonnant.

— Il promet d'être d'un tempérament à toute épreuve, concéda Edward. Lisbeth chérie, je veillerai sur l'établissement de Sarah, à qui nous devons tant. Elle nous quittera munie de cent dollars, et je m'entretiendrai avec la mère supérieure des Sœurs de la charité, afin qu'elle emploie cette jeune fille à l'hôpital, qu'elle soit nourrie et logée.

— Mais *daddy*, je voudrais veiller sur elle, la garder près de moi, précisa Élisabeth. Que lui reprochez-vous, à la fin ?

— Elle est juive, insinua Maybel à mi-voix. Tu la considères comme une bonne âme, mais j'ai la conviction qu'elle a ramené notre Antonin dans l'espoir d'empocher une solide récompense. Nous sommes des gens respectables, Lisbeth. Que diraient nos voisins, nos amis, nos relations, si nous hébergions une fille rompue au vice, et juive de surcroît.

Un gouffre d'incompréhension s'ouvrit pour Élisabeth. Elle toisa Maybel d'un air écœuré, jeta un regard suppliant à Edward.

— Tu penses la même chose, *daddy* ?

— Avec quelques nuances, oui, je suis du même avis.

— Je comprends. La présence de papa vous importune, je m'en suis aperçue récemment. Maintenant nous devons rejeter Sarah, parce qu'elle est orpheline, que des ordures l'ont maltraitée, lui imposant des relations honteuses.

Furieuse, Élisabeth aurait volontiers plié bagage sur-le-champ, en emmenant son fils et Sarah. Cependant elle ne le pouvait pas.

— Je vais trouver une solution, dit-elle, embellie par la colère. Accordez-moi une ou deux semaines et plus aucun indésirable n'entachera votre réputation. Justin me prêtera de l'argent, je louerai une petite maison dans Brooklyn, près de chez toi, Bonnie. Au moins je serai en mesure de soigner papa, de prendre soin de Sarah et de mon enfant.

Norma enfreignait une règle d'or qu'elle s'était fixée. Elle si soucieuse d'être discrète, elle écoutait la querelle depuis le couloir plongé dans l'ombre.

« Si Lisbeth s'en va, j'irai avec elle, sans rien exiger en retour. »

Cette décision anticipée la réconforta. La gouvernante s'était attachée à la jeune femme et à Antonin. Elle ne concevait plus son existence loin d'eux.

— Tu profères des sottises, Lisbeth chérie, déplora Maybel. C'est ton foyer, ici.

— Je l'aurais quitté en épousant Henri, un modeste ouvrier en blanchisserie. Mais il n'était pas de votre goût, lui non plus.

— Nous étions prêts à l'accepter, prétendit Edward. Ne nous rends pas responsables. Tu as rompu tes fiançailles de ton plein gré. Lisbeth, que deviendrons-nous sans toi, sans Antonin ?

— Je suis navrée, *daddy*, mais votre façon de juger Sarah me répugne. Toi, *mummy*, tu sembles la mépriser, car elle est juive. Comment savais-tu que je ne l'étais pas, lorsque vous m'avez recueillie, fillette ? Mes habits d'alors prouvaient mon humble condition, j'étais sans doute sale, il fallait me confier aux Sœurs de la charité.

— On les reconnaît aisément, plaida Maybel, un peu gênée.

— Qui donc, *mummy* ?

— Eh bien, les juifs.

Élisabeth dut se lever pour marcher de long en large. Elle ignorait tout des convictions antisémites. Le terme lui-même, si elle l'avait parfois entendu, lui était demeuré vide de sens réel.

— Tu n'as pas de cœur, reprocha-t-elle à Maybel.

— Oh si, j'ai un cœur, rétorqua celle-ci. Un cœur encore brisé après trois jours d'angoisse, de peur. Mais j'ai le droit de choisir qui partage ma vie. Edward et moi avons estimé généreux et correct d'inviter ton père jusqu'à sa guérison. Nous savions aussi combien c'était important pour toi, chérie. Il en est autrement à propos de Sarah. Qui devrons-nous héberger encore ? Un autre traîne-misère, un chien perdu ?

— Antonin rêve d'avoir un chien, riposta Élisabeth, les poings serrés. C'est interdit également ?

— Allons, allons, vous devriez vous calmer, vous regretterez vite cette querelle, recommanda Edward. Lisbeth chérie, tu es à bout de nerfs. Je conçois ton souhait de protéger Sarah envers qui tu débordes de gratitude. Je lui suis moi aussi infiniment redevable. Mais un peu de sérieux, nous ne pouvons pas la garder chez nous. Mes affaires périclitent à cause de la concurrence de plus en plus menaçante, tu le sais. Je ne tiens pas un hospice.

— En fait, j'ai eu de la chance, ironisa Élisabeth. La chance d'avoir été renversée par votre cheval, à six ans, la chance d'être jolie, attrayante, et surtout de ne pas avoir l'air d'une enfant juive. Très bien, dans deux semaines, vous serez tranquilles et tu feras des économies, *daddy*.

Bonnie ne se mêlait pas à la conversation, fort houleuse. Elle était néanmoins du côté d'Élisabeth, qu'elle avait en partie élevée et choyée, à l'époque où elle travaillait pour les Woolworth.

« Si ma petiote emménage près de l'épicerie, nous serons comme avant, les meilleures amies de la terre, se promettait-elle. Et je suis sa tante par alliance, ça pèse dans la balance. »

Au même moment, Élisabeth se pencha sur elle pour l'embrasser sur les deux joues. Bonnie lui adressa un sourire attendri et murmura en français :

— Tu peux venir chez nous, petiote, ton oncle sera ravi. Pardi, on se serrera un peu.

Château de Guerville, lundi 28 août 1905

Justin observait le vieux Léandre et Gilles Duquesne, qui arrachaient les mauvaises herbes d'un massif de dahlias. Il était tôt, le soleil envoyait des rayons obliques sur la pelouse perlée de rosée.

— Les vendanges commencent demain, Gilles, dit-il au garçon penché sur son ouvrage. Si tu as du temps libre, tu pourrais venir et nous donner un coup de main. Le soir, il y aura un bon repas.

— Il faut demander à m'sieur Léandre.

— D'accord pour demain, mais samedi, il faut tailler les haies, répondit celui-ci.

— Très bien, décréta le jeune châtelain. Je vais à Montignac. Je donnerai de tes nouvelles à ta mère, Gilles.

— Dites-lui que je n'ai pas à me plaindre, loin de là. Je suis comme un coq en pâte, ici.

— Un coquelet, blagua Léandre.

— Eh bien, à ce soir, leur dit Justin.

Il souriait, cependant ses yeux sombres trahissaient un souci qu'il tentait de dissimuler. Il salua ses jardiniers pour se diriger vers les écuries. Élisabeth avait expédié quatre télégrammes assez détaillés, ce qui avait dû lui coûter cher, mais aucune lettre. Enfin, la veille, un courrier de New York était arrivé au château, qui avait fortement troublé Justin. Il éprouvait le besoin d'en parler à Antoine Duquesne.

Avant de seller son cheval, adossé à la cloison du box, il ne put s'empêcher de le relire. C'était une manière de se sentir proche de sa princesse, de caresser son écriture élégante d'un regard amoureux, tout en s'interrogeant sur le ton distant, presque froid d'Élisabeth, qui paraissait n'avoir plus aucun sentiment pour lui.

Justin,

Je suis désolée d'être en retard dans ma correspondance. Il s'est passé beaucoup de choses au début du mois d'août. Mon fils avait disparu, enlevé par des truands, et j'ai cru mourir de chagrin. Grâce à Dieu, que j'ai tant prié, Antonin m'a été rendu, sain et sauf. Je dois cet immense bonheur à Sarah, une adolescente de treize ans qui a eu le courage et la bonté de l'aider à s'enfuir.

La police a pu arrêter ces ignobles malfaiteurs. J'ai dû raconter à papa ce terrible drame, et j'en ai profité pour lui présenter son petit-fils. Triste paradoxe, Antonin avait quitté l'appartement, effrayé par son seul véritable grand-père, dont l'aspect, certes, n'était pas rassurant. Mon enfant chéri aurait assisté à une crise nerveuse.

Par bonheur, papa est rétabli. Il se souvient parfois de certains détails de sa vie de vagabond. Vraiment, il a meilleure allure, les joues moins creuses, le teint plus net, et ses cheveux ont un peu poussé.

Tu seras très surpris d'apprendre que j'ai quitté le Dakota Building et que j'habite désormais à l'adresse figurant en haut de cette feuille. Maybel et Edward refusaient que je garde Sarah près de nous, malgré le fait qu'elle ait sauvé Antonin d'un sort pire que la mort.

Bonnie et oncle Jean, qui ont du cœur, eux, nous ont accueillis moins d'une semaine après la pénible scène ayant eu lieu le soir même où j'avais retrouvé mon fils, mon petit garçon.

Je n'ai pas supporté leur attitude, leurs paroles à l'encontre de ma protégée qui a vécu un enfer, celui de la prostitution, et aurait le tort d'être juive. J'ai renié mes parents adoptifs. Ils ne cessent de m'écrire en me demandant pardon, ils me supplient de revenir, avec papa et Antonin, bien sûr, mais je reste sur mes positions.

Tu dois me trouver ingrate de les traiter ainsi, eux qui m'aiment de tout leur cœur, ça, je n'en doute pas. Ils viennent chercher Antonin deux fois par semaine pour le promener et lui offrir un goûter.

Je reviens à mon déménagement. La providence était de mon côté, car il y avait un logement libre au-dessus des trois pièces dévolues aux gérants de l'épicerie. Papa dispose d'une chambre sur la rue, je dors dans la chambre voisine, avec vue sur la cour.

Le loyer est modeste, nous sommes à l'étroit, mais je respire librement et je suis contente de cuisiner, de jouer avec mon fils. Sarah est une exquise enfant qui m'aide au ménage et me voue une sincère tendresse. Je la comble de câlins, ce dont elle ne se lasse jamais. Plus tard, je te confierai son passé, qui a éveillé toute ma compassion.

Je me demande à présent comment j'ai pu me complaire dans le luxe, l'aisance. Je n'ai emporté que certains jouets d'Antonin et mes robes les plus simples. Justin, j'ai l'impression d'être enfin moi-même, la fille de Catherine et de Guillaume Duquesne, un couple heureux et amoureux qui vivait dans une charmante « chaumière » au bord de la Charente.

Papa et moi, nous envisageons de revenir en France, peut-être avant Noël. J'avais des économies, et je reçois la rente que tu me verses sur les revenus du domaine viticole. Mais si nous décidons de rentrer, je te demanderai l'argent nécessaire.

Je ne tiens pas à habiter le château, j'y ai trop d'affreux souvenirs et je n'y serai pas à l'aise.

Nous nous installerons dans notre ancienne maisonnette. J'ai un aveu à te faire. Tu vas en souffrir et j'en suis désolée. Quand je pensais Antonin perdu à jamais, j'ai imploré Dieu de le sauver, de me le redonner… Et j'ai promis si j'étais exaucée de renoncer à notre amour, un amour interdit, condamné.

Tu dois l'accepter, en prévision de mon retour. Nous avons tous deux commis un grave péché. Si tu savais la douleur que je ressentais… j'étais sûre d'être punie.

Nous aurons l'un envers l'autre le comportement amical d'un oncle et d'une nièce. Il le faut, Justin, j'espère que tu sauras renoncer à moi. Je te souhaite de trouver le bonheur avec une autre femme, pourquoi pas Irène, elle te plaisait.

Réponds-moi vite,

Élisabeth

Post-scriptum : Norma, qui était devenue une précieuse amie pour moi, a dû rester travailler chez les Woolworth. Je l'ai consolée en lui assurant qu'elle me suivrait en France si elle le désirait. Hélas, elle n'en a pas l'intention.

« Mon Dieu, je ne rêve pas, se dit Justin. Élisa beth veut revenir en France. »

Il replia soigneusement la feuille, selon son habitude, et la rangea dans la poche intérieure de sa veste. Son esprit était en ébullition, submergé par une foule d'idées.

« Non, ma princesse, je ne me marierai pas avec Irène, car je ne pourrai pas lui donner d'amour. Ce sera déjà un don du Ciel de te savoir à quelques kilomètres de moi, de pouvoir te parler, te sourire. Seigneur, quelle bénédiction ! »

Roger le surprit en pleine songerie. Il s'accouda à la porte du box, un air malicieux sur son visage au teint sanguin.

— Dites, monsieur, il faudrait resserrer la sangle de la selle, si vous montez comme ça, vous tomberez à coup sûr. Je vais m'en occuper.

Le palefrenier acheva de harnacher correctement la grande jument noire qui succédait à Rayonnant.

— Merci, Roger, tu es un ami pour moi, c'est rare, un ami. Ce soir, nous causerons. Oh, je ne peux pas attendre. Élisabeth, la petite-fille de Laroche, prévoit de quitter New York et de vivre ici, sur sa terre natale.

— Elle s'installera au château, hein, m'sieur Justin ? demanda Roger que la nouvelle réjouissait. Je serai content de faire sa connaissance, c'est une belle jeune dame. Pardi, je regarde les photographies d'elle, souvent.

— La plus belle ! s'extasia Justin, oubliant toute pudeur. Mais je pense qu'elle préférera loger près du moulin, dans la maison de son enfance.

Deux minutes plus tard, il lançait sa jument au grand trot dans l'allée ombragée.

Moulin Duquesne, même jour

Antoine Duquesne, de l'avis général, semblait avoir rajeuni d'une décennie. Comme il fréquentait assidûment l'église du bourg, il dédiait de ferventes prières à Dieu et à la Sainte Vierge.

— Les voies du Seigneur sont impénétrables, lui disait le curé. Votre fils Guillaume a survécu.

— Ma foi n'en est que plus vive, mon père, répliquait Antoine.

Ce jour-là, le vieux meunier affûtait une serpe quand il vit arriver Justin. L'expression du visiteur le fit sourire.

— Tu m'as l'air joyeux, mon garçon ! lui cria-t-il. Mets ta bête à l'ombre dans la grange, et viens me dire ce qui se passe. Je suis tout seul. Yvonne est partie à la foire de Rouillac à vélo, et Pierre livre un quintal de farine au boulanger de Vouharte.

Justin fut rapidement assis à la table. Il avança la main droite afin d'effleurer les doigts d'Antoine.

— Je vous ai apporté une lettre d'Élisabeth, pépé Toine. C'est une chance que je vous trouve seul, car votre petite-fille évoque nos sentiments.

— Bah, ma bru sait que vous vous aimez, et Pierre a des soupçons. Que raconte-t-elle pour que tu sois dans cet état ?

— Pépé Toine, ils vont peut-être revenir, votre fils Guillaume, Antonin, et Élisabeth. Avant Noël.

— Boudiou ! Cours chercher la gnôle et mes binocles, Justin. Ils seraient là pour Noël ? Dieu soit loué, ce serait le plus beau Noël de ma longue existence.

Les battements désordonnés de son cœur apaisés par une gorgée d'eau-de-vie, ses lunettes sur le nez, Antoine prit connaissance de la lettre. Justin déchiffrait sur ses traits encore harmonieux les émotions que lui procurait sa lecture.

— Fichtre, marmonna le vieil homme quand il eut fini. En voilà du chambardement. Ces riches Américains ont dû commettre une grosse bévue, sinon ma petiote n'aurait pas décampé. Je te remercie d'être venu, Justin. Je passais mon temps à siffler, il m'arrivait même de faire un pas de polka. Maintenant, bon sang, je danserais bien la gigue… Revoir Guillaume, le serrer contre moi. Et Antonin. Ce sera le paradis sur la terre.

Justin approuva d'un grand sourire ébloui. Il était capable de tous les sacrifices si Élisabeth lui accordait son amitié, s'il la voyait ici, au moulin. Féru de littérature médiévale, il évoqua l'amour courtois de cette lointaine époque, où les nobles dames faisaient languir les chevaliers, sans rien leur offrir de leur corps.

« On peut aimer sans céder à la volupté de la chair, se raisonna-t-il. Ma princesse devait être au supplice, privée de son fils, et je comprends qu'elle ait fait cette promesse. »

Antoine, aussi intuitif que sa petite-fille, devina en le regardant le délire romantique dont Justin était victime. Il aurait fort à faire, au retour de sa belle Élisabeth, pour freiner la passion qui couvait entre les jeunes gens, un feu sous la cendre, qu'une simple étincelle pourrait ranimer.

« Mais j'aurai de l'aide, Guillaume sera là, mon fils retrouvé. À nous deux, nous protégerons ces pauvres amoureux ! »

4

De Brooklyn à Manhattan

Brooklyn, dimanche 17 septembre 1905

Un rayon de soleil illuminait la chemisette en coton blanc qu'Élisabeth repassait avec une application de débutante. La fenêtre était grande ouverte sur la rue, mais du deuxième étage de l'immeuble en brique, on voyait seulement la façade en vis-à-vis.

Une odeur de bouillon chaud flottait dans la pièce, où la jeune femme cuisinait et faisait la lessive. De la chambre voisine lui parvenaient les éclats de rire d'Antonin et de Sarah qui se posaient des devinettes. Lorsqu'on frappa à la porte, qui donnait directement sur le palier, Élisabeth cria d'entrer, cependant on toqua encore deux coups discrets.

Élisabeth posa son fer et alla ouvrir. Elle se trouva nez à nez avec Norma, vêtue du tailleur en serge grise qu'elle mettait pour se rendre au temple. Un petit chapeau sur ses cheveux blonds, la visiteuse lui souriait avec douceur. Elle tenait à la main un bouquet de roses emballé de papier bleu.

— Bonjour, Lisbeth, c'est mon jour de congé, j'ai eu l'idée de passer vous voir à l'improviste.

— Norma, comme je suis contente ! Merci pour les fleurs, c'est si gentil. Entre, et ne fais pas attention au désordre. Je fais mon apprentissage de maîtresse de maison, ajouta Élisabeth d'un ton malicieux.

— Ne vous inquiétez pas, ça m'est égal, je voulais prendre de vos nouvelles.

D'un rapide coup d'œil, Norma avisa le tas de linge posé sur le dossier d'une chaise, une pile d'assiettes sales au coin de la table. Elle aperçut le contenu d'une casserole sur le réchaud, au fond de laquelle se desséchait du vermicelle, changé en une pâte jaunâtre, prête à roussir.

— Votre soupe allait brûler, Lisbeth ! s'écria-t-elle en éteignant le brûleur. Si je vous aidais un peu ?

— Non, je dois y arriver seule, affirma Élisabeth qui respirait le parfum des roses d'un air charmé.

— Mais aviez-vous déjà cuisiné ? demanda Norma.

— Pour être honnête, pas vraiment. Je croyais que c'était facile, car j'aimais bien vous regarder, Bonnie et toi, préparer des recettes. Hélas, je dois être étourdie, j'oublie souvent quelque chose sur le feu.

L'air serein, Norma ôta sa veste, son chapeau et ses gants. Elle décrocha un tablier de son clou et le noua à sa taille.

— Reposez-vous, Lisbeth, conseilla-t-elle. Nous bavarderons pendant que je m'occupe du ménage. Comment va votre papa ? Et Antonin, Sarah ?

— Papa marche à présent, mais il a besoin d'une canne. Sa hanche gauche est encore douloureuse, là où la voiture l'a heurté, précisa Élisabeth.

Malgré la recommandation de Norma, elle avait repris son repassage. Avec son corps ravissant sculpté par une légère robe d'été, sa longue chevelure brune attachée sur la nuque, elle était d'une beauté émouvante.

— Vous n'étiez pas obligée de partir aussi vite de chez vos parents adoptifs, insinua tout bas la gouvernante. Ils sont très affligés.

— Je ne les considère plus comme mes parents et il n'y a eu aucune adoption officielle, rétorqua Élisabeth. Si tu es venue plaider leur cause, c'est inutile, je ne reviendrai pas en arrière. Je ne peux pas leur pardonner la façon dont ils ont traité Sarah, dont ils l'ont rejetée.

— Je comprends pourquoi vous avez été déçue et irritée, mais ils ont des excuses, Lisbeth. Mettez-vous à leur place, ils devaient accepter d'emblée une personne étrangère chez eux, sans même avoir le loisir de se réjouir pour Antonin.

— Que nous n'aurions jamais retrouvé sans Sarah !

— Je le sais, Lisbeth, mais pour eux, Sarah venait des bas-fonds de la cité, ils se méfiaient d'elle. Ils ont réagi selon leurs propres codes, en pensant qu'une forte récompense suffirait. Je l'admets, ils ont cédé à leur sens des convenances, à leurs préjugés. Savez-vous, mon père, qui est pasteur dans ma ville natale, au Kansas, n'aurait pas mieux réagi. Il est très pointilleux sur la moralité, et certains de ses propos me laissent supposer qu'il aurait peu de considération pour les juifs.

— Même lui, qui est pasteur ?

— Oui. Quant à madame Maybel, je vous assure qu'elle regrette beaucoup son attitude. Je ne viens pas de sa part, pourtant je tiens à vous dire que monsieur, le premier, voudrait que vous reveniez au Dakota Building, tous, votre papa, Sarah, Antonin et vous.

— Je n'en ferai rien. Je suis plus heureuse ici, plus en accord avec mes convictions sociales. Norma, j'ai vécu dans le luxe pendant que mon père était privé de tout, alors que des milliers d'enfants souffraient, victimes du même sort affreux que Sarah.

La gouvernante avait récuré la casserole et jeté le vermicelle roussi. Elle remit de l'eau à chauffer.

Preste, efficace, elle s'attaquait maintenant au tas de linge propre qu'elle se mit à plier.

— Norma, arrête, j'ai l'impression d'être une incapable, protesta Élisabeth.

— Ce n'est pas votre faute, on vous sert depuis des années, ici et en France. Vous n'avez pas l'habitude de ces tâches. Laissez-moi finir le repassage.

— Non, je le ferai.

Une porte s'entrebâilla. Guillaume Duquesne apparut, grand et mince, en chemise à fines rayures et pantalon de toile. Une courte toison grise couvrait son crâne, dissimulant ses cicatrices. Ses traits moins émaciés révélaient combien il devait être beau dans sa jeunesse. Norma fut saisie par l'éclat de ses yeux gris clair, pailletés d'or brun.

— Bonjour, monsieur Duquesne, dit-elle. Je ne vous aurais pas reconnu, je vous avais juste entrevu lors de votre installation chez mes patrons.

— C'est Norma, papa, notre gouvernante et surtout, mon amie, indiqua Élisabeth.

— Bonjour, mademoiselle, ma fille parle souvent de vous, déclara Guillaume dans un anglais hésitant.

Sarah et Antonin s'étaient mis en tête de lui apprendre quelques mots d'anglais et ils obtenaient des résultats assez satisfaisants.

— Ma princesse, je crois que Jean est en retard, dit-il à Élisabeth, en français cette fois.

Elle n'eut pas le temps de répondre, son oncle fit irruption sans avoir frappé. Il jeta un regard surpris à Norma, puis il se précipita vers son frère.

— En route, Guillaume ! lança-t-il d'une voix sonore. Mesdames, nous vous saluons, c'est l'heure de notre promenade au soleil, une prescription du docteur. Nous déjeunerons au restaurant, la recette de la semaine a été bonne. On peut s'accorder une petite fantaisie.

Norma observa les deux hommes. Leur lien de parenté était évident. Ils avaient la même stature, un front haut, les mêmes sourcils bien dessinés et un timbre de voix presque identique.

— Au revoir. Nous vous attendons pour le thé, Bonnie et moi, leur dit Élisabeth en les embrassant affectueusement.

Quand elles furent seules de nouveau, les jeunes femmes gardèrent le silence un moment. Norma s'empara des assiettes sales et les déposa dans l'évier.

— Vous me manquez, Antonin et vous, confessa-t-elle tout bas. Les jours où vous le confiez à madame et à monsieur, je n'ai pas l'occasion de jouer avec lui comme avant. Par chance, madame tient à ce que je les accompagne s'ils vont à Central Park. Il n'y a plus de danger, puisque les individus qui ont enlevé votre fils sont en prison.

— Il y aura toujours du danger, Norma. Ces hommes ne sont pas un cas unique. Le crime, la corruption, la perversion règnent dans certains quartiers.

Un chant ravissant s'éleva dans le logement, en provenance de la pièce voisine. La voix était limpide, mélodieuse.

— C'est Sarah, ajouta Élisabeth. Antonin pourrait l'écouter chanter du matin au soir. Il est moins turbulent, depuis que nous habitons ici. Il se passionne pour le coloriage et il ne fait plus d'acrobaties. Son expérience l'a marqué. Si vous saviez comme il se montre câlin, même avec papa.

— Il n'a plus peur de lui ?

— Oh non, ils s'entendent à merveille. Dieu soit loué, Antonin parle bien français, j'y ai veillé, alors ils discutent tous les deux.

— Le potage au vermicelle est prêt, Lisbeth. Je suppose que vous devez appeler les enfants. Je resterais volontiers cet après-midi, à moins que vous ayez des projets avec Bonnie.

— Pas du tout. Bonnie est partie rendre visite à sa sœur aînée, la marraine de bébé William. Je serais ravie que tu me tiennes compagnie.

D'un élan spontané, Élisabeth se jeta au cou de Norma et lui donna un baiser sonore sur la joue.

Dans la rue, Jean et Guillaume Duquesne marchaient d'un pas tranquille, en plein soleil. Les deux frères avaient très vite renoué des liens affectueux et retrouvé leur complicité de jadis.

Ils avaient parfois l'impression de ne s'être jamais quittés et cette entente innée abolissait le poids des années. Souvent, ils se sentaient très jeunes et se moquaient d'eux-mêmes.

— Je suis un homme chanceux, fit remarquer Guillaume, en serrant plus fort le bras de Jean. Dieu m'a fait la grâce d'une nouvelle vie, auprès de ma fille, de mon petit-fils et de toi.

— Dis donc, tu oublies ton neveu William et ta belle-sœur, ma douce Bonnie.

— Pardon, j'allais les citer aussi. Seigneur, chaque matin, je me réveille en pensant que j'ai une famille, une vraie famille. Ma mémoire me joue encore des tours, mais grâce à vous tous, je commence à me souvenir de mes années d'errance. J'étais si seul.

— Tu ne seras plus jamais seul, Guillaume.

— Cathy, elle, ne reviendra pas. Sa mort à bord du bateau, en donnant naissance à notre fils, m'a causé un terrible choc. Tout ce sang, ce nouveau-né minuscule, inerte… Sais-tu, Jean, je crois que mon esprit a été atteint ce matin-là. J'étais devenu un autre, privé de sa merveilleuse épouse. Cathy avait le don de me rendre plus fort, plus courageux.

— Je l'admirais beaucoup, concéda Jean, désolé d'évoquer un tel sujet. Élisabeth a hérité de sa mère. Ta fille fait preuve d'un sacré caractère et elle est aussi belle.

Guillaume approuva d'un oui énergique, puis il demeura silencieux un instant. Une automobile flambant neuve venait de passer dans la rue, dans un bruit de moteur assourdissant.

— Il n'y aura bientôt plus d'attelages tirés par de braves chevaux, soupira-t-il. Ces engins qui empestent ne me plaisent guère.

— Mais ils sont pratiques, nota Jean. Cela dit, ça coûte cher. J'ai acheté ma fourgonnette à crédit, je n'ai pas fini de la payer.

— Revends-la, ferme ta boutique et rentre en France avec nous, déclara Guillaume d'un ton ferme. Pourquoi rester ici ? Notre père aura ses trois fils auprès de lui si tu te décides à nous suivre.

Jean s'arrêta devant l'échoppe d'un cordonnier. Il fixa son frère droit dans les yeux.

— Je n'ai pas ma place à Montignac, dit-il gravement. Pierre a succédé à papa, il gère le moulin avec Yvonne, et leur fils Laurent les seconde. Je ne servais pas à grand-chose, tout le temps que je vivais là-bas. J'avais le rôle d'un commis. Bon sang, Guillaume, je suis marié et j'ai un gosse à nourrir. Je refuse de dépendre de la générosité des uns et des autres.

— Je serai dans le même cas.

— Toi, tu as une maison qui t'appartient, et Élisabeth touche la moitié des revenus du domaine de Guerville.

— L'argent des Laroche, ça me fera mal d'en profiter.

— Assez causé, mon frère, je suis affamé, coupa Jean. On aura le temps de ruminer tout ça ce soir.

Guillaume ignorait encore de nombreuses pages du passé. D'un commun accord, Élisabeth et Jean avaient préféré attendre avant de lui raconter les ignobles exactions dont Hugues Laroche s'était rendu coupable.

Château de Guerville, même jour

En France, le soleil déclinait derrière les gigantesques chênes du parc. Assis devant l'entrée des écuries, Roger graissait les pièces de cuir des harnais d'attelage. Il levait souvent le nez de son ouvrage pour scruter l'allée bordée de sapins qui menait au portail toujours grand ouvert.

Le palefrenier guettait le retour de Germaine. La jeune fille était allée au village de Guerville, comme chaque dimanche. Elle assistait à la messe le matin, ensuite elle faisait le ménage chez son père, Gustave Caillaud, charron de son état. Depuis le décès de son épouse, il buvait de façon déraisonnable, et sa maison prenait des allures de taudis.

C'était l'heure où Germaine revenait, souvent attristée.

— Cette fois, je lui cause, se promit Roger tout bas.

Il était tombé amoureux. Un peu naïvement, il pensait qu'il suffisait de l'avouer à l'élue de son cœur. De l'avis de sa mère, à qui il s'était confié, Germaine ne pourrait qu'être flattée s'il lui proposait le mariage.

— Tu as un bon travail, de bons gages, tu n'es pas plus vilain qu'un autre, la demoiselle serait sotte de faire la difficile, lui avait-elle dit.

Encouragé par l'opinion maternelle, Roger s'était décidé à faire sa demande. Il rêvait tout éveillé de caresser les cheveux d'un blond pâle de Germaine, de tenir sa petite main dans la sienne.

— Ah, la voilà !

Il se leva précipitamment pour marcher à sa rencontre. Elle avançait tête baissée, son sac en tapisserie serré sur sa poitrine.

— Hé, bonsoir, Germaine ! s'écria-t-il.

— Bonsoir, Roger.

Elle lui adressa un regard absent et continua son chemin, tandis qu'il adaptait son pas au sien, admirant à la dérobée son profil, ses cils blonds, les taches de rousseur de son nez, sa bouche entrouverte, d'un rose délicat.

— Je vous accompagne jusqu'au château, proposa-t-il. On pourra causer un peu.

— Je ne suis pas d'humeur, trancha-t-elle sans le regarder. J'ai dû laver le linge de mon père, nettoyer les clapiers de ses lapins. Je vais vite me coucher.

— Pas sans souper, quand même, s'inquiéta Roger. Hortense a préparé des haricots au lard, un régal. Et ce soir, je mange dans la cuisine, parce que monsieur Justin est encore parti chez les Duquesne, à Montignac. Sans doute qu'il fréquente quelqu'un. Il me parlait d'une certaine Irène, au printemps. Pardi, il faudrait une dame au domaine.

Une expression de douleur crispa le visage de Germaine. Roger n'en vit rien, préoccupé par le discours qu'il se répétait intérieurement. Ils arrivaient près des écuries où ils étaient censés se séparer, afin de se diriger chacun de leur côté. Affolé, le palefrenier se jeta à l'eau.

— Germaine, attendez un moment, je veux vous parler, ça fait plusieurs jours déjà. Je ne sais pas comment vous le dire, mais vous avez dû voir que je vous aime. J'en perds la tête.

La déclaration, maladroite et balbutiée, sidéra la jeune fille. Elle se mit à trembler de confusion.

— Vous êtes si jolie, et puis honnête, discrète. Je vous rendrai heureuse, Germaine.

— Mais, Roger, vous me connaissez à peine. Et je vous l'ai dit, je ne veux pas me marier, jamais.

Dépité, l'amoureux éconduit eut un geste d'impuissance. Il refusa néanmoins de capituler.

— On n'est pas obligés de se presser, je suis patient. C'est votre père qui vous en empêche, c'est ça ? Hortense m'a dit que vous lui donniez tous vos gages, chaque fin de semaine. Il paraît qu'il vous bat, quand il est saoul. Vous n'aurez plus à vous soucier de lui, si vous m'épousez. On habitera le château, monsieur Justin m'a attribué une belle chambre.

Emporté par son besoin de convaincre Germaine, Roger fixait le ciel, la cime des arbres. Lorsqu'il posa ses yeux sur elle, il constata qu'elle pleurait sans bruit. Sans réfléchir, il tendit la main, essuya ses larmes du bout des doigts. Il eut envie de la prendre dans ses bras.

— Ne me touchez pas ! hurla-t-elle, les prunelles dilatées, comme si elle avait deviné ce qu'il allait faire. Je ne peux pas me marier, mais si je pouvais, ce serait avec un homme que j'aime.

Sur ce cri du cœur, Germaine courut vers la porte de l'office, au bout de la grande cour. Hortense sortit sur le seuil, les poings sur les hanches. Malgré la distance, Roger eut l'impression que la cuisinière dardait sur lui un regard lourd de reproches.

Justin rentra de Montignac vers minuit. Il s'était rendu au moulin en calèche. De sa fenêtre, Germaine distingua le halo jaune des lanternes de la voiture. Elle appuya son front contre la vitre avant de fermer les yeux. Les paroles de Roger résonnaient dans son esprit.

« Il fréquente quelqu'un… Irène, dont il parlait au printemps, se remémorait-elle. Et moi, je ne suis rien qu'une fille perdue. »

Elle recula vers son lit aux montants de cuivre. Elle s'assit au bord du matelas et sanglota. Hugues Laroche avait brisé sa vie. D'une innocente enfant de quinze ans, il avait fait une femme rongée par la honte. Longtemps, Germaine était restée certaine qu'elle haïrait tous les hommes, y compris son propre père.

Elle se trompait. Justin était apparu, couronné de ses épais cheveux d'un blond foncé, avec son large sourire bienveillant et son regard de velours noir. Désormais, elle lui vouait un amour pétri de respect, proche de l'idolâtrie.

Le jeune châtelain faisait preuve d'une rare gentillesse envers elle. Il la vouvoyait, la saluait d'un signe de tête amical et lui faisait des compliments sur son travail.

Germaine ne se lassait pas de l'observer, de le contempler, sensible à ses moindres mimiques, aux intonations de sa voix. Elle avait remarqué qu'il était triste, ces derniers jours. Par Hortense, elle savait tout de lui, de son histoire, sans oublier l'épisode tragique de son retour d'Amérique, à la fin du mois de mai.

Un matin, elle était descendue dans la salle des gardes pour découvrir le lieu où Justin et Roger avaient failli mourir. Figée en bas des marches, elle avait imaginé l'horreur de l'épreuve qu'ils avaient endurée. Mais seules lui importaient les souffrances de son héros.

« Le vieux Laroche, ce démon, l'a fouetté, il l'a assommé, se disait-elle. Il nous a fait du mal à tous les deux. »

Ils avaient ça en commun, ce qui exaltait l'amour qu'elle vouait à Justin. Cette nuit-là, secouée par des pleurs spasmodiques, la petite Germaine refoula sa timidité. Dès qu'elle entendit du bruit dans le couloir, à l'étage, elle sortit de sa chambre pour trottiner vers celle du jeune homme. Dans sa longue chemise blanche à col haut, on aurait pu la comparer à un gracieux fantôme errant parmi les ténèbres.

Justin ôtait ses bottes quand on gratta à sa porte. Il avait adopté une portée de chatons, que Roger avait trouvée au fond de l'écurie. Amusé à l'idée d'être confronté à l'un de ses petits pensionnaires, il tourna doucement la poignée. Tout de suite, il vit un visage meurtri par les larmes, de longs cheveux couleur de lune.

— Germaine ! Qu'est-ce que vous avez ?

La jeune fille ne semblait pas dans son état normal. Il l'invita à entrer.

— C'est Roger, monsieur, dit-elle à mi-voix.

— Quoi ? Roger vous a manqué de respect ? s'effara-t-il.

Il avait une entière confiance en son palefrenier. Si le garçon s'était conduit de manière incorrecte, il devrait le congédier, une perspective qui lui était fort pénible. Il regretta de lui avoir donné une chambre proche de celle de Germaine.

— Parlez-moi, enfin, j'ai besoin de savoir la vérité.

Elle secoua la tête, affolée. Justin était si proche qu'elle aurait pu l'effleurer d'une main. Il se dégageait de lui une odeur qui la grisait, mélange de tabac, de cuir, avec une vague senteur de foin et de cheval.

— Roger t'aurait-il embrassée de force ? questionna-t-il, de plus en plus inquiet.

— Non, monsieur, il m'a fait une demande en mariage.

Infiniment soulagé, Justin s'écarta un peu et déambula dans la pièce. Il comprenait à présent la détresse de la jeune fille, étant au courant du viol qu'elle avait subi, un secret qu'il partageait avec Hortense et le vieux Léandre.

« Dieu merci, Germaine pense que j'ignore son passé, sinon elle ne serait pas restée au château », songea-t-il.

— Une demande en mariage, répéta-t-il tout haut. Cela vous peine à ce point ? Il vous déplaît tant ? Vous êtes en droit de refuser, il n'y a pas de quoi pleurer.

Justin prenait un ton désinvolte, comme s'il était surtout intrigué par sa réaction.

— Il faudrait lui dire de me laisser en paix, monsieur, répliqua Germaine, soudain farouche. J'avais bien vu qu'il me suivait partout, qu'il s'arrangeait pour me croiser, m'offrir son aide si je portais un panier un peu lourd.

— Je lui dirai, je vous le promets, n'ayez crainte. Je me doutais de ses sentiments envers vous, il est incapable de dissimuler. J'ai beaucoup d'estime pour Roger, il est droit, généreux. Pardonnez ma franchise, Germaine, mais quand je vous ai engagée, vous paraissiez l'apprécier. Je vous ai souvent vus, tous les deux, en train de bavarder, de rire.

— Oui, nous étions bons camarades, au début. Il a fallu qu'il s'entiche de moi.

— Je ne peux pas le lui reprocher, vous êtes jolie, gentille.

Elle lui dédia un regard brillant de gratitude, où il lut, gêné, de l'adoration. Troublé, il s'éloigna vers une fenêtre.

— Vous feriez mieux de regagner votre chambre, Germaine, dit-il. Roger ne vous importunera plus à l'avenir. J'espère qu'il ne sera pas trop malheureux. C'est douloureux de renoncer à ses rêves d'amour.

Il avait prononcé ces mots d'une voix altérée par l'émotion. La jeune fille se persuada que la mystérieuse Irène ne voulait pas de lui. Outrée, elle en devint audacieuse.

— Si une femme vous repousse, monsieur, ce n'est qu'une pauvre idiote !

Suffoqué, Justin fut partagé entre l'envie de rire et une pointe d'agacement. Il se rapprocha de Germaine, dont les joues étaient très roses dans la clarté des lampes à pétrole.

— La femme que j'aime est loin d'être une idiote, dit-il un peu sèchement. Je vous fais une confidence, je ne pourrai jamais l'épouser ni fonder une famille avec elle. Même si elle revient un jour, nous serons de simples amis. Maintenant, je voudrais me coucher et dormir, ma chère enfant.

Germaine sortit sur la pointe de ses pieds nus, en hochant la tête docilement. Une joie immense faisait vibrer son cœur. Justin n'aimait pas Irène, mais une inconnue qui vivait loin de là. Il serait seul encore longtemps, le domaine n'aurait pas de dame pour le régenter et elle pourrait continuer à chérir le beau châtelain.

— Il m'a dit que j'étais jolie, il m'a appelée sa chère enfant, murmura-t-elle une fois au lit, le drap remonté jusqu'à son menton. Mon Dieu, je l'aime, mais il ne le saura jamais.

Brooklyn, même jour, chez Élisabeth

Le bouquet de roses trônait au milieu de la table de la cuisine, soigneusement nettoyée par les soins de Norma. Élisabeth avait loué un «meublé», mais elle avait acheté de quoi améliorer le confort de l'appartement. Sarah et Antonin jouaient dans la cour de l'épicerie, pendant que les deux jeunes femmes dégustaient un café de Colombie, que Bonnie vendait un bon prix à ses clients.

— Alors, vous allez partir, Lisbeth ! Je ne vous reverrai plus jamais, se plaignit la gouvernante.

Élisabeth venait de lui apprendre sa décision de quitter New York pour rentrer en France, plus exactement dans son village natal, Montignac-sur-Charente.

— Je suis désolée, Norma. Moi aussi ça me peine beaucoup de te quitter. Je serai sincère, *mummy* et *daddy* me manqueront malgré tout. J'ai vécu une quinzaine d'années chez eux. Ils m'ont choyée, comme si j'étais leur véritable enfant.

— Et vous les avez nommés ainsi, comme avant. Lisbeth, ils ont eu de graves torts, mais je suis sûre que vous les aimez encore. L'amour ne disparaît pas si brusquement. Je vous donne un conseil d'amie, réconciliez-vous avec eux. Vous aurez des regrets si vous ne le faites pas avant votre départ.

— Il faut savoir pardonner, n'est-ce pas ? hasarda Élisabeth. Que veux-tu, je suis coléreuse, Norma. J'agis sur des coups de tête ou je me jette dans des situations périlleuses par orgueil. Je me rends à tes arguments. Tu diras à *mummy* que je viendrai déjeuner mardi, avec Antonin.

Norma parut satisfaite, néanmoins elle était affligée, comme le prouvait son air morose.

— Je suppose que la vie est faite de séparations, déplora-t-elle enfin. Seigneur, quand je pense à votre futur voyage, je suis toute tremblante. Comment n'avez-vous pas peur de traverser encore une fois l'océan, Lisbeth ?

— Des centaines de gens le font, les marins, les capitaines de navire, les migrants, les riches touristes ou les aventuriers. Comprends-moi, Norma, papa voulait partir seul, il souhaitait revoir son père, mon pépé Toine. J'ai choisi de le suivre, de retrouver ma famille. Je t'offrirais bien de m'accompagner, mais tu te sentirais perdue là-bas. Si je m'installais au château, tu aurais pu être confortablement logée, ce ne sera pas le cas. Je compte habiter la maison de mes parents. Elle est tellement charmante, je l'appelle notre chaumière. Hélas, il n'y a que deux chambres.

— Vous serez à l'étroit, s'étonna la gouvernante. Oh Lisbeth, vous avez pensé à m'emmener, j'en suis touchée. Je vous écrirai, c'est promis. Peut-être que de mon côté, je retournerai dans le Kansas, auprès de mes parents. Ma mère a une mauvaise santé, je prendrai soin d'elle.

Élisabeth eut le cœur serré. Son profond désir de rentrer en Charente bouleverserait l'existence de la douce Norma, celle de Maybel et d'Edward Woolworth également. Cependant elle avait hâte d'embarquer pour la France et de fouler enfin le même sol que Justin. Elle s'efforçait de le considérer comme un oncle, un ami, mais la nuit précédente, un rêve voluptueux avait réveillé le merveilleux souvenir de leur unique étreinte.

«Je le verrai au moulin, protégée par pépé Toine, papa et mon fils. J'ai promis à Dieu de bannir cet amour défendu.»

— Lisbeth, je vais bientôt m'en aller, lui signifia Norma. Vous êtes bien songeuse, soudain.

— Excuse-moi. Je ne t'ai pas raconté la moitié de ce que j'avais envie de te dire.

— J'ai encore le temps, je vous écoute.

— Baptiste Rambert rend visite à papa le samedi soir. Hier, il m'a annoncé les fiançailles d'Ottavia et d'Henri. Nous sommes invités à un repas de fête, organisé par Léa, dans quinze jours. Je n'irai pas, ce serait gênant pour eux.

— Mon Dieu, votre ancien amoureux s'est vite consolé!

— Henri n'était pas de taille à lutter contre une pareille séductrice, plaisanta Élisabeth.

— Vous n'êtes pas vexée? Je le serais à votre place.

— J'ai commis une erreur, en voulant épouser Henri. Au fond, nous nous sommes réconfortés mutuellement, un jeune veuf et une jeune veuve. Nos sentiments n'étaient pas assez forts, sans doute. N'en parlons plus, c'est du passé. Viens, Norma, allons rejoindre les enfants. Nous t'accompagnerons jusqu'à la station de tram.

Lorsqu'elles entrèrent dans la cour de l'épicerie, Sarah les accueillit d'un sourire radieux. Ses boucles noires maintenues par des peignes, vêtue d'une robe neuve et de jolies sandales, l'adolescente se précipita vers Élisabeth et lui prit la main.

Antonin et elle avaient tracé à la craie une marelle sur le ciment. Le petit garçon sautillait de case en case, sans respect de la règle du jeu.

— Norma, je vais prendre un grand bateau, bientôt ! claironna-t-il. J'ai oublié de te le dire, à midi.

— Ta maman me l'a annoncé, répliqua la gouvernante.

— Moi aussi, je pars pour la France, renchérit Sarah, les yeux brillants de joie anticipée.

Norma approuva d'un signe de tête, en contemplant le tableau ravissant que composait Élisabeth, les deux enfants blottis contre elle, avides de sa tendresse. La gouvernante garderait cette image de son amie, dont la beauté, la bonté et l'extrême féminité l'avaient fascinée durant des années.

« Que Dieu vous bénisse, Lisbeth, songea-t-elle. Qu'il vous accorde enfin le bonheur. »

Dakota Building, mardi 19 septembre 1905

Maybel retenait ses larmes, debout sur le seuil de la chambre d'Élisabeth. La jeune femme faisait du tri parmi les coûteuses toilettes qu'elle n'avait pas emportées à Brooklyn.

— Tu feras ça après déjeuner, chérie, lui dit-elle d'une voix altérée. Edward ne va pas tarder et Norma a préparé ton plat préféré. Lisbeth, c'est tellement bon de te revoir chez nous. Mais tu es venue pour nous annoncer ton départ pour la France, sois sincère. Je ne m'en remets pas, regarde, mes mains tremblent. Je n'étais plus que l'ombre de moi-même quand tu nous as quittés, il y a huit ans. J'ai le cœur brisé.

— *Mummy*, je t'en prie, ne sois pas aussi triste. *Daddy* et toi, vous pourrez me rendre visite en Charente. Justin vous logera au château. Tu rêvais de découvrir Paris, la Riviera.

— Peut-être, mais tout sera différent. Nous avons été tellement heureux, depuis la naissance d'Antonin… Qu'allons-nous faire sans lui, sans toi ?

Élisabeth ne répondit pas. Elle regardait la somptueuse robe d'organdi bleu ciel, au décolleté orné de roses en soie, qu'elle portait le jour de ses fiançailles avec Henri.

« Ce jour de mai où j'ai revu Justin, où je me suis jetée à son cou, se souvint-elle. Ma robe de princesse… »

— Tu me parais anxieuse, chérie, s'inquiéta Maybel. Tu as pris ta décision trop rapidement. Pourquoi ne pas attendre le mois de janvier ? Nous fêterions Noël tous ensemble. J'inviterais ton père, Bonnie et ton oncle, et Sarah bien sûr. Il faut me croire, Lisbeth, j'ai honte de ma conduite envers cette pauvre petite. Je me suis même confessée. Le prêtre de la cathédrale Saint-Patrick m'a sermonnée sur mon intolérance et mon ingratitude.

— Je t'ai pardonné, *mummy*, lâcha distraitement Élisabeth. N'en parlons plus. Pour la date du départ, je ne changerai pas d'avis. Pourrais-tu me laisser seule ? Profite d'Antonin, tant qu'il est là.

— D'accord. Le trésor, il a retrouvé son cheval à bascule et il ne veut plus en descendre. À quoi joue-t-il… chez toi ?

— Sarah connaît des jeux plus tranquilles, et pendant qu'elle chante, Antonin fait des coloriages.

— Très bien, concéda Maybel en reculant dans le couloir. Et tes études d'infirmière, tu y renonces ?

— Je pourrai les reprendre en France, à l'hôpital d'Angoulême.

— Ce serait judicieux, oui. Je ne te dérange pas davantage, chérie.

À peine la porte refermée, Élisabeth s'assit au bord du lit. Elle cacha un instant son visage entre ses mains, malade d'indécision. Ses doutes ne concernaient pas le voyage vers le Vieux Continent, ni son projet de donner ses vêtements les plus chers à une œuvre de charité.

— Justin va s'affoler, se dit-elle tout bas.

Tôt le matin, elle avait envoyé un télégramme à destination du château de Guerville, à cause d'un cauchemar qui l'avait réveillée au milieu de la nuit. Elle craignait maintenant d'avoir agi en dépit du bon sens, poussée par ses remords persistants de ne pas avoir tenu compte, trop souvent, de ces mystérieux avertissements qu'on lui donnait par le biais de rêves effrayants.

L'irruption d'Edward Woolworth la tira de ses pensées agitées. Il avait déserté son bureau du Flatiron Building pour passer quelques heures avec elle.

— Lisbeth, si seulement tu acceptais de t'installer ici de nouveau, pendant les semaines précédant votre départ, lui dit-il aussitôt. Ne sois pas surprise, Norma m'avait mis dans la confidence, hier soir. Est-ce que Maybel le sait ?

— Oui, *daddy*, bien sûr elle en souffre beaucoup. Je suis navrée de vous faire de la peine à tous les deux, mais c'était inévitable. Papa, qui est rétabli, autant physiquement que moralement, veut revoir sa famille de Montignac. Il ne supporte plus d'être à New York. Vous pourrez venir, si vous le désirez.

Edward la fit lever pour l'étreindre affectueusement. Elle s'abandonna, la tête au creux de son épaule.

— Aurais-tu décidé de rentrer en France si nous avions accueilli Sarah à bras ouverts ? demanda-t-il. Tout a basculé ce soir-là, n'est-ce pas ? Tu nous as jugés infâmes et tu nous as reniés.

Élisabeth s'écarta de lui d'un mouvement souple. Elle hésitait à être franche.

— Sans doute ! J'étais furieuse, ulcérée. Ma colère m'a poussée en avant, vers un idéal qui n'a pas lieu sur terre, *daddy* ! L'injustice sous toutes ses formes me blesse, au niveau social, au niveau humain. Mais ne te fais aucun reproche, j'avais prévu la réaction de papa. Il estime que sa place n'est plus ici, dans le Nouveau Monde. Rien ne nous retiendra.

— As-tu assez d'argent pour les billets ? Vous êtes nombreux à embarquer. Je te ferai remarquer, notamment, que ta protégée ne possède aucun papier d'identité. On ne la prendra pas à bord.

— D'où les raisons de notre départ en novembre. Je me suis renseignée auprès de la Compagnie générale transatlantique, il lui faudra un passeport. J'ignore où m'adresser pour l'obtenir, d'autant plus qu'elle a oublié son nom de famille. Sarah se souvient uniquement du prénom de ses parents, Myriam et Samuel.

— Je pense pouvoir t'aider, si tu sais la date où ils sont arrivés à Ellis Island et la saison.

— J'ai déjà posé la question à Sarah. Il faisait très chaud, selon elle, et c'était en 1896 ou en 1897. Mais dis-moi où je dois aller, *daddy*, ce n'est pas à toi de t'en occuper.

— J'insiste, Lisbeth, ce sera ma manière de rattraper mes torts envers cette enfant. Et pour l'argent ?

— Justin m'a versé mes revenus, assortis d'une avance, affirma Élisabeth. De plus, j'ai économisé ces dernières années, grâce à toi. Je n'avais aucune dépense à ma charge. Je t'en remercie, *daddy*. Si tu avais de graves soucis financiers un jour, il faudrait m'écrire, je serais en mesure de t'aider.

Woolworth se détourna, afin de dissimuler la crispation de son visage. Il était de nature orgueilleuse et se refusait à informer la jeune femme de sa situation. Elle s'en irait sans savoir qu'il projetait de vendre l'appartement, qui valait une fortune.

Des acquéreurs le harcelaient déjà, le Dakota Building étant une résidence très prisée, où les riches New-Yorkais, artistes ou notables, souhaitaient emménager.

— Tu as été le plus beau cadeau que la vie m'a fait, Lisbeth, dit-il d'une voix rauque. Envole-toi vers ceux que tu aimes, ton pépé Toine, ton oncle Pierre et tes cousins, sans oublier Justin.

— Oh, *daddy* ! Je vous aime aussi, *mummy* et toi.

Cette fois, ce fut elle qui le prit dans ses bras. Il sécha les larmes qui perlaient sur ses joues de légers baisers paternels.

— *Grandpa*, maman, le repas est prêt ! leur cria Antonin qui avait entrebâillé la porte. Norma a fait du poulet rôti, avec des épis de maïs au beurre.

Le petit garçon riait de joie à l'idée de ce régal. Une mèche noire dansait sur son front lisse. Edward eut conscience de l'importance que l'enfant avait pour lui.

— Je te promets de vous rendre visite le plus tôt possible, confia-t-il à Élisabeth.

— J'en serai ravie, *daddy*. Je vous présenterai à pépé Toine et il te fera goûter sa gnôle, de l'eau-de-vie. On l'appelle ainsi là-bas.

Malgré sa réponse enthousiaste, elle éprouva un malaise, en proie à un obscur pressentiment. Puis elle se raisonna, accusant son cauchemar de l'avoir perturbée.

« Dieu soit loué, j'ai averti Justin, songea-t-elle. Il me connaît, il sera vigilant. »

Vignobles de Guerville,
mercredi 20 septembre 1905

Les vendanges, qui avaient commencé plus tôt cette année-là, grâce à un été très chaud, battaient leur plein. Juché sur sa jument noire, Justin

Laroche observait les rangs de vigne où ses équipes d'ouvriers agricoles, flanqués de leurs épouses, de journaliers embauchés à l'occasion, s'affairaient, une hotte en osier sur le dos. Il les voyait, hommes et femmes, courbés sur les grappes de raisin qu'ils cueillaient à l'aide d'un sécateur.

Il n'était pas loin de midi. Ce serait alors l'heure d'une pause bienvenue, pendant laquelle tous les vendangeurs casseraient la croûte à l'orée d'un bois voisin, qui dispensait une ombre fraîche.

Le jeune châtelain avait travaillé dur lui aussi, mais ce jour-là, il était préoccupé et il avait préféré surveiller la bonne marche des pressoirs, sous le grand hangar jouxtant les chais. Il venait d'arriver, afin de partager avec son contremaître le repas froid que lui avait préparé Hortense.

Son regard sombre se posa sur une touffe de dahlias rouges, au bout d'une ligne de son meilleur cépage. C'était une tradition viticole de planter des fleurs et des pêchers à l'extrémité des rangs de vigne. La commune de Guerville se flattait d'être au cœur d'une région de Fins Bois, produisant un excellent cognac.

Un hennissement sonore attira son attention. Le cheval de trait attelé à la charrette la plus proche, où l'on versait sa récolte dans une grosse cuve, piaffait de nervosité. Ulysse, le percheron des écuries du château, répondit à son congénère d'un cri modulé.

La chaleur montait, les bêtes commençaient à subir l'assaut des mouches et des taons. Le clocher du village se mit à sonner. Comme par enchantement, tous les vendangeurs se dirigèrent vers les tombereaux et vidèrent le contenu de leur hotte.

Justin aurait voulu se réjouir, mettre pied à terre, mais il était oppressé. D'un geste vif, il sortit de la poche de son pantalon le télégramme qu'il avait reçu la veille, en fin de journée. Il relut le message alarmant d'Élisabeth, dont les mots le hantaient, sans pour autant le renseigner avec précision.

— Bonjour, môssieur le châtelain, fit une voix aiguë de femme, tandis qu'il repliait le carré de papier beige.

— Mariette !

Son ancienne maîtresse lui adressait un sourire provocant, les poings sur ses hanches rondes.

— Allez-vous rester perché sur cet animal, m'sieur Justin ? ajouta-t-elle plus bas.

Un large chapeau tressé couvrait en partie son chignon d'un blond de paille. Son corsage dévoilait la naissance de ses seins alourdis par la maternité. Elle avait les joues rouges, les avant-bras brunis par le soleil.

— J'ignorais que tu étais là, Mariette. Depuis quand ?

— Bah, ton contremaître m'a engagée la semaine dernière. Il faut bien faire bouillir la marmite, mon mari s'est cassé l'bras, en pleine moisson. Dis, on a quatre gosses à nourrir. Y en a un qui tète encore. Penses-tu, j'ai plus un sou, l'argent du vieux Laroche n'a pas fait long feu. Mais j'suis contente pour toi, t'as hérité.

Ses lèvres charnues, aussi rouges que les dahlias, esquissèrent un baiser. Justin se maudit de percevoir la tension de son sexe, à la seule vue des formes aguichantes de Mariette.

— Si tu es dans l'embarras, insinua-t-il, je peux arranger ça.

Elle se rapprocha avec une moue gourmande. La jument fit un écart. Des hommes du bourg passèrent près d'eux. Mariette attendit un peu, ensuite elle saisit les rênes.

— Allons, descends, Justin, on pourrait manger un morceau tous les deux, il y a une cabane dans le bois. J'm'en fiche du pognon, c'est toi que j'voudrais. J'en sais des choses, paraît même que t'es célibataire. Si ça te dit…

— Non, Mariette, c'est fini ce temps-là.

Vexée, elle lui tourna le dos et s'éloigna. Justin partit dans la direction opposée, au petit trot. Soudain il reconnut Laurent, le benjamin des Duquesne. Le vieux Léandre le laissait participer aux vendanges, seulement le matin. Roger prêtait main-forte lui aussi, les chevaux étant pour la plupart au pré.

— Bonjour, m'sieur Justin ! s'exclama l'adolescent, sa figure tavelée de boutons rougie par l'effort. Je rentre au château.

— Tu as une bonne marche à faire, Laurent. Roger aurait pu te prêter sa bicyclette, comme il vient en charrette.

— Je n'l'ai pas vu, aujourd'hui.

— Pourtant, il m'avait dit qu'il viendrait.

Une subite angoisse poigna le cœur de Justin. Il tendit le bras au garçon.

— Monte en croupe, Laurent, je te ramène, déclara-t-il d'un ton impérieux. Tiens-toi bien, je suis pressé.

Un sentiment d'urgence taraudait le jeune châtelain. Il lança sa monture au grand galop, si bien que Laurent se cramponna à sa taille, effrayé par la vitesse de la course. Il était sûr de tomber, mais Justin lui répétait qu'il ne risquait rien.

Il ralentit l'allure en déboulant dans l'allée encadrée de ses sapins centenaires. Parvenu devant l'entrée des écuries, il sauta à terre, aida Laurent à descendre.

— Va déjeuner, Léandre doit être à table ! ordonna-t-il. Si Roger est dans les cuisines, envoie le moi !

— Oui, monsieur, je me dépêche.

Justin se rua dans le vaste bâtiment dont il aimait tant l'odeur de grain, de cuir graissé, mêlée à la senteur particulière des chevaux. Les box étaient vides, les stalles également.

— Roger ! appela-t-il. Roger !

Le palefrenier était introuvable. Il continua à l'appeler, à le chercher. Pris d'une inspiration subite, il courut jusqu'au manège couvert, en espérant voir Roger en train de monter Cybèle, la jument blanche au crin argenté qu'il lui avait offerte. Il n'y était pas.

— Élisabeth, ma princesse, aide-moi, gémit-il.

Il pensa enfin à une grange où l'on stockait les bottes de paille et les réserves de foin. Les mots du télégramme s'égrenaient sinistrement dans son esprit : « Justin. J'ai fait un cauchemar affreux. Quelqu'un du château va peut-être mourir. Un inconnu pour moi. Fais attention. Je devais te prévenir. Élisabeth. »

Survolté, Justin ouvrit un des battants de la haute porte peinte en gris. Il faisait sombre à l'intérieur. Un chat lui fila entre les pieds, en poussant un miaulement rauque.

— Bon sang, non !

Il avait aperçu, grâce à la lumière du dehors, le corps du palefrenier qui se balançait dans le vide. Roger s'était pendu à l'une des grosses poutres de la charpente.

5

Jours d'automne

Domaine de Guerville, même jour,
mercredi 20 septembre 1905

Justin fit abstraction de l'horreur que lui inspirait cette scène épouvantable. Tétanisé quelques secondes, il réagit aussitôt après.

— S'il se balançait encore quand je suis entré, il n'est peut-être pas trop tard, murmura-t-il, résolu à sauver une seconde fois son palefrenier.

Roger avait accroché la corde en grimpant sur une grande échelle qui s'appuyait à la poutre. Il s'était sûrement jeté dans le vide, le nœud coulant autour de son cou, depuis un des barreaux.

— Tiens bon, mon ami, tu ne peux pas mourir ! hurla Justin qui était monté à sa hauteur.

Son premier geste fut d'attirer le corps de Roger vers lui et de le ceinturer de son bras gauche. De la main droite, il tenta de desserrer la fatale étreinte de la corde.

— Pourquoi as-tu fait ça ? répétait-il, ivre de chagrin.

Laurent, qui l'avait cherché partout, poussa un cri de terreur en découvrant l'affreux tableau que formaient les deux hommes. L'un paraissait mort, la face cramoisie, l'autre grimaçait, blafard, luttant contre le solide lien de chanvre.

— Monsieur ? J'peux vous aider ? demanda l'adolescent.

— Je ne sais pas comment, Laurent ! cria Justin. Si, cours au château et dis à Margot de téléphoner au docteur Lormeau, celui qui vient de s'établir au village. Mais d'abord, tu vois la vieille charrette, là, dans le coin ? Tire les brancards et place-la sous Roger. Quand je l'aurai détaché, je devrai le lâcher, il pèse lourd, je ne pourrai pas descendre de l'échelle avec lui.

— Oui, m'sieur. Tout de suite.

— C'est Dieu qui t'a envoyé, Laurent.

Justin avait réussi à libérer le cou de Roger qui émit un râle étonné, en respirant de nouveau. Il dut le maintenir contre lui un instant, avant de le prendre par un bras et de freiner sa chute le plus possible. Enfin le palefrenier tomba pesamment sur le plancher poussiéreux de la charrette. Il demeura inconscient, les jambes agitées de spasmes nerveux.

— Dépêche-toi, mon garçon, il nous faut un médecin ! cria Justin en dégringolant de l'échelle.

Effaré, mais fier de son rôle, Laurent disparut. Il n'entendit pas le sanglot étouffé qui échappait au jeune châtelain tandis qu'il se hissait auprès de Roger.

— Mon pauvre ami, qu'est-ce qui t'a pris ? lui dit-il, assis à ses côtés.

D'un geste précautionneux, il souleva la tête brune du malheureux pour la caler sur ses genoux.

— Seigneur, ça ne t'a pas suffi, ton séjour en enfer dans la salle des gardes ? Hein ? Tu avais peur de mourir, blessé, affamé, et aujourd'hui, tu décides de te pendre ! Mais pourquoi ?

Le teint de Roger était moins rouge. Les paupières mi-closes, il aspirait avidement l'air chaud de la grange. Justin comprit qu'il était arrivé in extremis.

— J'aurais déjeuné comme prévu avec mon contremaître, c'en serait fini de toi. As-tu pensé à ta mère, cette brave femme qui a failli te perdre au printemps ? Et Cybèle, ta jument, je croyais que tu étais comblé de l'avoir… Roger, parle-moi.

Il n'obtint pas de réponse, juste une plainte et un hoquet alarmant. Apitoyé, Justin tapota l'épaule de son ami.

— On va te soigner, j'ignore ce qu'il faut faire dans ton cas. Un docteur saura, lui. Bon sang, une vie, ça tient à peu de chose. Si tu t'en sors, je te dirai à qui tu le dois.

Laurent réapparut, escorté du vieux Léandre et de Margot, la femme de chambre attitrée.

Justin l'avait gardée au château, car il estimait lui devoir son salut et celui de Roger. La domestique avait pu avertir les gendarmes, quand Hugues Laroche, fou à lier, menaçait de tous les tuer.

— Jésus Marie Joseph ! s'égosilla Margot. En voilà une idée de se supprimer, si jeune ! J'ai apporté de la gnôle, monsieur.

— Et moi de l'eau fraîche, ajouta Laurent. On a téléphoné, le médecin sera là dans cinq minutes.

Léandre ôta son béret, dévoilant son crâne dégarni et quelques mèches grises. Il se signa puis marmonna une prière.

— Pauvre Roger, il devait avoir le cœur gros, pour faire ça, affirma-t-il.

Justin crut entrevoir la vérité. Le bruit d'un moteur, ponctué d'un coup de klaxon, l'empêcha de réfléchir davantage.

— C'est le docteur, il a fait vite ! clama Laurent. J'y vais, sinon il ne nous trouvera pas.

Une heure plus tard, Roger était allongé sur la méridienne du grand salon, où Adela Laroche, la dame du domaine, aimait se reposer. Justin avait calé une chaise contre l'élégant divan et s'était assis à son chevet.

Le rescapé avait les yeux ouverts, mais s'il essayait de dire un mot, sa gorge le faisait souffrir. Il jetait donc des regards inquiets sur son patron et ami.

— Rassure-toi, tu retrouveras l'usage de la parole avant ce soir, lui précisa Justin. Le médecin t'a examiné attentivement, tu t'en tires bien. Tu n'as pas manqué d'air longtemps, mais ton larynx est meurtri. Je resterai ici jusqu'à ce que nous puissions discuter. Tu m'as fait une peur terrible.

— Pardon, marmonna Roger avec peine.

— Je n'ai rien à te pardonner, je veux surtout comprendre. Le docteur Lormeau a évoqué une perte de raison brutale, j'en doute. Tu m'as toujours paru sain d'esprit, sérieux, content de ton emploi. Tu es un bon fils pour tes parents. Depuis mon retour de New York, nous partageons nos repas, le dressage des chevaux. Je te considère presque comme un frère.

— Je sais tout ça. J'étais bien heureux, avant, ça oui...

Roger eut un rictus de douleur, après cet effort pour répondre. Il ajouta cependant, dans un souffle :

— C'est Germaine, monsieur, je l'aime. Je l'aime si fort, je n'en dors plus. Mais j'lui fais horreur.

— Tu as voulu mourir à cause de Germaine, alors j'avais raison. Tu l'as demandée en mariage, je suis au courant. Elle a refusé et toi, tu ne trouves pas d'autre solution que d'aller te pendre.

Aussi furieux qu'attendri, Justin se leva et fit les cent pas dans le salon. Il se reprocha son aveuglement. Roger se consumait d'amour sous ses yeux et il n'avait rien vu. Bouleversé, il revint s'asseoir et prit la main de son ami.

— Tu l'aimes tant que ça ?

— Oui, j'en avais mal au cœur, du matin au soir, et la nuit. Elle est si jolie, si douce. J'ai attendu, hein, m'sieur Justin, elle était gentille avec moi. Je me disais que je lui plaisais. J'avais mis des sous de côté, pour la bague de fiançailles.

— Tu te fatigues à parler, Roger. Le docteur m'a donné un calmant pour toi. Ce sont des gouttes à boire dans de l'eau. Tu devrais les prendre, tu pourrais dormir. Nous discuterons demain matin, ou ce soir.

Docile, frissonnant d'émotion, le palefrenier avala à petites gorgées le contenu du verre, pendant que Justin lui relevait la tête. Le remède fut efficace, il sombra bientôt dans un paisible sommeil.

Hortense et Margot, à l'office, commentaient à voix basse le dramatique incident autour d'une tasse de café. Elles se turent immédiatement lorsque le jeune châtelain, la mine soucieuse, entra d'un pas rapide dans les cuisines.

— Où est passée Germaine ? interrogea-t-il d'un ton sec qui ne lui était pas coutumier.

— On n'en sait trop rien, monsieur, rétorqua Hortense.

— Ce matin, elle faisait les chambres, monsieur, dit Margot.

— Mais elle était sûrement à table avec vous, tout à l'heure, quand j'ai envoyé Laurent pour vérifier si Roger déjeunait là.

Les domestiques échangèrent un coup d'œil prudent. Justin s'impatienta, les toisant tour à tour.

— On ne peut pas être toujours derrière elle, monsieur, c'est une fille bizarre, insinua Margot. Souvent, Germaine emporte un morceau de pain et du fromage, et elle va manger dehors, près du bassin en pierre.

Justin sortit par la porte qui donnait sur la cour. Il nageait en pleine confusion. Des pensées, des images se bousculaient dans son esprit.

« Une fille bizarre, peut-être bien, se disait-il. Elle qui est si timide, elle a osé gratter à ma chambre, y entrer en chemise de nuit. Et la façon dont elle m'a regardé, avec adoration. Je n'aurais pas dû l'engager, mais je ne pouvais pas prévoir l'avenir. Roger ne m'a jamais semblé du genre à vouloir mourir d'amour. »

Margot avait dit vrai. Germaine était assise à l'ombre d'une haute haie de buis, près du bassin dont la fontaine en marbre chantonnait, son eau ruisselante argentée par le soleil.

La jeune fille ne bougea pas quand il s'approcha à grands pas et prit place sur le rebord en calcaire moussu, en face d'elle.

— Monsieur ? On a besoin de moi au château ?

— Non.

Germaine, qui croquait une pomme, posa le fruit par terre. Les joues roses d'émotion, elle baissa ses yeux couleur noisette afin d'échapper au regard de velours noir du châtelain.

— Quelqu'un est malade, alors, hasarda-t-elle. J'ai vu passer l'automobile du nouveau docteur, celui qui a ouvert un cabinet au village.

— Vous ignorez vraiment ce qui est arrivé ? s'étonna Justin.

— Mais oui, monsieur. Il y a une cachette derrière les buis, je suis souvent là, je n'entends rien, je ne vois rien et personne ne me voit.

— C'est Roger qui avait besoin d'un médecin. Il a tenté de mettre fin à ses jours. Il s'est pendu dans la grange, Dieu merci, je l'ai trouvé aussitôt, il suffoquait mais il est tiré d'affaire.

— Pauvre garçon, pourquoi a-t-il fait une chose pareille ?

— Vous n'en avez vraiment aucune idée, Germaine ? Bon sang, réfléchissez ! Vous êtes venue vous plaindre à moi, parce qu'il vous a demandée en mariage. Votre refus lui a fait perdre la tête.

Elle bondit et recula d'un mètre, comme prête à s'enfuir. Son doux visage, qui exprimait auparavant une sincère compassion, se durcit.

— C'était mon droit ! dit-elle. Est-ce que je devais accepter sans tenir compte de mes sentiments, pour lui éviter de se conduire en imbécile ? Je dois partir, c'est ça ? Je suis congédiée ?

— Mais non, vous n'êtes pas responsable, Germaine. Je me suis emporté, excusez-moi. En effet, une femme a le droit de refuser d'épouser un homme qu'elle n'aime pas. Je tiens à vous garder tous les deux. Vous appréciiez Roger, les premiers temps ici. Je vous demanderai à l'un et à l'autre d'avoir des relations amicales. Sinon vous serez malheureux, lui et vous, en vous côtoyant toute la journée.

Toute tremblante, Germaine lissa son tablier blanc. Elle ajusta la petite coiffe blanche sur ses cheveux blonds. Justin vit des larmes briller sur ses joues.

— Je n'aurais jamais dû revenir au château, déplora-t-elle à voix basse. Je vais m'en aller, monsieur. Les ursulines de Poitiers m'accueilleront, même si je ne suis pas encore majeure. Je l'avais dit à Roger, je veux entrer au couvent. Notre Seigneur Jésus sera le meilleur époux en ce monde.

Complètement désemparé, Justin ne sut d'abord que répondre.

Il soupçonnait Germaine de choisir la vie religieuse surtout par désespoir.

— Je ne vous empêcherai pas de partir, mais attendez au moins Noël. J'ai écrit à Élisabeth que vous étiez employée ici, elle serait déçue de ne pas vous revoir. Elle va revenir au pays, au mois de novembre.

— Sa gouvernante, Bonnie, elle revient aussi ? s'affola Germaine.

— Non, si c'était le cas, Élisabeth me l'aurait dit. Alors vous restez avec nous ?

Justin souligna sa question d'un sourire éblouissant. Elle le fixa comme s'il était Dieu en personne.

— Oui, monsieur, je reste avec vous.

Brooklyn, épicerie Duquesne, même jour

Bonnie rangeait des boîtes de conserve sur une des étagères en hauteur du magasin. Il était 8 heures du matin, et elle se hâtait de garnir ses rayonnages. Élisabeth, qui se levait désormais très tôt, s'occupait de disposer dans leur présentoir des sachets de pâtes alimentaires.

Jean était parti avant l'aurore récupérer des marchandises sur les docks. Il s'obstinait à proposer à sa clientèle des fruits venus des îles chaudes de l'Atlantique, sans grand succès. C'était le sujet de la discussion, Bonnie se plaignant du déficit de leur petit commerce.

— L'an dernier, on a mangé des bananes jusqu'à être écœurés, et on a dû en jeter qui avaient noirci. Mais ton oncle persiste, malgré mes avertissements. Et la concurrence est rude. Enfin, tant qu'on ne met pas la clef sous la porte !

— Je suis désolée pour toi, Bonnie. Il y aurait une solution à vos ennuis, rentrez avec nous en France. Oncle Jean a pourtant bien lu la dernière lettre de pépé Toine. Le bail de la mercerie de Montignac est à reprendre, et la Compagnie des chemins de fer recrute du personnel.

Élisabeth lança un regard charmeur à son amie, devenue sa tante par alliance. Elle plaisanta sur ce point.

— Je t'en prie, tata Bonnie. Vous feriez des heureux au moulin. Pépé Toine connaîtrait son petit-fils. Imagine William assis sur une couverture, à l'ombre du tilleul.

— Où il gambadera jusqu'au fleuve où il se noiera, présagea Bonnie d'un ton lugubre.

— Quelle mauvaise humeur, dès le matin ! déplora Élisabeth. Je peux payer votre traversée, en seconde classe.

— Jean refusera, fier comme il est.

Un employé des Postes gara son vélo devant la boutique. Il entra, faisant tinter le carillon.

— Bonjour, mesdames, je cherche Élisabeth Johnson, j'ai un télégramme pour elle. C'est à cette adresse, sans doute à l'étage.

Il s'exprimait dans un anglais hésitant métissé d'un fort accent allemand.

— Au deuxième étage, mais vous avez de la chance, c'est moi, monsieur, annonça Élisabeth. Je vous remercie.

Son cœur s'affolait, car le câble[1] était expédié de France. L'homme s'esquiva en les saluant.

— Je parie que c'est de Justin, commenta Bonnie. Il suffit de voir ta tête, tu as rougi.

— Ne te moque pas, c'est peut-être une mauvaise nouvelle, protesta la jeune femme en lisant le message.

Tout de suite, un cri de victoire lui échappa. Elle riait en silence, ses beaux yeux bleus plus lumineux qu'un ciel d'été.

— J'ai réussi, Bonnie, pour une fois, j'ai réussi. Justin a pu sauver son palefrenier, Roger, grâce au télégramme que je lui ai envoyé hier, avant d'aller à Manhattan. Dieu soit loué, j'ai tenu compte du cauchemar que j'avais fait pendant la nuit. Je voyais un endroit sombre, un inconnu, un costaud, brun, jeune, qui répétait : « Je veux crever ! » Je savais où il se trouvait, dans la grange du château, un peu à l'écart des écuries. Il avait une mine effroyable, et je suis sincère, je ressentais son envie d'en finir. Il s'agissait de Roger, le palefrenier de Justin, son ami, son seul ami. Tiens, lis !

Sidérée, Bonnie déchiffra le texte à mi-voix :

---

1. Autre mot désignant, à l'époque, les télégrammes, succédant au terme « câblogramme », ces messages passant par de gros câbles sous-marins qui contenaient un réseau de fils.

— « Merci, ma princesse. Roger s'était pendu, mais je l'ai sauvé in extremis, grâce à toi. Je t'écris dès ce soir. »

— Hum, fit-elle. Il te surnomme encore comme ça, alors qu'il est ton oncle.

— Papa aussi, ça ne te choque pas de sa part.

— Pardi, c'est ton père.

— Un oncle en a le droit également, Bonnie. Peu m'importe, après tout, ce que tu penses. Si j'avais appris le décès de Roger, je ne me le serais jamais pardonné. Et Justin en aurait tellement souffert. Je suis si heureuse, je danserais sur place.

Élisabeth esquissa quelques pas de valse, en tournant autour de Bonnie.

— Une force étrange m'a poussée à alerter Justin, avoua-t-elle, rieuse. Je monte le dire à papa. Je lui ai confié Sarah et Antonin, je les enverrai jouer sur le trottoir, tu les surveilleras.

Bonnie leva les bras au ciel comme si on lui en demandait beaucoup. Elle arborait une expression boudeuse, cependant, intérieurement, elle se réjouissait pour sa « petite » Lisbeth.

Château de Guerville, le soir

Roger avait affirmé qu'il se sentait très bien, en se réveillant au crépuscule. Il prétendait même ne plus éprouver de douleur quand il parlait. Avant le dîner, Justin lui proposa d'aller aux écuries.

— J'ai mis Cybèle au box, Perle et sa pouliche aussi, avait-il précisé. Allons-y, je leur donnerai du grain.

Il souhaitait s'entretenir avec lui, mais hors des murs séculaires de la forteresse, loin des oreilles indiscrètes.

Maintenant, il regardait Roger qui avait noué ses bras musclés autour de l'encolure de sa jument et appuyait son visage contre sa crinière aux reflets d'argent.

— Mon ami, je voudrais que tu m'écoutes sans m'interrompre, commença-t-il. Tu dois me promettre de garder le secret sur ce que je vais te dire.

— Oui, monsieur Justin, je vous promets tout ce que vous voudrez, je m'en veux beaucoup. Je ne sais pas ce qui m'a pris, j'étais comme un gars ensorcelé, envoûté. Je pensais à Germaine, à son air quand elle m'a hurlé de ne pas la toucher. Je me disais que ce n'était pas la peine de vivre, si je ne l'épousais pas.

— Tu es un fieffé idiot ! lui assena Justin. Il y a d'autres jeunes filles dans la région, dans la France, le monde entier.

— Bah, je m'en fichais des autres, à ce moment-là, je la voulais, elle, ma petite Germaine.

— Roger, si tous les hommes qu'une femme repousse couraient se pendre, la planète Terre serait vite un désert. Alors, écoute bien. Germaine t'a refusé sa main, comme elle la refuserait à n'importe quel type. Tu sais qu'elle travaillait au château, quand elle avait quinze ans. Laroche l'a violée, voilà. Dans son idée, c'était un déshonneur, elle a jugé que sa vie était brisée, qu'elle était une fille perdue. Alors elle a fui le pays, et si elle désire entrer au couvent, c'est pour cette raison. Le contact d'un homme lui répugne, comprends-tu ?

Bouche bée, livide, Roger s'écarta de sa jument et s'adossa au mur du box. Il avait serré les poings et fixait la noble tête blanche de Cybèle d'un air égaré.

— Certaines femmes guérissent de cet acte ignoble, d'autres non. Germaine est de celles-ci.

Justin songeait à Élisabeth, à son abandon total pendant leur étreinte. Son joli corps avait vibré à l'unisson du sien, en dépit du crime incestueux dont elle avait été victime.

— Le vieux salaud ! gronda Roger. S'il n'était pas en train de pourrir dans son cercueil, je le tuerais de mes mains. Vous avez bien fait de me le dire, m'sieur. Je respecterai Germaine encore davantage.

— Elle croit que nous ignorons ce grand malheur qui lui est arrivé. Mais à l'époque, elle s'était confiée à la gouvernante d'Élisabeth. J'ai appris la vérité pendant mon séjour à New York.

— La pauvre petite, elle avait quinze ans, s'apitoya Roger. Dites, monsieur, il n'faut pas qu'elle gâche sa jeunesse au couvent, à cause d'un fumier de la pire espèce.

— Et toi, tu étais prêt à sacrifier ta jeunesse, à briser le cœur de ta mère, de ton père, le mien aussi, sur un coup de folie, car tu étais fou amoureux, rétorqua Justin. Roger, n'ébruite jamais ce secret, Germaine pourrait t'imiter et se supprimer.

Le palefrenier sortit du box. Il étreignit son patron quelques secondes, cédant à une impulsion juvénile.

— J'en fais le serment, monsieur, déclara-t-il. Je tâcherai d'être un ami pour elle, car je la plains de tout mon cœur.

— Merci pour ces mots, Roger. J'ai raconté à Germaine ce que tu avais fait. Elle voulait s'en aller sur-le-champ. Je l'ai persuadée de rester ici. Je tiens à vous garder tous les deux. Dorénavant, ne l'importune plus. Tu l'as bousculée, effrayée avec ta passion. Si tu avais patienté un an ou deux, qui sait, peut-être qu'elle aurait réagi différemment.

— Peut-être bien, M'sieur.

Justin esquissa un sourire pour répliquer :

— Je serai franc, je te pensais incapable d'aimer ainsi, aussi fort, au point d'en perdre la tête. Je te considérais comme un garçon posé, qui s'intéressait surtout aux chevaux et pas trop aux filles. Ne recommence jamais ça, Roger. Ou bien, si tu ressens des envies de mourir, viens vite me trouver.

— Parole, ça n'arrivera plus, patron ! On a dû me jeter un sort, pas Germaine qui est pieuse, mais la voisine de ma mère, une sale engeance. Elle nous déteste. Une fois, elle a fait crever toutes nos oies, et notre coq.

— Ce sont des balivernes, des superstitions ! s'irrita Justin.

Néanmoins, il s'interrogea. Par quel prodige Élisabeth voyait-elle dans ses cauchemars des événements qui se produisaient tôt ou tard ? Si un tel miracle était possible, pourquoi des individus mal intentionnés ne parviendraient-ils pas à nuire à ceux qu'ils méprisaient ou haïssaient ?

Il décocha une bourrade affectueuse à Roger.

— Enfin, ça existe peut-être, les mauvais sorts. L'Univers est plein de mystères, mon ami, et les voies de Dieu sont impénétrables, dit-on. Assez causé, allons dîner.

Deux mois plus tard, sur l'océan Atlantique, mardi 21 novembre 1905

On ne voyait plus les côtes américaines. *La Lorraine*, le plus grand paquebot français de l'époque[1], s'élançait de toute la puissance de ses

---

1. Mis en service en août 1900, sur la ligne Le Havre-New York, c'était un bateau très rapide équipé de la TSF, une innovation à l'époque.

machines vers le large et ses périls. Un vent frais soulevait les boucles noires de Sarah, accoudée au bastingage. Elle respirait à pleins poumons l'air iodé qui avait pour elle le parfum même de l'aventure.

L'adolescente vivait un rêve éveillé. Elle portait un joli costume en velours vert, un chapeau assorti et des bottines en cuir. Surtout, elle quittait New York et elle s'appelait désormais Sarah Edelman – « Mlle Sarah Edelman », ainsi l'avait saluée le quartier-maître du bateau, quand elle était montée à bord, son passeport tout neuf à la main.

Le secrétaire d'Edward Woolworth, son dévoué Jack, avait réussi à retrouver la trace des parents en consultant les registres d'Ellis Island, avec l'assistance d'un employé des services de l'immigration. Les recherches avaient duré plusieurs heures, mais finalement deux lignes à l'encre noire, sur une page jaunie, indiquaient qu'un Samuel Edelman et sa femme Myriam avaient débarqué sur l'île le 17 août 1897, avec leur fille Sarah, âgée de cinq ans. Ils venaient de Pologne.

Un certificat avait été établi, ensuite Élisabeth avait obtenu un passeport en règle pour sa protégée, dont elle était désormais la tutrice officielle. Les Sœurs de la charité, qui avaient toute confiance en la jeune femme, la connaissant bien depuis des années, s'étaient chargées de cette formalité.

Sarah, émerveillée d'avoir une identité, de partir sur l'océan, éprouvait un bonheur infini qui gonflait son cœur, lui donnait envie de chanter. Elle n'osait pas, car les passagers étaient nombreux sur le pont, certains groupés à la proue du paquebot, d'autres en train de déambuler, comme pour mesurer l'agréable espace qui leur était attribué pendant environ six jours.

Élisabeth se tenait à quelques mètres de sa protégée, dans un élégant costume de voyage en velours brun. Elle serrait fort la main d'Antonin. Son fils, exalté par la vision des vagues, par un décor nouveau et insolite à ses yeux, aurait volontiers couru d'un bout à l'autre de l'imposant navire.

— C'est dangereux pour un petit garçon de ton âge, lui redit-elle. Tu dois bien écouter mes recommandations, et m'obéir.

— Oui, maman, je serai sage. Dis, pourquoi *grandma* et *grandpa* ne sont pas venus avec nous ?

— Ils vivent à New York, *grandpa* travaille là-bas, mais ils nous rendront visite au printemps. Antonin, tu vas habiter la maison où je suis née. Elle est très jolie. Tu joueras dans le jardin, et je t'emmènerai faire de la barque sur la Charente.

L'enfant, soudain songeur, marmonna un « oui ». Il parlait bien le français, cependant certains mots ne signifiaient rien pour lui. En fait, il était plus accoutumé à la langue anglaise.

— C'est quoi, la Charente ? demanda-t-il, un peu grognon.

— Un fleuve, comme l'Hudson. Viens, allons rejoindre Sarah. Il est temps de nous installer, de défaire nos valises. Tu t'amuseras avec tes osselets.

La jeune femme avait pris des cabines de seconde classe, une alternative convenable à son avis. Pour rien au monde, elle n'aurait pu envisager la traversée dans l'entrepont réservé aux gens de condition modeste. Jamais elle n'oublierait combien ses parents en avaient souffert. Quant à se permettre le luxe proposé aux plus aisés, ses convictions personnelles l'en avaient empêchée.

— Élisabeth ! fit une voix masculine dans son dos.

Elle se retourna. Son oncle Jean faillit la heurter dans son élan.

— Tu es seul ? Bonnie n'a pas voulu remonter sur le pont ? lui dit-elle aussitôt.

— Non, ma tendre épouse préfère rester enfermée dans notre cabine, elle se plaint déjà du roulis. William ne cesse de pleurer, je les ai laissés tous les deux. J'avais besoin de prendre l'air. Sais-tu, ma nièce, j'aurais dû me faire marin. Je me sens un autre homme sur l'océan.

— J'espère que Bonnie n'aura pas le mal de mer pendant tout le trajet. Elle y est sujette.

— Pourtant, sur *La Gascogne*, il y a six ans, elle n'était pas si malade que ça, nota Jean. Et ça secouait, dans l'entrepont.

Il observait Sarah, dont la mince silhouette l'attendrissait.

— Je te remercie, Élisabeth, dit-il en prenant son bras. Tu m'as poussé à rentrer en Charente, chez moi, et c'était la bonne décision. J'en avais assez de m'échiner pour si peu de résultats. Tout s'est arrangé à merveille, puisque Mme Woolworth a mis en vente l'épicerie et le logement du dessus. Seigneur, si tu savais comme j'ai hâte d'embrasser mon père, et Pierre, et mes neveux.

Élisabeth lui adressa un sourire ravi. Elle avait su persuader sa chère Bonnie de la suivre en France, puis elle s'était évertuée à convaincre son oncle. Il avait d'abord refusé l'idée du départ, et quand il y avait consenti, il avait prétendu vouloir voyager de nouveau en troisième classe.

Mais sa nièce était plus têtue que lui, elle avait eu gain de cause et tous bénéficiaient du confort agréable des secondes classes.

— Pépé Toine sera si heureux de revoir ses deux fils, soupira-t-elle, le cœur en fête. Je suis vraiment contente que nous rentrions ensemble en Charente.

Antonin, lui, s'exaspéra. Il secoua la main de sa mère.

— Comment il fera, oncle Jean, pour rentrer dans un fleuve ? Tu m'as dit que la Charente, c'était un fleuve.

— Bêta, c'est aussi un pays, un département, rétorqua Jean. Le pays où coule le fleuve.

— Il ne pouvait pas le savoir, protesta Élisabeth. Ne te moque pas de lui. Ce sera pénible aussi pour Sarah, elle ne parle que l'anglais.

— Bah, à son âge, elle apprendra vite le français, assura Jean. Bon, je ne m'ennuie pas, mais je vais faire le tour du paquebot. On se verra ce soir, pour le dîner.

Il s'éloigna d'une démarche rapide. Élisabeth s'approcha de Sarah. L'adolescente lui donna un baiser sur la joue.

— Je n'arrive pas à le croire, Lisbeth, je m'en vais sur la mer !

— Est-ce que tu te souviens de ta première traversée ? Tu disais avoir l'âge d'Antonin.

— Non, je me rappelle juste mes parents, quand ils étaient très malades, à l'infirmerie d'Ellis Island.

— Excuse-moi, Sarah, je n'aurais pas dû te poser cette question. Si nous allions dans notre cabine ?

— Et votre papa, où est-il ? s'inquiéta l'adolescente.

— Il se repose. J'irai le voir tout à l'heure.

Guillaume Duquesne, allongé sur sa couchette, reconnut les voix de sa fille et d'Antonin qui résonnaient dans la coursive. Sa cabine jouxtait celle d'Élisabeth. Il se félicitait d'être seul dans la sienne, plein d'appréhension à la perspective du voyage.

« On devrait pouvoir voler au-dessus de l'océan, songea-t-il. Je serais capable de rester confiné là jusqu'au Havre, ou bien jusqu'au moulin. »

Le mouvement des hautes vagues, le bruit qu'elles faisaient en frappant la coque du bateau, le grondement sourd des machines, tout le ramenait en arrière, dans un passé qui lui semblait à la fois proche et lointain.

— Ma Cathy, murmura-t-il. Ma toute belle, ma femme.

Il était assailli d'images anciennes, aux couleurs vives, mais un peu floues : Catherine dans l'entrepont, occupée à fabriquer une poupée de chiffon pour leur fillette, Catherine riant au spectacle de l'ours qui dansait lourdement sur le pont. Sa blonde épouse était au centre d'une fantasmagorie de souvenirs tour à tour merveilleux ou affreux.

— Comme je t'aimais, Cathy ! gémit-il. Et ton corps adoré repose depuis des années au fond de ce maudit océan.

Maintenant il revivait leur ultime étreinte, au fond de la cale où étaient stockés les bagages. Catherine, malgré sa grossesse, ne refusait jamais son désir d'homme, le désirant elle aussi avec une fièvre sensuelle qui le comblait.

Une amertume intolérable lui fit verser des larmes de colère. Le destin s'était acharné sur leur couple, sur leur fille. Mais il ignorait encore que le destin n'était pas le seul coupable.

Élisabeth avait suivi les conseils d'un des docteurs de l'hôpital français. Il recommandait de ménager Guillaume, qui selon lui était d'une santé mentale fragile.

— Même si votre père vous paraît rétabli, que sa mémoire est revenue, ménagez-le. Il faut lui éviter des émotions violentes, qu'il vive dans une atmosphère paisible, avait dit le médecin.

Bonnie, Jean et Élisabeth avaient scrupuleusement veillé sur la sérénité de leur cher convalescent, sans soupçonner un instant les tourments intérieurs qui le ravageaient parfois. Le plus cruel d'entre eux demeurait la mort de Catherine, en accouchant d'un bébé prématuré.

Un léger coup à la porte de sa cabine obligea Guillaume à se composer un visage avenant.

— Papa ? appela-t-on.

— Entre, ma princesse, répondit-il en se redressant.

Il eut un sourire rêveur lorsque sa fille lui apparut. Le col blanc de son corsage égayait la rigueur de sa veste marron. Des mèches ondulées s'étaient échappées de son chignon. Le teint rosi par le vent, son regard bleu pétillant de joie, elle était ravissante.

— Comme tu es belle ! s'extasia-t-il. Je dois te faire honte, moi, à somnoler sur ma couchette depuis le départ.

— Papa, je n'aurai jamais honte de toi, répliqua-t-elle en s'asseyant à côté de lui. Il fera bientôt nuit, alors tu es aussi bien ici que dehors. Nous dînons dans une vingtaine de minutes. Si tu veux, je peux te commander un repas. Tu mangeras en toute tranquillité.

— Et puis quoi encore, plaisanta-t-il. Je ne suis pas impotent, ma princesse. Je me sers à peine de ma canne.

— Je le sais, seulement je sens que tu n'as pas envie de te mêler aux passagers, ni de monter sur le pont et de voir la mer.

— Seigneur, tu lis dans mes pensées…

— Peut-être, j'ai beaucoup d'intuition, papa. J'aurai tant de choses à te confier, quand tu pourras les entendre.

— Dis-les-moi, Élisabeth. J'ai l'impression de te connaître depuis toujours, car tu es mon enfant chérie, mais nous avons été séparés si longtemps. Raconte-moi ce que tu as vécu durant toutes ces années. Nous avons plusieurs jours devant nous. Tu m'as expliqué comment les Woolworth t'ont recueillie, après la nuit que tu as passée dans Central Park. Je les bénis de t'avoir offert une existence dorée, une bonne éducation.

— Oui, j'ai eu beaucoup de chance, concéda-t-elle.

— Je suis au courant pour tes cauchemars, tes prémonitions. Il paraît que tu as essayé de m'en parler, fillette, j'ai dû oublier. Au fond, ça ne m'étonne guère, ma mère était ainsi.

— Pépé Toine me l'a dit.

— Quand donc ? Dans une lettre ?

Confuse, Élisabeth se reprocha sa maladresse. Elle pouvait encore mentir, elle y renonça. Quand ils seraient en Charente, son père apprendrait forcément ce qu'on lui avait dissimulé.

— Réponds, ma petite princesse, tu es toute pâle. Je ne perds pas la tête, tu n'as pas revu ton grand-père depuis notre départ pour New York, avec Catherine.

— Je suis navrée, papa. Pardonne-moi. Un médecin m'a fait peur, il prétendait qu'il fallait te ménager, attendre des mois sans te causer de grandes émotions.

Guillaume caressa le front de sa fille d'une main tremblante. Il scruta son regard bleu avec une vive angoisse.

— Dans ce cas, qu'est-ce que je dois découvrir de si pénible ?

— Je suis rentrée en France, papa, j'avais seize ans. J'ai habité le château, et j'allais souvent rendre visite à pépé Toine. Gilles et Laurent, tes neveux, je t'ai montré leurs photographies, mais je les ai vus, eux aussi. Je suis revenue chez les Woolworth au bout d'environ deux ans.

— Pourquoi ?

— Sans doute parce que je me plaisais davantage à New York, déclara gaiement Élisabeth.

Son père, troublé, alluma une cigarette. Il avait repris cette habitude au contact de son ami Baptiste Rambert et de son frère Jean.

— Ce tyran de Laroche et sa détestable épouse devaient être très heureux de te récupérer, bougonna-t-il.

— Bonne-maman Adela avait changé, elle m'a choyée, aimée de tout son cœur. Pépé Toine et elle étaient devenus amis.

— C'est le monde à l'envers ! s'étonna Guillaume. Et ton mari, Richard, quand l'as-tu rencontré ? Il a été victime d'un accident, mais quel genre d'accident ?

— Papa, je te promets de t'en dire davantage après le dîner. Sarah et Antonin doivent avoir faim. Nous causerons ce soir. Je te fais porter un plateau. Calme-toi, tu es bouleversé.

Malgré ces paroles de réconfort, Guillaume s'empara des mains de sa fille et les embrassa. Il semblait égaré.

— Ne me quitte plus, Élisabeth, implora-t-il. La solitude ne me vaut rien. Aide-moi à enfiler ma veste de costume. Je viens avec vous. J'ai retrouvé ma famille, n'est-ce pas ? Alors je dois dîner en famille.

— Bien sûr, papa chéri. Je suis tellement heureuse de t'avoir !

Elle noua ses bras autour du cou de son père d'un geste tendre. Il s'apaisait, respira mieux.

— Tu répondras à mes questions plus tard, demain ou jamais, dit-il enfin. Les souvenirs sont souvent dangereux, le passé est douloureux, surtout pour moi. Nous sommes réunis, il n'y a rien de plus important.

Le soir, vers 10 heures, Jean s'installa dans la cabine de Guillaume, une couchette étant disponible. Élisabeth estimait cette mesure nécessaire, par prudence. Confrontée à un grave dilemme, elle confessa ses doutes à Bonnie, qui pour sa part se réjouissait secrètement de cet arrangement.

— Que faire, Bonnie ? Si papa apprend la vérité sur ce démon de Laroche, il risque de sombrer à nouveau. Hélas je ne peux plus me taire. Moi qui étais euphorique en embarquant, je suis triste, anxieuse.

— Nous ne pouvons pas tous lui mentir, Lisbeth, ni forcer les Duquesne et Justin à nous imiter. Ton père sera secoué par tes révélations mais il s'en remettra. Peut-être même qu'il sortira de sa mélancolie.

Bonnie jeta un coup d'œil sur William, niché au milieu du lit double.

— Le roulis du bateau le berce, soupira-t-elle.

— Ton bébé est un amour, admit Élisabeth.

— Pas pendant la journée.

— Sarah et Antonin se sont endormis très vite, eux aussi. Le voyage en mer les enchante, j'espère que nous n'aurons pas de tempête. Papa le supporterait mal… et les enfants seraient en péril, hasarda la jeune femme en frissonnant. Dieu ne peut pas nous accabler encore, dis, Bonnie.

Elles échangèrent un regard effaré, soudain attentives au choc des vagues sur les flancs de *La Lorraine*, ce majestueux paquebot qui les conduisait vers la France, au sein de la nuit.

Moulin Duquesne, mercredi 22 novembre 1905

Yvonne Duquesne, un foulard sur ses cheveux, en tablier et sabots, frottait le seuil en pierre de l'humble maison où avaient habité Catherine et Guillaume, jeunes mariés. Elle était située à environ six cents mètres du moulin, à l'écart du village.

— J'ai fini le ménage à l'intérieur. Boudiou, ce n'était pas de tout repos ! Plus personne n'y entre, compris, Laurent ? Quand je pense que tu venais là en cachette, pour jouer aux cartes avec deux camarades ! Vous avez fait du beau, mon gars. Des traces de souliers boueux sur le carrelage de la cuisine, une vitre fêlée, et j'en passe.

— N'le dis pas à père, je t'en prie, maman, supplia son fils. Ce soir, j'aurai désherbé les plates-bandes du potager et taillé les rosiers. Croix de bois, croix de fer, si j'mens, j'vais en enfer.

— Tais-toi donc, garnement, tu as encore de l'ouvrage !

Avec un soupir outragé, Yvonne ferma à clef la porte que son mari avait repeinte l'avant-veille, à la faveur d'un jour de soleil.

« Tout est fin prêt », se dit-elle.

Le retour des « exilés », comme les surnommait Pierre, la plongeait dans un état d'exaltation qui la surprenait elle-même.

— Eh bien, ma bru, êtes-vous satisfaite de vos efforts ? lui cria Antoine qui franchissait le portillon du jardin.

Le vieil homme la rejoignit, en la couvant d'un regard plein d'affection.

— J'ai fait au mieux, pépé Toine. Les rideaux sont blanchis et amidonnés, ceux en macramé que j'avais gardés de ma dot. Ils n'avaient jamais servi. La cuisinière ronronne, il faut chauffer, avec cette humidité.

— Ne m'en cause pas, mes rhumatismes se réveillent.

— Pourtant vous êtes venu rôder de ce côté, sur vos pauvres jambes, blagua Yvonne. Pardi, je comprends ça. Pensez un peu, ils seront là dans une dizaine de jours.

Antoine Duquesne ferma quelques secondes ses yeux bleus. Il priait du bout des lèvres.

— Dieu m'accorde une telle grâce, Yvonne. Je vais revoir mon Guillaume, mon Jeannot. Et les enfants... Je relis chaque soir la dernière lettre de ma petiote.

— On a eu son télégramme, aussi, qu'elle a envoyé avant de monter à bord du bateau. Seigneur, ils sont en route, sur la mer.

— Oui, sur le redoutable océan, marmonna Antoine. Mais n'allons pas imaginer le pire, ma chère bru. J'ai la certitude qu'ils nous reviendront. Tiens, il pleut.

Il déplia le grand parapluie noir qu'il avait emporté par précaution. Laurent accourait, courbé sous l'averse.

— Pépé, m'man, j'arrête pour aujourd'hui. Je serai trempé sinon. Je rentre au moulin, je remettrai du bois dans la cheminée.

L'adolescent s'esquiva. Yvonne, qui s'abritait sous l'auvent de la maison, prit son beau-père à témoin.

— Vous ne trouvez pas ça bizarre, quand même, qu'Élisabeth décide de loger ici, avec Guillaume, Antonin et la jeune juive qu'elle a recueillie ? Boudiou, ça jasera au village. Il y aurait pourtant de la place au château. Justin n'aurait pas dit non. Enfin, je ne parle pas de Guillaume, hein, pépé Toine. C'est normal qu'il retrouve son chez-lui.

Un sourire énigmatique se dessina sur le visage bienveillant du vieillard. Il hocha la tête d'un air résolu.

— Les commères du bourg jaseront, je le sais, Yvonne. Grand bien leur fasse ! Je suis fier d'Élisabeth, de sa bonté, de son cœur en or. J'accueillerai Sarah à bras ouverts. J'espère que toi et Pierre vous ferez comme moi. N'oubliez jamais, tous les deux, que cette demoiselle a sauvé Antonin d'un sort épouvantable.

Il lui tendit la main. Elle trottina vers lui et se réfugia à l'abri du parapluie, un peu gênée d'avoir été rappelée à l'ordre. Ils approchaient du moulin lorsqu'un cavalier apparut sur le chemin du fleuve.

— Voilà notre châtelain, s'égaya le vieux meunier.

Justin, vêtu d'un manteau en cuir, un chapeau sur ses cheveux blonds, ralentit l'allure de sa jument. Il mit pied à terre et marcha vers eux.

— Je ne m'attendais pas à vous trouver dehors par ce temps, pépé Toine ! s'exclama-t-il.

— Et toi, mon garçon, a-t-on idée de galoper jusqu'ici ? Ta bête n'a plus un poil de sec. Conduis-la sous le hangar, il y a de la paille, tu la sécheras. Qu'est-ce qui t'amène ?

— Un gros souci, avoua-t-il. Je voudrais vous en parler.

— Rentrons au chaud, pépé Toine, s'inquiéta Yvonne. Je vais préparer du café. Occupe-toi de ton cheval, Justin, et viens vite au coin du feu.

Justin, en s'asseyant sous le manteau de la cheminée, avait toujours une expression de détresse.

Antoine, inquiet, envoya Laurent dans la salle des meules, où Pierre travaillait encore.

— Veux-tu que je vous laisse ? proposa Yvonne.

— Non, vous pouvez entendre ce que j'ai à dire.

— Tu me fais peur, mon gars, lui dit Antoine. Il est arrivé un malheur au château ?

— Ce n'est pas ça, il s'agit de moi seul, pépé Toine, c'est moi qu'on accuse à tort.

— Seigneur, de quoi on t'accuse ? s'effraya Yvonne.

— Vous n'allez pas y croire, décréta Justin d'un ton plus ferme. J'ai reçu une lettre du brigadier de la gendarmerie de Montignac, le père d'Irène, cette jeune fille que j'ai fréquentée à peine deux semaines au printemps. Il exige de me rencontrer, parce qu'elle se prétend « enceinte de mes œuvres », je vous répète la prose du brigadier. Irène aurait réussi à cacher son état, mais elle ne pouvait plus le faire, elle en est au septième mois de grossesse. Sa mère l'a interrogée et il en ressort que je l'aurais séduite et abandonnée.

Il se tut, dans l'attente de leurs protestations véhémentes. Il s'affola de leur silence.

— Pépé Toine, Yvonne ! s'indigna-t-il. Vous pensez que je joue la comédie, que je suis coupable ? Répondez, par pitié !

— Je ne sais pas quoi te dire, on vous a vus ensemble, au bourg, murmura Yvonne, rouge d'embarras.

— Je te connais bien et je te sais innocent, rétorqua enfin Antoine. Irène t'accuse, car, sûrement, elle ne peut pas dénoncer le vrai père de son enfant. Mais tu es dans de sales draps, mon pauvre garçon.

Justin enfouit son visage entre ses mains. Élisabeth serait de retour dans quelques jours et il ne pouvait plus savourer son bonheur de la revoir.

« Je suis maudit, se désola-t-il. Oui, maudit. »

6

Scandale au village

Moulin Duquesne, nuit du mercredi 22 novembre au jeudi 23 novembre 1905

Justin se tournait et se retournait sans cesse dans le lit étroit de Gilles dont Yvonne, en ménagère scrupuleuse, avait changé les draps. Le jeune châtelain lui avait demandé s'il pouvait dormir au moulin, puisqu'il comptait se rendre à la gendarmerie tôt le lendemain matin, afin de rencontrer le père d'Irène.

— Pardi, il y a le lit de Gilles. Maintenant qu'il dort au château, tu es le bienvenu, avait tranché le vieil Antoine. Mais tu auras notre benjamin comme camarade de chambre.

Une veillée avait réuni les Duquesne et leur invité imprévu au coin de la cheminée, tandis qu'il pleuvait à torrents dehors. Seul manquait Laurent, que Pierre avait envoyé se coucher très tôt.

L'adolescent avait protesté, du haut de ses quatorze ans, mais il s'était plié rapidement à l'autorité paternelle. Lorsque Justin était monté dans la chambre, Laurent avait feint le sommeil, un peu vexé d'avoir été tenu à l'écart d'un débat qu'il supposait passionnant. À présent, il s'agitait, pétri de curiosité.

— Je sais que tu ne dors pas, hasarda Justin. J'ai fait l'armée, je suis habitué à étudier le bruit d'une respiration.

— J'voulais rester en bas avec vous, m'sieur, avoua-t-il.

— Pitié, Laurent, pas de « monsieur ». Tu pourrais me tutoyer et renoncer au « monsieur », m'appeler par mon prénom. Ta mère le fait, ton grand-père aussi. J'aimerais que tu me traites en ami, ou en grand frère.

— J'en ai déjà un, ça me suffit.

— D'accord, tu es de mauvais poil.

— Non, mais j'en ai assez d'être tenu à l'écart, tout ça parce que vous causiez d'une fille enceinte. Je ne suis plus un gamin. Et puis, je vous dis « monsieur » parce que vous êtes riche, très riche même, vous avez des domestiques, vous habitez un grand château. Gilles en a de la chance, d'avoir été embauché chez vous.

Les paroles de Laurent attristèrent Justin. Il souffrait souvent d'être traité avec un respect de convenance, ou une servilité qui le hérissait. Songeur, il resta silencieux un moment.

— J'ai pensé engager un autre palefrenier à demeure. Un gars du bourg vient seconder Roger en journée, mais il y a beaucoup de travail aux écuries. Si ça te plaît…

— J'n'aime pas les chevaux, ils me font peur, et de toute façon, mon père il m'apprend le métier. Mais moi, j'n'ai pas envie d'être meunier. J'voulais continuer l'école. Le maître, il était fier de mes notes au certificat d'études. Maman, elle me soutenait, mais j'ai dû arrêter. Ici, je m'échine à trimballer les sacs de grain que les clients apportent, et ça pèse. Ensuite je dois charger la farine dans la charrette.

Le cœur serré, Justin remercia en pensée son premier patron, qui s'était montré soucieux de son instruction. En conséquence, le sort de Laurent le toucha sincèrement.

— Si tu continuais l'école, que ferais-tu plus tard ? lui demanda-t-il.

— Pardi, instituteur.

— C'était un beau projet, Laurent. Et pépé Toine n'a pas pu convaincre ton père de te laisser choisir ta voie ?

— Non, ou s'il a essayé, je n'l'ai pas su. Je n'suis pas sot, c'est surtout que je n'coûte rien. Un commis, faudrait le payer.

L'adolescent avait baissé le ton. Il poussa un soupir qui parut pathétique à Justin, dans le noir de la pièce.

— Je suis désolé pour toi, dit-il. Bon, il faudrait dormir. Ta mère te réveille à 6 heures, je crois.

— Ouais, quand ce n'est pas 5 heures, même l'hiver, grogna Laurent. Dites, m'sieur, vous avez causé de quoi, en bas ?

— Tu le sais bien. Du fait qu'on m'accuse à tort. Du moins Irène et son père. Cette jeune femme ment, je te le promets, mais je voudrais vraiment savoir pourquoi.

— Sans doute… Bonne nuit, m'sieur, marmonna le garçon.

Le logis du moulin se composait d'une grande cuisine et d'un cellier au rez-de-chaussée. L'étage, lui, était partagé en quatre chambres de dimensions moyennes. Dans le grenier, on faisait sécher les noix, les châtaignes, et on gardait les pommes à l'abri du gel ou de l'humidité.

Antoine Duquesne, adossé à deux gros oreillers, un bonnet de nuit sur ses cheveux blancs, était lui aussi incapable de dormir. La discussion qui avait animé la veillée improvisée l'obsédait. Il connaissait bien le brigadier et il l'avait vu arriver à Montignac, ainsi que son épouse et leur fille unique, Irène, alors âgée de huit ans.

« C'était une gentille gamine, se souvint-il. Bien mignonne aussi. Qu'est-ce qui s'est passé ? Elle avait l'air d'être sérieuse. »

Le vieux meunier convint en son for intérieur qu'il avait espéré un mariage entre Irène et Justin. C'était faire abstraction de l'amour que ce dernier éprouvait pour Élisabeth. Il avait pu constater, ce soir-là, combien le jeune châtelain était anxieux.

« Il redoute la réaction de ma petiote, si elle apprend cette histoire à son retour. Mais je serai là, elle m'écoutera. »

Malgré toute sa bonne volonté, Antoine ne parvenait plus à se réjouir pleinement des retrouvailles qu'il attendait le matin même avec tant d'impatience. L'histoire d'Irène jetait de l'ombre sur son bonheur. Il avait toute confiance en Justin, mais il était lucide. Comment celui-ci pourrait-il prouver qu'il n'y était pour rien…

Plus il y réfléchissait, plus une vague appréhension le mettait mal à l'aise. Il en devint si nerveux qu'il eut envie de fumer sa pipe, rangée dans le tiroir de sa table de chevet. Des scènes du printemps lui revenaient, le harcelaient, des images anodines auxquelles il prêtait soudain un sens précis.

— Et si c'était… Non, non, je me monte la tête, bougonna-t-il à voix basse.

Ses doigts noueux crispés autour d'un pan de drap, le doux vieillard se mit à prier. C'était son recours ultime contre les idées noires, les peurs confuses. Il récita le *Notre Père* plusieurs fois, avant de chuchoter un *Je vous salue Marie*.

Son tourment ne se dissipa guère. Dans les deux prières qui l'apaisaient d'ordinaire, il y avait les mots «père», «mère» et les plus obsédants, «le fruit de vos entrailles».

Yvonne et Pierre, loin d'être assoupis, tendaient l'oreille. Ils percevaient des murmures dans la chambre de leurs fils. Le couple s'interrogeait sur ce que pouvaient bien se dire Justin et Laurent.

Une chandelle brûlait sur le coin d'un petit meuble qui leur servait de table de nuit. Tous deux allongés, les mains croisées à hauteur de la poitrine, ils ressemblaient à des gisants d'église.

— Que se racontent-ils, bon sang ? s'agaça Pierre. Laurent ferait mieux de dormir. Il tirera encore au flanc, demain matin. De qui tient-il, ton fils, pour être aussi flemmard ?

— Mon fils ? C'est le tien aussi ! riposta Yvonne. Il n'est pas paresseux, le travail du moulin lui déplaît. Il aime étudier.

— Je m'en fiche ! Est-ce que j'ai eu le choix, moi ? Guillaume est parti chez les compagnons charpentiers, Jean se voyait soldat, après son temps à l'armée. Je devais succéder à mon père, et Laurent prendra ma place un jour.

— Ce serait à Gilles, l'aîné, d'apprendre le métier, mais tu lui as permis d'aller travailler au château. Tu as été injuste, Pierre.

La voix d'Yvonne tremblait un peu. Elle osait rarement dire son opinion. Furibond, il lui tourna le dos, en s'enroulant dans la literie.

— Avoue donc que tu préfères Gilles, et que tu accables notre pauvre Laurent, ajouta-t-elle.

— Et toi, avoue que tu passerais tout à môssieur Justin. Ce type t'embobine avec ses sourires mielleux. Je te parie qu'il a séduit Irène, qu'il l'a engrossée, oui. La mauvaise herbe ne se change pas en blé ou en orge. C'est un Laroche.

Vexée, Yvonne reprit d'un coup sec drap et couverture. Elle eut à cœur de défendre Justin, comme elle l'avait fait pendant la veillée, après l'avoir soupçonné quelques minutes.

— Il était sincère et malheureux, Pierre, ça se lisait dans ses yeux. Je voudrais t'y voir, toi, si on t'accusait à tort.

— Je suis un honnête homme, je ne cours aucun risque. Depuis que je t'ai juré fidélité à l'église, je n'ai jamais regardé une autre femme.

— Menteur, dit-elle dans un souffle, secrètement flattée.

Excédé, Pierre lui fit face. Il baisa sa bouche avec rudesse, en retroussant la longue chemise qu'elle portait. L'instant suivant, il se couchait sur elle, la pénétrait d'un élan avide. Elle étouffa une plainte sensuelle, comblée d'éveiller le désir de son mari en dépit des années passées. Les coups de reins vigoureux dont il avait l'habitude transportèrent Yvonne d'un plaisir fulgurant. Offerte, dolente, elle étreignit ce lourd corps d'homme dans ses bras. Il s'abattit très vite à ses côtés, hébété mais calmé.

Ils s'endormirent enfin, tandis que la pendule de la cuisine sonnait minuit.

Village de Montignac-sur-Charente,
le lendemain matin

Justin, les traits tirés par le manque de sommeil, se présenta à 9 heures du matin au poste de gendarmerie du bourg. Il fut reçu par les adjoints du brigadier Defarge. Les œillades méfiantes qu'ils lui adressèrent quand il déclina son identité suffirent à le renseigner. Ils savaient la raison de sa venue.

— Le chef est chez lui, dit le plus âgé, à la moustache poivre et sel. La maison qui jouxte l'épicerie, place de la Mairie.

— Je sais où c'est, je vous remercie, messieurs, répliqua-t-il.

— Sûr qu'il sait, maugréa tout bas le second gendarme dès qu'il sortit.

Une fois dans la rue, Justin songea qu'il serait plus facile de rencontrer le père outragé à son domicile. Il espéra même être confronté à Irène et exiger des explications. Mais en approchant de la porte peinte en bleu foncé, au heurtoir en forme de main, il évoqua le matin du mois d'avril où il avait frappé là.

« Irène m'a accueilli, elle rayonnait de joie, se remémora-t-il. Elle avait une robe jaune, des frisettes blondes autour du front. Nous nous sommes promenés, j'étais sous le charme. Peut-être que j'aurais pu l'aimer s'il n'y avait pas un autre amour dans mon cœur. Un amour plus fort que tout. »

Il toqua du poing, égaré par l'angoisse. Il y eut des bruits de pas, un rideau bougea à la fenêtre. On lui ouvrit. Il aperçut non plus un joli visage mais la figure sanguine du brigadier. Defarge, de haute taille et corpulent, était en uniforme.

— Ah, c'est vous ! gronda-t-il. Entrez.

— Bonjour, monsieur, tenta Justin.

Il n'obtint pas de réponse. Dans l'étroit vestibule, l'homme lui désigna du menton une pièce sur leur gauche, faisant office de salle à manger. L'ordre et la propreté y régnaient. Justin y avait passé un quart d'heure au printemps, en compagnie de Solange, la mère d'Irène, qui l'avait questionné maladroitement sur le sujet des fiançailles.

— Je vous écoute, monsieur Laroche, déclara le brigadier. Je suppose que vous avez l'intention de réparer votre erreur, si vous êtes loyal et que vous vous souciez de l'honneur de ma fille.

— Monsieur Defarge, je ne peux pas réparer une faute que je n'ai pas commise. J'ai reçu votre lettre hier et je suis ici ce matin afin de vous parler franchement. Certes, j'ai fréquenté Irène pendant deux semaines, mais je ne l'ai même pas embrassée. Le geste le plus osé que je me suis autorisé a été de la tenir par la main pour monter dans une barque.

Le gendarme ôta son képi qu'il posa sur la table. Il toisa le visiteur d'un regard hargneux. L'index pointé vers lui, il rugit :

— Vous ne vous en tirerez pas comme ça ! Ma fille vous désigne comme le père de l'enfant qu'elle porte. D'abord, elle refusait de donner un nom à sa mère, puis elle s'est décidée. Et c'est vous, monsieur Laroche, vous qu'elle a nommé.

— Elle vous ment, j'ignore pourquoi, cependant elle vous ment. Soyez logique, brigadier, je n'ai pas approché votre fille depuis le mois de mai. Je me suis rendu à New York, et à mon retour, je lui ai fixé un rendez-vous au pied de l'escalier du vieux donjon pour lui dire que rien n'était possible entre nous car j'aimais une autre femme. Ce fut un moment douloureux pour Irène, j'en suis encore navré. Elle a pleuré, en prétextant qu'elle ne se marierait jamais, puisque je la dédaignais. Peu à peu, elle s'est consolée, et nous nous sommes quittés en bons termes. Je ne l'ai pas revue depuis.

Defarge, rouge d'indignation, tapa sur la table. Il roulait des yeux furieux.

— C'est terminé, vos salades ? aboya-t-il. Bon sang de bois, vous êtes une ordure de la pire espèce ! J'étais prêt à passer l'éponge si vous me demandiez la main de ma fille, mais non, vous insinuez qu'elle a inventé cette histoire. Pourtant le bébé va naître dans deux mois, et mon épouse et moi nous serons la honte du village, ma pauvre Irène aussi.

Désemparé, Justin s'assit sur une chaise. Il lança un regard sur le poêle en fonte dont la lucarne dévoilait des flammes dorées.

— Les langues se délient dans le village, renchérit le brigadier. Ma fille ne va plus à la messe le dimanche, et la semaine dernière, une de nos voisines l'a aperçue debout à la fenêtre de sa chambre. Son état se devinait, hélas. Novembre est pluvieux, jusque-là, Irène pouvait encore sortir enveloppée d'une pèlerine pour suivre l'office. C'est fini, je lui ai interdit de se montrer et de quitter la maison.

— Je voudrais lui parler, demanda Justin. En votre présence, bien sûr. Elle n'osera pas me dire en face que je suis le père de cet enfant. Il faut la convaincre d'avouer la vérité. Je ne peux pas endosser une paternité à la place d'un autre.

Le gendarme cédait à la fureur. Il déambula le long du buffet en bois sombre surplombé d'un vaisselier.

— Non, vous ne la verrez pas ! Irène est accablée, fragile. Vous seriez capable de la menacer ou de lui proposer une grosse somme pour qu'elle renonce à vous accuser. Ma fille affirme que vous lui aviez promis le mariage, afin d'arriver à vos fins, tonna-t-il. Osez le nier !

— J'ose le nier, et je vous encourage à chercher qui est le vrai coupable, rétorqua Justin. Irène est majeure, elle a vingt-deux ans, vous ne la surveillez plus comme si c'était une enfant. Elle me disait être libre de ses faits et gestes. Admettez qu'elle a pu rencontrer un homme sans problème, en mai ou en juin.

— Traitez ma fille de dévergondée, maintenant ! Je ne sais pas ce qui me retient de vous foutre dehors, avec mon pied au cul, enragea Defarge. Allons, dites-le, ma pauvre gosse n'est pas assez bien pour vous, le châtelain de Guerville.

— Vous vous trompez, brigadier. Je vais être très honnête. Si j'étais celui qui l'a déshonorée, je l'épouserais et j'en ferais la dame du domaine. Irène est jolie, elle possède des qualités qui m'ont charmé. Je me moque des différences de milieu et de tous les préjugés qui vont avec. Mais être contraint à un mariage arrangé, non, je refuse. Demandez-lui, j'avais peur de la rendre malheureuse puisque je ne l'aimais pas. Aujourd'hui, croyez-le ou non, je m'inquiète pour elle.

Le gendarme se troubla. Justin semblait sincère. Sa voix, son regard tendaient à le prouver.

— Nous avons prévu de l'envoyer à Montbron, chez mon beau-frère et ma sœur, maugréa-t-il d'un ton amer. Ils ont une ferme en pleine campagne. Le bébé viendra au monde là-bas. Irène tient à le garder. Sa mère et moi, nous lui avons conseillé de le déposer à l'hospice d'Angoulême. Elle a poussé des cris d'agonie.

— Je la comprends, déplora Justin. Aucun enfant ne mérite d'être abandonné.

— C'est ce qui pourrait arriver au vôtre, pourtant, insinua le brigadier. Ne faites pas le grand sensible, pour m'amadouer, je ne tomberai pas dans le panneau. Vous êtes bien le rejeton de votre salaud de père. Il avait sa réputation, Hugues Laroche, et il n'y a pas de quoi être fier. Combien de pauvres filles, dans ce pays, n'ont plus eu que leurs larmes pour noyer leur déshonneur, hein ? Combien de bâtards il a semés ? Mes collègues d'Aigre et de Rouillac vous en diraient long sur lui.

Justin était à bout de nerfs. Il se leva, pâle d'humiliation. Un instant, il eut envie de capituler, de se prétendre coupable. Son avenir lui apparaissait comme une plaine aride, où il devrait côtoyer Élisabeth sans espoir de la faire sienne à nouveau.

« Elle a promis de renoncer à notre amour, si Dieu lui redonnait Antonin sain et sauf. Je suis condamné à la voir, belle et douce, mais je n'aurai pas le droit de la toucher, se disait-il. Quelle vie je me prépare ? Une existence solitaire, dénuée du plaisir que nous avons connu, Élisabeth et moi. »

Malgré sa capacité à dompter ses besoins sexuels, normaux chez un jeune homme de vingt-sept ans, Justin endurait mal la chasteté qu'il s'imposait.

— Je le répète, brigadier, lâcha-t-il avec lassitude, laissez-moi parler à Irène. Peut-être qu'elle craint de dénoncer son amoureux s'il n'est pas un personnage à votre convenance. Au fond, c'est une histoire de fou. J'ai de l'amitié pour votre fille, je la plains.

— Fichez le camp, sale lâche ! menaça Defarge. Sinon, je vous casse la figure, moi qui suis censé faire respecter la loi.

— Pas la justice, en tout cas, répondit Justin. Je pars, mais je reviendrai. Ma réputation est en jeu, monsieur. Il faudrait éviter un scandale, pour vous comme pour moi. Au revoir.

Il se retrouva sur la place de l'Église. Trois vieilles femmes vêtues de noir, leur coiffe charentaise sur la tête, se protégeaient de la pluie, fine et froide, sous l'auvent de l'épicerie. L'une d'elles le désigna du doigt.

Évidemment, en allant frapper chez le brigadier, dont la fille cachait quelque chose de honteux, Justin s'était trahi, du moins à leur avis. Il s'éloigna, certain que des ragots s'égrenaient dans son dos.

« Bientôt, tous les gens du village me jugeront, et pas en bien, songea-t-il. Je ne vaudrai pas plus cher que Laroche. »

L'écœurement le submergea. Le terme de bâtard le hantait. Il se hâta vers le moulin des Duquesne, où Antoine guettait son retour.

Il trouva l'ancien meunier seul, installé sur sa chaise paillée, à l'abri du manteau de la cheminée. Un bon feu flambait.

— Alors, mon garçon ? Le brigadier ne t'a pas écharpé ?

— Non, il m'a rabaissé, insulté, pépé Toine. Il me considère comme un digne successeur de Laroche qui, selon lui, a semé des bâtards dans toute la région. J'ai senti son mépris. Il doit savoir que j'ai été légitimé il n'y a pas si longtemps, que je suis un bâtard moi aussi. Que voulait-il dire ou me faire comprendre ? Que j'ai usurpé les biens d'autres héritiers potentiels ?

— Defarge était furieux, il essayait de te blesser, il a réussi.

— Ah ça oui ! concéda Justin. J'ai failli me dénoncer et consentir à épouser Irène, car j'avais l'impression d'être coupable de tous les crimes. Après tout, j'aurais eu un enfant à chérir, à élever, même s'il n'est pas de moi. Je peux bien vous le dire, Élisabeth, dans une lettre, me poussait à trouver une femme. Alors, Irène ou une autre… Le château serait moins sinistre.

— Seigneur, tu es mal en point, mon pauvre garçon ! s'effara Antoine. Sers-nous un verre de gnôle, ça réchauffera mes vieux os, et toi, ça te remettra d'aplomb. Je soupçonne quelqu'un d'être le père du bébé, ce petit innocent qui risque de naître marqué par le chagrin de sa mère.

— Qui donc ? s'exclama Justin, survolté.

— Je ne dirai rien sans preuve, et pour en avoir, il faudrait que je puisse causer à Irène. Ne te fais pas de bile, si c'est celui auquel j'ai pensé cette nuit, il y aura du grabuge, mon gars. Un fameux grabuge.

Justin eut beau insister, Antoine demeura sur ses positions, mais une poignante détresse se lisait dans ses yeux très bleus.

Sur La Lorraine*, vendredi 24 novembre 1905*

Élisabeth se promenait sur le pont du paquebot au bras de son père. Sarah et Antonin marchaient devant eux. Ils longeaient tous le bastingage de tribord, balayé par un vent frais, chargé d'embruns.

Guillaume Duquesne se confrontait enfin à l'immense océan, parcouru de hautes vagues régulières, couleur de turquoise. Le ciel était clair, d'un bleu pur.

— J'avais peur de revoir la mer, le grand large, ma princesse, confessa-t-il. Mais j'aurais dû le faire plus tôt. Ma Cathy repose dans le plus beau des tombeaux. Regarde, ses yeux avaient la teinte exacte de l'eau. Dieu soit loué, je suis en paix.

— Tant mieux, papa, j'étais très inquiète quand tu t'es décidé à quitter ta cabine.

— Ne te tourmente pas pour moi, Élisabeth. Je revis et c'est une sensation grisante. Il n'y a plus de secrets entre nous tous, plus de pieux mensonges. Il faut se tourner vers l'avenir. Je serai heureux à Montignac, j'en ai la conviction. Il y aura peut-être du travail pour un charpentier. Je n'ai pas oublié mon métier, sais-tu ?

— J'en suis sûre, papa. Dans un premier temps, tu construiras une cabane dans le jardin, tu l'as promis à Antonin.

Le père et la fille échangèrent un sourire plein de promesses.

Contre toute attente, Bonnie avait vu juste. Après plusieurs heures d'un entretien éprouvant, Guillaume s'était trouvé en possession du moindre élément d'un passé mouvementé. Le choc de ces révélations s'était avéré salvateur. La colère, l'indignation, la révolte, puis la compassion avaient fait leur œuvre, brisant les chaînes de l'apathie, de la mélancolie.

Sa fille lui avait raconté de sa voix suave, avec des mots simples, tout ce qu'il ignorait de son existence, à dater de ses six ans jusqu'à son âge actuel.

Élisabeth avait relaté les actes parfois répréhensibles des Woolworth, qui la tenaient confinée dans l'appartement de crainte de la perdre, Hugues Laroche ayant débarqué à New York quand elle était fillette. Outré, ulcéré, Guillaume avait appris comment son beau-père, fort de sa richesse, s'était mis en tête de l'éliminer, sur les quais du Havre.

Sans ménager sa pudeur de femme, Élisabeth avait révélé sa liaison avec Richard Johnson, six mois avant leurs fiançailles. Guillaume avait caché sa surprise, teintée de contrariété. Mais en père meurtri dans sa propre chair, il s'était mis à pleurer en découvrant que Laroche l'avait violée. Un peu plus tard, il bouillonnait de rage, au récit des manigances perverses de la défunte Scarlett Turner.

— Le sac à venin est vidé, avait-il décrété, une fois informé du cruel parcours de sa fille.

Il connaissait désormais l'existence de Justin, qu'Élisabeth lui avait présenté comme le demi-frère de Catherine.

— Que peut valoir ce gars-là, né d'une ignoble créature, cette Madeleine que je détestais, et de ce satyre de Laroche ? s'était-il écrié. Je ne tiens pas à le croiser, le nouveau châtelain.

Ces propos avaient peiné la jeune femme. Jamais elle n'aurait avoué le merveilleux amour qui l'unissait à Justin. De même, son père ne devrait jamais savoir à quel point de perdition la passion les avait conduits.

« Nous avons enfreint la loi divine et celle des hommes une fois seulement, ça ne se reproduira plus jamais, songeait-elle. Dieu est le seul à pouvoir nous juger. »

Mais en ce matin radieux, où l'air froid avait la pureté du cristal, Guillaume ne pensait qu'à admirer la houle profonde, le ciel limpide. Il caressait parfois les doigts de sa fille, posés sur son avant-bras. La conversation qui animait Sarah et Antonin lui parvenait par bribes, en sourdine.

— Quand arrivons-nous au Havre ? s'enquit-il.

— Dimanche ou lundi, papa. Nous avons de la chance, le bateau n'a pas été ralenti. Je redoutais une tempête ou une avarie.

Il perçut son émotion tandis qu'elle prononçait ces mots. Plein de compassion, il étudia son ravissant profil. Les lèvres entrouvertes, le regard rivé sur l'horizon, Élisabeth semblait absente.

« Elle doit penser à Richard, son époux de quelques jours et le père de son fils, se dit-il. L'homme qu'elle aimait a été emporté sous ses yeux, au milieu de l'océan. Mon Dieu, vous n'avez pas épargné mon enfant chérie. Est-ce pour la rendre plus forte ? »

L'apparition de Bonnie, William sur le bras, lui redonna le sourire, ainsi qu'à Élisabeth. Le bébé, âgé de quatorze mois, avait de bonnes joues rouges, un regard gris-bleu. Son béguin en flanelle couvrait de fins cheveux châtains. Quant à sa belle-sœur, Guillaume la trouvait plaisante, avec son corps potelé sanglé dans une redingote en velours gris, son visage affable sous un chapeau orné de plumes de faisan.

— Et voici mon neveu ! s'esclaffa-t-il. Il doit peser lourd, déjà !

— Il fait plus de dix kilos, se vanta Bonnie. Je n'ose pas le laisser marcher sur le pont, William se rattrape en gambadant dans les coursives. Jean devait m'accompagner, mais il a préféré jouer aux cartes dans le salon.

— Eh bien, reste avec nous, proposa Élisabeth qui chatouillait le bout du nez du tout-petit. Il fait un temps magnifique. Un des matelots prétend que nous pourrions voir des baleines, la vigie en a repéré un groupe.

Antonin, revenu sur ses pas, secoua la jupe de Bonnie. Elle se pencha vers lui.

— Tante Bonnie, tu as entendu, on va voir des baleines, maman l'a dit ! s'enthousiasma-t-il. Je les guette, il paraît qu'on sait où elles sont parce qu'elles crachent de l'eau en l'air.

— Il ne faut pas manquer ça, renchérit Élisabeth, très gaie. N'est-ce pas, Sarah ?

Elle avait vu l'adolescente un instant auparavant, à une dizaine de mètres d'eux, mais elle paraissait s'être volatilisée.

— Où est passée Sarah ? demanda-t-elle. Antonin, tu étais près d'elle, pourtant ?

— Oui, m'man. Je lui ai lâché la main pour venir te voir.

— Ne te tracasse pas, Élisabeth, conseilla Guillaume. Elle a dû rentrer à l'intérieur, nous sommes à côté de la porte du fumoir.

— Sans doute un besoin pressant, hasarda tout bas Bonnie. Du fumoir, on rejoint le salon et les commodités.

— Sarah m'aurait avertie, ça ne lui ressemble pas de s'en aller ainsi, affirma Élisabeth. Papa, occupe-toi d'Antonin, je vais la chercher.

Elle scruta la partie du pont qui s'étendait jusqu'à la poupe. De nombreux passagers déambulaient sous le pâle soleil d'automne. Sarah avait pu s'élancer en avant, quand Antonin, lui, avait fait demi-tour. Mais elle eut beau étudier les silhouettes féminines de taille moyenne, aucune ne correspondait à celle d'une fille de treize ans, vêtue de velours vert.

Agacée, elle se décida à entrer dans le fumoir, par la porte vitrée, ornée de fioritures blanches. Guillaume retint un soupir, après l'avoir suivie des yeux.

— Je suis fier d'Élisabeth, confia-t-il à Bonnie. Tu n'as pas connu sa mère, mais c'était une femme exceptionnelle, d'un rare courage, d'une bonté sans faille. Et très belle.

— Jean m'a souvent parlé de Catherine, il l'aimait beaucoup…

William fit taire Bonnie en posant sa menotte sur sa bouche. Il gazouilla un « maman » indistinct, un filet de salive luisant sur son menton creusé d'une fossette.

— Petit garnement, plaisanta-t-elle. Je ne peux pas discuter avec mon beau-frère, à cause de toi. Je te disais, Guillaume, combien Jean appréciait ton épouse.

Les semaines de cohabitation dans le même immeuble de Brooklyn avaient rapidement créé une atmosphère familiale. On était entre Français, liés par le sang et le mariage. Le tutoiement s'était imposé.

— Encore deux ou trois jours, et nous reverrons les côtes françaises, la terre de mon pays, déclara Guillaume. Le soir, si le sommeil tarde à venir, je m'efforce de revoir le moulin, sous tous ses angles, dans les moindres détails. Je m'interroge… Mon père coupe-t-il toujours le lierre qui s'entêtait à couvrir les murs, au-dessus de l'arche sous laquelle coule un bras de la Charente ? Je crois entendre le clapotis de l'eau le long des vieilles pierres, dans ce passage voûté où nous avions l'interdiction d'aller, mes frères et moi. La roue à aubes était au bout, ma mère craignait un accident.

— J'ai visité le moulin de votre famille, répliqua Bonnie. C'est une bâtisse imposante. Yvonne m'a expliqué le fonctionnement des engrenages entraînés par la roue à aubes, et j'ai vu les meules en action. C'était très intéressant. Mon Dieu, quand je pense à votre papa ! Il va être tellement heureux de vous retrouver.

Guillaume eut un rire silencieux en hochant la tête. Antonin cria au même instant :

— J'ai vu une bête énorme ! Là-bas.

Des exclamations joyeuses s'élevèrent. Tout le monde se ruait contre le bastingage pour observer de gigantesques formes que l'on devinait parmi le ballet des vagues.

— Les baleines ! s'égosillait un matelot.

Le spectacle était fascinant. Les animaux marins, d'une taille inimaginable pour la plupart des gens, nageaient à respectable distance du paquebot. L'un des cétacés expulsa une colonne pareille à une nuée argentée, un autre plongea mais sa large nageoire caudale demeurait à l'air libre.

Antonin retenait son souffle, ébahi. Guillaume l'empêcha de grimper sur une des barres de renfort. L'enfant se résigna et prit la main de son grand-père. Bonnie, d'abord bouche bée, montra ensuite les baleines à William.

— Regarde, bébé, les vois-tu ?

Il éclata de rire, simplement pour répondre au sourire extasié de sa mère.

— Quel dommage, déplora Guillaume, Élisabeth et Sarah manquent quelque chose d'extraordinaire.

— Elles ne vont pas tarder, le rassura Bonnie.

Élisabeth cherchait sa protégée depuis un quart d'heure. Elle avait jeté un coup d'œil dans les trois cabines qui leur étaient attribuées, elles étaient vides. Dépitée, elle avait inspecté les cabinets de toilette de la seconde classe, sans résultat.

Elle avait entendu les cris réjouis en provenance du pont supérieur, et elle était remontée en courant, sûre de s'affoler pour rien. Sarah serait de retour, auprès de Bonnie, de son père et d'Antonin. Mais parvenue à une dizaine de mètres d'eux, elle constata que l'adolescente n'était pas là.

Son intuition la poussa à repartir sans se manifester. Mêlée à la foule, elle se glissa discrètement dans le salon. Son oncle Jean disputait une partie de poker avec deux hommes assez élégants. Tous trois avaient commandé de la bière, comme le prouvaient les verres à demi vides sur la table de jeu. Élisabeth décida d'interroger son oncle.

— Bonjour, messieurs, dit-elle poliment. Oncle Jean, aurais-tu vu Sarah ?

— Oui, il y a un moment, avec vous, à travers la baie vitrée. Qu'est-ce qui se passe ?

— Rien de grave, je pense, elle a pu se perdre, le bateau est si grand. Je pourrais la chercher d'un côté pendant qu'elle est à l'autre bout, admit-elle.

— Personne n'est tombé à la mer, insinua l'un des joueurs. La vigie l'aurait signalé.

— Vous avez dû vous croiser, Sarah et toi, supposa Jean d'un ton distrait. Tiens-moi au courant, s'il le faut, je t'aiderai à la trouver. Cela dit, c'est presque une jeune fille, elle peut se balader sans toi.

Exaspérée par l'indifférence de Jean, Élisabeth traversa le salon d'un pas nerveux. Elle tenta de se raisonner, mais en fut incapable. L'absence inexpliquée de Sarah lui faisait revivre les affres de la disparition d'Antonin. Marquée par cette terrible épreuve, depuis elle redoublait de vigilance. Soudainement, elle se sentit prise en défaut.

Un steward de nationalité anglaise, qui lui témoignait une vive admiration, l'aperçut sur le seuil du restaurant. Il se précipita à sa rencontre, très digne dans son uniforme impeccable.

— Que puis-je pour vous, madame Johnson ?

— Avez-vous vu ma protégée, Sarah Edelman ? Nous déjeunons ici, vous devez la connaître.

— Oui, bien sûr, une petite jeune fille aux boucles noires. Elle est passée là tout à l'heure. J'ai remarqué qu'elle semblait malade, très pâle. Elle a dû rejoindre votre cabine, pour se reposer.

— Mais j'ai vérifié, Sarah n'y était pas. Je vous remercie, je vais redescendre et regarder à nouveau.

Élisabeth gratifia le steward d'un sourire lumineux, qui la rendit encore plus séduisante. Il s'inclina, définitivement conquis par sa beauté et son charme irrésistible.

Château de Guerville, vendredi
24 novembre, en début d'après-midi

Justin et Roger longeaient la clôture du vaste pré où étaient parquées les juments. Le temps demeurait clément, malgré des pluies fréquentes. Les deux jeunes gens, en bottes et pantalon d'équitation, observaient le ciel du même regard perplexe.

— Il vaut mieux les rentrer à l'écurie ce soir, patron, conseilla le palefrenier. Le vent peut se lever. S'il souffle du nord, ça nous apportera du froid.

— Tu as raison, je ne voudrais pas que Perle et Galante tombent malades. Élisabeth viendra peut-être leur rendre visite, dit Justin d'un ton las.

— Ah, vous avez changé d'avis, alors ? C'était prévu de conduire Galante chez les Duquesne. Le vieux monsieur Antoine avait donné son accord.

— Je n'en sais plus rien, Roger. J'ai dressé la pouliche de Perle en songeant au retour d'Élisabeth. Galante sera une monture parfaite pour elle. Perle attend un poulain, elle ne pourra pas travailler avant plusieurs mois.

Ils s'arrêtèrent et s'accoudèrent à la barrière. Justin alluma une cigarette, la jeta aussitôt, car il fumait rarement.

— Je m'ennuie pour vous, patron, avoua Roger. Cette histoire avec Irène Defarge, ça vous ronge.

— Oui, c'est le moins qu'on puisse dire. Je suis sur les nerfs. Et toi, tu me donnes du « patron », matin et soir, même à table.

— Je suis désolé, ça me vient tout seul aux lèvres. Je ne peux pas vous appeler par votre prénom, et quand je dis « monsieur », ça vous déplaît aussi. Patron, ça me plaît, ça sonne bien.

— Maintenant, Gilles t'imite, Hortense également.

— Au fond, ce n'est pas important, trancha le palefrenier d'un air affectueux. Il faudrait surtout que ça s'arrange pour vous.

Justin avait raconté ses déboires à Roger, qui ne mettait pas en doute sa parole.

— Est-ce que la demoiselle a quitté Montignac ? lui demanda-t-il. Si elle s'en va sans avouer la vérité, on continuera à vous accuser.

— D'après Yvonne Duquesne, Irène est toujours chez ses parents. Ils tiennent tête à la rumeur publique, comme quoi leur fille serait enceinte. J'ai écrit hier au brigadier, mais ça ne servira à rien. Il n'en démord pas, je suis le coupable. C'est pareil ici, j'ai eu droit à une remarque déplaisante de la part de Margot quand elle a repris son service, lundi matin. Penses-tu, sa mère habite Chebrac, à une poignée de kilomètres de Montignac, les ragots circulent vite. Inutile de remuer le couteau dans la plaie. Viens, Roger, je vais t'aider à rentrer les chevaux.

Une heure plus tard, Justin sortait des écuries, laissant à Roger le soin de distribuer le foin et le grain. Il leva les yeux vers les tours massives de l'ancienne forteresse. Une frêle silhouette se tenait sur le pont-levis.

Il reconnut Germaine, ses cheveux blonds dansant au vent. La jeune femme de chambre le fixait à distance, il en était certain. Agacé, il baissa la tête, à l'instant où Gilles Duquesne déboulait à toute vitesse sur sa bicyclette. Il dut freiner pour l'éviter.

— Au revoir, patron ! lui cria le garçon. Vous n'avez pas oublié, vous m'avez accordé un congé jusqu'à lundi. Pardi, demain, on fête mes dix-sept ans au moulin.

— Ce n'est pas une raison pour me foncer dedans, voulut plaisanter Justin. J'espère qu'une année de plus te mettra un peu de plomb dans la cervelle.

— Ouais, mon père dit comme vous, pouffa Gilles. Vous venez demain, maman m'a promis d'acheter un gâteau à la boulangerie, un moka. Elle fera une tarte aux pommes, en plus.

Justin était invité, cependant il n'avait guère envie de croiser quelqu'un de Montignac, en chemin.

— Je verrai, Gilles, n'y compte pas trop, hasarda-t-il. Je dois aller aux chais faire la comptabilité.

— Pépé Toine sera déçu, et moi aussi. Dites, patron, vous n'êtes pas très gai, ces jours-ci. Pourtant, la semaine prochaine, tout le monde arrive d'Amérique. Je suis si content de revoir ma cousine Élisabeth.

— Je me doute, Gilles. Allez, pars et salue bien tes parents et pépé Toine. Sois gentil avec ton frère. Laurent n'a pas bon moral.

Sur ces recommandations, Justin s'éloigna, le cœur serré. Le compte à rebours commençait. Bientôt sa princesse foulerait le sol charentais, et elle apprendrait vite ce dont on l'accusait.

Sur La Lorraine, *même jour*

Élisabeth entra dans sa cabine. À sa grande déception, elle était toujours vide. Son regard anxieux se posa sur un jouet de son fils, abandonné sur le sol. Elle le ramassa d'un geste machinal pour le ranger dans un placard. Il lui sembla alors percevoir le bruit d'une respiration.

Surprise, elle se redressa, considéra les trois couchettes, dont deux étaient superposées. Un élément de toilette les séparait, composé d'un lavabo surplombé d'un miroir.

— Qui est là ? murmura-t-elle, intriguée.

Un sanglot étouffé lui répondit. Cette fois, elle n'avait pas rêvé, il y avait quelqu'un dans cet espace assez réduit, quelqu'un de désespéré.

— Sarah ? appela-t-elle. C'est toi, Sarah ?

Une plainte ténue l'alerta. Comprenant enfin, elle s'agenouilla et se pencha le plus possible, le visage au ras du lino rouge. Elle distingua un corps menu, enveloppé d'une couverture, sous le lit du dessous.

Encore indécise, Élisabeth dit gentiment, en anglais :

— Est-ce que c'est toi, Sarah ?

— Oui, Lisbeth.

La voix tremblait, autant que la main qui écartait un coin de la couverture. Sidérée, la jeune femme s'allongea.

— Pourquoi te caches-tu ? interrogea-t-elle tout bas. Il n'y a aucun danger. Comment as-tu réussi à te glisser sous cette couchette ? Allons, sors de là, explique-moi.

— Non, je veux rester comme ça, je t'en prie. Je dois rester là.

Sarah claquait des dents. Élisabeth tendit le bras et lui caressa la joue.

— Tu ne peux pas, Sarah. Aie confiance, sors de là, je fermerai la porte avec la targette si tu as peur.

L'adolescente se mit à plat ventre et rampa péniblement, ses yeux noirs noyés de larmes.

Élisabeth, qui s'était relevée, l'aida à se redresser. Elle poussa la targette sans lâcher sa protégée.

— Voilà, personne ne viendra nous déranger, affirma-t-elle. Ma petite Sarah, dis-moi ce qui s'est passé, ne crains rien, je ne te ferai aucun reproche. Je t'ai cherchée partout. Si je ne t'avais pas trouvée, je serais descendue dans l'entrepont. Tu étais déjà sous le lit, quand je suis venue tout à l'heure ?

— Oui, admit Sarah qui sanglotait convulsivement. Je voulais te le dire, mais je ne pouvais plus parler.

Élisabeth la fit asseoir sur la couchette où dormait Antonin. Elle prit place à ses côtés et l'étreignit avec tendresse. La terreur viscérale qui terrassait l'adolescente lui fut perceptible, à son contact.

— J'ai vu un homme, là-haut, bégaya celle-ci. Alors je me suis enfuie. Il m'a reconnue. Pitié, Lisbeth, je veux rester enfermée jusqu'en France. Promets-moi.

L'état de Sarah était accablant. Elle respirait par saccades, secouée de frissons. Il n'y avait plus trace de joie, d'insouciance sur ses traits encore enfantins.

— Qui était cet homme ? demanda la jeune femme, bien à regret, car elle prévoyait le pire.

— Un client de Tom, ce sont des gens riches, ses clients. Lui, il m'avait louée pendant deux jours et une nuit. Il m'a fait des choses horribles, c'était l'an dernier. Et dans sa belle maison, il y avait des amis à lui. Ils venaient pour moi. Après, j'ai eu très mal, Courtney m'a soignée. Elle n'était pas si méchante...

Suffoquée par de gros sanglots, Sarah se tut. Élisabeth la berça contre elle, en répétant des mots de réconfort dont elle déplorait l'impuissance. Les aveux balbutiés qu'elle venait d'écouter, figée par l'indignation et le dégoût, la ravageaient.

« Seigneur, il a fallu que cet homme dévoyé prenne le même bateau que nous, se disait-elle. Il voyage sûrement en première classe, il est riche, si riche qu'il se permet de louer une enfant pour son plaisir et celui de ses amis. »

Une suite d'insultes lui vint aux lèvres, qu'elle aurait aimé crier de toutes ses forces.

— Tu es certaine qu'il t'a reconnue, Sarah ?

— Mais oui.

— Et toi, tu n'as pas pu te tromper ?

— Comment veux-tu que je me trompe ? gémit l'adolescente. Tu crois que je mens ? Il me fixait, il était étonné. Je l'ai vu plisser ses paupières, pincer la bouche, comme quand... quand je me débattais.

Élisabeth faillit lui dire de se taire. Elle revivait les minutes abominables où Laroche s'était jeté sur elle, quand elle gisait sur le plancher du grenier de la tour, où il l'avait forcée avec une violence atroce.

« Moi, je ne me suis pas débattue, se souvint-elle, j'ai eu si mal que je me suis évanouie. C'était peut-être une chance. »

Sarah leva la tête pour la regarder. Sans un mot, elle noua ses bras autour du cou de la jeune femme et l'étreignit à son tour. Elles demeurèrent ainsi un long moment.

— Je te promets que tu ne quitteras pas notre cabine, déclara enfin Élisabeth. Le steward apportera tes repas, mais je serai là. Nous devrions atteindre Le Havre dimanche soir. Il n'y a plus que deux jours à patienter.

— Merci, tu es si gentille, Lisbeth. Il ne faut pas en parler à ton père ni à Bonnie, à personne. Peut-être qu'ils ne voudraient plus que je tienne le bébé William ou que je touche Antonin. Je t'en prie, promets-le, ça aussi, promets !

— Je te le promets, mais il faut essayer d'oublier, ma petite Sarah. Tu vas vivre près de moi, dans une paisible campagne où plus personne ne te fera de mal. Tu es heureuse, depuis que tu es avec nous ?

— Oh oui ! C'est comme un rêve, s'émerveilla Sarah. Alors parfois j'ai peur que ça s'arrête.

Prête à pleurer de compassion, Élisabeth eut le courage de sourire à sa protégée, qui avait été victime, comme elle, de la dépravation d'un être abject.

« Dieu merci, il existe des hommes justes, valeureux, songea-t-elle. Papa, pépé Toine, mes oncles, Justin, et tant d'autres de par le monde. »

Vingt minutes plus tard, Élisabeth rejoignait sa famille sur le pont. Le soleil déclinait, l'air fraîchissait.

— Nous t'attendions pour boire un thé à l'intérieur, se plaignit Bonnie. Jean est venu aux nouvelles, ensuite il est retourné à sa partie de cartes. Je suppose que tu étais avec Sarah.

— Oui. La pauvre, elle se sentait mal en point, elle n'osait pas nous déranger. Je l'ai mise au lit.

Élisabeth prit la main d'Antonin. Le poids d'un nouveau mensonge pesait sur elle, mais c'était un pieux mensonge, dont elle n'aurait jamais de regret. Il souderait davantage encore les liens de profonde affection qui se tissaient entre Sarah et elle.

7

Les Duquesne, père et fils

Sur La Lorraine*, samedi*
25 novembre 1905, le soir

Élisabeth dînait en compagnie de son père et de son oncle. La salle du restaurant, tout illuminée, était presque vide. Depuis le matin, l'océan était très agité. De puissantes vagues heurtaient sans discontinuer le paquebot, qui franchissait vaillamment des creux profonds et de hautes crêtes liquides, couronnées d'écume. Beaucoup de passagers, qui n'avaient pas encore souffert du mal de mer, s'étaient retirés dans leur cabine. Bonnie en faisait partie.

— J'ai des nausées et la migraine, avait-elle dit à son mari. Je reste couchée, avec le bébé. Ce sera ma dernière traversée, je te préviens.

Jean venait d'imiter son épouse, en dégustant son dessert. Guillaume en souriait encore, après avoir échangé un clin d'œil complice avec

Élisabeth. Pourtant il n'était pas dupe, la bonne humeur de sa fille sonnait un peu faux. Elle était nerveuse, comme sur le qui-vive.

— Est-ce que Sarah se sent mieux ? lui demanda-t-il. Ce serait dommage qu'elle manque l'apparition des côtes françaises. Déjà, elle n'a pas vu les baleines, c'était pourtant un spectacle unique.

— Elle est encore fatiguée, papa, et elle préfère garder le lit. Comme ça, elle veille sur Antonin, qui s'est endormi en quelques minutes. Ce doit être l'air marin.

La jeune femme avait soigné sa toilette, afin de faire honneur à son père. Sa chevelure brune relevée en chignon souple, elle portait des boucles d'oreilles en or, et son décolleté laiteux servait d'écrin à la médaille de baptême de sa mère. Sa robe en soie bleue n'était guère adaptée à la saison, mais un châle en cachemire drapait ses épaules.

— Ma belle nièce, tu attires l'attention de ces messieurs, là-bas, marmonna Jean, qui était un peu ivre. Ils doivent nous envier.

— Je me passerais volontiers d'une telle remarque, reprocha-t-elle à son oncle.

— Je m'en passerais moi aussi, insista Guillaume. Tu manques de tact, Jean. Pour ma part, si j'avais les muscles de mes vingt ans, il y a près du bar un type à qui je ferais ravaler son arrogance. Il te regarde d'une façon, ma princesse…

— C'est sans importance, papa.

Embarrassée, Élisabeth tapota gentiment la main de son père, afin de le calmer. Quant à Jean, il affichait une mine dépitée.

— Je vous en prie, c'est notre dernier dîner à bord, autant qu'il soit agréable, leur dit-elle en souriant. Nous approchons de la France, ne vous querellez pas.

— Guillaume me rabaissait souvent quand j'étais gosse, il me trouvait insolent et étourdi, se plaignit Jean. Il jouait les grands frères, alors que c'était Pierre l'aîné.

— Ce soir, c'est moi l'aîné, plaisanta Guillaume, attendri par les doléances de son cadet. Une fois de retour au moulin, ce sera à Pierre de te tourmenter.

— Vous êtes de vrais gamins ! s'esclaffa Élisabeth.

Leur prise de bec teintée de comédie l'avait détendue. Son rire clair, un peu sensuel, résonna dans la salle où les autres passagers mangeaient le plus souvent en silence, ou sans hausser le ton. Guillaume dévisagea sa fille d'un air ébloui. Il n'était plus surpris de l'attrait qu'elle exerçait sur la gent masculine, mais il en conçut une sourde inquiétude.

— J'espère que tu te remarieras un jour, lâcha-t-il à voix basse.

— Pourquoi me dis-tu ça, papa ? s'étonna-t-elle.

— Pardonne-moi, je suis maladroit. Tu me parais tellement libre dans tes manières, éprise d'indépendance. Et ton petit Antonin aurait besoin d'un père.

— Mon fils, quand nous habiterons Montignac, aura un grand-père, toi… deux oncles et des cousins. Ce sera suffisant. Je suis désolée, je n'ai aucune envie de me remarier. Sinon j'aurais épousé Henri, dont je t'ai parlé.

Élisabeth dissimulait mal sa contrariété. Elle avait décidé de renoncer à Justin, sans imaginer un instant aimer aussi fort un autre homme.

— Nous ferions mieux de penser à des choses d'ordre pratique, décréta-t-elle avec un sourire contraint.

— Comme quoi, ma nièce ? demanda Jean. Pour ma part, j'ai l'intention de souffler un peu quand je serai de retour au pays. Travailler aux chemins de fer ne me tente guère. C'est bien une idée de Pierre, on dirait qu'il veut déjà m'éloigner du moulin.

— Nous n'avons pas de rente pour vivre en se tournant les pouces, Jean, trancha Guillaume. Si je n'ai pas perdu la main, je compte reprendre mon métier de charpentier. Je ne tiens pas à vivre des revenus de ma fille, qui sont ceux du domaine des Laroche. Je ne veux rien devoir au rejeton d'une crapule de la pire espèce.

— Papa, tu ne connais pas encore Justin, s'indigna Élisabeth. Il est très scrupuleux et honnête.

Ne le condamne pas d'emblée. Il a peut-être hérité du château, des terres et des vignes, en parts égales avec moi, mais en aucun cas il ne tient de son père quant à la moralité. C'est un cœur d'or !

Un silence se fit. La jeune femme avait défendu Justin avec tant de fougue que Jean, gêné, avala d'un trait son verre de vin. De son côté, Guillaume se rembrunit. L'attitude de sa fille le perturbait.

— Nous verrons ça, soupira-t-il. Il est temps d'aller se coucher.

Élisabeth se reprochait son coup d'éclat. Elle s'était trahie. Cependant, elle préféra remettre ce souci à plus tard. Elle n'avait plus qu'une hâte, atteindre la France et quitter le bateau, car parmi tous les hommes qui se trouvaient à bord, l'un d'eux était un monstre, un sinistre congénère de son propre grand-père, Hugues Laroche.

Elle étudia un instant les « gentlemen » attablés, et ceux debout près du bar. La plupart en smoking, affichant une aisance mondaine. Ils étaient français, américains ou britanniques, le plus souvent fort riches, à l'instar du bourreau de Sarah. Qui se douterait, en les côtoyant, de ce dont certains étaient capables ?

Ce constat l'écœura. Elle puisa du réconfort dans le souvenir du beau sourire de Justin, dans leur amour.

« Personne ne m'empêchera de le voir, de le chérir, se promit-elle. Lui au moins, c'est un homme d'honneur, au cœur pur. »

Dehors, l'océan grondait, le vent sifflait. Jean perçut le tremblement d'angoisse de son frère.

— Ce n'est qu'un grain, Guillaume, pas une tempête. Courage, nous serons bientôt chez nous, au moulin Duquesne.

Moulin Duquesne, dimanche
26 novembre 1905, en fin d'après-midi

Gilles, assis sur la pierre de l'âtre, contemplait le couteau que son père lui avait acheté. C'était un modèle dont il rêvait, à la lame en acier, au manche en corne. Un étui en cuir permettait de le porter à la ceinture.

— J'en aurai grand soin, dit-il à son grand-père, installé selon son habitude sous le manteau de la cheminée, sur une chaise garnie d'un coussin.

— Tu as eu un beau cadeau, concéda Antoine. Pardi, à dix-sept ans, te voilà un homme. Ta brave maman ne dira pas le contraire, elle t'a payé un rasoir et le blaireau pour étaler le savon à barbe.

Satisfait de lui, Gilles effleura son menton ombré d'un duvet brun. Il aurait été moins serein s'il avait vu le regard perspicace du vieillard, rivé à son profil régulier.

— Dis-moi, mon garçon, tu dois plaire aux filles, avec cette figure-là ?

— Oh, pépé Toine, a-t-on besoin de causer de ça ? Parole, je m'en fiche, des filles, moi, je veux apprendre le métier de jardinier et partir travailler en ville. On peut se faire embaucher par les mairies. J'aimerais aller à Paris.

— Fi de loup ! s'esclaffa Antoine. Tu vises haut. Est-ce que tu t'ennuierais à Guerville ?

— Pas pour le moment, même si je ne vois pas beaucoup de monde. Mais je suis en apprentissage. En plus, j'ai la chambre des palefreniers, dans les écuries. Je suis comme un roi, là-haut, c'est un petit étage, je monte par un escalier droit. La nuit, j'entends les chevaux, ils me tiennent compagnie. Je n'aurais pas aimé dormir dans le château.

Le vieil homme écoutait son petit-fils se confier, ce qui était rare. Il bénit la pluie battante qui les isolait tous les deux, bien au chaud. Yvonne, Pierre et Laurent étaient occupés dans la salle des meules. Le dimanche, il fallait vérifier le bon état des divers engrenages et les graisser.

— Gilles, reprit Antoine, pourquoi Justin n'est pas venu hier, pour fêter ton anniversaire avec nous ? Je l'avais invité.

— Il devait faire ses comptes, pépé. On dirait qu'il a des soucis, en ce moment.

— Un gros souci, oui, et je le plains. Gilles, ne me fais pas croire que tu n'es pas au courant. Tes parents n'ont rien dit, mais ton frère a dû vendre la mèche. Je vous ai entendus discuter, vendredi soir, et assez tard.

— Laurent voulait que je persuade papa de le laisser étudier, et que moi, je prenne sa place au moulin. Je lui ai promis d'essayer, parce qu'il en a gros sur le cœur. J'ai même trouvé une solution. Puisque oncle Jean revient, il fera le boulot de Laurent.

Son grand-père demeura silencieux, sa pipe entre les doigts. Il fixait les flammes d'un air songeur.

— Tu es plus curieux, d'ordinaire, mon petit Gilles, dit-il enfin. Les ennuis de Justin, qui est si généreux avec toi, ne t'intéressent pas ?

— Au fond, ça ne me regarde pas, pépé. Comprends-tu, c'est mon patron. Le vieux Léandre m'a conseillé d'être discret si je veux garder une bonne place. Pas au château, mais plus tard.

— Ah ça, mon gars, pour être discret, tu n'as pas de leçon à recevoir. Eh bien, moi, je préfère parler franchement, à toi comme aux autres. Le brigadier Defarge accuse Justin d'avoir déshonoré sa fille Irène. Elle attend un enfant qui serait de lui. Tu te souviens qu'ils se fréquentaient, au printemps, mais ça n'a guère duré.

— Ils n'ont qu'à se marier, alors ! rétorqua Gilles en bondissant sur ses pieds.

Tout de suite il se mit à arpenter la cuisine.

— Justin épouserait Irène, s'il était le père du bébé qui naîtra en janvier ou en février. Relève le nez, je suis sûr que Laurent te l'a dit. Tu n'as pas l'air surpris.

— D'accord, Laurent m'a raconté ça. Seulement il m'a demandé de faire comme si je ne savais rien. Je m'en fiche, moi, de ces histoires. Tu entends, pépé, je m'en fiche !

— Si tu t'en fiches, pourquoi cries-tu si fort ?

— J'n'en sais rien, mais j'aurais dû rentrer ce soir à Guerville. Maman n'a pas voulu, à cause de la pluie.

— Yvonne a eu raison, tu n'allais pas faire une douzaine de kilomètres sous ce déluge, en bicyclette.

Antoine ne put retenir un soupir désappointé. La nervosité soudaine de son petit-fils, sa mine anxieuse renforçaient ses soupçons, des soupçons qui l'empêchaient de dormir.

— Reviens t'asseoir, Gilles ! ordonna-t-il. Je me tracasse pour la pauvre Irène et pour toi. Quand j'ai appris la nouvelle, par Justin, je me suis posé des questions. J'ai bonne mémoire, mon garçon. Je t'ai revu en train d'admirer Irène, le soir où elle nous a rendu visite. Tu étais galant avec elle, mais ça, je ne peux pas te le reprocher. Je me suis souvenu aussi d'un dimanche, à la sortie de la messe. Irène et toi, vous étiez assis sur le parapet du bief, et vous vous parliez de près, en riant.

— Où veux-tu en venir, pépé ?

— Tu étais libre comme l'air, à la fin du printemps, même cet été. Personne ne te surveillait, le soir, quand tu partais à vélo.

— Et alors, j'ai le droit de me balader, de voir mes camarades ?

— Bien sûr, mais écoute mon raisonnement. J'ai confiance en Justin, parce qu'à son retour de New York, il avait d'autres chats à fouetter, et par correction, il n'a pas revu Irène après lui avoir dit qu'il mettait fin à leur amitié. Pourquoi l'accuse-t-elle ? J'en ai déduit qu'il était le coupable idéal et qu'elle n'osait surtout pas dénoncer le vrai père de son enfant.

Gilles était sur des charbons ardents. Malgré tout le respect qu'il avait pour son grand-père, il lui répondit avec hargne :

— Tu me casses les oreilles, avec tes sornettes, pépé ! hurla-t-il en se relevant. Bon sang, tu perds la boule ? Cette fois, je fiche le camp, je rentre à Guerville.

— Ne sois pas grossier avec moi, petit ! s'insurgea le vieillard. Avoue donc que tu as couché avec cette jeune femme, de six ans ton aînée, et qu'à présent, tu laisses accuser Justin.

Antoine tremblait de chagrin. Il vit Gilles enfiler son manteau, coiffer sa casquette.

— C'n'est pas moi ! vociféra-t-il. T'entends, pépé, j'n'ai rien fait du tout. N'compte pas que j'avoue ça, jamais. Justin, tu crois que c'est un type bien, j'me demande pourquoi.

Gilles sortit et claqua la porte. Antoine avait eu le temps d'apercevoir un ciel d'encre, les traits argentés de la pluie. Il secoua la tête, le cœur lourd, puis il frotta du plat de la main ses genoux douloureux.

Sa bru revint la première, pour préparer le dîner. Elle observa son beau-père d'un air angoissé.

— Alors, pépé Toine ? Vous avez causé à mon Gilles ?

— Oui, Yvonne. C'est lui, je peux te l'affirmer.

— Jésus Marie Joseph, gémit-elle en se signant. Pierre le tuera si on lui dit la vérité. C'est-y possible, un drame pareil ! Savez-vous, pépé Toine, la demoiselle Irène, elle n'a plus qu'à quitter le pays et qu'elle ne revienne pas. Non mais, c'est une femme, elle aurait dû avoir honte de déniaiser un gamin de seize ans.

Les jambes molles, la malheureuse mère s'affala sur le banc, le dos appuyé au rebord de la longue table.

— Il vous l'a dit en face ? demanda-t-elle. Il a avoué ?

— Non, ma pauvre Yvonne. Il nie de toutes ses forces. Pour un peu, il m'aurait insulté. Je suis désolé, je n'ai pas pu le retenir, il a décidé de retourner au château ce soir.

— Seigneur tout-puissant, par ce mauvais temps, et il ne m'a même pas embrassée. Mais je le comprends d'être en colère, s'il est innocent. Je vous en supplie, pépé Toine, il faut cacher ça à Pierre. Le brigadier et son épouse se sont arrangés, Irène doit partir, Justin nous l'a dit. Laissons les choses se régler comme c'était prévu par les Defarge.

Le vieil homme, qui avait sa canne près de lui, s'en empara et frappa les pierres de l'âtre à l'aide du bout ferré, plusieurs petits coups secs qui trahissaient son indignation.

— Et la réputation de Justin ? tonna-t-il. Tu y penses, Yvonne ? Il fera la connaissance de Guillaume avec la tache d'une faute sur lui, une faute qu'il n'a pas commise. Que dira Élisabeth ? Ma petiote éprouve des sentiments pour lui, nous sommes les seuls au courant. Elle va souffrir et je veux l'empêcher. Gilles doit se dénoncer. Ton fils doit apprendre le sens de l'honneur.

— Quoi ? Même s'il a mis Irène enceinte, il ne va pas l'épouser, ça ferait un beau scandale. On perdrait nos clients. D'abord, il n'y a pas de preuve, voilà ce que j'en dis.

Sur ces mots, Yvonne éclata en sanglots. Alertée par des bruits de voix au-dehors, elle monta en courant à l'étage.

Antoine Duquesne, affligé par la détresse de sa bru, chercha en vain comment résoudre le sérieux problème qui se présentait. Il se sentit soudain d'une extrême lassitude. Au lieu de pouvoir guetter dans la joie l'arrivée de ses précieux voyageurs, il se rongeait les sangs à cause de l'inconscience d'une jeune femme et de son petit-fils.

— Autant s'en remettre à la divine providence, soupira-t-il.

Château de Guerville, lundi 27 novembre 1905

Il était 2 heures de l'après-midi lorsque Germaine apporta à Justin, sur un petit plateau d'argent, le télégramme qu'il espérait tant. Il la remercia d'une voix neutre, d'un sourire discret, sans lui accorder une seule parole aimable. Elle sortit du salon le cœur serré. Depuis la tentative de suicide de Roger, le jeune châtelain la traitait avec une froideur polie qui la désespérait.

Justin s'assit près du feu pour décacheter le message. Il ne parvenait plus à se réjouir du retour d'Élisabeth. Pourtant les quelques mots qu'elle lui envoyait depuis Paris étaient empreints de tendresse et l'auraient comblé en d'autres circonstances.

Nous sommes à Paris, mon ami adoré. J'ai décidé de passer beaucoup de temps avec toi. Rien ne nous séparera jamais. Je t'embrasse très fort. Demain nous arrivons en gare de Vouharte, à seize heures et quinze minutes.

Il considéra tristement le rectangle de papier beige avant de le froisser et de le jeter dans les flammes.

— Je n'irai pas t'attendre là-bas, ma princesse, murmura-t-il. Je vous laisserai en famille, comme ça.

Désabusé, il imagina les retrouvailles entre Antoine et son fils Guillaume, les larmes d'émotion, les rires. Yvonne servirait à tous un bon repas. Élisabeth, resplendissante, raconterait leur voyage, des anecdotes sur son installation à Brooklyn.

Un coup frappé contre un des battants de la double porte le fit sursauter. Il vit Gilles sur le seuil de la pièce, sa casquette à la main, son tablier de travail plié sur le bras.

— Entre, Gilles, lui dit-il gentiment.

Le grand garçon brun avança de quelques pas, une expression déterminée sur le visage.

— Bonjour, monsieur, commença-t-il. Je viens vous annoncer que je m'en vais. Si vous pouviez me payer ma semaine.

Sidéré, Justin leva une main apaisante. Il désigna ensuite une chaise.

— J'ai besoin d'une explication, Gilles. Assieds-toi un moment. Je croyais que tu te plaisais ici, et

Léandre est très content de toi. Tu me mettrais dans l'embarras, en partant. Ce pauvre homme a besoin d'être secondé.

— Bah, l'hiver approche, il y aura beaucoup moins de boulot. Au printemps, vous engagerez quelqu'un d'autre. J'ai décidé de m'engager dans l'armée.

— Tu n'as pas l'âge requis. Bon sang, quelle mouche te pique ? Tes parents sont au courant ?

— Hier, mon père, en blaguant, m'a dit que je pouvais devenir soldat, avec son autorisation écrite, parce que j'avais eu dix-sept ans[1]. J'ai rigolé, et puis j'ai réfléchi. Peut-être bien que mon père, il ne plaisantait pas, qu'il serait fier de moi si je m'engageais.

Justin renonça à discuter. Il était si démoralisé que la décision de Gilles lui importait peu, au fond.

— Si c'est ce que tu veux, fais-le, bougonna-t-il. Mais termine ta semaine. Je te rappelle que Léandre t'a payé vendredi matin, je ne te dois rien si tu t'en vas aujourd'hui. Tu auras le temps de réfléchir et ce sera plus correct de ta part.

Mais Gilles, furibond, trépigna. Il éprouvait envers Justin un brusque mépris, en le voyant,

---

1. Véridique. C'était ainsi avant la Première Guerre mondiale et pendant le conflit.

vêtu de beaux habits, au milieu de cette grande pièce où abondaient le mobilier ancien, les bibelots rares, les statues, les tableaux, sous la lumière féerique des lustres à pampilles de cristal.

— Qu'est-ce que ça vous coûte de me verser une semaine de salaire, même si je ne la fais pas ? Vous avez tout, moi je suis pauvre. Je n'en peux plus de croupir en Charente. Faut que je m'en aille, que je voie du pays.

— Dans ce cas, il fallait me parler franchement, me demander de l'aide. Tu veux de l'argent, je vais t'en donner. Gilles, en te proposant une place au château, je pensais que nous serions amis. Tu t'es entêté à me traiter en patron. Je t'aime bien et j'espère qu'un jour, tu comprendras combien c'est difficile d'être l'héritier d'un homme comme Laroche. Tu connais le proverbe, tel père, tel fils. Il a pris un sens pénible pour moi, ces derniers temps. Combien veux-tu ?

Gilles lutta contre la compassion que lui inspirait Justin, tout à coup. Le jeune châtelain avait les yeux cernés, les traits tirés. Il fut d'autant plus pressé de décamper. Avec un peu de chance, il grimperait avant la nuit dans un train pour Limoges. Un de ses bons camarades, âgé de dix-huit ans, s'était engagé là-bas, dans un régiment d'infanterie.

« Je serai sauvé, se dit-il. Je suis prêt. J'ai assez de vêtements. Cette nuit, j'ai rédigé l'autorisation et je l'ai signée. J'écris mieux que mon père, de toute façon. Ils n'y verront que du feu, à l'armée. »

Il avait agi rapidement, après avoir quitté le moulin la veille. Il n'avait eu aucun mal à dérober sur le bureau de Justin du papier convenable et son stylo plume, qu'il s'était empressé de remettre en place, à la faveur des fréquentes visites du châtelain aux écuries. Il avait une bicyclette, il serait vite à Angoulême. La menace qui pouvait briser sa jeunesse s'éloignerait et il serait tiré d'affaire, il en avait la conviction.

Justin lui tournait le dos, penché sur un secrétaire en chêne sombre, où il devait ranger son argent courant. Gilles songea à Irène.

Elle était inconsolable, à la fin du mois de mai, ayant compris que son riche et beau prétendant ne l'épouserait pas. Amère, désœuvrée, la jeune fille avait apprécié la compagnie de Gilles, qui s'évertuait à la distraire, l'emmenait à la pêche, à bord d'une barque, et lui offrait des bouquets de fleurs des champs.

L'admiration de ce joli garçon la flattait, mettait un baume sur son orgueil blessé. Elle avait cédé à la joie d'être courtisée, et avec quelle ferveur passionnée... Gilles, un soir, s'était enhardi à lui caresser le bras, la joue. Elle s'était abandonnée à sa fougue d'adolescent curieux des choses de l'amour. Durant deux mois, ils avaient accompli des prouesses de ruse pour se rencontrer en toute impunité.

Au début du mois d'août, Irène avait mis fin à leur liaison en prétextant qu'elle était lasse de lui, de sa jeune insouciance. Elle prétendait aussi être intéressée par un gendarme, l'adjoint du brigadier, qui était un homme, lui, un vrai. Vexé, humilié, Gilles l'avait détestée et n'avait pas tenté de la revoir.

Encore ignorant des secrets du corps féminin, du désarroi de sa maîtresse se découvrant enceinte de lui, il avait réalisé la veille seulement qu'elle l'avait rejeté pour mieux le protéger. Mais elle pouvait finir par le dénoncer, sous la pression de ses parents. Et lui-même, il risquait d'avouer, si pépé Toine l'y contraignait. Il fallait fuir le plus loin et le plus vite possible.

Gilles osa alors se rappeler le plaisir qu'il avait eu en faisant l'amour avec Irène. Elle était câline, se pliait à ses caprices de jeune mâle avide d'expériences. Il en frémit rétrospectivement, son corps traversé par une onde sensuelle.

— Tiens, je te souhaite bonne chance, lui dit Justin en revenant près de lui. J'estime que c'est suffisant pour tes frais de voyage, et quelques achats à la caserne. Ensuite tu auras ta solde.

Justin lui tendait dix billets de banque. Le garçon n'avait jamais vu tant d'argent. Il devint écarlate.

— Merci, je te les rendrai, pardon, je vous les rendrai dès que je pourrai, monsieur ! s'écria-t-il, en pleine confusion.

Mais il s'empara des billets, les glissa dans la poche de son pantalon. Gilles refusait d'avoir des remords. Il n'envisageait pas une seconde de se marier et de jouer les pères de famille.

— Encore merci, vraiment, dit-il, le souffle court. Au revoir.

Il sortit du salon à reculons, en souriant faiblement. Justin haussa les épaules, déçu et de plus en plus morose. Le château semblait resserrer ses murs plusieurs fois centenaires autour de lui. Il y faisait sombre, en cette saison, et il frissonna, debout près de la cheminée.

L'ancienne forteresse, en hiver, était difficile à chauffer. Il aurait fallu une dizaine de domestiques, or Justin répugnait à être servi, à être salué comme le maître absolu. Il gardait Hortense, fine cuisinière, Margot et Germaine pour le ménage et le linge, le vieux Léandre au jardin. Il ne comptait pas Roger, qu'il traitait en ami, en frère.

— Je dois me faire une raison, marmonna-t-il, son regard noir perdu dans la danse des flammes. Il me faudrait deux autres palefreniers, un second jardinier.

Enfin il songea à Élisabeth, presque à regret, timidement. Elle saurait, sa princesse, redonner vie à cette lugubre bâtisse où il se sentait parfois un intrus. Antonin, William, la petite Sarah dont elle lui avait parlé dans une lettre, ces trois enfants pourraient s'amuser et courir dans le parc. Bonnie dirigerait les femmes de chambre, Jean ferait un excellent palefrenier.

Mais ce n'était qu'un rêve. Tout ce monde habiterait la maison de Guillaume Duquesne, à Montignac.

— Et moi, je serai seul, ici, toujours seul, déplora-t-il.

Gare de Vouharte, mardi 28 novembre 1905

Le train avait du retard. Pierre et Laurent guettaient la ligne de chemin de fer, juchés sur le siège avant d'une grande et large charrette qu'ils avaient empruntée à un voisin. Le cheval, un robuste percheron gris, somnolait.

— Ce n'sera pas très confortable, papa, fit remarquer Laurent pour la seconde fois depuis leur départ de Montignac.

— Bah, pour faire cinq kilomètres, ça ira, mon garçon. Au moins, nous serons en famille. S'ils avaient pris la patache[1] de ce soir, nous aurions

1. Surnom donné aux diligences qui effectuaient des trajets réguliers plusieurs fois par jour.

perdu du temps. J'en connais un qui doit déjà être sur le pas de la porte.

— Oui, pépé Toine, dans son costume du dimanche. Maman a repassé sa plus belle chemise, à midi.

— Une chose m'intrigue, fiston, c'est le comportement de Justin. Je pensais qu'il viendrait avec le phaéton du château qui peut transporter six personnes. Non, môssieur Laroche fils n'a pas donné de ses nouvelles.

— Ben si, papa, hier soir, Roger a conduit Galante chez nous, pour Élisabeth. Je l'ai nourrie ce matin, c'est une bête toute douce. La fille de Perle, la jument que montait ma cousine avant de partir en Amérique.

— Ouais, j'ai manqué le spectacle. Yvonne m'a dit que Roger est arrivé en calèche, la jument attachée derrière, et dans la voiture, il y avait la selle d'amazone. Justin aurait pu venir, au lieu d'envoyer son palefrenier.

— Peut-être qu'il n'avait pas le courage, hasarda Laurent tout bas. Je n'suis pas sourd, papa, je sais ce qui se raconte au bourg, au sujet d'Irène Defarge et de lui.

— Ne t'en mêle pas, fiston, ça vaudra mieux. Dans ce genre d'histoire, va savoir qui ment, qui dit la vérité ?

Pierre haussa ses larges épaules. Il était très ému à l'idée de revoir son frère Guillaume, mais il appréhendait également leurs retrouvailles. Il gardait l'image d'un beau jeune homme dans la force de l'âge, aux épais cheveux noirs un peu ondulés, plein d'espérance et de détermination.

— Papa, le train arrive ! cria Laurent. Viens, on va sur le quai.

— Et le cheval, hein, s'il décide d'aller brouter le long du talus ! Reste ici, j'y vais seul. Tu n'auras pas longtemps à attendre.

Dans leur wagon, six voyageurs étaient fin prêts à descendre. Bonnie portait William sur son bras dodu. Le bébé, habillé de ses plus jolis atours, avait dormi pendant la moitié du trajet. Il était d'excellente humeur et exhibait ses quenottes nacrées dans un rire muet.

Élisabeth avait enfilé son manteau de laine à Antonin, coiffé d'une petite toque assortie.

— On est arrivés pour de bon, maman ? demanda-t-il, impatient de découvrir la fameuse campagne dont on lui parlait tant. Il était pressé aussi de rencontrer cette famille inconnue. Il avait vu des photographies, mais il s'en souvenait à peine.

— Seigneur ! J'ai aperçu Pierre, dit Guillaume d'une voix rauque. Enfin, je crois que c'est lui.

— Bien sûr que c'est lui ! renchérit Jean, survolté.

— Papa, est-ce que tu te sens bien ? s'inquiéta Élisabeth. Tu es blanc comme un linge.

— Mon cœur fait un gros tapage à l'intérieur, avoua celui-ci. Mais ça va aller, ma princesse.

Sarah était tout aussi nerveuse. Elle avait peur d'être mal accueillie, de gêner, malgré les bonnes paroles de chacun, en dépit de l'affection sincère de sa bienfaitrice, ainsi considérait-elle Élisabeth dans le secret de son cœur.

Il n'y avait pourtant eu aucun incident à déplorer, au Havre, au moment de débarquer. Elle n'avait pas croisé l'homme qui l'avait terrifiée car ils avaient été les derniers à quitter le paquebot. La fin de leur périple s'était avérée agréable, du grand port à Paris, de Paris à la Charente.

— Donne-moi la main, Sarah, on sera tous les deux, comme à New York.

C'était Antonin qui levait la tête vers elle, avec dans ses yeux d'ambre un léger éclat d'angoisse. Leurs doigts se nouèrent à l'instant où la locomotive s'arrêtait en sifflant, dans un concert de grincements et de craquements. Un employé ouvrit la porte du compartiment.

— Nous sommes les seuls à débarquer ici, plaisanta Bonnie.

Pierre se tenait en bas des marches en fer, le visage crispé, les yeux exprimant une étrange avidité. Par le fait du hasard, ou bien était-ce inconsciemment voulu des uns et des autres, Guillaume fut le premier à apparaître.

Il était encore maigre, sous son élégant costume de tweed, un chapeau de feutre dissimulant en partie ses courtes boucles argentées. Les deux frères se fixèrent quelques secondes.

— Nom d'un chien ! C'est bien toi, Guillaume ! cria Pierre d'une voix tremblante.

— Pierrot, mon Dieu !

L'un sauta sur le quai, le second lui ouvrit les bras. Ils se donnèrent l'accolade, riant et pleurant à la fois. La pudeur n'était pas de mise après une séparation de plusieurs années.

Jean les rejoignit, mais il avait pris William et le brandissait tel un trophée.

— Hé, Pierre, regarde un peu ton neveu ! Un peu plus, il devenait américain.

L'intermède vint à point nommé, permettant à Guillaume de reprendre ses esprits. Sans lâcher le bras de Pierre, il jeta un long regard étonné sur le paysage qui les entourait. Il observait les maisons de pierre claire, aux toits de tuile, le clocher carré de l'église, couronné d'un clocheton rond. Le ciel lui-même, d'un bleu pastel, lui semblait différent du ciel new-yorkais.

— Je me sens chez moi, avoua-t-il.

— Tu es chez toi, bon sang de bois ! hoqueta Pierre, bouleversé. Ah ! Voici ces dames.

Bonnie salua d'un signe de la main avant d'être embrassée sur les deux joues par son beau-frère. Élisabeth, la gorge nouée, avait eu du mal à ne pas pleurer, en voyant son père et son oncle Pierre en pleine effusion. Elle réprima un sanglot lorsque ce dernier, lâchant Guillaume, l'étreignit avec ferveur.

— Je suis content que tu nous reviennes, ma belle nièce, dit-il, le souffle court. Et tu nous ramènes Guillaume, c'est un miracle.

Elle approuva en silence, très émue, tout en cherchant Justin des yeux, certaine qu'il était là, qu'il n'avait pas pu manquer l'heure de son retour.

« Il a pourtant dû recevoir mon télégramme, se désolait-elle. Ou alors il est en retard. »

Elle éprouvait une telle déception qu'elle en oubliait Sarah et Antonin, qui se tenaient à ses côtés, intimidés et la mine perplexe. S'ils n'avaient pas eu une vision de la campagne française pendant le voyage en train, ils auraient été encore plus désemparés.

— Je parie que tu es Antonin ! s'exclama Pierre en se penchant sur le petit garçon dont il pinça gentiment le menton. Es-tu content d'être en Charente ?

— Je ne sais pas, monsieur, parce qu'il n'y a rien du tout, par ici, répondit l'enfant assez bas.

— Comment ça, rien du tout ?

— Il a grandi à New York, expliqua Élisabeth, qui avait dominé sa contrariété. Il est surpris par le calme de la campagne. Pierre, je te présente

Sarah. Elle ne parle pas encore français, mais elle apprendra vite.

L'adolescente serra la main calleuse du meunier. Il lui adressa un sourire distrait.

— Eh bien, en route, dit-il d'un ton jovial. Tout le monde grimpe dans la charrette.

Jean, Guillaume et lui se chargèrent des bagages à main, sacs et valises. Les malles étaient au dépôt de la gare.

— Il faudra venir les récupérer demain matin, s'alarma Bonnie.

— On y veillera, affirma Pierre.

Il jetait des coups d'œil ébahis à son frère ressuscité, comme s'il doutait de sa présence.

Laurent avait assisté de loin aux retrouvailles. Soucieux de paraître à son avantage, il bomba le torse, prit un air sérieux, mais le cheval, sans doute à bout de patience, lui décocha un brusque coup de tête dans le dos, ce qui le projeta en avant. Pour ne pas perdre l'équilibre, le garçon esquissa une sorte de pas de danse improvisé, agitant les bras, trébuchant sur les pavés.

Un rire en grelots, cristallin, y fit écho. Sarah n'avait pas résisté à la drôlerie de la scène.

— Guillaume, voici un de tes neveux, et pas le plus dégourdi ! s'esclaffa Pierre. Il n'est bon qu'à bouquiner pendant des heures.

Sarah n'avait plus envie de rire, touchée par l'expression navrée de Laurent. Il était rouge de confusion, n'osant plus relever le nez. Élisabeth se précipita pour le câliner.

— Que tu as grandi ! s'extasia-t-elle. Je suis si heureuse de te revoir. Et Gilles, il doit avoir la taille d'un homme, à présent ?

— Oui, ça, il me dépasse, marmonna-t-il.

Jean installait les bagages au fond de la charrette, tandis que Bonnie prenait place sur un des bancs latéraux. Élisabeth s'étant éloignée, Laurent dévisagea Sarah. Elle se laissa examiner sans bouger un cil, comme pour se faire pardonner son éclat de gaieté intempestif. Il fut vite fasciné par ses prunelles d'un noir intense, sa chevelure d'encre, brillante, aux souples ondulations, et son teint mat. Il la trouva ravissante, avec ses traits délicats, sa bouche bien dessinée.

— Bonjour, moi je suis ton petit-cousin, déclara alors Antonin qui se cachait derrière elle.

Laurent le souleva par la taille et lui planta un baiser sur le front, surtout pour montrer à Sarah qu'il était un bon garçon.

— Il fera bientôt nuit, venez dans la charrette. Ma mère a préparé un repas de fête.

Il eut la surprise d'entendre Antonin traduire en anglais ce qu'il venait de dire à l'adolescente. Elle approuva d'un sourire rêveur, dont le charme fit immédiatement effet sur Laurent. Vite, il leur tourna le dos, pour dissimuler ses joues empourprées. Mais sa place était prise, sur le siège avant.

Guillaume s'était assis à côté de Pierre. Les deux hommes occupaient la banquette rudimentaire, badigeonnée de peinture verte. Ils étaient de nouveau complices, comme par le passé.

— Élisabeth, ton père m'a pris les rênes des mains, il veut nous ramener au moulin ! cria Pierre.

— Il y a longtemps que je n'ai pas dirigé un cheval, pourtant je suis sûr que je m'en tirerai bien !

— J'en suis sûr moi aussi, s'écria Jean, dans leur dos. Et puis ce n'est pas une bête de sang, il n'y a pas grand risque.

La charrette s'ébranla au pas régulier du percheron. Élisabeth se réjouissait sans retenue du bonheur évident qui transfigurait son père.

« Que je suis sotte de m'inquiéter, Justin a dû rester près de pépé Toine, ils nous attendent là-bas, se disait-elle. Après tout, c'est amusant d'aller ainsi jusqu'au moulin. »

Ils suivaient un large chemin bordé de haies d'églantiers et de noisetiers. La terre crayeuse était parsemée de pierres plates entre les ornières où demeurait une eau boueuse.

— Nous avons de la chance, hier il pleuvait à torrents, précisa Pierre.

Il les interrogea ensuite sur la traversée en bateau, sur le trajet en train, avec l'intérêt poli d'un homme qui n'avait jamais franchi les limites de son département natal. Il n'en éprouvait aucun regret, très satisfait de son sort.

Quand Guillaume, d'un claquement de langue, mit le cheval au trot sur une ligne droite, l'inconfort du lourd véhicule devint évident. Antonin, rieur, apprécia les secousses, cramponné aux ridelles[1]. Mais Bonnie protesta tout bas :

— J'ai William sur les genoux, j'ai peur qu'il tombe !

— Plus de trot pour ces dames, se moqua Jean. Hé, les frères Duquesne, on ralentit l'allure.

Élisabeth, assise derrière son oncle Pierre, n'y tint plus. Elle demanda en haussant le ton :

— Pourquoi Justin n'est-il pas venu nous chercher avec le phaéton ? Cette voiture était en parfait état, il y a six ans, ce doit être encore le cas. Et ça aurait été plus confortable.

— Je n'en sais rien, trancha Pierre. Môssieur Laroche fils a dû penser que vous prendriez la patache.

— Ce type me déplaît de plus en plus, commenta Guillaume. Pourtant, je ne l'ai pas encore vu.

Le bref dialogue de ses aînés avait échappé à Jean, qui parlait à l'oreille de Bonnie. Élisabeth

1. Les montants de chaque côté d'une charrette, en bois plein ou à claire-voie.

le déplora, car il appréciait Justin et l'aurait défendu. Toutes ses capacités d'intuition en éveil, elle s'affola de l'animosité qui avait vibré dans la voix de Pierre et aussi dans celle de son père.

— Papa, se récria-t-elle en se levant à demi, souviens-toi qu'il est dangereux de juger quelqu'un sans le connaître, le juger sur son apparence. Tu le sais mieux que personne et moi aussi, car j'aurais pu te perdre pour toujours en te fuyant, tellement tu me faisais peur, à Broadway.

Ce rappel à ce qu'il considérait comme une page tournée de son récent passé désorienta Guillaume. Il passa les rênes à Pierre d'un geste las, sans répondre à Élisabeth qui s'en voulut aussitôt.

— Pardon, papa, dit-elle en lui tapotant l'épaule. Je n'aurais pas dû évoquer cette période, mais pour moi Justin est le demi-frère de maman, avant tout. Et quand tu le rencontreras, tu seras frappé par leur ressemblance.

— Là, je suis d'accord avec ma nièce, renchérit Jean du fond de la charrette.

Il s'était assis sur le plancher, le dos calé par une valise, pour s'occuper de William, blotti contre lui. Sarah avait donné un biscuit au bébé qui le suçotait, ravi.

— Papa, es-tu fâché ? insista Élisabeth. Tu ne me réponds pas.

— Je ne serai jamais fâché avec toi, ma princesse. Tu es en âge de me sermonner si c'est nécessaire.

— De te remonter les bretelles, oui, blagua Pierre que l'incident avait embarrassé.

Bonnie les écoutait à peine. Elle regardait les champs labourés qui s'étendaient au-delà des haies, les arbres dépouillés de leur feuillage roux, et dont les branches noires se découpaient sur le ciel mauve, comme des mains squelettiques, implorantes. Un frisson lui parcourut le dos, face à ce décor austère.

— Eh bien, ça nous change de Brooklyn, soupira-t-elle.

— Nous arrivons bientôt, Bonnie, la rassura Élisabeth. Il fera chaud au moulin, il y aura un bon feu de bois. Tu as entendu, Antonin ? Tu vas pouvoir te reposer et manger une bonne soupe.

Son fils s'était réfugié dans ses bras. Il se sentait inquiet, dans ce pays inconnu, et il avait faim. Sarah lui proposa le dernier biscuit que contenait un sachet en papier.

— Non, merci, dit-il tout bas en français. C'est pour toi.

C'étaient des mots simples qu'elle comprenait. Par gentillesse, Élisabeth lui parlait encore en anglais, tout en lui enseignant la langue complexe de sa nouvelle patrie.

Le vent se levait, froid, au parfum de pluie, lorsque Guillaume aperçut l'eau vive du bras de la Charente qui s'engouffrait sous le passage voûté du moulin.

Il vit aussi la plus grande des cheminées d'où s'échappait un panache de fumée. Chaque détail lui était rendu, le lierre d'un vert sombre sur les vieilles pierres grises, le dessin des fenêtres à l'étage, l'odeur pénétrante du fleuve tout proche. Au moment où Pierre dirigeait le cheval vers la grande cour, Guillaume saisit le bras de son frère.

— Arrête un instant, laisse-moi descendre ici, dit-il. Je veux marcher jusqu'à la porte.

Il était déjà en bas du siège et il désigna d'un mouvement de tête la silhouette d'Antoine Duquesne, debout sur le seuil du logis. Il attendait, auréolé de ses cheveux de neige, l'allure fière dans son costume noir du dimanche.

— Papa ! hurla Guillaume. Mon Dieu, papa !

Ce cri du cœur atteignit Antoine dans chaque fibre de son corps. Il ouvrit les bras à son fils, revenu du royaume des morts, retrouvé par miracle et qui maintenant se rapprochait, le visage illuminé d'une joie immense, les yeux noyés de larmes.

— Guillaume, mon enfant, articula-t-il péniblement, tandis qu'ils s'étreignaient, joue contre joue, éperdus de bonheur.

Puis ils s'écartèrent l'un de l'autre pour mieux se regarder, sans s'attarder au dommage causé par les années écoulées. Le vieux meunier plongeait ses yeux bleus dans les prunelles gris et or de Guillaume, lui effleurait le front, les pommettes, comme s'il redessinait ses traits en aveugle.

Le tableau que composaient le père et le fils balaya les doutes, les vagues craintes de chacun des voyageurs. Jean sanglotait sans bruit, Bonnie également. Élisabeth pleurait de soulagement. Elle avait réussi, son cher pépé Toine vivait en cet instant un des plus beaux soirs de sa longue vie.

L'émotion qui secouait les adultes troublait Antonin. Laurent, apitoyé par l'air anxieux du petit garçon, lui conseilla de grimper sur son dos.

— Je vais te conduire jusqu'à ton arrière-grand-père, cousin, expliqua-t-il à l'enfant.

Sarah les suivit, en se laissant glisser du lourd véhicule par l'arrière, dépourvu de ridelle. Élisabeth l'imita, plus leste que Bonnie, aidée par son mari.

Ils s'avancèrent vers la maison, en groupe, tout souriants.

— Vous êtes là, vous êtes tous là ! s'exclama Antoine. Jeannot, tu as forci, en Amérique ! Bonnie, toujours aussi charmante, et c'est le bébé William... Quel superbe poupon !

— Il marche déjà tout seul, se vanta Bonnie, rassérénée d'être si bien accueillie.

— Ah, ma petiote, je te revois enfin, toi aussi. Viens vite.

Élisabeth se jeta au cou de son grand-père. Elle perçut aussitôt le tremblement nerveux qui altérait sa voix et l'ébranlait tout entier.

— Pépé Toine, rentrons au chaud. Tu es bouleversé, on le serait à moins. Il nous faut à tous un remontant.

— Mais non, je suis vaillant, petiote. Présente-moi ton fils.

Laurent s'empressa de déposer Antonin devant son aïeul. L'octogénaire et le bambin s'observèrent avec sympathie.

— Bonsoir, pépé Toine, dit soudain le petit garçon. Je t'ai vu sur une photographie, mais tu me plais mieux en vrai.

La boutade eut le mérite de détendre la famille, au complet car Yvonne était sortie et les embrassait à tour de rôle. Coiffée d'un chignon, en robe de laine brune, un tablier propre à la taille, elle parut intimidée par Guillaume.

— Tu n'as pas changé, belle-sœur, lui dit-il en lui donnant un baiser sur la joue.

Mais il tremblait aussi fort qu'Antoine, confronté à la saveur des jours anciens, si lointains. Il se surprit à guetter l'apparition de Catherine, sur le chemin qui menait à leur humble maison de jadis. Hélas, sa femme ne reviendrait jamais, ni le temps béni de leur amour.

— Rentrez donc, il fait froid, insista Yvonne. J'ai mis les petits plats dans les grands, en votre honneur.

La cuisine embaumait un fumet de viande rôtie, de légumes en train de mijoter sur les braises. La table était mise, nappée de blanc, où trônaient les pièces de vaisselle du service en porcelaine qu'on utilisait rarement.

— Et Sarah, où est-elle ? interrogea alors Antoine qui s'appuyait d'une main au manteau de la cheminée. Je ne l'ai pas embrassée, cette petite.

En fait, parmi les joyeuses bousculades, la fièvre du retour, l'adolescente avait évité d'attirer l'attention. Élisabeth la mena d'un geste câlin vers le vieil homme. Il la couvrit de son doux regard bleu.

— Je te souhaite la bienvenue chez nous, Sarah, dit-il d'un ton solennel. J'espère que tu te plairas en Charente.

Sur ces mots, il se pencha un peu, caressa ses boucles noires et déposa un léger baiser sur son front. Élisabeth s'apprêtait à traduire les paroles de son grand-père, mais Sarah lui fit non de la tête, une expression apaisée sur son fin visage.

Elle avait compris sans peine que ce vieux monsieur était la bonté même et qu'il lui ouvrait tout grand son cœur en or.

8
Déconvenues

Moulin Duquesne, même soir,
mardi 28 novembre 1905

Une bruyante animation régnait sous le toit du moulin. La cuisine retentissait d'éclats de voix, de rires et de discussions. C'était heureusement une grande pièce, sous un plafond bas aux poutres noircies. Sarah, qui ne participait pas à la liesse générale, détaillait avec intérêt ce décor si particulier pour elle. Ses yeux sombres allaient des tresses d'oignons suspendues à des clous au gros buffet sculpté, des dalles en pierre du sol aux ustensiles alignés sur les étagères.

— Il faut trinquer ! s'égosillait Pierre, exalté de revoir son frère Guillaume entre les murs de leur maison natale. Jean, débouche le vin blanc !

Bonnie faisait sauter William sur ses genoux. Elle avait prévu de monter le coucher à l'étage avant le repas, mais Yvonne, étourdie par l'agitation, tardait à lui porter une assiette de soupe pour le bébé.

Élisabeth, quant à elle, attendait le meilleur moment afin de distribuer les cadeaux achetés à New York. Elle était accroupie près de sa valise lorsque son grand-père lui caressa les cheveux.

— Comment te remercier, ma belle petiote ? souffla-t-il. Grâce à toi, j'ai retrouvé Guillaume. Regarde, nous avons un peu causé, maintenant il parle avec ses frères, comme s'ils n'avaient jamais été séparés, tous les trois.

Elle se releva prestement. C'était l'occasion idéale pour poser la question qui l'obsédait.

— Pépé Toine, je pensais que Justin serait à la gare, ou qu'il viendrait ici ce soir. Je lui ai envoyé un télégramme, pourtant. Il n'est pas malade ?

— Non, Élisabeth, je suppose qu'il a eu la délicatesse de nous laisser en famille. Il nous rendra sans doute visite demain. Mais il ne t'a pas oubliée. Laurent, accompagne ta cousine dans la grange. Prends la lanterne accrochée dehors.

— D'accord, pépé !

— Mais, pépé Toine, s'étonna la jeune femme. Qu'est-ce que ça signifie ?

— Dépêche-toi, tu auras ta réponse, affirma-t-il en souriant.

Laurent déplia le large parapluie de sa mère. Il protégea surtout Élisabeth pendant qu'ils longeaient tous deux le mur jusqu'à la double porte du bâtiment. Dès qu'ils entrèrent, un cheval apparut dans la faible clarté de la lanterne.

— Roger l'a amenée hier, c'est Galante, la pouliche de votre jument, Perle, précisa son cousin. J'ai rangé la selle d'amazone et les bridons.

— Galante, s'extasia Élisabeth, stupéfaite. Ce n'est plus du tout une pouliche. Elle a environ cinq ans. Il n'est pas arrivé malheur à Perle, au moins ?

— Non, elle attend un poulain, alors Justin a préféré vous donner Galante. Je l'ai brossée, elle est douce, gentille. Roger vous fait dire qu'elle est très bien dressée.

Élisabeth s'approcha de la jument. Elle passa la main sur son encolure, glissa ses doigts dans sa crinière. De Perle, l'animal avait la robe de velours brun, une étoile blanche sur le chanfrein, mais c'était un modèle plus imposant, plus charpenté, comme son père, l'étalon Galant, la monture favorite d'Hugues Laroche.

— Je suis vraiment surprise, avoua-t-elle à Laurent. Et c'est Roger, le palefrenier du château, qui l'a conduite chez vous ?

— Oui, en calèche, Galante suivait la voiture, il l'avait attachée à l'arrière.

Une vague angoisse atténuait la joie d'Élisabeth. Elle sentait de manière infaillible qu'on lui dissimulait quelque chose, au sujet de Justin.

— Je ne suis pas montée à cheval depuis longtemps, déplora-t-elle en feignant la gaieté. J'espère m'en sortir honorablement. Qui a fabriqué son box ?

— Papa et moi, répondit Laurent. Je la soigne bien depuis hier. Elle a de la paille fraîche, du bon foin, de l'eau propre.

— Merci beaucoup, mon cher petit cousin. Viens, retournons à la maison. Je suis affamée.

Elle n'avait cependant aucun appétit, toute à sa déconvenue. Son tempérament coléreux la tourmentait.

« J'aurais tant voulu profiter pleinement de cette soirée, se disait-elle. Bien sûr, nous devions être en famille, mais pour moi, Justin en fait partie. Et j'ai lu dans les yeux de pépé Toine qu'il était soucieux, au fond de lui. »

On les salua d'un concert d'exclamations impatientes, quand ils regagnèrent la cuisine. Bonnie, attablée, faisait manger son fils et Antonin. Guillaume, assis près du feu en face de son père, tendit la main vers Élisabeth.

— Où étais-tu passée, ma princesse ? Ton pépé Toine a refusé de me le dire.

— Une belle surprise m'attendait dans la grange, papa. Une jument, la fille de Perle, dont je t'ai parlé à Brooklyn. Roger, le palefrenier du château, l'a amenée hier au moulin. Je vais pouvoir me promener dans la campagne, comme avant.

— Ah, en voici une nouvelle ! fit Guillaume d'un air perplexe.

— J'ai accepté de loger ce cheval, expliqua Antoine. Pierre s'est procuré du grain, du foin et de la paille. Tu dois savoir, fiston, qu'il n'y a guère de plus joli spectacle que notre petiote en tenue d'amazone, perchée sur un bel animal. Elle galope à une vitesse impressionnante.

— Je galopais, pépé Toine, rectifia Élisabeth. Je n'ai pas fait d'équitation, à New York, même si j'en rêvais.

Son oncle Jean, déjà éméché par plusieurs rasades de vin, la prit par la taille. Il brandit son verre :

— Je bois en hommage à ma nièce ! Figurez-vous que j'avais décidé de rester en Amérique, mais Lisbeth, eh oui, là-bas, on l'appelait Lisbeth, Lisbeth a su me convaincre de revenir au bercail. Pierrot m'a proposé de travailler avec lui, hein, frérot ? Grâce à Dieu, je n'irai pas trimer au chemin de fer.

— Jean, tu es ivre, lui reprocha Bonnie. Tu aurais pu manger un morceau avant de boire autant.

— Mais on est en France, ma femme, en Charente, on est même chez nous, les Duquesne, alors ça s'arrose.

Pierre et Guillaume le considéraient d'un œil indulgent. Vite, Yvonne invita tout le monde à prendre place autour de la table.

— Commencez sans moi, dit Bonnie, vexée. Je vais coucher le bébé.

— Antonin s'endort sur sa chaise, nota Élisabeth, ennuyée. Je ne sais pas quoi faire. Il faudra le porter sur le chemin, après dîner.

Ils avaient prévu de s'installer le soir même dans leur ancienne maison, prête à les accueillir. Yvonne y avait veillé. Les poêles ronronnaient, les lits étaient faits.

— Pardi, je vous accompagnerai, répliqua Pierre. Va allonger ton fils là-haut.

— Il peut dormir dans notre chambre, à Gilles et moi, proposa Laurent, puisque mon frère habite au château.

Le problème était résolu. Antonin et William sombrèrent en quelques minutes dans un sommeil réparateur. On put enfin déguster le potage à la citrouille, les terrines de pâté concoctées par Yvonne.

— C'est très bon, madame, lui dit Sarah en français.

— Merci bien, ma petite, se réjouit celle-ci, flattée.

Guillaume semblait en transe. Il savourait chaque bouchée, en contemplant le cadre où il avait grandi, quand il n'admirait pas, le regard tendre, les visages de ceux qui l'entouraient. Il écoutait aussi leurs voix où chantait l'accent de sa région. Élisabeth était à sa droite. Souvent il lui caressait le bras, ou lui effleurait la joue, comme pour la remercier encore de l'avoir sauvé.

Les sourires émerveillés de son père, le pur bonheur dont il rayonnait avaient dissipé la contrariété de la jeune femme.

« Que je suis sotte, parfois, songeait-elle. Nous sommes enfin de retour, presque sans encombre, et je me lamente à cause de Justin. Il n'est pas loin, désormais je le verrai souvent. »

Elle se montra dès lors d'une excellente humeur, prenant conscience de la bonne atmosphère qui se recréait sous le toit du moulin.

— Te rends-tu compte ? murmura Guillaume à son oreille. Nous n'en serions pas là si tu ne m'avais pas reconnu, quand la voiture m'a heurté, sur Broadway.

— C'était le destin, papa, et j'ai la certitude que maman, du Ciel, nous guidait l'un vers l'autre.

Antoine avait entendu. Il se signa discrètement, puis il fixa un point invisible, au-dessus de lui, en une muette action de grâces envers Dieu.

Yvonne, de son côté, veillait au déroulement du repas. Elle proposa à ses invités des petits fromages de chèvre.

— En dessert, annonça-t-elle, j'ai fait deux belles tartes, une aux pommes, l'autre aux prunes. Hé, chaque fin d'été, j'en mets en conserve, dans du sirop. Je garderai leur part aux petits. Laurent, va chercher le cidre que j'ai mis au frais dans le cellier. Il reste du vin rouge pour le fromage.

L'adolescent s'exécuta, sous le regard pensif de Sarah. Elle était très lasse mais elle résistait, avide de ne rien manquer de la fête. Elle avait hâte, également, de découvrir la maison où ils allaient vivre, dont Élisabeth lui avait vanté le charme.

Jean, remis d'aplomb par la nourriture abondante, entreprit de couper encore un peu de pain.

— Ah, on n'en trouve pas à New York, de ces couronnes de froment, à la croûte bien brune ! déclama-t-il, le couteau à la main.

On tambourina soudainement à la porte, des coups énergiques, presque violents. Le silence se fit.

— Duquesne, ouvrez ! hurla-t-on à l'extérieur.

— Misère, c'est le brigadier Defarge, soupira Yvonne. Je vais lui parler, pépé Toine, ne vous dérangez pas.

— Non, ne bouge pas, c'est à moi d'y aller. Bon sang, est-ce qu'il va nous foutre la paix un jour ? bougonna Pierre en se levant du banc.

Élisabeth constata la pâleur subite de son grand-père qui avait baissé la tête, à l'instar d'un homme ayant reçu un choc sur le crâne.

— Pépé Toine, pourquoi un gendarme vient-il si tard ? demanda-t-elle tout bas.

— Ma pauvre petiote, je voulais te prévenir, mais demain, pas ce soir, Seigneur, pas ce soir.

Le brigadier se rua dans la cuisine, après avoir repoussé Pierre d'une bourrade. Il se planta au bout de la table, imposant et menaçant dans son uniforme bleu foncé. Il ôta son képi, l'index pointé en direction d'Antoine, sans accorder d'attention aux autres convives.

— Où est Justin Laroche ? rugit-il. Je suis sûr qu'il est là, ce bandit.

— Vous ne le trouverez pas chez nous, répondit posément le vieil homme. Allons, brigadier, venez en discuter dehors. Nous étions en train de fêter le retour de mes fils, de ma petite-fille. Des enfants dorment à l'étage. J'estime avoir le droit, à mon âge, de finir un dîner en paix.

— En paix ! s'enflamma Defarge, le teint cramoisi. Dans ce cas, ne protégez pas un jeune saligaud. Eh oui, un saligaud, sauf votre respect, mesdames. Je viens en père, pas en gendarme.

Élisabeth retenait son souffle, abasourdie. Elle serra la main tremblante d'Antoine, mais il s'était levé et elle dut la lâcher.

— Je vous prie, brigadier, de m'accompagner dehors, répéta-t-il. Au moins par souci de pudeur.

— Je vous en ficherai de la pudeur ! rétorqua-t-il, son képi à bout de bras. Ma fille s'est empoisonnée avec de la mort-aux-rats, ma pauvre petite Irène.

Sa voix, grave et sonore, se brisa sur ces derniers mots. Yvonne lança une plainte affolée, tandis que Pierre restait figé, hébété.

— Seigneur, est-ce possible ? gémit Antoine que l'effroi faisait bégayer.

Tout le monde guettait d'un air horrifié la suite du récit, sauf Sarah qui ne comprenait rien. Élisabeth avait l'impression de perdre pied, de couler dans des eaux opaques. Elle avait saisi l'essentiel. Le gendarme cherchait Justin, le traitait de « jeune saligaud », parce que sa fille Irène était à l'agonie.

« Et c'est à cause de Justin, se disait-elle. Que lui a-t-il fait ? »

Bizarrement le brigadier se calma, comme s'il était sans force, tout à coup. Son képi entre les doigts, il ajouta :

— Le docteur est avec elle. Dieu soit loué, mon épouse a pu empêcher Irène d'avaler trop de poison, elle l'a surprise sur le fait. Elle a réussi à la faire vomir. Ma sœur de Montbron était là, par chance. On a alerté l'apothicaire qui est venu et lui a donné un remède.

Antoine ne tenait plus sur ses jambes. Il s'assit à la place de Pierre, au bout du banc.

— Alors, votre fille est peut-être sauvée, brigadier. Le Seigneur m'est témoin, personne n'a souhaité un tel drame, déplora le vieil homme.

— Pour ce qui est du poison, oui, le médecin a été formel. Mais la malheureuse souffre le martyre. Les douleurs ont commencé, le bébé va naître, et lui, son petit cœur ne bat plus.

Le gendarme recula d'un pas. Il n'avait pas trouvé le coupable qu'il cherchait. Malgré sa silhouette robuste, son port de tête arrogant, ce n'était plus qu'un père accablé, dévasté.

— Monsieur ! s'écria Élisabeth en le rejoignant. Monsieur, dites-moi, est-ce Justin Laroche le responsable de cette tragédie ?

— Qui voulez-vous que ce soit ? répondit-il, touché de voir un beau visage féminin tendu vers lui. Ce type a séduit ma fille, puis il l'a abandonnée, sans se préoccuper des conséquences. Je suis désolé, je vois une gosse, là, qui n'aurait pas dû entendre ce que j'ai dit.

— Ne vous inquiétez pas, Sarah ne parle pas français, affirma Élisabeth. Je suis désolée, monsieur Defarge. Tellement désolée.

— Je retourne chez moi, mon épouse m'avait supplié de ne pas quitter la maison. Mais ce blanc-bec va le payer cher, dès demain matin.

Il haussait à nouveau le ton, repris d'une fureur légitime, les doigts crispés sur la garde de son épée. Il remit son képi et salua avec raideur. L'instant suivant, il avait disparu dans la nuit.

Élisabeth s'étonnait de tenir encore debout, de percevoir les battements désordonnés de son cœur. Elle faisait face à la porte qui venait de se refermer, incapable d'affronter le regard des siens.

Yvonne sanglotait éperdument. Son mari s'en irrita :

— Pourquoi pleures-tu autant ? Nom d'un chien, on avait bien besoin de ça, pile ce soir.

— Le fils Laroche ne vaut guère mieux que son père, dirait-on, hasarda Guillaume, remué par la terrible détresse du brigadier. Tu dois être déçue, Élisabeth.

Il ne l'avait pas appelée « ma princesse ». Elle en déduisit qu'il regrettait de la savoir amie avec un individu immoral.

— Oui, papa, je suis déçue, lâcha-t-elle d'une voix faible.

— Jean, sors la bouteille de gnôle, ordonna Antoine. Je ne me sens pas bien. Pierre, aide-moi, je serai mieux près du feu.

Guillaume quitta la table lui aussi. Il fut le premier à soutenir son père et à installer un siège sous le manteau de la cheminée.

— Je plains cet homme, et j'aurai du chagrin pour lui si sa fille ne survit pas à une naissance difficile… Je me souviens de Cathy, sur le bateau. J'y ai pensé sans cesse, pendant la première semaine à New York, dans le Bronx, et je la revois souvent, morte, depuis que j'ai retrouvé la mémoire.

Le repas de fête était terminé. Personne ne songeait plus à manger les fromages ni les tartes. Yvonne séchait ses larmes, en jetant des œillades désespérées au vieil Antoine. Elle avait réfléchi à son tour, quant au comportement de Gilles durant l'été, et elle avait acquis la conviction que son fils était bien le seul et unique coupable.

Son beau-père ne lui fut d'aucun secours, car il se torturait déjà l'esprit, sensible à la douleur muette d'Élisabeth.

— Je tiens à le dire, décréta-t-il enfin, Justin est innocent de ce qu'on l'accuse. Je compatis au sort d'Irène, mais elle a menti, oui, pour ne pas dénoncer le véritable père de son enfant.

L'eau-de-vie lui avait redonné du courage. Il ajouta :

— Guillaume, tu condamnais à l'instant quelqu'un dont tu ne sais rien. Justin est un brave garçon, je l'aime comme un fils. De surcroît, personne n'a de preuve contre lui, dans cette triste histoire. Moi, je lui fais confiance.

— Pitié, pépé Toine, pitié, ne le défends pas ! protesta Élisabeth. Ils se fréquentaient, Irène et lui, au printemps. Il s'est produit ce qui arrive bien souvent. Mon Dieu, il aurait dû l'épouser ! Pourquoi ne l'a-t-il pas épousée ? Et si elle était morte par sa faute ! Déjà il a tué son propre enfant.

Son discours avait semé la consternation. Yvonne se remit à sangloter, Pierre à vociférer. Sarah retenait ses larmes car elle devinait à quel point sa bienfaitrice souffrait. Nul ne vit Laurent se faufiler près d'Élisabeth, qui lui avait adressé un léger signe de la main.

Elle le prit par l'épaule, comme si elle puisait du réconfort en le cajolant un peu.

— Je t'en prie, chuchota-t-elle en l'embrassant sur la joue. Va seller la jument, essaie au moins, je vérifierai ensuite. Dis-leur que tu dois aller aux commodités.

Secrètement honteux et confus, l'adolescent s'empressa d'obéir. Dès qu'il sortit, Élisabeth enfila la veste de son costume de voyage.

— J'ai besoin de prendre l'air, excusez-moi, articula-t-elle d'un ton assez naturel, en dépit de sa bouche sèche, des frissons qui la secouaient.

— Respire à fond, recommanda Bonnie, mortifiée par la fin navrante de leur joyeuse soirée. Seigneur, quelle affaire !

— Reviens vite, ma petiote ! s'écria Antoine. Nous causerons, ne te mets pas de mauvaises idées en tête.

Élisabeth promit de revenir, mais elle courut jusqu'à la grange où Laurent tentait de seller Galante, à la clarté de la lanterne.

— Tu veux aller au château, c'est ça ? balbutia-t-il. C'est trop dangereux, il fait noir. Tu iras demain, cousine.

— Je connais le chemin, Galante aussi. Elle m'emmènera tout droit vers son écurie, ses compagnons de pré. Laurent, si je n'y vais pas tout de suite, je ne dormirai pas de la nuit. Tu as entendu le gendarme ? Je déteste Justin à présent, mais le brigadier peut lui faire du mal.

— Bien sûr que non, il ne lui fera rien. Élisabeth, tu n'as pas fait de cheval depuis longtemps, si tu tombes, ce sera d'ma faute.

Elle avait harnaché Galante et resserrait la sangle. Laurent s'accrocha à l'étrier. Il cédait à la panique.

— Oncle Guillaume sera en colère, cousine, et mon père, il me punira. Figure-toi qu'il me frappe avec une baguette d'osier, s'il est furieux. Élisabeth, écoute, moi je sais que…

La jeune femme l'écarta sans rudesse pour conduire la jument dans la cour. Il fut ahuri par la facilité avec laquelle elle grimpa sur le dos de l'animal.

— Laurent, pardonne-moi de t'avoir demandé un service, dis à mon père et au tien que je suis partie pendant que tu étais encore dans le cabanon. Invente n'importe quoi, que tu vomissais.

— Attends, cousine, écoute, moi je sais qui…

Le garçon se tut. Élisabeth avait lancé Galante au trot. Il eut un mouvement de dépit, d'impuissance, avant de s'éloigner au pas de course vers les fameuses commodités. Affolé, il perçut l'écho d'un galop sur le chemin du fleuve.

Un vent glacé fouettait le visage en feu d'Élisabeth. Seule au milieu de la campagne endormie, elle s'autorisait à crier sa rage, son écœurement, à sangloter, à gémir. Le rythme trépidant du galop berçait sa peine immense. Rien n'aurait pu la retenir, elle devait revoir Justin, le maudire, le frapper. Il l'avait trahie.

La jalousie la suffoquait, brouillait ses idées. Elle imaginait le couple enlacé, sûrement sur l'herbe ou au bord de l'eau, protégé par le feuillage d'un saule. Irène avait connu le plaisir infini, livrée aux caresses d'un homme qu'elle adorait.

— Non, non ! hurla Élisabeth.

Elle traversa Vouharte au trot, caressa l'encolure de Galante. Une évidence lui broya le cœur.

— Et moi je l'ai poussé à se marier, dans une lettre, je lui ai conseillé d'épouser Irène, qui lui plaisait un peu, dit-elle tout haut. Quelle imbécile je fais, il couchait déjà avec elle, même quand il est venu à New York.

Atterrée par ce constat, Élisabeth faillit faire demi-tour et rentrer au moulin. Elle s'aperçut alors que le vent avait chassé les nuages. Il n'y avait pas de lune, mais beaucoup d'étoiles.

— En avant, Galante, dit-elle. Tout est ma faute, au fond. Je lui ai écrit aussi que nous ne serons plus jamais des amants, qu'il serait un ami, rien d'autre.

Dans un éclair de lucidité, la jeune femme se souvint de l'ordre de ses courriers pour la France, et elle revint au même point d'une cruauté intolérable. Justin l'avait trompée et sûrement il savait qu'il recommencerait lorsque, tous les deux, dans un taxi new-yorkais, échafaudaient des plans merveilleux afin de vivre ensemble.

— Sale traître, saligaud, hoqueta-t-elle, en larmes.

La haine dévorait Élisabeth. Elle poussa la jument au grand galop, au risque de se rompre le cou. Une fièvre malsaine la ravageait, lui faisant tout oublier.

Château de Guerville, même soir,
trois heures plus tard

Élisabeth mit pied à terre au bout de l'allée, à une vingtaine de mètres des écuries. Elle crut s'écrouler, tellement ses jambes tremblaient. La jument s'ébroua, cogna le sol d'un sabot impatient. Des hennissements s'élevèrent aussitôt, derrière la haute porte à double battant. Galante répondit d'un cri aigu à ses congénères.

— Là, là, ma belle, tu vas te reposer, murmura sa cavalière. Je suis désolée.

Après des temps de trot et de galop, la jeune femme avait fait la fin du trajet au pas, afin de ménager sa monture. Les leçons que lui avait données Justin jadis lui étaient revenues en mémoire et elle s'était efforcée d'en tenir compte.

Elle s'escrima en vain à ouvrir un des battants. Galante se remit à hennir, imitée par les autres chevaux.

— Mais c'est fermé à clef ! enragea-t-elle. Pourquoi ? Gilles loge dans l'ancienne chambre de Justin. Il aurait dû se réveiller, déjà, à cause du vacarme.

Deux fenêtres du château étaient encore éclairées, malgré l'heure tardive. Élisabeth vit une lueur danser derrière les vitres de l'office, puis un homme sortit, qui tenait une lanterne.

— Qui est là ? hurla-t-il.

Il accourut, grand, costaud. Ce n'était pas le châtelain, mais Roger, alerté par les hennissements en provenance des écuries. Il s'arrêta net en découvrant une jeune femme échevelée, les joues rosies par le froid, qui le fixait d'un regard très bleu à la faveur du halo lumineux de la lampe à pétrole. Il la trouva d'une beauté singulière.

— Je suis Élisabeth Johnson, dit-elle sans lui laisser le temps de l'interroger. Je suppose que vous êtes Roger ? Je sais que mon cousin Gilles dort dans ce bâtiment, mais il n'a pas daigné se déranger. Si vous aviez la gentillesse de bouchonner Galante, de la mettre à l'abri…

— Bien sûr, madame, répliqua-t-il, complètement éberlué. Vous êtes venue de Montignac ? Mais il fait nuit.

Sans lui répondre, elle lâcha les rênes et se dirigea droit vers le château. Chaque pas la ramenait à cet autre soir où ils s'étaient enfuis, Bonnie, Jean, Richard et elle. Ses yeux se posèrent sur le sommet d'une des grosses tours médiévales. Là-haut, sous son toit pointu, un de ses pires cauchemars s'était concrétisé.

Le vent âpre la fit frissonner. Après l'effort qu'elle avait fourni, son corps se refroidissait. Sans hésiter, elle entra par les cuisines d'où était sorti Roger un peu plus tôt. Il régnait là une chaleur agréable, à laquelle s'ajoutaient la bonne odeur du grand fourneau allumé, celle, plus ténue, des plats qui avaient mijoté avant le dîner.

Élisabeth eut l'impression étrange de n'avoir jamais quitté ces lieux. Elle atteignit le hall voûté, orné des trophées de chasse qui l'avaient tant effrayée, fillette. Le nouveau châtelain n'avait rien changé, elle en conçut un regain de mépris envers lui.

Enfin, après avoir traversé sans bruit la salle à manger plongée dans l'obscurité, elle aperçut Justin au fond du grand salon. Il était assis au coin du feu, devant un guéridon où était disposé un échiquier. Son cœur lui fit mal, en le revoyant ainsi, solitaire, perdu dans ses pensées. Sa chevelure blonde captait la clarté des flammes. Il portait une large chemise blanche, sous un gilet sans manches en velours brun.

« Quelle femme lui résisterait, songea Élisabeth, partagée entre la haine et la passion qu'il lui inspirait. Irène doit l'aimer à en mourir, comme moi. »

Justin releva la tête. Il avait entendu marcher et il s'attendait à voir réapparaître Roger, qui s'était rué dehors, inquiété par les hennissements des chevaux.

En prévision des longues soirées d'hiver, il apprenait l'art des échecs à son palefrenier et ami, et il avait hâte de finir leur partie.

— Élisabeth !

Il la regardait, sidéré. Elle était debout sur le seuil de la pièce. Vêtue d'un costume sombre, décoiffée, elle avait une expression de bête traquée qu'il ne lui avait jamais vue. Il bondit de son fauteuil pour la rejoindre. Immédiatement, les traits d'Élisabeth se durcirent, exprimant une froideur hargneuse.

— Ma princesse, je ne m'attendais pas à te voir, dit-il d'un ton égaré. Il est plus de minuit. Qui t'a amenée ici ?

— Ne m'appelle plus « princesse », déclara-t-elle. Seul mon père en a le droit, toi, c'est fini. Entends-tu, c'est terminé.

Elle s'écarta de lui et alla près de la cheminée, afin de se donner une contenance. Justin l'avait suivie.

— Je comptais vous rendre visite demain, plaida-t-il sans réelle conviction. Élisabeth, qu'est-ce que tu as ?

— Ne joue pas la comédie, tu dois te douter de ce que je ressens. Tu as eu raison de faire conduire Galante au moulin, hier, sinon je serais venue à pied.

Élisabeth lui fit face. Elle évita de sonder ses yeux noirs, mais observa ses lèvres, très rouges, un peu gercées. Ces lèvres-là avaient embrassé la bouche d'Irène, ses seins, et sûrement le bas de son ventre, et son sexe de femme. En proie à une jalousie aveugle, elle le frappa, une gifle, puis une autre, encore une autre, de plus en plus violemment.

Il recevait les coups, immobile, résigné. Soudain elle serra les poings et lui martela la poitrine.

— Je te hais, dit-elle tout bas. Je te déteste. Sais-tu, pendant le repas au moulin, le brigadier Defarge est entré, aussi furieux que je le suis maintenant. Irène, sa fille, a tenté de mettre fin à ses jours, et elle va peut-être mourir, puisqu'elle perd son bébé. Et toi, tu es là, en train de jouer aux échecs, en bon châtelain qui se moque de tuer une femme, un enfant, ton enfant.

— Tais-toi, par pitié, calme-toi ! s'insurgea-t-il.

Justin lui saisit les poignets. Ne pouvant plus le frapper, elle se débattit, hagarde.

— Tu couchais avec Irène quand tu es venu à New York, gémit-elle. Oh, comme tu me dégoûtes, Justin Laroche ! Oui, tu es bien un Laroche, le digne fils de ton démon de père. C'est ça que je veux te dire, comprends-tu ? Je te méprise, plus jamais tu ne me reverras. Tu te souviens de mon télégramme, le dernier, envoyé de Paris ? J'espérais au moins que l'on passe du temps ensemble, que l'on soit des amis. Tu m'as pris même cette joie-là !

— Élisabeth, je t'en prie, écoute-moi ! s'écria-t-il.

— Non, tu n'es qu'un sale menteur, un hypocrite, un saligaud, le brigadier disait vrai. Pourquoi as-tu abandonné Irène ? Si tu savais combien je la plains, cette malheureuse ! Elle t'aimait, elle portait ton enfant et toi, tu n'as pas eu le courage de l'épouser. Mais pourquoi ?

Élisabeth cessa de lutter pour lui échapper. Il tenait toujours ses poignets, tout proche d'elle. Un vertige la prit, car malgré sa haine et son chagrin, elle avait envie de se jeter à son cou, de se blottir contre lui.

— Je l'aurais épousée si j'avais été le père du bébé, déclara Justin. Elle m'accuse à tort, j'ignore pourquoi. Élisabeth, je ne t'ai pas trahie. Ni au printemps ni en été, jamais je n'ai couché avec Irène. Ne saccage pas mon plus beau souvenir, toi et moi à New York, près du lilas en fleur.

Troublée par sa véhémence, elle détourna la tête. Il ajouta :

— J'ai toujours été franc, je t'ai parlé de quelques aventures, pendant les cinq ans où tu vivais en Amérique. Je t'ai confié le projet d'Yvonne, qui souhaitait me marier avec Irène. Tu sais la suite, à mon retour en France, j'ai dit à cette jeune femme que j'en aimais une autre. Et c'est toi, Élisabeth. Il n'y a que toi.

— Tu jurerais que tu es innocent sur la Bible ?

— Oui, maintenant si tu me le demandes et même au tribunal de justice, je le ferai, si la famille d'Irène continue à me traiter en criminel.

L'épuisement terrassa Élisabeth. Elle vacilla, à bout de nerfs. Justin la rattrapa par la taille. Il voulut la faire asseoir, mais elle se cramponna à lui, une expression de noyée sur le visage.

— Jure-le, implora-t-elle. Jure-moi que tu n'es pas responsable de cet horrible drame. Si tu avais vu ce pauvre père affligé, qui essayait de garder sa fierté. Sa fille avait voulu mourir, un tout petit enfant en payait le prix.

— Élisabeth, je t'en fais le serment, je ne suis pas l'homme qui a séduit Irène. Je ne l'ai pas revue depuis le début de l'été, et c'était un simple échange de politesses, à la foire de Rouillac. Crois-moi, je la plains de tout mon cœur. Elle a dû beaucoup souffrir, pour en arriver à une telle extrémité.

— Les tourments du cœur peuvent nous faire perdre l'esprit, la force de continuer à vivre, admit-elle. J'en suis un exemple, Irène et Roger également. J'ai confié Galante à ton ami, il devrait être là…

— Il a dû monter se coucher, par crainte de nous déranger. Élisabeth, je suis vraiment désolé. Je t'assure que je serais allé au moulin dès l'aube pour te parler de cette lamentable histoire. Je me doutais que tu l'apprendrais, mais pas aussi vite.

Elle approuva, très lasse. Le trajet à cheval, sa fureur jalouse, son exaltation vengeresse lui paraissaient appartenir déjà à un lointain passé.

— Je suis si fatiguée, se plaignit-elle.

Contre sa volonté, elle nicha son front au creux de l'épaule de Justin et elle glissa ses mains sous son gilet, en quête de chaleur. Ses doigts perçurent le contact de son corps d'homme, à travers le tissu de la chemise. Une paix profonde s'empara d'elle.

Il l'enlaça avec douceur, comme s'il câlinait une enfant. Mais Élisabeth releva la tête. Ils se fixèrent un instant, tous deux bouleversés. Justin ferma les yeux le premier, afin de résister à la tentation. Ce fut elle qui l'embrassa, avide de ses lèvres, de sa bouche.

Ils se retrouvaient enfin et tout renaissait, l'émerveillement de leur cœur, de leur âme, le désir fulgurant. Il existait entre eux une entente extraordinaire dont ils subiraient toujours la magie. Ils s'abandonnèrent à la volupté d'un interminable baiser. Justin avait beau se maîtriser, il commençait à caresser ses seins, ses hanches.

— Non, il ne faut pas ! protesta soudain Élisabeth. Nous n'avons pas le droit. J'ai promis à Dieu, si mon fils m'était rendu.

— Je sais, pardonne-moi, dit-il en reculant prudemment. Tu dois te reposer maintenant.

Il l'aida à s'allonger sur la méridienne tapissée de chintz. Il glissa un coussin sous sa nuque, puis il la débarrassa de ses bottines.

— J'ai un peu froid, sans toi, déplora-t-elle.

Justin disparut quelques minutes. Il revint avec son manteau en peau de mouton retournée, qu'il mettait chaque hiver.

— Là, es-tu bien ? demanda-t-il en la couvrant du vêtement.

— Oui, je suis à l'abri, près de toi. Justin, je te crois, pour Irène. Mais pourquoi prétendait-elle que tu étais le responsable de son état ? Et qui est-ce ?

— J'en ai discuté avec pépé Toine. Nous sommes d'accord, lui et moi. Si Irène n'ose pas désigner le vrai coupable, ce doit être parce qu'elle a trop honte de cette relation. Il peut s'agir d'un homme de passage au village, d'un type marié. Ma princesse, je ne savais plus quoi faire. Je ne pouvais même plus me réjouir de ton retour.

— Et moi je suis devenue à moitié folle de jalousie, de colère.

— Repose-toi, mon petit amour. Demain matin, le plus tôt possible, je te raccompagnerai au moulin. J'irai aussi prendre des nouvelles d'Irène, si ses parents consentent à m'ouvrir leur porte.

— Il faudrait partir au lever du jour, Justin, le brigadier compte venir ici, au château. Il était désespéré, il pourrait te faire du mal.

— N'aie pas peur, dors un peu, murmura-t-il en l'embrassant sur la joue. Surtout ne crains rien, je t'aiderai à tenir ta promesse. Il n'y aura plus de baisers d'amants pour nous, mais rien ne nous séparera.

Élisabeth n'entendit pas ces derniers mots. Sa main dans celle de Justin, elle s'était endormie.

Moulin Duquesne, même soir, trois heures plus tôt

Le départ d'Élisabeth à cheval, peu de temps après la pénible visite du brigadier Defarge, sema la consternation. On ne s'était douté de rien, lorsqu'elle était sortie. Mais devant la mine effarée de Laurent, à son retour dans la cuisine, Antoine eut des soupçons.

— Où est ta cousine ? s'alarma-t-il. Je dois lui parler.

L'adolescent, pris de panique, répondit un peu sottement qu'il n'en savait rien. Guillaume se rua à l'extérieur, suivi par Pierre. Ils appelèrent la jeune femme, puis allèrent dans la grange, où ils constatèrent la disparition de la jument et de son harnachement.

— Ta fille est partie à cheval, ça ne m'étonne pas !

— Alors qu'il fait nuit ! Pierre, dis-moi la vérité. J'ai toute ma tête à présent, j'ai bien vu comment Élisabeth avait réagi à propos de cette déplorable histoire. Elle n'a quand même pas l'intention d'aller au château ce soir ?

— Mais non, elle a peut-être eu envie de faire une balade, pour se calmer.

— Par ce froid, alors qu'on n'y voit pas à dix mètres ! s'affola Guillaume. Ne me raconte pas de bêtises, personne ne ferait ça. Tu me prends pour un crétin ?

— Pas du tout, au fond je ne sais pas quoi te répondre. Ne te bile pas, Élisabeth est une bonne cavalière, elle va revenir saine et sauve. On ferait mieux de rentrer, soupira son frère.

Antoine s'abstint du moindre commentaire en apprenant que sa petite-fille leur avait discrètement faussé compagnie. Il dut néanmoins répondre aux questions de Guillaume, hors de lui.

— Pierre me dit qu'Élisabeth se promène, je ne suis pas dupe. Papa, je t'en prie, pourquoi était-elle aussi bouleversée, au point de prendre un tel risque ? Je connais les chemins qui vont à Guerville, et la distance, il y a dix kilomètres environ. Elle tient beaucoup à ce Justin, c'est ça ?

— Oui, c'est ça, fiston. Ils sont très proches, comme une sœur et un frère. Rien d'autre. Je connais bien ma petiote, elle suit son instinct. Elle avait besoin, non de prendre l'air, mais de savoir ce qu'il en était vraiment.

— Élisabeth pouvait attendre jusqu'à demain, insista Guillaume.

— Au fond, il y a moins de danger à joindre Guerville à cheval la nuit qu'à déambuler dans les rues de New York, prôna Jean en étouffant un bâillement. Et je sais d'expérience que ta fille a du tempérament, de la volonté. On ne la dissuade pas sans peine de renoncer à une idée, quand elle l'a dans le crâne.

Chacun médita en silence ces paroles. Yvonne débarrassait la table sans donner son opinion. La pauvre mère était encore sous le choc. Par la faute de Gilles, son fils bien-aimé, Irène avait tenté de mourir et accouchait d'un petit être inapte à vivre.

— Merci, Sarah, dit-elle tout bas à l'adolescente qui s'était levée pour l'aider. Bonnie, pouvez-vous proposer à cette petite de dormir chez nous ? Elle tient à peine debout. Laurent aussi doit monter au lit.

— Ce serait plus raisonnable, concéda Bonnie, avant de traduire la proposition de sa belle-sœur à Sarah. Guillaume, qu'en penses-tu ? C'est inutile de vous installer ce soir dans votre maison, sans Élisabeth. Antonin dort bien, nous pouvons tous loger ici, n'est-ce pas, Yvonne ?

— Bien sûr, ça me fait plaisir, Bonnie.

Les deux femmes organisèrent la répartition des couchages. Pierre et Jean durent descendre du grenier des lits de camp qui n'avaient pas servi depuis des années.

Sarah échoua dans la chambre des deux garçons. Yvonne lui attribua le lit de Gilles et elle décida de prendre celui de Laurent, pour qui elle disposa une paillasse devant l'armoire.

— Je serai à l'aise avec les deux petits, affirma Bonnie qui l'aidait de manière efficace.

Yvonne, impressionnée par sa dextérité et sa gentillesse, lui confia tout bas :

— Ne vous pressez pas d'ouvrir un commerce au bourg, ça me soulagerait de vous avoir ici quelques mois. Je m'occupe du pépé, de la cuisine, du ménage et je travaille au moulin, avec mon mari. Je n'en peux plus, chaque soir.

— Ce serait de bon cœur, Yvonne. Après tout, si Jean seconde Pierre, et que je fais ma part dans la maison, nous pouvons nous arranger.

Elles échangèrent un sourire complice. Puis Bonnie hasarda, d'un ton de conspiratrice :

— J'ai bien de la peine pour ma petite Lisbeth. Quelle triste histoire, cette jeune femme du village et Justin…

— Oh, plus j'y pense, Bonnie, plus je suis sûre que ce brave jeune homme n'est pas en cause. Comme dit mon mari, elle l'accusait en espérant se faire épouser et jouer les châtelaines à Guerville.

Elles discutèrent encore un moment, échafaudant des théories qui n'étaient pas en faveur d'Irène.

Une heure plus tard, seuls veillaient au coin du feu Antoine et ses trois fils. Guillaume avait mis sur les braises incandescentes une grosse bûche de chêne qui se consumerait lentement et durerait jusqu'au matin.

— Je coucherai là sur un lit pliant, dit-il. J'ai connu bien pire à New York, les nuits d'hiver.

— Élisabeth nous avait écrit, il y a environ un mois, que tu te souvenais de tes années d'errance, répliqua son père. Est-ce que tes souvenirs sont précis ?

— Non, papa, je revois des images, des scènes, des endroits. Mais je ressens, dans ces instants-là, la même détresse qu'à l'époque. Souvent, on me prenait pour un idiot ou un étranger, car j'étais incapable de parler. J'ai eu de la chance d'être hébergé à l'hôpital français, dans la 34e Rue, au moins je comprenais un peu ce qu'on me demandait. Je préfère éviter le sujet.

Jean se lança alors dans le récit de ses péripéties d'épicier. Il dépeignit la rue de Brooklyn où se tenait son commerce, évoqua les trajets en camionnette, de sa boutique aux quais où étaient déchargées les marchandises.

— Mazette ! s'étonna Pierre. Une camionnette, ça doit coûter cher.

— Je l'avais achetée d'occasion, elle tombait souvent en panne. Et il n'y avait pas beaucoup de place dans l'habitacle.

Le vieil Antoine les écoutait en fumant sa pipe. Finalement, malgré l'irruption du brigadier et les mauvaises nouvelles qu'il apportait, la soirée s'achevait de façon plaisante.

— Quel bonheur de vous avoir là, mes fils ! déclara-t-il. Dieu, dans son immense bonté, nous a réunis. Guillaume, j'ai tant prié pour toi quand j'ai appris ton décès. Je me sentais amputé d'une partie de moi-même.

— Je suis là, papa, et bien heureux de te retrouver. Il n'y a qu'une ombre au tableau, la conduite insensée de ma fille. Je voudrais tant qu'elle soit là pour causer tranquillement avec nous…

Guillaume se tut après cet aveu. Antoine lui prit la main en le considérant de ses yeux très bleus.

— Tu as quitté Élisabeth quand elle était fillette. C'est devenu une femme loin de toi, fiston. Et quelle femme ! Tu devras t'y habituer. Ma petiote est capable de recueillir une enfant de la misère, de défier toute autorité, et de prendre la défense de ceux accusés injustement. Sans oublier ses qualités de cavalière, qu'elle a dû hériter de notre regrettée Catherine.

— Je n'aurai pas le choix, il me semble, se résigna Guillaume.

Château de Guerville, le lendemain matin, mercredi 29 novembre 1905

Justin attela un des cobs à la calèche avant le petit jour. Il était déterminé à lever l'accusation qui pesait sur lui et avait cruellement fait souffrir Élisabeth. La jeune femme dormait encore dans le salon.

— Hé, patron, vous voulez un coup de main ? proposa Roger qui l'avait rejoint dans l'allée des écuries.

Son palefrenier, ses épais cheveux châtains ébouriffés, avait un air soucieux. Il vérifia les harnais d'un œil ensommeillé.

— Dites, je n'ai pas osé vous déranger hier soir, quand la jeune dame est arrivée, mais elle croyait que Gilles était là-haut, dans sa chambre. C'est bizarre, non ? Puisqu'elle est arrivée avec Galante, elle venait forcément du moulin, elle aurait dû savoir que le garçon ne travaillait plus pour vous depuis hier.

— Élisabeth était très préoccupée, Roger, sinon elle ne serait pas venue. Peut-être qu'elle n'avait pas eu le temps d'apprendre que son cousin s'engageait dans l'armée.

— Elle est rudement belle, m'sieur Justin. Je l'avais vue en photographie, mais en me trouvant nez à nez avec elle, j'ai été ébahi.

— Oui, la beauté d'Élisabeth est remarquable, commenta Justin d'un ton neutre.

« Si tu l'avais vue, Roger, dans sa robe de fiançailles, songea-t-il. Une robe bleue, de la couleur de ses yeux, ornée de fleurs en soie rose, et sa chevelure sur ses épaules. Une princesse ! »

Le cœur serré, il caressa l'encolure du cob. Un bruit de pas rapides lui fit lever la tête. Élisabeth s'avançait dans l'allée pavée, recoiffée, sanglée dans sa veste de velours brun, sa longue jupe voletant autour de ses chevilles.

— Bonjour, je suis prête, annonça-t-elle. Roger, excusez-moi pour hier soir, je n'ai pas été très aimable. Justin, il faudrait partir tout de suite. Je n'ai croisé aucun domestique, c'est préférable, ils ne sauront pas que j'ai passé la nuit ici. Sauf vous, Roger, je compte sur votre discrétion.

— Je serai une tombe, madame ! s'écria-t-il, subjugué.

— Et Gilles, il n'est pas encore debout ? s'enquit Élisabeth. Il a vraiment le sommeil lourd. Tant pis, il viendra sûrement au moulin samedi ou dimanche, mais j'aurais pu l'embrasser.

Les deux hommes se regardèrent, stupéfaits cette fois. Justin, tout en menant le cheval dehors, tenta de comprendre.

— Gilles est parti hier matin, précisa-t-il. Il m'a donné son congé, car il souhaitait incorporer un régiment d'infanterie. Je lui ai même remis une somme d'argent, lorsqu'il m'a réclamé sa paie de la semaine prochaine. J'étais certain qu'il rentrait chez ses parents, il lui fallait l'autorisation de son père, comme il n'a que dix-sept ans.

Élisabeth, désemparée, grimpa dans la calèche. Elle était pourtant sûre de ne pas avoir vu Gilles au moulin, et personne pendant le dîner n'avait parlé de son engagement dans l'armée.

— Mon cousin n'était pas là, déplora-t-elle. Laurent semblait persuadé qu'il se trouvait ici, à Guerville. Tant pis, nous aurons une explication une fois arrivés à Montignac. Vite, Justin, je n'ai pas envie de croiser le brigadier.

Le jeune châtelain s'installa près d'elle et secoua les rênes. Il fit une dernière recommandation à Roger :

— Un gendarme va venir ce matin, dis-lui que je suis chez les Duquesne, mais ne parle pas d'Élisabeth.

— C'est promis, patron. Je ferai comme vous voulez.

Le cheval s'élança au grand trot dans l'allée. Il ne pleuvait plus, mais la terre crayeuse était humide, glissante. Des corbeaux survolaient la cime des sapins et des chênes. Élisabeth jeta un coup d'œil derrière elle, à travers la petite fenêtre de la capote en cuir. La forteresse, majestueuse et altière, se dressait contre le ciel d'un gris bleuté encore très sombre. Elle ne pouvait pas distinguer, à cause de la distance, une pâle figure auréolée de mèches blondes, derrière une fenêtre de l'étage.

Germaine observait leur départ précipité. Les poings serrés, la bouche pincée, elle éprouvait un dépit intolérable.

« Je les ai vus qui s'embrassaient sur la bouche, dans le salon, se disait-elle. Pourquoi est-elle revenue ? Nous étions si bien sans elle, lui et moi. »

La femme de chambre essuya une larme, avant de s'allonger sur le lit de Justin, le visage enfoui au creux de l'oreiller de celui qu'elle idolâtrait.

9

Chassé-croisé

Montignac, mercredi 29 novembre 1905

Justin avait arrêté la calèche à une centaine de mètres du moulin Duquesne. Le cheval se mit aussitôt à brouter les dernières touffes d'herbe jaunie du talus. Élisabeth et lui éprouvaient une légitime appréhension. Ils ignoraient si Irène avait survécu et où pouvait bien se trouver Gilles.

Tous deux contemplèrent sans la voir vraiment la silhouette du vieux donjon de Montignac, qui se détachait sur un ciel couleur de plomb teinté d'un reflet flamboyant du côté du soleil levant. Élisabeth se décida enfin. Elle descendit du siège, en caressant au passage la main de Justin.

— C'est mieux que j'entre la première, dit-elle. Je dois des explications à mon père, à pépé Toine. Rien ne s'est passé comme nous l'espérions tous, c'est ainsi, il faut l'accepter. Attends un peu avant de me rejoindre.

— Pourquoi ? Je n'ai pas honte, je ne suis coupable de rien.

— Ne complique pas les choses, Justin. Papa s'est fait une mauvaise opinion de toi, je veux te disculper avant que vous vous retrouviez face à face. Je t'en prie…

Il céda sous la douceur de son regard bleu, de son sourire. Elle franchit le porche, traversa la grande cour. On aurait dit le moulin et ses bâtiments victimes d'un mystérieux enchantement. Aucun bruit ne s'élevait de la salle des meules ni de la maison. La plus haute des cheminées fumait à peine.

Élisabeth découvrit son père couché sur un lit de camp, à deux pas de l'âtre où subsistaient quelques braises. Il était seul dans la cuisine. Elle se souvint du joyeux projet établi la veille : ils devaient s'installer dans leur maisonnette après le dîner. De toute évidence, Guillaume, Sarah et Antonin avaient dû dormir ici. Elle en conçut un vague remords, sans regretter cependant son départ précipité pour le château.

— Papa, réveille-toi, je suis rentrée, murmura-t-elle, penchée sur la couchette de fortune.

Guillaume cligna des paupières, puis il se redressa avec brusquerie, se leva d'un même élan.

— Élisabeth, je n'ai pratiquement pas fermé l'œil de la nuit, lui reprocha-t-il tout de suite. Nous avons passé une soirée détestable à cause de ton coup de tête ! Tu es allée au château, c'est ça ?

— Oui, je devais savoir la vérité, au sujet d'Irène et de Justin. C'est mon ami et ne t'en déplaise, il fait partie de ma famille. Je ne pouvais pas croire qu'il s'était conduit ainsi, au mépris de l'honneur, de la bonté. Et je ne voulais pas que tu restes sur la mauvaise impression que tu avais, papa. Je ne suis pas aveugle ni stupide, j'ai bien compris que tu le jugeais coupable d'emblée, sans d'autres preuves que les déclarations des uns et des autres. Souviens-toi, je te l'ai déjà dit hier, pendant le trajet de la gare au moulin, tu as souffert d'être mal considéré, sur ton apparence, sur tes agissements qui semblaient répréhensibles aux yeux des gens, parce qu'ils ignoraient tout de ton passé, de ta douleur.

— Je n'ai pas oublié ton sermon, Élisabeth, se défendit-il. Je suis désolé.

— Très bien, maintenant je voudrais te présenter Justin. J'avais raison, il est innocent.

Guillaume approuva, conciliant. Sa fille disait vrai, lui aussi on l'avait jugé à la hâte quand il s'approchait des petites filles brunes, dans les squares de New York. Son esprit malade était en quête de son enfant perdue, mais on l'avait pris pour un dangereux pervers.

— Laisse-moi me rafraîchir un peu, je me suis couché tout habillé, dit-il d'un ton radouci.

Il s'aspergea d'eau fraîche, un seau étant toujours à disposition sur le bord de l'évier en grès.

Élisabeth tisonna les braises, jeta une poignée de branchettes bien sèches entre les chenets. Des flammes d'un jaune clair s'élevèrent, sur lesquelles elle disposa trois bûches.

— Je vais préparer du café, nous n'avons rien bu avant de partir, précisa-t-elle.

— Quand même, c'était imprudent de faire tous ces kilomètres de nuit, toi qui ne montais plus à cheval depuis des années, fit remarquer son père. J'avais de quoi être inquiet… et fâché. J'espère que tu m'éviteras de telles émotions à l'avenir, Élisabeth. Nous allons vivre ensemble, ça implique des règles.

— Bien sûr, et la première sera d'être libres de nos faits et gestes, chacun de son côté. Je ne suis plus une enfant de six ans, papa.

Guillaume considéra sa fille avec mélancolie.

— Je le sais, hélas, marmonna-t-il. Mais il n'y a pas d'âge pour se montrer respectueuse envers les siens.

— Je ne t'ai pas manqué de respect, papa, rétorqua-t-elle.

Un hennissement retentit dans la cour, tandis que des bruits de pas résonnaient à l'étage. Élisabeth se précipita sur le seuil du logis et adressa un signe de la main à Justin. Il la rejoignit après quelques minutes, le temps d'attacher le cheval à un anneau du mur.

— Courage, lui dit-elle tout bas. Viens vite, il n'y a encore que mon père dans la cuisine.

Justin se trouva bientôt confronté à Guillaume Duquesne, qu'il salua d'abord d'un signe de tête, en lui tendant la main.

— Bonjour, monsieur, je suis heureux de vous rencontrer, déclara-t-il, et sincèrement désolé d'avoir sans nul doute gâché la soirée d'hier, par personnes interposées.

Guillaume lui serra la main, tout en détaillant le visage du visiteur, son allure générale. Vêtu d'un costume en tweed beige assorti d'une chemise blanche et d'une cravate en soie, le jeune châtelain lui parut trop élégant pour la circonstance. Il estima que Justin ne ressemblait pas du tout à Catherine, hormis les cheveux blonds, et que de surcroît, il affichait un air arrogant, sans comprendre qu'en fait, il était intimidé.

— Bonjour, répondit-il enfin. J'espère que ma fille n'est pas aveuglée par l'amitié qu'elle vous porte et que vous êtes vraiment innocent, dans cette triste histoire.

— Il l'est, papa ! protesta Élisabeth. Je m'en porte garante.

Elle percevait avec acuité l'antipathie immédiate de son père envers Justin. Agacée, elle disposa cependant des tasses et des bols sur la table. Une cavalcade ébranla l'escalier, au fond de la pièce. Sarah et Antonin firent irruption. Le petit garçon rhabillé à la hâte, l'adolescente en robe froissée, ses cheveux ébouriffés.

— Vous auriez pu faire un brin de toilette, les enfants, leur reprocha gentiment Élisabeth, mais en anglais. (Elle ajouta en français :) Justin, je te présente Sarah. Quant à ce petit bonhomme, tu sais qui c'est. Antonin, dis bonjour, je te prie.

L'enfant s'exécuta, mais il se contenta de marmonner, en grimpant sur un des bancs, pour s'accouder à la table.

— Tu viens à côté de moi, grand-père ? demanda-t-il à Guillaume.

— Bien sûr, mon p'tit gars.

Sarah énonça un bonjour amical, en français, tandis que le reste de la famille arrivait en bon ordre, tel un cortège organisé. D'abord Laurent suivi de près par Yvonne, puis Pierre qui se tenait devant Antoine, par précaution, celui-ci n'étant pas à l'aise quand il descendait l'escalier.

— Ah, nous avons de la visite, s'écria le vieil homme. Ma jolie petiote est de retour avec Justin. Je suis content de te voir, mon garçon. Bonnie et Jean ne vont pas tarder, ils défont leur malle.

— Nous sommes venus le plus tôt possible, pépé Toine, le renseigna Élisabeth avec un grand sourire confiant. Le café finit de passer et j'ai mis de l'eau à chauffer pour la chicorée.

— C'est bien gentil de t'en être occupée, lui dit Yvonne. Mais je n'aurai jamais assez de lait, je n'ai plus qu'un fond de casserole dans le cellier. Il m'en faut du bien frais pour le bébé William. Laurent, attrape le bidon et cours à la ferme, ils doivent être en pleine traite.

L'adolescent s'empressa d'obéir. Pierre s'approcha de Justin et le fixa d'un air intrigué.

— Si tu oses entrer chez nous ce matin, c'est sûrement que tu as la conscience tranquille, lui assena-t-il.

— Tout à fait, rétorqua Justin. Si le brigadier m'avait permis de discuter avec sa fille, ou nous avait confrontés, elle et moi, ce souci serait réglé depuis des jours.

— D'accord, d'accord, bougonna le meunier. Je n'ai pas le temps de causer, le travail m'attend. Dis donc, j'ai vu par la fenêtre de ma chambre que vous êtes arrivés en calèche, ma nièce et toi. Vous auriez pu amener Gilles, qu'il fasse la connaissance de son oncle Guillaume et de son cousin William.

Élisabeth et Justin échangèrent un regard inquiet. Pierre s'en aperçut.

— Qu'est-ce qu'il y a encore ? interrogea-t-il d'un ton excédé. Mon fils a fait des siennes ?

— Il me semble, oui, répondit Justin. Gilles a quitté le château hier matin. Il m'a donné son congé, car il préférait s'engager dans l'armée. Vous êtes forcément au courant, il devait passer ici pour obtenir votre autorisation.

— Quoi ? hurla Pierre. Bon sang de bois, il ne manquait plus que ça ! Yvonne, approche, tu étais au courant ?

— Mais non, mon pauvre homme, gémit-elle. Je tombe des nues, comme toi. Et puis, Gilles, il va venir chez nous s'il a besoin de ta signature. Il aura traîné en chemin.

— Depuis hier matin ? s'égosilla son mari.

La malheureuse mère avait les joues rouges, les yeux affolés. Pleine de compassion, Élisabeth chercha une explication.

— Gilles vous avait-il déjà parlé de ce projet ? demanda-t-elle.

— Je lui en ai parlé une ou deux fois, en blaguant, une quinzaine de jours avant son anniversaire, avoua Pierre. Mais je ne pouvais pas me douter qu'il prendrait ça au sérieux. Quand même, Gilles ne serait pas parti sans nous dire au revoir, sans ma permission écrite, sans un sou en poche !

— Je lui ai prêté de l'argent, précisa Justin.

Le silence qui suivit oppressa Élisabeth. Elle jeta un coup d'œil effaré sur son père, au visage fermé, puis sur le patriarche, son cher pépé Toine. Il se tenait voûté, une main tremblante cachant ses yeux.

— Tu n'avais pas à lui prêter de l'argent, Laroche ! s'égosilla Pierre. Tu te prends pour qui ? Hein ?

Dans sa fureur, le meunier envoya une chaise par terre d'une violente bourrade. Il pointa un index menaçant sur Justin.

— Il fallait raisonner mon gamin, l'empêcher de commettre une bêtise pareille. Nom d'un chien, je croyais qu'il se plaisait au château, que le jardinage l'intéressait !

— Je le pensais aussi, affirma Justin, irrité d'être encore une fois traité en coupable. Mettez-vous à ma place, tous ! Gilles était sûr de lui, il m'a débité des arguments sensés quand j'ai essayé de le raisonner.

Bonnie et Jean descendirent de leur chambre au même instant. Ils avaient entendu crier et ils se demandaient quelle nouvelle catastrophe s'abattait sur la famille. Niché dans les bras de sa mère, William suçait son pouce avec une moue chagrine.

Guillaume expliqua en quelques mots ce qui était arrivé. Il se sentait accablé par le tour dramatique que prenaient des retrouvailles tant espérées. Des discussions s'élevèrent, chacun essayant de comprendre l'initiative de Gilles, en critiquant le plus souvent l'attitude de Justin.

— Assez ! Seigneur, calmez-vous ! vociféra soudain Antoine Duquesne, avant de frapper le bois de la table de son poing. Déjà, taisez-vous et asseyez-vous. Pierre, Jean, vous aussi, Bonnie et toi, Yvonne. Tempêter et s'en prendre aux uns et aux autres ne feront pas revenir Gilles. Il vaudrait mieux se poser une question primordiale. Pourquoi ce garçon a-t-il pris la fuite, car c'est une fuite...

Les yeux bleus du vieil homme étincelaient, ses traits étaient ennoblis par l'indignation.

— Je suis chez moi ici, et je serai le chef de cette maisonnée tant que j'aurai un souffle de vie, ajouta-t-il. Alors vous allez m'écouter. Guillaume, mon cher enfant, je suis navré que ton retour se déroule dans de telles circonstances. Hélas, nous n'y pouvons rien. Sois patient, ce soir tu pourras te reposer sous le toit où tu as vécu heureux jadis. Mais auparavant, il faut éclaircir la situation.

Les nerfs à vif, Élisabeth, qui s'était assise sur un banc, se releva. Elle déclara d'une voix impérieuse :

— Je vous laisse débattre de la conduite de Gilles, je ne peux pas vous aider. Je suis certaine d'une chose, mon cousin a profité de la gentillesse de Justin, de sa générosité. C'est inadmissible de lui en vouloir. Quant à moi, j'avais prévu de rendre visite à la mère d'Irène. Nous ignorons encore si cette jeune femme a survécu. Je préfère m'acquitter le plus vite possible de cette démarche.

Elle n'avait pas quitté sa veste de voyage ni ses bottines. Elle se rua dehors.

Le brigadier avait recommandé à son épouse de ne laisser entrer personne, excepté le docteur du bourg. En découvrant une charmante inconnue en costume de velours brun, coiffée d'une toque assortie, Solange Defarge fut désorientée.

— Mademoiselle, vous désirez ? demanda-t-elle en restant prudemment dans l'entrebâillement de la porte. Vous n'êtes pas d'ici. Avez-vous besoin d'un renseignement ?

Élisabeth constata que la pauvre mère avait les paupières meurtries, le nez rougi par trop de larmes. Le cœur serré, elle songea au pire.

— Madame Defarge, je ne suis pas une étrangère au pays, même si j'ai longtemps vécu à New York. Je viens de la part de mon grand-père, Antoine Duquesne, qui voudrait des nouvelles de votre fille. Nous sommes très inquiets, depuis hier soir, car votre mari est venu nous annoncer la tragédie qui vous frappe.

— Ah, j'ignorais que Paul était allé au moulin, murmura Solange Defarge. C'est aimable à vous d'avoir fait le déplacement.

Elle semblait égarée, presque incapable de parler plus de deux minutes. Élisabeth, apitoyée, lui adressa un sourire qui se voulait réconfortant.

— Madame, dites-moi, je vous en prie, insista-t-elle. Nous avons appris qu'Irène a tenté de s'empoisonner et qu'elle avait perdu son bébé.

Bizarrement, comme lasse d'obéir aux consignes de son époux, Solange lui fit signe d'entrer.

— Venez ! Au moins si nous causons dans la salle à manger, les voisines ne nous épieront pas derrière leurs rideaux. J'ai du respect pour votre grand-père, monsieur Antoine. Je le croise à la messe, le dimanche. Nous en avons du malheur, Seigneur !

— Mais votre fille est sauvée, n'est-ce pas ?

— Oui, grâce à Dieu. Ma belle-sœur de Montbron tricote à son chevet. Dès qu'Irène sera rétablie, elle partira avec sa tante. Que voulez-vous, elle travaillera là-bas, pour payer sa pension. Mon beau-frère élève des vaches, des limousines, il fait son foin et son grain aussi. Voulez-vous un café ?

— Non, je vous remercie, madame. Je ne voudrais pas vous importuner. Je suis rassurée au sujet de votre fille, c'est ce qui compte le plus.

Solange Defarge était d'une taille moyenne, dotée de rondeurs agréables. Sa chevelure blonde était parsemée de mèches grises, pourtant elle ne devait pas avoir plus de quarante ans.

— Comme disait notre curé cette nuit, marmonna-t-elle, Irène a suffisamment expié, en perdant l'enfant. Il l'a emmené pour l'inhumer dans le carré des indigents. C'était une fille.

— Je suis désolée, affirma Élisabeth, sincèrement peinée.

— C'était terrible, confessa son interlocutrice en se mettant à pleurer. Irène a souffert le martyre, la pauvre petite, mais elle se plaignait peu, comme si elle devait subir toutes ces douleurs.

Dieu merci, elle dort profondément, le médecin lui a fait prendre du laudanum.

Élisabeth, qui s'était imaginée en train de poser une question bien précise à la jeune femme, estima que ce serait indélicat de sa part. De plus, Solange Defarge refuserait certainement de la mener au chevet de sa fille.

— Votre époux doit être rassuré, hasarda-t-elle. Il s'est absenté ?

— Il n'avait pas le choix, pensez donc. Il est parti à l'aube pour Guerville, afin de parler à Justin Laroche. Vous êtes sans doute au courant, Irène l'a accusé d'être le père du bébé.

— Je l'ai su par votre mari, madame. En fait, nous sommes arrivés en gare de Vouharte hier en fin de journée, après un long voyage depuis les États-Unis.

— Seigneur tout-puissant ! déplora Solange Defarge, livide. Et Paul s'est précipité au moulin, alors que je m'y opposais. Vraiment, les hommes tiennent peu compte de nos opinions, de nos sentiments.

Elle leva les yeux au ciel, effleura la croix en or qui ornait son jabot en soie noire.

— Mais avez-vous des preuves contre Justin Laroche ? C'est un proche parent, le demi-frère de ma chère maman, que j'ai perdue fillette.

— Non, comment voulez-vous obtenir des preuves dans ce domaine ? Et lesquelles ? C'est la parole de l'une contre la parole de l'autre. M. Laroche niait absolument et il nous opposait des arguments solides, enfin quand je dis « nous », il a surtout eu affaire à mon époux.

— Je l'ai interrogé moi aussi, et je l'ai senti très affecté par cette affaire. Il se proclame innocent et je le crois, madame, osa dire Élisabeth. En fait, j'espérais pouvoir en discuter avec Irène, la convaincre de le disculper. C'était stupide, je conçois l'état de faiblesse et de chagrin dans lequel se trouve votre fille.

— Mais je vous ai dit à l'instant que mon mari était parti au château de Guerville, afin de présenter ses excuses à M. Laroche.

— Pardon ? Excusez-moi, madame, je n'ai pas compris ça du tout, s'étonna Élisabeth.

— Irène pensait être à l'agonie, au milieu de la nuit. L'enfant était né, mais il était mort bien sûr. La pauvre petite souffrait encore beaucoup. Nous étions tous auprès d'elle, le curé, ma belle-sœur, mon époux et moi. Si vous saviez combien nous étions désespérés, à l'idée de la perdre. Nous ne faisions que prier… Soudain Irène s'est redressée, elle a poussé un cri de pure détresse : « Je ne veux pas aller en enfer ! » Ensuite elle s'est adressée au curé, en lui disant qu'elle avait menti en confession, que Justin ne l'avait jamais touchée, pas même embrassée sur les lèvres… Elle bégayait, c'était affreux à entendre, il était question de vengeance, parce que le châtelain l'avait dédaignée, et du rêve qu'elle faisait d'être la dame de Guerville. Dieu soit loué, notre brave curé a vite consenti à écouter une autre confession, et il lui a donné l'absolution. Après ça, Irène s'est reposée. Le docteur est revenu à la fin de la nuit, il nous a affirmé qu'elle était hors de danger.

Élisabeth éprouvait un immense soulagement. Elle jugea poli de prendre congé, d'autant plus qu'elle avait envie de courir annoncer la bonne nouvelle à Justin.

— Mais qui est le père ? s'enquit-elle cependant, tout bas, d'un ton surpris. Votre fille refuse encore de le nommer ?

— Bah, à quoi bon, maintenant, soupira Solange Defarge. Il n'y aura pas de mariage. Si quelques commères ont soupçonné l'état de ma fille, elles ne sauront rien de précis. Ma belle-sœur est plus tenace que moi. Elle aurait réussi à faire parler ma pauvre enfant. Irène a évoqué en sanglotant une brève aventure avec un homme marié, un employé des chemins de fer. Voilà.

— Oui, voilà, répéta Élisabeth machinalement.

Elle revoyait le brigadier furieux faisant une entrée fracassante dans la cuisine du moulin, brisant net la fête. Elle se revit à moitié folle de rage et de douleur, s'élançant sur les chemins à cheval, la nuit, au risque de se briser le cou.

« Et j'ai frappé Justin, je l'ai insulté, alors qu'il disait la vérité, qu'il ne m'avait jamais trahie. »

— Je vous laisse, madame, dit-elle d'une voix posée. Tous mes souhaits de bon rétablissement à votre fille. Mon grand-père sera très content d'apprendre qu'elle est hors de danger.

Solange Defarge la raccompagna jusqu'au vestibule. Elles se serrèrent la main.

— Revenez d'ici deux jours, mademoiselle Duquesne, Irène sera moins malade. Ma belle-sœur ne l'emmènera pas avant lundi prochain.

— Peut-être, je vous remercie, madame. Autant vous le préciser, j'ai été mariée, je m'appelle Élisabeth Johnson, mais je suis veuve et j'ai un fils de cinq ans.

— Oh, vous paraissez tellement jeune. Johnson, dites-vous ? Ce ne serait pas ce monsieur, un Américain, qui louait une chambre à l'auberge du village, il y a six ans environ ?

— Si, c'était mon mari.

— Pas à cette époque, rectifia Solange, l'air réprobateur. En fait, je vous ai déjà vue, oui, oui… Vous êtes la petite-fille d'Hugues Laroche, et vous passiez à cheval dans la rue, pour rejoindre ce M. Johnson.

— En effet, madame. Mais peu importe si j'ai choqué les bonnes âmes du bourg. Ensuite nous nous sommes fiancés puis mariés, et pendant la traversée qui nous ramenait à New York, l'homme que j'aimais a été emporté lors d'une tempête, sous mes yeux. Il avait auparavant sauvé la vie de deux autres hommes, dont un de mes oncles. Au revoir, tous mes respects à votre époux.

Élisabeth se retrouva sur la place de la Mairie, à la fois agacée et joyeuse. Mais la joie domina vite sa légère contrariété. Elle s'éloigna d'un pas rapide en direction du moulin Duquesne.

Sarah et Laurent virent arriver la jeune femme peu après. Elle leur adressa un signe de la main, toute souriante. Les deux adolescents, qui caressaient le cheval attelé à la calèche, osèrent à peine répondre à son geste amical. Élisabeth ne s'en étonna pas car des éclats de voix virulents lui parvenaient de la cuisine dont la fenêtre était entrouverte.

— Que se passe-t-il, cette fois ? demanda-t-elle à son cousin.

— Pardi, mon père ne décolère pas, à cause du départ de Gilles. Faut dire que pépé Toine n'a rien arrangé. Il prétend que mon frère a pris la fuite parce qu'il n'avait pas la conscience tranquille.

— Mais à quel propos, Laurent ? Tu sais quelque chose ?

— Rien du tout, rien de rien, affirma-t-il.

— Lisbeth, quand allons-nous dans la petite maison ? s'enquit Sarah en anglais. Je n'aime pas trop être ici. Antonin a peur, lui aussi.

— Dans ce cas, il fallait l'emmener dehors avec toi, Sarah ! protesta Élisabeth.

— C'est ce que j'ai fait ! répliqua celle-ci. Regarde !

Elle désignait l'intérieur de la calèche. Antonin s'était réfugié au fond du siège, à l'abri de la capote relevée. Enveloppé de la couverture que Justin avait toujours à disposition, on ne voyait de lui que le bout de son nez et ses yeux d'ambre.

— Maman, il faut retourner à New York, gémit-il. Moi, je veux retrouver *grandma* et *grandpa*. Tout est vilain, en France.

— Mais non, mon chéri, tu vas t'habituer. Demain nous irons rendre visite à l'école de garçons. Tu auras des camarades et tu pourras jouer avec eux. Viens dans mes bras.

L'enfant refusa d'un mouvement de tête énergique. Sarah grimpa à côté de lui pour tenter de le consoler. Il se blottit contre elle en pleurant.

Dépitée, Élisabeth se décida à entrer dans le vieux logis du moulin. Le tableau qu'elle découvrit la sidéra. Jean faisait les cent pas en fumant une cigarette, Yvonne, à demi affalée sur la table, sanglotait éperdument, le visage enfoui entre ses bras repliés. Bonnie lui tapotait l'épaule d'un geste machinal.

Antoine Duquesne était debout près de la cheminée, le teint coloré, ses yeux bleus brillants de révolte. Pierre lui faisait face, les bras le long du corps, les poings serrés. Une violente querelle les opposait, comme le prouvaient les propos enflammés qu'ils échangeaient.

Seuls Guillaume et Justin semblaient impassibles, mais ils se tenaient à prudente distance l'un de l'autre, chacun dans un coin de la pièce.

— Arrêtez, vous avez effrayé mon fils, et Sarah aussi ! protesta Élisabeth en criant à son tour. Maintenant Antonin veut repartir en Amérique !

Le silence se fit instantanément. Elle se hâta d'ajouter :

— Irène Defarge est sauvée. J'avais l'intention de lui parler, mais une fois en présence de sa mère, j'ai renoncé, par correction. La pauvre jeune femme doit être encore très faible. Dieu merci, durant la nuit, elle a cru sa dernière heure venue, et craignant de finir en enfer, la malheureuse a enfin dit la vérité. Justin n'est en rien responsable du drame qu'elle vient de vivre. Comme le curé était à son chevet, il peut en témoigner.

— A-t-elle donné un nom ? s'inquiéta Pierre, soudain très pâle.

— Pas à ma connaissance, peut-être lorsqu'elle s'est confessée au prêtre. Cependant Irène aurait avoué à sa tante, qui veille sur elle, avoir cédé à un homme marié, quelqu'un d'un village voisin.

Élisabeth brodait un peu, dans le souci de ramener l'harmonie sous le toit du moulin.

— Qu'est-ce que je te disais, papa ? s'exclama Jean. C'était une sottise de soupçonner Gilles, un gosse de dix-sept ans. On lui presserait le nez, il en sortirait encore du lait.

Yvonne se redressa. Elle tendit vers son beau-père une face marquée par les larmes, où renaissait l'espoir.

— Eh oui, pépé Toine, ça ne pouvait pas être notre Gilles, dit-elle d'une voix tremblante.

Le vieil homme haussa les épaules. Il alla s'installer à sa place habituelle, près du feu, sous le manteau de la cheminée. Élisabeth le rejoignit.

— Tu croyais vraiment que c'était mon cousin le coupable ? lui demanda-t-elle tout bas.

— Je n'ai juré de rien, petiote, répondit-il, la mine soucieuse. Cela dit, Gilles, qui m'a toujours montré du respect, était prêt à m'insulter quand je l'ai interrogé au sujet de la grossesse d'Irène. Le lendemain, il emprunte de l'argent à Justin et il va s'engager dans l'armée. Je prétends, moi, qu'il y a de quoi réfléchir. J'estime aussi qu'on doit savoir prendre ses responsabilités, dans la vie, à n'importe quel âge.

Sur ces mots, Antoine Duquesne bourra sa pipe et l'alluma. Il se mit à fumer, manifestement de fort mauvaise humeur. Pierre jeta un coup d'œil à la pendule.

— Avec toutes ces sornettes, je suis en retard. Il y a du grain à moudre, bon sang de bois. Jean, viens-tu m'aider ?

— Oui, bien sûr.

Les deux frères sortirent. Yvonne les suivit. Le débat semblait clos. Bonnie grimpa à l'étage, pour changer William qui s'était mouillé.

Guillaume était gêné. Il avait évité de donner son opinion, ne connaissant pas son neveu Gilles. Néanmoins, il voulait tant accabler Justin de tous les torts qu'il l'avait foudroyé de regards méprisants durant la discussion.

— Tout s'arrange, ma princesse, dit-il gentiment à Élisabeth. Il serait temps d'aller chez nous. Ne t'inquiète pas pour Antonin. En fait, Bonnie a envoyé les enfants dehors, dès que le ton est monté entre papa et Pierre. Nous avons tous besoin de calme, à présent.

— Laissez-moi me reposer un moment, je vous accompagnerai là-bas, annonça Antoine. Yvonne et Laurent ont fait des merveilles pour votre retour.

— J'en suis certaine, pépé Toine, approuva Élisabeth. Justin, tu devrais rentrer au château et te reposer, toi aussi, après tous ces jours d'angoisse.

Elle lui tendit la main d'un geste gracieux, comme pour faire état de leur profonde amitié. Justin s'empara de ses doigts gantés de cuir fin.

— Au revoir, monsieur Duquesne, dit-il d'un ton ferme. Au revoir, cher pépé Toine. Je vous remercie du fond du cœur de n'avoir pas douté de moi un instant.

— Alors, viens m'embrasser, mon garçon. Mon vieux cœur a été durement éprouvé, ce matin. Ma porte te sera toujours grande ouverte, Justin.

— Oh oui, je le sais, encore merci.

Élisabeth fut émue par la chaleureuse accolade qu'échangèrent son grand-père et Justin. Guillaume détourna les yeux, mal à l'aise, mais il lança un au revoir assez cordial au jeune châtelain.

— Quelle matinée, soupira celui-ci en se retrouvant dehors, sous un ciel lourd de nuages. Comment te remercier, Élisabeth, d'être allée parler à la mère d'Irène… Tu m'as ôté un poids terrible.

— Tu aurais vite été rassuré, de toute façon, précisa-t-elle. Le brigadier est bien parti pour le château, mais afin de te présenter ses plus sincères excuses.

Elle lui reprit la main, qu'elle étreignit. Un peu lasse, Élisabeth avait une envie folle de se blottir dans les bras de Justin, de ne plus jamais le quitter. Il le sentit mais il dut se contenter de la couver d'un regard passionné.

— Tu reviendras à Guerville ? demanda-t-il dans un souffle. Peut-être qu'une forteresse médiévale saura intéresser Antonin.

— Peut-être, répondit-elle en approchant de la calèche. Mais où sont-ils passés ?

Sarah, Laurent et Antonin avaient disparu. Justin détacha le cheval et grimpa sur le siège du véhicule.

— J'entends des voix et des rires dans le jardin potager, ils ne sont pas loin, Élisabeth. Va les retrouver, je dois partir.

— Attends, Justin ! Crois-tu possible que ce soit Gilles, l'amant d'Irène ? Tu n'as pas donné ton avis sur ce point.

— Parce que je m'en moque un peu. Je suis tellement soulagé de ne plus être concerné par cette déplorable histoire. Je te dis à très bientôt, ma princesse.

Élisabeth approuva d'un sourire. Elle s'éloigna en direction du jardin potager sans avoir suivi la calèche des yeux. Justin n'était plus de l'autre côté de l'océan, désormais. Quelques kilomètres seulement les séparaient, qu'ils pouvaient franchir en une poignée d'heures.

Apaisée, la jeune femme décida de se dévouer corps et âme pour le bonheur quotidien de son père et d'Antonin, sans oublier sa protégée, Sarah.

Château de Guerville, même jour

Roger balayait l'allée centrale des écuries quand Justin arrêta le cob devant le porche. Le cheval s'ébroua, frappa le sol d'un sabot impatient, tout de suite salué par les hennissements de ses congénères. Le palefrenier accourut, un grand sourire sur le visage.

— Dites, patron, s'écria-t-il, vous avez dû croiser le gendarme de Montignac, sur la route. Il vous a attendu un bon moment, et puis il est reparti, mais il n'y a pas longtemps.

— Je l'ai croisé, en effet. Nous avons pu discuter, maintenant il n'y a plus de problème. Je vais dormir une heure ou deux. La nuit a été courte.

— Oui, m'sieur Justin, ça c'est sûr, il faut vous reposer, hasarda Roger. Et Gilles ?

— Il m'a joué un sale tour. Ses parents n'étaient pas au courant de sa décision d'incorporer l'armée. J'ai cru que Pierre Duquesne allait me tordre le cou. Je t'expliquerai mieux ce soir, pendant le dîner, ce qui me rendait aussi morose ces temps-ci.

Justin confia les rênes à son palefrenier et se dirigea sans hâte vers le château. Parvenu dans le salon, il s'allongea sur la méridienne où Élisabeth avait dormi. Il crut percevoir un peu de son parfum sur le coussin qu'il lui avait glissé sous la tête. Il sombra rapidement dans un bienfaisant sommeil.

La nuit tombait lorsque Germaine le réveilla en garnissant le feu. Elle disposait trois bûches de chêne sur les braises, en ayant soin de ne pas faire de bruit. Justin se redressa, étonné de voir un ciel bleu foncé derrière les fenêtres. Il interrogea la femme de chambre d'une voix sourde :

— Où est Roger ? Ce n'est pas à vous, Germaine, de porter le panier de bois.

— Et à qui donc, monsieur ? Léandre souffre du dos, Margot nettoie le carrelage de la cuisine.

— Ne vous inquiétez pas, Roger s'en occupe.

— Il est toujours aux écuries, monsieur, affirma Germaine avant de se relever. J'avais peur que vous preniez froid, j'ai étendu la couverture sur vous.

Elle le dévisageait avec l'expression d'adoration qu'il lui avait déjà vue, mais il s'y mêlait ce soir-là un sentiment ambigu, proche du désir avoué d'une femme pour un homme. Justin s'en irrita.

— Germaine, vous manquez de retenue ! lui reprocha-t-il d'un ton sec. Votre conduite me dérange, restez à votre place. Est-ce compris ?

— Mais Roger aussi, il prend soin de vous, s'insurgea-t-elle. J'ai bien le droit. J'en étais sûre, que vous ne seriez plus du tout gentil avec moi, à cause de mademoiselle Élisabeth. Je vous ai vus tous les deux, cette nuit, en train de vous embrasser comme des amants.

— Tu me surveilles, c'est ça ? s'exaspéra Justin, renonçant à la vouvoyer. N'importe quel maître te renverrait pour une pareille indiscrétion.

Il se tenait debout près d'elle, qu'il dépassait d'une tête. Elle le défiait, tremblante, éperdue de chagrin.

— Mais vous n'êtes pas comme ça, vous, déclara-t-elle. Votre cuisinière est bavarde, je sais que votre mère était domestique ici, qu'elle a fini en prison car c'était une criminelle. Ce vieux démon de Laroche a fait de vous son héritier, seulement ça ne vous a pas changé en châtelain. Vous détestez commander et vous êtes incapable de nous traiter comme des personnes inférieures à vous.

— Est-ce que j'ai tort ? répliqua-t-il, désorienté par la véhémence de la timide Germaine. On peut diriger un domaine, être riche, sans forcément se montrer autoritaire, méprisant.

Elle s'approcha un peu, pour lui effleurer l'épaule du bout des doigts. Justin constata qu'elle était ravissante, avec ses joues roses, ses cheveux très blonds et son regard d'un brun doré.

— Je suis heureuse depuis que je travaille pour vous, monsieur, ne me chassez pas, murmura-t-elle. Je ne dirai à personne ce que j'ai vu, je parle de mademoiselle Élisabeth.

— Tu me le promets ?

— N'ayez aucune crainte, je suis votre amie, comme Roger. Je vais dresser la table dans la salle à manger.

Resté seul, Justin fit les cent pas, du piano à l'une des fenêtres, puis de la haute cheminée au splendide secrétaire Louis XV en marqueterie. Tout son être, corps et âme, vibrait d'un amour fou pour Élisabeth.

« Pourtant, Germaine a réussi à me troubler, songea-t-il. Elle prétend vouloir rentrer au couvent, redouter les hommes, mais je suis sûr qu'elle se donnerait à moi si je le souhaitais. Je devrais la congédier… »

Il était conscient qu'il n'en ferait rien, par esprit de justice et aussi de charité. L'arrivée de Roger le tira de ses pensées. Une nouvelle soirée entre hommes s'amorçait, où ils partageraient de bons plats avant de disputer une partie d'échecs.

— Ah, Roger, j'ai fait un excellent somme, ce soir, nous ouvrons une bouteille de pineau.

— En quel honneur, patron ?

— Je suis blanchi d'une pénible accusation, mon cher ami, et en plus Élisabeth est de retour. Toi et moi, nous allons prendre des décisions indispensables. Je vais engager un autre palefrenier, qui sera sous tes ordres, et un second jardinier.

Roger approuva en riant, soulagé de revoir Justin joyeux, de bonne humeur. Lui aussi, à l'instar de Germaine, il vouait une profonde affection au nouveau maître du château de Guerville.

Maison de Guillaume Duquesne, même soir

Élisabeth, un tablier en cotonnade fleurie noué à la taille, faisait cuire des crêpes, sous le regard ébahi d'Antonin, et celui, amusé, de Guillaume. La jeune femme, d'un tour de main habile, lançait en l'air chaque disque de pâte dorée, qui se retournait et retombait dans la poêle.

Sarah, promue aide-cuisinière, était chargée de les sucrer. Elle riait aux éclats quand une crêpe atterrissait un peu de travers.

— On est mieux dans cette maison ! claironna Antonin, assis sur les genoux de Guillaume.

— Eh, je suis d'accord, mon p'tit gars, admit son grand-père. Si tu savais comme j'avais hâte d'être ici.

— Dans notre précieuse chaumière, renchérit Élisabeth. Et le mois prochain, nous fêterons Noël.

Elle contempla le cadre simple mais charmant qui l'entourait. Les murs étaient repeints en jaune clair, des rideaux en dentelle ornaient les fenêtres. Yvonne avait cueilli du houx et elle en avait garni un gros vase en terre cuite, trônant sur le buffet.

— Moi, monsieur Guillaume, j'aime la maison de vous, articula Sarah dans un français hésitant.

— Bravo, Sarah ! la félicita Élisabeth. Je suis désolée pour ce qui s'est passé hier soir et ce matin. Mais dans toutes les familles, il y a parfois des querelles. N'est-ce pas, Laurent ?

— Oui, je suppose, répondit-il à mi-voix.

Elle avait invité son cousin à dîner avec eux, un repas composé des fameuses crêpes, agrémentées de café au lait. L'adolescent les avait aidés à transporter leurs bagages, tandis qu'Antoine les escortait, équipé d'une canne et de solides chaussures.

Le patriarche en avait profité pour bavarder tranquillement avec Guillaume, son fils ressuscité.

D'un commun accord, les Duquesne préféraient oublier la fâcheuse affaire qui avait ébranlé l'harmonie familiale. Mais Pierre était déterminé à retrouver Gilles et à le ramener par « la peau des fesses », comme il l'avait décrété bien fort. La menace avait marqué l'esprit d'Antonin qui jugea bon de la répéter.

— Je voudrais quand même retourner au moulin, dit-il entre deux bouchées de crêpe, pour voir la peau des fesses du vilain garçon, Gilles.

Suffoquée, Élisabeth éclata de rire, vite imitée par son père. Sarah n'avait pas bien compris, aussi elle demeura impassible. Quant à Laurent, il en profita pour dire tout bas :

— Mon frère ne mérite pas mieux, j'espère même que papa lui donnera le fouet, s'il le retrouve.

Guillaume, surpris, observa son neveu. Laurent faisait grise mine et ne participait guère à la gaieté générale.

— Tu semblais pourtant content de manger ici, avec nous, lui demanda-t-il. J'ai l'impression que tu ne t'entends pas trop bien avec ton frère aîné… Je me trompe ?

— En tout cas, il y a six ans, ils étaient inséparables et fort bons amis, précisa Élisabeth. Quelque chose a changé, Laurent ?

— Je l'ai dit à Justin, déjà, avoua celui-ci. Papa refuse que je continue d'étudier, même si oncle Jean me remplace. Tout à l'heure, quand je suis allé le voir dans la salle des meules, il m'a annoncé qu'il voulait me placer commis boulanger, à Vouharte. Gilles, il a tous les droits. Il était jardinier au château, où il y a plein de livres, mais lui, il s'en fiche, des livres. Il se fiche de tout, même, puisqu'il a quitté le pays sans me dire au revoir.

— Ah, c'est ça qui te fait de la peine, déplora Élisabeth.

— Pas que ça, moi j'lui ai toujours rendu service, je ne l'ai jamais trahi.

Guillaume chercha à le réconforter, en lui tapotant l'épaule. Il se souvenait de sa propre adolescence, des bêtises que ses frères et lui tentaient de dissimuler à leurs parents, des serments échangés, des traîtrises également.

— Gilles reviendra et tu lui pardonneras, affirma-t-il. Tu nous as vus, Pierre, Jean et moi ? On s'est souvent fâchés, dans notre jeunesse, mais on se réconciliait. Les liens entre nous sont solides, ce sera pareil avec ton frère.

Élisabeth ôta la poêle du fourneau. Elle servit la dernière crêpe à son cousin. Il repoussa son assiette.

— Je te remercie mais je n'ai plus faim, marmonna-t-il. Je vais rentrer au moulin.

Soudain la jeune femme devina le tourment qui rongeait le cœur sensible de Laurent.

— Viens dans ma chambre, cousin, proposa-t-elle gentiment. J'ai apporté des livres qui te plairont. Surtout dis à ton père qu'ils sont à moi et que je te les prête.

— Bah, j'ferais mieux de les cacher sous ma veste.

Il la suivit, rasséréné à l'idée de pouvoir lire de nouveaux ouvrages.

— Si tu les aimes, je te les offrirai en guise de remerciement. Pépé Toine m'a dit que tu avais beaucoup travaillé pour rendre notre maison agréable, expliqua Élisabeth. Je me sens vraiment chez moi. Tout est ravissant, les tissus des couvre-lits, les édredons, les cadres.

— C'est maman, ça, avoua Laurent.

Une lampe à pétrole diffusait une douce clarté dorée dans la pièce qu'Élisabeth partagerait avec Sarah et Antonin. Elle prit deux livres reliés en cuir sur une étagère.

— Tiens, ce sont des romans d'aventures, de l'écrivain Jules Verne, *Les Enfants du capitaine Grant* et *De la terre à la lune*.

– Mais je rêvais de les lire ! s'extasia Laurent, en rougissant de joie. Merci, je suis tellement content, Élisabeth.

Un instant plus tard, comme sa grande cousine l'embrassait sur les joues, il éclata en gros sanglots.

— J'en peux plus de mentir, balbutia-t-il. C'est Gilles, oui, c'est lui, le saligaud, comme a dit le brigadier. Mais il m'avait fait jurer de garder le secret. Et même quand tout le monde accusait ce pauvre Justin, il s'en fichait. Pourtant Irène a failli mourir à cause de lui, à cause de mon frère.

— Mon Dieu, alors pépé Toine avait raison, chuchota-t-elle en le serrant dans ses bras. Tu aurais dû parler bien avant, Laurent. Justin était désespéré et moi aussi, tu le sais, puisque je suis partie à cheval, hier soir.

— J'avais juré, j'n'osais pas dénoncer Gilles. Souvent, je les accompagnais en promenade, mais dès qu'on arrivait dans les bois ou près du fleuve, je devais décamper. Je ne suis pas idiot, je sais ce qu'ils mijotaient, ces deux-là.

Il pleura plus fort. Élisabeth le supplia de se calmer.

— Mais j'ai honte, gémissait-il, j'ai tellement honte.

— C'était trop dur à porter, ce secret, Laurent, et tu avais peur des conséquences, déplora-t-elle. Ne te rends pas malade. J'en discuterai avec pépé Toine. Tu vas vite rentrer au moulin et commencer à lire, tu verras, ton chagrin s'envolera.

Sarah était entrée sur la pointe des pieds dans la chambre, alertée par les sanglots du garçon. Elle ignorait ce qui le faisait souffrir, mais elle ne put s'empêcher de lui caresser les cheveux, en lui offrant un sourire plein de compassion.

— Ne sois pas triste, je t'en prie, je suis ton amie, murmura-t-elle en anglais.

Élisabeth eut soin de traduire ces quelques mots. Laurent se mit à sourire lui aussi.

— Courage, mes enfants, déclara la jeune femme. Nous allons être très heureux ici, malgré tout, malgré les querelles, les orages, la pluie, le vent. J'ai une idée, demain, je vais écrire à Justin, pour qu'il vienne nous chercher avec le phaéton, une grande voiture tirée par deux chevaux. Et nous irons déjeuner au château. Je vous le ferai visiter.

Elle dut encore traduire, pour Sarah. Sa récompense fut d'admirer les étoiles de joie qui pétillèrent dans le regard noir de sa protégée, dans les douces prunelles brunes de Laurent.

« Ainsi je reverrai vite celui que j'aime, se dit-elle. Et mon fils doit découvrir le domaine dont il héritera un jour… »

UN AN PLUS TARD

10

Le choix de Maybel

New York, Dakota Building,
jeudi 6 décembre 1906

Maybel Woolworth était assise sur une grosse malle en cuir, au milieu du salon où il manquait la moitié du mobilier. Toute vêtue de noir, elle tenait une liasse de feuilles entre les mains. Son visage amaigri ruisselait de larmes.

Norma s'approcha, un plateau à bout de bras.

— Madame, votre thé, lui dit la gouvernante d'une voix douce. Mon Dieu, vous relisez les lettres de Lisbeth encore une fois ?

— J'en ai besoin, Norma. Nous avons reçu six lettres en un an, c'est peu, n'est-ce pas ? Mais ce sont de longues missives, pleines de détails charmants, d'anecdotes amusantes ou tristes. Le temps s'est écoulé si lentement, après le départ de ma fille, de mon petit Antonin. Oui, je continue à appeler Lisbeth ma fille car je l'aime de tout mon cœur.

Norma déposa le plateau sur un guéridon. Elle vérifia s'il ne manquait rien, ni le pot de lait ni le sucrier et les biscuits. Ce n'était pas vraiment par acquit de conscience, mais plutôt afin de veiller sur Maybel.

— Je t'en prie, veux-tu bien me relire la première lettre qui date d'il y a un an environ ? Celle où Lisbeth raconte son installation et les terribles scènes qui ont eu lieu au moulin. Je n'y vois rien, je ne fais que pleurer aujourd'hui. Assieds-toi, tiens, à côté de moi, je te fais de la place.

— Si cela vous distrait, madame, je veux bien, répondit Norma.

— Et tu as une jolie voix, comme Lisbeth, j'aurai l'impression qu'elle me parle.

Maybel lui présenta une des feuilles, en indiquant une ligne de l'index.

— Commence ici, j'ai déjà relu le récit de la traversée et celui de l'arrivée au moulin, précisa-t-elle, tremblante de nervosité.

Norma s'exécuta après avoir respiré profondément, car elle était très anxieuse, elle aussi.

Comme vous pouvez le constater d'après ces quelques lignes, chère mummy, *cher* daddy, *notre retour au pays natal était pittoresque. C'est dommage, personne n'a pu nous prendre en photographie pendant le trajet en charrette jusqu'à Montignac. Les jours suivants, l'atmosphère n'était pas très détendue, à cause des frasques de mon cousin Gilles, qui s'était engagé en secret dans l'armée. Mon oncle Pierre, furieux, est allé le déloger d'une caserne, à Limoges. Il l'a ramené, le temps d'une explication houleuse, assortie, selon pépé Toine, d'une solide correction. Ensuite Gilles est retourné dans son régiment…*

Dieu soit loué, dans notre chaumière, papa et moi, Antonin et Sarah, nous sommes bien tranquilles. Je vous écris sur la table de la cuisine. Une porte vitrée ouvre sur un jardinet tout décoré de givre.

Deux fois depuis notre installation, j'ai emmené Sarah, Laurent et Antonin au château de Guerville. Mon fils adoré a surtout apprécié le pont-levis et le hall qui date du Moyen Âge. Les affreux trophées de chasse l'ont fasciné. Justin m'a promis de les enlever et de les remiser sous les combles.

Pour être sincère, je n'ai pas éprouvé de sensations pénibles, en me retrouvant entre les murs du château. J'ai revu Germaine, que j'avais engagée jadis. Elle m'a paru encore plus timide que par le passé.

Sarah était très contente, elle a pu faire un tour à cheval, tenu en longe par Roger, un sympathique garçon, vraiment.

Nos relations, avec Justin, sont affectueuses et fraternelles. Papa a accepté de l'inviter chez nous, à déjeuner. Ils ont pu faire mieux connaissance, mais à mon grand regret, mon cher papa est resté sur ses positions, ne voyant en lui que le fils de Laroche et non le demi-frère de maman. J'espère de tout cœur que la situation évoluera.

Après les congés de Noël, Antonin entrera à l'école du village, et Sarah suivra les cours des filles de son âge. L'institutrice est charmante. Elle a prévu de la garder après la classe pour l'aider à apprendre le français, et il faut bien l'avouer, les bases de la lecture, ma protégée n'ayant pas reçu d'instruction entre les mains des truands qui l'avaient recueillie.

Je vous tiens au courant des prochains événements. Je vous embrasse très fort, de tout mon cœur,

Votre Lisbeth

Norma se tut, songeuse, tandis que Maybel continuait à pleurer sans bruit. Elles étaient loin d'imaginer, toutes deux, la vérité sur la première soirée d'Élisabeth à Montignac, ni ce qu'étaient réellement les « frasques » de Gilles.

— Celle-ci, maintenant, Norma, demanda Maybel, pour me donner du courage.

— Vous êtes sûre, madame ? Vous êtes tellement triste, ça ne servirait à rien, sauf à vous torturer encore.

— Mais non, j'ai l'impression d'être perdue, en plein brouillard, je dois me préparer à ce qui m'attend.

— Buvez un peu de thé d'abord, et mangez des biscuits, ce sont vos préférés, insista Norma, apitoyée. Vous êtes de plus en plus faible, madame.

— Si je pouvais mourir, ce serait préférable.

— Ne dites pas ça, enfin !

La gouvernante tria les feuillets pour trouver la dernière lettre d'Élisabeth, postée de Montignac le 14 novembre 1906. Des télégrammes l'avaient précédée et d'autres avaient suivi, que Maybel gardait dans son sac à main.

Ma petite mummy *chérie,*

J'ai dû relire plusieurs fois ce terrible courrier où tu me donnais enfin des détails sur la mort de mon pauvre daddy *bien-aimé. J'étais toujours sous le choc de cette mauvaise nouvelle que tu m'avais apprise par télégramme.*

Je suis sincèrement désolée de ne pas avoir pu assister aux obsèques de daddy. *Même en me précipitant dans un train, puis sur le premier paquebot, je serais arrivée trop tard à New York, et toi tu refusais que j'entreprenne le voyage, ce qui m'a surprise et désemparée. Je me devais d'être à tes côtés, pour te soutenir lors d'une épreuve aussi douloureuse.*

C'était très pénible pour moi de t'abandonner ainsi, même si dans ta lettre, tu me dis avoir reçu beaucoup de soutien de la part de ta belle-sœur et de ton beau-frère.

Mummy, *dans mes précédents courriers, je n'ai jamais osé vous dire à tous les deux combien je vous aimais, combien vous me manquiez souvent. Je me réjouissais de vous recevoir un jour, ici, à Montignac, le destin en a décidé autrement, hélas.*

Tu ne peux pas rester seule à New York. Puisque tu as trouvé un acheteur pour l'appartement de notre cher Dakota Building, je t'en supplie, viens en France, mummy, *plusieurs mois ou même des années. Je pourrai te protéger, te consoler, te choyer, toi qui m'as offert une enfance dorée. Je suis prête à faire le voyage dans l'espoir de te ramener avec moi. Si tu te décides et que tu te sens capable de supporter la traversée, je t'attendrai au Havre. Engage une personne de confiance pour te tenir compagnie.*

Je suis tellement triste, surtout pour toi qui as perdu l'homme que tu aimais de tout ton être depuis des années et que j'ai aimé, moi, de tout mon cœur…

— Arrête, Norma, tu as raison, à quoi bon me torturer ? gémit Maybel. On ne sait ni le jour ni l'heure de notre mort, c'est écrit dans les Livres saints. Edward était condamné, il l'ignorait et moi aussi. Seigneur, j'ai pu le serrer dans mes bras, lui dire adieu, recueillir son dernier souffle. Mais il a souffert, le malheureux.

Norma retint un soupir. Elle était présente lors du décès d'Edward Woolworth, survenu au début du mois de novembre.

— Monsieur vous a souri avant de s'éteindre, vous devez garder ce souvenir, murmura-t-elle.

— Pourquoi aucun docteur n'avait diagnostiqué la fragilité de son cœur ? s'étonna Maybel. Charles Foster lui-même était sidéré, quand il est arrivé.

— Je crois que monsieur ne consultait pas de médecin, et s'il a eu des alertes auparavant, il a dû vous le cacher.

Maybel se leva pour marcher jusqu'à une des fenêtres. Elle observa les frondaisons de Central Park, tout en tamponnant son nez d'un mouchoir humide de larmes.

— Madame, j'ai pris une décision, déclara Norma. Malgré la désapprobation de mon père, je pars avec vous pour la France, si vous le voulez, bien sûr. Vous embarquez dimanche, dans trois jours, je serai prête. J'ai même fait établir un passeport, au cas où je ne pourrais pas me résigner à vous laisser seule. Rien ne me retient ici, je n'ai pas de fiancé, ma famille vit dans le Kansas. Là-bas, je reverrai Lisbeth et Antonin. Madame ?

— Comment te remercier ? s'écria Maybel en se retournant enfin. Tu ferais ça, Norma ? Je n'osais pas te le demander. Quand nous avons lu ensemble cette lettre où Lisbeth m'invite à la rejoindre, tu disais que tu rentrerais près de tes parents si je quittais New York.

— C'est vrai, mais j'ai changé d'avis, il y a quelques jours déjà. Je suis à votre service depuis sept ans, je ne me représente pas mon existence sans vous, surtout maintenant. J'aurais honte de m'en aller, alors qu'un deuil aussi cruel vous frappe.

— J'ai beaucoup moins peur, grâce à toi, ma chère Norma, avoua Maybel en revenant s'asseoir près d'elle sur la malle. Nous affronterons la traversée toutes les deux, en première classe, bien sûr.

Elle saisit les mains de sa gouvernante et les étreignit, en la dévisageant avec un infini soulagement.

— Tu m'aideras, n'est-ce pas ? insista-t-elle. Je redoute le voyage en mer, mais s'il n'y avait que ça. Je connais juste quelques mots de français, les plus ordinaires, et je vais fréquenter la famille de Lisbeth. Si tu es à mes côtés, le soir nous pourrons parler ensemble. Mon Dieu, que tu es gentille, Norma. Tu iras envoyer un télégramme demain matin, il faut avertir notre Lisbeth chérie.

Fébrile, Maybel reprit sa respiration. Elle considéra la vaste pièce qui semblait encore plus grande, délestée d'une partie de ses meubles et de certains bibelots. L'acheteur de l'appartement avait tenu à acquérir le mobilier Chippendale, ainsi que des vases chinois d'une grande valeur.

— Je suis riche, mais veuve, constata-t-elle. Sais-tu, Norma, ce sont tous ces tracas au sujet de l'argent qui ont brisé le cœur de mon mari. Si seulement il m'avait confié ses soucis. Souviens-toi, d'abord il a vendu notre chalet dans les Rocheuses. C'était un signe, ses affaires périclitaient, et ensuite il a fait de mauvais placements, son frère me l'a expliqué. Matthew Woolworth ne s'est pas montré très délicat à ce propos, en me répétant qu'Edward avait joué avec le feu. Il m'a dit ça quand nous sortions du cimetière. Vraiment, je n'ai plus rien à faire ici. Seigneur, Norma, il nous reste combien de jours pour faire nos malles ? Et tu dois acheter un billet, je vais le payer.

Maybel se tordait les mains, à présent, pathétique dans la robe noire qui lui conférait une silhouette trop mince. Elle se nourrissait à peine.

— Je m'occupe de tout, madame, affirma Norma. Demain, nous irons à la banque vérifier que l'argent de la vente est sur votre compte. Il faudra aussi obtenir des francs, à la place des dollars, pour le voyage.

— Oui, oui, bien sûr, s'affola Maybel. Je n'ai pas d'autre choix, dis-moi ? Élisabeth, toujours dans sa lettre, parle de me loger au château, jusqu'à ce que je puisse acheter ou louer une maison à ma convenance. Elle dit que les maisons sont belles en Charente, la pierre est très claire. Mon Dieu, je ne peux pas y croire, je vais la revoir, et mon petit Antonin aussi.

Norma approuva en souriant. Elle s'était levée et ouvrait la malle en cuir qui leur avait servi de siège.

— Je ne sais même plus ce que j'ai mis dedans, confessa Maybel, mes robes, sans doute…

— Oh, madame, vous l'avez remplie avec les jouets d'Antonin. Nous ne pouvons pas les emporter, et c'est un grand garçon de six ans, il va à l'école. Lisbeth vous a écrit qu'il savait ses lettres sur le bout des doigts et qu'il comptait jusqu'à cinquante.

— Je deviens folle, se lamenta Maybel. Pourtant, je me revois prenant les jouets.

— Si nous les offrions aux orphelins, en les faisant expédier à l'hôpital des Sœurs de la charité, madame ?

— Bonne idée, Norma, tu n'as que des bonnes idées, tu es un ange. Seigneur, quand je pense à Scarlett Turner qui disait du mal de toi et de mon mari. Dieu soit loué, tu as repris ta place chez nous. Viens, nous devons faire le tour de l'appartement pour vérifier ce que nous laissons.

Par chance, l'épouse du nouveau propriétaire avait tenu à conserver les chambres, au nombre de huit, telles qu'elles étaient aménagées. Mais en contemplant le décor où Élisabeth avait passé ses années d'enfance et d'adolescence, Maybel se remit à sangloter.

— Ma Lisbeth ne reviendra plus jamais là, dans son petit domaine. C'était si joli, n'est-ce pas, la tapisserie, le ciel de lit en velours bleu, sa commode en noyer.

— Madame, le plus important, c'est que vous puissiez bientôt embrasser votre fille, votre petit-fils, dans un autre cadre. Le dépaysement vous aidera peut-être à supporter votre deuil.

— Disons qu'il sera moins intolérable, Norma, car Edward me manque à chaque instant. Je vais me coucher, tu me prépareras un verre d'eau avec des gouttes pour dormir ?

— N'ayez crainte, je n'oublierai pas.

Restée seule dans la cuisine, Norma s'autorisa à pleurer. Elle était anxieuse, nerveuse. L'aventure dans laquelle elle se lançait l'effrayait et l'exaltait à la fois.

Montignac, vendredi 7 décembre 1906

Guillaume Duquesne était perché en haut d'un escabeau, un marteau à la main. Il s'était lancé dans la construction d'un atelier tout en bois hormis la toiture, où il comptait également dormir, afin de libérer une des deux chambres de la maison.

Il vit sa fille accourir, en tenue d'équitation, ses cheveux attachés sur la nuque. Élisabeth, très affligée ces derniers jours par le décès d'Edward Woolworth, semblait presque joyeuse.

— Papa, j'ai reçu un télégramme de New York ! lui cria-t-elle. Le facteur me l'a apporté il y a un quart d'heure. Finalement, Norma accompagne *mummy* ! C'est inespéré ! Je m'inquiétais tant à l'idée de la savoir seule pendant la traversée.

— Mais comment allons-nous loger ces dames ? s'alarma son père. D'autant plus qu'elles sont habituées à disposer de tout le confort. Tant pis, j'irai coucher au moulin, puisqu'il y a une chambre de libre pendant la semaine, ensuite Laurent devra me supporter.

L'adolescent, grâce au soutien d'Élisabeth et à celui de pépé Toine, avait pu entrer dans un collège d'Angoulême où il était pensionnaire. Il obtenait d'excellents résultats, et après avoir récriminé et pesté, Pierre se disait très fier de son fils.

— Ce ne sera pas la peine, papa, tu pourras rester ici, enfin, affirma la jeune femme.

— Je me demande bien comment nous ferons, explique-moi, répliqua Guillaume.

Il la rejoignit en quelques enjambées. Après un an passé en Charente, l'ancien vagabond était méconnaissable. Des boucles brunes, semées de fils argentés, couronnaient son front. Il avait pris plusieurs kilos et son teint gardait le hâle des jours d'été. Son regard gris, pailleté d'or brun, était limpide, déterminé.

— J'allais t'en parler ce soir ou demain, déclara Élisabeth à mi-voix. En fait, j'avais décidé que Maybel habiterait au château. C'est provisoire, nous visiterons le pays en calèche et j'ai la certitude de dénicher une belle demeure dans un des villages des environs. De toute façon, maintenant je n'ai plus le choix, puisqu'il y aura Norma. Je vais prévenir Justin qu'il faudrait préparer deux chambres. Je pourrais lui téléphoner du bureau de poste mais je préfère lui parler de vive voix.

Guillaume retint un soupir exaspéré. Au fil des mois, les relations entre Justin et lui ne s'étaient guère améliorées. Ils se saluaient poliment lorsqu'ils se rencontraient ou partageaient un repas au moulin, mais le jeune châtelain percevait avec gêne l'animosité secrète que lui vouait le charpentier.

Même si Élisabeth savait que cela déplaisait à son père, elle ne manquait pas une occasion de se rendre à Guerville, comme ce jour-là. Guillaume, de son côté, évitait de lui faire des reproches, sinon ils se querellaient, sa fille ayant tendance à se mettre en colère à une vitesse surprenante.

Il valait mieux tenter de l'amadouer, ce qu'il essaya de faire.

— Ma princesse, as-tu bien réfléchi ? demanda-t-il gentiment. Mme Woolworth et sa gouvernante vont se retrouver isolées là-bas, loin de toi, d'Antonin, chez un parfait étranger pour elles. Je pensais que tu désirais veiller sur ta « mummy », la choyer, la consoler.

— Oui, bien sûr. Au sujet de Justin, ce n'est pas un parfait étranger, elles le connaissent un peu, puisqu'il était venu à New York. Et autant que tu le saches tout de suite, j'ai l'intention de m'installer au château le temps nécessaire.

— Comment ça ? s'indigna Guillaume. Élisabeth, qu'est-ce que ça signifie ? Et Antonin, Sarah ? Ils vont à l'école ici.

— Papa, nous en discuterons ce soir. J'ai sellé Galante, elle doit s'impatienter.

— Bon sang, nous étions trop tranquilles, ça ne pouvait pas durer ! enragea son père. Je sais que tu as un grand cœur et jamais je ne te reprocherai d'avoir proposé à Mme Woolworth de venir en France, mais quand même, cette femme doit bien avoir de la famille aux États-Unis.

Impatiente de s'en aller, Élisabeth faillit taper du pied. Elle se contenta de secouer la veste en velours côtelé de son père par un des pans.

— Maybel et Edward m'ont élevée et choyée pendant dix ans, rappela-t-elle. Cette femme, comme tu dis, m'a servi de mère, et crois-moi, je n'ai pas manqué de tendresse, de câlins, de bons conseils, ni d'instruction. Et non, elle n'a plus de famille, ni frère ni sœur. Ses parents sont morts il y a des années. Je croyais te l'avoir déjà précisé.

— D'accord, mais dans ce cas, pourquoi ne prendraient-elles pas deux belles chambres à l'auberge du Pont-Neuf ? Tu m'as dit que Mme Woolworth était très riche. Élisabeth, réfléchis bien. Je n'ai aucune envie que tu retournes habiter le château. Je me demande même comment tu peux y emmener ton fils et Sarah, après ce que tu y as vécu.

— Ce sera provisoire, papa. Je t'en prie, ne complique pas les choses. Tu oublies que le domaine de Guerville m'appartient à parts égales avec Justin, et je n'y ai pas que des mauvais souvenirs.

Un hennissement sonore s'éleva d'un petit bâtiment situé en dehors du jardin. C'était le box de la jument, un des premiers défis que s'était imposé Guillaume, afin de savoir s'il était encore capable de manier des outils et d'édifier une structure en bois, même de taille modeste.

Élisabeth embrassa son père sur la joue. Elle ne montait plus en amazone, mais à califourchon comme les cavaliers de sexe masculin, ce qui avait beaucoup fait jaser dans le village. Elle avait acheté une selle ordinaire, et s'était équipée d'une jupe-culotte et de guêtres. Ainsi, elle se sentait à l'aise pour galoper sur les chemins du pays.

— Sois prudente, ma princesse, lui recommanda Guillaume en la suivant des yeux.

Peu après, il la vit juchée sur sa jument, son buste charmant cintré d'une chaude veste en tweed. Elle lui adressa un signe de la main, auquel il répondit, flatté dans son orgueil de père par sa beauté et son maintien à cheval.

Il s'apprêtait à se remettre au travail quand il entendit siffler. Le vieil Antoine franchissait le portillon du jardin, coiffé d'un chapeau en feutrine, emmitouflé dans un manteau en drap de laine. Il s'appuyait sur sa canne, mais il la leva en l'air pour saluer son fils.

— Papa, quelle bonne idée de me rendre visite !

— Ce froid sec convient à mes pauvres articulations, rétorqua-t-il. Je m'intéresse à ton ouvrage, fiston.

Ils se donnèrent l'accolade, tout heureux d'être ensemble à la moindre occasion. Guillaume conduisit son père dans l'atelier, dont la construction s'achevait.

— J'utilise mes outils d'il y a vingt ans, dit-il d'un ton songeur.

— Eh oui, ceux qui auraient dû voyager avec toi jadis.

— C'est peut-être stupide, mais quand Roger m'a rapporté la malle qui les contenait, j'ai eu l'impression de retrouver de précieux amis. Une fois encore, si Justin avait pris la peine de me rendre lui-même cette malle, ça aurait été un bon point en sa faveur.

— Tu devrais t'interroger sur la raison pour laquelle il a chargé son palefrenier de le faire, nota Antoine. Bah, n'en parlons plus, ça date du printemps.

— De toute façon, c'était une initiative d'Élisabeth, bougonna Guillaume.

— Qu'en sais-tu ? Ah, mon fils, tu devrais libérer ton cœur de la haine qui le ronge. Combien de temps feras-tu porter à Justin le poids des fautes de Laroche ?

Le charpentier secoua la tête avec un soupir agacé.

— Il faut me comprendre, répliqua-t-il. Je ne gagne pas un sou, je suis entretenu par ma fille qui tire ses revenus des eaux-de-vie Laroche, des fermages du domaine de Guerville. En fait, je dépends encore de cet ignoble individu, de ce monstre de perversité qui a essayé de me faire assassiner sur les quais du Havre. S'il n'était pas six pieds sous terre, je l'aurais tué de mes mains à mon retour. Or, Justin est son fils et celui de cette atroce mégère, Madeleine. Je ne pourrai jamais lui faire confiance.

— Bon sang de bois, Guillaume, ton épouse Catherine était une Laroche également ! tempêta le vieil homme. Il y a autre chose qui te tracasse !

— En effet, papa, j'aimerais qu'Élisabeth ne soit pas si proche de Justin. Elle prétend que c'est son ami, son frère de cœur, mais elle a une façon de prononcer son prénom qui me hérisse. Et tu ne sais pas la nouvelle ? Mme Woolworth et Norma, sa gouvernante, logeront au château et du coup, ma fille a décidé d'y habiter aussi.

Antoine lança un regard perplexe à son fils. Il céda ensuite à un élan d'affection, en lui prenant le bras avec un sourire très doux.

— Eh bien, nous nous arrangerons en famille, si c'est le cas. Je serai content de t'avoir à table, avec tes deux frères. Bonnie est une femme organisée, depuis qu'elle tient la maisonnée, tout se déroule à merveille. Allons, Guillaume, tu n'as pas à t'inquiéter. Élisabeth et Justin sont seulement de grands amis. Mon fils, j'ai tant prié pour toi quand je te pensais mort, perdu à jamais. Le Seigneur nous a réunis, alors je voudrais te voir apaisé et heureux les dernières années qui me restent. Sinon, moi aussi, j'ai une nouvelle à t'annoncer. Le maire du village désire te rencontrer, il prévoit un chantier pour retaper la charpente d'un bâtiment communal. Tu vas bientôt gagner ton pain, fiston.

Rasséréné, Guillaume étreignit son père un instant.

— Merci, papa. Tu as raison, j'ai le devoir d'être heureux, en mémoire de ma Cathy… Je l'aimais tant.

Château de Guerville, même jour,
deux heures plus tard

Germaine dépoussiérait le mobilier du salon en maniant le plumeau d'un geste nonchalant. C'était la pièce qu'elle préférait dans le château, car Justin y passait la majeure partie de son temps. Margot, quant à elle, balayait avec soin le parquet ciré.

— Monsieur a fait beaucoup de changements, depuis le retour de mademoiselle Élisabeth, fit-elle remarquer. Les trophées de chasse sont emballés et rangés au fond du grenier, les lambris des couloirs ont été repeints. Hé ! Je te cause, Germaine, arrête donc de rêvasser.

— Je ne rêvais pas, je pensais à la dame américaine qui arrive ce mois-ci. Comment fera-t-on pour comprendre ce qu'elle dira ?

— On se débrouillera, sûrement que mademoiselle Élisabeth viendra souvent lui tenir compagnie. Pardi, ça mettra un peu de gaieté !

— De la gaieté, répéta Germaine en ouvrant exagérément ses yeux couleur noisette. Je te rappelle que cette dame est veuve, et pas depuis longtemps.

— Elle est peut-être veuve, mais Léandre m'a dit hier soir qu'elle était très riche, ça aide à faire son deuil.

Germaine haussa les épaules, en jetant un regard sur les cadres dorés qui abritaient les photographies de la famille. Il y avait un grand cliché d'Adela, la défunte épouse d'Hugues Laroche, un portrait de Catherine, leur fille, et plusieurs images sépia représentant Élisabeth, soit à cheval, soit en robe de bal.

— Bah, ça ne fait pas forcément le bonheur, d'être très riche, commenta la petite bonne. Mademoiselle Élisabeth a perdu son mari, elle aussi. On devrait lui dire « madame ». C'est bizarre, elle a fait enlever la belle photographie de ses fiançailles.

— Et alors, elle a bien le droit. Finis donc d'épousseter, au lieu de bayer aux corneilles, la sermonna Margot. Toi, tu n'en fais qu'à ta tête aussi. Y a pas un an, tu devais entrer au couvent, à Poitiers, maintenant tu joues les coquettes, tes jours de congé, en te trémoussant dans les jolies robes que mademoiselle Élisabeth t'a données.

— Je ne me trémousse pas ! s'insurgea Germaine. Tu vois le mal partout.

Un bruit de pas les fit taire. Élisabeth apparut sur le seuil de la pièce, les joues rosies par sa longue balade à cheval, une boucle brune sur le front, échappée de son chignon.

— Bonjour, dit-elle aimablement. Je suis passée par l'office avertir Hortense que je déjeunerai ici.

— Monsieur Justin est parti aux chais, il attendait un acheteur venu de Jarnac, annonça Germaine d'un ton sec.

— Oui, je sais, Hortense m'a renseignée sur ce point. Il rentrera vers midi. Mais je tenais à m'entretenir avec vous. Il faudrait préparer une seconde chambre. Norma, la gouvernante de *mummy*, enfin de madame Maybel, l'accompagne. Je tiens à ce que nos invitées se sentent bien ici.

Élisabeth était consciente des difficultés qu'auraient eues les domestiques pour servir deux personnes étrangères, d'où sa décision de séjourner au château. Elle alla s'asseoir près de la haute cheminée en marbre et tendit ses mains vers le feu pour les réchauffer.

Germaine l'observait attentivement, comme à chacune de ses visites. Elle guettait une faille dans le comportement de la jeune femme et de Justin, mais ils se conduisaient en amis. Elle en venait à s'interroger sur ce baiser qu'ils avaient échangé dans ce même salon, un an auparavant.

— Désirez-vous une boisson chaude, Mademoiselle ? s'enquit Margot d'un ton respectueux.

— Pas tout de suite, je te remercie. Hortense m'a donné un verre d'eau, j'étais assoiffée. Je me demande quelle chambre attribuer à Norma. Moi, je reprends la mienne, qui était celle de ma chère maman. Il faudra dresser un lit pour Antonin et un pour Sarah, je préfère qu'ils dorment près de moi.

Les vacances de Noël approchant, Élisabeth estimait possible de faire manquer quelques jours d'école à sa protégée et à son fils. Elle avait beaucoup pleuré Edward, son *daddy*, mais à présent elle tenait surtout à veiller sur Maybel.

« Je connais bien *mummy*, se dit-elle. Elle déteste la solitude. Je sais qu'elle se plaignait souvent parce que j'étudiais à l'hôpital et que son mari passait de longues journées dans ses bureaux. Je voudrais pouvoir lui offrir de magnifiques balades au bord du fleuve, à travers la campagne, en ville aussi. Pourvu qu'elle se plaise au château. La présence d'Antonin lui sera bénéfique. »

Soudain elle se releva, les yeux brillants. Sans ôter sa veste, car les couloirs des étages n'étaient pas chauffés, elle se dirigea vers le hall.

— Margot, Germaine, venez vite, je dois inspecter les chambres. Je vous laisserai des consignes, avant de repartir pour Montignac.

Justin, dès qu'il mit pied à terre devant les écuries, vit Roger accourir. Il lui confia les rênes de la grande jument noire qu'il avait montée.

— Patron, vous allez être content, mademoiselle Élisabeth est là ! s'exclama le palefrenier. Elle est arrivée ce matin, sur Galante.

— C'est une agréable surprise, oui, concéda-t-il, en dissimulant la joie qui faisait battre son cœur plus vite.

— Puisque vous avez de la visite, patron, je mangerai à l'office, avec Maurice et Théodore.

Il s'agissait du second palefrenier et du jardinier qui assistait le vieux Léandre. Justin avait engagé Maurice dès le mois de janvier, fidèle à ses résolutions, et Théodore était entré en service au début de l'été. Il adressa un sourire à Roger et marcha d'un pas mesuré vers le château.

« Ma princesse, tu es venue, pensait-il. C'est toujours un grand bonheur, même si nous devons maîtriser notre envie de nous embrasser, de nous étreindre. »

Ils avaient tenu bon durant tous ces mois, mais ils résistaient de plus en plus difficilement à la passion qui les unissait, envers et contre tout. Là encore, dès qu'ils furent face à face, dans la salle à manger où le couvert était mis, ils durent contenir l'élan fébrile qu'ils ressentaient.

— Bonjour, Justin, dit-elle en lui tendant sa joue.

— Bonjour, Élisabeth, répliqua-t-il, avant de lui donner un léger baiser fraternel.

Il lut dans son regard bleu un amour infini. Elle était toujours d'une rare séduction, avec son visage à l'ovale de madone, sa poitrine ronde tendant le satin de son corsage blanc. Une telle sensualité émanait de toute sa personne qu'il en trembla de désir.

— Il n'y a rien de grave ? demanda-t-il. Sais-tu à quelle date Mme Woolworth débarquera au Havre ?

— Non, tout va bien, affirma-t-elle. *Mummy* prend un bateau dimanche, et comme la traversée dure environ une semaine, nous serons à Guerville au plus tard mardi prochain, le 18. J'ai dû revoir l'organisation des chambres, avec Margot et Germaine, car Norma vient également.

— Tu dois être rassurée, répondit-il.

Elle fit « oui » d'un signe de tête. Ils étaient seuls. Soudain Justin lui prit la main et l'entraîna vers le grand salon, pour la faire entrer dans le boudoir cher à Adela Laroche, une petite pièce couverte de panneaux en bois où étaient peints des paysages charentais. D'un geste déterminé, il en verrouilla la porte.

— Ma princesse, je n'en peux plus, avoua-t-il.

Sur cet aveu, il l'enlaça, la serra contre lui. Élisabeth ne songea pas à le repousser. Les yeux fermés, elle savourait le contact de son corps d'homme, les baisers dont il couvrait ses cheveux soyeux, son front, ses joues, puis sa bouche.

C'était la première fois qu'il reprenait possession de ses lèvres. Il se crut au paradis, car la jeune femme répondait à son invite, s'offrant tout entière dans cette communion qui était si souvent un prélude à l'acte sexuel. Quand Justin reprit son souffle, ce fut pour chuchoter à son oreille :

— Nous avons au moins droit à ça, mon amour.

— Peut-être, mais c'est bien dangereux, murmura-t-elle. Justin, je t'aime tant. Si seulement nous pouvions vivre ensemble, dormir dans le même lit, ne plus être séparés.

Elle était au bord des larmes. Il l'étreignit plus fort, mais pour la câliner.

— Je suis désolé, Élisabeth, ma petite chérie, je t'avais promis de t'aider à lutter contre nos sentiments, notre désir, et j'ai rompu mon serment.

— Nous ne pouvons pas rester ici plus longtemps, gémit-elle. Un baiser encore, rien qu'un.

— Non, il ne faut pas ! protesta-t-il. Sortons d'ici, tu dois être affamée, il est déjà tard pour déjeuner. Nous allons discuter de nos invitées.

Lorsque Germaine remonta de l'office afin de servir les hors-d'œuvre, elle les trouva à table, assis sagement l'un en face de l'autre, sous la clarté du lustre en cristal. Malgré un ciel dégagé, les pièces du château étaient sombres, à l'approche de l'hiver.

— Bon appétit, leur dit-elle d'une voix pointue. Voulez-vous du vin, monsieur ?

— Non, merci, tu peux disposer, Germaine, ordonna Justin un peu sèchement.

Élisabeth perçut avec acuité une tension singulière entre la domestique et le châtelain.

— Germaine m'intrigue de plus en plus, confia-t-elle tout bas à Justin, quand elle fut certaine que la femme de chambre était redescendue en cuisine.

— Pourquoi ?

— Je la revois à l'époque où je l'avais engagée. Elle avait quinze ans à peine, elle était rieuse, très gentille. La pauvre enfant a été brisée par ce qu'elle a subi, je la sens amère, encore blessée.

— Je n'en suis pas certain, hasarda Justin, qui le regretta aussitôt.

— Tu dis ça parce qu'elle a renoncé au couvent ?

— Non, au fond je n'en sais rien et je m'en moque un peu. Tu es mon unique préoccupation. Je me réjouis déjà à l'idée que bientôt, tu séjourneras au château. Le terrible malheur qui frappe Maybel nous permettra de passer plus de temps tous les deux. Je devrais avoir honte.

— Moi aussi, dans ce cas. Justin, j'ai un rêve un peu extravagant. Nous fêterons Noël ici, et je voudrais en faire un moment un peu féerique, pour ma chère *mummy* et Norma, pour tous ceux que j'aime. L'an dernier, l'ambiance au moulin était gâchée par l'enrôlement de Gilles et les raisons de ce départ à l'armée, pour trois ans… Il n'y avait même pas de sapin. Il en faudra un dans le salon, un immense sapin. Tu diras à Léandre et à Théodore d'en couper un dans les bois qui nous appartiennent. J'irai à Angoulême la semaine prochaine pour acheter des décorations. J'imagine déjà la joie d'Antonin et de Sarah, ils seront éblouis. Tout à l'heure, j'établirai un menu avec Hortense.

Fasciné par l'éclat de ses yeux, par le charme suave de sa voix, son enthousiasme, Justin la regardait et l'écoutait.

— Grâce à toi, cette triste forteresse va resplendir, dit-il. Fais tout ce dont tu as envie, ma princesse.

— Il y aura toujours un de mes rêves qui me sera interdit, lui répliqua-t-elle dans un murmure explicite. Tant pis, tu as acheté un gramophone et des disques, je me consolerai en valsant à ton bras. Et j'inviterai la famille Duquesne, ma famille, au grand complet.

Élisabeth ponctua ces mots d'un sourire teinté d'une pointe de défi. Elle pensait à son père. Accepterait-il de remettre les pieds au château ? Elle en doutait beaucoup, mais elle se promit de le convaincre.

Le Havre, samedi 15 décembre 1906

Il neigeait sur les quais du Havre[1]. Élisabeth, transie malgré son chaud manteau de laine, scrutait chaque silhouette féminine qui approchait de la passerelle réservée aux voyageurs de première classe. Maybel et Norma avaient traversé l'océan

1. Le mois de décembre 1906 a été très froid et il a neigé sur une grande partie de la France.

Atlantique à bord de *La Lorraine*, le paquebot qui l'avait ramenée vers les côtes françaises en novembre de l'année précédente.

— J'ai froid, maman, se plaignit Antonin.

— Sois courageux, mon chéri, tu vas revoir *grandma* et Norma. Il faudra être très gentil.

— Je sais, parce que *grandpa* est mort, soupira l'enfant. Dis, je ne le reverrai jamais, alors ?

— Non, Antonin, *grandpa* est au Ciel, et je suis sûre qu'il veille sur nous.

Élisabeth avait décidé d'emmener son fils. Elle estimait à juste titre que le petit garçon serait le meilleur remède au chagrin qui dévastait Maybel.

— Oh, regarde tout là-haut, Norma nous fait signe. Tu la reconnais, Antonin ?

— Mais oui, maman.

La gouvernante précédait Maybel pour descendre les marches en métal de la coupée. Élisabeth fut très émue de découvrir sa mère adoptive vêtue de noir, ses traits émaciés estompés par une voilette de même couleur.

« Mon Dieu, qu'elle a maigri, se dit-elle. Combien elle doit souffrir ! »

Elle se souvint du désespoir qui l'avait terrassée après le décès accidentel de son mari, Richard, le père d'Antonin. Mais il y avait une différence, Maybel venait de perdre un époux avec qui elle avait vécu plus de vingt ans.

« Eux, ils s'aimaient vraiment, moi je n'éprouvais pas pour Richard ce que je ressens envers Justin », se reprocha-t-elle, un peu honteuse de se l'avouer.

— Lisbeth, ma petite Lisbeth ! s'écria Maybel en posant le pied sur le sol français.

Tout de suite, elle vacilla, les bras tendus, sous le regard inquiet d'Antonin que Norma déjà avait embrassé.

— *Mummy !* Attention, tu vas tomber !

Élisabeth la serra contre elle, tellement bouleversée qu'elle ne put retenir ses larmes. Maybel pleura elle aussi.

— Lisbeth, c'est si bon de te retrouver, gémissait-elle, ivre d'un réconfort ineffable, d'un douloureux bonheur.

Une petite main gantée de cuir fin tirait sur le bas de sa veste en fourrure noire.

— *Grandma*, je suis là, moi aussi, appela Antonin.

Maybel se pencha et lui caressa les joues, avant de le couvrir de baisers. Puis elle s'étonna :

— Tu parles encore anglais, chéri ?

— Un peu, *grandma*, mais pas souvent.

— Comme il a grandi, qu'il est beau ! s'extasia-t-elle, prenant Élisabeth à témoin.

— Avez-vous eu une traversée agréable, s'enquit la jeune femme en embrassant enfin Norma.

— Seigneur, deux jours après avoir quitté New York, il y a eu une tempête épouvantable, en pleine nuit. Madame était terrifiée et malade, répondit Norma. Mais le calme est revenu au matin.

— Dieu merci, vous êtes là toutes les deux, je suis contente de pouvoir m'occuper de vous, affirma Élisabeth. Venez vite à l'abri, nous avons le temps de déjeuner, notre train part dans deux heures.

Maybel, sa voilette relevée sur sa toque en velours, observait la foule qui animait les quais. Sans lâcher le bras d'Élisabeth, elle déclara d'un ton surpris :

— Je suis en France. Et il neige, comme à New York, quand nous avons fait nos adieux au Dakota Building, à Central Park. Nous sommes allées aussi sur la tombe d'Edward. Je l'ai laissé là-bas, seul, le malheureux.

Norma et Élisabeth échangèrent un coup d'œil affligé. Elles n'avaient pas osé exprimer leur joie de se retrouver, par respect pour la douleur de Maybel.

— Allons au restaurant, *grandma*, j'ai faim, intervint Antonin en lui prenant la main. Je voudrais manger des frites.

L'enfant, du haut de ses six ans, avait oublié de parler anglais, mais Maybel comprit l'essentiel. Elle esquissa même un sourire, le premier depuis la mort de son époux.

Élisabeth quitta rarement Maybel des yeux, pendant le repas. Elle s'efforça aussi de la préparer à leur installation au château, tout en évoquant son quotidien à Montignac. C'était un plaisir pour elle de discuter en anglais, cette langue qu'elle avait apprise à l'âge de son fils et pratiquée pendant des années.

— Sarah se plaît beaucoup chez nous, disait-elle. Au début, à l'école, elle était très timide, mais à présent elle s'est fait deux amies. Tu verras comme elle est jolie, *mummy*. Je soupçonne même mon cousin Laurent d'être un peu amoureux d'elle. Il étudie dans un collège d'Angoulême. Nous irons visiter la ville. Tu te souviens, *mummy*, je te l'avais décrite dans une lettre. C'est une ancienne cité fortifiée, avec des remparts, une cathédrale de style roman.

Maybel approuvait, sans exiger d'explications, ignorant ce qu'était « le style roman ». Elle contemplait sa fille selon son cœur, son adorable Lisbeth.

— Et nos malles ? s'inquiéta soudain Norma. Est-ce qu'elles vont être transportées dans le train ?

— Bien sûr, les employés s'en chargent, précisa Élisabeth.

— Nous en avons quatre, renchérit Maybel. Je n'ai pas pu me séparer de certains bibelots, des belles toilettes que m'avait offertes Edward.

— Tu pourras décorer ta chambre à ton idée, *mummy*. Je t'ai attribué celle de Bonne-maman Adela, tu auras une jolie vue sur le parc.

— Il y a des chevaux, au château, déclara Antonin qui sirotait un verre de limonade. Maman aussi, elle a une jument, Galante. Grand-père Guillaume lui a construit un box.

Élisabeth dut traduire les propos de son fils. Il en serait ainsi bien souvent pendant les jours à venir.

— Norma, surtout tu dois te considérer en vacances, ajouta-t-elle. J'espère que tu te plairas à Guerville, toi aussi. Justin est très content de vous recevoir toutes les deux. Nous avons engagé une nouvelle domestique, pour le ménage des étages. Sinon il y a une cuisinière très compétente, Hortense, deux femmes de chambre, Margot et Germaine, deux palefreniers, dont Roger, qui est un véritable ami pour Justin. Le vieux Léandre, nous le surnommons toujours ainsi, veille sur le jardin, secondé par Théodore.

Maybel approuva de nouveau, l'air éperdu. Elle avait à peine touché à son assiette.

— J'aurais tellement voulu te rendre visite en France au bras d'Edward, dit-elle dans un sanglot. Nous en rêvions, Lisbeth. Mais je suis seule, toute seule.

Elle sortit un mouchoir de son sac, pour en tamponner ses joues humides, puis elle remit sa voilette, comme pour s'isoler du reste du monde.

Des heures plus tard et après un long trajet en train, ce fut ainsi que Maybel Woolworth, protégée par le tulle noir, aperçut depuis une calèche l'imposante forteresse médiévale, flanquée d'une aile du XVIIe siècle. Il neigeait toujours, le parc était nappé de blanc, les grands arbres également, mais les fenêtres illuminées resplendissaient dans le crépuscule.

— Voici mon château, ma chère *mummy*, lui dit Élisabeth, enfin, le nôtre, à Justin, Antonin et moi.

Justin, qui menait les chevaux, se retourna.

— Je vous souhaite la bienvenue à Guerville, chère madame.

— Merci, ça me semble un bel endroit, admit Maybel.

Antonin, blotti contre elle, renchérit de sa voix fluette :

— C'est le plus bel endroit de la terre, *grandma* !

11
Les derniers jours de l'Avent

Montignac-sur-Charente, jeudi 20 décembre 1906

Antoine Duquesne et son fils Guillaume étaient assis face à face, dans la cuisine de la petite maison, ainsi la nommait-on pour la distinguer du logis dépendant du moulin. Tous deux avaient fait des efforts de toilette, à savoir une chemise blanche et une cravate, sous leur veste en velours côtelé.

— Tu es bien nerveux, fiston, nota le vieil homme, plus amusé qu'inquiet.

— Il y a de quoi, papa, ce n'est pas tous les jours que je reçois deux Américaines sous ce modeste toit. Je ne pouvais pas refuser, c'était aussi l'occasion de revoir ma fille et les enfants.

— Tu me fais sourire quand tu traites Sarah d'enfant. Nous avons fêté ses quatorze ans au mois d'août.

— Pour moi, c'est une gamine, et elle est si menue, répondit Guillaume. Que servir à ces dames, du thé, du café ?

— Élisabeth s'en occupera, elle n'a pas quitté les lieux depuis bien longtemps. Je vois bien que tu es contrarié car elle vit au château. Ce sera provisoire, affirma Antoine. Tu devrais venir dîner avec nous, la veille de Noël. Pourquoi te montrer aussi têtu, tu fais de la peine à ta fille.

Le charpentier leva les yeux au ciel, excédé. Il s'était querellé avec Élisabeth à ce sujet, puis avec Jean. Son propre frère se prétendait enchanté de festoyer à Guerville. Il avait bel et bien employé ce terme de festoyer, comme pour taquiner Guillaume.

— Vous serez beaucoup mieux sans moi, papa ! trancha-t-il d'une voix dure. De mon côté, je me fais une joie de souper avec Pierre et Yvonne qui ont eux aussi refusé l'invitation d'Élisabeth et de Justin. Je suis même très surpris que toi, mon père, tu aies consenti à mettre les pieds au château, après tout le mal que Laroche nous a fait.

— Bah, les pierres, les murs, le monument en lui-même sont innocents. Jadis, c'était une forteresse que des gens disparus depuis des siècles ont aménagée pour la rendre plus plaisante, professa Antoine. N'oublie pas que nous sommes tous les deux en vie, tandis que ce criminel a cessé de nuire, mort et enterré.

— Mais les pierres, les murs, comme tu dis, sont imprégnés des souffrances, des chagrins de tous ceux qui ont vécu à Guerville, notamment ma chère Catherine. Si ça ne te dérange pas, vas-y, moi je suis incapable de passer Noël là-bas.

Le vieux meunier soupira. Ses doigts noueux, sillonnés de fines rides, tapotèrent le bois de la table. Guillaume avait sorti des tasses, le sucrier et des petites assiettes garnies de biscuits.

— Nous avons un autre souci, fiston, plaisanta-t-il.

— Lequel ?

— Il sera difficile de faire la conversation à Mme Woolworth et à sa gouvernante. Déjà je peine à prononcer ce nom de famille d'outre-Atlantique. Je suis sûr que je l'écorche…

La remarque eut le don d'égayer un peu Guillaume. Soudain il bondit de sa chaise, alerté par le bruit caractéristique d'un attelage sur le chemin.

— Les voilà, papa !

Ils allèrent se poster sur la pierre du seuil, après avoir refermé la porte derrière eux. Il faisait un froid inhabituel dans la région au climat presque maritime. Il avait encore neigé durant la nuit, mais un timide soleil perçait entre les nuages.

Élisabeth les aperçut, perchée sur le siège avant du phaéton. Sarah était assise près d'elle. Maybel et Norma avaient pris place sur la banquette arrière, entourant Antonin. Le petit garçon, coiffé d'une toque de fourrure, se dressa pour saluer son grand-père et son arrière-grand-père.

Roger avait attelé les deux cobs à la voiture. Les chevaux allaient le plus souvent au grand trot, si bien que le trajet n'avait duré qu'une heure.

— Bonjour, papa, bonjour, pépé Toine ! leur cria Élisabeth, rose d'exaltation.

Elle avait partagé ses longs cheveux bruns en deux nattes qui ornaient ses épaules. Comme son fils, elle portait une toque en fourrure, et dans sa veste cintrée en peau retournée, elle aurait pu passer pour une Slave. Guillaume traversa le jardin et franchit le portillon.

— C'était une merveilleuse promenade, papa, déclara sa fille. La campagne était toute blanche. Nous avions presque toujours de la neige à New York, pour Noël, mais en Charente, c'est plus rare.

Son père avait salué Maybel et Norma d'un signe de tête, en s'approchant. Les deux femmes éprouvaient la même stupeur, devant Guillaume. Il avait tellement changé qu'elles en restaient muettes de saisissement.

Sarah sauta à terre, imitée par Antonin. Ils embrassèrent le charpentier avant de courir vers la maison, afin de rejoindre Antoine.

— Bonjour, monsieur Duquesne, dit Maybel en français.

La fourrure noire de son manteau faisait ressortir la couleur cuivrée de ses cheveux, dont une mèche ondulée reposait sur son épaule droite. Le chagrin l'avait marquée, cependant elle esquissa un sourire, ce qui lui conféra une joliesse émouvante.

— Bonjour, madame, répliqua Guillaume. Je suis heureux de vous recevoir chez moi, vous qui m'avez hébergé pendant des semaines.

Il inclina galamment la tête en lui tendant la main pour l'aider à descendre du phaéton. Mais il dévisagea Norma un instant. La gouvernante s'était coiffée d'un chignon souple, sous un chapeau en velours, du même vert foncé que sa tenue de voyage, qu'elle avait remise pour l'équipée.

Sa blondeur, sa dignité impressionnèrent le charpentier. Il la trouva ravissante, ce qu'il avait déjà remarqué à New York.

— Bonjour, mademoiselle, dit-il.

— Bonjour, monsieur, vous avez très bon mine, hasarda-t-elle.

La faute d'accord de Norma fit sourire Élisabeth. Elle prit le bras de son père pour lui expliquer tout bas :

— *Mummy* et Norma voulaient vous parler un peu en français, nous avons révisé pendant le trajet. Allons vite au chaud. Ne t'inquiète pas, je servirai de traductrice.

Antoine Duquesne accueillit les visiteuses d'un cordial « bonjour ». Maybel considéra le vieil homme avec une expression perplexe.

— Lisbeth tient ses beaux yeux de vous, cher monsieur, s'étonna-t-elle, mais en anglais.

Élisabeth traduisit. Elle exultait, heureuse d'avoir mené les deux chevaux le long du fleuve, de respirer l'air vif de l'hiver. Le jardin lui parut féerique, sous la neige fraîche qui nappait chaque arbuste de coton nacré, et tapissait le sol d'un tapis immaculé.

— C'est dans cette maison, que j'appelle une chaumière, que je suis née, *mummy*, annonça-t-elle. Je jouais ici, sous le pommier, et papa m'avait installé une balançoire.

— Comme tout est charmant ! concéda Maybel. N'est-ce pas, Norma ?

— Oui, madame.

Ils furent bientôt tous à l'intérieur, où la cuisinière à bois ronflait, Guillaume ayant ouvert le tirage et remis une bûche. Sarah et Antonin avaient disparu dans une des chambres.

— Pépé Toine, je te confie nos invitées, je dois m'occuper des chevaux. Il leur faut de l'eau tiède et du foin.

— Dans ce cas, tu aurais dû les conduire dans la grange du moulin, petiote, tu ne peux pas les laisser dehors, même si vous ne comptez pas rester longtemps.

— Justin et Roger m'ont affirmé que je pouvais sans crainte les laisser à l'attache, s'ils ont à boire et à manger. Je reviens vite. *Mummy*, Norma, quittez vos manteaux, sinon vous aurez trop chaud. Papa, prépare-nous du thé, je te prie.

— Bien sûr, du thé, oui, balbutia Guillaume. Je ne m'y connais pas trop, je sais surtout faire du café.

Sarah réapparut, ses boucles noires attachées sur la nuque, vive et gracieuse dans sa robe de lainage bleu.

— Je fais le thé, monsieur Guillaume, dit-elle, asseyez-vous.

L'irruption d'Antonin coupa court au silence embarrassé qui régnait. Le petit garçon apportait son cahier d'école et son livre de lecture.

— *Grandma*, j'arrive à lire ! clama-t-il en grimpant sur les genoux de Maybel. Tu as compris ? Je peux lire des lettres.

Elle lui donna un baiser sur la joue, après avoir soufflé un « oui » à son oreille. L'enfant lut à haute voix quelques phrases toutes simples.

— C'est très bien, mon garçon, le félicita Antoine.

Sans Élisabeth, les quatre adultes se sentaient un peu perdus, prisonniers de la barrière du langage. Si Maybel pouvait aligner les mots les plus élémentaires de politesse et comprenait certains termes, Norma éprouvait de réels problèmes à communiquer, que ce soit au château ou bien là, chez Guillaume Duquesne. Il y avait cependant un langage universel, celui des yeux. De façon quasiment inconsciente, la gouvernante cherchait son regard, tandis qu'elle mettait dans le sien tous ses regrets de ne pas pouvoir lui parler.

— Me voici !

Le retour d'Élisabeth provoqua un soulagement général. La jeune femme ôta sa veste et sa toque. Elle aida immédiatement Sarah à servir le thé, mais elle prit une bouteille de cidre dans le petit cellier pour son père et son grand-père.

— En France, les hommes ne boivent pas de thé, précisa-t-elle en anglais.

— Ma princesse, pourrais-tu dire à ces dames que je suis désolé de ne pas avoir appris un seul mot de leur langue, après avoir vécu presque vingt ans à New York.

Sa fille s'exécuta. Antoine décida de donner du travail à Élisabeth. Il voulait savoir si Maybel se plaisait au château, si le pays lui-même était à sa convenance. Elle essaya de répondre sincèrement.

— Le château est très beau, nous n'avons pas d'édifices de ce genre aux États-Unis, aussi anciens. Lisbeth me l'a fait visiter, c'est très grand, beaucoup de vieilles pierres, d'anciens meubles. Mais je n'ai pas eu le droit d'entrer dans le grand salon, les portes sont fermées à clef, parce qu'il y aurait une surprise… Demain, nous allons en train à Angoulême voir les églises, la cathédrale.

— Et nous ferons des emplettes, ajouta Élisabeth. Sarah et Antonin viendront avec nous.

— Je vous souhaite une plaisante balade, dans ce cas, dit le vieil homme dont les traits s'illuminaient d'une douce compassion.

Maybel sirota le thé un peu fort à son goût. Elle se sentait bien dans la petite maison qui lui faisait penser à un décor de théâtre. Durant ces quatre derniers jours, elle s'était surprise à sourire des facéties d'Antonin, et elle avait meilleur appétit.

— Loin de New York, je suis un peu moins triste, déclara-t-elle. Je rêvais de visiter la France avec mon mari. Alors je lui écris tout ce que je découvre ici dans un carnet, comme des lettres, mais qu'il ne lira jamais.

Très émue par cet aveu, Élisabeth s'empressa de traduire. Elle caressa l'avant-bras de sa mère adoptive.

— *Mummy*, je suis sûre que *daddy* lit ce que tu lui écris. Je t'ai dit combien j'ai souvent senti la présence de maman, au château, et même dans ma chambre du Dakota Building. L'homme que tu chérissais, ton tendre époux, s'il pouvait parler, te dirait qu'il veut que tu profites de la vie, que tu sois encore heureuse, près de moi, de nous tous.

— Merci, Lisbeth, soupira Maybel. Ce sont de sages paroles. Je vais mieux, déjà. Le dépaysement aurait cet effet, paraît-il.

Norma se montrait la plus silencieuse. Elle évitait désormais de regarder Guillaume Duquesne, victime d'un trouble insolite. Fiancée quelques mois à un jeune protestant dans sa ville natale, au Kansas, elle avait rompu avec lui pour demeurer au service des Woolworth.

La rupture ne l'avait guère affectée car le dénommé Phileas lui inspirait des sentiments fort tièdes. Ce jour-là, en France, assise en face du père de son amie Élisabeth, elle éprouvait un réel attrait pour lui. Soudain elle se souvint d'avoir été marquée par une de leurs dernières rencontres, dans l'appartement de Brooklyn, au-dessus de l'épicerie.

« Qu'est-ce que ça signifie ? s'affola-t-elle, la tête baissée sur sa tasse de thé. Je suis sotte, vraiment sotte. Ce doit être parce qu'il me sourit souvent. Et puis il a tellement changé, il semble bien plus jeune. »

Maybel songeait au même instant, après un coup d'œil sur le charpentier, qu'il avait dû être un très bel homme, à l'époque où il avait émigré en compagnie de sa femme et d'Élisabeth. C'était une pensée fugace, qui, hélas, lui redonna l'image d'Edward, le jour de leur mariage.

« Tu étais beau, chéri, songea-t-elle. En habit gris et haut-de-forme noir, rayonnant de bonheur. Et moi je me répétais que j'étais la femme la plus chanceuse du monde. »

— *Mummy*, veux-tu voir nos chambrettes ? plaisanta Élisabeth, qui craignait de la voir se mettre à pleurer. Je dis chambrette car elles sont bien petites comparées à celles du château.

Elle entraîna Maybel par la main, escortées toutes deux par Antonin et Sarah. Antoine, lui, observait Guillaume à la dérobée. Son fils proposait un autre biscuit à Norma. Quand elle l'accepta, leurs doigts s'effleurèrent une seconde.

« Tiens, tiens, songea-t-il, mon fiston s'amadoue. Une jolie femme peut faire des miracles. »

Il ne croyait pas si bien dire. Une heure plus tard, après le départ de leurs invitées pour le moulin où Élisabeth avait prévu de passer en phaéton, afin de saluer Yvonne, Bonnie, Pierre et Jean, Guillaume demeura un bon moment posté près de la porte vitrée.

— Je ne me rends peut-être pas compte de la chance que j'ai eue, papa, d'avoir survécu, d'avoir retrouvé ma fille, ma famille, décréta-t-il d'un ton rêveur. Le maire m'engage pour un chantier de trois mois, je suis encore capable de travailler. Je n'ai aucune raison de jouer les vieux grincheux ou les sauvages. J'irai dîner au château, le soir de Noël. Après tout, comme tu le disais, ce n'est qu'un décor. Ma princesse sera tellement contente.

— Voilà une sage décision, fiston, se réjouit Antoine. Si nous finissions cette bouteille de cidre, en l'honneur de ce bel hiver…

Sur le chemin du fleuve, une heure plus tard

Les chevaux trottaient sur un rythme régulier, leurs crinières rousses agitées par le vent. Le ciel s'était couvert à nouveau et des flocons voltigeaient dans l'air glacé. Moins intimidées, car elles étaient en la seule compagnie d'Élisabeth, de Sarah et d'Antonin, Maybel et Norma commentaient avec enthousiasme leur expédition. Elles parlaient en anglais, soulagées de n'être plus obligées d'aligner quelques mots de français.

— Le moulin est magnifique, vraiment, disait Maybel. Je n'en avais jamais visité, pourtant il y en a aux États-Unis. Ton oncle Pierre a été très aimable de me montrer le fonctionnement des meules.

— L'odeur des grains broyés était agréable, la farine si belle, ajouta Norma. Est-ce que nous reviendrons, Lisbeth ? Bonnie semblait si heureuse de nous revoir. Mais le petit William lui donne du souci.

— Oui, ce doit être difficile de surveiller un enfant de deux ans qui gambade partout, avec l'eau tout autour, renchérit Maybel.

— Pourtant ma grand-mère Ambroisie a élevé ses trois fils sans trop de tracas, expliqua Élisabeth. Mais je crois me souvenir que Jean, le plus turbulent, était tombé dans le bief, une fois, à l'âge d'Antonin. Pierre a plongé et l'a repêché.

— Seigneur, quelle horreur ! s'effara Norma.

— Moi aussi, j'ai fait mes premiers pas au bord du fleuve, leur confia Élisabeth. Maman me tenait la main, certes. Dès que j'ai pu écouter ses conseils, elle me recommandait d'un air sérieux de ne jamais approcher de l'eau. J'ai toujours obéi.

— Votre mère était très belle, soupira la gouvernante. J'ai pu voir la photographie du mariage de vos parents, sur la cheminée de votre chambre. Ils formaient un couple admirable.

— Oui, ils s'adoraient, répliqua sobrement Élisabeth.

Il neigeait toujours. Peu à peu, du blanc ouaté recouvrait le blanc parfois terni ou souillé de boue de la nuit. Le phaéton longeait le cours paisible de la Charente, mais à droite de vastes champs labourés s'étendaient, quand ce n'étaient pas un bois de chêne, des plantations de peupliers.

— Combien serons-nous à table la veille de Noël, chérie ? s'enquit soudain Maybel. Demain, puisque nous allons à Angoulême, j'achèterai un cadeau pour chaque personne, et des confiseries pour les domestiques.

Élisabeth ne répondit pas tout de suite. Elle avait eu l'idée d'inviter sa grand-tante Clotilde, la sœur d'Hugues Laroche, et sa fille Anne-Marie. Toutes deux lui avaient témoigné une vive affection lors de leur séjour à Guerville, à l'époque de ses fiançailles avec Richard Johnson. Mais si elle entretenait une correspondance amicale avec ces deux femmes, elle ne souhaitait pas les revoir dans l'immédiat. De plus, elle le pressentait, leur présence mettrait Justin et les Duquesne mal à l'aise.

— Nous ne serons pas si nombreux, dit-elle enfin. Bonnie et Jean, pépé Toine, Laurent, mon jeune cousin, Sarah, Antonin, nous trois et Justin. Nous serons dix à table. Roger est en congé, il passe les fêtes chez ses parents.

— Le palefrenier en chef ! Tu ne l'aurais pas convié au dîner, quand même ? s'insurgea Maybel.

— C'est un fidèle ami de Justin, *mummy*, plaida-t-elle. Mais il est plein de tact, même si nous l'avions invité, il aurait refusé.

— Notre Lisbeth ne fait pas cas des différences sociales, fit remarquer Norma, elle-même issue d'un milieu très modeste, de surcroît fille d'un pasteur rigoriste.

— Tu dis vrai, Norma, je ne suis pas douée pour diriger des domestiques, et Justin l'est encore moins que moi, plaisanta la jeune femme. Le comportement de Germaine le prouve. Il lui arrive de me parler d'un ton sec et de ne pas suivre mes ordres.

— Vous devriez la congédier, si elle te manque de respect, lui dit Maybel. La nouvelle bonne, Denise, me semble plus dévouée et plus efficace.

Elle n'osa pas avouer son opinion. Germaine lui déplaisait. La jolie petite blonde affichait parfois des airs vaniteux, et elle fixait Justin avec effronterie, dès qu'il lui adressait la parole.

« Peut-être qu'ils couchent ensemble, avait-elle conclu. Il est célibataire, et même si j'ai l'impression que Lisbeth et lui sont encore amoureux l'un de l'autre, un homme en pleine jeunesse se laisse facilement tenter. »

Norma avait prêté peu d'attention à la conversation. Ce pays tranquille la séduisait, une campagne au doux relief, succession de collines, de prés, de sous-bois, bercée par le murmure à peine audible du fleuve. Les villages lui faisaient l'effet de havres de paix, avec leurs maisons regroupées autour de l'église.

Après la démesure de New York où les immeubles étaient de plus en plus hauts, où la population animait la grande ville nuit et jour, la Charente lui paraissait un tendre univers hors du temps, sous son manteau de neige.

— Et votre père, Lisbeth ? demanda la gouvernante, tirée de sa songerie par un mouvement brusque d'Antonin, assis près d'elle. Pourquoi ne vient-il pas fêter Noël avec vous ?

— Papa n'a aucune envie de se retrouver au château, à cause du passé. J'ai pu tirer un trait sur des événements douloureux, mais mon père n'est pas prêt à le faire, expliqua Élisabeth. Sans nul doute, son amnésie complique les choses. Il me l'a confessé, pour lui, le départ pour l'Amérique, la perte de maman, tout cela lui semble récent parfois et dans ces moments-là, il souffre, il se ronge de chagrin et de rancune, de haine aussi, car Hugues Laroche s'est conduit de façon criminelle.

— Je comprends, concéda Norma, qui renonça à poser d'autres questions.

Élisabeth, concentrée sur la conduite de l'attelage, se plongea à son tour dans ses pensées, des pensées un peu coupables, mais dont elle ne se lassait pas. Depuis quatre jours qu'elle logeait au château, ils réussissaient à s'isoler quelques minutes, Justin et elle, pour échanger des baisers passionnés, soit au fond des écuries, le matin, soit dans l'ombre d'un couloir, le soir. Le boudoir était l'asile le plus sûr, dont la porte disposait d'un verrou. Il leur fallait traverser le grand salon pour l'atteindre, si bien qu'ils profitaient auparavant, enlacés, de la vision féerique et du parfum exquis du grand sapin de Noël.

Personne ne dérogeait à la consigne donnée par le châtelain. On ouvrirait la double porte du salon le 24 décembre et pas avant. Sarah et Antonin s'étaient aventurés à regarder par le trou de la serrure, mais ils n'avaient rien vu.

« Nos baisers, nos merveilleux baisers, se disait Élisabeth. Ils nous deviennent indispensables, ces baisers à la sauvette, volés au monde convenable, aux lois des hommes et de Dieu. »

Des ondes voluptueuses parcouraient sa chair de femme quand elle évoquait le plaisir subtil que lui offraient les bras de Justin autour d'elle, son regard sombre meurtri par le désir qu'il devait sans cesse refouler, contenir.

« C'est ainsi, déplora-t-elle. Au moins, nous ne sommes plus séparés par un océan, non, nous sommes tous les deux, et rien ne détruira notre amour. »

Élisabeth lança les chevaux au petit galop, sur une ligne droite. Les flocons fouettaient son visage, le vent glaçait ses joues, mais elle rentrait à Guerville, où Justin l'attendait.

Château de Guerville, samedi 22 décembre 1906

Il était 4 heures de l'après-midi, mais il faisait déjà nuit. Tous les domestiques du château prenaient un goûter ensemble dans l'office, à l'initiative d'Hortense. Devenue veuve à vingt ans, la robuste cuisinière n'avait plus de famille, si bien qu'elle en venait à considérer ceux qui travaillaient pour Justin comme des proches parents.

— C'est bien gentil à toi, Hortense, soupira d'aise le vieux Léandre. Nous aurions dû faire ça bien plus tôt.

— Bah, du temps du vieux monsieur, ce grigou, marmonna-t-elle, je n'y aurais pas pensé. Régalez-vous, j'ai acheté ce qu'il me fallait sur mes gages. Germaine et Denise sont allées en ville, hier, elles ont fait mes commissions.

Elle désigna d'un geste solennel les délices présentées sur la longue table dont le bois luisait sous la suspension à pétrole. Il y avait une galette dorée, de la pâte sablée garnie de confiture, des meringues, des petites brioches rondes aux fruits confits et deux bouteilles de vin mousseux.

Le gros fourneau ronronnait, il faisait une chaleur appréciable, alors que le vent du nord sifflait dehors.

— Cette nuit, ça gèlera la couche de neige, ce grand froid, nota Margot. Boudiou ! J'ai intérêt à me mettre en route de bon matin, ça glissera par terre.

La femme de chambre, qui avait bénéficié d'un congé de trois jours, partait chez ses parents qui avaient une ferme à deux kilomètres du bourg de Guerville.

— Moi, je suis contente de rester ici, déclara Germaine. J'ai porté une partie de mes gages à mon père ce matin, il pourra boire tout son saoul à l'auberge. Et puis le sort me sera favorable, quelqu'un me l'a dit.

Denise avait dix-huit ans. Elle était brune, de petite taille et dotée de rondeurs arrogantes. Elle pouffa nerveusement.

— Raconte donc où tu m'as emmenée, Germaine, s'esclaffa-t-elle.

— Ben oui, on veut savoir, nous autres, blagua Maurice, le nouveau palefrenier. Hein, Roger, qu'on veut savoir ?

Roger haussa les épaules, sans oser répondre. Il quitterait le domaine le surlendemain, sur la belle jument blanche que Justin lui avait donnée. Ses parents habitaient le village de Mons, sur la route d'Aigre. C'était un fils affectueux, toujours heureux de revoir les siens.

— Si je le dis, tout le monde va se moquer, minauda Germaine.

— Mais non, petite, assura Hortense qui découpait la galette. Ma foi, tu t'es bien accoutumée ici, ça me fait plaisir. Au début, tu étais moins souriante, va.

— Moi, je le dis, lâcha Denise. Je l'ai accompagnée chez une cartomancienne, rue Saint-Roch. Elle lit l'avenir dans les cartes.

— Par la Sainte Vierge ! se récria la cuisinière. C'n'est pas catholique de fréquenter ce genre de femmes.

— Et bien souvent, elles sont surtout habiles à prendre tous vos sous, prêcha le vieux Léandre.

— Non, ça ne coûtait pas si cher que ça ! protesta Germaine.

Roger n'était plus amoureux d'elle, cependant il eut envie de la taquiner, sans réelle méchanceté.

— Est-ce que ta cartomancienne t'a dit la date où tu rentrerais au couvent ? C'était en janvier dernier, si je me souviens bien.

Germaine le défia d'un regard dédaigneux. Elle annonça d'un air énigmatique :

— Figure-toi qu'elle savait que j'avais pensé à prendre le voile et même que j'avais changé d'avis. Elle m'a dit aussi que j'avais perdu quelqu'un de ma famille, elle devait parler de ma mère. Ensuite elle m'a annoncé plein de bonnes choses.

— L'as-tu entendue prédire l'avenir à Germaine, Denise ? s'intéressa Théodore, le jardinier qui secondait Léandre.

Il était grand, d'un caractère aimable, d'un physique assez plaisant.

— Non, j'attendais mon tour dans le corridor, sur un tabouret, précisa celle-ci.

Hortense débouchait une des bouteilles de mousseux. Elle jeta un coup d'œil bienveillant sur les deux filles qui riaient en sourdine.

— C'est de votre âge, leur dit-elle. Vous aviez sûrement envie de savoir si vous auriez bientôt un promis.

— J'en ai déjà un, moi, avoua Denise. Je travaille pour mettre de l'argent de côté. On se mariera dans deux ans, quand il aura fini son service militaire. Il trouve le temps long.

— Souvent, oui, ça paraît long, admit Théodore, qui avait vingt-sept ans. Je m'ennuyais beaucoup, à l'armée.

Il adressa un gentil sourire à Germaine, mais elle buvait du vin et ne lui accorda pas un regard. Son cœur cognait de joie dans sa poitrine, elle se sentait invincible et séduisante.

«Justin m'aime, cette femme me l'a promis, se répétait-elle. Maintenant je sais qu'il m'aime, et s'il me rabroue parfois, c'est sans doute parce qu'il n'ose pas me manquer de respect.»

Le goûter continua, dans un silence relatif. Chacun dégustait les pâtisseries et si l'un d'eux parlait, c'était pour complimenter Hortense et la remercier. Elle s'était enfin assise, comblée d'être là, dans cette cuisine où elle régnait, toujours impeccable dans son large tablier, son chignon grisonnant dissimulé par sa coiffe de lin.

On trinquait en son honneur quand le tintement grêle d'une sonnette retentit. Margot se leva et regarda le tableau en bois où était indiquée la provenance des appels.

— Boudiou ! C'est l'Américaine, la veuve, ronchonna-t-elle. Je n'ai plus qu'à grimper à l'étage. Je me demande ce qu'elle veut.

— Si m'selle Élisabeth n'est pas avec elle, Margot, tu ne comprendras rien à ce qu'elle te dira, pérora Germaine. Reste donc là, avec nous.

Roger, agacé par leurs manières, se leva brusquement. Il avait été témoin de scènes similaires depuis qu'il prenait ses repas à l'office et il perdit patience. Il les sermonna l'une après l'autre.

— Margot, on ne dit pas « l'Américaine », mais « Mme Woolworth ». Si tu n'y arrives pas, tu peux juste dire « la dame américaine », ce sera moins impoli. Toi, Germaine, tu n'as pas à donner de mauvais conseils à Margot ni à l'empêcher de faire son travail. Tu deviens insolente, tu te crois tout permis, ma pauvre petite.

— Non mais, écoutez-le, celui-là ! s'écria-t-elle, les mains sur les hanches. Tu faisais moins le fier quand j'ai refusé de me marier avec toi et que tu es allé te pendre dans la grange.

— J'étais un sacré imbécile, à l'époque, de vouloir mourir pour une fille comme toi.

Roger sortit par la porte qui donnait sur la cour. Il la traversa en courant pour regagner les écuries et nourrir les chevaux.

Denise, Maurice et Théodore avaient échangé des regards étonnés. Ils n'étaient pas au courant du drame, datant de plus d'un an. Contrariée par la querelle qui venait d'éclater, Hortense poussa un gros soupir.

La sonnette tinta de nouveau. Cette fois, Denise bondit de son siège et disparut par l'escalier de service.

Maybel feuilletait une revue de mode française, nichée dans une bergère tapissée de velours rose. Une haute lampe à pétrole l'éclairait, dont la clarté dorée faisait briller ses boucles cuivrées. Elle sursauta quand la jeune domestique entra avec une courbette appropriée à son statut.

— Madame ?

— Je veux du thé, je vous prie, dit-elle dans un français hésitant.

— Bien, madame.

— Du thé au lait, Denise.

La prononciation déformée par l'accent américain de Maybel amusa la petite bonne qui recula, tête baissée pour cacher son sourire moqueur. Elle s'empressa de redescendre aux cuisines, mais dans le grand escalier, Germaine lui barra le passage.

— Alors, qu'est-ce qu'elle veut, la dame ?

— Du thé au lait.

— Mais d'habitude, on sert le thé dans la salle à manger. Quelle capricieuse ! Où est mademoiselle Élisabeth ? Et monsieur ?

— Je n'en sais rien, Germaine. Je n'ai pas vu le petit Antonin dans la chambre, ni la demoiselle, Sarah. Ils devaient être chez la gouvernante.

Germaine avait beau se raisonner, elle s'abandonnait à l'envie de dominer, au rêve insensé de jouir d'une chambre luxueuse, elle aussi. Elle cédait à l'attrait de la méchanceté, du mépris.

Seule une prudence instinctive la freinait dans son besoin viscéral de nuire aux uns et aux autres.

Les pulsions perverses de Laroche avaient détruit l'innocente fille de quinze ans qu'elle avait été, rieuse, timide, avide de vivre un bel amour un jour. Peu à peu, le venin de cet acte odieux avait fait son œuvre. Le décès de sa mère, l'ivrognerie de son père, qui la battait et l'insultait, toutes ces épreuves avaient achevé de la corrompre.

— Ne me parle pas de Sarah, maugréa-t-elle entre ses dents. Ma pauvre Denise, tu as pourtant entendu Margot, hier ! C'est une youpine, ta « demoiselle ». On se demande pourquoi monsieur la tolère sous ce toit. Les juifs ne fêtent pas Noël, en plus, on me l'a dit.

— Tais-toi, ça ne nous regarde pas, ce que font les patrons ! s'effara Denise. Et puis, zut à la fin, elle est très mignonne, Sarah, et bien polie. Laisse-moi, je me dépêche, je tiens à ma place.

Germaine la laissa passer. Elle se demandait où était Justin, lorsqu'un bruit de pas dans son dos la fit se retourner. Il lui apparut en haut des marches.

— Ah, monsieur, je vous cherchais, dit-elle d'une voix douce.

Il s'arrêta à sa hauteur, vêtu simplement d'un gilet en laine verte et d'un pantalon d'équitation. Elle nota qu'il portait des bottes.

— Pourquoi ? Est-ce qu'il y a un problème ?

— En fait, c'est l'heure où mademoiselle Élisabeth et ses invitées prennent le thé dans la salle à manger, mais je suis allée vérifier, il n'y a personne. Sauf madame Maybel qui est dans sa chambre.

Fine mouche, Germaine venait de résoudre un problème, en usant du prénom de l'Américaine, dont elle parvint à reproduire la sonorité assez bien.

— Tout est normal, il n'y a pas à servir le thé aujourd'hui, nous dînerons plus tôt, tu peux le dire à Hortense, rétorqua Justin, qui semblait pressé.

Il n'accordait plus aucune explication à Germaine, et ne lui prêtait guère attention, depuis qu'Élisabeth vivait au château. Là encore, il s'éloigna à grandes enjambées pour la rejoindre dans les écuries, où la jeune femme avait emmené Sarah et Antonin.

« Un poulain qui naît au début de l'hiver, pensait-il, ravi mais incrédule. Ce n'est pas dans l'ordre des choses, disons de la nature, des saisons propices à la reproduction. »

Malgré ces raisonnements, Justin dut se rendre à l'évidence quelques minutes plus tard. Roger ne s'était pas trompé en lui disant qu'une des juments semblait prête à pouliner. Élisabeth, penchée par-dessus la porte d'un des box, l'avait appelé d'un signe de la main.

— Regarde, il est superbe, c'est un mâle, annonça-t-elle.

Roger avait soulevé Antonin et l'avait perché sur ses épaules, sinon l'enfant n'aurait rien vu. Norma et Sarah, roses d'émotion, contemplaient elles aussi le gracieux animal.

— Il est si beau ! s'extasia l'adolescente.

— Oui, je n'avais jamais vu un poulain juste né, commenta la gouvernante en anglais.

— Il y a un souci, patron, émit alors Roger. Le père, ça ne peut pas être Galant, mais forcément un cheval non castré de deux ans, qui était au pré avec la jument. Ils sont de la même lignée, vous aurez du mal à lui faire établir des papiers auprès des haras nationaux, si vous comptez le vendre.

— Tant pis, il est prometteur, répliqua Justin. Je le garderai. C'est un bel enfant du hasard, en fait.

Élisabeth le regarda alors d'un air mélancolique. Il devina qu'elle faisait un lien avec leur propre histoire. La cruauté de leur sort le blessa encore une fois.

Château de Guerville, même soir

Justin ne parvenait pas à s'endormir. Il pensait au poulain, à l'expression triste d'Élisabeth qui avait eu la même idée que lui. Il était heureux de la savoir toute proche de lui, dans une des chambres du château, cependant l'injustice dont ils étaient victimes le torturait à l'extrême.

« Nous aurions dû cacher à tout le monde notre lien de parenté. Après tout, je ne suis que le demi-frère de sa mère. Si personne n'était au courant, nous pourrions nous marier. »

Il regarda l'heure à la pendulette, sur sa table de chevet. Minuit approchait, ainsi que la veille de Noël où ils recevraient tous les deux certains membres de la famille Duquesne.

« Guillaume ne vient pas, ça me soulage, songea-t-il. Au fond, je préfère qu'il ne soit pas là. J'ai la conviction qu'il me déteste, qu'il voudrait me voir aller au diable. »

Il souffla la bougie qui l'éclairait. Le plus souvent, il n'allumait pas l'élégante lampe à pétrole. Elle lui servait surtout à lire. Peu à peu, la luminosité blafarde de la neige envahit la pièce, car il ne tirait jamais les lourds rideaux de velours marron.

Des images traversèrent encore son esprit, celles de la jument qui léchait son petit, tremblant sur ses jambes graciles, puis le sourire de Sarah, le rire muet d'Antonin.

— Oncle Justin, tu me le donnes, le bébé cheval ? avait crié l'enfant. Je lui ferai des câlins, et quand je serai plus grand, tu m'apprendras à monter dessus.

Antonin l'appelait désormais « oncle Justin », sur la suggestion d'Élisabeth.

— Et je lui ai offert le poulain, murmura-t-il en étouffant un bâillement.

Le vent se levait, dehors, une bise âpre venue du nord. Justin finit par s'assoupir, avec comme viatique la joie du petit garçon qui s'était jeté à son cou depuis les épaules de Roger. Quelques minutes plus tard, la porte de la chambre s'ouvrit sans bruit, se referma de même. Des pas légers frôlèrent le parquet. Une main souleva délicatement drap et couverture.

Le jeune homme fut tiré de son premier sommeil par le contact soudain d'un corps féminin entièrement nu, plaqué contre le sien. Il ne rêvait pas, des seins chauds effleuraient son dos, un bras à la peau satinée se glissait le long de sa taille, des doigts caressaient son torse, sous la flanelle de son pyjama.

— C'est toi, ma princesse, s'émerveilla-t-il.

Pendant un instant, dans l'attente de la réponse qui le rendrait fou de bonheur, Justin se dit qu'Élisabeth avait renoncé à la promesse faite à Dieu, lors de la disparition de son fils. Très vite, il se reprocha leurs baisers volés, interdits, de plus en plus ardents, dont ils demeuraient comme blessés, hébétés de désir frustré.

— Ma princesse, il ne faut pas, soupira-t-il.

Son sexe avait durci. Une cuisse fuselée s'aventurait entre les siennes. Il respirait mal, haletant, embrasé.

— Alors, c'est bien vrai, tu m'aimes, fit une voix feutrée. Et je suis ta princesse, oui. Fais ce que tu veux de moi.

Justin se retourna brusquement, sidéré. Il recula d'un bond, car ce n'était pas Élisabeth qui s'offrait sans pudeur. Germaine le retint par la main.

— Viens, je n'ai pas peur, je ne suis plus vierge. Je sais que tu me veux.

Pris de panique, Justin se leva. Il trouva son briquet à tâtons et ralluma la bougie. La clarté de la flamme lui révéla les formes minces de la domestique, sa chair pâle, le flot de sa chevelure blonde. Elle souriait, troublée cependant par sa réaction de fuite.

— Mais tu es devenue complètement folle, ma pauvre fille ! lui assena-t-il en haussant le ton, submergé par la colère et l'indignation. Sors d'ici immédiatement ! On ne se comporte pas de la sorte ! Tu as entendu, sors de ma chambre, et vite !

— Non, vous m'aimez, on me l'a dit en ville, une dame qui tire les cartes. J'ai bien entendu : « Un beau jeune homme se languit de vous, il n'ose pas se déclarer… Il faut l'obliger à vous prouver son amour. Ensuite il vous épousera. »

— Ce sont des sornettes, des âneries, Germaine. Tu me fais pitié à croire ce genre de bêtises.

Il évitait de la regarder, gêné par sa nudité. Furieux, il saisit un plaid écossais rangé sur le dossier d'un fauteuil et le lui lança.

— Enveloppe-toi là-dedans et sors de ma chambre. Demain, tu fais ta valise et tu t'en vas. Je te signifie ton congé. Tu auras tes gages de la semaine et une lettre de recommandation, je ne peux pas faire mieux.

Germaine se redressa, incrédule, stupéfaite. Elle ramassa le plaid et l'enroula autour d'elle, sans bien dissimuler la naissance de ses seins pointus.

— Je ne comprends pas, monsieur Justin, balbutia-t-elle. Si ce n'est pas moi, votre princesse, qui c'est ? Vous ne pouvez pas me chasser, je vous aime.

— Je m'en fiche, tu deviens insolente, Roger me l'a confié. Denise lui a dit ce soir que tu avais traité une de mes invitées, Sarah, de « youpine ». Je refuse que de telles choses se produisent sous mon toit. Sors d'ici, et vite !

Elle éclata en sanglots pathétiques, sincèrement désespérée d'être renvoyée du domaine. Ses traits délicats se crispaient sous la violence de son chagrin.

— Tu as dépassé les limites, ce soir, insista Justin. Je n'ai pas le choix, Germaine. Si j'étais de ces hommes qui apprécient de prendre du bon temps sans se soucier des conséquences, il y a longtemps que tu t'en serais aperçue. Je te prie de quitter ma chambre, ne m'oblige pas à crier.

Mais Germaine semblait paralysée. Elle hoquetait, malade de déception, d'humiliation.

— Qui c'est, alors, votre princesse ? demanda-t-elle à nouveau.

— Navré, ça ne te concerne en rien.

Excédé, Justin la rejoignit. Il la prit aux épaules pour la guider vers la porte, qu'il claqua derrière elle après l'avoir poussée dans le couloir obscur.

— Bon sang ! se dit-il dans un murmure rageur. Ça me servira de leçon, j'ai tort de ne pas fermer à clef.

Il s'avoua alors qu'il avait souhaité confusément recevoir la visite de la seule femme qu'il aimait, à la faveur des nuits où elle logerait au château.

Élisabeth ne dormait pas encore, obsédée par la scène qui avait eu lieu dans les écuries et qu'elle se repassait en esprit. L'élan de son petit garçon vers Justin l'avait bouleversée. Elle le revoyait sans cesse lui donner un baiser sur la joue, dans sa joie de posséder le poulain à la robe noire.

Elle venait d'entendre claquer une porte à l'étage et surprise, elle guettait la respiration régulière de Sarah et d'Antonin, pour être sûre qu'ils ne s'étaient pas réveillés. Elle avait tenu à les avoir dans sa chambre, afin de ne pas être tentée d'y recevoir Justin, tard le soir. Il lui sembla percevoir des sanglots étouffés.

« Mais, quelqu'un pleure, s'étonna-t-elle. C'est peut-être *mummy* ! Elle n'ose pas entrer, de crainte de me déranger. »

Une veilleuse en porcelaine, dans laquelle vivotait un morceau de chandelle, dispensait un peu de lumière. Vite, elle enfila un peignoir en satin et ses chaussons, pour se faufiler dans le couloir. Afin d'obtenir un peu de lumière, elle laissa sa porte entrebâillée. Tout de suite, malgré la pénombre, elle devina une présence, une silhouette appuyée dos au mur.

— Qui est là ? demanda-t-elle, certaine qu'il ne s'agissait pas de Maybel, plus grande et moins frêle.

Inquiète, Élisabeth approcha et reconnut Germaine, le visage noyé de larmes. Elle constata en tendant la main que la jeune domestique était à moitié nue.

— Mon Dieu, qu'est-ce qui se passe, ma petite Germaine ? Tu es souffrante ?

— Non, non…

— Tu vas prendre froid, dans cette tenue ! Dis-moi ce que tu fais là, transie, en train de pleurer ?

Une sensation d'angoisse s'empara d'Élisabeth, tandis qu'elle attendait une explication. Germaine, d'abord incapable de lui répondre, débita d'une voix hachée ce qu'elle avait eu le temps d'échafauder :

— C'est monsieur, gémit-elle.

— Comment ça ?

— Monsieur m'ordonne d'aller dans sa chambre, souvent, et il me force à coucher avec lui.

Le cœur d'Élisabeth battait à grands coups. Elle s'efforça de rester calme. C'était tellement inattendu et incongru qu'elle fit non de la tête.

— Non, tu mens, je ne peux pas croire ça, protesta-t-elle.

— Pourtant c'est vrai ! Pardi, il n'vaut pas mieux que votre grand-père, cracha la petite bonne. Ce sale vieux type qui m'a prise de force là-haut, dans la soupente où je devais dormir. Le fils est pareil, il aime ça, je vous l'dis, oui, ça lui plaît d'abuser des pauvres filles. Et ça dure depuis des mois, même que je suis grosse de ses œuvres.

Les derniers mots sonnaient faux. Élisabeth les estima tirés d'un roman populaire. Si Germaine n'avait pas exagéré ainsi, elle aurait pu prêter foi à ses lamentations.

— Non, ce sont des mensonges, j'en ai l'intuition, rétorqua-t-elle. Justin est un homme d'honneur. Suis-moi, j'exige que tu répètes ce que tu as dit devant lui.

— Un homme d'honneur, ironisa Germaine. Pourquoi j'suis toute nue sous son plaid, dans ce cas ? Il s'attache à moi, et je finis par m'habituer. Tout à l'heure, il m'a appelée sa princesse.

Pendant d'interminables minutes, Élisabeth perdit pied. Justin s'imposait une pénible chasteté depuis un an. Il avait pu assouvir ses besoins sexuels avec la jolie domestique. Il pouvait aussi la surnommer « princesse » pour s'imaginer auprès d'elle.

« Quand même, coucher avec Germaine en ce moment, alors que je séjourne au château, ça me paraît insensé, se raisonna-t-elle. Non, ce n'est pas possible. Si c'était vrai, je le sentirais. »

Élisabeth avait eu très chaud, puis très froid ; à présent, elle avait les idées plus claires.

— Dis-moi, pourquoi pleurais-tu, Germaine ?

— Tiens, je pleure à chaque fois, parce que j'ai trop honte.

— Et tu rends visite à monsieur Justin toute nue, même par ce froid ? Tu pourrais descendre du second étage en chemise de nuit. Qu'est-ce que tu cherches, à la fin, tu te venges de qui, de quoi ?

— Fichez-moi la paix, je vous déteste, tous !

Germaine voulut lui échapper, mais Élisabeth la saisit d'une poigne ferme par l'avant-bras. Elles se retrouvèrent toutes les deux devant la porte de Justin. Il ouvrit aussitôt, ce qui les fit tressaillir. Il s'était rhabillé, dans le but d'aller boire un verre d'eau-de-vie au rez-de-chaussée.

— Mais…, dit-il, abasourdi.

— Je te ramène ta maîtresse, déclara Élisabeth tout bas. Elle serait « grosse de tes œuvres ». Tu me déçois, Justin.

Il frémit de révolte. Tout recommençait, les soupçons, les fausses accusations. Encore marqué par les mensonges qu'avait proférés Irène Defarge un an auparavant, il plongea en plein cauchemar et ferma les yeux un instant, dans l'espoir naïf de se réveiller.

— Regarde-moi, Justin, chuchota Élisabeth.

Résigné au pire, il lui obéit et s'aperçut qu'elle lui souriait avec tendresse.

12

Un Noël au château

Château de Guerville,
dimanche 23 décembre 1906, après minuit

Confrontée aux traits altérés de Justin, à sa pâleur de craie, Élisabeth bénit d'avoir pu déceler l'hypocrisie de Germaine, ses ignobles mensonges, grâce à son intuition. Elle en avait très peu fait usage, depuis son retour en France.

« Peut-être parce que l'occasion ne s'est pas présentée, se dit-elle. Pourtant si, j'ai décelé l'embarras et les remords de Laurent, l'an dernier, lorsqu'il tentait de protéger Gilles. »

Elle continuait à sourire, pour une autre raison. Une voix suave lui avait parlé, comme à l'oreille, l'exhortant à ne pas douter de Justin. La jeune femme, une fois de plus, se persuada qu'il s'agissait de sa mère, Catherine.

« Il s'est produit le même phénomène à New York, dans ma chambre du Dakota Building, et ici aussi, bien sûr, il y a sept ans, quand ma petite maman m'a incitée à découvrir les malles, au fond des combles. »

— Élisabeth, tu te doutes que je n'ai rien fait de tel, affirma Justin. Dis-moi.

Tirée de ses pensées, elle le considéra d'un air apitoyé, puis elle se tourna vers Germaine. Immobile, le visage voilé à demi par ses cheveux blonds, la domestique avait croisé les bras sur sa poitrine, toujours enveloppée du plaid écossais.

— Pourquoi as-tu accusé monsieur, Germaine ? demanda-t-elle. C'est grave de calomnier quelqu'un qui s'est montré généreux et patient envers toi. Je dois te faire un aveu, nous étions tous deux au courant de ce que tu as subi, en août 1898, et que tu m'as jeté à la figure, dans le couloir.

— Qui vous l'a dit ? Bonnie ? Elle avait promis de se taire !

— Oui, c'est Bonnie, répliqua Élisabeth. J'ai eu beaucoup de peine pour toi. Cet homme, tu l'as appelé « mon grand-père », mais je me refuse à prononcer ce terme à propos de lui. Aussi, lorsque Justin m'a écrit qu'il t'avait engagée, j'étais rassurée pour toi, ayant su que tu étais maltraitée chez toi. Je me réjouissais de te revoir, tu as tout gâché.

— J'ose à peine te dire comment Germaine s'est comportée, hasarda Justin, infiniment soulagé. Elle a quitté cette pièce en pleurant car je l'ai congédiée.

— Je dois m'en aller demain matin, juste avant les fêtes, se plaignit la coupable, en lançant une œillade éplorée à Élisabeth.

— C'est préférable, en effet, admit celle-ci. Je te donnerai des étrennes, de l'argent, tu pourras loger à l'auberge du village, si tu as peur de ton père.

— Élisabeth, elle ne mérite rien de tout ça, s'exaspéra Justin. Comme tu l'as fait remarquer, j'ai voulu être généreux. Eh oui, Germaine, je tenais à te protéger, en te gardant ici. Mais à cause de toi, Roger a failli mourir ! Quand je te l'ai annoncé, tu n'as pas montré la moindre émotion, pas un brin de pitié, rien. Allons, j'en ai assez, sors de là. Je ne supporte plus de te voir.

Il ponctua ces paroles d'un geste explicite. Germaine recula vers la porte.

— Mais je vous aime, monsieur, et vous étiez si gentil, j'ai cru que vous m'aimiez aussi. Je vous demande pardon.

Bizarrement, Élisabeth éprouvait de la compassion pour celle qu'elle surnommait jadis « la petite Germaine ». Dès qu'elle fut seule avec Justin, elle lui confia son ressenti.

— Au fond, je la plains, elle semble t'aimer vraiment.

— Est-ce que tu la plaindrais autant si j'avais cédé à ses avances ? rétorqua-t-il à voix basse. Elle s'est glissée entre mes draps, toute nue, elle a commencé à me caresser. J'étais à moitié endormi, j'ai eu l'impression de rêver, qu'un miracle arrivait. Tu étais venue, je n'avais plus qu'à me retourner pour t'embrasser. Alors j'ai murmuré « ma princesse »… Et là, Germaine m'a parlé. Bon sang de bois, j'ai bondi hors du lit.

Élisabeth l'avait écouté en restant à un mètre de lui. Elle se représentait la scène qui s'était déroulée ici même, sur le lit. Un malaise, mélange de contrariété et de jalousie, la fit trembler.

— Si Germaine n'avait pas dit un mot, tu te serais trompé, tu n'aurais pas fait de différence, s'affola-t-elle. Tu prétends aimer mon parfum, la douceur de mes cheveux.

— Chut, tu vas alerter tout le monde. Ma princesse, n'aie pas peur. Je ne pouvais pas me tromper, comme tu dis, même si je ne t'ai jamais vue dénudée. Dans le noir le plus total, j'aurais su que ce n'étaient pas ta bouche, tes seins, tes cheveux. Tu dois être tellement belle.

Il avança d'un pas et l'enlaça. Ses mains suivirent les lignes de son corps, sous le satin de son peignoir. Il s'empara de ses lèvres, pour un baiser fébrile, où il lui témoignait son désir de la posséder à nouveau. Élisabeth perdit la notion du temps et du lieu. Sa chair s'embrasait, son cœur cognait à se rompre.

— Ma bien-aimée, ma princesse, souffla-t-il au creux de son cou.

Elle faiblissait, terrassée par l'envie de lui faire cadeau de sa nudité, de s'exhiber, abandonnée, en travers du lit, à la clarté de la bougie. Un vertige la prit, lorsque Justin la serra de plus près, sans cesser de l'embrasser.

— Non, non, implora-t-elle en échappant à son étreinte. Il ne faut pas.

— Toujours ces mots, je sais, il ne faut pas, mais cela devient un supplice, Élisabeth. Que nous importe le reste du monde, les autres, les bien-pensants, pourquoi respecter des lois qui nous font souffrir ?

— J'ai promis à Dieu, Justin. Je t'en prie, laisse-moi partir.

Il lui tourna le dos. Elle le remercia tout bas et sortit sur la pointe des pieds de la chambre.

Écuries de Guerville, le matin

Germaine, la mine triste, observait Roger qui attelait un des cobs à la calèche. Elle se tenait très droite, vêtue d'un manteau en lainage brun, coiffée d'un chapeau rond en feutrine. Sa valise, fort modeste, en carton bouilli, était posée à ses pieds.

— Alors monsieur Justin t'a congédiée, soupira le palefrenier. Ma pauvre petite, tu ne trouveras pas facilement une aussi bonne place.

— Je ne suis pas ta pauvre petite, protesta-t-elle.

— Tu me fais de la peine, à partir comme ça, avant Noël, par ce froid. On dirait qu'il va encore neiger. Dis-moi ce qu'on te reproche, je pourrai peut-être plaider ta cause.

Justin s'était rendu aux écuries avant le lever du jour, sous le prétexte de vérifier si le poulain noir allait bien. Roger et son commis nourrissaient les chevaux.

— Il faudrait la calèche pour 9 heures, et conduire Germaine à Vouharte, avait expliqué le jeune châtelain, l'air morose. Je l'ai renvoyée, inutile de me demander pourquoi, Roger.

— Bien, patron, avait-il répondu, sidéré.

Maintenant, d'un tempérament enclin à la bonté, le palefrenier aurait voulu comprendre.

— Monsieur Justin est pourtant tolérant, ajouta-t-il.

— Pas avec moi, et puis c'est ta faute, tu lui as répété ce que j'avais dit à Denise, s'emporta Germaine.

— De quoi tu causes ?

— Ne fais pas l'innocent, Roger. J'ai eu le malheur de traiter la gamine de youpine, eh oui, Sarah. C'en est une, je n'y peux rien, mon père appelle les juifs comme ça. De toute façon, je suis bien contente de m'en aller.

Elle afficha une moue dédaigneuse, rongée intérieurement, pourtant, par un vague remords. Mais elle n'avait pas tout perdu.

« Mademoiselle Élisabeth est montée dans ma chambre, cette nuit. Elle cherchait à me consoler, j'en avais assez de l'écouter, se remémora-t-elle. Si je me doutais qu'elle me donnerait autant de sous, pour un nouveau départ, elle disait. Je ne suis pas près de revenir au pays. »

— Je ne peux pas le croire, monsieur n'a pas pu te congédier pour ça, récrimina Roger, après avoir cogité un moment.

— Eh non, crétin, ton cher patron a surtout peur que je sois trop bavarde, pardi. Si j'allais raconter au curé ou au maire du bourg que la belle Élisabeth sortait de ses appartements, à 1 heure du matin, ça ferait désordre, puisqu'ils sont de proches parents. Bon, as-tu fini de mettre les harnais ?

— Ouais, bougonna-t-il, assommé par ce qu'elle avait débité. Tu es devenue mauvaise comme la peste, Germaine. Grimpe dans la voiture, je vais demander à Maurice de te conduire. Il sait mener un cheval.

— Si tu veux, ça m'est égal, se vanta la jeune femme. Au fond, ça m'arrange. Je te dis adieu.

Cinq minutes plus tard, Roger voyait disparaître la calèche au bout de l'allée du parc. Il saurait bientôt, au retour de Maurice, que Théodore, le nouveau jardinier, attendait Germaine sur le quai de la gare, à Vouharte.

— J'en étais comme deux ronds de flan, précisa son commis, encore ébahi. Même qu'ils se sont bécotés, et après, ils ont pris le train.

— Bon débarras, commenta Roger, occupé à admirer le poulain. Dieu soit loué, je n'ai pas épousé cette fille. Mais le patron va devoir embaucher quelqu'un d'autre pour l'entretien du jardin et du parc. Le vieux Léandre, il aurait le droit de se reposer un peu.

Les deux hommes reprirent leurs tâches habituelles, dans la tiédeur du vaste bâtiment où dominait l'odeur forte des chevaux, sans couvrir tout à fait celle du foin qui garnissait les râteliers. Ils terminaient de pailler les box quand des cris joyeux retentirent dans la cour tapissée de neige fraîche.

Sarah et Antonin entrèrent dans l'écurie, escortés par Norma. Ils étaient tous trois emmitouflés. Les palefreniers saluèrent la gouvernante d'un signe de tête.

— Je viens voir mon poulain, leur annonça le petit garçon. J'ai enfin trouvé un nom. Maman et oncle Justin sont d'accord. Je le baptise Dakota, parce que la maison où je suis né, où j'ai grandi, s'appelle le Dakota Building, là-bas, à New York.

Château de Guerville, même heure

De grosses bûches de chêne flambaient dans la cheminée de la salle à manger. Malgré ce feu ronflant, Maybel frissonnait, pelotonnée dans le châle en laine des Pyrénées qu'elle avait acheté à Angoulême. Élisabeth, assise à côté d'elle, lui servit une seconde tasse de thé.

— Tu as froid, *mummy* ?

— Oui, chérie, j'apprécie beaucoup ce vieux château digne d'un roman historique, mais c'est une glacière, en cette saison. Il faudrait faire installer le chauffage central.

— Ce doit être extrêmement coûteux, *mummy* !

— Mais si confortable, Lisbeth. Souviens-toi, cela fonctionnait parfaitement au Dakota Building, il faisait très bon dans chaque pièce, nous avions l'eau chaude. Ce qui ne nous empêchait pas de faire de jolies flambées, l'hiver.

— Dans ce cas, il faudra te dénicher une demeure charentaise équipée de ce système de chauffage. Nous chercherons au mois de janvier.

Maybel contemplait la pièce de belles dimensions où elles se trouvaient toutes deux, tout en grignotant une troisième petite brioche encore tiède.

— La cuisinière fait des prodiges, nota-t-elle. Je me suis levée très tôt car je pensais à ces délices qu'elle nous sert au petit déjeuner, chaque matin.

— Je suppose qu'elle veut te faire plaisir, répliqua Élisabeth. Tu as meilleure mine, déjà, et j'estime que tu as repris deux kilos. *Mummy,* je suis vraiment heureuse de t'avoir près de moi, de pouvoir te cajoler, te distraire.

— Mon chagrin s'est un peu apaisé, c'est l'effet du dépaysement, de la nouveauté, avoua Maybel. Et puis tu es là, chérie, avec mon adorable Antonin. Ah, j'y pense, des rideaux en chintz fleuri seraient plus gais dans ma chambre. Ici aussi, ces lourdes draperies de velours vert sont sinistres. Je ne suis pas pressée de m'installer dans une maison où je serai seule avec Norma. Si Justin est d'accord, j'aimerais apporter certains changements, à mes frais, bien sûr. J'achèterai les tissus, nous ferons venir une couturière, ce serait tellement amusant.

Élisabeth, enchantée par l'enthousiasme dont faisait preuve sa mère adoptive, hasarda un « peut-être » souriant. Elle était prête à donner satisfaction à Maybel sur de nombreux points, dans l'espoir de l'aider à supporter son deuil.

— Je te promets de lui en parler, *mummy*, Justin a déjà suivi certaines de mes suggestions. Une seule chose m'ennuie : après les fêtes, je serai obligée de retourner chez papa. Antonin ne peut pas manquer l'école davantage, il est en classe préparatoire, il apprend à lire. Pour Sarah aussi, ce serait gênant, elle a encore du mal à déchiffrer un texte.

Tout de suite, Maybel s'affligea, le regard voilé. Elle tritura d'une main nerveuse un des pendentifs en or et topaze qu'elle portait aux oreilles.

— *Mummy*, nous viendrons le samedi et le dimanche, la rassura la jeune femme. Au fait,

Germaine est partie ce matin, Justin l'a congédiée. Elle s'est mal comportée hier soir.

— Bonne nouvelle, trancha Maybel. Je n'aimais pas la façon dont elle te regardait, ni sa manie de sourire d'un air arrogant. Je sais ce qu'elle a vécu d'atroce quand elle était toute jeune, aussi je m'attendais à rencontrer une jeune personne timide, réservée. De toute évidence, elle en est plutôt devenue dure, mauvaise.

— Oui, c'est exactement cela, *mummy*, concéda Élisabeth. J'ai senti qu'elle en voulait au monde entier, de façon inconsciente. Sais-tu, depuis que je suis au château, mon intuition s'est accrue, affinée. J'en remercie Dieu, j'aurais pu être très malheureuse sans ce don qu'il m'a offert. Et je te le dis en confidence, ici, je perçois la présence de maman. Elle ne m'abandonne pas, elle veille sur mon fils, sur moi.

Maybel approuva d'un air inquiet. Le paranormal l'effrayait, après avoir subi l'influence malsaine de Scarlett Turner, des années auparavant. Cette femme d'une élégance tapageuse en qui elle pensait avoir une amie se livrait à d'anciennes pratiques de sorcellerie, sacrifiant même des chats errants.

— Lisbeth, je suis sûre que ta maman est une âme pleine de bonté, mais je viens de songer à ce démon en jupons, Scarlett. Elle lançait ses maléfices sur Edward. Et si elle avait réussi à le détruire, depuis l'au-delà ? Il est mort tellement vite, comme foudroyé, lui qui ne s'était jamais plaint de son cœur.

Élisabeth attira Maybel dans ses bras. Elle lui caressa le front, ses boucles couleur d'acajou.

— Je t'en prie, ma petite *mummy* chérie, n'y pense plus. Nous sommes loin de New York. Une nouvelle vie peut commencer, près de nous tous. *Daddy* voudrait que tu sois heureuse, du moins que tu essaies de l'être.

Une galopade résonna dans le hall. Antonin déboula, les joues rougies par le froid. Sarah le suivait ainsi que Justin, essoufflé d'avoir couru derrière les enfants. Norma les rejoignit sans hâte.

— Maman, *grandma*, j'ai caressé mon cheval, Dakota ! s'exclama le petit garçon. Et cet après-midi, oncle Justin nous donne une leçon d'équitation dans le manège couvert, à Sarah et moi. Dis, maman, on ne pourrait pas voir le sapin de Noël, maintenant ?

Élisabeth et Justin échangèrent un regard complice. L'incident de la nuit leur laissait un goût doux-amer, mais la joie devait être la règle d'or, pendant cette période de fête.

— Pourquoi pas ? dit-elle. J'avoue que l'attente est interminable.

— Oh oui, oui ! s'exalta Maybel, pareille à une grande enfant. Ouvrons les portes du grand salon.

Je rêve de ce lieu mystérieux que l'on m'interdit depuis mon arrivée ! Mais il doit y faire froid.

Élisabeth traduisit tout bas ces derniers mots.

— N'ayez crainte, madame, Roger et moi nous avons soin d'entretenir un bon feu dans la cheminée, dans la plus grande discrétion.

La jeune femme dut à nouveau traduire, avec un léger rire en grelots. Ravissante dans une ample jupe de serge noire, un gilet en laine blanche moulant sa poitrine, elle se précipita, imitée par Justin. Il tourna la clef, qu'il avait toujours sur lui, ensuite il écarta un des battants de la double porte, tandis qu'Élisabeth ouvrait l'autre.

Sarah prit Antonin par la main pour avancer vers l'immense sapin décoré d'or et d'argent, dressé dans un des angles de la pièce. Ils admirèrent, bouche bée, les guirlandes scintillantes, les boules en verre étincelantes, les angelots en plâtre nappés de givre artificiel, la grande étoile à la cime de l'arbre. Un parfum balsamique embaumait le vaste salon.

— Seigneur, quelle merveille ! murmura Maybel.

Elle découvrait également le piano à queue, sur lequel trônait un vase en opaline garni de houx, les statues en marbre sur leurs stèles, les moulures ouvragées du haut plafond, les deux lustres monumentaux aux longues pampilles de cristal.

— Si tu nous jouais un air, *mummy*, lui suggéra Élisabeth.

— Crois-tu, chérie ? Il y a si longtemps que je ne me suis pas exercée.

Pourtant, Maybel prit place sur la banquette tapissée de velours rouge. Elle ouvrit l'instrument avec délicatesse. Ses doigts coururent le long du clavier, effleurèrent quelques notes. Enfin elle interpréta avec brio un morceau de Chopin, puis le début d'une sérénade de Schubert.

Élisabeth applaudit quand sa mère adoptive se leva, avec l'air de s'excuser de ne pouvoir faire mieux. Mais la musique avait ravi tous ceux qui se tenaient là, dans le salon.

Le paysage enneigé, derrière les larges fenêtres, conférait à ce décor somptueux l'atmosphère magique de Noël. Norma écrasa une larme, en proie à une indicible émotion. Élisabeth, surprise, la prit gentiment par le bras.

— Serais-tu triste, mon amie ? chuchota-t-elle à son oreille. Le mal du pays ?

— Oh non, Lisbeth, je suis vraiment heureuse d'être là, comme si ma vie prenait enfin le bon chemin. Et j'espère que nous resterons longtemps en France, madame et moi.

— Je le souhaite aussi, Norma.

Élisabeth, au contact de la douce gouvernante, éprouva une sensation étrange, mais elle n'eut pas le loisir de l'analyser. Son fils accourait, ses yeux ambrés brillants de gaieté. Il cacha son visage dans les plis de sa jupe.

— Maman, merci pour le beau sapin. Moi, je voudrais habiter toujours au château, toujours. Et oncle Justin deviendrait mon papa.

Ce fut au tour d'Élisabeth de contenir une grosse envie de pleurer. Elle souleva son enfant, qu'elle serra contre son cœur, en le berçant un peu. Aucune réponse ne put franchir ses lèvres, tant elle avait la gorge nouée.

Moulin Duquesne, lundi 24 décembre

Pierre Duquesne considérait Guillaume d'un air ahuri. Son frère venait d'entrer dans la cuisine, coiffé d'un chapeau en feutre noir. Sous son manteau entrouvert, il portait son meilleur costume, une chemise blanche et une cravate. Le meunier, lui, était encore vêtu d'une large blouse grise maculée de farine.

— Non, j'ai la berlue, déclara-t-il. Où comptes-tu aller, nippé de la sorte ?

— J'accompagne notre père au château. J'ai bien réfléchi, je ne veux pas vexer ma fille, je réponds à son invitation, expliqua Guillaume.

Antoine, lui aussi endimanché, esquissa un sourire malicieux. Il fumait sa pipe, assis au coin du feu. Yvonne leva les bras au ciel, rouge de contrariété.

— Mais puisque tu y vas, Guillaume, nous aurions pu accepter nous aussi, protesta-t-elle.

Misère, moi qui ai préparé un souper pour trois. En voilà une idée, nous laisser en plan.

— Je suis désolé, Yvonne. J'ai hésité pendant ces deux jours, à présent je ne changerai plus d'avis.

Jean descendait l'escalier, son fils William sur le bras. Il poussa un cri de surprise devant la tenue de Guillaume.

— Irais-tu en ville, mon frère ? s'étonna-t-il.

— Non, je vous suis au château. Sais-tu à quelle heure on nous envoie la voiture ?

— Dans la lettre d'Élisabeth, celle de samedi matin, elle dit que Maurice sera chez nous à 3 heures, avec le phaéton qui sera tiré par les deux cobs de Justin. Ce sont d'excellents trotteurs. Il y a du chemin, mais nous devrions arriver avant la nuit.

Yvonne dissimulait mal sa déception. Elle avait tant rêvé de voir le château de Guerville, d'être reçue là-bas, pour jouer les dames au moins une fois. Pierre, qui observait son épouse, fut agacé de lui voir une mine dépitée.

— Élisabeth agit à sa guise ! tempêta-t-il. Pour ma part, je trouve que nous inviter dans ce maudit domaine était une mauvaise idée. Nom d'un chien, vous serez obligés de coucher sous le toit des Laroche ! Non ? Comment rentrerez-vous ici ?

— Ne crie pas, Pierre, lui reprocha Antoine. Dans la vie, il faut parfois se débarrasser des épreuves du passé, du malheur. Ma petiote a tout prévu. Le maire de Guerville prête son automobile à Justin, une De Dion-Bouton[1], pour qu'il nous ramène à bon port après le dîner. Il était hors de question que nous dormions au château.

— Boudiou, gémit Yvonne, au bord des larmes, dans ce cas, si Élisabeth avait été prévenue, elle aurait organisé la chose, et nous pouvions tous partir ensemble. Je ne suis jamais montée en auto, ça m'aurait amusée.

— Tiens, où est-il, notre futur instituteur ? ironisa Pierre.

— Bonnie lui repasse une chemise, précisa Jean. Il veut être correct, un soir pareil, pour faire les yeux doux à Sarah.

— Tais-toi donc, Jean ! coupa l'aîné des Duquesne. Gilles m'a suffisamment fait honte, ce grand dadais, en mettant une jeune femme enceinte.

Un puissant coup de klaxon retentit au même instant dans la cour, leur imposant à tous le silence. Pierre se précipita à la fenêtre. Il poussa une exclamation de stupeur.

— C'est une automobile ! cria-t-il.

Il écarta le rideau et reconnut Justin au volant, Élisabeth assise à ses côtés. Laurent, qui avait dévalé l'escalier, ouvrit grand la porte. Il se rua

1. Voiture commercialisée à l'époque.

dehors pour admirer le fabuleux engin à moteur, tandis que les jeunes gens en descendaient.

— J'en vois à Angoulême ! s'extasia-t-il. Mais pas de si près, dit-il d'un ton exalté. Est-ce qu'il y aura assez de place ?

Élisabeth le rejoignit prestement et l'embrassa sur les deux joues. Elle rayonnait de satisfaction sous un capuchon ourlé de fourrure, assorti à son manteau.

— Ne t'inquiète pas, cher petit cousin. Tu auras l'occasion de monter à bord.

— Comme je disposais dès ce matin de l'automobile, nous avons pensé que ce serait plus confortable pour Bonnie, William et pépé Toine, par ce froid, expliqua Justin. Maurice est en chemin avec le phaéton, pour vous transporter, Jean et toi. Au retour, Élisabeth restera au château, tu seras du voyage en automobile.

L'adolescent approuva en riant tout bas. Yvonne, du pas de la porte, avait écouté, soudain pleine d'espoir.

— Venez vite au chaud, dit-elle. Il y a du nouveau, Élisabeth, Guillaume compte dîner au château, finalement.

— Papa ? Oh, ce serait mon plus beau cadeau ! s'enflamma la jeune femme.

Elle entra en trombe dans la cuisine et découvrit son père vêtu avec élégance. Il l'accueillit à bras ouverts.

— Ma princesse, j'ai entendu ce que tu as dit. Je regrette d'autant moins d'avoir changé d'avis. Après tout, il faut savoir se tourner vers l'avenir et ne pas ressasser le passé.

Justin fit son apparition, toujours un peu anxieux lorsqu'il était confronté au charpentier. Mais ce dernier lui serra la main plus amicalement que d'ordinaire.

— C'est Noël, n'est-ce pas, jeune homme ? Il faut offrir du bonheur à ceux qu'on aime.

— Tout à fait, renchérit Antoine. Cela dit, je suis un peu triste de laisser seuls Yvonne et Pierre, un soir pareil.

Le meunier, morose, haussa ses larges épaules. Il attira son épouse contre lui.

— On sera en tête à tête, ça n'est pas fréquent. Tiens, on aurait même l'occasion d'aller à la messe de Noël, et de souper ensuite.

Yvonne retenait des larmes de dépit. Elle tenta de faire bonne figure. Élisabeth fixa Pierre d'un air déterminé.

— Puisque papa fait l'effort de retourner au château, pourquoi vous ne viendriez pas vous aussi, mon oncle ? Ce n'est pas un repas guindé, plutôt une réunion de famille. Vous connaissez un peu ma chère *mummy* et Norma, désormais. Elles ont goûté ici. Je serais si contente, oncle Pierre.

— Bon sang, tu nous imagines là-bas, Yvonne et moi ? On n'y a jamais mis les pieds, c'est trop tard pour commencer.

— Pourtant, ça me ferait bien plaisir, Pierrot, soupira sa femme. Je ne mettrais pas longtemps à m'attifer, pardi, et ton costume du dimanche est tout propre, ta belle chemise aussi.

— Allez, fais-le pour moi et pour Élisabeth, insista Guillaume en fixant son frère aîné avec une expression indéfinissable.

— Bon sang de bois, quelle histoire ! maugréa Pierre.

— Arrête donc de jurer à la moindre occasion ! le sermonna le vieil Antoine. Sois charitable, va t'habiller, toi aussi Yvonne.

Élisabeth était aux anges. Elle chuchota à l'oreille de Laurent, qui trépignait d'impatience :

— Tu es très chic, cousin.

— Merci, murmura-t-il. Je te remercie aussi d'avoir persuadé papa de m'envoyer au collège. Les professeurs sont très contents de mon travail.

L'adolescent avait embelli, guéri de l'acné dont il était accablé un an auparavant. Des boucles d'un châtain doré encadraient son visage régulier, ses yeux bruns brillaient de joie.

— Alors, Justin, s'enquit Antoine, raconte-moi comment tu as appris à conduire ces voitures qui font tant de bruit et sentent si mauvais ?

— Grâce au maire de Guerville, il m'a donné des leçons. J'ai le projet d'acquérir une automobile, ce sera beaucoup plus pratique au printemps, pour promener Mme Woolworth, si elle veut encore louer ou acheter une demeure charentaise.

— Aurait-elle renoncé à s'installer en France ?

— Non, ce n'est pas ça, pépé Toine, intervint Élisabeth. En fait, *mummy* souhaiterait habiter le château plusieurs mois. En contrepartie, elle propose à Justin de financer l'installation d'un chauffage central et quelques aménagements. Nous évitons de la contrarier, elle va de mieux en mieux, depuis qu'elle se passionne pour la décoration des pièces.

Son grand-père hocha la tête. Il avait étudié sa petite-fille et Justin, dès leur entrée dans la cuisine.

« On dirait un couple, déplora-t-il. Ils seraient mariés, ils parleraient de la même façon. »

Jean lança tout haut ce que son père pensait, sur le ton de la plaisanterie.

— Eh bien, ma nièce ! Quand tu dis « nous », j'ai l'impression que vous êtes mariés, Justin et toi.

— Ne me taquine pas, oncle Jean. J'aurais du mal à m'exprimer autrement, nous gérons le domaine ensemble, rétorqua-t-elle. Mais que fait Bonnie ?

— Elle se pomponne, pardi, se moqua Jean, après avoir repassé nos chemises, à Laurent et moi, et changé William. J'ai eu droit à de la gomina sur mes cheveux, afin de te faire honneur.

Élisabeth, de bonne humeur vu les circonstances, lui adressa un coup d'œil indulgent, malgré le pincement au cœur qu'elle avait ressenti. Pendant le trajet en voiture, ils étaient si heureux, Justin et elle, qu'ils avaient échangé des baisers, incapables de lutter contre leur désir, l'amour qui les consumait.

« Nous avons encore une fois rêvé de nous enfuir au bout du monde, pour vivre tous les deux, d'être libres, se souvint-elle. Mais il y a Antonin, papa, *mummy,* mon pépé Toine, tous ceux qui dépendent de nous. »

Elle fut tirée de ses pensées par le sifflement admiratif de son oncle Jean. Bonnie se tenait en bas des marches, charmante dans une jolie robe de velours rouge foncé, ornée de dentelles aux poignets et autour du décolleté. Elle portait des boucles d'oreilles en or et avait élaboré un chignon haut qui dégageait son cou.

— Bonnie, que tu es belle ! dit Élisabeth en courant l'embrasser.

Son ancienne gouvernante, sa fidèle amie, promue au rang de tante par alliance, s'empourpra, très flattée.

— Tu vas voyager en automobile même à l'aller, annonça la jeune femme. Je suis tellement contente ! Vous venez tous. Justin, nous devrions partir tout de suite. Il faut avertir Margot qu'il y aura trois couverts supplémentaires.

Justin lui souriait, enchanté de la voir aussi gaie. Elle lui rendit son sourire, se perdant un instant au fond de son regard sombre où vibrait la passion qu'il éprouvait pour elle seule.

— J'ai une idée, dit-il d'un air inspiré. Jean sait conduire, partez les premiers, ton père, pépé Toine, Bonnie et toi, avec William bien sûr. J'attends le phaéton et je ramènerai Yvonne, Pierre et Laurent. Ne t'inquiète pas si nous tardons un peu, les chevaux devront se reposer.

La proposition fut acceptée d'emblée. L'automobile quitta la cour du moulin en pétaradant, avant de rouler à travers la campagne enneigée, qui évoquait pour Élisabeth un décor de carte postale de Noël.

William blotti sur ses genoux, elle put discuter avec Bonnie du renvoi de Germaine, du chagrin de Maybel, des menus incidents de leur quotidien. Guillaume, assis à côté de Jean, se retournait de temps en temps pour la contempler. Le père et la fille se souriaient, simplement heureux d'être réunis sur leur terre natale, après tant de chagrins et d'épreuves.

Château de Guerville, même jour

La nuit d'hiver bleuissait les fenêtres de la chambre où Maybel se préparait pour le dîner.

Norma l'assistait avec une patience angélique. Il y avait eu plusieurs essayages. Un fouillis de toilettes soyeuses encombrait le grand lit à baldaquin.

— Madame, je vous conseille de garder cette robe en velours noir, elle respecte votre deuil, et elle est magnifique, affirmait la gouvernante en guidant Maybel devant le grand miroir d'une armoire colossale.

— Ce décolleté en pointe est indécent, Norma. Que va penser de moi le grand-père de Lisbeth ?

— Si vous ajoutez ce voile en tulle, avec votre collier de perles, ce sera parfait, madame.

— J'aurai froid, j'ai toujours froid. Mon Dieu, comme Edward me manque. Il pourrait être là, près de moi, si nous avions décidé d'un voyage en France, pour les fêtes. Mais non, je suis veuve, j'ai eu cinquante ans. Ma vie est finie, Norma.

Un sanglot sec secoua Maybel qui examinait son reflet d'un air hagard.

— Où est Lisbeth ? Je voudrais son avis, gémit-elle. J'ai vu la voiture remonter l'allée, tout à l'heure. Elle est de retour. Je t'en prie, Norma, va la chercher. Tu es en beauté, ce soir.

— Je vous remercie, madame, vous l'êtes aussi, n'en doutez pas. Et monsieur serait heureux de vous savoir ici, près de votre fille, dans un si joli cadre.

Touchée par sa gentillesse, Maybel la considéra d'un regard affectueux. Norma portait une longue robe en soie verte, à col montant, qui mettait en valeur son teint laiteux. Des broderies de couleur ivoire, soulignées de sequins brillants, ornaient le plastron ajusté. Elle avait rassemblé ses cheveux blonds en une natte dans le dos, nouée d'un ruban vert.

— Qu'est-ce que j'aurais fait sans toi, Norma ? Tu endures mes caprices, mes crises de larmes. Lisbeth ne peut pas me consacrer tout son temps, elle doit s'occuper de son fils, même si Sarah garde souvent Antonin. Je te suis reconnaissante, vraiment.

Sa gouvernante se contenta de sourire en reculant vers la porte.

— Je vais chercher Lisbeth, madame.

Dès qu'elle fut seule dans la chambre, Maybel ouvrit une bonnetière en noyer où elle avait rangé ses affaires personnelles. D'un geste vif, elle s'empara d'un flacon qui était caché derrière une pile de livres. La gorgée d'alcool qu'elle avala au goulot lui procura un bien-être immédiat.

— Voilà, un peu de brandy et je me sens mieux. Personne n'a besoin de le savoir, se dit-elle à mi-voix.

Elle trouvait du réconfort ainsi depuis le décès de son mari, sans avoir encore éveillé de soupçons.

Élisabeth n'était plus dans sa chambre, ni les enfants. Norma descendit le grand escalier de pierre qui donnait dans le hall dont elle appréciait le sol pavé et la voûte médiévale. Un lustre en bronze l'éclairait, garni de vingt bougies. L'écho de discussions animées lui parvenait, mais lorsqu'elle fut sur la dernière marche, un homme semblait l'attendre.

— Bonsoir, mademoiselle Norma, lui dit Guillaume en ôtant son chapeau parsemé de flocons de neige.

— Monsieur Duquesne, vous êtes là, s'étonna-t-elle dans un français hésitant, modulé par son accent du Kansas.

— Oui, j'ai fait un tour dans le parc, j'étais un peu nerveux. Oh, je suis désolé, vous ne devez pas comprendre.

La gouvernante avait seulement saisi les mots « oui » et « parc », mais elle lui tendit la main avec un sourire ravi, qui la rendit encore plus jolie. Guillaume, d'une nature franche, s'avoua à lui-même qu'il était venu pour la revoir et il s'étonna de sentir son cœur battre plus vite.

— Papa, tu n'es pas raisonnable d'être resté dehors aussi longtemps ! s'écria Élisabeth en sortant de la salle à manger. Donne-moi ton manteau. Norma, tu es très belle, le vert te va vraiment bien.

En ce soir de fête, Élisabeth était la maîtresse des lieux et son rôle lui allait à merveille. Elle alternait sans aucun souci l'anglais et le français, veillait au moindre détail, pétillante de joie.

— Madame vous demande, Lisbeth, murmura Norma. Elle est anxieuse, à cause de sa toilette en velours noir.

— Pauvre *mummy* ! Il ne manque plus qu'elle, pourtant. Je monte la chercher. S'il te plaît, accompagne mon père jusqu'au salon, Norma.

Élisabeth s'élança vers l'étage. Guillaume n'avait pas oublié la disposition des pièces, mais il ne se décidait pas à entrer dans la salle à manger. Il cédait à une étrange émotion, en se retrouvant dans le château.

Il se revit vingt ans plus tôt, ce fameux soir d'octobre où Cathy et lui étaient venus dîner ici, avec leur toute petite fille. Ils avaient annoncé d'emblée, en plein repas, leur prochain départ pour New York et une violente querelle avait éclaté.

— Monsieur Duquesne ? appela tout bas Norma.

Il chassa de son esprit ces réminiscences du passé, puis il offrit son bras à la jeune femme. Elle accepta, les joues roses d'une émotion incontrôlable.

Pendant ce temps, la famille Duquesne découvrait le grand salon et le majestueux sapin rutilant de décorations scintillantes. Laurent jouait les habitués, car il avait déjà eu l'occasion de visiter l'édifice, durant l'été.

— Eh bien, il y en a de l'espace, chuchota Yvonne à Pierre. Que c'est beau, dis donc. Je suis contente, si tu savais…

Le meunier forçait sa moue indifférente, mais il était quand même impressionné. Il adressa un faible sourire à son épouse, dont il était assez fier. Coiffée d'un chignon souple, des anneaux d'argent aux oreilles, Yvonne avait mis une robe de sa jeunesse, en faille mordorée, qui soulignait ses formes, si souvent cachées par la blouse de travail ou le tablier de cuisine.

Justin faisait de son mieux pour mettre ses hôtes à l'aise. Il se réjouissait autant qu'Élisabeth de les accueillir, et son sourire chaleureux dissipait la gêne que les uns ou les autres auraient pu ressentir.

Denise assumait seule le service, avec zèle et amabilité. Elle présentait des sièges, proposait des boissons, secondée par Sarah qui tenait à se rendre utile. Antoine paraissait à son aise. Il avait pris place au coin de la haute cheminée en marbre et le reflet du feu irisait d'or sa chevelure blanche. Le vieil homme se livrait à son loisir favori, observer ceux qui l'entouraient d'un regard le plus souvent tendre et indulgent. Il se leva cependant lorsque Maybel Woolworth apparut au bras d'Élisabeth. Bonnie poussa une petite exclamation joyeuse, vite imitée par la plupart des convives. Antonin fut le plus véhément.

— *Grandma*, tu es très jolie ! claironna-t-il en se précipitant sur elle. J'adore ta robe, c'est tout doux.

Il s'empressa de caresser le velours noir, son minois levé vers Maybel. Justin la suivit pour lui tendre une coupe de champagne.

— Nous vous attendions, madame, dit-il gentiment.

Jean se chargea d'en offrir une à sa nièce, dont la beauté le subjuguait toujours. Élisabeth étrennait une toilette en fine mousseline rose, piquetée de plumetis neigeux, au décolleté un peu audacieux. Sa chair nacrée resplendissait sous la lumière des lustres. Un rang de fausses pierreries retenait en arrière ses longs cheveux bruns, laissés libres sur ses épaules.

— Notre princesse, voulut-il plaisanter, en toisant Guillaume.

Il provoqua un éclat général de gaieté. Pour tous, en cette veille de Noël, l'ancienne forteresse n'abritait plus aucun maléfice et l'ombre de l'ignoble Hugues Laroche s'était estompée. On jetait des yeux éblouis sur la table où s'alignaient un superbe service en porcelaine blanc et or, des verres en cristal étincelants, de petits bouquets de houx et de lierre.

Maybel commença à savourer l'atmosphère enchanteresse, aidée en cela par le champagne. Elle dégustait les toasts de foie gras, picorait des amandes grillées et salées. Bonnie, de son côté, lisait le menu qui était disposé à sa place, indiquée par un carton brillant où figurait son prénom.

— Si tu nous annonçais les bonnes choses que nous allons manger, suggéra Jean, qui se montrait fidèlement le plus enjoué des trois frères Duquesne.

— D'accord, répliqua-t-elle. Ainsi je pourrai traduire en anglais pour madame Maybel et Norma.

Pierre sourcilla, amusé. Il oubliait souvent que sa belle-sœur était née à New York et parlait encore couramment la langue du pays où elle avait grandi et vécu des années, par la suite.

— Alors... Bisque de homard, vol-au-vent aux cèpes, dinde rôtie et sa purée de châtaignes, gâteau moka et *Christmas cake* en dessert.

— Il y a aussi des pommes de terre sautées en garniture, avec la dinde, déclara Élisabeth.

Elle leur souriait tour à tour, encore incrédule. Son père, ses oncles, son cher pépé Toine étaient venus dîner au château. C'était un événement, une sorte de miracle dont elle garderait précieusement le souvenir.

— Je suis tellement heureuse, dit-elle, au bord des larmes. Je vous remercie tous, du fond du cœur.

Il y eut un concert d'exclamations attendries. Élisabeth s'empressa de lever sa coupe de champagne. Elle enveloppa de son regard bleu le gracieux visage de Sarah, toute fière d'avoir une vraie robe de jeune fille, en taffetas rouge, la frimousse malicieuse d'Antonin, puis tous ces doux sourires qui lui étaient dédiés.

— C'est un vrai soir de fête, le premier depuis longtemps, murmura-t-elle.

Deux heures plus tard, après un excellent repas, eut lieu l'ouverture des cadeaux, disposés sous le sapin par Élisabeth et Justin, à la fin du dessert. Ils les avaient entreposés dans le boudoir adjacent et là encore, en se retrouvant seuls, ils s'étaient embrassés passionnément, grisés par le champagne et la bonne humeur de tous.

Jean et Guillaume se chargèrent d'allumer les chandelles minuscules qui éclaireraient l'arbre de Noël.

Antonin, recru de fatigue, promit de jouer, dès qu'il se lèverait le lendemain, avec sa locomotive à friction, le jouet dont il rêvait. Sarah et lui montèrent se coucher après avoir embrassé tout le monde. L'adolescente, comblée par le nécessaire à coiffure et le collier qu'elle avait reçus, fut troublée quand elle posa ses lèvres sur la joue de Laurent.

— Je reviendrai à vélo pendant les vacances, lui souffla-t-il.

Maybel se montrait d'un entrain exubérant. Elle riait fort, esquissait des pas de danse en chantonnant. Pour la première fois, Norma s'en inquiéta.

— Madame est ivre, confia-t-elle à Bonnie, assise à ses côtés sur la méridienne. Je ne l'ai jamais vue se conduire ainsi.

— Sans doute, mais elle s'amuse, elle oublie son deuil.

Elles s'étaient rapprochées au cours de la soirée, puisqu'elles pouvaient bavarder en anglais. Toutes deux avaient de plus servi les Woolworth pendant plusieurs années. Soudain de la musique s'éleva. Justin avait mis en marche le gramophone, sous l'œil intéressé de Laurent.

— Papa, m'accorderais-tu cette valse ?

Radieuse, Élisabeth tendait les mains à son père, debout près de la cheminée.

— Comment refuser, ma princesse ! Mais je te préviens, je suis un piètre danseur.

— Tu es trop modeste, Guillaume, protesta Jean. Tu faisais virevolter toutes les jolies filles du village, les soirs de bal.

Son frère eut un sourire teinté de nostalgie, sans daigner lui répondre. Il entraîna sa fille sur le parquet ciré et ils se mirent à tournoyer doucement, les yeux dans les yeux. Bientôt Yvonne et Pierre les rejoignirent. Le couple était très satisfait de sa soirée et des présents qu'on lui avait faits, auxquels s'ajoutait une boîte de chocolats.

Justin invita Norma, qui n'osa pas refuser. Elle était novice en la matière et se laissa guider. Le doyen, Antoine, fumait sa nouvelle pipe en racine de bruyère, son regard bleu errant de l'un à l'autre des danseurs.

Laurent changea le disque dès qu'il s'acheva, en choisissant encore des valses. Élisabeth se précipita vers Justin, tandis que Guillaume s'inclinait devant Norma. Frémissante de joie, elle fut vite comblée d'évoluer aux bras d'un cavalier aussi doué.

— Vous êtes très jolie, murmura-t-il en anglais, ce qui la surprit.

Il avait appris la petite phrase par cœur, et il fut ému de voir se colorer de rose les joues de la blonde Américaine. Près d'eux, Jean et Bonnie valsaient avec légèreté.

— As-tu remarqué comment Guillaume se conduit avec Norma ? chuchota Jean à l'oreille de son épouse. Quel âge a-t-elle, cette belle fille ?

— Elle aura trente ans au mois de janvier, le renseigna Bonnie.

— Alors, rien n'est impossible, hasarda le cadet des Duquesne avec un clin d'œil.

Élisabeth, elle aussi, venait de constater l'intérêt que son père portait à Norma, mais elle décida d'y songer plus tard. Sa main emprisonnée dans celle de Justin, qui la tenait par la taille, elle aurait voulu valser avec lui jusqu'à l'aube.

— Tu vas bientôt devoir ramener pépé Toine et le reste de la famille à Montignac, soupira-t-elle. Il n'y aura pas de place pour moi dans l'automobile, c'est dommage, au retour, nous aurions été seuls.

— Crois-tu que nous céderions à la tentation, en voiture, par ce froid ? répondit-il tout bas. Il neige à nouveau. Tu seras mieux au creux de ton grand lit bien chaud.

— Justin, mon amour, nous ne pouvons pas continuer comme ça, je ne pense qu'à toi, du matin au soir, déplora-t-elle.

— Je subis le même tourment, avoua-t-il. Mais tu as fait un serment, je m'en voudrais si tu le rompais à cause de moi.

Maybel, accoudée au piano à queue, les observait. Elle riait doucement car elle imaginait que son mari était près d'elle, qu'il l'embrassait. Ensuite, ils se coucheraient et ils s'adonneraient aux savantes joutes amoureuses dont Edward avait le secret.

Sa solitude, son statut de veuve lui semblèrent soudain intolérables. D'un trait, elle vida le verre de cognac qu'elle s'était servi discrètement. Sa vue se brouilla, elle fut prise d'une envie de crier son chagrin, sa désespérance.

— Je suis seule ! hurla-t-elle, le regard fou. Je suis tellement seule ! Au secours ! Je veux mon mari, je veux Edward !

Tous la virent avancer en titubant au milieu du salon, agitée de gestes désordonnés. Elle chancela, livide. Pierre la rattrapa à temps. Il n'eut pas d'autre choix que de la garder contre lui.

— *Mummy*, ma pauvre *mummy* ! s'écria Élisabeth. Oncle Pierre, il faut l'allonger sur la méridienne.

— Seigneur, elle a perdu connaissance ! s'affola la gouvernante. Que pouvons-nous faire, Lisbeth ? Un docteur ne se déplacera pas à cette heure-là.

Élisabeth, forte de ses cours d'infirmière, vérifia le pouls de sa mère adoptive, puis elle écouta son cœur. Un peu rassurée, elle l'embrassa sur le front.

— C'est un léger malaise. Elle dort à présent, mais je vais la surveiller. Je pense que *mummy* a abusé du champagne…

L'incident sonna le glas de la fête. Justin organisa le départ des Duquesne, qu'il raccompagnait au moulin à raison de deux voyages. Les premiers à prendre place dans l'automobile furent Bonnie, William chaudement emmitouflé dans ses bras, Jean, Laurent et Antoine.

— Nous vous tiendrons compagnie, affirma Guillaume en s'adressant à sa fille et à Norma.

Quand la cérémonie des « au revoir » se termina, Justin lança à Élisabeth un regard brûlant de désir. Mais elle se détourna, gênée, pour se pencher sur Maybel.

13

Une nuit d'hiver

Château de Guerville, mardi 25 décembre 1906

Le château était plongé dans un profond silence. La montre d'Élisabeth indiquait 2 heures du matin. Elle refusait d'aller se coucher tant que Justin ne serait pas de retour. Seule dans le grand salon à présent désert, la jeune femme respirait avec un peu de mélancolie le parfum du gigantesque sapin.

— Que fait-il ? Je dois lui parler, s'exaspéra-t-elle.

Elle était inquiète de le savoir au volant de la De Dion-Bouton sur des routes à peine carrossables. De Guerville à Montignac, ou de Montignac à Guerville, Justin avait pu avoir un accident. Drapée dans un déshabillé en satin ivoire, Élisabeth se posta à l'une des fenêtres.

Le vent du nord avait chassé les nuages et un quartier de lune dispensait une luminosité argentée sur le parc enneigé. La beauté féerique du paysage lui poigna le cœur.

— Reviens, Justin, c'est une si belle nuit d'hiver.

Son souhait fut exaucé quelques minutes plus tard. Deux ronds jaunes apparurent au bout de l'allée, qui grossirent à vue d'œil. Elle distingua bientôt le ronronnement du moteur. Justin se gara au plus près. Vite, Élisabeth courut jusqu'au hall, afin de l'empêcher de monter directement à l'étage.

Ils se trouvèrent face à face. Elle le prit par la main pour l'emmener vers le salon.

— J'avais peur qu'il te soit arrivé quelque chose, dit-elle. Il est très tard.

— Mais j'ai fait deux allers-retours, ma princesse. Je suis un peu fatigué. La voiture faisait des siennes, sur la fin du trajet. Je craignais de devoir rentrer à pied. Les chevaux sont plus fiables. Comment va madame Maybel ?

— Elle s'est réveillée il y a une heure. C'était vraiment étrange, elle ne se souvenait de rien, ou de presque rien. Norma prétend que *mummy* avait abusé du vin, du cognac. Nous l'avons aidée à se coucher. Moi, je n'aurais jamais pu m'endormir sans que tu sois en sécurité, ici, chez nous…

— Élisabeth, c'est doux à entendre, ce « chez nous ». Pourtant, au fond, tu es surtout chez toi. Qu'est-ce que je suis ? Un bâtard légitimé, le fils d'une criminelle et d'une brute perverse.

— Oh ! Ne dis pas ça, par pitié.

— Je suis désolé, j'étais heureux, ce soir, mais j'avais parfois l'impression de jouer un rôle, celui du châtelain en titre. J'en ai rêvé, d'être riche, de diriger le domaine, à l'époque où tu venais de repartir pour New York. Pépé Toine m'avait mis en garde, je salissais mon âme en trichant, en tentant de gagner l'affection de Laroche.

— N'y pense plus, mon amour, supplia-t-elle. Peu importe le passé, nous sommes là, ensemble.

Élisabeth l'enlaça, frotta sa joue contre le cuir froid de sa veste. Elle ouvrit le lourd vêtement pour glisser ses mains autour de lui.

— Tu sens bon l'hiver, la neige, le givre, murmura-t-elle.

— Hum, je crois sentir surtout l'essence, plaisanta-t-il, sans oser la repousser. Élisabeth, il est tard, tu devrais aller te reposer. Moi j'ai envie de faire un brin de toilette et me réchauffer dans mon lit. Tu devrais faire pareil.

— J'ai mis une bouteille en grès remplie d'eau bouillante, dans ton lit. Tes draps me paraissaient glacés, avoua-t-elle.

— Une gentille attention, concéda Justin. Eh bien, montons en même temps.

La température qui régnait dans le hall et l'escalier était glaciale. Élisabeth frissonna.

« Il n'a même pas cherché à m'embrasser, se disait-elle, déçue. Nous aurions pu rester un peu près du sapin. »

Justin lui donna un baiser sur le front, devant la porte de sa chambre, puis il se dirigea vers la sienne, sans paraître remarquer que la jeune femme demeurait dans la pénombre du couloir. Elle attendait, indécise, dans le doute, serrant entre ses doigts la médaille de baptême de Catherine.

— Maman, je t'en prie, que dois-je faire ? Je l'aime tant, maman.

Une phrase se formula alors dans son esprit, comme une réponse à sa question : « Dieu est amour, Jésus est amour, qui peut condamner le véritable amour ? »

Peut-être parce qu'elle était déjà déterminée, Élisabeth n'hésita plus. Elle alla d'abord s'assurer que Sarah et Antonin dormaient profondément. Son fils tenait une peluche de chien dans une de ses menottes, le délicat profil de l'adolescente était en partie dissimulé par ses boucles noires.

Elle ressortit peu après, sur la pointe des pieds. Justin n'avait pas fermé à clef, puisqu'il ne redoutait plus une intrusion de Germaine. Il était encore dans le cabinet de toilette jouxtant sa chambre.

Élisabeth eut soin, elle, de tourner la clef. Le cœur battant à se rompre, elle se glissa dans le lit. Là, elle dénoua la ceinture de son peignoir, le souffle court, malade de désir. Afin d'apaiser sa nervosité, elle fixa la flamme de la bougie qu'un imperceptible courant d'air faisait trembler.

Un bruit de pas, le grincement de la porte étroite du réduit. Justin approchait. Elle se tourna vers lui, avec un tel sourire qu'il comprit tout de suite.

— Viens, implora-t-elle à voix basse. Je t'en prie, ne me dis pas de m'en aller. Tu étais si distant, tout à l'heure, dans le hall.

— C'était pour t'aider à respecter ta promesse, Élisabeth, tu le sais, et ça me coûte souvent des efforts surhumains.

Il était torse nu, ses cheveux blonds ébouriffés, seulement vêtu d'un caleçon long.

— Je ne t'avais jamais vu ainsi, Justin, et tu me plais infiniment. Quant à ma promesse, j'y renonce, je te dirai pourquoi… mais plus tard. C'est notre nuit, la nuit de Noël, nous ne l'oublierons pas, cette date.

— Serais-tu mon cadeau, ma princesse ? dit-il en s'allongeant près d'elle. Si c'est le cas, je voudrais en profiter… J'ai tant rêvé de ton corps, que je devine sous tes robes.

Sa respiration s'accéléra. Élisabeth se redressa un instant, afin d'enlever son déshabillé et de repousser la literie. Elle se débarrassa ensuite de sa chemise de nuit et s'étendit à nouveau, offerte.

— Que tu es belle, dit-il. Plus belle encore que je ne le pensais.

Justin la contempla, émerveillé. Il commença à parcourir les lignes de son corps du bout des doigts, comme pour apprendre le contour de ses formes ravissantes, de ses seins ronds à son ventre, de ses cuisses à ses hanches.

« Tous ces trésors, j'y ai enfin droit », se disait-il.

Il donna de chauds baisers à ses mamelons bruns, tandis qu'elle lui caressait les épaules, le dos. Pour la jeune femme aussi, c'était une découverte. Justin, mince et musclé, avait une chair mate, dorée, qu'elle effleura de sa bouche.

— Je n'en pouvais plus, mon tendre amour, confessa-t-elle d'une voix altérée. Il n'y a que toi pour moi, aucun autre homme ne me touchera, désormais.

Il la fit taire d'un premier baiser où il se livra de toute son âme, où elle régnait en souveraine, depuis des années. Élisabeth, envahie de sensations voluptueuses, savourait sa nudité. Justin abandonna ses lèvres pour, une fois à genoux, l'obliger d'un geste doux à lui présenter la fleur intime de sa féminité. Il fut bientôt enivré de son parfum musqué, de son calice tiède, moite, dont il agaça le bouton secret, au point de la faire gémir et trembler de plaisir.

Cependant Élisabeth, haletante, l'appela tout bas, après avoir plongé ses doigts parmi ses cheveux blonds.

— Viens ! Je te veux en moi, tout de suite. C'était si bon, là-bas, à New York, tu te souviens ?

— Je m'endors en évoquant ces moments de pur bonheur, ma bien-aimée, balbutia-t-il, en proie à un délire sensuel.

— Alors viens vite.

Elle l'attira entre ses bras, avide de ses baisers. Justin ôta son caleçon. Son sexe durci frôla le ventre d'Élisabeth. Elle noua ses doigts menus autour de lui, les fit jouer de façon câline, si bien que son amant retint un bref cri d'extase.

— Je t'aime, ma princesse, ma déesse, et tu es là, enfin, toute à moi.

Sur ces mots, il la pénétra lentement, sans la quitter des yeux. Elle lui souriait avec une expression proche de la douleur, tant la joie la submergeait. Comblée de le sentir s'abîmer en elle, d'un élan maintenant plus vigoureux, la jeune femme rejeta la tête en arrière, paupières mi-closes.

— Mon amour, dit-elle avec un profond soupir heureux.

Des ondes exquises la parcouraient, de plus en plus intenses, pareilles à d'insolites pétillements de sa chair. Son esprit se fit confus, elle succombait à un plaisir proche du délire sensuel.

— Toi et moi, Justin, pour toujours, dit-elle d'un ton surpris. Ne me laisse plus jamais, jamais.

Il en aurait pleuré, car s'il exultait de la posséder, il était aussi comme blessé par l'amour infini qui le transportait.

— Je voudrais rester en toi pour l'éternité, chuchota-t-il, sans cesser d'aller et venir en elle, sur une douce cadence à présent.

Ils s'étreignirent, en s'embrassant longuement. Élisabeth ne s'apercevait pas qu'elle pleurait de bonheur, ce même bonheur, pur et radieux, dont Justin avait parlé un peu plus tôt.

Soudain, avide d'éprouver le paroxysme de jouissance qu'ils avaient partagé déjà une fois, elle plaqua ses mains sur les reins de Justin, pour lui imposer des mouvements plus rapides, plus énergiques. Il répondit à son attente, affolé par le feu qui les consumait tous les deux.

Élisabeth, cambrée, tournait la tête de droite à gauche, puis de gauche à droite. Elle respirait par saccades, bouche bée, et un cri de déception lui échappa, lorsque Justin s'immobilisa un instant.

— Encore, je t'aime, je te veux, encore, murmura-t-elle.

Il n'était plus capable de se dominer. Elle croisa les jambes autour de lui, pour mieux se donner. Ils atteignirent ensemble un summum de félicité, étroitement enlacés, ne faisant plus qu'un, leurs corps secoués par des spasmes langoureux.

Enfin Justin se laissa rouler sur le côté, mais il attira aussitôt Élisabeth contre son épaule, pour couvrir son visage de légers baisers.

— Merci, dit-il à son oreille. Sur le chemin du retour, je ne pensais qu'à toi. J'ai même imaginé que tu étais ma femme et que tu m'espérais, couchée ici, entre ces draps. Tu as froid…

Il remonta couverture et édredon sur eux. Élisabeth se serra encore plus près de lui.

— J'ignore pourquoi, mon amour, répondit-elle, mais dès que tu es revenu sain et sauf, ce soir, tout à coup je n'ai plus eu peur de rien. La vie est parfois si courte, un accident peut survenir, à toi ou bien à moi. Alors j'ai douté de la valeur de ma promesse faite à Dieu, lorsque je me désespérais, après la disparition d'Antonin. Peut-être que beaucoup de gens font ça, ils s'engagent vis-à-vis d'un être mystérieux, d'une divinité, ou du diable, sûrement pour se rassurer ou conjurer le destin.

— Et tant d'ignominies, d'injustices, de crimes et d'horreurs sont commis sur terre, à chaque instant, sommes-nous les plus grands pécheurs ? Laroche a coulé de paisibles années après avoir harcelé sa propre fille, et il ne semblait pas rongé par le remords et la honte, après ce qu'il a osé faire, à toi, à Germaine. Ne crains rien, ma princesse, tu ne seras pas punie.

— Je veux le croire, car j'ai reçu un étrange message avant de te rejoindre, de cette petite voix intérieure que je pense être celle de maman, de son âme tendre et généreuse, expliqua Élisabeth. On me disait que Dieu et Jésus n'étaient qu'amour, que le véritable amour ne pouvait être condamné.

— Alors nous devons garder cette phrase au fond de nos cœurs, et nous aimer de toutes nos forces.

Justin chercha ses lèvres. Il recommença à caresser la jeune femme, avec un peu moins de hâte.

— Pas une parcelle de ton beau corps ne sera privée de mon adoration, de mes baisers, promit-il en souriant. Je ne connais pas tout…

Il voulut la revoir toute nue, et à genoux en travers du lit, il l'admira. Élisabeth ressentit la morsure grisante du désir, mais elle se releva et le fit s'étendre, pour se placer au-dessus de lui. La bougie brûlait encore. Justin, ravi, ébloui, put se rassasier du charmant tableau qu'elle lui offrait, en s'empalant délicatement sur son membre tendu.

— Ma belle amazone, parvint-il à dire, frémissant de plaisir.

Elle le chevaucha, les yeux fermés, les seins dressés et agités par ses déhanchements lascifs. Ses longs cheveux bruns, défaits, lui conféraient une apparence de sublime sauvageonne.

— Je peux mourir, maintenant, exhala Justin.

— Oh non, surtout pas, dit-elle en haletant. Je te l'interdis.

Ils rirent en silence, avant de s'embrasser, puis de quêter d'un même élan une nouvelle extase. Il faisait noir dans la chambre quand ils s'accordèrent une dernière étreinte passionnée, malgré leur épuisement.

Élisabeth et Justin s'endormirent aussitôt après avoir eu l'impression de s'envoler ensemble vers un paradis lumineux, loin du monde terrestre, de ses lois et de ses tristes conventions.

Moulin Duquesne, même jour,
mardi 25 décembre 1906

Yvonne chantonnait tout bas un air de valse en préparant le repas de midi. Elle revivait la soirée de la veille, où elle avait eu la sensation d'être une autre femme, dans le cadre enchanteur du château de Guerville. Son mari s'était montré joyeux et galant. Elle se répétait les compliments dont il l'avait gratifiée, ses sourires d'homme épris qui les avaient ramenés au doux temps de leurs fiançailles. De retour au moulin, Pierre lui avait témoigné d'une autre manière sa fougue amoureuse, au creux de leur grand lit. Les joues rouges, Yvonne eut un court frisson de bonheur.

— Maman, je vais donner du foin à la mule ! lui cria Laurent après avoir dévalé l'escalier.

Grâce aux largesses d'Élisabeth, le couple de meuniers avait racheté une mule, une bête de cinq ans, robuste et docile. Ils n'avaient plus besoin d'emprunter le cheval de trait d'un voisin pour les livraisons qu'ils effectuaient parfois.

— Non, pas dans ton costume du dimanche. Tu t'en occuperas cet après-midi. Ton père l'a nourrie hier soir. Dis donc, tu es content, toi, hasarda sa mère. Tu l'aimais bien, notre vieux mulet.

L'animal était mort trois ans auparavant, mais Pierre, qui prônait l'économie, avait refusé de le remplacer. C'était chose faite.

— Je ne me salirai pas, maman, c'est promis.

— D'accord, tu me rapporteras un panier de bois, à l'occasion, ajouta Yvonne. Dépêche-toi, sinon nous serons en retard à la messe. Pépé Toine va descendre, nous y allons tous les trois, puisque ton père et Jean ne veulent pas suivre l'office. Bonnie prétend qu'elle est trop fatiguée. Notre famille finira par manquer de religion.

L'adolescent sortit, mais il rentra aussitôt, l'air inquiet. Sa mère, étonnée, l'interrogea :

— Eh bien, qu'est-ce que tu as ?

— Il y a une femme, à l'entrée de la cour, on dirait Mme Defarge, l'épouse du gendarme.

— Tu as dû te tromper, le brigadier Defarge a demandé sa mutation le printemps dernier, ils sont partis du côté de Libourne, en Gironde.

— Je te dis que c'est elle, maman, et puis elle a un enfant sur le bras. Un tout-petit !

— Seigneur, tu me racontes des sottises, là ! protesta Yvonne.

Elle se précipita néanmoins sur le seuil de la maison, pour observer l'énigmatique visiteuse. La femme s'approchait à petits pas. Il s'agissait bien de Solange Defarge, la tête en partie dissimulée par le capuchon d'une ample pèlerine. En voyant Yvonne, elle marcha plus vite. L'enfant qu'elle tenait semblait somnoler.

— Madame Duquesne, je suis navrée de vous déranger un jour de Noël, dit-elle une fois en bas des deux marches du perron.

— Entrez, il fait froid, proposa Yvonne, qui se demandait avec angoisse ce que leur voulait l'épouse du brigadier.

— Non, ce n'est pas la peine. Je vous confie la petite, pour lui éviter de se retrouver à l'Assistance publique.

— La petite ? Mais… d'où elle sort, cette mignonne ?

— Pardi, c'est celle de votre fils aîné, Gilles. On m'a dit au village qu'il était dans l'armée.

Un vertige terrassa Yvonne. Elle dut s'appuyer au chambranle de la porte tellement ses jambes tremblaient. Laurent, debout à ses côtés, écoutait la conversation.

— Attendez un peu, madame Defarge, il ne faut pas nous prendre pour des imbéciles, quand même ! s'insurgea la meunière. D'après ce que je sais, Irène avait accouché d'un bébé mort-né ! Maintenant vous me présentez une petite qui m'a l'air en bonne santé.

Une rafale de vent glacé fit grimacer l'enfant. Un cri plaintif lui échappa.

— Mais entrez donc, à la fin, ce n'est pas un temps à trimballer un petit de cet âge.

— Yvonne, qui est-ce ? fit la voix d'Antoine, depuis l'intérieur. Venez tous au chaud, la pièce se refroidit à laisser ouvert ainsi.

— Je reprends la patache pour Vouharte dans une demi-heure, plaida Solange Defarge. Je préfère ne pas m'attarder.

Elle tendit le bébé à Yvonne qui fut bien obligée de le prendre.

— Ne vous sauvez pas, madame ! ordonna-t-elle. Il nous faut une explication.

En guise de réponse, celle-ci tendit un baluchon et commença à reculer.

— Il y a une lettre de mon mari, vous les aurez vos explications. Nous sommes des gens respectables, madame Duquesne. On ne peut pas élever cette petite malheureuse qui vient de perdre sa mère. Je suis sûre que vous en prendrez soin, qu'elle trouvera un foyer ici.

— Seigneur Dieu, pépé Toine, venez vite ! appela Yvonne.

Le vieil homme la rejoignit sur la pierre du seuil, après avoir écarté Laurent. Il arriva pour voir Solange Defarge s'enfuir en courant.

— Jésus Marie Joseph, se lamenta sa bru, en voilà une histoire encore. Cette femme est folle, elle nous impose une gosse venue d'on ne sait où !

— Oui, j'ai entendu ce qu'elle te disait à l'instant, avant de se sauver comme une voleuse, marmonna Antoine.

Il observa attentivement le bébé, qui paraissait avoir environ dix mois. De courtes boucles brunes ornaient son front bombé, et la petite le fixait de ses prunelles grises, piquetées d'or brun.

— On dirait Pierre au même âge, nota-t-il.

— Il paraîtrait que c'est l'enfant de Gilles, gémit Yvonne. Mais ce n'est pas possible, pépé Toine ! D'après Élisabeth, Irène avait bien eu une fille, mais morte à la naissance.

— Rentrons, ce n'est pas la peine que cette innocente petite chose attrape froid, recommanda son beau-père.

Laurent, exalté par ce coup du sort, trépignait sur place.

— Je vais chercher papa ! s'écria-t-il.

— Non, attends un peu qu'on lise cette fichue lettre, s'insurgea sa mère. Vous allez la lire, vous, pépé Toine. Moi, j'en suis incapable.

Yvonne avait les yeux noyés de larmes. Elle berçait d'un geste machinal la petite fille qui suçait son pouce, à présent.

— Voyons ça, soupira Antoine en ouvrant le baluchon. Laurent, passe-moi mes lunettes, mon garçon.

Il extirpa une enveloppe du linge plié dans le carré de tissu rayé. Des bruits de pas résonnèrent à l'étage, assortis du babil de William. Bonnie et Jean se préparaient à descendre à leur tour.

— Mon Dieu, si seulement Pierre avait été là, il aurait réagi autrement que moi, se plaignit Yvonne. Il a fallu qu'il décide de graisser les engrenages un matin de Noël. Boudiou, on en a de la misère, alors qu'on était si heureux hier soir.

— Calme-toi, lui conseilla Antoine, écoute plutôt.

Il s'assit au coin de la cheminée, la lettre entre ses mains.

Pour Yvonne et Pierre Duquesne,

C'est le cœur endeuillé que je vous écris car nous venons d'enterrer notre fille Irène, décédée à la fleur de l'âge d'un tragique accident. Son agonie ayant duré trois jours, nous avons pu être à son chevet pour recueillir son dernier soupir et ses dernières volontés.

Sur son lit de mort, notre pauvre Irène nous a avoué qui était le père de son enfant et nous avons été durement secoués en apprenant qu'il s'agissait de votre fils Gilles. Ainsi, ce garçon dont on ne pouvait même pas dire qu'il était adulte, avait déshonoré Irène, sans jamais se soucier des conséquences de sa conduite.

Il serait difficile de mettre en doute les paroles de notre fille qui n'a pas cessé de nous supplier. Elle voulait que sa petite Marie vous soit confiée et elle nous a expliqué pourquoi elle s'était refusée à dénoncer ce jeune individu sans moralité, afin de le protéger et de ne pas gâcher son avenir.

Mon épouse et moi, ma sœur et mon beau-frère, nous sommes des gens respectables et après les obsèques, nous avons tenu un conseil de famille. Aucun de nous ne souhaitait prendre en charge cette enfant illégitime. Ma femme, par bonté d'âme, s'est résignée à entreprendre le voyage jusqu'à Montignac, afin de suivre la volonté de notre fille.

Il me reste à confesser le mensonge dont nous nous sommes rendus coupables, par charité envers Irène, qui tenait absolument à élever son bébé. Nous lui avions permis de le faire, à condition que ce soit dans le plus grand secret et loin du village où j'étais en poste.

En fait, à notre grande stupéfaction, le nouveau-né s'était avéré viable, une fois réanimé par la sage-femme. D'un bon poids pour ses sept mois, gardé au chaud et allaité par sa mère, l'enfant s'est accrochée à la vie. Mais nous n'avons pas voulu divulguer ce petit miracle. Seul le curé de votre paroisse a su la vérité et il l'a baptisée Marie dès sa venue au monde. Irène tenait à ce prénom car elle avait beaucoup prié la Sainte Vierge pour que son enfant survive.

Ces derniers mois, ma fille était heureuse, malgré sa situation honteuse. Hélas, le destin a tranché. Irène, au retour d'une foire aux bestiaux, a été renversée par un attelage de deux chevaux. Elle est passée sous leurs sabots et sous les roues. Le médecin n'a pas pu la sauver et elle s'est éteinte dans de terribles souffrances.

Je compte, madame et monsieur Duquesne, sur votre sens de l'honneur pour prendre soin de cette enfant, désormais orpheline de mère, mais dont le père est votre fils.

Brigadier Defarge

— Eh bien, certains d'entre nous ne naissent pas sous une bonne étoile, déplora Antoine. Je plains de tout cœur cette pauvre jeune femme.

Bonnie et Jean, depuis l'escalier, avaient entendu les paroles du vieil homme. William, qui se débattait dans les bras de son père pour pouvoir gambader par terre, lança un cri de colère.

— De quelle femme parles-tu, papa ? demanda Jean.

— Mais il y a un bébé, enfin, un grand bébé ! s'exclama Bonnie. D'où vient ce bout de chou ?

Yvonne tenait toujours la minuscule fillette, enveloppée d'une capeline en pilou rose. Elle ne savait qu'en faire, sans chaise haute ni landau.

— Oh, c'est une affaire louche, Bonnie, déclara-t-elle. Un sale tour qu'on nous joue, juste avant la messe.

Pierre entra à son tour, en grosse veste de laine, coiffé d'un bonnet. Guillaume, qui devait déjeuner au moulin, le suivait.

— Je suis venu plus tôt donner un coup de main à mes frères, si jamais ils en avaient besoin, annonça le charpentier.

Il se tut immédiatement, à cause du cri de stupeur qu'avait poussé Pierre en découvrant un enfant inconnu dans les bras de sa femme.

— Mais qui est ce petit ? interrogea-t-il, sidéré.

— D'après la lettre du brigadier Defarge, il semblerait que ce soit Marie, votre petite-fille à Yvonne et toi, répondit le vieil Antoine. Passe-moi l'enfant, ma bru, ça l'amusera de regarder le feu.

Le doyen des Duquesne cala le bébé sur ses genoux, sous le regard incrédule de Pierre.

— Encore une fable pour me gâcher la vie ! rugit celui-ci. Donne-moi ce maudit papier !

Il tendit la main vers Jean, qui lisait à son tour le courrier du gendarme.

— C'en est fini de notre réputation ! clama Yvonne, désespérée. Que dirons-nous aux voisins, à nos clients ? Il faut prévenir Gilles, qu'il exige une permission.

— Bah, il a dû en avoir plus d'une, rétorqua Antoine, mais il préfère ne pas revenir ici. Ce n'est guère étonnant, vu la raclée que lui a infligée son père en apprenant ses exploits de coureur de jupons.

Laurent n'avait qu'une envie, grimper sur son vélo et aller au château avertir sa cousine Élisabeth. Seulement il n'aurait jamais la permission de ses parents. Il se résigna à assister à la scène mémorable qui eut lieu ce jour de Noël sous le toit du moulin.

Château de Guerville, le lendemain,
mercredi 26 décembre 1906

Sarah aidait Antonin à faire un bonhomme de neige, au beau milieu de la cour d'honneur du château. Le froid était moins mordant, mais des flocons ruisselaient encore.

— Il faudrait une carotte pour le nez, je vais en demander une à Hortense, annonça le petit garçon.

— Mais non, le bout de bois que j'ai mis va très bien.

Ils reculèrent un peu afin de contempler leur œuvre. Le bonhomme avait des châtaignes en place des yeux, un sourire tracé avec une brindille. Sarah lui avait noué un linge autour du cou, en guise d'écharpe, et le vieux Léandre leur avait donné un chapeau de paille en piteux état.

— Regarde, il y a quelqu'un qui arrive, dit Antonin.

— C'est Laurent, à bicyclette.

L'adolescente maniait de mieux en mieux la langue française. Ravie par la visite de son ami et admirateur, elle redressa la tête en esquissant déjà un sourire de bienvenue. Élisabeth lui avait acheté un manteau en peau de lapin blanc, avec une toque assortie. La fourrure claire mettait en valeur ses boucles noir de jais et son teint mat.

— Bonjour ! claironna Laurent en freinant d'un coup sec.

Il avait les joues et le nez rougis par sa course à vélo. D'un doigt, il releva son bonnet de laine à visière.

— Bonjour ! Tu as eu le droit de passer la journée ici ? s'enquit Sarah. La cuisinière fait rôtir un gigot d'agneau, pour midi.

— Ah, c'est chouette, parce que je déjeunerai là, je ne vais pas repartir aussitôt. Il est drôle, votre bonhomme de neige, il penche d'un côté.

Vexé, Antonin dut se rendre à l'évidence, leur création du matin paraissait prête à s'écrouler. Il tenta de redresser la tête, pendant que Sarah et Laurent se regardaient en silence, simplement heureux de se revoir.

— Bien, je dois parler à Élisabeth, précisa l'adolescent. On pourrait faire une bataille de boules de neige, tout à l'heure.

— Oui, si tu veux, concéda Sarah.

Mais Antonin n'avait pas envie d'attendre. Il s'empressa de confectionner une boule bien ronde qu'il lança dans le dos de Laurent. Roger, qui approchait, se prit au jeu.

Élisabeth assistait au spectacle depuis la chambre de Maybel. Attirée par les rires et les éclats de voix, elle s'était postée à une fenêtre.

— Viens voir, *mummy*, comme ils s'amusent !

— Je n'ai pas le courage de me lever, répliqua Maybel, nichée sous ses couvertures, une pile de revues au bout de son lit. J'ai la migraine et je suis transie, Lisbeth.

Norma, qui brodait, assise près de la cheminée, rejoignit la jeune femme de sa démarche souple. Elle lui tapota gentiment l'épaule, comme pour la consoler de la mauvaise humeur persistante de Maybel Woolworth. Toutes deux observèrent les gesticulations des enfants, qui avaient pris le palefrenier pour unique cible.

— Pauvre Roger, il a fort à faire, ils sont trois contre un, nota Élisabeth.

— C'est un garçon agréable, articula Norma tout bas, en français.

— Tu apprends notre langue, pourtant tu la trouvais très difficile.

— Si nous restons longtemps ici, je veux pouvoir parler avec les gens, répondit la gouvernante, mais en anglais. C'était une belle soirée, la veille de Noël. Je n'avais encore jamais vécu une si jolie fête. Votre père est un excellent danseur. Grâce à lui, j'ai appris la valse.

Norma se tut, reprise par une songerie qui ne la quittait plus. Elle avait éprouvé des sensations inconnues, dans les bras de Guillaume Duquesne. Elle avait dû s'avouer qu'il l'attirait comme un aimant, malgré leur différence d'âge.

« Il est tellement séduisant, on lui donnerait dix ans de moins, se dit-elle à nouveau. Mais je ne le reverrai pas souvent. »

Élisabeth, dont l'intuition était toujours aussi fine, avait perçu une émotion insolite dans la voix de son amie. Elle avait bien constaté le comportement inhabituel de son père envers Norma, cependant, elle était elle-même trop obsédée par Justin pour s'être attardée sur la question.

— J'étais heureuse que papa soit venu, alors qu'il avait décidé de ne jamais remettre les pieds au château, dit-elle en souriant. Je me demande encore ce qui l'a fait changer d'avis. Il me le dira peut-être un jour, mais j'étais comblée, tous ceux que j'aime étaient réunis autour de moi.

Maybel se redressa et s'appuya à ses oreillers. Elle avait écouté leur discussion.

— Et j'ai tout gâché, Lisbeth chérie, en me ridiculisant, déplora-t-elle. Les vins de ton pays sont redoutables, et ton oncle Pierre me resservait sans cesse. Je ne boirai plus, j'en fais la promesse.

— Ce serait bien, *mummy*, nous avons eu très peur. Ah, Laurent vient de rentrer par l'office, je descends voir pourquoi il est là, ce n'était pas prévu.

— Tu ne t'en doutes pas un peu ? plaisanta Maybel. Ton cousin est amoureux de Sarah, ça saute aux yeux.

— L'amour fleurit n'importe où, n'importe quand, en dépit des épreuves ou des barrières, soupira Norma en reprenant sa place près du feu. N'est-ce pas, Lisbeth ?

L'intonation de la gouvernante alerta Élisabeth. Elle craignit soudain d'avoir été démasquée.

« Lorsque j'ai quitté la chambre de Justin, hier matin, il faisait encore nuit mais il y avait du bruit au fond du couloir. Norma m'a peut-être vue… »

Cette perspective l'affola. Elle quitta la pièce après avoir répondu un « oui » presque inaudible.

Laurent arpentait le vaste hall, son bonnet à la main. Ses cheveux châtains avaient poussé et bouclaient sur sa nuque. Il cria de soulagement en voyant sa cousine apparaître au milieu du grand escalier en pierre.

— Ah, Élisabeth ! s'écria-t-il. Pépé Toine m'envoie. Il s'est passé du grabuge au moulin.

— Personne n'est malade ou blessé ?

— Non, mais ça ne vaut pas mieux.

Elle l'emmena dans le salon, qui était désert. Laurent jeta un coup d'œil rêveur sur le sapin aux décorations scintillantes.

— Les bons moments passent vite, déclara-t-il d'un ton résigné.

— Tu parles comme un grand-père, se moqua-t-elle. Et ce n'est pas vraiment exact, notre pépé Toine se montre plus optimiste, en règle générale.

L'adolescent approuva d'un signe de tête. Élisabeth le fit asseoir à ses côtés, sur la méridienne.

— Dis-moi ce qui se passe, Laurent. Si tu as fait dix kilomètres à vélo par ce temps, je suppose que c'est grave.

Il lui raconta, en la fixant de ses yeux bruns, comment et sous quel prétexte l'épouse du brigadier avait amené la petite fille au moulin.

— L'enfant de Gilles, te rends-tu compte ? Ma nièce, en fait. Un bébé de onze mois. Papa était fou de rage, oncle Jean a dû l'empêcher de partir aussitôt en ville. Il voulait confier la petite à des religieuses qui tiennent un orphelinat près de l'église Saint-Martial. Mais pépé Toine a refusé, il répétait que c'était son arrière-petite-fille et qu'elle grandirait chez nous. Maman ne faisait que pleurer, la pauvre. Finalement, Bonnie a monté l'enfant dans sa chambre.

— Mon Dieu, je ne peux pas le croire, avoua Élisabeth. Dans ce cas, Solange Defarge m'a outrageusement menti, lorsque je lui ai rendu visite, l'année dernière. Le bébé n'était pas mort. Est-elle mignonne, Laurent ?

— Magnifique, et elle ressemble beaucoup à mon père et à Gilles, pépé Toine l'a tout de suite remarqué, oncle Guillaume aussi. C'est bien triste, hein, pour Irène, qu'elle soit morte si jeune.

— Oui, la malheureuse n'a pas eu de chance dans la vie.

Élisabeth se releva. Elle ne pouvait plus tenir en place. Il lui sembla providentiel de voir apparaître Justin sur le seuil du salon.

— Je dois partir tout de suite pour Montignac, lui dit-elle. Je pourrais monter Galante, mais ce serait plus pratique en calèche.

Le jeune homme serra la main de Laurent tout en interrogeant Élisabeth d'un regard soucieux.

— Je te raconterai ce qui est arrivé pendant que tu atteleras les chevaux, dit-elle à Justin.

— Quel dommage, je ne peux pas venir avec toi, se désola-t-il. Je reçois un acheteur pour une pouliche cet après-midi.

— Ce n'est pas grave, il vaut mieux que je sois seule, affirma-t-elle. Laurent, tu as bien mérité de rester ici toute la journée. Roger te montrera le poulain d'Antonin, et vous pourrez faire une promenade dans le parc, avec Sarah et mon fils. Je monte m'habiller.

Sur le chemin de Montignac, une heure plus tard

Élisabeth menait la calèche à une vitesse qui effrayait Norma. La gouvernante avait tenu à l'accompagner, encouragée en cela par Maybel, inquiète à l'idée de savoir sa fille adoptive seule pendant le trajet.

— Si encore il ne neigeait pas ! s'était-elle récriée, depuis l'abri douillet de son lit à baldaquin. Lisbeth, je ne te reconnais plus, tu es d'une témérité, en France… Toujours à cheval, malgré le mauvais temps.

— N'aie pas peur, *mummy*, les chemins de campagne sont moins dangereux que les avenues de New York, avait rétorqué la jeune femme.

Justin et Roger avaient attelé un des cobs, le plus énergique. Au moment du départ, les amants clandestins s'étaient enfermés quelques minutes dans la sellerie.

— Sois prudente, ma princesse, avait murmuré Justin. Tu m'es si précieuse. Dis-moi, était-ce nécessaire d'aller au moulin dès aujourd'hui ?

— Oui, je ressens comme un appel, ils ont besoin de moi. Ne crains rien, mon amour, je reviens ce soir.

Ils avaient échangé un baiser où, l'espace d'un instant, leur avaient été redonnés toute la joie et le bonheur de la nuit où ils s'étaient enfin abandonnés à la passion qui les consumait.

Le visage fouetté par le vent, Élisabeth se souvenait encore des lèvres douces de Justin, de ses mains câlines sur ses joues.

— Je vous en prie, Lisbeth, ralentissez votre allure ! s'écria Norma. Personne n'est blessé ni malade. Vous souhaitez juste voir ce bébé.

— Pépé Toine n'aurait pas envoyé Laurent me prévenir s'il n'espérait pas ma visite. Aie confiance, Norma, je sais ce que je fais. Tiens-toi au montant du siège. Le cheval est en pleine forme, j'aurais tort de lui imposer une cadence plus tranquille.

Elles longeaient le fleuve, dont les eaux sombres absorbaient les flocons de neige dès qu'ils touchaient la surface agitée de remous.

— Il faut bavarder, tu oublieras ta peur, conseilla Élisabeth.

— De quoi voulez-vous parler, avec le bruit des sabots, des roues, et ce vent ?

— Je me tracasse au sujet de *mummy*, notamment. Il ne faudrait pas qu'elle recommence à s'enivrer. Justin m'a dit que c'était peut-être pour oublier son chagrin qu'elle avait bu autant. Et si ce n'était pas la première fois ?

— J'y ai réfléchi moi aussi, Lisbeth, après son malaise. Je me suis souvenue qu'à New York, parfois, je trouvais madame un peu bizarre, elle dormait beaucoup, ou elle titubait. J'ai pensé qu'elle était faible, puisqu'elle se nourrissait à peine.

Une bourrasque rejeta en arrière la capuche du manteau de Norma. Elle s'empressa de la réajuster, d'un air accablé.

— Je suis désolée, Lisbeth, j'ai manqué à mes devoirs, j'ai mal veillé sur madame.

— Non, tu étais seule avec elle. *Mummy* m'a confié que tu avais pris en charge toutes les tâches administratives, après le décès de *daddy*. Mon Dieu, je ne pouvais pas imaginer, en embarquant sur *La Lorraine*, que c'était la dernière fois que je le voyais. Je l'ai embrassé plusieurs fois, le cœur serré.

Norma approuva de son paisible sourire plein de douceur. Elle scrutait le paysage enneigé, le ciel lourd de nuages, tout impatiente d'atteindre Montignac où, elle en était certaine, elle reverrait Guillaume.

— Je voudrais tant redonner à *mummy* le goût de vivre, ajouta Élisabeth. Son deuil est très récent, je le sais, mais il y aurait sans doute un moyen de la consoler un peu. Norma, qu'est-ce qui lui ferait plaisir ?

— Madame réclamait souvent un petit chien à monsieur, mais il a toujours refusé. Oh, Lisbeth, je suis certaine que si vous offriez un chiot à votre *mummy*, elle serait ravie.

La suggestion de Norma enchanta Élisabeth. Elle fit ralentir le cheval et se tourna vers la gouvernante.

— Bien sûr, tu as raison. *Mummy* pourra le cajoler, ça l'obligera à sortir le promener. Il n'y avait plus de chien au château, quand je suis revenue pour la première fois, mais Bonne-maman Adela possédait un bichon, lorsque j'étais toute petite. Norma, je ne te remercierai jamais assez d'avoir suivi *mummy* en France. Et je vais te dire un secret qui n'en sera plus un très longtemps.

— Je vous écoute, ma chère Lisbeth.

— J'ai l'intention de demeurer à Guerville, même après les fêtes. Sarah et Antonin iront à l'école du village. Depuis que vous êtes toutes les deux au château, *mummy* et toi, je m'y sens chez moi. Papa sera déçu, mais il se plaignait que nous étions très à l'étroit. Et puis, il n'a que quatre cents mètres à faire pour être au moulin, en famille…

Norma retint un soupir. Elle cédait au romantisme, à des milliers de kilomètres de son Kansas natal, du rigorisme de son père, un austère pasteur.

« Comme j'aimerais prendre soin de Guillaume, vivre auprès de lui, dans sa petite maison… »

Moulin Duquesne, même jour,
une demi-heure plus tard

Les Duquesne au grand complet étaient réunis autour de la longue table en bois sombre où tant de repas avaient eu lieu, depuis le mariage d'Ambroisie et d'Antoine. Yvonne tenait la petite

Marie dans ses bras. Elle n'avait pas eu de fille, si bien que ses préventions et ses angoisses n'étaient plus de mise. L'enfant avait fait sa conquête.

— Je refuse de garder une bâtarde sous mon toit ! rugit Pierre en pointant un index menaçant en direction de son épouse. Les clients se font rares, à cause de la grosse minoterie qui s'est ouverte dans un faubourg d'Angoulême. Alors une bouche à nourrir en plus, il n'en est pas question.

— Mais ça ne mange pas grand-chose, à cet âge, plaida Bonnie, apitoyée par le sort tragique du bébé.

— Pierre veut peut-être nous signifier que nous sommes de trop, hasarda Jean d'un ton sec. J'ai compris, ma femme, autant que je cherche un emploi si je suis inutile ici.

— Du calme, mes garçons, ordonna Antoine. Vos prises de bec m'épuisent. Depuis hier matin, on n'entend plus que des cris, des vociférations. On se demande comment cette pauvre petiote peut dormir.

Bonnie et Yvonne acquiescèrent d'un même mouvement de tête réprobateur. Guillaume, le moins concerné, se décida à donner son opinion :

— C'est l'enfant de Gilles. Pierre, tu dois mettre ton fils face à son devoir de père. Qu'il quitte l'armée et vienne travailler au pays. Il paiera la nourriture de la petite.

— Non et non ! aboya son frère en tapant sur la table. C'est une histoire de principes. Les Defarge n'avaient pas le droit de nous traiter comme des moins-que-rien. Ils se sont débarrassés de cette gosse sans aucun scrupule. Pourquoi ce serait à Yvonne et à moi de prendre en charge la bâtarde de leur traînée ?

— Seigneur, Pierre, veux-tu te taire ! s'exclama Antoine. Tu insultes une jeune femme qui vient de mourir ! Dans ce cas, Gilles ne vaut guère mieux.

Le vieil homme se signa. Il avait prié pour ramener la paix dans sa famille, bien en vain. La hargne de son aîné le peinait profondément.

— Suis-je encore le maître sous ce toit où mon épouse a mis au monde trois fils ? clama-t-il, livide. Le logis, les bâtiments, les terres, tout m'appartient, je n'en ai pas fait don, que je sache, ni à toi, Pierre, ni à Jean ni à Guillaume. Gilles a commis une grave erreur, lourde de conséquences, mais je veux bien en payer le prix. Je vais vendre la parcelle plantée de peupliers, on m'en avait proposé une bonne somme, l'an dernier. La pension de Marie sera assurée.

— Tu serais le plus riche du monde, papa, que tu ne pourrais pas me forcer à héberger cette petite, la preuve vivante que mon fils est un dévoyé, un voyou. Vous vous demandiez tous pourquoi Gilles ne venait pas en permission, je peux vous le dire, je lui ai interdit de se présenter ici.

— Mon Dieu, tu n'as pas fait ça, Pierre ? hurla Yvonne.

— Si, je l'ai fait. Maintenant, assez causé, le grain ne va pas se moudre tout seul. Jean, au boulot !

Ulcéré par la dureté de son frère, Jean s'apprêtait néanmoins à obéir. Un hennissement tout proche stoppa son élan. De la grange, la mule répondit au cheval par un cri discordant. Guillaume fut vite debout. Il vit une calèche dans la cour.

— Nous avons de la visite, c'est Élisabeth !

Le vieil Antoine se détendit. Sa petite-fille avait compris l'urgence de la situation. Il la vit entrer de son pas aérien, toujours d'une beauté radieuse, malgré son expression alarmée. Norma, intimidée, la suivait de près. Guillaume avait accueilli les deux jeunes femmes d'un même sourire attendri.

— Oh, alors voici Marie, dit Élisabeth en prenant dans ses bras le poupon que lui tendait Yvonne. Qu'elle est belle, quel petit ange ! Je tiens à être sa marraine.

Le silence se fit. Un nouveau combat s'annonçait…

14

Cendres amères

Moulin Duquesne, même jour, même heure

La soudaine apparition des deux jeunes femmes avait provisoirement dissipé la tension qui régnait dans la cuisine du moulin. Elles étaient très élégantes dans leur costume d'hiver en épais velours, l'un vert foncé pour Norma, le second d'un brun chatoyant pour Élisabeth.

Si le vieil Antoine respirait plus à son aise, si Jean s'était rassis, Pierre, interloqué, observait sa nièce qui admirait et cajolait la petite Marie. Il ruminait avec amertume les mots qu'elle avait prononcés à l'instant : « Je tiens à être sa marraine. »

— Cette enfant est un cadeau du Ciel. Qu'elle est jolie, affirma Élisabeth. Oncle Pierre, Laurent m'a dit que tu avais l'intention de la confier à l'Assistance publique. Aussi j'aimerais te dire ce que j'ai ressenti en apprenant ça. Sais-tu, quand je vivais à New York, je travaillais bénévolement chez les Sœurs de la charité. Elles recueillaient des orphelins. Il y en avait de tous les âges, des nouveau-nés, des bébés de six mois ou plus, et des enfants aussi. Ceux-là, les plus grands, on les préparait pour qu'ils montent dans le Train des orphelins, un triste nom, n'est-ce pas ? Ils étaient bien habillés, bien coiffés, pommadés, et dans leur regard on lisait un immense espoir, celui d'être adopté par de bonnes personnes, là-bas, dans l'Ouest américain où on les envoyait.

— Ce n'est pas comparable, trancha le meunier, les traits durcis par sa détermination.

— Ah ? Vraiment ? reprit Élisabeth. Tu n'as pas essuyé les larmes de ces petits, tu n'as pas vu leur frère ou leur sœur tenter de les rassurer, en promettant qu'ils ne seraient pas séparés. J'en avais le cœur brisé et lorsque le convoi s'éloignait, je remerciais Dieu de m'avoir offert une famille, à six ans. J'ignore ce que je serais devenue si Maybel et Edward ne m'avaient pas accueillie chez eux. Est-ce que tu pensais à moi, parfois, oncle Pierre ? Vous avez tous su, à l'époque, comment j'avais perdu mes parents, comment j'avais disparu, sans doute engloutie par la gigantesque ville de New York. Je pense que tu aurais été soulagé d'apprendre où j'étais, de me savoir en sécurité, choyée, aimée.

— Bien sûr, concéda son oncle.

— Pourtant, tu veux abandonner une innocente petite fille, qui deviendra pupille de la nation, qu'on enverra comme servante dans une ferme, plus tard. Tu ne sauras jamais ce qu'elle aura enduré, si on ne l'a pas battue, violentée, car Hugues Laroche n'est pas unique en son genre, crois-moi.

Norma, à qui Guillaume avait présenté une chaise, écoutait le discours d'Élisabeth sans rien comprendre, mais elle était sensible à ses intonations, au feu de son regard bleu. Elle remarqua également combien Bonnie était émue, au point d'essuyer quelques larmes, tandis que le patriarche, Antoine, hochait la tête d'un air triomphant.

— Oncle Pierre, je te connais moins que Jean, mais je ne peux pas admettre que tu puisses t'abaisser à ça. Gilles a manqué à ses devoirs, au sens de l'honneur, feras-tu comme lui ? Marie est de notre sang, de notre famille. Sa place serait ici, près de ses grands-parents. Cependant, je suis prête à l'aimer, à la chérir, à l'emmener au château dès aujourd'hui, et je le répète, à devenir sa marraine. Marie ne manquera jamais de rien.

— Fais à ton idée, maugréa Pierre qui avait pâli.

— Non, non et non ! s'égosilla Yvonne. Marie n'ira nulle part, c'est ma petite-fille. Je ne suis pas si vieille, boudiou ! Je peux élever un enfant. Et si tu n'es pas d'accord, Pierre, je partirai avec elle. Je suis sûre qu'Élisabeth me trouvera une chambre à Guerville.

Antoine Duquesne se leva de sa chaise, le bras tendu en direction de son fils aîné.

— Les paroles d'Élisabeth ne t'ont même pas ébranlé, Pierre ! cria-t-il. Alors j'ai conçu un homme qui possède un bloc de glace à l'endroit du cœur. Il faut régler cette affaire sur-le-champ. Je te remercie, ma petiote, d'être venue aussi vite, et pour ce que tu as dit. Je me suis engagé à vendre une parcelle de terre, afin de payer la nourriture de Marie jusqu'à ce qu'elle soit grande. Je reposerai sans doute sous terre, quand ce sera le cas, mais je sais que tu auras soin d'elle.

— Oui, pépé Toine ! Sinon à quoi me servirait d'être l'héritière du domaine Laroche, répondit Élisabeth.

Yvonne, qui pleurait, reprit l'enfant dans ses bras. Elle déposa un baiser maternel sur son front bombé. Pierre se sentit faiblir.

— Nom d'un chien, vous ne vous rendez pas compte, vous autres. Cette gosse est une bâtarde, ronchonna-t-il dans sa barbe.

— Si ça te dérange, insinua Jean, écris à Gilles, le principal intéressé, et demande-lui de revenir à la première permission et qu'il la légitime. Il suffit de reconnaître sa paternité à la mairie.

— Et tout le bourg se gaussera des Duquesne ! éructa son frère. Nous courons à notre perte, je vous le dis ! Quand les meules du moulin ne tourneront plus, et ça va arriver, de quoi vivrons-nous ?

Guillaume, jusqu'à présent debout près de la cheminée, décida de préparer du café. Il faisait des efforts pour ne pas laisser ses yeux posés sur Norma, dont le chignon blond le fascinait, autant que son profil au nez mutin.

— Lance une nouvelle activité, Pierrot, proposa-t-il d'un ton aimable. Je t'en parlais hier, pourquoi ne pas produire de l'huile de noix ? Ça se vend cher en ville.

Élisabeth ôta son manteau court à capuche. Elle alla s'asseoir sur le banc, à côté de son grand-père, dont elle prit tendrement la main. Il lui dédia un sourire tremblant de gratitude.

— De la farine ou de l'huile de noix, je m'en moque, coupa Yvonne. Je veux garder Marie. C'était bien triste, ce que tu as dit à Pierre, Élisabeth, et j'ai honte d'avoir pensé à me débarrasser de notre petite-fille. Que les gens causent, ils se lasseront vite ! Mais Jean dit vrai, Gilles doit légitimer son enfant.

— Ce qui m'obligera à revenir sur ma décision ! tonna son époux. J'ai interdit à notre fils de franchir le porche de la cour.

— Ne sois pas si borné, Pierrot, déplora Guillaume. Yvonne est malheureuse, elle ne mérite pas de souffrir par ta faute. Et Marie ne coûtera pas cher, les premières années. J'ai réparé la chaise haute que Jean a descendue du grenier, je lui fabriquerai un lit en merisier.

— Et moi, j'ai des vêtements d'enfant qui ne vont plus à William, renchérit Bonnie. Des langes aussi. Je t'aiderai, Yvonne. Je peux la garder pendant que tu travailles avec Pierre.

— Tu fais déjà largement ta part, Bonnie, nota Jean. J'estime que nous ne volons pas le pain que nous mangeons.

Furibond, mais vaincu, Pierre quitta la table. Avant de sortir, il eut un geste d'impuissance.

— Arrangez-vous donc à votre convenance, je ne suis pas de taille contre vous tous, enragea-t-il. Tu écriras à Gilles, Yvonne, et précise-lui que je ne lui pardonnerai jamais ce qu'il nous fait subir.

La porte claqua. Norma retint un soupir de soulagement, car ce quinquagénaire vociférant lui faisait peur.

— Seigneur ! Espérons qu'on en restera là, déclara Antoine. Depuis hier matin, je n'ai entendu que des cris, des sanglots, des hurlements de colère.

— C'est terminé, pépé Toine. Je suis sûre que dans un mois ou deux, Pierre sera en extase devant Marie, affirma Élisabeth.

Guillaume avait disposé des tasses. Il servit du café bien chaud à sa fille, puis à Norma, puis il laissa la cafetière à leur disposition.

— C'était courageux de faire le trajet en calèche par ce froid, dit-il d'une voix douce. Je suis surpris que ce ne soit pas Justin qui t'ait accompagnée, ma princesse.

— Il ne pouvait pas s'absenter, papa, alors Norma s'est gentiment proposée. La pauvre, elle était effrayée par ma façon de mener le cheval. Au fait, je l'ai conduit dans la grange sans le dételer, pour qu'il soit à l'abri.

Bonnie entreprit de résumer en anglais à Norma l'essentiel des discussions qui venaient d'avoir lieu. Toujours dévouée et amicale, l'ancienne gouvernante des Woolworth concevait combien c'était gênant d'assister à une telle scène dans une langue étrangère.

Jean salua d'un sourire ironique, ensuite il sortit à son tour, afin de seconder Pierre dans la salle des meules.

— Dieu m'est témoin, j'étais heureux d'avoir mes trois fils autour de moi, avoua alors Antoine, mais il y a des mésententes notables. Guillaume tire son épingle du jeu en habitant un peu à l'écart du moulin.

— J'admets être tranquille chez moi, et c'est d'un calme, désormais, sans les enfants, reconnut le charpentier. Je mange à l'heure qui me plaît, je suis libre de mes faits et gestes.

— Tu es sincère, papa ? s'enquit Élisabeth. Je redoutais que tu te sentes seul, sans nous, que tu t'ennuies.

— Ma fille chérie, j'ai retrouvé la mémoire, ma dignité, mon père bien-aimé, ma famille, répondit gravement Guillaume. J'ai un chantier en cours, je gagne assez d'argent pour mon tabac, mon pain et d'autres denrées nécessaires. Non, pour l'instant, la situation me convient. Je suis en parfaite santé, sur tous les plans, tu n'as plus à te soucier de moi.

Malgré son ton enthousiaste, il adressa un regard pénétrant à Norma qui le fixait elle aussi. Elle fut certaine d'avoir reçu un appel, même si elle avait seulement saisi le sens de trois mots assez simples, comme famille, tabac et pain.

— Je suis contente, dans ce cas, papa, lui dit Élisabeth avec un sourire radieux. Je craignais de te contrarier en t'annonçant que j'avais l'intention de prolonger mon séjour au château. Disons même que je souhaite m'y installer pour un an au moins. Maybel est très déprimée, je dois veiller sur elle, et Antonin s'y plaît beaucoup, Sarah également. Ils iront à l'école de Guerville.

Bonnie parut contrariée par la nouvelle. Elle avait apprécié de pouvoir rendre visite à la jeune femme dès qu'elle en éprouvait le besoin, ou de la recevoir au moulin.

— C'est dommage, nous étions de très proches voisines, se désola-t-elle. William aimait bien trottiner sur le chemin qui va chez vous.

— Ce n'est pas étonnant que ma fille préfère habiter le château, où il y a beaucoup plus d'espace, commenta Guillaume. Je me réjouis pour toi, et c'est tout à ton honneur de veiller sur madame Maybel, qui t'a servi de seconde mère. Je mets une condition, pourtant : ne passe pas une semaine sans venir nous offrir ton sourire, ta beauté.

Touchée, Élisabeth embrassa son père qui l'étreignit un instant.

— Je te le promets, papa, je viendrai déjeuner le dimanche, et j'en profiterai pour bavarder avec toi, pépé Toine, dit-elle.

— N'oublie pas notre petite Marie, renchérit Yvonne, qui n'avait pas encore donné son avis. Tu dois la voir grandir, cette mignonne.

— Mais oui, je ne parlais pas en vain, elle sera ma filleule. Nous vous rendrons visite avec Sarah et Antonin.

— Peut-être que mademoiselle Norma pourrait apprendre à monter à cheval, suggéra Guillaume d'un ton anodin. Ainsi, quand il fera beau, vous auriez l'occasion de faire une grande balade.

Amusée, mais secrètement intriguée, Élisabeth expliqua en anglais à Norma l'idée de son père. La gouvernante, les joues roses, eut une expression affolée.

— Je ne saurai jamais, répliqua-t-elle.

— Il faut essayer, Norma, Justin est un excellent professeur d'équitation, j'en suis la preuve, décréta Élisabeth.

— Ah, ma petiote, comme ta présence me fait du bien ! constata Antoine. Tu es le soleil de mes vieux jours. Vis à Guerville, mais n'oublie pas que ton pépé Toine est le plus heureux du monde quand il te voit arriver, qu'il t'entend rire.

— Nous nous verrons très souvent, j'en ai la certitude, lui assura-t-elle d'un air malicieux.

Entre Rouillac et Guerville,
dimanche 27 janvier 1907

Le robuste cob à la robe rousse trottait à un rythme régulier et paisible sur la route reliant Rouillac à Guerville. Élisabeth, assise près de Justin, le tenait par le bras. Ils revenaient de la grande foire mensuelle que le jeune châtelain fréquentait depuis six ans.

— Je ne me suis jamais sentie aussi libre de ma vie, confessa-t-elle en riant de plaisir. Merci de m'avoir emmenée, nous étions comme mari et femme, mêlés à la foule.

— Et tu étais la plus belle, comme toujours. Certains hommes avaient une manière de te regarder, j'en étais irrité.

— Je ne m'en suis même pas rendu compte, Justin. Pour moi, il n'y a que toi.

Ils échangèrent un baiser, puis un autre, protégés de la pluie par la capote de la calèche. Après la froidure et les chutes de neige exceptionnelles de décembre, il faisait très doux et humide.

— Es-tu vraiment heureux que je vive au château ? s'inquiéta soudain Élisabeth.

— Mais évidemment ! Quand tu l'as décidé, mon cœur a bondi de joie, ma princesse. Nous sommes ensemble, rien d'autre n'est important. Je n'aurais pas osé rêver de connaître un tel bonheur, lors de ton retour en France.

— Pourtant c'est arrivé, chuchota-t-elle.

Elle se serra contre lui, câline. Ils avaient vécu des semaines de folle passion dans la plus grande discrétion. La journée, ils donnaient le change, jouant la carte d'une amicale parenté, tout en s'embrassant à la moindre occasion, en cachette.

Ils savouraient l'attente de la nuit qui les réunirait pour une tranquille discussion, enlacés au coin du feu, ou pour de voluptueuses étreintes dans la chambre de Justin. Par prudence, ils s'imposaient cependant des nuits loin l'un de l'autre, ce qui avivait leur frénésie amoureuse quand ils se retrouvaient enfin, nus entre les draps.

— Promets-moi que nous retournerons à la foire de Rouillac le mois prochain, tous les deux, demanda Élisabeth. Le ciel sera plus printanier, nous aurons un doux soleil.

— Je te le promets.

Un aboiement étouffé les fit sursauter, en provenance d'un panier en osier doté d'un couvercle.

— Oh, le petit chien pour *mummy*, il s'est réveillé. Le pauvre, les cahots de la voiture doivent le gêner.

Ils s'étaient mis en quête, après les fêtes de fin d'année, de trouver un chiot susceptible de plaire à Maybel. Soucieux de lui ménager la surprise, ils partaient en expédition dans les villages environnants, à cheval, en calèche ou à bord de l'automobile, une De Dion-Bouton que Justin avait achetée.

Toute gaie, Élisabeth délivra l'animal, une remuante boule de poils blancs, un peu frisés, aux yeux très noirs. Elle le cala sur ses genoux, en le caressant.

— Il est adorable, n'est-ce pas, Justin ? Tu aurais dû prendre un chien de garde, au château.

— Roger me disait comme toi. Je n'en ai pas eu l'occasion, ni le besoin. J'avais tort, je m'en suis aperçu. Cette immense bâtisse médiévale, que je trouvais souvent lugubre, me semble à présent une agréable demeure, pleine de rires et d'animation. Sarah a recueilli un chaton, Maybel aura son chien dans peu de temps, et quatre ouvriers installent le chauffage central.

— Bientôt ce seront des peintres et des tapissiers qui referont une beauté à notre château, mon prince, se moqua-t-elle.

Justin la contempla avec ferveur. Il ne se lassait pas de sa voix musicale, de son sourire lumineux, enjôleur. Le souvenir de son corps mince, aux formes ravissantes, le troubla.

— Est-ce que tu viendras, cette nuit ? interrogea-t-il tout bas, comme si on pouvait l'entendre, en pleine campagne.

— J'essaierai, tout dépendra d'Antonin. Il a un sommeil agité, en ce moment. *Mummy* me conseille de lui attribuer une chambre pour lui seul, mais je préfère le garder près de moi.

Deux chevreuils traversèrent la route empierrée, en trois bonds aériens. Le cheval s'ébroua, sans manifester de surprise. Justin observa le chiot qui somnolait, apaisé par les caresses de la jeune femme.

— Élisabeth, que se passerait-il si tu tombais enceinte ? Nous en avions parlé à New York, mais je n'ai pas osé aborder ce sujet depuis... Je n'ai guère pris de précautions.

— Ce sera notre enfant, Justin, alors je serai heureuse. J'ai envie d'être maman, surtout quand je cajole la petite Marie. Hélas ! Je peux imaginer les complications qui suivraient, le scandale dans la famille ! Tant pis, rien ne me fait peur, hormis la mort. Nous verrons bien comment faire accepter notre amour, si cela se produisait. Pour l'instant, je ne suis pas enceinte, j'en ai eu la preuve tout récemment.

— Pardonne-moi, tu es triste, maintenant.

— Non, ce n'est pas ça. Quand nous avons plusieurs heures tous les deux, loin du château, j'ai l'impression d'être ta femme, mais la réalité me rattrape vite.

— Par ma faute, déplora-t-il en entourant ses épaules d'un bras protecteur.

Élisabeth le fit taire d'un baiser, puis elle appuya sa tête contre lui. Il leur restait quatre kilomètres à parcourir. Elle s'était levée à l'aube et bercée par le balancement régulier de la calèche, elle s'assoupit avec un bienfaisant sentiment de sécurité.

Le cri joyeux d'un enfant la réveilla. Antonin courait vers la voiture, escorté par Sarah.

— Maman, disait son fils, Roger a mis Dakota et la jument au pré ! Mon poulain a galopé, il est encore si petit !

— Oh, le joli chien, renchérit Sarah en apercevant la truffe et les yeux noirs de l'animal que tenait Élisabeth.

Encore ensommeillée, étourdie par cet accueil un peu bruyant, la jeune femme chercha à se souvenir de quelque chose dont elle venait de rêver.

— Maman, viens vite voir le poulain ! hurla Antonin en tirant sur le bas de sa jupe.

— Attends, il faut remettre le chiot dans sa panière. Surtout ne dites rien à Maybel, Sarah et toi. Je vais le lui offrir tout à l'heure.

— Elle sera sûrement contente, s'émerveilla l'adolescente.

C'était trop tard pour Élisabeth, les images qu'on lui avait montrées pendant son assoupissement s'étaient enfuies. Le cœur serré, elle avait néanmoins la conviction qu'il s'agissait d'un cauchemar, comme elle n'en avait pas fait depuis des mois. Mais elle en gardait une pénible sensation de malaise, une oppression caractéristique.

« Mon Dieu, je dois m'en souvenir, songea-t-elle. Il le faut, je vous en prie, Seigneur. »

Dans un état second, Élisabeth alla admirer les cabrioles du poulain noir dont la mère broutait avidement l'herbe encore rase du pré où Roger les avait conduits, elle et son petit. Maurice, le commis des écuries, la casquette de travers sur ses cheveux roux, avait rentré le cob et la calèche à l'écurie.

— Hortense a gardé votre déjeuner au chaud, précisa Sarah, qui portait la panière où le chien s'agitait.

Justin approuva en souriant. Ils se dirigèrent vers le château, et en marchant d'un pas vif, Élisabeth continua à se torturer l'esprit. L'angoisse qu'elle éprouvait la ramenait des années en arrière, à l'époque où elle pensait être condamnée au malheur.

« Non, je me fais des idées, aucun danger ne nous menace, se persuada-t-elle. Mais je serai vigilante, les jours à venir. »

Maybel montra une joie exubérante lorsqu'elle découvrit le petit chien blanc, après avoir soulevé le couvercle de la panière. Elle prit l'animal entre ses mains, en riant et pleurant à la fois.

Denise et Margot, qui garnissaient de bois les cheminées du salon et de la salle à manger, se regardèrent du même œil dépité.

— On n'a pas fini d'éponger les flaques que cette bestiole va laisser un peu partout, après il faudra cirer les parquets, et encore les cirer, bougonna Margot.

— C'est sûr qu'on a déjà bien assez de travail, sans Germaine, chuchota Denise.

Leur aparté n'atteignit pas ceux qui s'étaient rassemblés autour du fauteuil de Maybel. Élisabeth se félicitait d'avoir enfin pu faire ce cadeau à sa mère adoptive, qui lui avait promis au jour de l'An de modérer sa consommation de vin et de brandy.

— Je pourrai le promener dans le parc, ton chien, *grandma* ? implora Antonin.

— Nous irons tous les deux, mon trésor, répondit-elle. Je dois prendre de bonnes habitudes, marcher, prendre l'air. Comment te remercier, Lisbeth, il est adorable.

Pendant tout l'après-midi, comme il pleuvait toujours, on chercha un nom pour le nouveau pensionnaire du château. Selon leurs prévisions, les domestiques durent nettoyer les saletés du chiot, qui gambadait d'une pièce à l'autre avec maints jappements et pirouettes comiques.

Maybel et Norma éclataient de rire en l'observant, tandis que Sarah caressait le petit animal à la moindre occasion. Élisabeth s'efforçait de participer à la gaieté générale, mais elle demeurait soucieuse, à cause de ce cauchemar que son esprit occultait.

Après la cérémonie du thé, instaurée par ses soins pour respecter les habitudes de sa mère adoptive, la jeune femme décida de suivre Justin aux écuries.

— *Mummy* est transfigurée, lui dit-elle dès qu'ils furent à l'abri du grand bâtiment. Norma avait raison, *daddy* l'a privée durant des années du plaisir de posséder un chien.

— Nous avons réussi notre mission, dans ce cas, répliqua Justin avec un sourire complice.

L'odeur des chevaux, du foin et de la paille évoquait toujours pour Élisabeth ses premiers mois à Guerville.

— Je me souviens, chaque matin, j'avais hâte de te rejoindre ici, de prendre ma leçon d'équitation. Je t'aimais, sans le savoir vraiment, j'étais si jeune.

— Chut, fit-il en désignant Maurice d'un signe de tête.

— Nos mains se touchaient parfois, ou bien tu m'indiquais la façon de me tenir, en redressant mon dos, et j'en étais tout émue, ajouta-t-elle très bas.

Ils s'arrêtèrent devant le box de Sierra, la jument qui avait donné naissance au poulain noir. Roger sortit de la sellerie.

— Je les ai rentrés, patron, à mon avis, la pluie durera encore cette nuit, ce n'est pas bon pour Dakota.

— Antonin est si fier que tu lui aies donné ce poulain, dit rêveusement Élisabeth. C'était un beau geste de ta part, Justin.

— Ton fils héritera du domaine, et j'en suis content. Sierra appartenait à Laroche, il est normal que le poulain soit celui d'Antonin. Il insiste pour apprendre à monter, tu me diras quand tu jugeras qu'il est prêt pour sa première leçon.

— Pas encore, protesta-t-elle. Non, pas encore. J'estime qu'il est trop petit.

— Nous pourrions acheter un poney assez âgé et très docile, madame, insinua Roger, accoudé à la porte du box.

— Peut-être, ce n'est pas urgent. Antonin m'a causé de telles frayeurs, à New York, j'appréhende sans cesse un accident.

Justin l'observa d'un air surpris. Élisabeth était nerveuse, il le sentait et il ne comprenait pas pourquoi, après la charmante matinée qu'ils avaient passée ensemble.

Il en fut de même au cours du dîner et à l'heure du coucher. En la croisant dans le couloir sur lequel donnaient les chambres du premier étage, Justin lui prit la main.

— Je t'attendrai, souffla-t-il à son oreille. Ma princesse, qu'est-ce qui te tracasse ?

— Rien, mon amour, rien de précis. Oui, je viendrai. J'ai besoin de tes baisers, de tes caresses.

Il était minuit passé. Élisabeth se répétait qu'elle devait se lever, regagner sa chambre, mais elle éprouvait un tel bonheur, blottie contre Justin, qu'elle ne se décidait pas à le quitter. Lui, ses sens apaisés, la tenait par l'épaule, dont il effleurait la peau satinée du bout des doigts.

— J'ignorais qu'on pouvait s'aimer autant, avoua-t-elle. Je crois chaque fois atteindre le summum du plaisir, de l'extase, pourtant c'est encore plus fort, plus merveilleux, quand tu es en moi, quand nos corps vibrent à l'unisson. Est-ce que cela durera toujours ?

— Je l'espère de tout mon cœur, ma princesse chérie. Tu me rends fou, j'ai envie de toi du matin au soir, mais il n'y a pas que le désir, non, c'est comme la nécessité de communier tous les deux, de nous retrouver, corps et âme.

Ils s'embrassèrent de nouveau, exaltés par la douce puissance de leurs sentiments. Mais Élisabeth mit fin au baiser avec une brusquerie affolée.

— Tu as entendu ? lui demanda-t-elle. Quelqu'un a crié ! On aurait dit Antonin, il m'appelait.

Elle bondit du lit, survoltée. Deux mots résonnaient dans son esprit : « Le feu ! »

Justin se redressa, sur le qui-vive. Il perçut des hennissements stridents. Élisabeth s'était ruée dans le couloir. La porte de sa chambre était grande ouverte. Elle entra, mais Sarah et Antonin ne s'y trouvaient plus.

— Le feu, il y a le feu aux écuries ! hurla Justin du seuil de la pièce. Mon Dieu, où est Roger ? Je monte le prévenir !

— Les enfants ne sont pas là, gémit-elle, saisie d'une terreur affreuse. Le feu, c'était ça, mon cauchemar, un feu énorme !

Malgré les battements désordonnés de son cœur, elle enfila un peignoir et des chaussures d'intérieur. Justin était de retour.

— Roger a dû voir l'incendie, il n'est pas là-haut. Élisabeth, téléphone aux pompiers, ceux de Rouillac, ceux d'Aigre. Je dois évacuer les chevaux.

Norma accourait, en chemise de nuit, un châle sur le dos. Elle avait une expression tragique.

— J'ai vu une clarté orange, dehors, expliqua-t-elle. Seigneur, c'est épouvantable.

— Viens vite, nous devons aider Justin et Roger à libérer les chevaux ! lui cria Élisabeth. Les enfants ont dû sortir, pourvu qu'ils n'approchent pas des écuries.

Justin ne perdit pas de temps à les attendre. Il dévala l'escalier, tandis que les domestiques, réveillées par les éclats de voix, descendaient à leur tour du second étage. Elles se précipitèrent à la suite d'Élisabeth et de Norma, en direction du hall.

— Seigneur Dieu, balbutia Margot. Et Maurice qui dort dans la petite chambre des écuries, près des bottes de paille.

— Le malheureux, il va brûler vif, se lamenta Denise.

— Léandre n'aura rien vu, de son pavillon derrière les cuisines, commenta Hortense, ensommeillée.

Un tableau d'une horreur indicible leur apparut à tous, quand ils se retrouvèrent dans la cour d'honneur. Élisabeth, malgré son affolement, avait réussi à joindre les pompiers. Maintenant, en proie à une frayeur viscérale, elle cherchait désespérément les silhouettes de Sarah et d'Antonin.

— Madame, regardez, c'est Roger ! s'égosilla Denise. Il ouvre la grande porte cochère. Boudiou, voyez un peu, il tombe des bouts de bois en feu.

Ils virent l'étalon Galant surgir au grand galop et s'élancer vers le fond du parc. Un des cobs apparut, pour foncer lui aussi sous le couvert des sapins. Les autres chevaux poussaient des hennissements stridents, pris de panique.

— Le feu a dû partir des planchers à foin, énonça Margot, c'est la charpente qui flambe. Et le diable s'en mêle, il ne pleut plus.

Au sein de la nuit noire, le brasier dispensait des zones de lumière dorée, mais il y avait tant de fumée qu'il était difficile de distinguer ce qui se passait dans le bâtiment.

— Antonin, merci mon Dieu !

Élisabeth venait d'apercevoir son fils, tapi derrière un buis taillé. L'enfant tremblait convulsivement.

— Mon chéri, n'aie pas peur, le rassura-t-elle en le serrant dans ses bras. Où est Sarah ?

— Elle m'a dit de rester là, qu'elle allait sauver Dakota et sa maman. Mais tout brûle, ils vont mourir, Sarah va mourir.

— Seigneur, ce n'est pas possible ! gémit-elle. Viens, tu vas aller avec Norma, et moi j'irai aider Sarah.

Antonin devint à moitié fou. Il se cramponna aux jambes de sa mère en sanglotant.

— Non, n'y va pas, maman, non !

Norma eut l'intelligence de voler au secours d'Élisabeth. Elle étreignit l'enfant en le réconfortant de bonnes paroles. Mais il avait quasiment oublié la langue anglaise et il continua à se débattre.

— Sois sage, Antonin, ordonna Élisabeth. Les pompiers vont arriver, regarde, Roger s'occupe de sauver tous les chevaux.

Les poulinières, les poulains, deux hongres, le second cob, sa crinière constellée d'escarbilles étincelantes, quittaient l'écurie au galop. Le vieux Léandre, tout habillé, trottina vers les deux jeunes femmes.

— Quel malheur, mon Dieu, quel malheur, bredouillait-il de sa voix rauque. Où est monsieur Justin ? Et le pauvre Maurice, il a dû cramer le premier, misère !

— Ne dis pas ça devant mon fils, Léandre ! coupa Élisabeth. Maurice a pu se lever à temps !

— Alors, où est-il, madame ? Et puis on n'y voit rien de rien, là-dedans, tellement ça flambe.

Les images de son cauchemar du matin se concrétisaient sous les yeux d'Élisabeth, qui courait vers les écuries. Elle avait vu le monstrueux incendie, les reflets du feu sur les visages, et la fumée rougeâtre qui obscurcissait l'intérieur de la bâtisse.

Dès qu'elle approcha de l'entrée, la chaleur la suffoqua. Elle eut l'impression que la peau de son visage et de ses mains allait cuire. Tout à coup, elle devina un homme au teint cramoisi, qui portait un frêle corps inerte. C'était Roger et Sarah, la tête rejetée en arrière, les paupières closes.

— Ah, madame, Dieu soit loué, vous êtes là ! Prenez la petite, je dois aider le patron !

— Sarah, mais qu'est-ce qu'elle a ? Dis-moi.

— La pauvre gosse a ouvert la porte de Sierra, la jument était si effrayée qu'elle l'a renversée et piétinée. Je viens de la trouver. Elle est vivante.

Élisabeth reçut ce précieux fardeau, en retenant des larmes de révolte, d'incompréhension. Elle recula, les jambes molles.

— Où est Justin, Roger ? Les chevaux sont tous dehors, il faut sortir de là, le plancher va s'effondrer d'un instant à l'autre.

— Le patron a grimpé là-haut, M'dame, pour tirer Maurice de la fournaise. Allez comprendre, le gars ne s'est pas réveillé.

Des gens du village de Guerville accouraient aux nouvelles, alertés par les hautes flammes et l'épaisse fumée qu'ils avaient entrevues derrière les frondaisons du parc. Élisabeth peinait à transporter seule Sarah, qui ne pesait pourtant pas lourd.

Le maire du bourg avait prévenu le docteur Lormeau, qui s'était installé à Guerville depuis un an et demi. Celui-ci vint la relayer in extremis, secondé par Denise.

— Je vais examiner cette jeune fille, déclara-t-il. Où puis-je m'installer ?

— Denise, guide le docteur jusqu'au salon. Norma, tu devrais emmener Antonin près de *mummy*. Elle est réveillée, bien sûr, elle nous fait signe de sa fenêtre.

Élisabeth évitait de réfléchir. Elle embrassa Antonin qui tenait la main de Norma.

— Le docteur va soigner notre Sarah, mon chéri, demande à *grandma* de te coucher dans son lit. Dakota et sa maman sont hors de danger.

— Mais ils sont partis, très loin peut-être, s'inquiéta le petit.

— Nous les retrouverons demain, n'aie crainte.

La jeune femme claquait des dents. Elle hésitait à rentrer pour s'informer de l'état de Sarah, tout en succombant à la terreur de perdre Justin.

« Je ne veux pas qu'ils meurent, ni l'un ni l'autre, pensa-t-elle. Non, j'ai assez souffert, déjà. »

Elle aurait voulu se frapper la poitrine, le front, excédée par la complexité de son don de clairvoyance. Le vieux Léandre la vit se plier en deux, l'air hébété. Il lui présenta un seau plein d'eau fraîche. Au même instant, la sirène des pompiers, qui avait la sonorité d'une corne de brume, retentit sur la route.

— Merci, Léandre, c'est glacé mais ça soulage, murmura Élisabeth en s'aspergeant le visage et les bras.

— Mouillez votre peignoir, aussi, si vous comptez chercher le jeune monsieur, recommanda-t-il. Je deviens sourd, mais j'ne suis pas aveugle, vous tenez beaucoup à lui, madame.

Elle ne répondit pas et courut de nouveau à perdre haleine vers les écuries ravagées par les flammes. Il était impossible d'y pénétrer. Elle eut l'idée de contourner le bâtiment, pour parvenir à l'arrière. Des particules en feu voletaient dans l'air brûlant, mais elle n'y prit pas garde.

Enfin elle toucha au but. Tout de suite, elle distingua deux silhouettes masculines penchées sur l'abreuvoir en pierre qui s'adossait au mur extérieur. Elle reconnut Roger et Justin, en train de plonger leurs bras dans l'eau.

— Justin, hurla-t-elle. Dieu soit loué, tu es en vie !

Élisabeth faillit trébucher contre un corps enveloppé d'une couverture, qui gisait sur le sol humide. De faibles plaintes en émanaient.

— C'est Maurice, il l'a échappé belle, annonça Roger. Il s'en tirera, il a surtout des brûlures aux jambes. Sans le courage du patron, il y passait.

Renonçant à la prudence, Élisabeth se jeta dans les bras de son amour. Elle l'enlaça en le dévisageant, éperdue de joie. Il avait le front et les joues maculés de noir, une de ses mèches blondes avait disparu, carbonisée.

— C'est ma faute, gémit-elle. Ce matin, en calèche, je me suis endormie et j'ai fait un de ces maudits cauchemars, Justin ! Oui, je voyais des flammes, un incendie, il y avait des cris, des appels, mais je m'en suis souvenue trop tard, tout à l'heure, quand quelqu'un donnait l'alerte.

Roger se détourna, stupéfait de voir le couple s'étreindre avec passion. Il se rappela alors les paroles énigmatiques de Germaine, qui prétendait avoir vu Élisabeth sortir de la chambre de Justin, une nuit.

— Je vais téléphoner pour qu'une ambulance vienne chercher Maurice, dit-il d'un ton las. Comment va la petite Sarah ?

— Un médecin est là, il l'examine, répondit Élisabeth en s'écartant de Justin. Je vais auprès d'elle. Je demanderai au docteur de venir ici, pour Maurice.

— Je reste avec lui, décréta Justin. Surtout, ne te reproche rien, Élisabeth. Le feu a pris on ne sait comment, mais je soupçonne Maurice d'avoir fumé et jeté sa cigarette n'importe où.

— Désolée, je me sens responsable, protesta la jeune femme. Si j'avais pu me souvenir de mon cauchemar, nous aurions surveillé les écuries cette nuit. Cependant, je dois l'admettre, j'ignorais où aurait lieu cet incendie.

Elle se tut et s'éloigna en toute hâte.

Château de Guerville, le lendemain,
lundi 28 janvier 1907

Sarah, en dépit des douleurs qui affligeaient son jeune corps d'adolescente, se prenait pour un personnage important, allongée sur la méridienne du grand salon, près de la cheminée. Élisabeth l'avait couverte d'un large tissu en lainage rose.

— C'est moi tout seul qui apporterai tes plateaux, lui dit Antonin d'un air sérieux. Je suis ton infirmier, tant que tu n'es pas guérie.

Maybel, assise au creux d'une bergère, le chiot sur ses genoux, tricotait avec application. Rassérénée de savoir qu'il n'y avait eu aucune victime, elle se lançait dans la confection d'un gilet blanc destiné à la petite Marie Duquesne, dont on lui avait appris l'existence peu de temps après Noël.

— Je suis hantée par l'incendie, confia Élisabeth, qui ne quittait pas Sarah des yeux. C'est une catastrophe. Justin et Roger ont pu récupérer les chevaux, ils les ont parqués dans les prés.

Elle évita de leur dire qu'une pouliche d'un an avait été retrouvée morte sous les décombres.

— Nous avons vu le feu par la fenêtre de ta chambre, Lisbeth, expliqua Sarah. Antonin s'était réveillé, il te réclamait. Alors on s'est levés, et on a regardé dehors.

— Tu étais partie où, maman ? interrogea Antonin. Je croyais que tu étais déjà en bas, pour appeler les pompiers.

— Eh bien, oui, tu avais raison, mon chéri, j'étais descendue téléphoner. Il n'y avait pas de temps à perdre.

Norma, installée dans un fauteuil en cuir, en face d'Élisabeth, lui lança un regard compatissant. La gouvernante savait qu'elle mentait, mais elle ne la trahirait pas.

— Justin est-il assuré ? s'enquit Maybel, en levant le nez de son ouvrage. Il faudra reconstruire, cela coûtera très cher.

— Ce sont des dégâts matériels, *mummy*, alors nous n'avons pas à nous plaindre. Maurice sera bien soigné à l'hôpital. C'est bizarre, quand on l'a monté dans l'ambulance, il répétait à Justin qu'il n'avait pas fumé hier soir, et qu'il faisait toujours attention à ses mégots de cigarettes, qu'il écrasait près de l'abreuvoir, où le sol est humide.

— Sarah a pris un risque terrible, fit remarquer Norma. Elle n'aurait jamais dû entrer dans l'écurie. La jument aurait pu la tuer, en la renversant, et il y avait le feu !

— J'ai empêché Antonin d'y aller, plaida Sarah aussitôt. On ne pouvait pas laisser Dakota et sa mère brûler ou être étouffés par la fumée. Et Roger était entré juste avant.

— C'était très courageux de ta part, affirma Élisabeth, mais d'une extrême imprudence. Il fallait laisser agir les adultes. Vous saviez bien, Antonin et toi, que Justin et Roger feraient l'impossible pour faire sortir Sierra et le poulain. Tu as eu de la chance, j'en remercie Dieu. Le docteur est formel, aucun organe vital n'a été blessé. Tu te rétabliras vite, à condition de rester couchée un mois sans faire de mouvements brusques.

Le médecin avait diagnostiqué une côte cassée et une fêlure du tibia. Sarah toussait aussi, car elle avait respiré beaucoup de fumée.

— Nous allons prendre soin de toi, promit Norma qui étudiait un dictionnaire anglais-français.

Elle l'avait acheté à Angoulême, quinze jours plus tôt. Son envie de communiquer avec Guillaume Duquesne la poussait à des prouesses cérébrales.

Élisabeth se leva. Une fourgonnette à moteur approchait. Elle s'enveloppa d'un châle.

— Ce sont les gendarmes, dit-elle tout bas. Justin les a alertés. Il pense que l'incendie est criminel, à cause d'un bidon en fer que Roger a retrouvé derrière les écuries, sur le tas de fumier.

— Voudrais-tu traduire, Lisbeth ? s'impatienta Maybel.

Lorsqu'elle sut de quoi il s'agissait, elle poussa un bref cri d'angoisse.

— Qui aurait osé faire une chose pareille ? s'effara-t-elle. Et si on avait mis le feu au château ?

— C'était plus facile de s'attaquer aux écuries, *mummy*. Il y avait une telle quantité de paille et de foin au-dessus des box. Sonnez Denise, qu'elle serve le déjeuner bientôt.

Élisabeth ne décolérait pas, et la victime de sa colère n'était autre qu'elle-même. D'un pas rapide, elle rejoignit Justin, déjà en grande conversation avec le chef de la gendarmerie d'Aigre, qui était intervenu au château, au mois de mai 1905, quand Hugues Laroche avait mis fin à ses jours.

— Il ne fallait pas te déranger, Élisabeth ! s'écria Justin. Je dois accompagner ces messieurs aux écuries, du moins ce qu'il en reste.

Les traits altérés par l'émotion, le regard noir, il désignait les murs du bâtiment. La charpente s'était effondrée à l'intérieur, endommageant les box, les pavés de l'allée centrale. Malgré les efforts des pompiers pour endiguer l'incendie, des fumerolles s'élevaient encore.

— Pourquoi s'en prendre à toi, à nous ? déplora-t-elle. Les chevaux auraient pu mourir si Roger ne les avait pas libérés à temps.

— Nous enquêterons dans ce but, madame, découvrir qui se cache derrière cet acte criminel, dit gravement le brigadier. Nous allons d'abord inspecter les lieux, puis nous interrogerons vos domestiques. Il peut s'agir d'une vengeance.

À cet instant précis, Élisabeth revit le visage de Germaine, ses joues noyées de larmes, la nuit où elle l'avait trouvée dans le couloir obscur.

« Non, je délire, se reprocha-t-elle. Je suis allée discuter avec elle, un peu plus tard. Je devais évoquer le viol qu'elle avait subi et qui me poussait à lui pardonner. Elle idolâtrait Justin, il l'a congédiée. Mais je lui ai donné de l'argent, beaucoup d'argent, elle avait prévu de travailler à Paris. En plus, Théodore l'aurait accompagnée, si l'on en croit Maurice… »

Justin lui adressa un faible sourire. Il était épuisé, n'ayant presque pas dormi. Elle fut navrée de ne pas pouvoir le consoler, l'apaiser par des baisers et des mots de réconfort.

— Ne t'inquiète pas, Élisabeth, rentre au chaud.

Les gendarmes le précédant, il fit demi-tour et vint lui caresser le front, les cheveux.

— Nous parlerons tous les deux en fin d'après-midi, dit-il tout bas. Je veux m'entretenir avec le brigadier, j'ai songé à Alcide, le sous-fifre de Laroche, son complice. Il a pu sortir de prison et s'empresser de me nuire. Ce sale type me haïssait. Il faudra se renseigner à son sujet.

— Alcide, oui, je l'avoue, c'était un ignoble individu. Justin, j'ai peur, il pourrait s'en prendre à Antonin, à toi.

— Nous redoublerons de précautions. En tous les cas, tu peux écrire à ton père le malheur qui nous frappe. Il a du travail pour plusieurs mois, ici. Cette vieille charpente était magnifique, je lui demanderai d'en reconstruire une aussi belle.

— J'enverrai Margot poster la lettre ce soir, je cours l'écrire. Quand papa saura ce qui est arrivé, il viendra nous voir.

Ils luttèrent contre le besoin de s'embrasser et se séparèrent après un échange de regards plein de tendresse, sans se douter qu'on les épiait depuis la haie de lauriers, à dix mètres de là.

15

L'impossible bonheur

Château de Guerville, même jour,
lundi 28 janvier 1907

Les gendarmes étaient restés une partie de l'après-midi au château, autour des écuries dévastées et dans le parc. Grâce aux récentes chutes de pluie, ils avaient pu relever des empreintes de pas dans des zones boueuses, qu'ils avaient tenu à comparer avec celles que pouvaient laisser les chaussures de chaque résident du château.

Justin les avait ensuite accompagnés jusqu'aux chais du domaine de Guerville où il employait deux hommes en cette période de l'année. Élisabeth guettait son retour depuis une des hautes fenêtres du salon.

— C'est vraiment quelqu'un de malintentionné qui aurait mis le feu, madame ? lui demanda Denise, occupée à nettoyer une énième saleté du chiot de Maybel.

Le nouveau pensionnaire avait été baptisé Câlin, un mot de français que sa maîtresse connaissait bien car Antonin réclamait souvent des « câlins », quand il se hissait sur ses genoux.

— Oui, le brigadier en est certain, c'est un acte de malveillance, répondit la jeune femme, perdue dans ses pensées.

Sarah, de la méridienne, observait sa bienfaitrice. Son chaton tigré lové près d'elle, dans un repli de la couverture, l'adolescente se désolait de l'expression tragique qu'avait Élisabeth.

— As-tu écrit à ton papa ? l'interrogea-t-elle gentiment. Justin m'a dit que c'est lui qui referait la charpente de l'écurie.

— Ma lettre est prête, Justin doit la poster au village.

Norma et Maybel venaient de monter dans leurs chambres respectives. De plus en plus nerveuse, Élisabeth décida de sortir pour inspecter encore une fois les environs du château. Elle était submergée de sensations insolites qui la maintenaient dans un état de malaise, d'exaspération.

— Antonin, sois sage, ne quitte pas Sarah, ordonna-t-elle à son fils qui jouait sur le tapis avec sa locomotive à friction. Demain, tu retournes à l'école, tu peux réviser ta page de lecture.

— Oui, maman, mais tu m'emmèneras voir Dakota, après ?

— Bien sûr, si tu m'as obéi. Ne va pas dehors seul, tu as bien compris ? Roger et Maurice sont partis inspecter les chevaux qui sont tous dans des prés où tu ne peux pas aller seul, alors je t'en prie, ne bouge pas d'ici.

Impressionné par le ton impérieux de sa mère, Antonin, prêt à pleurer, hocha la tête affirmativement. L'incendie lui avait causé une violente émotion, dont il était loin d'être remis.

Attendrie par sa moue chagrine, Élisabeth se pencha et lui donna un baiser en le cajolant. Elle s'éloigna, le cœur lourd, mais en croisant la très jeune Denise dans le hall, elle lui recommanda de surveiller Antonin. Vite, elle enfila des bottines et une veste en drap de laine, pour se précipiter à l'extérieur.

L'air frais l'aida à mieux respirer. D'un pas pressé, elle gagna le bâtiment dévasté, d'où Roger et Léandre avaient réussi à dégager le corps de la pouliche.

— Ils ont dû l'enterrer, déjà…

Son esprit s'emballait, en quête d'un coupable. Elle parlait tout bas, comme à un interlocuteur invisible.

— Alcide a été libéré à la fin du mois de novembre, le brigadier l'a appris en téléphonant à la prison d'Angoulême. Les charges contre lui n'étaient pas sévères, ce n'était qu'un complice sans envergure de Laroche.

Toujours oppressée, Élisabeth déambula au milieu de l'allée de sapins. Elle espérait entendre un bruit de moteur, ce qui lui indiquerait le retour du fourgon de gendarmerie où se trouverait Justin.

— Mon amour, tu t'es conduit en héros, tu as sauvé la vie d'un homme, cette nuit, dit-elle en levant le nez vers le ciel où passait un vol de corneilles. J'en ai assez de nos rendez-vous clandestins.

Elle revit la trogne déplaisante du dénommé Alcide, qui avait été l'amant de Madeleine, succédant ainsi à Vincent, un autre domestique que l'ignoble femme avait assassiné.

— Et si nous racontions que Madeleine avait menti, que nous en avons eu une preuve ? murmura-t-elle. Elle couchait avec tous les hommes travaillant au château. Pourquoi serait-il forcément le demi-frère de maman ? Non, il faudrait mentir encore.

Obsédée par ce dilemme, Élisabeth s'aperçut qu'elle était arrivée à proximité du pavillon de chasse, au fond du parc. Les gendarmes avaient fouillé la petite construction, les taillis bordant le mur d'enceinte de la propriété, et même scruté le sol tapissé d'aiguilles de résineux.

— Il n'y avait rien d'anormal, a déclaré le brigadier, énonça-t-elle dans un soupir.

Au moment précis où elle s'apprêtait à faire demi-tour, on lui donna un coup dans le dos.

Aussitôt elle sentit le contact d'un tube métallique, sûrement un canon de fusil.

— Marchez sans vous retourner, lui ordonna-t-on.

Elle fut d'abord surprise de reconnaître cette voix d'homme, puis elle comprit et une colère mêlée de peur fit battre son cœur sur un rythme frénétique.

— Où m'emmenez-vous ? dit-elle cependant d'un ton calme. Le pavillon de chasse n'est pas un endroit sûr, si je disparais, on viendra voir par ici.

— Je ne suis pas le crétin que vous imaginez, rétorqua-t-on. Entrez là-dedans. On sera tranquilles pour discuter.

Élisabeth ne songea pas à se rebiffer. Elle pénétra dans le pavillon de chasse où tout était sens dessus dessous, à cause des gendarmes. Le matelas du lit était retourné et gisait en partie sur le plancher, un des placards avait été vidé de son contenu, répandu par terre.

— Vous connaissez mal votre belle propriété, entendit-elle.

— Baissez votre arme, je ne vais pas chercher à m'enfuir, je suis même curieuse de savoir ce que vous me voulez. J'en ai une légère idée, déjà. N'est ce pas, Théodore ?

Elle avait tout de suite identifié son timbre grave, sonore. Il ne répondit pas, la poussant à avancer dans la seconde pièce, encore plus exiguë.

— Déplacez le coffre, il y a une trappe dessous, attrapez l'anneau et ouvrez-la. Ensuite, vous descendez.

La jeune femme s'exécuta. Dans la lumière faiblissante de la fin d'après-midi, elle distingua une douzaine de marches taillées dans le roc. En bas, il devait y avoir une lanterne allumée, car elle aperçut un peu de clarté jaunâtre.

« Est-ce qu'il va me tuer et me laisser pourrir ici ? se demanda-t-elle. J'ignorais l'existence de cette cave, Justin aussi, j'en suis sûre, sinon il m'en aurait parlé. »

Elle s'attendait à découvrir Germaine, au fond de ce qui ressemblait à une cavité creusée dans la pierre, sûrement des siècles auparavant, mais il n'y avait personne.

« Ne t'affole pas, surtout, il n'a pas baissé son fusil, ne lui montre pas que tu as peur, s'exhortait-elle. Si je crie, si j'essaie de faire quoi que ce soit, il peut tirer. »

Théodore referma la trappe, qu'il bloqua grâce à une barre en fer.

— Ta maîtresse n'est pas venue ? interrogea-t-elle en reprenant le tutoiement qu'elle employait avec le jardinier.

Justin l'avait engagé au début de l'été, mais à l'époque, Élisabeth habitait Montignac et ne savait rien de cet homme de vingt-sept ans, élancé, aux cheveux châtains, coupés ras, et qui arborait une fine moustache sur un visage régulier, assez ordinaire.

— Germaine n'est pas ma maîtresse, trancha-t-il.

— Quand elle a été congédiée, avant Noël, Maurice nous a dit que tu as pris le train avec elle, en gare de Vouharte.

Il posa le fusil contre le mur et lui fit enfin face. Élisabeth avait vu un tabouret, une petite table, sur laquelle était placée la lanterne. Ses jambes tremblaient sous elle, mais elle préféra rester debout.

— Je me doutais qu'il vendrait la mèche, cet idiot de rouquin.

— Maurice est quelqu'un de bien. Maintenant le malheureux est à l'hôpital, gravement blessé. Explique-moi, Théodore, tu te cachais là pendant que nos écuries brûlaient ? C'est toi qui as mis le feu ? s'enquit-elle d'un ton neutre.

— Peut-être, rien ne le prouve. Je suis là pour Germaine, je réclame justice en son nom. Ma sœur a suffisamment souffert, à cause de votre famille.

— Ta sœur !

— Oui, ma jeune sœur. C'est elle qui m'a recommandé comme jardinier. Dès que j'ai reçu une lettre où elle me racontait ce que lui avait fait votre grand-père, il y a huit ans, j'ai abandonné mon poste de cheminot, à Poitiers, et je suis revenu à Guerville. J'ai passé quelques semaines chez notre poivrot de père. Il battait Germaine, mais je l'ai menacé de l'envoyer à l'hospice, après il s'est calmé.

Élisabeth assimilait en silence ce que lui apprenait Théodore. Elle commençait à comprendre certains regards entre Germaine et le jardinier. Ils feignaient l'indifférence devant les autres domestiques, mais parfois ils auraient pu se trahir, si elle avait été plus perspicace.

— Germaine aurait pu te présenter comme son frère aîné, tu aurais eu la place quand même, hasarda-t-elle.

— Au fait, je ne travaille plus au château. Je vous conseille de me vouvoyer, madame ! aboya-t-il soudain. C'était agréable à entendre, tout à l'heure, le « vous » auquel les serviteurs n'ont pas droit.

Cette fois, Élisabeth perdit patience, irritée par ces propos injustes, car en raison de son enfance, de ses convictions politiques, Justin et elle traitaient le personnel avec respect.

— Vous vous plaignez, mais ça sonne faux ! s'écria-t-elle. Justin a longtemps vouvoyé Germaine, Hortense, le vieux Léandre. Que désire votre sœur ? Je lui ai donné de l'argent, quand elle est partie, une belle somme.

— Pas assez, ce n'est pas avec trois sous que son honneur sera lavé, qu'elle élèvera le petit qu'elle a dans le ventre ! Quelques dizaines de francs, histoire de vous donner bonne conscience, la belle affaire !

Théodore lui adressa un coup d'œil plein de mépris, de rage. Il s'assit sur la dernière marche de la cave et prit une bouteille dans la besace qu'il portait à l'épaule. Il but au goulot, s'essuya les lèvres du dos de la main.

— Qu'est-ce que vous racontez ? Germaine n'est pas enceinte, elle vous ment, et vous faites n'importe quoi après avoir cru ses boniments, débita froidement Élisabeth. Vous avez failli tuer un homme, des chevaux !

— Mais je m'en fiche de vos canassons, décréta-t-il.

— Je vous le redis, votre sœur vous ment. Sachez que je lui ai donné des centaines de francs, pas des dizaines.

— Non, parce que si c'était le cas, on serait partis pour Paris, Germaine et moi. Vous devriez avoir honte, la payer pour déguerpir à cause de l'enfant que ce fumier de Justin lui a fait. Elle m'a tout expliqué quand il l'a renvoyée. Le patron profitait d'elle depuis un bon bout de temps. La pauvre, elle en était amoureuse, sans oser lui avouer. Mais dès qu'elle a parlé de sa grossesse, il l'a virée comme une malpropre. Je ne pouvais pas la laisser seule, après ce qu'elle avait subi par votre faute à tous.

Il reprit le fusil et le pointa sur Élisabeth. Elle fit semblant de ne pas y prêter attention. Un terrible doute l'assaillait.

« Et si cet homme disait la vérité, si c'était Justin le menteur ? Quand j'ai trouvé Germaine dans le couloir, nue sous le plaid, elle pouvait très bien avoir couché avec lui, et avoir confessé son état, et il s'est empressé de la congédier... »

Troublée, Élisabeth se détourna un peu, afin de cacher son visage altéré par une peur sans nom.

— Comment étiez-vous sûr de me conduire ici, dans cette cave ? demanda-t-elle soudainement. J'aurais pu demeurer à l'intérieur du château jusqu'à la nuit.

— Bah, je n'étais pas pressé, et puis je vous épiais. Par chance, il n'y a pas de chien de garde sur le domaine. Je vous ai vue ce matin, à midi, toute la journée, vous sortiez, vous rentriez, lui précisa-t-il d'un ton ironique.

— Et pourquoi vous en prendre à moi, si vous tenez à régler vos comptes avec Justin ? Même s'il était coupable de ce dont vous l'accusez, je ne suis pas concernée.

— Vous faites la paire, Germaine me l'a dit.

— Cette fille est devenue folle ! Totalement folle ! affirma Élisabeth, excédée. Pourtant, je suis sincère, Théodore, j'avais de l'affection pour votre sœur, elle était si gaie, si gentille. Lors de mon retour, il y a un peu plus d'un an, je l'ai à peine reconnue. Je savais ce qu'elle a vécu, il y a huit ans, et c'est pour cette raison que je tenais à l'aider. La veille de son départ, en lui remettant l'argent, je lui ai souhaité de trouver le bonheur à Paris.

— Ben voyons, marmonna-t-il.

Elle fixait l'homme, pour tenter de lui prouver sa franchise. Il baissa la tête un instant, but de nouveau une longue rasade. Une vague odeur d'alcool parvint à Élisabeth.

« On dirait qu'il boit pour se donner du courage, se dit-elle. Ou bien il veut éviter de penser, de m'écouter. Mon Dieu, je ne dois pas flancher, ni douter de Justin, sinon je suis perdue. »

Théodore se leva. Il alluma une cigarette, après avoir calé son arme sous son bras gauche. Un bruit de moteur se fit entendre au-dessus d'eux, assourdi par la voûte en pierre.

— Tiens, la maréchaussée rapplique encore un coup, se moqua-t-il, goguenard.

— On va me chercher, et j'en ai l'intuition, ça finira mal pour vous. Germaine n'a pris aucun risque, elle, insinua Élisabeth. Ce n'est pas très courageux de vous envoyer mettre le feu, jouer les assassins, m'emmener ici sous la menace d'un fusil. Mais qu'est-ce que vous me voulez, à la fin ? Si c'est encore plus d'argent, j'accepte, à condition que vous nous laissiez en paix !

Il s'approcha d'elle, de très près. Son haleine empestait le tabac et l'eau-de-vie. Tétanisée de frayeur, Élisabeth recula.

— Votre sœur est folle, répéta-t-elle. Hélas ça ne l'empêche pas de vous manipuler, d'être une habile comédienne, pour arriver à ses fins.

Elle était certaine que Germaine avait perdu l'esprit. Dans sa démence, elle n'admettait pas d'être rejetée par Justin et se vengeait.

— Taisez-vous ! vociféra Théodore. C'est vous, la toquée, et autant vous le dire, ma sœur ne sait pas qu'il y a eu un beau feu de joie au château. Arrêtez de la traiter de folle, je ne veux plus entendre ça !

Il lui assena une claque magistrale sur la joue droite, du revers de la main. Elle retint un cri de douleur, effarée par une certitude : elle s'était jetée dans un piège d'où elle ne ressortirait peut-être jamais.

Château de Guerville, même jour,
un quart d'heure plus tard

Les gendarmes étaient repartis. Justin, après les avoir remerciés pour leur zèle et leur écoute, avait rejoint Roger au fond d'un terrain en jachère où le palefrenier venait d'enterrer la pouliche morte pendant l'incendie, avec l'aide du vieux Léandre. Ils avaient eu soin de couvrir le corps de chaux vive.

— Je déteste faire ça, patron, dit Roger lorsque Justin lui tapota amicalement l'épaule. Une jolie bête qui aurait eu deux ans au printemps ! Quel malheur.

— C'est une perte regrettable, mais Dieu merci, les autres chevaux sont sauvés. Et Maurice a échappé à un sort atroce, périr carbonisé.

— Tout le mérite vous en revient, patron.

— Et toi, tu as réussi à faire évacuer toutes nos bêtes, au risque de ta vie. Je n'avais pas encore pu te remercier, Roger. Merci, mon ami, mon fidèle ami.

Justin voulut lui donner l'accolade, mais le palefrenier eut un léger mouvement de recul.

— Excuse-moi, Roger, ce ne sont pas des manières, plaida-t-il.

— J'ne suis pas dans mon assiette, patron.

— D'accord, je comprends. Nous sommes tous bouleversés. Au sujet de Maurice, le plus inquiétant, c'est qu'il ne se soit pas réveillé. On a dû l'assommer juste avant le début du feu, selon le brigadier.

— Un vrai salaud, celui qui a fait ça ! s'exclama Roger. Si je le tenais ! J'espère qu'on va vite l'arrêter et qu'il croupira en prison. Dites, vous croyez que c'est Alcide, ce fumier qui a déjà failli me tuer en me balançant en bas de l'escalier de la salle des gardes, après que votre père m'avait mis une balle dans la cuisse ?

— Ce ne serait pas étonnant. Les gendarmes sont sur sa piste, soupira Justin. Je rentre au château, tu devrais venir avec moi. Depuis l'installation de madame Maybel et de sa gouvernante, tu t'obstines à prendre tes repas à l'office.

— Pardi, c'est ma place ! rétorqua-t-il un peu sèchement. Je ne suis pas à l'aise avec ces dames.

Roger lui tourna le dos, ramassa les outils qu'il avait posés par terre. Surpris, Justin hésita à le questionner, puis il se décida.

— Qu'est-ce que tu as ? Nous sommes amis, il me semble. Si tu as des reproches à me faire, dis-le !

— Ce ne sont pas mes affaires, patron. J'ai besoin d'être seul, tranquille. Je vous l'ai dit, ça me rend malade, ce qui s'est passé.

— Bon sang, Roger ! Nous ne sommes pas responsables, ni toi ni moi. Il faut se serrer les coudes, à présent. J'ai la ferme intention de faire reconstruire les écuries le plus vite possible.

Dépité, Justin saisit le palefrenier par le coude. Cette fois, celui-ci eut un geste d'impatience.

— Fichez-moi la paix, monsieur ! cria-t-il.

— Non, tu n'es pas dans ton état normal, on dirait que tu m'en veux !

— J'ai vu quelque chose et je ne comprends pas, avoua enfin Roger à voix basse. Vous et madame Élisabeth, hier soir ! Moi qui refusais de croire Germaine. Elle m'avait dit que vous deviez coucher ensemble, vous et votre nièce. Quand vous étiez dans les bras l'un de l'autre, j'y ai pensé, pardi.

Justin aurait pu se défendre, nier la force de ses sentiments pour Élisabeth. Mais il était tendu à l'extrême, épuisé, las de se battre.

— Tu es mon ami, Roger, alors oui, je te dois la vérité. Viens, allons dans l'ancienne grange, celle où tu as voulu te pendre par amour. C'est l'endroit idéal pour m'écouter.

Les deux hommes se dirigèrent du même pas rapide vers le vieux bâtiment. Il pleuvait de nouveau sur le domaine, une pluie fraîche, douce et régulière, qui acheva d'éteindre les derniers tisons de l'incendie.

Dans le salon, Maybel contemplait les vitres constellées de gouttelettes d'eau. Elle attendait Élisabeth pour la cérémonie du thé. Son chiot couché sur ses genoux, elle faisait son *mea culpa*, en son for intérieur, ayant encore cédé à l'attrait du brandy dont une ultime bouteille était cachée au fond d'une de ses malles.

— Je serai plus sage cet été, murmura-t-elle. Nous ne pouvons pas sortir par ce temps, Câlin !

Elle prononçait en fait « câline », ce qui faisait sourire Sarah. Quant à Antonin, il fut le premier à remarquer combien sa mère tardait à revenir.

Pavillon de chasse, même jour, même heure

Élisabeth, après la gifle qu'elle avait reçue, s'était assise sur le sol, adossée à la roche, en se protégeant le visage de son avant-bras droit. Elle avait eu tort de défier Théodore, d'accuser sa sœur d'être folle.

« Je peux sûrement le raisonner, songeait-elle. Que me veut-il, au fond ? Si c'est de l'argent, qu'il le dise. On va s'inquiéter de mon absence, au château. »

Sa joue la faisait souffrir, mais la pire torture était celle du doute qui la harcelait.

« Comment savoir la vérité ? Germaine a-t-elle demandé à son frère de mettre le feu aux écuries ? Pourquoi prétend-il le contraire ? Il semble rongé par la haine. Ce ne serait pas surprenant si sa sœur est vraiment enceinte. Je ne pouvais pas me donner à Justin, il a très bien pu coucher avec elle durant des mois. Il l'a chassée quand elle lui a parlé de sa grossesse, de peur de me perdre. Non, non, je délire. »

Elle avait honte de soupçonner ainsi l'homme qu'elle adorait de toute son âme. Un bruit l'intrigua, tout à coup, l'obligeant à regarder Théodore. Il armait son fusil.

— Votre arme n'était pas chargée ? demanda-t-elle, sidérée.

— Non, vous auriez pu me filer entre les doigts, répondit-il.

— Vous êtes un sadique, une brute, gémit-elle. Qu'exige votre sœur ? Elle ne peut pas souhaiter ma mort, je ne lui ai fait aucun mal, j'ai même été compréhensive envers elle. Et pourquoi buvez-vous autant ? Vous manquez de courage avant d'exécuter une femme innocente ?

Sa tendance à la colère la submergeait, occultant toute notion de prudence. Élisabeth avait envie de se ruer sur cet individu au rictus ironique, de le marteler de coups de poing.

— Je n'ai pas besoin de vous tuer, ma petite dame, plaisanta-t-il d'un air hautain. Je veux vous faire souffrir, vous et l'autre bâtard. Il joue les châtelains, mais il ne vaut pas mieux que moi, que ses domestiques. Hortense aime causer... Môssieur Justin a été légitimé par le vieux cochon il n'y a pas si longtemps. Et c'est le rejeton d'une putain, cette Madeleine qui a fini en prison.

— Je suis au courant, merci ! s'exaspéra Élisabeth.

Elle tentait de dominer la terreur qui la ravageait. Si elle cédait à la fureur, à l'effroi, elle pouvait le payer très cher.

— Théodore, j'habite au château depuis deux mois à peine, je ne vous connais pas, mais le peu de jours où j'ai eu l'occasion de vous croiser dans le parc ou à l'office, vous m'avez fait l'effet de quelqu'un de raisonnable, de sérieux. Monsieur Justin vous appréciait beaucoup.

— Ce n'était pas réciproque.

— Parce que vous saviez pour votre sœur et lui, elle avait prétendu être sa maîtresse ?

— Non, ça, elle m'en a parlé le matin où nous avions rendez-vous à la gare, pas avant. Et ne cherchez pas à m'amadouer. Je récapitule, votre grand-père, un démon de la pire espèce, a violé Germaine, elle avait à peine quinze ans. Si vous l'aviez vue, notre sœur, quand elle nous a rejoints à Poitiers, chez mon frère aîné, Léon… Une pauvre fille désespérée, à bout de forces. Elle refusait de manger, elle ne faisait que prier et pleurer. Ma belle-sœur, Jeanne, a essayé de la consoler, mais ça n'a rien donné. Si j'avais su, à l'époque, pourquoi elle était dans cet état, Germaine, je serais venu tout droit au château et je lui aurais fait la peau, au vieux Laroche.

« Et je n'aurais pas été violée », se dit tristement Élisabeth.

— Ensuite, ça s'est un peu arrangé, ma sœur a séjourné trois mois chez les ursulines. En sortant du couvent, elle s'est placée chez un notaire, à Poitiers, ajouta Théodore. Elle était bien traitée, elle touchait de bons gages. On passait le dimanche tous ensemble, en famille. Et puis notre mère est morte, Germaine a eu le tort de revenir ici, au pays. Oui, elle aurait dû rester avec Léon et moi, ses frères.

Il étira alors sa longue silhouette, sous les yeux méfiants de la jeune femme. Elle essayait de deviner ce qu'il prévoyait de faire, bien en vain.

— Il paraît que ce petit saligaud de Justin, il ne se contentait pas de ma sœur, déclara-t-il enfin. Il couchait aussi avec vous…

— Non, pas du tout, Germaine était amoureuse de lui, oui, et donc jalouse. Elle invente toutes ces histoires qui deviennent peut-être vraies pour elle. Il faut me croire. Nous avons des relations affectueuses, Justin et moi, puisque nous sommes de proches parents.

De plus en plus nerveuse, Élisabeth se releva. Elle toisa Théodore avec dédain, ignorant combien il était subjugué par sa beauté, son expression pathétique. Il nota le rose vif de ses lèvres entrouvertes, la joliesse de son nez, l'harmonie de ses traits. Mais comme d'autres avant lui, il fut sensible à l'attrait sensuel qu'elle exerçait sur les hommes, contre sa volonté.

— On va s'amuser un peu, tous les deux, annonça-t-il d'une voix moins ferme en posant le fusil contre le mur. Tu n'as pas d'argent sur toi ?

— Mais non, j'étais sortie quelques instants seulement.

— Je préfère vérifier.

C'était juste un prétexte. En deux secondes, il était sur elle, l'étreignait. Il commença à la fouiller. Ses mains s'égarèrent sous les pans de la veste qu'il avait déboutonnée. Figée, le souffle court, Élisabeth subissait ses attouchements malhabiles.

— Prenez mes pendants d'oreilles, dit-elle, malade de peur. Ce sont de vrais saphirs, ça coûte cher. Il y a ma montre-bracelet aussi. La médaille en or, elle était à ma mère, je vous en prie, laissez-la-moi.

— Tu peux les garder, tes bijoux, sale petite bourgeoise, j'ai pris ce qu'il me fallait pendant l'incendie. Vous étiez tous dehors, crétins que vous êtes.

Il la scruta au fond des yeux, un peu penché, puis il lui écrasa la bouche d'un baiser brutal, à l'odeur alcoolisée. Dès qu'elle put respirer, car il avait un peu reculé, elle céda à la panique :

— Ayez pitié, ne me touchez pas ! hurla-t-elle. Vous n'êtes pas comme ça, j'en suis sûre.

Élisabeth se jugea stupide. Théodore l'avait frappée, il avait mis le feu à l'écurie et il s'était montré indifférent au sort de Maurice. Elle se faisait des illusions. Il lui en fournit la preuve immédiatement, en déchirant son corsage en velours de soie.

— C'est d'une belle catin comme toi que j'ai besoin, grogna-t-il d'un ton rauque. Œil pour œil, dent pour dent. Le vieux Laroche a déshonoré ma sœur, moi je vais faire comme lui, tu ne feras plus la fière, après.

Il pétrissait ses seins avec rudesse, à travers le fin linon de sa lingerie. Quand il mordit un de ses mamelons, elle lança une plainte de douleur.

— Non, non ! clama-t-elle, éperdue de désespoir. Pas deux fois, pas deux fois.

— Tais-toi, ou je te tords le cou, menaça-t-il, une main occupée à retrousser sa lourde jupe en laine.

Il s'irritait des obstacles qu'il trouvait, les deux jupons, la culotte qui descendait aux genoux et protégeait celle, plus légère, équipée de minuscules boutons de nacre entre les cuisses.

— Je prends mon plaisir, et je fiche le camp de là. Toi, tu pourras gueuler un moment, on ne t'entendra pas du château. Tu sauras l'effet que ça fait, d'être forcée, et de partout.

Théodore la maintenait plaquée contre la paroi de la cave. Il continuait à mordiller la chair de sa poitrine, en haletant sous la montée du désir bestial qui enflammait son bas-ventre.

— Non, pas ça, je vous en prie, sanglota Élisabeth lorsqu'il dégrafa son pantalon.

L'homme la fit ployer en avant, mais il devait tenir jupe et jupons relevés, avant de la pénétrer. Elle avisa la lanterne, posée sur la petite table. Vite, elle tendit le bras, serra les doigts sur l'anse métallique.

D'un geste désespéré, elle la fit voltiger en l'air pour cogner de plein fouet le crâne de son agresseur. La vitre se brisa, tandis qu'une odeur âcre de pétrole se répandait, mais la flamme s'était éteinte. Ils se retrouvèrent dans l'obscurité la plus totale.

Élisabeth, le cœur battant à se rompre, ignorait si elle avait pu assommer Théodore. Il n'avait pas crié et elle n'avait pas entendu de bruit de chute. Sans tenter de s'en assurer, elle grimpa les marches étroites, faisant appel à tout son courage. Un mince rai de clarté la guidait.

« J'ôte la barre en fer, je soulève la trappe et je m'enfuis, je cours, se disait-elle. Justin doit me chercher. »

Elle réussit, à tâtons, à faire coulisser le morceau de métal, mais on l'attrapa rudement par les chevilles. Déséquilibrée, elle s'effondra la tête la première. Son front, puis son nez, heurtèrent la pierre.

— Tu es une satanée carne, toi, maugréa Théodore.

Il se laissa tomber sur elle, pesant sur son dos et ses fesses, lourd, implacable. Il releva de nouveau sa jupe. Élisabeth se mit à hurler comme elle n'avait encore jamais hurlé. Elle criait au secours de toutes ses forces, tout en s'agitant pour empêcher l'inévitable.

Elle crut au miracle quand son prénom résonna à l'extérieur. Des pas ébranlèrent le vieux plancher du pavillon de chasse et tout de suite quelqu'un souleva la trappe.

— Élisabeth ?

— Papa !

Guillaume Duquesne avait vu l'essentiel de la scène dès que la pâle lumière de janvier s'était répandue dans l'escalier. Un inconnu se vautrait sur sa fille dont le beau visage était marqué d'hématomes. Révolté, fou furieux aussi, il fonça sur

Théodore qui venait de bondir en arrière. Élisabeth, qui s'était redressée, le vit se pencher pour ramasser son arme.

— Attention, papa, il a un fusil !

— Comme tous les lâches, rétorqua son père.

Le charpentier était déchaîné, envahi par une haine datant de plusieurs années. Sans s'inquiéter du fusil, il assena deux violents coups de poing à l'homme qui tituba, sonné. Puis ce fut le corps à corps. Guillaume parvint à ceinturer son adversaire, pour lui cogner la tête contre le rocher. Tout allait si vite que la jeune femme était paralysée.

— Non, papa, non, implora-t-elle. Arrête !

Théodore avait de la ressource. Il réussit à se dégager, se jeta sur le fusil toujours au sol. Mais Guillaume fut aussi rapide, obsédé par les appels désespérés de sa fille, de sa princesse, qui retentissaient encore dans son esprit.

Une détonation ébranla l'air confiné de la cave où flotta aussitôt l'odeur caractéristique de la poudre.

Au château, un début d'affolement oppressait Justin. Après une longue conversation avec Roger, il était rentré, très ému de s'être confessé à son seul ami.

Élisabeth ne l'attendait pas, assise devant une tasse de thé. Surpris, il avait eu un regard interrogateur vers Maybel, qui s'était lancée dans un discours plaintif, en anglais, dont il n'avait pas saisi le moindre mot.

Maintenant Antonin boudait dans un angle du salon, car il l'avait d'abord prié de se taire, l'enfant se plaignant de l'absence de sa mère.

— Elle est partie se promener, insista Sarah.

Denise, sur le seuil de la pièce, toute menue dans sa robe noire, triturait son petit tablier blanc.

— Mais oui, monsieur, madame Élisabeth ne tenait pas en place. Je l'ai vue par une fenêtre des cuisines, elle sortait souvent, et il y a moins d'une heure, elle s'est éloignée. Je ne sais pas vers où, j'aidais Hortense à faire la vaisselle.

Norma, confuse, proféra une explication, dans un français approximatif, à l'aide de son dictionnaire.

— Lisbeth attendre vous, Justin, mais dehors.

— Merci, Norma, de vos efforts, dit-il gentiment. Antonin, viens par ici, mon garçon. Je suis désolé si je t'ai vexé, tout le monde parlait en même temps.

Antonin se décida à quitter le recoin un peu sombre où il s'était réfugié, derrière le piano à queue. Il leva la tête pour darder son regard d'ambre sur le jeune homme.

— Maman m'a demandé d'être sage, de ne pas bouger de là, j'ai obéi, et toi tu me grondes ! lança-t-il à Justin.

— Je ne t'ai pas grondé, répliqua celui-ci. Et toi, Sarah, tu ne sais vraiment rien d'autre ?

— Non, je voyais bien que Lisbeth était triste, alors je suis sûre qu'elle a marché longtemps.

Maybel renonça à s'en mêler. Elle caressait son chien d'un geste machinal.

— Je n'ai pas eu mon thé, déplora-t-elle tout bas.

Norma fit signe à Denise, en lui montrant l'élégante table ronde qui servait à prendre le thé près de la cheminée.

— Oui, Miss, j'ai compris, affirma la jeune domestique, assez satisfaite d'employer le terme « miss », que lui avait soufflé Sarah.

Une détonation leur parvint à cet instant précis, assourdie par la distance.

— Qu'est-ce que c'est ? s'étonna Justin. Personne n'a le droit de chasser aux environs du château !

Il fut terrassé par une peur affreuse, mais elle concernait les chevaux. L'incendiaire pouvait très bien abattre un des animaux pour parfaire sa vengeance. La seconde suivante, mortifié, il pensa à Élisabeth qui était peut-être allée voir Perle et Galante, ses deux juments.

— Excusez-moi, dit-il, l'esprit en ébullition, le cœur serré par une immense frayeur.

Justin se rua dans le hall, puis il s'élança à l'extérieur, en priant Dieu qu'il ne soit pas arrivé malheur à la jeune femme.

« Seigneur, pitié, ne nous séparez pas. Elle ne peut pas mourir, non, pas elle, c'est mon amour, ma princesse… »

Élisabeth claquait des dents de façon incoercible. Hébétée, elle répétait :

— Il est mort, tu l'as tué ! Mon Dieu, tu l'as tué.

Guillaume la serra plus fort contre lui. Ils étaient assis au milieu de l'escalier de pierre, tous deux choqués par ce qui était arrivé.

— Là, là, ma petite, murmura le charpentier. Je n'ai pas voulu ça. J'irai me dénoncer aux gendarmes.

— Papa, je suis désolée, tellement désolée, balbutia-t-elle. Mais c'était un accident.

— Je n'en sais rien, ma princesse. Le fusil était entre nous, à un moment j'ai repoussé le canon, qui était appuyé sur ma gorge, et j'ai dû appuyer sur la gâchette. Le type s'est écroulé, il a pris la balle dans la tempe. Allons, courage, ne pleure plus.

Elle renifla, honteuse à l'idée que son père avait peut-être aperçu sa poitrine dénudée, à la fois soulagée et horrifiée. Grâce à son intervention, elle avait échappé à un viol, mais par sa faute, il venait de tuer un homme.

— Si seulement je n'avais pas quitté le château, gémit-elle. Et toi, papa, pourquoi étais-tu là ?

Il fixait d'un air hagard les pieds de Théodore, dans leurs solides chaussures en cuir. Le reste du corps était dissimulé par l'avancée de la voûte.

— Les nouvelles vont vite, dans le pays. Un type du bourg de Guerville est passé au moulin, en fin de matinée. Il a annoncé à Pierre que vos écuries avaient brûlé hier soir. Jean, dès qu'il a pu, m'a rendu visite sur mon chantier pour me le dire. J'étais remué, ça me tracassait. J'ai arrêté de travailler plus tôt et j'ai emprunté le vélo de Laurent.

— Ah, d'accord, approuva Élisabeth.

— Dieu m'est témoin, en franchissant le portail, j'ai perçu des cris atroces qui semblaient émaner de la terre. Et c'était ta voix, tu appelais au secours.

Ce fut au tour de Guillaume de trembler convulsivement. Il serra encore plus fort sa fille, qui nicha sa tête au creux de l'épaule paternelle.

— On aurait dit que tu étais ensevelie, alors j'ai sauté du vélo, pour mieux écouter. Seigneur, tu hurlais « maman », et « papa ». Tu avais besoin de moi, ce père qui n'a pas pu t'élever, te choyer. Si tu savais, Élisabeth, combien j'ai eu mal, une douleur morale, quand ces hommes m'ont attaqué, dans le Bronx. J'étais sûr de mourir et je t'imaginais seule dans New York, à la tombée de la nuit...

— Je sais, papa, tu me l'as déjà raconté, précisa-t-elle d'une petite voix altérée.

— Je n'étais pas là non plus, ce mois d'avril 1899, lorsque ce monstre à face humaine, Laroche, s'en est pris à toi, ma toute belle, ma précieuse enfant. Alors, en ouvrant la trappe, en voyant cet homme… Oui, j'avais envie de l'exterminer, de le détruire. Pour une fois, enfin, être là pour ma fille, la protéger, la sauver.

— Tu es venu, papa, sans toi, j'étais perdue.

— Par chance, j'ai vite pensé à la cave du pavillon. Nous nous donnions rendez-vous ici, Cathy et moi, les jours de grand froid ou de pluie. Ta maman m'avait fait visiter la cave. Elle prétendait que jadis, un souterrain reliait cet endroit à la salle des gardes du château. Si nous remontions ? Il faut aller téléphoner à la police. Sais-tu qui est cet homme ?

— Oui, et c'est lui qui a mis le feu aux écuries. Sarah a failli en mourir, Justin aussi, en sauvant Maurice. Tu te souviens, je t'en avais parlé, le commis de Roger, il est hospitalisé.

Élisabeth avait du mal à aligner plusieurs mots de suite. Elle parvint à se lever, ses jambes la soutenaient à peine. Guillaume la prit par la taille. Il la porta presque jusqu'à la porte ouverte sur le parc. En chemin, elle avait soigneusement boutonné sa veste, afin de cacher l'état de son corsage et de sa lingerie. Elle respira avidement l'air froid, toujours dans les bras de son père.

— Il s'appelait Théodore, il avait été engagé comme jardinier au début de l'été, dit-elle en offrant son visage tuméfié à la pluie. Les gendarmes et Justin soupçonnent Alcide, l'ancien factotum de Laroche et…

Un appel anxieux la fit taire. Justin l'appelait. Élisabeth ne bougea pas. Elle appréhendait tout ce qui allait suivre. Le jeune homme contourna l'angle du pavillon et leur apparut. Il devint d'une pâleur morbide.

— Élisabeth ? Mais tu es blessée ! Monsieur Duquesne, depuis quand êtes-vous ici ?

La présence du charpentier le surprenait. Désemparé, il n'osa pas approcher davantage.

— J'ai aperçu un vélo par terre, alors j'ai couru, ajouta-t-il. Et il y a eu un coup de feu. Comment vas-tu, Élisabeth ? Est-ce que tu as fait une mauvaise chute ?

Guillaume lui recommanda de se calmer d'un geste assez autoritaire.

— Vous saurez bientôt ce qui s'est passé, Justin. Nous devons ramener ma fille à l'abri, la soigner. Je dois téléphoner aussi, de toute urgence.

— Papa, je me sens mieux. Laisse-moi expliquer la situation à Justin, je t'en prie, intervint Élisabeth. Ce ne sera pas long.

Soucieux de ne pas la contrarier, Guillaume obtempéra, mais il la garda serrée contre lui. Dès qu'elle eut terminé son récit, entrecoupé de brefs sanglots nerveux, Justin recula et se mit à faire les cent pas, afin d'apaiser ses nerfs survoltés. Il était malade de rage, mais aussi de contrariété, parce qu'il ne pouvait pas prendre Élisabeth dans ses bras, la consoler.

— Alors Théodore était le frère de Germaine, marmonna-t-il. Fichtre ! Ils ont joué la comédie avec une facilité ! Je n'ai rien vu, ni Roger. Et vous dites l'avoir tué, monsieur Duquesne.

— Oui, je souhaite me livrer à la gendarmerie

— Il faudra bien expliquer que c'était de la légitime défense, papa, déclara Élisabeth. J'en témoignerai.

— Ce sera ma parole contre celle d'un mort, nota Guillaume. Nous n'avons aucune preuve que cet individu soit l'incendiaire, ni du fait qu'il ait eu de mauvaises intentions envers ma fille.

— Comment ça ? s'indigna Justin. Les preuves, elles sont là, sur son visage ! Vous parlez de mauvaises intentions, alors qu'il aurait abusé d'elle si vous n'étiez pas arrivé.

— J'évite simplement les expressions susceptibles de choquer Élisabeth, par tact, si vous savez ce que cela signifie, jeune homme.

— Papa, Justin n'a rien fait de mal. Ne vous querellez pas, je voudrais être au chaud, à l'abri. Je suis assoiffée, aussi. Nous devrons vérifier ce qui a été volé au château, établir une liste pour la remettre au brigadier…

Sa voix faiblissait. Élisabeth, à bout de résistance, fut prise d'un terrible vertige, avant de perdre connaissance, victime d'un léger malaise provoqué par un trop-plein d'émotions.

Château de Guerville, un peu plus tard

Élisabeth s'était mise nue dans son cabinet de toilette pourvu d'une baignoire sabot. Le château était équipé d'un système assez fiable pour distribuer de l'eau chaude, et la jeune femme se lavait avec frénésie, les dents serrées sur une colère intense.

Sa perte de conscience avait été brève, elle avait rouvert les yeux tandis que Justin s'éloignait en courant, pour revenir cinq minutes plus tard au volant de son automobile flambant neuve. Son père l'avait assise précautionneusement sur la banquette arrière, puis il était monté près d'elle, pour la reprendre dans ses bras.

— Je leur ai donné mes consignes, se remémora-t-elle à mi-voix. Antonin et Sarah ne doivent rien savoir, et il faut recevoir les gendarmes dans le fumoir, être discrets, tous.

Elle se rinça une dernière fois. Si Théodore Caillaud n'avait pas pu la violer, elle éprouvait de la répulsion en se souvenant de son haleine alcoolisée, de ses mains brutales.

Une fois sortie de la baignoire, Élisabeth se sécha avec la même énergie furibonde. Elle ne put éviter son reflet dans le grand miroir rivé au-dessus du lavabo.

— Mon Dieu, heureusement, les enfants ne m'ont pas vue quand je suis arrivée, j'avais du sang sur le visage.

Elle avait une large ecchymose sur le front, le nez tuméfié et coupé à la narine droite. C'était douloureux, mais elle refusa de se plaindre. Ses seins aussi la faisaient souffrir. Elle passa sur les hématomes du baume de consoude.

— Quand j'ai voulu mourir noyée, à Paris, et que j'ai mesuré ensuite la valeur de la vie, dit-elle à sa propre image, j'ai fait la promesse de ne plus jamais être une victime. Je ne suis pas une victime !

Tremblante de froid, Élisabeth se résigna à soigner la partie la plus sensible de son anatomie, sa poitrine.

— Quel salaud, ce type ! s'autorisa-t-elle à jurer, ivre de révolte et d'écœurement.

Un de ses mamelons lui causait des élancements éprouvants. Elle le désinfecta à l'eau de Cologne.

— Je ne suis pas une victime, répéta-t-elle. Mais si papa n'était pas arrivé à temps… Ô mon Dieu, pas deux fois, ça ne pouvait pas se produire deux fois, j'en serais morte de chagrin.

Élisabeth réprima un sanglot, respira à fond. On frappait à la porte de sa chambre. Elle sortit de la petite pièce, enveloppée d'un large linge en tissu-éponge.

— Qui est-ce ? demanda-t-elle sans songer à ouvrir.

— Ma princesse, je m'inquiète, tu devais descendre sans trop tarder, fit la voix de Guillaume. Les gendarmes ont dit qu'ils viendront le plus rapidement possible.

— Je suis bientôt prête, papa. Attends-moi en bas, je te prie. Tu as bien raconté à Antonin et à Sarah que j'ai fait une mauvaise chute, que je ne suis pas jolie à voir ?

— Tu seras toujours la plus jolie pour moi et pour eux, répliqua son père. Et la plus courageuse.

Elle entendit décroître le bruit de ses pas en direction du grand escalier. Après un regard d'envie sur son grand lit, elle dut s'habiller. Malgré sa détermination à faire face à cette nouvelle épreuve, elle se sentait épuisée, même si son esprit, lui, était agité par divers questionnements.

— Quand Germaine saura que son frère est mort, elle voudra sûrement le venger, hasarda-t-elle dans un souffle anxieux. Où peut-elle se trouver ? Qui sait si elle ne se cache pas tout près d'ici… Il faudra bien veiller sur Antonin, et sur Sarah.

Vêtue d'une chaude robe en lainage bleu et de lingerie propre, Élisabeth retrouva un peu d'énergie. Elle allait devoir faire une déposition, exposer en détail au brigadier le rude traitement que Théodore lui avait infligé. Sa pudeur serait mise à mal, mais elle s'en moquait.

— Je prouverai que papa n'a pas voulu tuer cet homme, qu'il me défendait, murmura-t-elle.

Avant de quitter le refuge chaleureux de sa chambre, elle serra entre ses doigts la médaille de baptême de sa mère, en fermant les yeux pour prier. Comme bien souvent, elle en fut apaisée. Une pensée lui vint presque aussitôt, alors qu'elle tournait la clef dans la serrure, car elle s'était enfermée une demi-heure auparavant.

«J'ai été ravagée par le viol que j'ai subi, j'en suis tombée malade, j'ai tenté de me supprimer, pourtant j'en gardais à cette époque un souvenir confus car je m'étais évanouie, sûrement pour échapper à l'abomination de cet acte. Mais Germaine a dû vivre des instants épouvantables, elle était plus jeune que moi, et encore vierge», songea-t-elle.

Une certitude s'imposa à elle, la jeune villageoise avait sombré dans une mystérieuse forme de démence, à jamais marquée par les outrages pervers de Laroche. Maintenant, la jolie fille de quinze ans, rieuse et douce, s'était changée en une créature pétrie de haine et avide de destruction.

16

Sur le fil de la folie

Château de Guerville, le soir,
lundi 28 janvier 1907

Margot et Denise avaient fermé très tôt les lourds rideaux de la salle à manger, occultant ainsi la nuit tombante derrière les vitres des fenêtres. Il y avait eu deux services ce soir-là, le premier pour Maybel, Norma, Sarah et Antonin, le second, une heure plus tard, avait réuni Élisabeth, Guillaume, Justin et Roger. Le palefrenier, en raison des circonstances, avait déserté l'office.

Le quatuor discutait encore du drame, assis autour de la table ovale, nappée d'un tissu brodé.

— J'étais soulagée quand les gendarmes sont partis, avoua la jeune femme. Dieu merci, ils ont emporté le corps de Théodore Caillaud, et ils ne t'ont pas emmené, papa. Tu seras convoqué devant un juge, mais le brigadier a retenu la légitime défense. Pourvu qu'ils retrouvent vite

Germaine, je la crois capable du pire dès qu'elle comprendra que son frère est mort.

— Que crains-tu précisément ? s'enquit son père.

— Je l'ignore, elle pourrait s'en prendre aux enfants.

— Pour l'instant, ils sont couchés et ils dorment, ma princesse, ils ne courent aucun risque, ajouta-t-il.

Justin, très éprouvé par l'agression dont avait été victime Élisabeth, fulminait intérieurement. Déjà, Guillaume Duquesne surnommait sa fille « ma princesse », comme il le faisait lui-même quand il n'y avait pas de témoin. Il s'estimait idiot d'en prendre ombrage, le charpentier l'ayant sauvée d'un sort atroce. Mais en dépit de toute sa bonté et de son intelligence, il se sentait dépossédé. De plus, il n'avait pas pu être seul un moment avec elle. Il regrettait d'avoir été impuissant à la secourir, à la consoler. Le pire, c'était de l'imaginer livrée aux mains de Théodore, de savoir que cet homme l'avait embrassée, touchée.

— N'ayez pas peur, madame, osa lui dire Roger. Le brigadier a envoyé deux de ses hommes fouiller le château de fond en comble pendant qu'il prenait vos dépositions.

Il était gêné par les marques bleuâtres sur son beau visage, qui, sans la défigurer, éveillaient sa compassion.

— Je le sais bien, Roger, ils ont tenu à me rassurer car j'avais eu cette idée bizarre à propos de Germaine…

— Tu pensais qu'elle se cachait ici même, commenta Justin en lui souriant. Ce n'était pas incongru, elle connaît bien les lieux.

— Oui, c'est une évidence, répondit Élisabeth sans le regarder.

— Je suis prêt à veiller une partie de la nuit, proposa Guillaume d'une voix ferme. Roger et Justin ont à peine dormi, à cause de l'incendie, il vaut mieux qu'ils se reposent.

Le palefrenier haussa les épaules. Il était tellement secoué par les événements tragiques qui venaient de se dérouler qu'il n'avait pas l'impression d'être en manque de sommeil.

— Je suis jeune et en bonne santé, monsieur Duquesne, dit-il. Avant le repas, j'ai fait le tour des prés, afin d'être sûr que tous nos chevaux étaient là et ne manquaient de rien. J'ai l'intention d'y retourner tout à l'heure. Je suis capable de veiller, moi aussi. Cela dit, une fille du gabarit de Germaine ne peut pas faire grand mal à nos bêtes.

— Méfie-toi, Roger. Comme Élisabeth le disait au brigadier, Germaine est devenue folle, mais à mon avis, c'est une folle dangereuse, rusée. Elle pourrait tenter d'empoisonner un de nos chevaux, ou même deux, décréta Justin, la mine grave.

— Dans ce cas, elle ferait du mal à Galante, ma jument, répliqua Élisabeth sans réfléchir.

— Pourquoi donc ? s'étonna Guillaume, intrigué. Tu as déclaré au brigadier avoir remis une grosse somme d'argent à Germaine et t'être toujours montrée gentille à son égard. Qu'aurait-elle à te reprocher ?

— Son frère n'avait rien à me reprocher non plus, pourtant il comptait se servir de moi pour venger sa sœur, papa ! Tous les deux, ils ont dupé Justin et les autres domestiques. Ce sont des envieux, jaloux de notre aisance, de notre mode de vie. Leur plan était parfaitement établi. Pendant l'incendie, Théodore avait fait main basse sur mes bijoux, ceux de *mummy*, et sur la mallette où tu gardes de l'argent. Germaine avait dû le renseigner, nous voler était un jeu d'enfant pour lui.

— Ne t'inquiète pas, ma… ma chère Élisabeth, se reprit Justin à temps, la machine judiciaire est en marche. Le brigadier prend cette affaire à cœur. Léon Caillaud, le frère aîné de la famille, va être interrogé. Les gendarmes ont dû s'arrêter au village, chez Gustave, le père, pour vérifier s'il n'hébergeait pas sa fille. Quant au larcin de Théodore, il l'avait mal dissimulé dans la cave. Nous avons tout récupéré.

— Quelle famille ! soupira Roger en hochant la tête. Il paraît que Caillaud était un bon charron, mais c'est un ivrogne notoire, à présent, doublé d'une brute. Il battait Germaine.

La résistance nerveuse d'Élisabeth céda. Elle enfouit son visage entre ses mains, prise d'une envie de pleurer. Tout se mêlait dans son esprit. La mince figure de Germaine l'obsédait, ses cheveux d'un blond très clair, son expression amère, parfois d'une infinie tristesse.

Elle se revoyait aussi relatant à Maybel et à Norma, en anglais, l'essentiel de ce qui s'était passé dans la cave du pavillon de chasse. Elle leur avait épargné certains détails, pour minimiser la tentative de viol dont chaque minute la hantait. Cependant un autre tourment lui vrillait le cœur et l'âme.

Guillaume, assis à ses côtés, l'attira contre lui. Il déposa un baiser sur sa joue.

— Tu devrais monter te coucher, ma petite princesse, chuchota-t-il à son oreille. Ton père est là, il ne t'abandonnera plus, plus jamais. Et je serai bientôt près de toi tous les jours, si Justin maintient son offre.

— Je suis quelqu'un de parole, monsieur, rétorqua celui-ci d'un ton agacé. Je vous confie le chantier de restauration des écuries, du moins en ce qui concerne la charpente. Vous pourrez engager des ouvriers à mes frais.

— Alors vous êtes tombés d'accord, j'en suis contente, leur lança Élisabeth d'une voix un peu sèche. Je vous laisse, messieurs.

Elle se dégagea de l'étreinte de son père et prit littéralement la fuite, au grand désarroi de Justin. Il avait constaté son attitude réservée, sa froideur, mais il les attribuait à la présence de son père et aux conséquences de l'épreuve qu'elle avait endurée.

«Je lui parlerai demain, se disait Élisabeth dans l'escalier. Je suis certaine qu'il n'était pas l'amant de Germaine, mais je veux l'entendre nier, scruter ses traits. Je saurai s'il me ment.»

Le château était mal éclairé. Margot et Denise avaient pour fonction d'alimenter les torchères à pétrole du grand hall et des couloirs de l'étage, cependant il y faisait sombre, la nuit. La jeune femme le déplora, pareille soudainement à la petite fille de six ans que Madeleine conduisait jusqu'à la nursery.

«J'avais si peur d'aller dormir seule là-haut, se souvint-elle. Mais Justin était caché dans l'armoire, il a rallumé le feu dans la cheminée et il a caressé ma main. Notre histoire d'amour date de ce soir lointain, en octobre 1886, il y a plus de vingt ans. Nous avons eu la chance de nous retrouver. Rien ne pourra nous séparer.»

Cette pensée lui insuffla du courage. Elle suivit le couloir en luttant contre la sensation confuse d'être encore épiée, menacée. Jamais elle n'oublierait le contact du canon du fusil, dans son dos. Il lui semblait entendre des pas légers derrière elle, comme si Germaine allait surgir de l'obscurité et la poignarder.

Parvenue dans sa chambre, elle tourna la clef. Personne ne pouvait plus l'atteindre. Avec un soupir de détente, elle alla se pencher sur le lit d'Antonin.

— Mon petit garçon adoré, dit-elle tout bas. Tu étais désolé que je sois blessée, mais tu m'as embrassé le bout du nez, pour me guérir… Je t'aime tant.

Elle contempla ensuite Sarah, alanguie par le sommeil, ses boucles noires en désordre. Elle lui effleura le front du bout des doigts, attendrie par sa grâce juvénile.

Un grattement à sa porte la fit sursauter. On l'appelait dans un timide murmure :

— Lisbeth, Lisbeth.

C'était le timbre grave de Norma. Élisabeth lui ouvrit sans hésiter.

— Je ne vous dérange pas ? s'inquiéta la gouvernante. Madame dort, j'avais envie de discuter avec vous.

— Oh non, tu ne me déranges pas, Norma, ta compagnie me fera du bien, affirma-t-elle en anglais. Les gendarmes sont restés longtemps, c'était pénible de raconter les faits et gestes de mon agresseur. Papa, Justin, Roger n'arrêtaient pas, au cours du repas, d'évoquer le drame que j'ai vécu. Seigneur, un homme est mort sous mes yeux et… et maintenant j'ai peur, tellement peur.

Élisabeth éclata en sanglots, en se jetant au cou de Norma qui lui tendait les bras.

— Pleurez, pleurez tant que vous pouvez, Lisbeth, vous vous sentirez mieux. Les larmes libèrent, apaisent.

— Merci d'être venue, tu es mon amie, toi, n'est-ce pas ? Nous nous connaissons depuis sept ans, tu m'as toujours soutenue, écoutée, aidée. J'espère que tu resteras longtemps chez nous.

— Je l'espère aussi, Lisbeth. De tout mon cœur… et je tenais à vous dire que si vous souhaitez vous confier à moi, un jour, je sais garder un secret.

— Je n'en doutais pas, Norma.

Norma demeura une heure auprès d'Élisabeth, qui fut tentée de lui avouer sa liaison répréhensible avec Justin, mais ne le fit pas. Elle préféra lui narrer, sans rien omettre cette fois-ci, ce qu'elle avait subi dans la cave du pavillon. La gouvernante lui tenait la main, sachant que ces mots terribles devaient être dits, qui exprimaient l'immense frayeur, l'horreur indicible dont tentait de se remettre la jeune femme.

— J'avais besoin d'en parler, concéda Élisabeth.

— J'ai dû le sentir, Lisbeth. N'ayez pas peur, Dieu a veillé sur vous, dans sa grande clémence. Si votre père est passé à vélo près du pavillon, à cet instant précis, cela signifie qu'un tel acte ne devait pas se produire, vous détruire.

Elles s'étaient embrassées affectueusement. Un quart d'heure plus tard, ayant entendu des bruits de pas dans le couloir, Élisabeth s'aventura avec prudence jusqu'à la chambre de Justin où elle entra sans avoir frappé.

Il était en train d'ôter sa veste, debout près d'une fenêtre, mais il se retourna en entendant le déclic de la porte qui se refermait.

— Enfin, tu es là, dit-il. Seigneur, quelle journée abominable, sans pouvoir t'approcher.

Justin l'avait rejointe et il esquissa le geste de l'enlacer.

— Non, ne me touche pas, et parle moins fort, recommanda-t-elle. Je reste seulement quelques minutes. Il y a une chose que je n'ai pas dite, dans ma déposition. Théodore croyait tout ce que racontait sa sœur sur parole, sinon il n'aurait pas agi ainsi. Germaine se prétendait humiliée, désespérée, puisqu'elle était enceinte de toi. J'ai dû lutter pour repousser cette éventualité, Justin, pourtant admets-le, ce serait possible. J'étais inaccessible, pas cette jolie petite blonde, folle de toi, et folle tout court, à la suite du viol odieux commis par Laroche. Odieux à quel point, j'en ai une vague idée, grâce à certaines allusions de Théodore.

— Tu as pensé que j'étais coupable, comme pour Irène ? Tu m'as jugé assez vil et égoïste ? Tu dis m'aimer, tu évoquais l'autre nuit nos âmes sœurs, nos destins liés, mais tu m'accuses d'avoir couché avec Germaine, et de l'avoir chassée parce qu'elle portait mon enfant ? Bon sang, Élisabeth, si ça avait été le cas, je n'aurais pas eu peur de l'épouser, de légitimer ce bébé innocent !

Elle l'écoutait, sensible aux moindres nuances de sa voix, toute son intuition en éveil.

— Le souci, c'est que je t'aime beaucoup trop, ajouta-t-il d'un ton amer. Aucune femme ne me donnera ce que tu me donnes, alors pourquoi je m'abaisserais à chercher un plaisir futile, sans vraie valeur, sans le bonheur que nous partageons.

— Pardonne-moi, murmura-t-elle. Tu dis la vérité, je le sens. Il faut me comprendre. J'étais la proie de cet homme, je le voyais boire et boire encore, comme pour s'exhorter au courage. J'avais une telle peur, c'était épouvantable. Et il m'annonçait ce qu'il allait me faire, surtout quand je suis tombée sur les marches, qu'il a pesé de tout son poids sur moi, en disant des horreurs. Justin, s'il était parvenu à ses fins, nous étions perdus l'un pour l'autre à jamais. Je n'aurais pas pu effacer cette souillure, et peut-être qu'il m'aurait tuée, ensuite, même s'il affirmait le contraire.

— Ma petite chérie, mon petit cœur, balbutia-t-il, bouleversé par ses aveux.

Il l'enlaça passionnément. Élisabeth poussa un faible cri de douleur en le repoussant.

— Qu'est-ce que tu as ? Je t'ai fait mal ? Tu es blessée ailleurs qu'au visage et tu n'as rien dit !

— Mais non, je suis tout endolorie, mon bras droit surtout. Justin, accorde-moi du temps, mon amour. Je suis si fatiguée. Nous nous retrouverons bientôt. Je voudrais juste un baiser.

Il effleura ses lèvres, caressa ses cheveux soyeux. Élisabeth lui demanda encore pardon d'avoir douté de sa loyauté, puis elle sortit, silencieuse, en lui adressant un sourire. Par orgueil, la jeune femme ne révélerait jamais la morsure qui enflammait son sein délicat.

Château de Guerville, vendredi 1er février 1907

Germaine Caillaud demeurait introuvable. Son ombre légère mais vénéneuse planait sur tous les occupants du domaine de Guerville, dont les nerfs étaient à fleur de peau. Antonin n'était pas allé à l'école de la semaine. Élisabeth avait décidé qu'il n'irait plus, tant que l'ancienne femme de chambre errait librement, ou se cachait dans les environs.

Elle redoutait de savoir son fils exposé toute la journée à une possible vengeance. Elle venait de s'en expliquer auprès de sa mère adoptive.

— Tu fais bien de le garder ici, avec nous, affirma Maybel. Il a été suffisamment éprouvé l'année dernière, quand on l'a enlevé. Tu peux lui donner des leçons toi-même.

C'était un matin de froid sec. Denise avait servi un copieux petit déjeuner, préparé par les soins d'Hortense. La cuisinière se démenait pour proposer des délices à ces dames, afin de leur apporter un peu de réconfort.

— Peut-être qu'il n'y a plus de danger, que cette fille est partie très loin d'ici, hasarda Norma, occupée à verser du thé dans chaque tasse. Faut-il attendre monsieur Justin, Lisbeth ?

— Non, il est déjà dehors. Ils ont bu un café à l'office, très tôt, Roger et lui. Ils continuent à déblayer les écuries, avec les employés des chais, précisa Élisabeth. *Mummy*, prends une brioche, tu les adores.

— Je vais essayer d'en manger une, chérie, mais je n'ai plus d'appétit, dans cette atmosphère de tragédie. Je n'ose pas faire sortir mon chien. J'ai lu un roman où un assassin, avant de décimer plusieurs personnes, égorge le chien de la maison.

Apitoyée par les mimiques effarées de Maybel, Norma lui proposa de s'en charger.

— Il ne m'arrivera rien, madame, ni à Câlin. Il aboiera si quelqu'un rôde. Je marcherai un peu dans l'allée et je reviendrai.

— Je suis navrée de vous faire partager nos malheurs, déplora Élisabeth. Je t'ai suppliée de venir en France, *mummy*, pour que tu sois moins triste. Tu es à peine arrivée et une catastrophe se produit. Norma et toi, vous devriez peut-être séjourner dans un bon hôtel d'Angoulême.

— Et t'abandonner en pleine tourmente ? protesta Maybel. Ne dis pas ça, Lisbeth, je me plais beaucoup au château. Tu es la plus à plaindre, si cet homme t'avait…

— Chut, *mummy*, ils pourraient t'entendre.

Elle désigna le salon voisin d'un signe de tête, où Sarah, confortablement installée dans la méridienne, un plateau sur les genoux, savourait un croissant garni de confiture. Un bol de lait chaud fumait devant elle. Antonin la regardait d'un œil enchanté. Il avait pour sa part déjà englouti deux brioches tièdes.

— Je n'ai pas parlé fort, Lisbeth, plaida Maybel. Et ils ont oublié la langue anglaise.

— Je n'en suis pas si sûre, *mummy*. Nous devons être prudentes, sur tous les plans.

Élisabeth ponctua ce conseil d'un sourire faussement enjoué. La nuit même, elle avait fait un rêve étrange, angoissant. Elle ne pouvait pas le qualifier de cauchemar, malgré la sensation de désespoir, de malheur imminent qu'il lui avait laissée.

Angoulême, même jour,
quelques heures plus tard

L'hôtel des Trois-Piliers, un des plus renommés du centre-ville, disposait d'une terrasse où les clients pouvaient prendre le petit déjeuner ou un goûter, en milieu d'après-midi. La vue donnait sur le vallon de la Gâtine et sur les faubourgs du sud-est d'Angoulême.

Germaine, toute vêtue de noir, ses cheveux blonds relevés en chignon, sirotait avec ostentation une tasse de thé.

Le serveur, très jeune, lui lançait des coups d'œil admiratifs, car elle était très jolie dans sa toilette de deuil. Elle occupait une chambre depuis le début de la semaine, inscrite dans le registre de l'établissement sous le patronyme de Laure Rocheteau, que son frère lui avait suggéré quand il l'avait accompagnée jusqu'au champ de foire tout proche.

Après avoir grignoté un biscuit aux amandes, Germaine se leva et quitta la terrasse ensoleillée d'une démarche paisible. Elle traversa la réception et regagna sa chambre, au premier étage.

Une fois enfermée à clef, la jeune femme respira plus à son aise. Entre ces quatre murs, personne ne pouvait la reconnaître ni lui nuire. Elle ôta ses escarpins, son petit chapeau orné d'une plume.

— Qu'est-ce que je fais, maintenant, Théo ?

Elle appelait son frère par ce diminutif, quand ils étaient enfants. Mais Théo était mort, du moins c'était écrit noir sur blanc dans le journal local qu'elle avait consulté dans le salon de l'hôtel. Il devait la rejoindre ici même le mardi 29 janvier, elle l'avait attendu en vain. Maintenant elle savait pourquoi.

Assise face au miroir de l'armoire, Germaine étudia son reflet d'un air absent. Ce n'était pas elle qu'elle voyait, mais son frère.

— Moi je sais bien que tu n'es pas mort, affirma-t-elle. Tu es en retard, voilà. Je continue à t'attendre, j'ai de l'argent, et toi tu m'as dit que tu allais en rapporter davantage.

Amélie et Gustave, ses parents, l'avaient envoyée à l'école où, comme Léon et Théodore, Germaine avait obtenu son certificat d'études. Elle se félicita de bien savoir lire, car ainsi, elle avait des nouvelles régulières de l'enquête que menait la gendarmerie d'Aigre, assistée par celle de Rouillac.

— Théo, viens vite, se plaignit-elle soudain.

Elle ouvrit le tiroir de la table de chevet et en sortit la page du quotidien, qu'elle avait réussi à déchirer et à garder. Plusieurs fois par jour depuis le mardi 29 janvier, elle se penchait sur les colonnes écrites en petits caractères, connaissant par cœur le gros titre : « Tragédie au château. »

— « Un violent incendie criminel a ravagé les écuries du domaine viticole de Guerville, dans la nuit de dimanche à lundi, lut-elle tout bas. Aucune victime n'est à déplorer parmi les habitants des lieux. Justin Laroche, le châtelain, éleveur de chevaux bien connu dans cette région, a sauvé de façon héroïque la vie d'un de ses palefreniers. Le soir même, la brigade d'Aigre convoyait vers la morgue la dépouille du coupable, Théodore Caillaud, qui avait travaillé au château pendant six mois cette même année. L'ancien jardinier a été tué accidentellement lors d'une altercation avec un proche de la famille Laroche. Les motifs de son acte criminel sont encore à déterminer. Les gendarmes recherchent sa sœur, Germaine Caillaud, qui serait peut-être sa complice et dont un signalement précis sera publié dans notre prochaine édition. »

Germaine releva le nez, songeuse. De nouveau, elle eut la certitude que son frère lui faisait face.

— Théo, tu ne m'avais pas dit que tu mettrais le feu aux écuries, tu as dû faire ça pour punir monsieur Justin… Mais qu'est-ce que je fais maintenant ? On devait partir en train pour Paris, mardi soir. Comme tu n'es pas venu, je n'ai pas osé m'en aller. Tu sais, quand je me promène en ville, des hommes me regardent, ça ne me plaît pas. Je n'aime que Justin, mais il m'a chassée.

La jeune femme s'allongea en travers du lit, les bras en croix. Elle aurait été bien en peine de dire à quel moment ses pensées étaient devenues confuses, brouillées par un flot de haine. Elle pouvait encore s'exprimer normalement, cependant bien souvent elle avait du mal à réfléchir.

— Tu étais si gentil, Théo, marmonna-t-elle. Tu voulais me venger, tu avais raison. Ils le méritaient, tous ceux du château. Oui, même mademoiselle Élisabeth. Elle m'a dit de partir, et je suis sûre que monsieur Justin, il l'aimait, et qu'il l'embrassait.

Elle s'étira, indécise, sur le fil de la folie qui s'était emparée insidieusement de son esprit torturé. Les heures à venir lui semblaient déjà interminables. Il faudrait dîner dans la salle de restaurant de l'établissement, montrer des manières de dame, et ensuite se retrouver dans la chambre, toute seule.

— Tu n'es peut-être pas content, grand frère, si tu sais que je t'ai menti, hasarda-t-elle. Je suis sûre que tu es là. Maman disait que les revenants viennent nous épier, qu'ils sont furieux quand ils découvrent les mauvaises actions faites par les vivants.

Soudain affolée, Germaine se redressa sur un coude. Partout elle croyait voir le visage de son frère.

— Pardon, Théo, je n'ai pas fait exprès de te raconter tout ça sur monsieur Justin. Hélas, je n'attends pas de bébé, il n'a jamais voulu de moi. Pourquoi tu es mort ? C'est de ma faute, parce que je t'ai écrit, je ne sais même plus quand. Tu étais malin, toi, tu m'as fait la leçon. Il ne fallait pas leur dire que j'étais ta sœur. Aussi malin que Madeleine, la mère de Justin. Hortense m'en a avoué, des choses, sur Madeleine. Figure-toi qu'elle a essayé d'empoisonner le vieux Laroche, et même son épouse, madame Adela. Je l'aimais bien, madame Adela. Qu'est-ce que je vais faire, sans toi ?

Germaine se mit à pleurer. Sa crise de larmes dura longtemps. Elle finit par s'endormir, après avoir ressassé ses griefs envers ceux du château, notamment à l'encontre de la belle Élisabeth.

Château de Guerville, samedi 9 février 1907

Justin avait pris l'initiative de donner un déjeuner, où il avait convié Guillaume et Jean Duquesne, sans oublier Bonnie. C'était une surprise qu'il réservait à Élisabeth, dans l'espoir de la distraire de son humeur morose. Hortense, mise dans la confidence la veille, s'était lancée dans la préparation d'un bon repas, tel qu'elle les concevait, où il fallait notamment une pièce de viande rôtie et un savoureux dessert.

— Denise, Margot et toi vous mettrez le couvert au dernier moment, pendant que nos invités descendront de la voiture, avait-il demandé à la jeune domestique.

Élisabeth ne soupçonnait rien. Elle passait la matinée en compagnie de Maybel, de Norma, dans sa chambre. Toutes trois faisaient de la couture, ainsi que Sarah, assise dans son lit, le dos soutenu par deux oreillers.

Seul Antonin ne maniait pas l'aiguille, concentré sur un jeu de construction en bois que lui avait offert son grand-père Guillaume pour ses étrennes.

— La petite Marie aura un joli trousseau, grâce à nous, affirma Maybel. Je suis heureuse de participer à sa garde-robe, Lisbeth. Cette enfant est venue au monde dans de si tristes circonstances. Dieu soit loué, elle n'aura aucun souvenir de sa mère. Certains souvenirs sont tellement douloureux, il vaudrait mieux, parfois, ne pas en avoir.

— Je ne suis pas d'accord, *mummy*, je bénis chaque image que j'ai conservée de maman. Je revois ses cheveux blonds, ses yeux couleur de l'océan au soleil, entre bleu et vert, son sourire.

— C'était une très jolie femme, je regarde souvent son portrait dans le salon, dit Norma. Lisbeth, comment ferez-vous pour être la marraine de Marie, puisqu'elle a été baptisée à sa naissance ? Je ne connais rien aux rites catholiques, aussi je pose la question.

— Pour ma part, tu le sais, je ne suis guère pratiquante, mais ma foi en Dieu est sincère. Yvonne doit s'entretenir avec le curé de Montignac, il y aura une deuxième cérémonie qui fera de Marie ma filleule, en présence du père, mon cousin Gilles, expliqua Élisabeth. Il obtiendra une permission.

Antonin cessa de jouer. Il adressa un regard de reproche à sa mère et à Maybel.

— Pourquoi vous ne parlez pas en français ? demanda-t-il. Je ne comprends presque plus rien.

— Ce dont nous discutons ne t'intéresserait pas, mon chéri, et ta *grandma* préfère l'anglais, décréta Élisabeth.

— Je m'ennuie, moi, pesta le garçon. Maman, laisse-moi aller dehors ! Je cours jusqu'aux écuries, là-bas, Justin et Roger me surveilleront. Pourquoi tu as si peur ?

— Dehors, il y a peut-être une personne malintentionnée. C'est mon devoir de te protéger.

— Si j'avais un papa, il me défendrait, lui ! jeta Antonin d'une voix tremblante.

— Tu as un grand-père, des grands-oncles et un arrière-grand-père, c'est suffisant ! s'exaspéra Élisabeth. Nous irons faire une balade plus tard, après le déjeuner.

Elle s'en voulut aussitôt car Antonin fondit en larmes. Sarah l'appela tout bas et il se réfugia près d'elle. On toqua à la porte, puis on tourna en vain la poignée en porcelaine blanche.

— Vous aviez fermé à clef, Lisbeth ? s'étonna Norma. Mais il fait grand jour.

— Je suis désolée, j'imagine toujours que Germaine va surgir et me faire du mal, confessa très bas celle-ci, en usant de la langue anglaise.

— Eh bien, seriez-vous prisonnières, mesdames ? clama-t-on du couloir.

— Mais c'est Bonnie ! annonça Élisabeth en bondissant de son siège, transportée de joie.

Elle tourna la clef et ouvrit. Son ancienne gouvernante apparut sur le seuil, ses cheveux châtains rassemblés en un chignon souple, vêtue d'une robe beige, à parements marron. Elle riait de plaisir, charmante à voir, avec son visage poupin, au teint rose.

Elles s'étreignirent un instant, tandis que Maybel frappait des mains et que son petit chien aboyait.

— Bonnie, je suis si contente ! Comment es-tu venue ?

— Il faudrait dire « comment nous sommes venus », Lisbeth ! Justin a fait le taxi, au volant de son automobile. Ton père est là aussi, et mon Jeannot. Yvonne m'a proposé de garder William jusqu'à ce soir. Hé, tu as eu du malheur, ça me tardait de venir te consoler. Pépé Toine t'envoie des baisers et son affection, mais il était déçu que tu ne sois pas allée au moulin.

— Oh, Bonnie, je me sentais plus en sécurité, ici, dans cette solide forteresse, plaisanta Élisabeth. Alors vous déjeunez avec nous ?

— J'y compte bien, affirma Bonnie. Pour une fois que je n'aurai pas à cuisiner. Boudiou ! On était grandement soucieux, quand on a reçu ta lettre, après l'incendie.

Maybel et Norma les entouraient, pressées elles aussi de saluer la visiteuse, dont la mine joviale, la voix chaude semblaient repousser la peur et l'anxiété qui gâchaient leur quotidien depuis plus d'une semaine.

— Chère Bonnie, merci d'être venue, insista Maybel. Edward vous appréciait beaucoup. Avez-vous vu Câlin, mon adorable chien ?

L'ancienne gouvernante des Woolworth avait un précieux atout pour les deux Américaines, car elle était toujours bilingue et appréciait de jouer les traductrices.

— Comme il est mignon, madame Maybel ! s'extasia-t-elle. Ah, je vais embrasser notre Sarah et ce beau petit gars !

— Moi d'abord, Bonnie ! s'égosilla Antonin qui lui vouait une vive affection.

Sarah n'était pas en reste. Elle se souviendrait sa vie entière de la générosité, de la bonté que lui avait témoignées Bonnie, en acceptant d'emblée de l'inviter à habiter chez Jean et elle, dans leur logement de Brooklyn.

— Ce sera une belle journée, s'enthousiasma l'adolescente. Je suis prête à descendre. Tu verras, Bonnie, avec les béquilles, je n'ai pas besoin d'aide.

— Est-ce prudent ? s'inquiéta celle-ci.

— Le docteur l'a examinée avant-hier, répondit Élisabeth. Selon lui, la fêlure du tibia se consolide déjà. Sarah pourra bientôt gambader. Et c'est vrai, nous passerons une délicieuse journée, ma Bonnie, entre dames, car ces messieurs vont vite se rendre sur les décombres, après le déjeuner.

Norma recula discrètement et se posta à une fenêtre. Son cœur cognait dans sa poitrine, à la perspective imminente de revoir Guillaume Duquesne.

« Dans dix jours, il aura terminé son chantier à Montignac, se disait-elle. Ensuite il viendra travailler ici. Je le verrai chaque jour, au cours des repas, il dormira sous le même toit que moi. »

Les joues en feu, Norma parvint à se calmer. Elle écarta un pan de rideau en tulle, afin d'observer ce qui se passait dans la cour d'honneur. Des hommes discutaient sous le pâle soleil d'hiver. L'un d'eux leva la tête et aperçut la jeune femme derrière la vitre. C'était Guillaume, en costume, son chapeau à la main. Il s'illumina d'un séduisant sourire qui acheva de conquérir la douce Norma.

Le déjeuner s'achevait dans une chaleureuse ambiance, due à la verve enjouée de Jean, aux rires de Sarah et d'Antonin qui avaient repris leur place à table.

– Je me suis régalée, avoua Bonnie. Hortense est un véritable cordon-bleu. J'irai la féliciter, tout à l'heure.

— Et moi je te remercie, Justin, pour cette belle surprise, renchérit Élisabeth. Papa, oncle Jean, c'est gentil d'avoir accepté. J'espère que je ne manque pas trop à pépé Toine.

— Oh si ! Tu lui manques beaucoup, déplora Guillaume. Nous lui avons offert de venir aussi mais il a refusé, sous prétexte que les trajets en automobile fatiguent ses vieux os. Il y a autre chose, en fait, Laurent est rentré hier du pensionnat, comme chaque vendredi, et notre collégien avait prévu de lui faire la lecture.

— L'ouvrage doit être vraiment passionnant, dans ce cas, insinua Élisabeth.

— C'est une œuvre classique, ma princesse, l'*Odyssée* d'un certain Homère, je ne t'en dirai pas davantage, dit son père. Je lis le soir, moi aussi, mais plutôt des romans d'aventures.

Margot et Denise réapparurent pour servir les desserts. On aurait pu les prendre pour la mère et la fille car elles étaient toutes les deux brunes, corpulentes et avaient fréquemment les mêmes mimiques.

— Chic alors, des flans meringués ! se réjouit Antonin quand il put admirer le contenu de son assiette. Dis, maman, pour mon anniversaire des sept ans, est-ce que je pourrais avoir une pièce montée ? Pas trop grande, hein, et on invitera pépé Toine, tante Yvonne, tout le monde.

— Laurent viendra sûrement, ajouta tout bas Sarah, qui était un peu déçue par l'absence du garçon.

Bonnie s'empressa de traduire les paroles des enfants pour Maybel et Norma.

— Eh oui, mon petit-fils fêtera ses sept ans au mois de mars, commenta Guillaume. Quel cadeau voudrais-tu, Antonin ?

— Un poney blanc bien dressé, car j'ai un cheval, Dakota, mais c'est un poulain, je ne peux pas le monter.

— Si ta maman est d'accord, ce serait possible, affirma Justin.

Tout de suite, Élisabeth se crispa. Excellente cavalière, éprise de galops effrénés à travers la campagne, elle estimait néanmoins son fils beaucoup trop jeune pour apprendre l'équitation.

— Si nous dégustions le dessert, dit-elle d'un ton léger. Nous reparlerons de ton cadeau ce soir, Antonin. Denise, tu pourras nous apporter du thé et du café. Mais demande à Hortense une infusion de tilleul pour moi. Je suis nerveuse, ces temps-ci.

— Oui, madame.

Comme Élisabeth l'avait prévu, après le café, son père et Jean désirèrent aller inspecter les écuries, dûment débarrassées des débris de l'incendie. Les murs, épais, en pierre de taille, n'avaient pas été endommagés.

— Nous pouvons emmener Antonin, suggéra Justin. Un enfant de cet âge a besoin de se dégourdir les jambes, de prendre l'air.

— Il ne risque rien, avec nous trois, trancha Jean. Hé, ça te plairait, bonhomme ?

Le petit garçon sauta au cou de son grand-oncle, en guise de réponse. Il courut peu après embrasser sa mère.

— Dis oui, maman, dis oui !

— D'accord, vas-y. Et si tu veux voir ton poulain, demande à Roger de t'accompagner jusqu'au pré. As-tu compris ?

L'enfant approuva en silence. Les trois hommes quittèrent la salle à manger. Guillaume tenait son petit-fils par la main. Sarah alla dans le salon où elle s'étendit sur la méridienne, avec son ouvrage de couture.

Bonnie scruta les traits soucieux d'Élisabeth, en lui tapotant gentiment le bras.

— Aurais-tu fait un cauchemar ? s'enquit-elle d'un air avisé.

— Peut-être, je ne sais plus, Bonnie. Je suis découragée. Hier soir, j'ai reçu un appel téléphonique de la gendarmerie d'Aigre. Le brigadier va mettre fin aux recherches, pour Germaine. Il est sûr qu'elle est partie loin d'ici. De surcroît, les charges contre elle sont faibles, surtout sans preuves. Pour les policiers, tant qu'ils n'ont pas pu l'interroger, elle n'est pas forcément complice en ce qui concerne l'incendie. Théodore Caillaud prétendait avoir agi seul, quand il me retenait prisonnière dans la cave. J'aimerais tant être fixée sur ce point. J'aurais sans doute moins peur. Je sais une chose, elle mentait à son frère, qui a réagi en conséquence.

— Quelle honte, quand même, accuser Justin de l'avoir mise enceinte, marmonna Bonnie en hochant la tête. Si Germaine a été au courant pour l'histoire avec Irène, ça lui aura donné des idées.

Maybel et Norma, désireuses de prendre part à la discussion, rapprochèrent un peu leurs chaises.

— Parlons en anglais, suggéra la gouvernante à voix basse. Lisbeth, qu'est-ce qui vous tourmente autant ?

Bonnie traduisit l'essentiel. Maybel s'indigna aussitôt :

— Comment ? Les gendarmes ont besoin de preuves ? Mais c'est évident, Germaine et son frère sont des criminels. La police doit arrêter très vite cette fille et la mettre en prison. Lisbeth, chérie, tu es malade de peur, alors nous avons peur aussi, ça ne peut pas continuer ainsi.

— Que puis-je faire, *mummy* ? Oui, j'ai peur, pourtant il ne se passe rien. Et je ne peux pas obliger la gendarmerie à surveiller sans cesse les environs du château. Germaine a perdu l'esprit, que fait-elle à présent, sans son frère ? Je voudrais simplement avoir la certitude qu'elle est vraiment loin, très loin, mais en fait, je n'y crois pas une seconde.

— Il faut surveiller tout le temps le parc, l'allée, l'office, renchérit Maybel. Te rappelles-tu, Lisbeth, je t'ai dit, dès mon installation ici, que tu devais congédier cette fille. Elle me déplaisait beaucoup. Tu lui trouvais des excuses, à cause de ce qui lui était arrivé il y a des années.

— Et tu m'as reproché d'être trop tolérante, *mummy*. Mais je suis la seule parmi vous à avoir vécu le même calvaire que Germaine. On ne peut pas oublier. C'est la souffrance et le chagrin qui conduisent certaines personnes à la haine… ou à la folie, déplora Élisabeth.

Elle renonça à en dire davantage car ses trois compagnes ignoraient un point important de l'histoire de Germaine.

« Justin et moi sommes tombés d'accord, nous avons gardé le secret sur cette nuit où elle s'est glissée nue dans son lit, en espérant le séduire. »

Cette pensée éveilla de nouveau une singulière pitié pour la frêle femme de chambre, prête à s'offrir à celui qu'elle adorait.

— Tu ne m'as pas répondu, insista Bonnie. Aurais-tu fait un cauchemar ? Pendant l'année que tu as passée à Montignac, tu me disais n'avoir eu aucun mauvais rêve, de ceux qui ont une signification.

Bonnie ponctua ces mots d'un soupir lourd de sous-entendus. Elle avait été la première à courir au chevet de la petite Lisbeth, à New York, lorsqu'elle se réveillait en pleurant. De même, elle avait pu lire un jour un des carnets où Élisabeth notait les scènes qu'on lui montrait, pendant ces fameux cauchemars.

— Non, je n'ai rien vu de précis, mais j'ai le pressentiment qu'il va y avoir un malheur, une autre tragédie, répondit enfin la jeune femme. Je dois être vigilante.

Guerville, nuit du samedi 9
au dimanche 10 février 1907

Germaine avait marché plus de deux heures à travers champs et bois, en empruntant parfois des sentiers bordés de ronciers. La nuit était claire, glaciale. Un mince quartier de lune et une nuée d'étoiles jetaient sur la campagne une luminosité argentée. Elle allait souvent au hasard, revenait sur ses pas, se repérant à certains détails du paysage.

L'esprit de plus en plus confus, elle avait pris le dernier train pour Vouharte. Dans le compartiment, un passager assez âgé s'était obstiné à la regarder, à l'étudier comme une bête curieuse. Affolée, elle avait changé de wagon peu de temps avant l'arrêt qui l'intéressait, mais elle avait laissé sur la banquette son sac de voyage où se trouvait le portefeuille en cuir contenant son maigre pécule.

Comme il était encore trop tôt pour mener son plan à exécution, elle s'était réfugiée sous un hangar de la gare, avant de se mettre en chemin.

Durant les jours passés à Angoulême, Germaine avait dépensé presque tout l'argent que lui avait remis Élisabeth. La pension complète à l'hôtel des Trois-Piliers s'était avérée coûteuse, et afin de se distraire, la jeune femme visitait des boutiques, achetait ce qui la tentait. Elle s'était également offert une séance de poses chez un photographe, ravie de posséder enfin des clichés de son visage, de toute sa petite personne en longue robe noire.

— Je suis jolie, se disait-elle en les contemplant.

Maintenant, ses cheveux blonds défaits, les pieds trempés dans ses escarpins, Germaine se dirigeait vers le château, attirée irrésistiblement par le lieu où sa joie de vivre, ses espérances s'étaient brisées net, un soir du mois d'août 1898.

Dès qu'elle aperçut les tours de l'ancienne forteresse, elle plongea sa main droite dans la poche du manteau cintré, en drap de laine, dont elle avait fait l'acquisition une semaine auparavant.

— Ah, je ne les ai pas perdues, murmura-t-elle. Je ne suis pas si sotte, Théo. Léon et toi, une fois, vous m'avez dit ça, que j'étais une petite sotte. Oui, c'était à Poitiers, quand je refusais de vous raconter d'où venait le louis d'or. Je ne pouvais pas vous le dire. Et puis je l'ai jetée dans la Vienne, la maudite pièce d'or. Le vieux cochon me l'avait mise dans la poche, en ricanant, il répétait que c'était mon salaire. Si tu l'avais entendu, Théo ! Si tu savais ce qu'il m'a fait.

Germaine s'arrêta un instant, sous l'ombre épaisse des sapins de l'allée. Elle s'imaginait que des gendarmes rôdaient pour s'emparer d'elle. Baissant la voix, elle reprit le dialogue avec son frère, qui l'accompagnait, invisible, sévère à présent.

— Je suis une fille perdue, Théo, rien qu'une pauvre fille. Oui, monsieur Justin m'a traitée de pauvre fille, lui qui était si gentil avec moi, avant. Ben voilà, il est devenu méchant, comme son père. Mademoiselle Élisabeth, on dirait qu'elle m'aimait bien. Je suis sûre qu'elle sera triste.

Elle se remit à avancer, égarée, éperdue de douleur morale. Sa mémoire la ramenait huit ans plus tôt. Elle se revoyait couchée dans la mansarde, chez ses parents. Bonnie l'avait réconfortée quand elle lui avait avoué le viol perpétré par Hugues Laroche.

— Je ne lui ai pas donné de détails, à Bonnie, penses-tu, Théo, j'avais trop honte. Maman m'avait mise en garde contre les belles paroles des hommes, mais peut-être qu'elle ne savait pas, elle non plus, ce qu'ils font aux filles. J'ai eu si mal, grand frère, oui, ça faisait très mal, je saignais de partout, après.

Des larmes de compassion envers elle-même perlèrent à ses yeux, ces yeux en amande, couleur noisette, qui avaient brisé le cœur de Roger. Elle évoqua le palefrenier, dans un éclair de lucidité.

— J'aurais dû me marier avec lui, il m'aimait. C'est trop tard, plus personne ne m'aime. Et toi, Théo, tu es mort, alors fiche-moi la paix ! Je n'ai pas perdu les clefs, bientôt je serai enfin tranquille.

Elle sortit de sa poche deux clefs en métal, de taille modeste. L'une ouvrait la porte du cellier attenant aux cuisines, l'autre lui permettrait d'accéder au passage qui l'intéressait. Germaine, toujours sur les conseils de son frère, les avait fait reproduire en ville, à l'occasion d'un jour de congé, après avoir dérobé les originaux sur le tableau en bois accroché dans l'office.

Tapie sous la retombée d'un bosquet de troènes, elle observa chaque fenêtre du château, du moins celles qu'elle pouvait voir de sa cachette.

— Tout le monde dort, adieu Théo. Je ne peux plus te parler. Je ne dois pas faire de bruit.

Germaine éprouvait une impatience presque joyeuse, à l'idée de se retrouver entre les murs du château. Elle avait connu là le plus grand désespoir mais aussi la douceur grisante d'aimer. En entrant dans les cuisines, son cœur battait plus vite. Il faisait bien chaud, le fourneau à feu continu ronronnait comme un matou assoupi.

Affamée, elle mordit dans une tranche de pain restée sur la table où les domestiques prenaient leur repas. Ensuite, elle but de l'eau.

« C'est amusant, je faisais pareil, quand j'étais là, je descendais la nuit pour grignoter des biscuits, personne ne m'entendait. »

Soudain nostalgique, elle prit une profonde inspiration, sûre de ne plus avoir d'autre choix. D'un geste décidé, elle ouvrit la seconde porte, étroite, constituée d'un pan de boiserie qui la rendait quasiment indiscernable.

« Monsieur Justin exigeait qu'elle soit toujours fermée à clef, cette porte, songea-t-elle. Hortense m'a dit pourquoi. Quand il était petit garçon, il passait par là, il descendait des greniers et se cachait derrière la maie. Il parlait de son enfance à Hortense, pourquoi pas à moi ? »

Elle grimpa trois marches de l'escalier en colimaçon, taillé dans la pierre, aménagé à l'intérieur même d'un mur épais de plus d'un mètre. Là, ayant tiré la porte derrière elle, Germaine ôta ses chaussures, dégrafa sa jupe dont le bas était lourd d'humidité. Elle abandonna aussi son manteau, son corsage en velours noir et reprit son ascension, en chemisette et culottes longues de linon blanc.

Le froid la saisit. Secouée de frissons, elle pensa que bientôt toute sensation lui serait indifférente.

— Vous me pardonnerez, Seigneur Jésus, vous qui n'êtes que bonté et pardon, balbutia-t-elle. On ne devrait aimer que Dieu.

Germaine arriva sous les combles où elle déambula, dans une ultime errance à l'abri des toitures plusieurs fois séculaires du château de Guerville. Avec sa lingerie blanche, ses cheveux couleur de lune, sa peau laiteuse, on aurait pu la prendre pour un gracieux fantôme, surgi de l'au-delà.

Elle s'aventura dans la chambrette où était consigné Justin, petit garçon, habitée aussi par sa mère, Madeleine.

— J'ai couché là, et un soir, il est venu, le vieux démon…

Depuis le suicide de Laroche, Justin, soucieux du bien-être de ses domestiques, les logeait au second étage. Il détestait l'idée même de savoir quelqu'un dans le grenier, où il avait souffert de la peur, de la solitude, du froid et de la faim.

C'était également dans une pièce ronde, au sommet d'une des tours, qu'Élisabeth avait été violée. Germaine la visita, loin de soupçonner ce qui s'y était déroulé. L'endroit avait été vidé et balayé. La jeune femme ressortit, le regard fixé sur la petite fenêtre qu'elle cherchait. Vite, elle l'ouvrit et se pencha. Beaucoup plus bas, c'était le creux des douves, désormais sèches, qui ceinturaient par moitié l'édifice.

— Ici, ce sera bien, dit-elle en enjambant aussitôt le rebord.

Des pierres en encorbellement saillaient du mur, à des espaces réguliers. Elle put poser ses pieds sur celles situées en dessous de la fenêtre.

— Je n'ai plus qu'à me lever, et sauter dans le vide, ajouta-t-elle d'un ton net, un sourire rêveur sur les lèvres. Demain matin, on me trouvera au fond des douves, cassée comme une poupée, oui. Tout sera fini, il n'y aura plus de petite sotte, plus de pauvre fille, ni de fille perdue. Si c'est vrai, ce que disent les curés, je reverrai maman et Théo, au Ciel.

Elle respira à pleins poumons l'air vif de la nuit d'hiver. Une chouette s'envola de la branche d'un chêne dans un puissant battement d'ailes. Germaine ferma les yeux un instant. Il ne fallait plus hésiter, par crainte de perdre courage, car elle devait disparaître. Le plus dur était de s'élancer, elle le fit, de tout son corps fragile, de toute son âme torturée.

17
Blessures de femme

Château de Guerville, même nuit, même heure

Germaine en avait la certitude, elle aurait quelques secondes la sensation de voler, avant l'impact fatal qui la tuerait, sur le sol dur, au fond des douves. Mais son élan fut freiné. On l'avait saisie par son bras droit, à pleines mains, sans toutefois pouvoir l'empêcher de tomber. Elle se débattait à présent, les yeux fous, plaquée contre la muraille, avec la terreur soudaine d'être aspirée par le vide. D'instinct, elle chercha le rebord de la fenêtre pour s'y accrocher du bout des doigts.

— Oui, c'est bien, je vais t'aider à remonter, accroche-toi à mes poignets. Je ne te lâcherai pas. Pose tes pieds sur les pierres en saillie, prends appui dessus.

Sidérée, Germaine reconnut la voix d'Élisabeth, qui parlait d'un ton autoritaire, comme passionné.

— Qu'espérais-tu ? ajouta-t-elle. Tu voulais qu'on accuse Justin de t'avoir poussée du haut de la tour, comme tu as raconté à ton frère que tu étais enceinte de lui, qu'il se servait de toi et te chassait ensuite ? Avoue donc, tu étais prête à mourir pour nuire à ma famille ? L'incendie n'a pas suffi ?

Elle haletait sous l'effort de retenir Germaine qui, par chance, ne se débattait pas.

— Mais non, je voulais mourir, aller au Ciel, près de Jésus notre Sauveur, mademoiselle. Et revoir maman, elle était si gentille avec moi. J'ai menti à Théo, ça oui, pour monsieur Justin, je vous demande pardon.

La réponse troubla Élisabeth, sans la détourner de sa tâche. Des élancements vrillaient les muscles de ses avant-bras, ses mains commençaient à trembler.

— Mais fais un effort, remonte ! Tu peux y arriver, Germaine.

— Pas la peine, vous me livrerez aux gendarmes, et je ne veux pas aller en prison. Lâchez-moi, vous serez débarrassée comme ça. Je n'ai plus personne qui m'aime, alors…

— Non, tu ne dois pas mourir, entends-tu ? Je le sens dans mon cœur. Allons, je t'en supplie, viens. Tu n'iras pas en prison.

— Promis ?

— Je te le promets, mais dépêche-toi, je n'en peux plus. Pousse sur tes pieds, tire sur ta main gauche, hisse-toi vers moi.

Subjuguée, Germaine lui obéit. En l'attrapant par la taille pour l'attirer vers l'intérieur du grenier, Élisabeth remercia Dieu et tous ses saints. Elle était infiniment soulagée de voir la jeune femme rouler sur le plancher poussiéreux, à la faible clarté de la petite lampe à pétrole qui lui avait permis de s'éclairer pour arriver sous les combles.

— Ne te sauve surtout pas, lui ordonna-t-elle. Comment es-tu entrée dans le château ?

— J'avais un double des clefs du cellier et du passage secret, dans le mur des cuisines. Et vous, pourquoi vous êtes montée ici, en pleine nuit ?

Germaine s'était assise, les jambes croisées. Élisabeth vit que ses bas, au talon et au bout des orteils, étaient déchirés. Ce détail, bizarrement, lui noua la gorge.

— Pourquoi je suis montée ici ? J'ai rêvé plusieurs fois, ces dernières nuits, que je faisais une chute affreuse, mais tout était brumeux autour de moi. Je n'en finissais pas de tomber et j'avais terriblement peur du moment où je toucherais le sol. J'ai attribué ces cauchemars à l'angoisse dont je souffrais à chaque heure du jour, par ta faute.

— Par ma faute ? s'étonna Germaine, hébétée.

Elle grelottait dans sa chemisette dont une bretelle s'était déchirée.

— Oui, par ta faute, insista Élisabeth. J'avais peur du matin au soir, je pensais que tu allais faire du mal à mon fils, à Sarah, ou à moi. Et tout à l'heure, un bruit m'a réveillée. J'ignore d'où il provenait, mais j'avais mal au cœur, je suffoquais. J'ai eu la conviction que tu étais là, toute proche, alors je me suis vite levée, j'ai pris la lampe et…

— Et quoi ?

— Je ne peux pas l'expliquer. On m'a guidée, ça s'est déjà passé ainsi, il y a des années. Mais là, j'avais un sentiment d'urgence car une voix me disait de faire vite. Dès que j'ai traversé les combles, je t'ai aperçue, assise sur le rebord de la fenêtre. J'ai marché le plus discrètement possible. Seigneur, je suis arrivée à temps. Trois secondes de plus, et c'était trop tard. Dieu merci, tu es vivante, car je te le répète, tu ne devais pas mourir. Dieu t'a protégée. Dis-moi, où te cachais-tu ?

— Dans un hôtel, à Angoulême. Mon frère devait me rejoindre, mais il n'est pas venu. Je l'attendais. Théo m'avait dit qu'on partirait très loin, en Espagne ou à Paris. J'ai lu dans un journal qu'il avait mis le feu aux écuries et qu'il était mort. Je ne sais pas si c'est vrai, parce que je le vois encore. Qu'est-ce que je vais devenir ? J'ai perdu mon sac, avec votre argent dedans. Je ne suis pas si bête, je n'avais pas montré tous les sous à Théo, il me les aurait pris.

Élisabeth céda à la pitié. C'était plus fort qu'elle, que la raison et la logique. Elle avait tellement souffert, fillette, à la mort de sa mère, puis en croyant qu'on avait tué son père. Plus tard, comme cette malheureuse toute tremblante qui l'observait d'un air craintif, elle avait été violée, et par le même monstre à face humaine.

« J'ai tant pleuré Richard aussi, s'il n'avait pas péri en mer, nous aurions sans doute formé un couple solide, Antonin aurait grandi près de son papa, songea-t-elle. Antonin, mon fils chéri, qu'on a tenté de m'enlever. »

— Mademoiselle Élisabeth, il ne faut pas vous fâcher. Je vous jure, je ne savais pas que Théo mettrait le feu. Qu'il avait volé des choses, ça, il m'en avait parlé, il avait besoin de beaucoup d'argent pour le voyage. C'était pour me venger, il le répétait souvent.

Ces aveux spontanés étaient sincères, Élisabeth le perçut. Elle se demanda ce qu'elle allait faire.

« Germaine a perdu l'esprit, cependant elle peut accomplir des actes ordinaires, loger à l'hôtel, prendre le train, et s'introduire dans le château sans nous alerter. Mais elle est atteinte de démence. Son frère aurait dû s'en rendre compte. »

— J'ai froid, se plaignit Germaine. Je ne sais plus où sont mes habits, de jolis habits noirs, que j'ai achetés en ville. Et j'avais des photographies de moi, aussi, dans mon sac. Mademoiselle, vous allez m'aider à retrouver mon sac à main ?

— Viens, ne restons pas là, moi aussi j'ai très froid, répondit Élisabeth d'un ton neutre. Je voudrais descendre à l'office par l'escalier que tu as emprunté. Personne ne nous entendra.

Germaine se mit à rire tout bas. Elle chuchota ensuite :

— Eh oui ! Les autres, ils seront fâchés, s'ils me voient, même monsieur Justin. Il a été méchant, il m'a traitée de pauvre fille.

— Je le sais, Germaine, concéda Élisabeth, désemparée par la situation aberrante où elle se trouvait.

— Vous m'emmenez où, mademoiselle ? Je veux bien vous suivre, parce que vous êtes gentille, comme maman et Jésus notre Sauveur. Lui, il ne se fâchait jamais. C'était au couvent des ursulines, à Poitiers, je priais pour Jésus, longtemps. On lui a fait du mal, on l'a cloué sur une croix. J'en avais pleuré quand j'étais au catéchisme. Mais dans la chapelle, il y avait une belle image de Jésus, avec des rayons d'or derrière sa tête. J'étais sûre qu'il me souriait.

Élisabeth s'arrêta net, à deux mètres de la porte donnant accès à l'escalier dérobé.

— Dis-moi, Germaine, étais-tu heureuse au couvent ?

— Oh oui ! Les sœurs m'aimaient bien, je voulais y retourner, mais j'ai oublié et après j'ai dû travailler. Et mon père m'a forcée à demander de l'ouvrage ici. Je suis restée, parce qu'il y avait monsieur Justin. Il était gentil, il me souriait, comme Jésus.

— N'y pense plus, trancha Élisabeth. Veux-tu qu'on te conduise là-bas, chez les ursulines de Poitiers, Germaine ?

Celle-ci acquiesça d'un air émerveillé. Elle tendit sa main glacée à la jeune femme qui s'en empara, le cœur serré.

— Alors, dépêchons-nous.

Dans les cuisines, Élisabeth, qui avait ramassé les habits de Germaine, mit la jupe à sécher près du fourneau.

— Remets ton corsage et ton manteau, lui conseilla-t-elle. Je remonte m'habiller. Promets-moi de ne pas bouger de là, de ne faire aucun bruit, de ne pas t'enfuir.

— Je serai sage, mademoiselle.

— Nous irons à Poitiers en automobile, Germaine. Seulement, je dois demander à Roger de nous emmener. Tu n'auras pas peur de lui, il t'aimait bien.

— Oui, il voulait se marier avec moi, je m'en souviens.

— Alors attends-nous.

Une fois seule dans le hall, Élisabeth prit la mesure de ce qu'elle venait de décider. On l'accablerait de reproches, certes, mais à son avis, il n'y avait pas d'autre solution acceptable, du moins en son âme et conscience.

« Mon Dieu, ayez pitié d'elle, ce n'est qu'une enfant brisée par le père de ma mère, par un homme dont le sang coule dans mes veines, implora-t-elle en silence. Je la confie à votre sainte garde, à des femmes charitables qui veilleront sur elle, je l'espère. »

Dans sa chambre, elle enfila des vêtements à la hâte, son costume de voyage, ses bottines. Elle rédigea ensuite un court message pour Justin, qu'elle glissa sous sa porte. Il lui restait à réveiller Roger qui, elle en bénissait la providence, avait appris à conduire et se débrouillait honorablement.

Le palefrenier crut être victime d'une hallucination en ouvrant les yeux pour découvrir Élisabeth penchée sur son lit. Elle l'avait appelé à voix basse, avant de le secouer par une épaule.

— Madame, quoi, il y a le feu ? bégaya-t-il.

— Non, Roger, je t'en prie, lève-toi et descends à l'office, vêtu chaudement. Ne sois pas surpris, tu y verras Germaine. Fais-moi confiance, je n'ai pas le temps de discuter, nous parlerons en cours de route.

— Mais il faut avertir monsieur Justin ! protesta-t-il, ébahi.

— Ni lui ni les gendarmes, Roger. Rends-moi ce service, toi qui as failli mourir pour Germaine. Tu l'aimais à ce point, alors il faut lui porter secours. Elle est folle, complètement perdue.

— Bon, d'accord, j'arrive, madame.

Les pétarades d'un moteur qui démarrait tirèrent Justin d'un profond sommeil. Il se redressa en sursaut, chercha son briquet pour allumer la lampe à pétrole. La flamme éclaira sa montre de gousset, posée sur la table de nuit.

— Bon sang, il est 2 heures du matin. On vole ma voiture, ça n'en finira jamais, ma parole !

Furieux, le jeune châtelain se leva et se précipita vers une des fenêtres. Il distingua les feux arrière de la De Dion-Bouton au bout de l'allée. Un juron bien senti lui échappa.

— Je dois téléphoner à la gendarmerie. Non, c'est inutile, il n'y aura personne, maugréa-t-il.

Il s'enveloppa d'un peignoir en laine, marcha pieds nus vers la porte de sa chambre. Tout de suite, il aperçut un morceau de papier, sur le parquet. Il le ramassa, pas vraiment surpris de reconnaître l'écriture d'Élisabeth, un peu irrégulière cependant, comme griffonnée, ce qui n'était pas dans ses habitudes. Il lut à mi-voix le message :

— « Justin, j'avais besoin de ta voiture et de Roger comme chauffeur. Tu sauras pourquoi demain. Dis à Sarah et à Antonin que je reviens très vite. »

Sidéré, Justin relut sans comprendre. Il se recoucha, songeur. Élisabeth n'était plus la même, depuis l'incendie. Elle ne lui accordait plus aucun baiser, et il n'osait pas prendre les devants.

— Ce type, Théodore, a dû raviver son ancienne blessure, ces blessures que les femmes cachent souvent avec tant de courage, dit-il tout bas, en fixant le plafond orné de fioritures en stuc. Je dois être patient.

Malgré toute sa bonne volonté, Justin fut incapable de se rendormir. Il se rongea l'esprit jusqu'à l'aube, afin de trouver des réponses sensées aux questions qui l'obsédaient.

— Où es-tu partie, ma princesse ? Et pourquoi as-tu demandé à Roger de conduire, pourquoi pas à moi ?

Sur la route d'Aigre, même nuit

Germaine s'était endormie sur la banquette arrière de la voiture au bout d'à peine un kilomètre, épuisée par la longue marche qu'elle avait effectuée. Élisabeth, qui avait jusque-là donné seulement des indications d'itinéraire à Roger, se mit à lui exposer les faits avec des mots simples et précis.

— Quand même, déclara le palefrenier après l'avoir écoutée attentivement, vous n'étiez pas obligée de faire ça. C'était plus indiqué d'appeler les gendarmes. Il paraît qu'ils avaient renoncé à la retrouver, mais ils auraient pu l'interroger, se charger d'elle. C'est quand même la complice de son frère.

— Pas à mon idée, Roger. J'ai acquis une conviction : Théodore avait tout manigancé et il lui montait la tête. Souviens-toi, avant qu'il soit engagé comme jardinier, Germaine ne vous causait guère de soucis. Je pense que son frère l'a poussée sur la pente de la folie, en lui répétant qu'elle devait être vengée. Elle lui mentait de son côté, si bien qu'il a dû développer une haine tenace contre nous tous. Mais comment savoir quand elle a commencé à sombrer dans la démence ?

Perplexe, son chauffeur occasionnel insista :

— De toute façon, la police l'aurait placée dans un asile où on l'aurait soignée. Ce n'était pas à vous de la prendre en charge.

— J'ai pris des cours d'infirmière, à New York, et un jour, j'ai accompagné une des religieuses dans un établissement pour aliénés. C'était un enfer sur la terre. On traite les malades comme des bêtes à abrutir, on leur met des camisoles, on les calme avec des traitements hasardeux.

Elle évita d'évoquer le cas de son père, qui avait été interné quelques mois dans un asile de New York.

— Vous êtes plus au courant que moi, madame. Et que ferez-vous si les ursulines refusent de l'accueillir ?

— J'ai confiance, ces femmes la connaissent déjà. Germaine évoquait son séjour chez elles d'un air extasié. Je saurai les convaincre, de toute façon.

En arrivant à Aigre, Élisabeth pria Roger de prendre la route de Ruffec. L'automobile affrontait vaillamment les ornières des pistes damées, parfois caillouteuses. C'était un modèle récent qui faisait ses preuves et se vendait un peu partout en France.

— Tu conduis bien, le félicita-t-elle.

— Ce n'est pas si compliqué quand on sait mener un attelage, madame. Mais je ne peux pas rouler jusqu'à Poitiers, et il n'y aura peut-être pas assez d'essence.

— Sois tranquille, je ne veux pas t'imposer un tel trajet. Tu m'attendras à la gare de Ruffec, je suppose qu'il y aura un train tôt le matin et un autre pour le retour, précisa-t-elle. Je suis désolée de t'avoir imposé cette expédition.

Roger, lancé sur une ligne droite, se tourna un peu et regarda Élisabeth. Elle était belle, mais d'une beauté rare, composée d'un charme irrésistible et d'une âme généreuse, qui sublimaient ses traits harmonieux.

— Monsieur Justin aurait été content de vous emmener, dit-il à mi-voix.

— Je ne pouvais pas le lui demander, à cause de Germaine. Elle classe désormais les gens en « méchants » et en « gentils », tu faisais partie des gentils, Justin des méchants. Il s'est produit un changement en elle, depuis peu. Ce n'est plus la même fille qui racontait à son frère que Justin l'avait mise enceinte, ni celle qui l'adorait en secret. On dirait une enfant, maintenant.

Le palefrenier approuva d'un marmonnement. Il avait été désorienté quand il avait soutenu le regard de Germaine, dans les cuisines. C'était un regard absent, vide, effrayant, malgré le sourire naïf qu'elle lui dédiait.

— Personne ne comprendra ce que vous êtes en train de faire, ni au château ni chez les Duquesne, affirma-t-il. Déjà, moi qui étais amoureux de Germaine, j'ai du mal à l'accepter.

— Tu te trompes, Roger, pépé Toine me soutiendra. C'est lui, mon cher grand-père, qui me sert d'exemple depuis des années. La charité chrétienne n'est pas un vain mot pour lui, ni le pardon des offenses.

Ils restèrent silencieux un bon moment. La route, moins accidentée, traversait de vastes champs labourés, où perçaient les pointes vertes du blé.

Roger songeait aux confidences que lui avait faites Justin une dizaine de jours auparavant, dans la pénombre de la vieille grange où ils stockaient du matériel. Il savait à présent que son patron aimait passionnément Élisabeth, sans pouvoir l'épouser à cause de leur parenté. Elle l'aimait également.

Sans avouer leur liaison charnelle, le jeune châtelain avait évoqué des baisers, des gestes de tendresse qu'ils s'accordaient.

« C'est bien triste qu'ils ne puissent pas se marier, conclut-il. Nous aurions la plus belle dame du pays à la tête du domaine, mais au fond, c'est quand même le cas. »

Élisabeth reprit la parole, après avoir réfléchi.

— Je voudrais pouvoir m'expliquer, Roger, dit-elle d'une voix exaltée. Je pressentais un malheur, et si nous avions retrouvé le corps de Germaine dans les douves, demain matin, j'ai l'intuition que je n'aurais plus jamais été vraiment heureuse. Je devais la sauver d'elle-même. Je serai pleinement rassurée lorsque je la saurai à l'abri, chez les ursulines, mais au moins je n'ai plus peur, elle n'est plus une ombre oppressante, prête à me détruire. Non, c'est simplement une victime au cerveau dérangé.

— Monsieur Justin m'a dit ce que lui avait fait votre grand-père. Vous pensez qu'elle est devenue folle à cause de ça ?

— Pitié, n'appelle plus cet homme mon « grand-père », coupa-t-elle, hérissée. Cependant, je l'admets, il l'a brisée. Si tu l'avais connue, avant ! Elle était gaie, douce, rieuse, dévouée. Son sort a éveillé une immense compassion en moi. Je la confie à Jésus, qu'elle semble vénérer. Germaine a besoin d'aimer, elle aimera Dieu, loin du monde et de ses pièges. Ai-je tort ?

— Oh non, madame, non ! concéda-t-il, touché par sa bonté.

Terres de Guerville, le lendemain,
dimanche 10 février 1907

Justin avait parcouru les chemins de campagne entre le bourg et le château, en avançant aussi sur le sentier du fleuve, dans la direction de Montignac. Il montait sa grande jument noire dont il appréciait l'énergie et les allures souples.

— Mais où sont-ils allés ? se demanda-t-il à voix basse. Il est 2 heures de l'après-midi.

Il avait dû rassurer Maybel de son mieux, avec l'aide de Norma qui progressait en français.

— Élisabeth est sans doute partie rendre visite à son pépé Toine, avait-il affirmé. Roger se lève tôt, ils se sont mis en route à l'aube.

Au début, il n'était pas réellement inquiet, puisque la jeune femme était en compagnie du palefrenier, robuste gaillard, capable de la défendre. Après le repas de midi, exaspéré, il avait sellé sa jument pour guetter le retour de l'automobile, depuis une colline.

— Ils ont pu tomber en panne d'essence, enragea-t-il. Fichue machine, les chevaux, eux, sont plus sûrs.

Dépité, il approchait du mur d'enceinte du château, en flattant l'encolure de sa monture. Un bruit de moteur fit battre son cœur. La De Dion-Bouton apparut au détour d'un virage. Il se hissa en appui sur ses étriers afin d'apercevoir les passagers.

« Dieu soit loué, tout semble normal », se dit-il.

Dans la voiture, Élisabeth venait d'apercevoir Justin juché sur son cheval favori. Elle éprouva l'envie fébrile d'être près de lui, de se jeter à son cou, de l'embrasser.

— Arrête-moi ici, Roger, je te prie. Ramène l'automobile au château, je vais raconter à monsieur ce qui est arrivé durant la nuit. Toi, ne dis rien à personne. On va te poser des questions, réponds que je vais bien, que je donnerai des explications tout à l'heure.

— D'accord, madame. Et vous direz bien au patron que je vous ai obéi, hein ? Je n'aurais jamais osé prendre cet engin, sinon.

— Oui, ne t'en fais pas.

Elle descendit prestement du véhicule et se mit à courir, sa longue chevelure d'un brun brillant agitée par le vent. Justin mit pied à terre, indifférent à tout ce qui n'était pas Élisabeth, son grand sourire lumineux, l'éclat joyeux de ses yeux bleus. Il la reçut dans ses bras, la serra contre sa poitrine.

— Ma princesse, mais où étais-tu ? Je commençais à me faire du souci, et même davantage.

Elle tendait vers Justin son visage radieux, lavé de toute peur, de l'angoisse dont elle avait souffert jour et nuit.

— Mon amour, mon tendre amour, donne-moi d'abord un baiser, supplia-t-elle en riant.

Il effleura ses lèvres, puis s'empara savamment de sa bouche, pour lui prouver combien il la désirait. Elle répondit à son invite exquise, paupières closes, tout son corps soumis à des frissons voluptueux.

— Nous pouvons enfin vivre en paix, Justin, dit-elle, haletante, étourdie par la joie. Nous nous aimerons des années, des siècles, rien ne nous séparera. Je suis tellement contente. J'espérais te voir avant d'arriver au château, et j'ai été exaucée.

Stupéfait, Justin lui caressa doucement le front, les joues. Il l'avait rarement vue ainsi.

— J'ai l'impression qu'il n'y a plus une seule ombre dans ton regard, ma bien-aimée, murmura-t-il sans relâcher son étreinte. Dieu, que tu es belle, toujours plus belle.

— Même après des heures en voiture et en train ? plaisanta-t-elle. Je vais te raconter, mais je voudrais te parler ici, ne pas être tout de suite en présence de *mummy*, des enfants. Roger a reçu mes consignes, il les fera tous patienter.

— Alors je t'enlève, rétorqua-t-il, de plus en plus intrigué.

Il se remit en selle, puis il aida Élisabeth à monter en croupe, derrière lui. La jument noire les emmena d'un pas tranquille jusqu'à un bois de châtaigniers où serpentait un ruisseau, à l'écart du village et du domaine de Guerville.

Une heure plus tard, ils revenaient vers le château. Cette fois, Élisabeth était assise devant Justin qui tenait d'une main les rênes de la jument. Les jeunes gens avaient la même expression éblouie. Elle appuyait parfois sa tête contre son épaule à lui, et il l'embrassait alors sur la bouche, furtivement.

— J'ai eu raison, n'est-ce pas, mon amour ? demanda-t-elle à l'entrée de l'allée de sapins.

— Tu as agi selon ton cœur et si, grâce à ça, tu te sens renaître, j'en suis enchanté.

— C'étaient des instants tellement étranges, Justin. Quand nous marchions dans Poitiers, tous les clochers se sont mis à sonner. Le ciel était rose et bleu pâle, des pigeons volaient au-dessus des toits. La lumière du soleil était particulière, très pure. J'ai éprouvé un sentiment de bonheur, de libération. Germaine ne lâchait pas ma main. Les religieuses ont été d'une extrême gentillesse, elles l'ont entourée et lui ont souhaité la bienvenue. J'ai pensé à la parabole de la brebis égarée.

Il l'embrassa encore, grisé par le souvenir brûlant de leur étreinte, peu de temps auparavant, sous le couvert des arbres. Élisabeth s'était donnée à lui avec une fièvre joyeuse. Ils avaient eu pour couche la terre humide, les feuilles mortes, mais ils s'en étaient à peine aperçus. Leur désir était si impérieux qu'ils n'avaient éprouvé qu'un plaisir foudroyant, sublime.

— Dans le salon, je me tiendrai debout le dos au feu, dit-elle soudain en riant, pour sécher un peu ma jupe et ma veste. Je vais confier à *mummy* et à Norma ce que j'ai fait pour Germaine. Je serai aussi obligée d'en parler à papa, mais par la suite, je voudrais ne plus aborder ce sujet.

— Je suis entièrement de ton avis, petite aventurière. Si j'avais imaginé une seconde que tu emmenais Germaine à Poitiers ! Crois-tu que les ursulines sauront la guérir ?

— La mère supérieure m'a dit qu'elle et ses sœurs feraient de leur mieux pour lui éviter de finir dans un asile d'aliénés. Il y a un service qui les prend en charge, à l'hôpital général de Poitiers. Mais elle semblait penser que Germaine pourrait retrouver un peu de sérénité au couvent grâce à la prière, à une existence régulière, paisible. Moi, bien sûr, j'ai promis de faire un don à leur communauté chaque année

Justin s'en doutait. Il eut un rire léger, en accord avec la joie qui le submergeait.

— On m'a enlevé un poids affreux du cœur, de l'âme, dit encore Élisabeth. C'est presque inexplicable, mais il ne faut pas toujours chercher à comprendre.

— Comme pour tes cauchemars ?

— C'est ça, à quoi bon s'interroger, il suffit d'accepter la volonté de Dieu.

Château de Guerville, trois mois plus tard, jeudi 9 mai 1907

Toutes les fenêtres du château étaient ouvertes. Un air chaud et parfumé circulait de pièce en pièce, de chambre en chambre. Le soleil entrait lui aussi à flots, faisant luire les parquets cirés.

— Trois mois déjà, se disait Élisabeth à mi-voix, assise devant son écritoire. Il y a trois mois, j'emmenais Germaine chez les ursulines, après avoir été agressée par son frère. C'est du passé, le présent est merveilleux pour moi…

Elle eut un sourire rêveur, s'apprêtant à reprendre la plume, quand on frappa à sa porte. Maybel entra sans même attendre de réponse. Ses cheveux cuivrés joliment coiffés en chignon bouclé, elle portait une robe mauve, en tissu léger.

— Lisbeth, chérie, je suis rentrée de ma balade, annonça-t-elle. Cette fois, j'ai marché jusqu'au village, et mon pauvre petit Câlin a croisé un énorme chien roux qui l'a grogné. Si tu l'avais vu, il s'est mis à aboyer lui aussi, en montrant les dents. J'ai menacé l'horrible animal de mon ombrelle, il a filé.

— Bravo, *mummy*, plaisanta Élisabeth. Je te félicite.

— Est-ce que tu te moquerais de moi, chérie ?

— Pas du tout, je suis contente que tu te promènes, tu le sais bien. Nous avons nos chers invités aujourd'hui, mais j'ai peut-être le temps de finir ma lettre pour Léa Rambert. C'est si gentil de sa part de nous avoir donné des nouvelles de nos amis new-yorkais.

— Après plus d'un an et environ six mois, ironisa Maybel. Que raconte Léa ? Tu n'as pas encore pris la peine de me lire son courrier.

— Je l'ai reçu hier vers midi, *mummy*, ensuite nous sommes allées toutes les deux à Angoulême.

— Pardonne-moi, Lisbeth, j'ai mauvais caractère, n'est-ce pas ? Si j'arrivais à parler un peu le français, comme Norma, je me sentirais moins désemparée, vis-à-vis des gens d'ici.

Élisabeth lui adressa un sourire affectueux. Sa mère adoptive, par le cœur surtout, car aucun document officiel n'avait jamais été établi, lui paraissait rayonnante de santé.

« *Mummy* a repris du poids, elle n'abuse plus de l'alcool, sauf certains jours de fête, et elle semble apaisée », songea-t-elle.

C'était l'Ascension. Guillaume avait donné congé aux quatre ouvriers qui l'assistaient dans la réfection de la charpente des écuries. On avait vite oublié, ou feint d'oublier, la tragédie du mois de février, grâce notamment à ce chantier. Il créait une animation constante à l'extérieur.

Du matin au soir, les habitants du château entendaient les coups réguliers des marteaux, le grincement lancinant des scies et autres outils. Il leur parvenait aussi des chansons fredonnées, des sifflements mélodieux.

Justin tenait à offrir le repas de midi aux hommes qu'il avait engagés avec l'approbation de Guillaume. Hortense, secondée par Margot, était ravie de cuisiner des grandes marmites de daube ou de ragoût, de haricots au lard ou de lentilles.

— Lisbeth, reprit Maybel d'un ton enjôleur, on nous livrera vraiment dès demain les rideaux en mousseline que j'ai achetés en ville ? Et ces beaux coussins en chintz ?

— Sois sans crainte, *mummy*, le patron du magasin s'y est engagé. Désormais, avec l'essor des véhicules à moteur, tout va plus vite que jadis.

— Justin ne se plaint pas ? Il apprécie mes idées de décoration ?

— Oui, il est même enchanté par tous les changements que tu apportes à notre vieux château qui était un peu lugubre avant ton arrivée.

Rien ne pouvait faire plus plaisir à Maybel. Elle trouvait un précieux dérivatif à son deuil en dépensant sans compter, afin de transformer l'austère édifice en un lieu agréable, clair et gai.

— Alors je te laisse, Lisbeth, tu dois te préparer, te faire belle pour ce cher monsieur Antoine.

— Attends un instant, *mummy*. Je voudrais juste te dire une petite chose. Il n'y a rien qui puisse t'intéresser dans la lettre de Léa, excepté un détail important. Henri Moreau a épousé Ottavia en décembre 1905. Tu te souviens, c'est une jeune cousine de Léa. Ils ont eu une petite fille, baptisée Claudia, qui est née au mois d'octobre, l'an dernier. Je suis heureuse de l'apprendre, Henri méritait de fonder un nouveau foyer. Les deux familles, Rambert et Moreau, sont liées à présent.

— Oh, cet homme s'est vite consolé après votre rupture, insinua Maybel. Et quel âge ont leurs enfants maintenant ?

— Louison a plus de seize ans, Agathe déjà treize. Quant à Tony Rambert, il va se marier, à vingt et un ans, et sa sœur Miranda a fêté ses seize ans. Selon Léa, il y aurait de la romance dans l'air entre la blonde Miranda et le charmant Louison.

— Ils découvrent la saveur des premiers émois amoureux, soupira Maybel. Pour moi, c'est terminé, le cœur qui s'emballe, les baisers volés, l'impatience des rendez-vous… Tu enverras mes amitiés à Léa, et nous leur posterons un colis, avec un cadeau pour le bébé.

— Bien sûr, *mummy*, répondit Élisabeth qui s'était reconnue dans l'évocation qu'elle venait d'entendre.

Une fois seule, toutes ses pensées allèrent vers Justin. Dès le retour du printemps, ils avaient fait comme par le passé de longues promenades à cheval. Antonin et Sarah étant à l'école, ils s'accordaient des heures de liberté, partageant la joie d'être ensemble loin du château.

« Nous sommes retournés sous le saule pleureur où nous avions échangé un premier baiser, très chaste. Il était palefrenier, et moi j'ignorais encore les secrets de l'amour charnel, songea-t-elle. Richard a joué les professeurs, il avait de l'expérience, mais j'aurais préféré que ce soit Justin. »

Élisabeth sentit ses joues s'empourprer. La veille, il faisait si chaud qu'ils s'étaient baignés dans une crique ensauvagée du fleuve. S'ils avaient gardé un peu de linge de corps sur eux, en sortant de l'eau ils s'étaient mis nus, à l'abri du saule, pour se sécher.

— C'était paradisiaque, s'avoua-t-elle tout bas. Nous avons cédé au désir, et j'ai cru mourir de joie…

Elle ferma les yeux, pour mieux revoir la peau dorée de Justin, les reflets du soleil sur ses cheveux blonds, et son expression presque douloureuse, au moment où il atteignait le summum du plaisir.

On frappa de nouveau, sans entrer. La voix flûtée de son fils résonna derrière la porte.

— Maman, je vais monter mon poney avant le déjeuner, Roger me surveille.

— Sois prudent, écoute bien ce qu'il te dit, répliqua-t-elle.

— Ne t'inquiète pas, je prends ma leçon dans le manège.

La jeune femme perçut l'écho d'une cavalcade vers le grand escalier. Antonin avait obtenu ce qu'il voulait, pour ses sept ans. Il apprenait l'équitation sur un poney noir et blanc, d'une rare docilité.

Certaine d'avoir encore un peu de temps, Élisabeth préféra relire la lettre qu'elle destinait à Léa Rambert.

Ma chère Léa,

J'étais vraiment contente de recevoir une longue missive de toi, où tu me donnais des nouvelles de vous tous. Je rédige ma lettre en français, Baptiste et Henri pourront ainsi la lire et j'en suis sûre, te la traduire.

Le temps a filé vite, depuis que j'ai quitté New York. Que s'est-il passé à notre arrivée en France… D'abord j'ai logé environ une année près du moulin, dans la modeste maison où je suis née, avec mon père, ma petite protégée, Sarah, et bien sûr mon enfant chéri, Antonin.

Mais en automne dernier, peut-être l'as-tu appris dans la presse, Edward Woolworth a succombé à une crise cardiaque. J'en ai eu beaucoup de chagrin. J'étais loin et j'ai dû renoncer à faire le voyage. Mon cher daddy *me manque encore.*

Peu après, j'ai persuadé mummy *de me rejoindre ici, en Charente. Norma, que tu aimais bien, s'est décidée à la suivre, et elle ne le regrette pas. Depuis un mois, notre native du Kansas réussit à s'exprimer dans un français très simple.*

Afin de les recevoir convenablement, je me suis installée au château, avec les enfants. Justin, l'héritier du domaine, le demi-frère de ma mère, nous a accueillis avec joie.

Le soir de Noël, j'avais invité la famille Duquesne au grand complet et comme par miracle, tout le monde est venu, même papa qui avait presque juré de ne jamais remettre les pieds au domaine de Guerville.

Je tiens à vous dire combien votre ami Guillaume est métamorphosé. Quand je l'observe, j'ai du mal à me souvenir de son aspect pathétique de vagabond, sur Broadway. Baptiste avait été choqué en lui rendant visite à l'hôpital français, il serait soulagé de le revoir en aussi bonne santé, souriant, réjoui d'exercer à nouveau son métier. Je joindrai à cet effet des photographies récentes à ma lettre.

Antonin a fêté ses sept ans entouré de son arrière-grand-père Antoine, de Laurent, mon cousin de quinze ans, de mes oncles et de ma tante Yvonne, sans oublier ma chère Bonnie et son petit William qui gambade partout. Je suis aussi devenue la marraine d'un adorable bébé de dix-huit mois, une petite Marie, la fille de mon cousin Gilles.

Aujourd'hui, un grand repas va nous voir tous rassemblés, cela devient une bien plaisante coutume. Mon oncle Jean ayant acheté lui aussi une automobile, les déplacements du moulin au château sont facilités.

Je vous embrasse tous affectueusement, mes félicitations à Ottavia et Henri pour la naissance de Claudia, à Tony qui sera bientôt marié.

Votre amie Élisabeth

Post-scriptum : Nous avons été victimes d'un incendie, les écuries du château ont brûlé, à la fin janvier. Je vous le précise, car le chantier de reconstruction est dirigé par papa, et c'est formidable de le voir en plein travail. Les ombres du passé se sont dissipées pour de bon, je crois.

Élisabeth avait failli ajouter, au sujet de l'achat de son oncle Jean, qu'il s'était endetté, mais elle avait renoncé, par souci de discrétion, malgré les milliers de kilomètres qui séparaient New York de Guerville.

— Au moins, il ne doit pas d'argent à une banque, dit-elle avec un léger sourire, car elle lui avait prêté la somme nécessaire.

Elle plia la feuille et la glissa dans une enveloppe. Il lui restait à s'habiller, pour éblouir ses invités et surtout Justin.

— Mon amour, si je mettais ma nouvelle robe à fleurs roses et bleues, murmura-t-elle en esquissant un pas de danse. Tu l'as admirée, le jour où je l'ai étrennée.

La crainte du jugement divin, les accès de culpabilité, tout cela avait été balayé par la force de leur passion. Élisabeth rejoignait de plus en plus souvent Justin dans sa chambre le soir, ou au petit matin. Ils s'enivraient de baisers, de caresses, de tendresse aussi, avant de s'abandonner aux gestes intimes des amants, dont ils ne se lassaient pas, dans leur quête chaude et lumineuse d'une ineffable extase.

Élisabeth dénoua sa chevelure brune, la brossa avec énergie. Elle dégagea l'ovale de son visage à l'aide de deux peignes en écaille. Sa toilette était d'une élégante sobriété qui lui convenait. On la complimentait fréquemment sur sa beauté, mais pour sa part, face au miroir, elle s'estimait jolie, pas plus qu'une autre.

Deux coups de klaxon retentirent dans la cour d'honneur. Elle courut à la fenêtre. Les Duquesne venaient d'arriver. Jean faisait le fier au volant, une cigarette au coin de la bouche.

Laurent suivait, mais à vélo. Guillaume accueillait sa famille à bras ouverts.

— Et bien sûr, comme toujours, Norma se tient près de papa, constata la jeune femme avec une mimique malicieuse.

Son père avait déjeuné une semaine en compagnie de ses ouvriers, sous la tente en toile beige qui les protégeait tous en cas de pluie. Par la suite, il était revenu prendre ses repas dans la grande salle à manger du château où Norma l'attirait comme un aimant.

Antoine Duquesne, en costume de toile sur une chemise blanche, vit le premier Élisabeth, dans le hall. Il la compara intérieurement à une allégorie du printemps, tant elle était ravissante, dans une robe fleurie, ses cheveux sur les épaules.

— Ma belle petiote, soupira-t-il en l'embrassant. Chaque fois que je te vois, mon vieux cœur est en fête.

— Pépé Toine, je t'aime tant et je suis si heureuse que vous veniez tous au château, désormais.

— J'y prends goût, admit-il. Je suis bien obligé de venir, sinon je ne verrais pas souvent Guillaume, ni toi. Enfin, les affaires reprennent au moulin, depuis que Pierre fait de l'huile de noix.

— Papa lui a donné un bon conseil, j'en étais sûre.

Bonnie entrait à son tour, tenant la main de William tout endimanché. Il avait des boucles blondes, un visage rond au teint rose. Yvonne la suivait, la petite Marie sur son bras.

— Confie-moi mon adorable filleule, lui demanda Élisabeth. Elle est tellement mignonne.

L'enfant de Gilles était d'un caractère paisible. Elle se mit à sourire, ce qui dévoila ses minuscules dents nacrées. La jeune femme la cajola, bouleversée par le contact de ce petit corps abandonné contre sa poitrine.

— Es-tu contente d'être chez marraine ? chuchota-t-elle à son oreille.

— Mais elle ne comprend pas encore, protesta Yvonne. Tu lui parles toujours comme à une grande.

— Je faisais la même chose avec Antonin, je suis certaine que de cette manière, les enfants parlent de bonne heure, répliqua Élisabeth.

La cérémonie du second baptême de Marie avait eu lieu à la fin du mois d'avril, en l'église de Montignac, mais en semaine, dans la plus stricte intimité. Gilles était là, en uniforme, la mine renfrognée.

« Quel père indigne, il n'a pas accordé un regard à sa fille, se remémora-t-elle. Oncle Pierre lui avait refusé l'entrée du moulin, ça n'a rien arrangé. Gilles est reparti sans prendre part au repas. »

L'irruption de Jean, escorté de Laurent, lui changea les idées.

— Bonjour, cousine ! s'écria l'adolescent. Où est Sarah ? Je lui ai apporté un livre de la comtesse de Ségur.

— Laurent, tu sais bien qu'elle a beaucoup de mal encore à lire du français, déplora Élisabeth. Enfin, un cadeau est un cadeau. Va dans le salon, *mummy* lui apprend à jouer du piano.

— Ah, j'entendais une musique affreuse, de la cour, j'ai l'explication, blagua Jean, qui fumait une énième cigarette.

— Mon oncle, quand cesseras-tu de te moquer des uns et des autres ? lui reprocha-t-elle en riant.

— Quand je serai six pieds sous terre, ma nièce.

— Oh ! Vraiment, Jean, tu es insupportable, se plaignit Bonnie. Finissons d'entrer, William est affamé. Le pauvre chéri, il a vomi pendant le trajet, à cause des cahots. Je l'ai nettoyé au robinet de la cour, mais sa jolie veste sent encore.

— Mais il fallait lui enlever, Bonnie, il fait chaud, il aurait été plus à l'aise, lui dit Élisabeth en se penchant sur l'enfant.

Une odeur aigrelette l'assaillit, qu'elle trouva extrêmement pénible, comme celle de la fumée qu'exhalait son oncle Jean. Mal à l'aise, nauséeuse, elle tendit Marie à Yvonne.

L'arrivée de Denise, qui remontait des cuisines, lui sembla providentielle.

— Denise, voudrais-tu nettoyer le vêtement de William à l'eau chaude et au savon ? Il sera vite sec, au soleil.

— Bien, madame, je me dépêche. Hortense m'envoyait vous dire que le déjeuner sera servi dans un quart d'heure.

— Allons nous asseoir, conseilla Antoine. Tu es bien pâle, petiote.

— Ce n'est rien, un verre de citronnade me remettra d'aplomb, pépé Toine. Norma en prépare le matin, une recette à elle, c'est exquis, frais et sucré.

Le doux vieillard lui avait pris le bras pour marcher jusqu'à la table de la salle à manger où le couvert était dressé.

— Norma est une jolie femme, modeste et intelligente, fit-il remarquer. Guillaume l'apprécie beaucoup.

— Je l'ai constaté, répliqua tout bas Élisabeth. Là encore, ils doivent s'attarder dehors.

Ils échangèrent un regard perplexe. Pourtant le charpentier et la gouvernante les rejoignirent quelques minutes plus tard, tous les deux illuminés par le même sourire énigmatique.

— Je suis affamé, avoua Guillaume.

Bientôt, ils furent rassemblés autour d'un plat d'asperges et d'œufs en gelée. Mais Jean sema la discorde au moment où Justin découpait le rôti de veau.

— Au fait, ma chère nièce, si nous causions un peu de tes exploits du mois de février, déclara-t-il, l'air grave. Nous avions eu l'ordre, le mot convient, de ne pas t'importuner avec cette sinistre histoire, pourtant, depuis des semaines, je me creuse la cervelle. Élisabeth, pourquoi as-tu aidé cette fille, Germaine ? Tu l'as emmenée au couvent au lieu de la remettre à la police.

— Mon oncle, je n'ai aucune envie d'en parler. J'ai entendu suffisamment de reproches, de critiques, quand je l'ai dit à *mummy*, à papa. C'était mon choix, en accord avec ma foi de chrétienne.

— De crétine, ouais ! pesta Jean.

— Tais-toi, tu n'as pas à insulter ma fille ! s'insurgea Guillaume. Nous étions heureux de partager ce repas, tu gâches tout. Moi non plus, je n'ai pas compris tout de suite, mais après avoir réfléchi, j'étais fier d'Élisabeth.

— Je l'étais également, renchérit Antoine. Il y a tant de gens qui vont à l'église, jouent les bons catholiques et se comportent mal le reste du temps. Tu me fais honte, Jean, à traiter ma petiote de crétine.

Bonnie, rouge de confusion, retenait ses larmes. Norma avait piqué du nez dans son assiette, très gênée. Maybel, intriguée, tentait de deviner ce qui se passait.

— Crétine, répéta-t-elle néanmoins. Que veut dire « crétine » ? Norma, Bonnie, expliquez-moi.

Livide, Élisabeth luttait contre la montée d'un nouveau malaise. Elle but de l'eau, sous l'œil inquiet de Justin. Il s'indigna à son tour.

— Jean, tu ferais bien de présenter tes excuses, dit-il d'un ton sec. Je pensais que tu aurais un peu plus d'égards envers ta nièce, et de gratitude, le cas échéant.

Justin faisait allusion au prêt que lui avait accordé Élisabeth, car il était dans la confidence.

— Je te demande pardon, ma petite nièce, s'empressa de dire Jean. Je me suis emporté à tort, c'était un jeu de mots, rien d'autre.

— « Bien heureux les simples d'esprit », citent les Écritures, rétorqua la jeune femme. Je préfère que tu me considères comme une crétine et avoir la conscience tranquille.

Sarah et Laurent, assis en bout de table, commentaient l'incident à voix basse. Antonin les écouta un instant, puis il se leva de sa chaise, l'air furibond. Son regard d'ambre étincelait, sous sa couronne de cheveux noirs. Élisabeth crut revoir Richard Johnson.

— Tu es méchant et impoli ! lança l'enfant en pointant l'index sur Jean. N'insulte plus ma mère, sinon tu le paieras cher.

La consternation fut vite à son comble. Pierre, qui était resté silencieux jusqu'alors, clama qu'Antonin mériterait une raclée, pour son insolence envers un adulte.

— Non, papa ! s'égosilla Laurent. Il défend sa maman, et puis oncle Jean n'avait qu'à pas gâcher le repas.

— Du calme, je vous en prie, du calme ! s'enflamma Guillaume. C'est incroyable de constater combien vous manquez de tact et de sagesse, à vos âges. Oui, vous deux, toi Jean et toi Pierre. Je me réjouissais de passer ce jour de fête en famille, maintenant je regrette que vous soyez venus.

Le charpentier paraissait vraiment furieux et déçu. Personne ne vit le regard qu'il adressa à Norma, tout aussi dépitée que lui par l'incident.

— Navré, mon vieux, marmonna Pierre.

— C'est moi le crétin, concéda Jean, embarrassé.

Justin, nerveux, servit des tranches de rôti en maître de maison, un rôle auquel il s'accoutumait. Le vieil Antoine, le cœur lourd, étreignit un instant la main un peu froide de sa petite-fille. Elle lui sourit en retour, malgré l'oppression qui la tenaillait.

— Antonin, reprit Guillaume, rassieds-toi. Personne ne te punira, tu as été insolent, on ne peut le nier, mais ça venait d'un louable sentiment, pour protéger ta maman. Je suis sûr que tu seras un homme courageux plus tard.

Les paroles de son père rassérénèrent Élisabeth. Mais ce qu'il ajouta immédiatement la stupéfia, ainsi que les autres convives.

— J'étais d'autant plus désolé que j'avais prévu de vous annoncer une bonne nouvelle, ajouta-t-il. Norma et moi, nous allons nous marier. Je lui ai demandé sa main, tout à l'heure, et à mon grand bonheur, elle a accepté.

Un profond silence suivit sa déclaration. Ses frères et leurs épouses étaient ébahis, Antoine en restait bouche bée. Maybel, une fois de plus, tempêta à voix basse :

— Mais qu'a-t-il dit de si terrible ? Norma, pourquoi ai-je entendu ton prénom ?

— Madame, je vais épouser M. Guillaume Duquesne, et j'en suis très heureuse, expliqua la gouvernante.

Élisabeth décida d'applaudir, vite imitée par Antoine, Bonnie et Yvonne, Sarah et Laurent. Antonin, lui, affichait un fin sourire satisfait. Dissimulé derrière le tronc d'un sapin, il avait assisté à la demande en mariage…

18

Du printemps à l'été

Château de Guerville, même jour,
jeudi 9 mai 1907

Guillaume avait fait le tour de la table pour inviter Norma à se lever. Elle le dévisagea avec une expression fervente qui acheva de convaincre les témoins de la scène. D'un geste timide, elle montra à l'assemblée médusée la bague qui ornait sa main gauche, une aigue-marine montée sur un anneau d'argent. Le bijou était modeste, mais la gouvernante l'admirait d'un air éperdu.

— Je vous félicite, dit sobrement Pierre. C'est vraiment une grande surprise, mais je suis content pour toi, Guillaume.

— Tu te remaries, s'étonna Jean. Mes félicitations.

Les intonations des deux frères manquaient d'enthousiasme. Soucieux de détendre l'atmosphère, Antoine se leva lui aussi et s'approcha de Norma.

— Je tiens à embrasser ma future belle-fille, déclara-t-il d'une voix nette, chaleureuse. Bienvenue dans notre famille, ma chère petite. Je suis sûr que vous rendrez mon fils heureux et qu'il vous témoignera tendresse et respect.

Le vieil homme donna un baiser à Norma, qui contenait des larmes d'émotion. Pierre et Jean ne semblaient pas vraiment réjouis, elle en avait conscience. Le silence de Maybel lui causait aussi une sourde anxiété.

— Madame, vous ne dites rien ? s'enquit-elle doucement en anglais.

— Seigneur, que puis-je dire ? J'aurais préféré être prévenue de manière plus intime, Norma. Mais j'avais quelques soupçons, depuis un mois. Je vous souhaite beaucoup de bonheur.

Bonnie s'empressa de traduire la réponse, si bien qu'Antoine en profita.

— J'avoue avoir été comme vous, madame, je me doutais de quelque chose, dit-il en riant. Si nous goûtions ce rôti, à présent, il va être froid.

— Tu as raison, pépé Toine, approuva Élisabeth. Norma, papa, je vous félicite, j'ai un peu tardé, mais je suis enchantée.

Elle ponctua ces mots d'un sourire tremblant, désemparée par sa nervosité. Si la jeune femme avait souvent songé à un début de romance entre la gouvernante et son père, elle n'était pas préparée à entendre une telle nouvelle. Une singulière tristesse lui empoigna le cœur.

« Papa se remarie, je ne m'y attendais vraiment pas, se dit-elle. Pourquoi ne m'en a-t-il pas parlé ? J'avais le droit de le savoir. »

Élisabeth eut honte de sa déconvenue. Norma était son amie depuis des années et Guillaume trouverait en elle une épouse charmante, dévouée.

— Mais comment ferez-vous ? interrogea alors Bonnie. Vous êtes de confession protestante, Norma, et toi, Guillaume, tu es catholique !

— Nous avons prévu un mariage civil, précisa celui-ci. Par chance, ma fiancée avait emmené dans ses bagages les documents qu'exige la mairie.

— Vous allez être française, mademoiselle, enfin, charentaise, pour être précis, débita Pierre en hochant la tête.

— L'amour n'a pas de pays, il est dans nos cœurs, répliqua joliment Norma en français, avec un accent américain prononcé.

Justin jugea bon d'applaudir. Yvonne s'extasia elle aussi sur cette simple phrase qu'elle estimait romantique.

— C'est très beau, Norma, commenta Élisabeth, dont la pâleur inquiéta Guillaume.

Il revint s'asseoir près d'elle.

— Es-tu contrariée, ma princesse ? lui demanda-t-il tout bas.

— Non, papa, je t'assure, mentit-elle. En fait, je ne suis pas au mieux de ma forme. Je sens monter une migraine et je n'ai aucun appétit. Si je changeais de place avec Norma ? Des fiancés doivent être l'un près de l'autre.

Elle l'embrassa sur la joue, comme pour lui prouver sa bonne humeur, et repoussa sa chaise. Justin, qui l'observait, dut faire l'effort de ne pas courir la soutenir car elle tenait à peine debout. Il la vit dominer son malaise et avancer en prenant appui sur le dossier des autres sièges.

— Qu'avez-vous, Lisbeth ? s'affola Norma.

— Je vais bien, je suis un peu étourdie, je n'aurais pas dû boire de vin blanc après ton exquise citronnade.

Maybel, les sourcils froncés, scrutait les traits tirés de sa fille adoptive, à l'instar d'Yvonne et de Bonnie.

« Lisbeth aurait-elle fait un mauvais rêve à propos de son père ? s'alarma cette dernière. Ou bien, pauvrette, elle se voyait remariée avant Guillaume. »

Un lointain coup de tonnerre fit diversion, suivi d'une rafale de vent qui traversa la pièce.

— Nous allons avoir un bel orage, prédit Antoine en inspectant le ciel bleu. Des nuages arrivent.

— Pardi, il faisait anormalement chaud pour un mois de mai, ces jours-ci, professa Pierre.

Élisabeth, assise à la place de Norma, respira plus à son aise car l'air fraîchissait. Le regard préoccupé de Justin ne la quittait pas. Il souriait et discutait, cependant elle sentait qu'il remuait les mêmes pensées moroses qui la rendaient si mélancolique.

« Nous ne pourrons jamais nous marier, déplorait-elle. Tant pis, je me considère comme son épouse, corps et âme. »

Quand Margot et Denise entrèrent pour débarrasser les plats et les assiettes, un ciel d'un gris opaque voilait le soleil. Des grondements résonnaient de temps à autre.

Les convives paraissaient détendus et bavardaient entre eux. Bonnie et Yvonne essuyaient les minois de William et de Marie, installés dans des chaises hautes qu'Élisabeth avait achetées pour eux. Ce n'était pas commun, dans les familles bourgeoises, de faire déjeuner de si jeunes enfants à la table des adultes, mais de l'avis général, la présence des petits n'était pas gênante.

Dès qu'elles redescendirent en cuisine, Hortense commença à disposer des tartelettes aux fraises sur un large plat.

— Je n'ai pas fait exprès d'écouter, murmura Denise, j'étais dans l'escalier de l'office. Je ne pouvais pas te le dire devant eux, Margot… Le père de madame Élisabeth va épouser l'Américaine.

— Laquelle ? s'esclaffa Hortense. Madame Maybel ou sa gouvernante ?

— Miss Norma, bien sûr ! riposta Denise.

— Tu m'en diras tant, renchérit Margot. C'est une blague ?

— Je parie que tu nous taquines, Denise. Et puis monsieur Guillaume, il aurait plutôt l'âge de se marier avec madame Maybel, qui n'est pas mal, dans son genre. En voilà une histoire !

— Mais c'est la vérité, miss Norma porte une bague que je ne lui ai jamais vue, insista la domestique qui ajustait sa petite coiffe blanche sur ses boucles brunes.

— Moi, je sais qu'il y a eu une querelle, ajouta Margot avec délectation. C'était à cause de l'oncle de madame Élisabeth…

— Pierre ou Jean ? s'intéressa Hortense d'un ton véhément. Son oncle Jean, je m'en méfie. Un dimanche, il m'a rendu visite ici, et j'ai dû lui servir une double ration de cognac parce qu'il n'en aurait pas eu assez dans le salon… Chez les Duquesne, c'est le vieux monsieur que j'apprécie, et Laurent. Boudiou, si c'est vrai, ce mariage, j'en tombe des nues. Pour une surprise !

— Il y en aura bientôt une autre, de surprise, insinua Denise, les yeux étincelants.

— Tais-toi donc ! s'agaça la cuisinière. Margot, dépêche-toi, apporte-leur le dessert.

La femme de chambre soupira. Elle brûlait de curiosité et répugnait à obéir.

— C'est madame Élisabeth, s'empressa de dire Denise. Hier matin, elle se plaignait de l'odeur du lait chaud. Tout à l'heure, elle a failli se trouver mal à cause du veston du petit William qui sentait le vomi. Elle était blanche à faire peur. Ma sœur, ça lui faisait pareil quand elle attendait un bébé.

— Misère, qu'est-ce que tu vas inventer encore ? s'insurgea Hortense. Et ce serait qui, le père ? Le Saint-Esprit ? Madame Élisabeth ne fréquente personne. C'est-y possible de penser ça !

Margot s'empara du plat de tartelettes et disparut. Elle avait hâte d'étudier attentivement la jeune femme et de se faire sa propre opinion. Denise la rattrapa, une carafe d'eau à la main.

— Personne, c'est vite dit, chuchota-t-elle. Monsieur Justin et elle, ils passent leur temps ensemble. Pardi, qui sait où ils vont pendant leurs balades à cheval…

— Mais ils sont proches parents, alors ça ne se peut pas.

— Sans doute, seulement ils ont presque le même âge, Margot. J'ai l'œil, moi, j'ai bien vu comment ils se regardent, tous les deux.

— Seigneur ! Non, Denise, ce coup-ci, tu exagères. Je connais mieux madame Élisabeth que toi. Elle n'est pas enceinte, ne va pas raconter tes sornettes à droite et à gauche. On n'a pas besoin d'une deuxième vipère comme Germaine.

Denise, effarée, promit de se taire. Elle désirait rester au château assez longtemps pour mettre de l'argent de côté. Il ne serait plus question des malaises d'Élisabeth à l'office, pendant les semaines suivantes.

Le déjeuner était terminé. Des éclairs zébraient la nuée d'une couleur métallique. Norma et Guillaume, qui souhaitaient se promener, contemplaient le parc battu par une pluie drue.

— Nous sommes fiancés, vraiment ? lui dit-elle.

— Oui, vraiment, il ne faut pas en douter ni avoir peur. Tu ne regrettes rien ?

Ils s'étaient isolés dans le renfoncement d'une porte-fenêtre de la salle à manger, pendant que tout le monde allait dans le salon où Justin avait allumé un feu.

— Non, je ne regrette pas, s'appliqua-t-elle à répondre. Mais tu es triste, je le vois.

Guillaume se tourna vers elle et lui caressa la joue. Il refusait de lui confier à quel point il détestait les orages, le sifflement du vent, les bourrasques.

« C'était un soir de tempête, il y a un peu plus de vingt ans, et j'étais là, dans cette même pièce, mais il faisait nuit, songea-t-il. Hugues Laroche criait, furieux, car nous lui avions annoncé notre départ pour New York. Ma Catherine l'affrontait d'un air paisible, sans perdre patience. Son cran m'épatait. Hélas, sur le bateau, une autre tempête me l'a prise. »

Il semblait tellement absorbé par ses pensées que Norma lui prit la main.

— Pardonne-moi, je suis un peu distrait, plaida-t-il gentiment. Je voudrais être seul avec toi, nous devons discuter de tant de choses.

— Nous sommes seuls, ici, à l'abri des rideaux, nota-t-elle avec un sourire. C'est encore difficile de parler pour moi, mais pas de t'embrasser.

Norma lui donna un baiser sur les lèvres. Guillaume chassa ses souvenirs. Il se savait très amoureux de sa future épouse, séduit par sa candeur, sa bonté. Elle était grande, sculpturale, et il la désirait depuis des mois.

Mairie de Montignac, samedi 15 juin 1907

Il faisait un soleil éblouissant. Beaucoup de gens du village de Montignac, notamment de vieilles femmes en habits noirs, leur coiffe charentaise sur la tête, rôdaient près la mairie, un bel édifice en pierre de taille, au fronton élégant. Des jeunes filles déambulaient dans le jardin municipal, curieuses elles aussi de voir les mariés lorsqu'ils sortiraient, suivis des membres de la famille Duquesne et des autres invités.

— Pensez donc, ce n'est pas tous les jours qu'un homme de chez nous épouse une Américaine, disait l'épicière à sa voisine, une ancienne couturière.

— Je l'ai vue, tout à l'heure. Dites, c'est une belle femme, mais un peu grande, répliqua celle-ci. Guillaume, moi, je l'ai connu gamin, c'est bien qu'il soit revenu au pays.

Un monsieur assez âgé, corpulent, qui arborait un canotier, les écoutait. Il eut un sourire rêveur.

— Je suis le boulanger de Vouharte, mesdames. Je n'ai pas voulu entrer, je féliciterai les mariés plus tard. Je connais bien Pierre, le meunier. Je suis un de ses clients. Il m'a raconté la tragique histoire de son frère, qui avait perdu la mémoire et vivait comme un misérable à New York. Il aurait rencontré la jeune dame là-bas, pour la première fois.

Elles approuvaient d'un hochement de tête ébahi, quand un petit garçon très brun, en costume de lin beige, sortit en courant de la mairie, un sachet en papier à la main. Une adolescente en robe de dentelle le rejoignit, qui tenait aussi un sachet.

— Vite, Antonin, prépare-toi, tu dois jeter les grains de riz bien haut, d'accord ?

Sarah riait en silence, heureuse d'être de la noce, de porter une toilette neuve et des souliers vernis. Laurent fit irruption, mais il se plaça en face d'eux. Il devait lancer du riz également.

— Ils arrivent, dit-il à Sarah.

Le couple apparut sur le seuil de l'édifice. Une rumeur de satisfaction s'éleva, puis des vivats joyeux, selon la tradition. Les grains de riz volèrent vers eux et au-dessus d'eux, pendant qu'ils descendaient les trois marches du perron.

Norma était très en beauté, dans une longue robe en satin blanc, terminée par une courte traîne. Maybel la lui avait offerte, tout en déplorant un peu la sobriété monacale de la tenue, égayée cependant par un semis de perles autour du décolleté et aux poignets. Un voile de tulle, maintenu par une couronne de fleurs d'oranger, drapait son chignon natté, d'un blond pur.

Quant à Guillaume, il suscita l'admiration des vieilles femmes.

— Boudiou ! Il porte bien le costume, on ne dirait pas qu'il a vingt ans de plus qu'elle, marmonna l'une.

— Il a toujours été bel homme, plus que ses frères, affirma la seconde. Il paraît qu'ils ne vont pas à l'église.

— Pardi ! L'Américaine est protestante.

Les mariés, radieux, entendaient seulement les exclamations exaltées de Sarah et de Laurent, et les battements de leurs cœurs pris d'une savoureuse frénésie.

— Je suis si heureuse, soupira Norma en serrant plus fort le bras de Guillaume. Je crains de me réveiller et que tout soit fini.

— Mais non, tout commence, ma douce, notre vie à deux, dans mon humble maisonnette.

— Elle sera notre paradis, mon cher mari, lui dit-elle, les joues rosies par l'émotion.

Ils s'arrêtèrent près de la grille du portail qui donnait accès au jardin de la mairie. Quelques nouveaux curieux arrivaient. On assistait maintenant au défilé des Duquesne et des invités. Le vieil Antoine, dans un costume neuf, saluait d'un geste amical tous ceux qu'il connaissait. Élisabeth était à ses côtés, une capeline sur sa chevelure brune qu'elle avait laissée couler sur ses épaules. Elle avait mis une robe en mousseline jaune, très simple. La chaleur l'incommodait.

— Pépé Toine, j'ai hâte d'être au frais sous le tilleul du moulin. Papa a refusé de déjeuner à l'auberge, c'est dommage. Yvonne et Bonnie ont cuisiné pendant des heures, hier soir.

— Ma petiote, mes brus étaient contentes de se donner du mal pour leur beau-frère. Ne t'inquiète pas, il fera bon dans la cour. Ton père souhaitait un repas sans prétention, en famille. Nous ne pouvions pas le contrarier. Sa joie fait plaisir à voir, il a rajeuni de dix ans.

Maybel, sous son ombrelle, approcha, la mine songeuse. Elle était la plus élégante, en toilette de soie parme, une vraie nuée de volants aériens, qui soulignait la minceur de sa silhouette.

— Lisbeth, pendant la cérémonie, je pensais qu'il me fallait une nouvelle gouvernante. Nous passerons une annonce dans le journal, si je trouvais une personne sérieuse, avec des notions d'anglais, ce serait parfait. Peux-tu traduire pour ton grand-père, que j'aie son opinion ?

Une fois renseigné, Antoine déclara que c'était indispensable, et que nul n'est irremplaçable, ce qui enchanta Maybel.

— Tu sais parler aux dames, pépé Toine, nota Élisabeth d'un ton malicieux.

Elle avait vite oublié la vague amertume qu'elle avait ressentie à l'annonce du mariage de son père. Prompte à se réjouir du bonheur de ceux qu'elle chérissait, elle avait souvent emmené Norma à Montignac, afin de l'aider à certains aménagements de son futur foyer.

Le cortège se rassembla, chacun et chacune ayant bavardé un moment avec des connaissances du village, dans le jardin de la mairie ou bien dans la rue, pendant que les mariés recevaient des félicitations et des vœux de bonheur.

— Il est temps de rentrer au moulin, chuchota Guillaume à l'oreille de son épouse. Ensuite nous serons enfin seuls, chez nous.

Norma lui dédia un sourire tremblant. Elle appréhendait un peu la nuit qui viendrait car, à trente ans, elle était vierge et redoutait d'être maladroite, en raison de son inexpérience. D'une nature pudique, elle cachait ce petit tourment, mais Guillaume devina ses craintes.

— Moi aussi, je serai un novice, ce soir, après vingt ans à errer sans aimer une femme.

Les joues en feu, Norma lui étreignit la main. Ils prirent la tête de la joyeuse troupe qui s'apprêtait à rejoindre le moulin. Antoine proposa son bras à Maybel, au soulagement de Justin qui s'empressa de prendre place près d'Élisabeth. Elle lui lança aussitôt un regard soucieux.

— Comment te sens-tu ? demanda-t-il tout bas. Tu étais livide, à la mairie.

— Dieu soit loué, j'avais emporté des pastilles de menthe, ça m'a évité de faire un malaise, répondit-elle à mi-voix.

Sarah, Laurent et Antonin marchaient derrière eux. Ils riaient et criaient parfois, en brandissant les petits bouquets de fleurs qu'on leur avait confiés.

— Élisabeth, ça ne peut pas continuer ainsi, insista Justin. Nous devons affronter tout le monde, leur dire la vérité.

— Oui, j'en suis consciente, mais pas aujourd'hui. Je ne veux pas gâcher le mariage de Norma et de papa. On ne verra rien avant un bon mois, ça nous offre un répit.

— Je suis sûr que Bonnie et Yvonne se doutent de quelque chose, dit-il en lui effleurant le bras. Je sais que tu as failli être malade, pendant qu'elles vidaient les poulets.

— N'importe qui aurait la nausée, rétorqua Élisabeth, je n'avais jamais assisté à cette affreuse besogne, et l'odeur des viscères…

Elle respira le mouchoir imprégné d'eau de Cologne qu'elle gardait serré entre ses doigts. Justin eut l'impression que la jeune femme allait s'effondrer dans la rue. Il s'enhardit à la prendre par la taille, afin de la soutenir.

— Merci, souffla-t-elle.

On les acclamait, depuis les fenêtres ouvertes. Pierre et Jean qui fermaient le cortège, précédés par leurs épouses, surprirent le geste familier de Justin.

— Que vont penser les gens ? s'irrita le meunier. Jean, va lui dire de lâcher notre nièce.

— Bon sang, j'aurais l'air de quoi ? protesta son frère. Laisse donc, Élisabeth a pu trébucher et il l'aura rattrapée. Tiens, elle s'est écartée de lui.

— Ouais, j'ai beau faire, ce gars ne m'inspire pas confiance, et ça ne date pas d'hier, Jeannot.

— Notre bon vieux papa l'adore, et il ne se trompe jamais sur la valeur d'un homme, professa Jean. Pense ce que tu veux, mais ce n'est pas Justin qui avait mis Irène Defarge enceinte. Non, il s'agissait d'un certain Gilles Duquesne.

— La ferme, idiot, ou je te fais taire ! menaça Pierre.

Yvonne les écoutait. Elle échangea un coup d'œil navré avec Bonnie.

— Ces messieurs recommencent leurs prises de bec, dit celle-ci. Laissons-les donc se chamailler, ma pauvre Yvonne. Ils sont quand même inséparables.

— Eh oui, on dirait que ça les amuse, moi j'aime bien le calme.

Elle portait la petite Marie dont les yeux gris suivaient un vol de tourterelles dans le ciel d'un bleu pur. William, lui, trottinait sans l'aide de personne, ses boucles blondes au vent.

Un quart d'heure plus tard, Élisabeth, assise dans le fauteuil en osier tressé réservé d'ordinaire à pépé Toine, contemplait tour à tour ceux qui l'entouraient. Sarah et Laurent, toujours complices et ravis de la liesse générale, s'étaient proposés comme serveuse et serveur.

À l'instigation de Maybel qui avait tenu à en assumer les frais, Bonnie et Yvonne avaient préparé des assiettes garnies d'olives, de tranches fines de jambon sec, de petites tartines de fromage.

— C'est mieux, on peut boire un peu de vin sans avoir la tête qui tourne, leur avait-elle expliqué, par l'intermédiaire de Norma.

On se régalait avant de déguster le menu qui suivrait, mais Élisabeth ne pouvait rien avaler. Elle résistait à l'envie de poser ses mains bien à plat sur son ventre, comme elle le faisait loin des regards indiscrets. Au sein de la nuit, Justin, lui, y appuyait sa joue dans l'espoir d'entendre battre le cœur de l'enfant qu'ils avaient conçu.

— Mais c'est trop tôt, disait-elle, divinement heureuse, les larmes aux yeux.

C'était leur secret d'amour.

Château de Guerville, dimanche 21 juillet 1907

Chacun coiffé d'un chapeau de paille, en chemise, Guillaume Duquesne et Justin discutaient en plein soleil, debout en face de l'entrée des écuries. La charpente, en chêne et châtaignier, était achevée, mais Guillaume avait tenu à fabriquer les portes en bois des box et les séparations entre les stalles.

Depuis une semaine, une équipe de couvreurs se chargeait de la toiture à deux pans, d'une surface considérable.

— Je suis vraiment satisfait, affirma Justin d'un ton enjoué. Vous avez fait un travail exemplaire, Guillaume.

Le « monsieur » n'était plus de mise, après quatre mois de cohabitation, de conversations à table.

— J'avais quand même hâte que ce soit terminé, avoua-t-il. Nous allons pouvoir commencer une vraie vie commune, Norma et moi.

Le lundi suivant son mariage, le charpentier était revenu au château, afin de terminer son ouvrage. Sa jeune épouse restait seule dans la petite maison de Montignac pendant ses absences. Elle avait cependant écrit une courte lettre à Élisabeth, où elle lui confiait son bonheur d'être une femme comblée par la vie de couple, sa joie d'avoir enfin un foyer bien à elle, ce qui lui permettait, pour la première fois après des années de service, d'agir à sa guise du matin au soir.

— Je suis heureux pour vous, Guillaume, dit Justin. Norma est une personne dotée de toutes les qualités.

— On ne peut pas en dire autant de Maybel. Élisabeth la trouve souvent autoritaire et désagréable envers sa nouvelle employée.

— Je suis d'accord et je plains cette pauvre miss Claudine. Eh oui, il faut l'appeler ainsi, « miss ».

Guillaume scruta attentivement les traits du jeune châtelain. Dans l'ombre du chapeau, avec son teint hâlé, ses yeux noirs et ses cheveux blonds, Justin lui parut d'une séduction redoutable.

— Dites-moi, entre hommes, murmura-t-il alors, vous auriez pu faire la conquête de Norma, j'en ai même eu peur, après les dîners de Noël et du premier de l'An. Le 31 décembre, vous avez dansé deux valses avec elle, j'étais jaloux. Cela dit, ça m'a aidé à comprendre à quel point je l'appréciais.

Très embarrassé, Justin chercha une réponse, en observant les évolutions d'un écureuil à la cime d'un sapin.

— Vous me prenez au dépourvu, Guillaume. En fait, je n'ai jamais regardé Norma comme une femme susceptible de me plaire, même si j'admirais sa beauté, et surtout sa gentillesse, son intelligence.

— Mais à votre âge, vous devriez mettre fin au célibat, insista son interlocuteur. Les jolies filles ne manquent pas, dans la région.

— J'y penserai, trancha Justin, agacé.

L'arrivée de l'automobile de Jean au bout de l'allée coupa court au dialogue. La Panhard avançait doucement, cependant on entendait déjà les cris joyeux de William.

— Voici les invités du dimanche, commenta Guillaume. Norma n'avait pas l'intention de venir, elle me l'a dit avant-hier. Jean ne peut pas transporter tout le monde, elle a préféré céder sa place en voiture à notre père. Mais je ne suis pas inquiet, mon épouse se dit très heureuse d'avoir enfin sa propre maison et un jardin.

La voiture s'arrêta à leur hauteur. Ce fut l'habituel concert de salutations, de rires et d'embrassades, auquel assistait Élisabeth de la fenêtre du salon. Maybel s'exerçait au piano, sous le regard pensif de sa gouvernante, Claudine, une discrète célibataire de trente-huit ans qui avait répondu aux critères exigés par la jolie veuve, dont le plus important était la pratique de la langue anglaise.

— *Mummy*, tu joues à merveille.

— Merci, Lisbeth, la musique et mon adorable petit chien me donnent le courage de vivre, répliqua sa mère adoptive d'un ton un peu languissant. Pardonne-moi, chérie, je voulais dire après toi et mon cher petit Antonin. Vous me donnez tant d'affection.

Maybel se tourna vers Élisabeth, prête à se lever pour aller la cajoler. La jeune femme portait une tunique en mousseline rose, sur une longue robe en soie pastel, arachnéenne, afin de ne pas trop souffrir de la chaleur. Le soleil de midi traversait ces légers tissus, si bien qu'on voyait tout de son profil, des pieds à la tête.

— Lisbeth, aurais-tu oublié de mettre un corset ? demanda-t-elle, saisie d'un doute inimaginable.

— J'en mets rarement l'été, *mummy*. Je suis plus à l'aise.

— Bien sûr, je comprends, marmonna Maybel.

Élisabeth virevolta en souriant, pour cacher l'angoisse qui l'assaillait. Elle s'empressa de passer dans la salle à manger où son grand-père venait d'entrer.

— Pépé Toine, j'avais peur que tu ne viennes pas, à cause de la chaleur. Dimanche dernier, tu avais trouvé le trajet pénible.

— Aujourd'hui, l'air est moins lourd, on respire, répliqua-t-il. Et puis je pourrais endurer bien pire pour la joie de te voir, ma petiote.

— Merci… Va vite t'asseoir, mon pépé Toine, Denise te servira de la citronnade.

Elle alla accueillir Yvonne et Pierre, Bonnie et Jean qui entraient à leur tour, escortés par Justin qui tenait la petite Marie dans ses bras. En le voyant avec l'enfant, Élisabeth éprouva un délicieux coup au cœur, comme si c'était une vision idyllique de leur avenir.

Margot et Denise patientaient près d'une desserte à dessus de marbre, pour proposer des rafraîchissements. Bonnie engagea aussitôt la conversation avec Maybel. On s'entendait à peine, car Câlin, perché sur un tabouret, aboyait sans discontinuer.

— Qu'il fait bon ici, constata Yvonne. Je prends goût à ces dimanches où je n'ai pas à cuisiner, où on me sert de bonnes choses. Je me souviens de ma pauvre maman qui mangeait debout pendant que les hommes étaient attablés.

Justin tendit Marie à Yvonne, afin de rester près d'Élisabeth dans le hall.

— J'espère que Laurent ne vous dérange pas, s'enquit Pierre, l'air sévère. Il aurait pu travailler pour moi, cet été, au lieu de jouer les jardiniers au château. Élisabeth, surveille-le de près, je n'ai pas envie qu'il suive les traces de Gilles, car je sais par Guillaume qu'il est toujours derrière les jupons de ta Sarah.

— Ce n'est pas « ma » Sarah, oncle Pierre. Tu as mauvais esprit, en plus. Laurent et Sarah sont amis, rien d'autre.

— Ah oui ? Et là, tout de suite, où sont-ils passés ?

— Ils assistent à la leçon d'équitation d'Antonin, précisa Justin, exaspéré par l'attitude du meunier. Les palefreniers ont installé des obstacles dans le manège, appropriés à la taille du poney. Ils vont pique-niquer tous les trois avec Roger, ensuite, au bord du ruisseau qui longe le parc.

— Ouais, ouais, bougonna Pierre. J'ai l'intention de bien faire comprendre à Laurent qu'il doit garder ses distances avec cette gosse. Élisabeth, je ne la juge pas, ta protégée, mais Jean m'a expliqué le genre de vie qu'elle a mené, là-bas, en Amérique. D'accord, ce n'était pas sa faute. Hélas la coquille est cassée à présent, et comment savoir si la gamine ne trimballe pas des maladies…

Justin vit Jean s'éclipser prudemment à l'autre bout de la pièce où il rejoignit Guillaume.

— Qu'est-ce que tu as osé dire, oncle Pierre ? s'enflamma Élisabeth, toujours prompte à la colère. Ne le répète surtout pas, j'ai bien entendu et je te préviens, ne fais jamais allusion à ce que tu sais devant Sarah. Elle est heureuse, elle a retrouvé l'innocence de son âge.

— Je voudrais bien savoir par quel miracle, gronda-t-il.

Elle faillit le gifler, mais la main de Justin lui effleura le dos dans l'espoir de la calmer.

— Si tu as de telles pensées à l'encontre de Sarah, tu n'es plus obligé de venir déjeuner ici le dimanche, lui assena Élisabeth.

— J'ai encore le droit de donner mon avis, rétorqua-t-il d'un air sombre. De toute façon, tu as raison, nous ne viendrons plus, Yvonne et moi. Si tu veux t'occuper de Marie, de ta filleule, tu feras le trajet, Élisabeth. Pardi, il y a un bon moment qu'on ne t'a pas vue à cheval, débouler au trot dans la cour.

— C'est vrai, ça, tu ne montes plus ta jument, ces temps-ci, ma princesse, nota Guillaume en se rapprochant.

Élisabeth lui répondit avec une pointe d'exaspération.

— Est-ce que tu me surveilles, papa ? En cette saison, les taons importunent les chevaux et d'autres insectes indésirables. Il faudrait sortir le soir ou tôt le matin, je n'en ai pas l'occasion. Bien, si nous passions à table.

— Ne te fâche pas, ma princesse, s'étonna-t-il.

Elle détourna la tête, prête à pleurer de nervosité, et lança un regard de détresse à Justin, qui la rassura d'un sourire. Si elle ne souffrait plus de nausées, ni de malaises, sa sensibilité demeurait à fleur de peau.

Ils pénétrèrent dans la salle à manger. Claudine adressa un sourire respectueux à Maybel. Arrivée au château trois semaines plus tôt, elle quitta la pièce pour gagner l'office, où elle prenait ses repas les jours où il y avait des invités.

— Ne soyez pas surpris, nous avons changé vos places habituelles, précisa Élisabeth. Il y a des petits cartons.

Elle s'assit bientôt, Antoine à sa droite, Justin à sa gauche. Très digne, très droite, elle fixa son père, qui lui faisait face.

Denise présenta les salades, un frais mélange de laitues et de tomates, assorti d'œufs durs, ainsi que des tranches de rôti froid. Margot disposa deux corbeilles en argent remplies de pain. Sur un signe d'Élisabeth, les deux domestiques sortirent d'un pas vif.

— Je ne pourrai jamais attendre jusqu'au dessert, murmura-t-elle alors.

— Qu'est-ce que tu as dit, ma jolie petiote ? interrogea son grand-père. Je n'ai pas bien compris.

Élisabeth, à l'abri de la nappe, prit la main de Justin et la serra très fort. Elle baissa un peu les yeux, la gorge nouée.

— J'attends un enfant, annonça-t-elle. Antonin aura un petit frère ou une petite sœur en novembre. Je tenais à vous le dire quand nous serions tous réunis.

Le silence qui suivit lui parut interminable. Elle attendait leur verdict, le souffle suspendu, tandis que Justin lui étreignait les doigts.

— Si c'est une plaisanterie, elle est de fort mauvais goût ! s'exclama Guillaume. Élisabeth, explique-toi.

Maybel avait compris l'essentiel des mots articulés à voix haute par la jeune femme.

« Un enfant, un petit frère ou une petite sœur pour Antonin, en novembre, se répéta-t-elle. Mon Dieu, j'en étais sûre. »

Yvonne toussota, puis elle essuya la bouche de Marie qui venait de manger de l'œuf dur.

— Qu'est-ce que tu racontes ? tempêta Pierre. Tu n'es pourtant pas mariée, ma nièce !

— Non, et je ne le serai jamais, rétorqua Élisabeth.

Elle lança un regard pensif vers les hautes fenêtres, voilées de tulle blanc qui filtrait le soleil.

— Élisabeth, je t'ai demandé de t'expliquer, insista Guillaume. Je tombe des nues, là !

Aucun adulte ne songeait à déjeuner. Seuls William et Marie dégustaient sagement ce qu'on leur donnait.

— Et qui est le père ? la questionna Jean d'un ton sec, le nez levé vers le plafond, car il avait son idée.

— C'est moi, déclara Justin. Je suppose que vous êtes tous offusqués mais le fait est là. Élisabeth et moi nous nous aimons depuis des années. Pendant longtemps, nous avons lutté contre cet amour, à cause de notre parenté, mais le sacrifice était trop douloureux. Nous avons décidé de vivre l'un près de l'autre, d'élever notre enfant ensemble.

— Bon sang, je ne peux pas accepter une chose pareille ! Je ne sais pas ce qui me retient de vous casser la figure, Justin ! s'emporta Guillaume, en esquissant le mouvement de se lever.

— Je t'avais mis en garde, renchérit Pierre avec un geste de l'index en direction de son frère. Ma nièce va être la risée du bourg et de la région. C'est une honte.

— Oui, là tu me déçois beaucoup, Justin, renchérit Jean. J'ai souvent pris ta défense, j'avais tort.

Élisabeth demeurait muette, en apparence impassible, quand la main tremblante de son grand-père prit la sienne. Elle n'avait pas osé regarder son pépé Toine, mais, réconfortée par son geste compatissant, elle se sentit tous les courages.

— Justin n'est pas le plus coupable, dit-elle d'une voix ferme. Papa, ne t'avise pas de le frapper. Nous aurions pu partir au bout du monde, afin de vivre notre amour en paix. Mais non, nous sommes restés ici, pour toi, *mummy*, pour le bien-être d'Antonin, pour toi, pépé Toine, pour toi, papa.

— Eh bien, je me demande si je n'aurais pas préféré ça, plutôt que d'être témoin d'une telle hérésie, dit-il en jetant sa serviette au milieu de la table.

— Une hérésie, n'exagère pas ! protesta Élisabeth. Justin est le demi-frère de maman, hélas. Seulement nous n'avons jamais eu l'impression d'être de la même famille. Nous avons deux ans d'écart. Jadis, au Moyen Âge ou par la suite, les mariages de ce genre étaient admis, entre cousins germains notamment.

— Et alors, il ne s'agissait pas d'un oncle et de sa nièce, maugréa Jean. Les commères du bourg vont clabauder sur votre compte, quand le bébé sera né et avant, si tu te promènes dans ton état.

Yvonne serinait à voix basse des « mon Dieu » plaintifs. Bonnie, apitoyée par l'expression affolée de Maybel, s'était levée pour lui traduire tout bas les paroles des uns et des autres.

— Dis à Lisbeth que je suis bouleversée, je redoutais un tel drame depuis longtemps, lui confia-t-elle en réponse, mais en anglais.

Gênée, les joues rouges, Bonnie s'exécuta.

— Dans ce cas, il aurait été utile de nous prévenir bien avant, madame, ironisa Pierre.

— Élisabeth, pourquoi m'as-tu caché ça ? s'écria Guillaume, à la fois amer et révolté. J'étais loin de me douter que tu aimais cet homme. Que comptes-tu faire, en toute franchise ? Tu voudrais vivre en concubinage sous le même toit que ton fils ? Ce serait immoral, et pour moi, inacceptable.

— Papa, je compte mettre au monde un bébé que nous aimons déjà de tout notre être, Justin et moi. Je me moque du scandale, des commérages. Les domestiques seront mis au courant cet après-midi. Ceux qui désapprouvent notre choix pourront s'en aller.

— Je suis entièrement de l'avis d'Élisabeth, trancha Justin. Et à ma connaissance, nous sommes chez nous, tous deux héritiers de ce domaine.

— Toi, un héritier ! Nom d'un chien, tu n'es qu'un bâtard ! hurla Pierre en repoussant brusquement sa chaise. Sors, qu'on règle ça ! Tu as déshonoré ma nièce, comme s'il n'y avait pas assez de filles faciles sur les champs de foire, dans les fermes du coin, comme ton ancienne maîtresse, Mariette !

Justin se leva lui aussi, blême de colère. La mâchoire crispée, il retroussa ses manches de chemise, prêt à sortir et à se battre avec le meunier, plus grand et musculeux que lui.

— Arrêtez, je vous en prie ! supplia Élisabeth. Si vous avez de l'affection pour moi, respectez au moins mon état.

— Jean, on ferait mieux de rentrer immédiatement au moulin, enragea Pierre. Vous ne perdez rien pour attendre, Justin. Les femmes sont faibles, je vous juge le plus coupable dans cette déplorable histoire.

— Seigneur, taisez-vous ! ordonna soudain Antoine Duquesne, qui jusque-là était resté silencieux.

Il tapa un coup sec sur la table.

— Taisez-vous ! répéta-t-il. On dirait une meute de chiens autour du gibier. Je savais que ma petiote et ce garçon s'aimaient passionnément, profondément, car ça ne date pas d'hier. Ils n'ont pas menti sur ce point. Il ne s'agit pas d'un engouement passager, non, c'est un grand amour sincère. Peut-on empêcher les gens de s'aimer ?

— Quand cet amour s'oppose à Dieu, aux préceptes de l'Église et des hommes, oui, papa, on le peut, affirma Guillaume.

— Nous ignorons tout de la volonté divine, mon fils, répondit le vieil homme d'un ton grave.

— Je vous remercie, pépé Toine, dit Justin. Vous êtes le seul à nous soutenir, à ne pas nous juger, vous avez ma gratitude.

— Pourtant, mon garçon, j'ai prié bien souvent pour vous deux, dans l'espoir que vous trouviez la force de ne pas succomber. Votre situation ne me réjouit pas, mais je prêche la tolérance, la compréhension. Réfléchissez un peu, tous. Élisabeth et Justin auraient pu se rencontrer loin de Guerville, sans jamais découvrir leur lien de parenté. Ils se seraient mariés et nous n'aurions pas su la vérité, ni eux ni nous.

— Papa, as-tu perdu l'esprit ? s'égosilla Pierre. Toi qui es si pieux, tu ne peux pas les approuver.

— Que de crimes l'humanité a commis, au nom de la religion, professa le vieil Antoine. Ma foi est solide, inébranlable, mais je méprise ceux qui se prétendent bons catholiques et ont le cœur plein de fiel, de haine.

Élisabeth retenait ses larmes. Elle avait envie de se jeter au cou de son pépé Toine, de pleurer sur son épaule. Cependant elle devait garder la tête haute.

— *Mummy*, je suis désolée, dit-elle doucement. Tu avais vu juste, à New York, au sujet de Justin et de moi. Je t'ai menti quand tu m'as questionnée, parce que je voulais garder notre amour secret, pour le protéger. Et nous nous sentions tellement démunis, l'un comme l'autre, soit résignés à nous engager avec une personne sans guère l'aimer, soit rêvant de nous enfuir.

— Élisabeth, je te prie de parler en français ! hurla son père, qui serrait les poings. Plus j'y pense, moins je comprends. Et toi aussi, papa, ta réaction me consterne. Justin, un conseil, si le sens de l'honneur signifie quelque chose pour vous, quittez les lieux, fichez le camp !

— Vous appelez ça avoir le sens de l'honneur, Guillaume ! riposta celui-ci. Abandonner la femme que j'aime, alors qu'elle est enceinte de moi ! Ne comptez pas là-dessus, je ne quitterai pas Élisabeth.

— Mais oui, papa, ajouta-t-elle. Comment oses-tu lui dire ça, Justin est chez lui, ici.

Bonnie, qui avait attiré un tabouret damassé près de la chaise de Maybel, jouait les traductrices.

— Lisbeth, écoute-moi, dit celle-ci d'une voix exaltée. Je suis incapable de te jeter la pierre, chérie. J'ai une idée, nous pourrions partir sur la Riviera et revenir après la naissance du bébé. Je prendrai tout sur moi, je dirai que je l'ai adopté.

Son intonation fébrile, l'éclat de son regard prouvèrent à Élisabeth que Maybel avait toujours ce besoin d'enfant, de tout-petit à cajoler. Elle la revit pendant les premiers mois d'Antonin, l'admirant, l'embrassant, courant vers le berceau au moindre pleur.

— Non, *mummy*, c'est notre bébé. Je refuse de tricher. Tant pis si on nous juge, si on crie au scandale.

— Je pense qu'il y a des situations plus répréhensibles, plus honteuses que la nôtre, de par le monde, fit remarquer Justin.

— Même si je comprends votre colère et votre indignation à tous, décréta alors Antoine, ça ne vous donne pas le droit d'être injurieux, ni menaçants.

— Ouais ! Bien sûr, on doit encaisser et se taire, grogna Pierre, la mine crispée par le mépris.

Le meunier haussa les épaules. Il se décida à toucher aux plats. Il coupa un morceau de rôti, en maugréant on ne savait quelle diatribe hargneuse. Le calme était revenu.

— Je suis navrée, sincèrement navrée, plaida alors Élisabeth. *Mummy*, pépé Toine, je sais que je peux compter sur votre soutien, votre amour. Je vous remercie.

— Moi aussi, de tout mon cœur, dit Justin.

Il porta jusqu'à ses lèvres la main d'Élisabeth, qu'il n'avait pas lâchée. Il y déposa un tendre baiser.

— Maintenant, ça suffit ! vociféra Guillaume en bondissant de son siège. Élisabeth, je veux discuter avec toi, sans aucun témoin.

— D'accord, papa, allons dans le boudoir de Bonne-maman, proposa-t-elle, en faisant signe à Justin de ne pas s'inquiéter.

Guillaume faisait les cent pas dans l'espace étroit du boudoir, les mains dans les poches de son pantalon. Il cherchait ses mots pour convaincre sa fille du côté scandaleux de sa situation. Élisabeth, assise sur le rebord de l'unique fenêtre, le suivait des yeux.

— Je suis de l'avis de madame Maybel, dit-il enfin. Le mieux serait que tu t'éloignes, si Justin n'a pas la décence de partir de son plein gré.

— Papa, il est chez lui et il gère très bien le domaine, que ce soit l'élevage de chevaux de race ou la production des eaux-de-vie Laroche. En effet, si l'un de nous deux devait s'en aller, ce serait moi, mais je ne le ferai pas.

Son père arrêta de déambuler et se posta en face d'elle. Il semblait profondément affligé.

— Élisabeth, ma princesse, tu m'as porté un coup terrible. Je pensais que tu appréciais ta vie au château auprès de ta *mummy*, de ton petit garçon, et de Sarah. Après la soirée que j'ai passée ici, la veille de Noël, j'ai commencé à avoir de la sympathie pour Justin, puis à l'estimer car il m'avait confié un chantier comme je n'en espérais pas. Mais c'était pour me planter un couteau dans le dos !

— Est-ce la peine de considérer notre amour, notre enfant à venir, sous un angle si tragique ? s'irrita la jeune femme.

— Vous nous avez tous dupés, trahis, reprit Guillaume. Tu me voyais chaque jour, à chaque repas, avec ce secret bien gardé, sans même sembler honteuse ni coupable.

Élisabeth aurait voulu se boucher les oreilles, ne plus écouter le discours moralisateur de son père. Il fut vexé quand elle en ébaucha le geste.

— Non, tu entendras ce que j'ai à te dire ! Je ne voudrais pas t'accabler, Élisabeth, car je t'aime et je te dois beaucoup, je le sais. Si tu ne t'étais pas approchée du misérable vagabond gisant sur la chaussée de Broadway, je n'aurais pas retrouvé ma famille, mon père bien-aimé. Je n'aurais jamais connu mon petit-fils Antonin, ni même pu épouser Norma. Mais depuis notre retour en France, je suis redevenu un homme digne de ce nom, intègre, honnête, épris de loyauté. Et je t'admirais, car à mes yeux tu étais dotée des mêmes qualités, que possédait aussi Catherine, ta maman. Seigneur, que penserait-elle de ta conduite, si elle vivait encore ?

La question poussa la jeune femme à bout. Elle crispa ses doigts sur l'arête de l'appui de la fenêtre, comme un oiseau qui s'agripperait à sa branche, de peur d'être piégé.

— Si maman vivait encore, papa, nous habiterions sûrement encore New York, j'aurais un frère de vingt ans. Je suppose que jamais nous ne serions revenus en Charente, et beaucoup de terribles épreuves m'auraient été épargnées. Alors à quoi bon évoquer maman ? De toute façon, elle m'aimait, elle m'aurait pardonné, elle me pardonne mes erreurs, puisque j'ai souvent senti sa présence, ici ou dans le Dakota Building. Papa, je crois au destin, peut-être que tout est écrit…

— Que veux-tu dire ?

— Le fait que je t'aie vu plusieurs fois sur Broadway, pour te donner un exemple. Je rendais visite à Henri Moreau, et tu n'étais jamais loin, on me guidait vers toi. Depuis quand ? Je l'ignore, pourtant j'en ai l'intime conviction. Papa, je suis désolée de t'avoir menti, trahi, mais je n'avais guère le choix. Si tu m'aimes, tu souhaites mon bonheur, n'est-ce pas ? Mon bonheur, c'est Justin et notre enfant.

Guillaume leva les bras au ciel, excédé. Il était incapable de tolérer la liaison de sa fille avec un individu qu'il se mettait à haïr de toutes ses forces.

— Si seulement tu étais enceinte d'un autre homme, tu pourrais te marier au plus vite. Justin Laroche t'a entraînée à commettre un des plus graves péchés, il devrait payer pour ça. Élisabeth, je refuse que tu restes au château. Tu vas faire une valise et tu viendras à la maison. Norma comprendra que c'est nécessaire de te séparer de ce rustre, de ce jean-foutre !

— Tais-toi, papa, mais tais-toi !

— Je me tairai si tu viens avec moi, le plus vite possible. Aucun père ne peut supporter l'idée de sa fille se livrant à…

— À quoi donc, papa ? À la fornication ? cria-t-elle, folle de rage. J'ai vingt-sept ans, je suis veuve et j'ai le droit d'aimer.

Complètement sidéré, Guillaume dévisagea Élisabeth comme s'il ne l'avait jamais vue.

— Ma pauvre enfant, comment oses-tu dire de telles horreurs ? Je ne te reconnais pas.

— Pourtant c'est bien moi, papa. Je ne suis pas un ange, je peux me mettre très vite en colère et revendiquer ma liberté ! Je n'ai pas à me plier à tes ordres. Je ne te suivrai pas, j'accoucherai dans ma chambre, ici, près de celui que j'aime de tout mon être. Tu adorais maman, tu as eu la chance de vivre plus de six ans à ses côtés, de dormir avec elle. Rien ni personne ne me séparera de Justin. Nous avons assez souffert, lui et moi.

— Tous les deux vous insultez la loi divine, la loi de la nature, décréta son père. Agis à ta guise, mais je me tiendrai à l'écart de cette mascarade. J'étais heureux, depuis mon mariage, à présent j'ai un goût de fiel dans la bouche et le cœur lourd. Adieu.

Guillaume s'apprêtait à tourner la poignée en cuivre de la petite porte lambrissée. Il était déterminé à quitter le château immédiatement.

— Adieu ? On dit ça quand on croit ne jamais se revoir. Papa, pitié, ne t'en va pas comme ça, sans m'embrasser ! Papa, je suis désolée.

— Tu l'as déjà dit, Élisabeth. Je ne t'en veux pas, tu es encore une victime dans cette triste histoire.

— Si tu le pensais vraiment, tu ne t'en irais pas. Papa, je t'en prie, ne pars pas ! hurla-t-elle, ivre de chagrin. Oh non, non… Non, pas ça !

Elle venait de pousser une clameur affolée qui obligea son père à se retourner. Sa fille était debout, une main sur son ventre, l'autre à hauteur de son visage. Il y avait du sang sur ses doigts.

19
Les cœurs en exil

Château de Guerville, même jour, même heure

Élisabeth regardait sa main maculée de sang d'un air égaré.

— Mon bébé, je vais le perdre, gémit-elle. Oh non, non…

Elle n'osait plus bouger, récapitulant le cauchemar éveillé qu'elle faisait.

« J'ai senti un liquide tiède couler entre mes cuisses et puis mouiller ma robe, je me suis levée, j'ai touché le tissu, et c'était du sang. »

— Si je perds cet enfant, je ne te le pardonnerai jamais, papa, dit-elle, le souffle court. J'ai crié trop fort, j'ai eu trop de chagrin, à cause de toi. Vite, il faut appeler le docteur du village, je dois m'allonger, peut-être que ce n'est pas trop grave.

— Je vais te porter jusqu'à la méridienne, dans le salon, s'affola Guillaume.

Une pensée le traversa. Il en eut honte aussitôt. Il venait de songer qu'une fausse couche mettrait fin au problème.

« C'est un petit être innocent, issu de Cathy, de ma chair. S'il mourait par ma faute, je ne vaudrais pas mieux que Justin. »

Il souleva Élisabeth pour la prendre contre lui. Il pensa qu'il l'avait souvent portée ainsi, petite fille.

Yvonne et Bonnie s'étaient réfugiées dans le salon. Marie et William jouaient avec des cubes sur le grand tapis d'Orient. Elles virent Guillaume sortir du boudoir, sa fille dans ses bras. Elle pleurait, en se tenant à son cou.

— J'ai besoin d'aide, vite ! dit-il d'une voix vibrante d'angoisse.

— Bonnie, va téléphoner au docteur, supplia Élisabeth.

— Seigneur, ta robe… mais tu saignes ! Je me dépêche.

— Mon Dieu, est-ce qu'elle perd le bébé ? s'effraya Yvonne, qui s'empressa de disposer un coussin sous la tête de la jeune femme. On vous a entendus crier. Misère, pauvre petiote, va.

Élisabeth, les yeux fixés au plafond, guettait les spasmes qui durcissaient son bas-ventre. Une douleur sourde revenait. Elle lança un regard de panique à Yvonne.

— As-tu déjà fait une fausse couche ? lui demanda-t-elle.

— Non, jamais, affirma celle-ci.

— *Mummy*, je veux *mummy*, ça lui est arrivé souvent. Où est-elle ? Je n'entends aucun bruit dans la salle à manger ! Yvonne, va la chercher, je t'en prie.

— Ils sont dehors, Élisabeth. Pierre, Jean et pépé Toine, ils voulaient discuter avec Justin. Madame Maybel doit être avec eux. Je vais l'appeler.

Guillaume recula près d'une fenêtre, ne sachant plus comment se rendre utile. Il était blême d'émotion, hanté par le souvenir de Catherine baignant dans son sang, à bord du paquebot *La Champagne*, une vingtaine d'années plus tôt. Il se laissait submerger par une angoisse innommable. Il pouvait perdre sa fille dans les mêmes conditions.

— Je voudrais que tu sortes, papa, lui dit Élisabeth. Et pitié, ne t'en prends pas à Justin. Est-ce que tu le vois, dehors ?

— Ils sont tous devant le massif de roses. Pour l'instant, ils se contentent de se quereller.

Un sanglot fit écho à cette précision qu'il avait donnée d'une voix rauque.

— Tu serais soulagé, papa, si je perdais le bébé, avoue-le, dit-elle. Je l'ai senti, j'ai lu dans tes yeux que tu y pensais. Mais moi je veux qu'il vive, notre enfant !

— Allons, calme-toi, ça me paraît le plus sage dans ton état, lui recommanda Guillaume en se rapprochant. Ne t'agite pas. As-tu froid ?

— Oui, un peu, pourtant j'avais très chaud tout à l'heure. Il y a un plaid en bas du placard sculpté, près du piano, balbutia-t-elle, comme égarée.

Il ramena la couverture en fin lainage et la déplia. Avec des gestes tremblants, il l'étendit sur le corps de sa fille. Quelques minutes plus tard, Maybel, Bonnie, et Yvonne se ruaient dans le salon.

— *Mummy !* Oh *mummy*, sanglota Élisabeth. Je crois que je perds mon bébé.

— Lisbeth, pauvre chérie, as-tu très mal ?

Sa mère adoptive s'assit au bord de la méridienne et d'un geste tendre, elle lui caressa le front. Rien ne pouvait toucher davantage Maybel, qui avait fait quatre fausses couches et mis au monde une minuscule petite fille, née avant terme. L'enfant avait vécu trois heures puis elle s'était éteinte, dans ses bras.

— Le médecin arrive, annonça Bonnie. Il te conseille de rester allongée, surtout.

— Dans mon cas, ça n'a jamais servi à rien, j'étais toujours couchée, au début de mes grossesses, précisa Maybel.

Bonnie traduisit pour Yvonne qui se signa, effrayée. Ses accouchements avaient été faciles. Cependant, à l'instar de beaucoup de femmes, elle avait entendu d'affreux récits sur les parturientes mortes d'un flux de sang.

— J'emmène les petits dehors, proposa-t-elle. Ils n'ont rien à faire ici.

— Tu feras bien, oui, approuva Bonnie. Tu préviendras nos hommes de ce qui se passe, qu'ils ne viennent pas rôder dans la pièce d'à côté.

Guillaume hésita à suivre Yvonne. Il craignait de ne pas se maîtriser s'il se trouvait nez à nez avec Justin. Sa fille, toute pâle, se cramponnait d'une main au bras de Maybel. Son regard bleu reflétait la terreur qui la dévastait.

— Je n'aurais jamais dû hurler ainsi, crier aussi fort, se reprochait-elle tout bas. Je n'ai pas protégé mon bébé.

— Tu n'es pas responsable, chérie, dit gentiment Maybel. Sais-tu à combien de mois tu es ?

— Bientôt cinq, murmura Élisabeth.

Un bruit de pas précipités résonna soudain dans la salle à manger. Yvonne avait fermé par précaution les doubles portes vitrées. Guillaume aperçut Justin qui accourait. Furieux, il se précipita dans la pièce voisine, dont il barra le passage.

— Qu'est-ce qu'il y a ? s'écria le jeune homme. J'ai croisé Yvonne, elle pleurait, elle a refusé de me répondre ! Vous vous acharnez encore sur Élisabeth ? Je veux la voir, je dois être à ses côtés.

Justin devina alors, par-dessus l'épaule du charpentier, une silhouette féminine étendue sur la méridienne, divisée par les petits carreaux des portes.

— N'avancez pas ! ordonna Guillaume.

— Oh si, je vais avancer, Élisabeth a fait un malaise, c'est ça ? Elle a besoin de moi !

Guillaume saisit Justin par le col de sa chemise et le secoua avec rudesse.

— Ma princesse risque de mourir, elle fait une fausse couche, et c'est à cause de vous, de toi, espèce de dégénéré ! Cathy, ma femme adorée, a perdu un enfant sur le bateau qui nous emmenait à New York, un garçon, né bien trop tôt. Catherine a souffert le martyre, elle baignait dans son sang. Si ma fille meurt, je te tuerai !

Un premier coup de poing partit, puis un second. Justin, frappé au menton, au nez, tituba un instant. Il faillit riposter, mais l'idée de se battre avec le père d'Élisabeth lui répugnait.

— Tu n'as pas respecté ma fille ! s'égosilla Guillaume. Si tu l'aimais, il fallait la laisser tranquille, au lieu de prendre du bon temps avec elle ! Tu ne vaux pas mieux que ce vieux porc de Laroche ! Tel père tel fils !

Justin recula un peu, les mains en avant dans une tentative de dialogue. Élisabeth, qui s'était redressée en entendant crier les deux hommes, l'appelait d'une voix faible.

— Elle me réclame, dit-il. Laissez-moi la voir et si par malheur elle mourait, vous n'aurez pas à me tuer, je me supprimerais, car je ne peux pas vivre sans elle.

Un coup de klaxon détourna l'attention de Guillaume. Justin en profita pour le bousculer et entrer enfin dans le salon.

— Je suis là, mon amour !

C'était un cri du cœur. Bonnie s'écarta de la méridienne et Maybel se leva, avec un geste d'impuissance. Tombé à genoux, Justin couvrit de baisers le visage d'Élisabeth, qui s'accrocha à lui, les bras noués autour de son cou. Soudain elle l'écarta un peu et le considéra, alarmée.

— Papa t'a frappé, dit-elle aussitôt. Mon amour, je ne veux pas qu'on te fasse du mal.

— Ce n'est rien, il a tellement peur de te perdre, comme moi.

Le docteur Ferdinand Lormeau découvrit la scène en se précipitant à son tour au chevet de sa patiente. C'était un bel homme de haute taille, aux traits un peu rudes sous des cheveux coupés très court, d'un châtain aux reflets argentés. Élisabeth lui lança un regard désespéré.

— Il me faut un paravent, une cuvette d'eau tiède et du savon, décréta-t-il. Monsieur Laroche, je vous prierai de sortir un moment, je dois ausculter Mme Johnson.

— Nous avons déjà consulté le docteur Lormeau, expliqua alors Élisabeth, ayant remarqué les mines ébahies de Bonnie et de son père. *Mummy*, va attendre dans la salle à manger, emmène papa, s'il te plaît.

— D'accord, Lisbeth, répliqua Maybel. Je prie pour toi, chérie.

Bonnie avait sollicité l'aide de Denise, qui déambulait dans le hall, pendant que Margot était de corvée de vaisselle. Le médecin eut rapidement ce qu'il demandait. Un paravent à six panneaux, tendus de satin fleuri, les isolait.

— Madame, dit-il tout bas à Élisabeth, je vais procéder au même examen que dans mon cabinet, le mois dernier. Il est important de savoir d'où provient ce saignement.

— Oui, allez-y, docteur. Je suis terrifiée. Et je m'en veux, j'ai perdu toute patience.

— Respirez, calmez-vous, recommanda-t-il.

Ferdinand Lormeau, un Parisien âgé de cinquante-trois ans, se disait féru de sciences exactes et suivait de près les avancées de la médecine. Les sourcils froncés, il écouta d'abord le rythme cardiaque de sa patiente, prit son pouls.

— J'ai annoncé ma grossesse pendant le déjeuner, confessa la jeune femme. Comme je l'avais prévu, mes oncles et mon père ont très mal accepté la nouvelle. *Mummy* m'a soutenue, et mon grand-père, bien sûr. Mais rien ne serait arrivé, peut-être, si je n'avais pas eu une violente querelle avec papa.

— Madame Johnson, je ne vous juge pas et je ne le ferai jamais, vous le savez. De même, je ne jugerai pas votre famille. Seules m'intéressent votre santé et celle de l'enfant, or d'un point de vue médical, dans votre état, les émotions fortes sont à éviter.

Élisabeth ferma les yeux. La première semaine du mois de juin, elle avait décidé de consulter le médecin établi dans le village de Guerville, qui était venu plusieurs fois au château pendant la convalescence de Sarah. Ils avaient eu l'occasion de discuter, en avril, le docteur ayant accepté de boire un café.

« Il m'a paru ouvert d'esprit, s'est proclamé sans religion autre que la médecine, se remémora-t-elle pendant qu'il l'examinait plus intimement. Quand je suis entrée dans son cabinet, j'ai choisi de lui résumer ma situation avant toute chose, puisqu'il était tenu au secret professionnel. »

— J'ai terminé, madame, dit-il en se redressant.

Elle devina qu'il se lavait les mains dans la cuvette. Après avoir cligné des paupières, elle osa le regarder.

— Alors, docteur ?

— J'ai bon espoir, vous ne saignez plus, il n'y a aucun indice sérieux pour diagnostiquer une fausse couche. Un petit vaisseau sanguin a pu se rompre. Le cœur du bébé bat toujours.

— Vraiment ! Je suis un peu rassurée. Autant vous l'avouer, je craignais un problème concernant le bébé, à cause de notre parenté, à son père et moi.

Le médecin prit place sur la chaise que Bonnie avait approchée de la méridienne.

— Soyez tranquille, chère madame. Je vous le répète, ce sont surtout les unions entre cousins germains qui peuvent générer des enfants présentant des tares. Dans votre cas, j'en doute fort. Maintenant reposez-vous, restez allongée le plus possible les jours qui viennent. Je passerai demain matin. D'ici là, faites-moi appeler si vous souffrez du ventre ou si vous saignez de nouveau.

— Je vous remercie de tout cœur, docteur, dit Élisabeth en esquissant un sourire.

Il la salua et ferma sa sacoche. Dans la salle à manger, Maybel, Bonnie, Guillaume et Justin s'impatientaient, très inquiets, à prudente distance les uns des autres. Le docteur Lormeau les prit tous à témoin :

— Mme Johnson ne doit pas se lever, sauf si nécessité, déclara-t-il de sa voix bien timbrée. Pour l'instant, il n'y a rien d'alarmant. Il faut la ménager absolument, sur le plan physique et moral. Du repos, encore du repos.

— Je vous raccompagne, docteur, lui dit Justin.

Ils sortirent sans échanger un mot, mais à peine dans la cour d'honneur, le médecin observa mieux le visage du châtelain.

— Est-ce que vous vous êtes blessé, monsieur Laroche ? Votre nez, et votre lèvre fendue ? Une chute de cheval…

— Non, c'est un moindre mal. Docteur, dites-moi la vérité, au sujet du bébé. Avons-nous une chance de le garder ?

— Franchement ? De grandes chances, si sa mère suit mes conseils. Nous sommes entre hommes, je vous en donne un, chasteté obligatoire jusqu'à la naissance. Courage !

Ils se serrèrent la main et se sourirent, avec le même élan de sympathie qu'ils ressentaient à chacune de leurs rencontres.

— Nous avons eu de la chance qu'un homme comme vous, un libre-penseur, s'établisse au village, répliqua Justin.

— J'en avais assez des faubourgs parisiens, je suis venu à la campagne, et croyez-moi, je ne m'y ennuie pas. Au revoir, monsieur Laroche, à demain.

Pavillon de chasse du domaine de Guerville, même jour, une heure plus tard

Roger, ébahi, considérait d'un œil perplexe l'unique pièce du pavillon de chasse où régnaient la saleté et le désordre. Depuis le drame qui s'était déroulé dans la cave, au mois de janvier, personne n'avait songé à nettoyer les lieux, fouillés par les gendarmes à deux reprises.

— Patron, vous n'allez quand même pas habiter là, protesta-t-il. Je sais ce qui se passe, et c'était honnête de votre part de m'avertir, mais…

— Il n'y a pas de « mais », Roger. Si tu me donnes un coup de main, ce sera propre et rangé avant la nuit. J'agis pour le bien d'Élisabeth.

— D'accord, patron, seulement Margot et Denise pouvaient venir et faire le ménage !

Justin se planta en face du palefrenier, pour le fixer d'un air suspicieux.

— Tu refuses de m'aider, je t'ai déçu, toi aussi ? Parle donc, Roger, hier encore tu étais mon ami.

— Je le suis toujours, patron, ça oui, vous pouvez me croire. On va s'y mettre, il faudrait un balai et des chiffons. Je causais des femmes de chambre, parce qu'elles sont habituées et sûrement qu'elles arrangeraient mieux que nous un endroit pareil. C'est d'un triste !

Vaguement rassuré, Justin s'adossa à un mur dont le plâtre était fissuré du sol au plafond.

— Je ne demanderai rien à Margot ou à Denise, mon pauvre ami. Elles sont au courant, avec leur manie d'écouter ce qui se dit depuis le hall. Alors je n'ai pas envie de croiser leur regard, où je lirai de la curiosité, du mépris peut-être. Je suis la bête noire, à présent. Madame Maybel, Bonnie, Guillaume, ils sont tous autour d'Élisabeth, c'est à peine si j'ai pu lui parler deux minutes.

Gêné par tous les sous-entendus qui planaient entre eux, Roger s'empara du balai en paille de riz. Il le maniait avec la force de l'habitude. Un nuage de poussière brunâtre se forma.

— Nom d'un chien, vos écuries n'ont jamais été aussi sales, plaisanta le palefrenier. Heureusement que la fenêtre est ouverte, la porte aussi.

Dites, patron, madame Élisabeth, elle sait que vous comptez vous installer ici ?

— Tout le monde est au courant, je l'ai annoncé bien fort.

— Quand même, patron, ça me rend malade. Vous êtes chez vous, au château.

— Chez moi ? Je ne me suis jamais senti chez moi, sauf ces derniers temps, grâce à Élisabeth, aux enfants. Pierre Duquesne m'a traité de bâtard, et il n'a pas tort. Je suis un bâtard légitimé, mais pour lui, pour eux, ça ne change rien. Si Dieu prête vie à mon enfant, fille ou garçon, on l'humiliera un jour ou l'autre, on l'insultera.

Justin décocha un coup de pied dans un petit meuble déjà bancal, qui tomba en avant. Roger essaya de le faire tenir droit, en vain.

— Il n'y a même pas de draps, marmonna-t-il. J'irai vous en chercher, patron. D'abord je vais dehors secouer le matelas. Si vous insistez pour coucher ici ce soir, je mangerai avec vous.

— Merci, Roger, je ne refuse pas ta compagnie. Hortense nous préparera un panier garni. En voilà une femme de cœur, elle m'a tapoté l'épaule, quand je suis sorti par les cuisines.

La gorge nouée, Justin s'assit à même le sommier dont un ressort avait percé la toile délavée. Il cacha son visage entre ses mains. Une sourde révolte grondait en lui, à laquelle se mêlait une réelle détresse.

— Patron, nous avons de la visite, lui dit Roger, depuis le seuil du pavillon. Une jolie demoiselle…

C'était Sarah. Elle remercia le palefrenier d'un timide sourire, en entrant d'un pas vif dans la pièce. Tout de suite, elle tendit une enveloppe bleue à Justin.

— Lisbeth m'envoie te la donner, précisa-t-elle.

— Je te remercie, Sarah. Est-ce qu'elle va bien ?

— Oui, tu ne dois pas t'inquiéter, affirma l'adolescente. Lisbeth a demandé à me parler, sans personne autour. Elle m'a expliqué ce qui arrivait car je suis grande maintenant. Et elle t'a écrit… Ce soir, elle veut tout dire à Antonin. Tu n'ouvres pas ta lettre ?

Il la décacheta et déplia la feuille où étaient inscrites trois lignes tracées à la hâte :

C'est la dernière épreuve, mon tendre amour. Aie confiance. Souviens-toi, rien ni personne ne nous séparera. Ta femme pour l'éternité.

Justin baissa la tête, ému, rasséréné. Au même instant, il entendit les pétarades d'un moteur dans l'allée. Sarah annonça :

— Jean s'en va avec son frère Pierre, Yvonne, William et la petite Marie. Bonnie et monsieur Guillaume restent au château, ce soir.

— Je parie que ton ami Laurent est resté, lui aussi, s'enquit Roger.

— Non, son père l'a obligé à partir, il le ramène au moulin, soupira-t-elle. C'est dommage. Pépé Toine te demande si tu pourras le reconduire à Montignac, ce soir.

— Bien sûr. Sarah, que penses-tu de tout cela ? interrogea Justin, qui la regarda droit dans les yeux.

— Moi ? Lisbeth m'a sauvée, à New York. Maintenant je vis dans un château, je n'ai plus faim ni froid l'hiver, et personne ne me fait du mal. Alors Lisbeth, je l'aime très fort. Et le bébé, je l'aimerai aussi très fort. Je serai sa nounou. Ce n'est pas votre faute si vous ne pouvez pas vous marier.

Sarah s'était appliquée afin de parler en français sans faire d'erreur. Elle fit une petite courbette, imitant Denise, et se sauva en courant.

Château de Guerville, le soir

Le soleil déclinait, l'heure du dîner approchait. Maybel était montée dans sa chambre en compagnie de Bonnie. Denise avait disposé un fauteuil pour Antoine, près de la méridienne où était allongée Élisabeth, le haut du corps appuyé à des coussins. Le vieil homme semblait monter la garde, ce qui se révélait assez exact car Guillaume déambulait autour d'eux. Il ne pouvait pas se calmer et continuait à aligner de sombres prévisions.

— Je plains cet enfant que tu portes, Élisabeth. Quel sera son avenir ? Un jour ou l'autre, il souffrira d'être illégitime. Non, il faut trouver une solution, mais laquelle ? s'exaspéra-t-il.

— Guillaume, ta fille a besoin de repos, arrête de crier, de rager et de voir tout en noir, ça ne nous aidera pas, le sermonna Antoine.

— Oui, comme on dit, le mal est fait et il faut en prendre son parti ! Je le ferai sans doute, d'ici quelque temps, à condition de ne plus croiser Justin, de le savoir loin d'Élisabeth. Il a joué les héros outragés en s'installant dans le pavillon de chasse, c'est d'un ridicule. Qu'il aille au diable ! La seule vue de cet individu me tord l'estomac.

— Papa, je t'en prie, tais-toi. Je ne veux plus rien entendre sur Justin, se rebella la jeune femme. Tu as osé le frapper, oncle Pierre l'a insulté. J'en ai assez ! Tu ferais mieux de rentrer chez toi. Laurent a laissé son vélo, tu peux l'emprunter. Je t'assure, je me sens bien, je n'ai plus de douleurs ni rien d'autre. J'ai déjà Bonnie et Maybel en guise d'infirmières.

— Tu me congédies comme si j'étais un domestique ? Moi, ton propre père ! Je comptais veiller sur toi, c'est ainsi que tu me remercies ?

— Avoue donc que tu voulais empêcher Justin de m'approcher ! s'écria Élisabeth. Tu parlais de ridicule à l'instant, dans ce cas tu l'es toi aussi. Papa, je ne te chasse pas mais pense à Norma, va la rejoindre. Elle était souvent seule, après votre mariage. Le chantier est terminé, tu n'as pas besoin d'être au château demain. Elle doit t'attendre.

— Non, j'ai chargé Laurent de la prévenir, bougonna-t-il. Une dernière chose, ma fille. Ne dis rien à Antonin, du moins pas dans l'immédiat. Ce pauvre petit ne peut pas comprendre et il t'en voudra peut-être.

— Tu te trompes là aussi, papa, je dois lui parler au plus vite. Les domestiques sont au courant. Antonin pourrait entendre des remarques incongrues, difficiles à interpréter pour lui, et là il pourrait en souffrir. Peut-être qu'il m'en voudra mais ce ne sera pas pendant très longtemps. Il désirait une petite sœur ou un petit frère.

— Décidément, tu as réponse à tout, Élisabeth. Tu as raison, je m'en vais, c'est préférable.

Guillaume hésita un instant, puis il se pencha et l'embrassa sur le front. Il salua son père d'un signe de tête, avant de quitter la pièce d'un pas rapide.

Élisabeth contenait ses larmes. Elle n'avait pas eu le choix, soucieuse de défendre Justin, mais elle déplorait cette altercation, consciente de la souffrance de son père.

— Ne pleure pas, ma petiote, murmura Antoine. Guillaume se fera une raison, sinon il se privera de toi, alors qu'il t'adore.

— Moi aussi je l'aime et je suis désolée de le voir dans cet état. Seulement il n'aurait pas dû frapper Justin et il n'a pas à exiger son départ.

— Ton père est furieux, on est incapable de réfléchir, en proie à une folle colère.

— De toute façon, je ne me faisais aucune illusion. Je savais qu'on nous jugerait sévèrement, sauf *mummy* et toi. Tu es la bonté même, mon cher pépé Toine, dit la jeune femme en lui prenant la main.

— Disons que je n'ai pas un caractère vindicatif. Qu'est-ce que ça changerait, si je vous accablais, Justin et toi ? Rien du tout. Il est arrivé ce que je redoutais depuis des mois. Au fond, je me demande surtout pourquoi c'est arrivé. Je suis très croyant, aussi je m'interroge sur les desseins secrets de Dieu.

— Est-ce qu'au fond de toi, tu nous en veux, pépé Toine ? Tu sais combien nous avons lutté, pendant des années. Mais nous nous aimons tant. Certaines amours semblent plus fortes que tout.

— Je sais, petite. Quand j'ai rencontré Ambroisie, un soir de bal, mon cœur a bondi dans ma poitrine. Elle était belle, ta grand-mère, belle d'âme et de visage. Je revois encore son sourire, le matin où je l'ai demandée en mariage. Nos baisers avaient un goût de paradis… Nous avons été heureux comme je ne pensais pas qu'on pouvait l'être.

Le vieil homme soupira en hochant la tête. Élisabeth lui étreignit la main.

— J'aurais tant voulu la connaître, pépé Toine.

— Tu lui ressembles, ma petiote, et tu as hérité de son don, qu'elle déplorait d'avoir reçu, car ses rêves prémonitoires lui faisaient peur, le plus souvent.

— Je la comprends, c'est effrayant, notamment lorsqu'on ne peut pas changer le cours des choses, malgré l'avertissement qui nous a été donné en songe, en cauchemar. Enfin, j'ai sans doute sauvé la vie de Roger, à des milliers de kilomètres de distance, et celle de Germaine.

— Tu peux t'en réjouir, ma petiote, chaque existence est précieuse pour Dieu. Mais je crois me souvenir que ton intuition t'a menée aussi vers une boutique de brocanteur, sur les quais du Havre, et que tu as retrouvé ma montre à gousset, un cadeau d'Ambroisie. J'étais médusé de la tenir entre mes doigts, après tant d'années.

— Ce n'est pas vraiment mon intuition, pépé Toine, maman m'a aidée, j'en ai la certitude. Je percevais sa présence, elle me guidait, et je sens sa présence, ici, au château.

Elle se tut, intriguée par des bruits de pas. Justin apparut sur le seuil de la pièce.

— Je suis venu te dire bonsoir, Élisabeth, expliqua-t-il. J'ai vu ton père qui partait à vélo. Pépé

Toine, vous me direz à quelle heure je dois vous ramener au moulin.

— Après souper, si ça te convient, mon garçon.

— Entendu, je me garerai dans la cour.

Élisabeth fixait Justin d'un air attendri. Il avait la lèvre fendue, le nez tuméfié, un bleu au menton.

— Approche, je t'en prie, lui dit-elle. Viens t'asseoir un moment près de moi. Oh, ton pauvre visage, ça ne s'est pas arrangé, tu dois mettre du baume de consoude… Justin, je suis triste de te savoir seul dans le pavillon de chasse. Réfléchis, ça ne rime à rien. Tu crois te punir ? Non, c'est moi que tu punis.

— C'est provisoire, Élisabeth, affirma-t-il. Pierre a rouvert une plaie que je croyais cicatrisée.

— En te traitant de bâtard, c'est ça ? s'exclama Antoine.

— Oui, j'ai essayé d'oublier que j'étais le fruit d'un monstre et d'une ignoble criminelle, j'avais presque réussi. J'ai aussi pris conscience que notre enfant ne sera jamais légitime, lui non plus.

— Mais nous lui dirons pourquoi, nous l'aimerons tant qu'il sera heureux malgré tout, répliqua Élisabeth. Justin, ne perds pas confiance, nous devons être courageux.

— Ma petite dit vrai, mon cher garçon, vous vous engagez sur un chemin périlleux, ne baisse pas les bras, ajouta le vieil homme, bouleversé par l'expression torturée de Justin.

Montignac-sur-Charente, même soir

Norma sursauta en voyant Guillaume franchir le portillon de leur jardin. Elle désherbait un massif de capucines dont les fleurs orangées la charmaient.

— Oh, fit-elle en se relevant, tout heureuse. Tu es rentré quand même ! Laurent est venu me dire que tu restais au château.

Elle était ravissante, avec ses longues nattes blondes sur ses épaules, en robe de lin, un tablier noué à sa taille. Elle lui tendit les bras, ravie, mais le visage tendu de son mari l'inquiéta.

— Est-ce qu'il t'a dit pourquoi je voulais dormir là-bas ? s'enquit-il d'un ton sec.

— Non, il m'a parlé depuis le chemin et il est reparti en courant. Mais qu'est-ce que tu as ?

La jeune femme s'approcha, dans l'espoir d'un baiser, mais Guillaume recula. Il ne dominait pas ses nerfs à vif, ni la haine qui le taraudait.

— J'ai appris aujourd'hui que ma fille était la maîtresse de Justin. Pour comble de malheur, elle attend un enfant de lui !

Il l'entraîna par le coude vers la petite maison aux fenêtres grandes ouvertes sur le crépuscule. Norma tentait de réfléchir à la portée de ce qu'elle venait d'entendre. Elle frissonna, malgré l'air tiède de juillet.

— Est-ce que toi, Norma, tu le savais ? demanda-t-il une fois dans la cuisine.

Le charpentier se servit un verre de vin qu'il avala d'un trait. Il avait une expression dure, presque menaçante.

— J'avais un doute, admit Norma.

— Depuis quand ?

— Un peu avant notre mariage. Lisbeth avait des malaises, elle se plaignait des odeurs.

— Et tu ne m'as rien dit ! Il fallait m'en parler, bon sang ! Si je l'avais su plus tôt, ce sale type serait loin à l'heure qu'il est.

Il ponctua ses mots d'un coup de poing sur la table. Norma, effarée, eut envie de pleurer. Elle ne le reconnaissait plus.

— Je t'en prie, Guillaume, balbutia-t-elle. Je n'ai pas osé en parler, c'était Lisbeth qui devait le faire.

— Bien sûr, et moi son père, je n'ai rien vu, rien deviné. Tu te doutais aussi que Justin était son amant !

— Oui, avoua-t-elle dans un souffle.

— Moi qui te faisais confiance, Norma. Tu devais me prévenir.

Guillaume s'affala sur le banc et s'accouda à la table, le visage enfoui entre ses mains.

— Je suis désolée, dit-elle en s'asseyant tout près de lui. J'ai eu peur, nous étions fiancés, je pensais à toi, à nous deux. Je savais que tu serais furieux.

Elle effleura ses cheveux bruns, parsemés aux tempes de fils d'argent. Il n'eut aucune réaction.

— As-tu faim, Guillaume ? Il reste de la soupe à l'oseille, une part d'omelette. J'ai dîné très tôt.

— Comment peux-tu me proposer à manger ? vociféra-t-il en se relevant brusquement. Je devrais reprendre ma vie habituelle, tracer un trait sur cette infamie, c'est ça ? Mon père, qui est si pieux, passe l'éponge ! Et ta patronne aussi, enchantée d'avoir bientôt un bébé à cajoler. Pardi, ce sera mieux que son petit cabot !

— Mme Woolworth n'est plus ma patronne, déclara Norma qui perdait son calme. Tu dis des mauvaises choses, Guillaume.

— Ah, vraiment ? C'est moi le coupable, à présent ? Je vais me coucher, mais pas dans notre chambre, j'ai besoin d'être seul.

Elle le vit entrer dans la pièce où avait dormi Élisabeth, de sa naissance à ses six ans. Pendant plusieurs mois, après leur arrivée en Charente, il avait dormi là, pour laisser plus d'espace à sa fille, à Sarah et à Antonin, installés dans la plus grande chambre.

— Seigneur, aidez-moi, guidez-moi, pria Norma à voix basse. Protégez Lisbeth, qui est mon amie.

Le comportement de son mari lui causait un réel chagrin, où se mêlait de la crainte.

« Je ne dois pas avoir peur de Guillaume, songea-t-elle. Sinon à quoi bon m'être mariée avec lui. Je l'aime, sans doute plus qu'il ne m'aime. »

Le cœur lourd, Norma décida de se coucher également, dans le lit où elle avait découvert les arcanes du plaisir féminin, dont elle ne soupçonnait pas la puissante griserie. Son corps lui paraissait différent, plus épanoui, plus sensible. Allongée dans la pénombre, elle écouta le chant des grillons qui célébraient la nuit d'été.

Des larmes coulaient le long de ses tempes, tombaient en gouttes sur son oreiller. Soudain la porte de sa chambre, qu'elle avait laissée entrebâillée, s'ouvrit lentement sur Guillaume.

Un rayon de lune éclairait le charpentier, torse nu, un caleçon long moulant ses cuisses musclées.

— Norma, pardonne-moi, implora-t-il. Tu n'es coupable de rien dans cette histoire. J'étais amoureux, je ne pensais qu'à toi, qu'à nous deux, comme toi. Est-ce que je peux dormir à tes côtés ?

Elle se redressa sur un coude, perplexe. D'une nature douce, compréhensive, la jolie Américaine n'était cependant pas encline à la soumission aveugle de certaines épouses.

— Tu n'étais pas gentil, tout à l'heure, lâcha-t-elle.

— Je te demande encore pardon. J'ai eu tort d'être désagréable. Norma, j'ai besoin de toi.

Guillaume avança de deux pas vers le lit conjugal. Il s'estimait victime d'un affreux coup du sort et, au nom de son chagrin, il était certain d'être déjà pardonné.

— Tu peux coucher là, mais tu ne me touches pas ! lui assena-t-elle. Je suis triste.

— D'accord, concéda-t-il, un peu dépité.

Les volets mi-clos sur le jardin laissaient entrer la senteur des roses, du chèvrefeuille, de la terre rafraîchie.

Il s'étendit sous le drap, perçut le parfum de sa femme, une fragrance d'iris et de lavande. Après des années où ses pulsions viriles étaient comme éteintes, Guillaume avait redécouvert les joies de l'amour charnel, sublimées par les sentiments sincères que lui inspirait Norma.

— Ma chérie, je suis désolé, murmura-t-il. Je suis revenu à vélo, mais ça n'a pas calmé ma colère. Et j'ai de la haine pour Justin, lui que je commençais à apprécier. Mais tu n'as pas à en souffrir. Je t'aime, tu m'as redonné un peu de ma jeunesse, et tant de bonheur.

Elle céda, irrésistiblement attirée par son corps tout proche, envoûtée par sa voix grave aux accents émouvants. D'un élan souple, elle se glissa contre lui et posa une main légère sur sa poitrine. Guillaume chercha sa bouche. Leurs lèvres s'unirent pour un baiser langoureux.

Norma s'écarta de lui, pour ôter sa fine chemisette à bretelles. Loin d'être prude, ce qui était alors l'apanage des épouses respectables, elle savourait la nudité.

— Moi aussi je t'aime, chuchota-t-elle à son oreille.

Il l'étreignit avec un cri étouffé, tout de suite excité par le contact de ses seins, de sa peau satinée, de ses formes dignes d'une statue antique.

— Norma, ma belle épouse, gémit-il en la caressant le long du dos, sur les hanches.

D'un genou, il écarta ses cuisses, pour explorer de ses doigts sa chair intime, ce calice niché sous une toison blonde, où il avait envie de s'abîmer, de retrouver l'exaltation du plaisir.

— Encore un baiser, supplia-t-elle.

Guillaume lui reprit les lèvres un instant. Le souffle saccadé, il se coucha sur elle, dans sa hâte de la faire sienne. Elle s'offrit, en poussant une plainte heureuse quand il enfonça son sexe d'un seul élan, avant de la soumettre à des coups de reins cadencés.

Il était plus délicat d'ordinaire, mais Norma ne put retenir des gémissements voluptueux. Elle le tenait par les épaules et sans s'en rendre compte, elle le griffa. Survolté, son mari poussa une clameur rauque en libérant sa semence.

— Je t'aime, dit-elle. Je t'aime tant.

Submergée par une vague de sensations exquises, Norma noua ses jambes autour de Guillaume, pour le garder un peu en elle. L'esprit confus, le corps en fête, elle sombra dans un univers mystérieux, avec un sourire extatique.

Château de Guerville, jeudi 25 juillet 1907

Le docteur Lormeau avait terminé d'examiner Élisabeth. Il se lava les mains dans la cuvette mise à sa disposition, puis les essuya soigneusement.

— C'est ma tâche la plus exigeante, ici comme à Paris, je dois donner des notions d'hygiène, un mot qui n'a aucun sens pour les gens des campagnes ou des faubourgs.

— Dans l'hôpital où je suivais des cours d'infirmière, à New York, c'était une exigence au quotidien, docteur.

— Avez-vous obtenu votre diplôme ?

— Non, hélas, j'ai abandonné les cours, lorsque j'ai décidé de revenir en France. Je comptais les reprendre à Angoulême, je n'en ai pas eu l'occasion.

Le médecin approuva en silence, refrénant sa curiosité. La personnalité de sa jeune et ravissante patiente le fascinait, et les autres habitants du château l'intriguaient. Il tentait de rassembler quelques pièces du puzzle qu'on avait involontairement soumis à sa curiosité.

« Voyons, raisonnait-il, la première fois qu'elle m'a consulté au cabinet, Élisabeth Johnson m'a confié qu'elle était enceinte d'un demi-oncle, de deux ans son aîné. Mais elle l'aurait rencontré lors d'un séjour à Guerville. Je sais aussi que Mme Woolworth vivait à New York, et lui a servi de mère. »

— Votre diagnostic, docteur ? s'inquiéta Élisabeth, troublée par l'air songeur qu'il affichait.

— Tout est rentré dans l'ordre, annonça-t-il. De tels incidents sans gravité peuvent se produire, mais à ce stade de la grossesse, il faut rester vigilant. Je vous prescris des tisanes qui renforcent le système vasculaire, du mélilot, de la prêle.

Lormeau s'assit au bout de la méridienne et rédigea une ordonnance d'une plume alerte.

— Ménagez-vous jusqu'à la fin de la semaine, recommanda-t-il. Par la suite, évitez les efforts, porter des objets lourds, ou courir. Je préfère être prudent et que vous meniez votre grossesse à terme. Ferez-vous appel à une sage-femme lors de la naissance, ou bien à mes services ?

— Pour Antonin, j'ai accouché avec l'aide d'une sage-femme très qualifiée.

— Oui, mais vous habitiez New York, et sûrement dans un milieu aisé.

— En effet, mes parents adoptifs possédaient un luxueux appartement, près de Central Park, au troisième étage du Dakota Building.

Le médecin, subitement préoccupé, ne fit aucun commentaire.

— Chère madame, reprit-il, il faudrait vous mettre en quête d'une sage-femme digne de ce nom. Je serai franc, elles sont rares dans le pays. La plupart du temps, il s'agit de ce qu'on appelait jadis des matrones, exerçant sans aucune formation sérieuse. Certes, elles finissent par acquérir de l'expérience, mais à quel prix ? Combien de nouveau-nés sont sacrifiés par la faute de leur ignorance, qui auraient survécu dans d'autres conditions ?

— Vous me faites peur, docteur. Dans ce cas, je ferai appel à vous, bien sûr.

— Rien ne vous y oblige, madame. Je me contentais de vous mettre en garde. Je sais que beaucoup de parturientes répugnent à être assistées par un homme. C'est bien le malheur, j'interviens dans l'urgence, le plus souvent pour employer des forceps, les sages-femmes n'étant pas autorisées à les utiliser. Je suppose que vous savez de quel instrument je parle ?

— Oui, bien sûr.

Élisabeth évoqua ces pinces en fer qu'on lui avait montrées à l'hôpital. Le médecin, en train de remettre sa veste, s'enflamma, peut-être encouragé par le beau regard bleu qui le fixait.

— J'ai vu des choses, madame Johnson, j'en frémis encore. Mon métier est une vocation, je le pratique de mon mieux. Hélas, j'ai été confronté à des scènes épouvantables. Excusez-moi, je vous recommande du calme, de la sérénité, et je vous effraie.

— Ce n'est pas grave, docteur. Chez les Sœurs de la charité, où j'étais bénévole, nous avons recueilli des bébés dans un état lamentable, squelettiques ou atteints de la gale, ça ne me gêne pas d'en discuter.

Lormeau était agréablement surpris. Il enchaîna néanmoins sur le point qui le tourmentait :

— J'avais envisagé d'ouvrir un dispensaire, à Guerville ou à Aigre, afin de lutter contre les pratiques déplorables dont j'ai été témoin. Tenez, je vous donne un exemple. Il y a environ trois mois, on est venu me chercher, un gamin d'une ferme isolée. Il avait couru tout le long du chemin. Je grimpe dans ma voiture, je l'emmène et il m'indique la direction. Chère madame, je suis arrivé dans un taudis, le sol en terre battue, les poules dans la pièce, et une malheureuse couchée sur la table. On avait mis un drap sous elle. Elle hurlait à fendre l'âme. Deux femmes vêtues de noir, les mains ensanglantées, tentaient de sortir le bébé qui se présentait par le siège.

— Est-ce qu'il y avait une sage-femme ? demanda Élisabeth.

— Les deux prétendaient l'être, l'une étant venue à la rescousse de l'autre. Elles m'ont laissé la place, pour égrener leur chapelet. J'ai pu sauver la mère, pas l'enfant, déplora Lormeau. Et encore, je l'ai tirée d'affaire in extremis car elle faisait une hémorragie. J'ai interdit à ces matrones de toucher ma patiente, par crainte de la fièvre puerpérale, alors elles se sont mises à prier ! Comme si Dieu pouvait y faire quelque chose. Je suis croyant et bon catholique, madame Johnson, mais durant des années, j'ai été confronté à l'ignorance, à des superstitions et à des convenances religieuses parfois fatales à la vie humaine. La vie est si précieuse.

Élisabeth approuva en silence. Elle écoutait le médecin avec un vif intérêt, ne s'étonnant plus de la tolérance dont il avait fait preuve envers Justin et elle.

— Le pire, c'était d'entendre ces femmes me raconter ensuite d'autres cas de naissances par le siège. La plus âgée se vantait d'avoir sauvé une servante, grosse de son maître, un cas de figure déplorable mais très fréquent. Le bébé était mort-né, et je vous épargnerai, chère madame, certains détails. Le petit corps a été enterré dans un coin du cimetière. Mais ce n'est pas tout. Cette matrone avait pris un enfant d'une semaine en nourrice, le fruit d'un adultère. Il dépérissait car, dans ces cas-là, on leur donne surtout de l'eau sucrée et la mortalité de ces pauvres gosses est importante. Pour conclure, l'accouchée et elle se sont arrangées. Une fois remise, la servante, âpre au gain, a emmené le bébé, jurant ses grands dieux qu'elle l'allaiterait. D'après moi, il n'a pas dû vivre bien longtemps.

Le docteur Lormeau jeta un coup d'œil sur sa montre-bracelet. Il eut un air consterné.

— Je suis un incorrigible bavard, me voilà en retard. J'espère que je ne vous ai pas bouleversée, chère madame, avec mon récit.

— Non, soyez sans crainte. Ah ! Je crois que *mummy* rentre de sa promenade, son chien aboie dès qu'il entre dans le hall et tant qu'elle ne lui ôte pas sa laisse.

— Eh bien, j'aurai le plaisir de la saluer au passage. Excusez-moi, je dois partir. Je repasserai lundi, et en cas de souci, vous me téléphonez.

Il traversa le salon, puis la salle à manger au pas de course, mais Élisabeth l'entendit discuter un instant avec Maybel. Elle perçut un éclat de rire.

« C'est le rire de *mummy*, se dit-elle. Il y a des mois qu'elle n'avait pas ri ainsi. »

Vite, elle se leva et marcha doucement vers une des fenêtres, ouverte sur la magnificence du parc verdoyant. Elle respira l'air chaud, le parfum des rosiers. Le hennissement d'un cheval la fit se pencher un peu. Justin remontait l'allée sur sa jument noire.

Il se tourna vers la façade du château, comme si elle l'avait appelé. Ils échangèrent un signe de la main.

— Mon pauvre amour, tu es triste et tu le caches, chuchota-t-elle. Depuis ce terrible dimanche, tu évites de me dire « ma princesse », à cause de papa qui me surnomme ainsi sans cesse. Alors tu m'appelles Lisbeth, comme Sarah et *mummy*. Pourtant nous sommes si tranquilles, à présent.

Bonnie était repartie le lundi matin, rassurée sur le sort de son ancienne protégée. Guillaume n'avait pas donné de nouvelles, mais elle avait reçu une petite lettre affectueuse de son pépé Toine.

Élisabeth éprouva tout à coup une euphorie indicible. Le bébé avait bougé. Ce n'était pas la première fois, mais, toute joyeuse, elle caressa son ventre d'une main et parla tout bas au petit être qui grandissait en elle.

— Le plus fort de la tempête est passé, mon enfant. Je t'en prie, accroche-toi, tu dois vivre. Le monde est tellement beau. Ton grand frère, Antonin, m'a embrassée quand je lui ai expliqué qu'à Noël, il aurait une sœur ou un frère, que tu serais avec nous près du sapin illuminé. Il pense avec son cœur, il se moque des lois divines ou humaines. Tu verras, nous serons très heureux. Ton papa ne dort plus loin de nous, c'est lui qui pose sa joue sur mon ventre, la nuit, pour être près de toi, guetter tes petits mouvements adorables. Nous t'aimons très fort, et je te le promets, tu ne manqueras jamais d'amour.

20
Un cri dans la nuit

Château de Guerville,
dimanche 28 juillet 1907, 4 heures du matin

Élisabeth dormait profondément, pourtant elle s'agitait dans son lit, une expression d'intense détresse sur le visage. Un cri lui échappa, semblable à un appel horrifié. Elle se réveilla en sursaut, le cœur battant à grands coups précipités.

— Oh non, murmura-t-elle en s'asseyant.

Les images du cauchemar qu'elle avait fait étaient inscrites dans son esprit.

— Lisbeth ?

La porte de sa chambre s'était entrouverte. Justin, en pyjama, avança de quelques pas.

— Je t'ai entendue, dit-il. Je souffre d'insomnie, ces temps-ci. Est-ce que tout va bien ? As-tu mal au ventre ?

— Ne crains rien, c'était un cauchemar. Viens près de moi, je t'en prie. Prends-moi dans tes bras, mon amour.

Il l'enlaça avec délicatesse et constata qu'elle tremblait de tout son corps.

— Là, là, calme-toi, ma chérie.

— C'est la troisième nuit que je fais ce rêve atroce. Je vois des choses affreuses, mais je ne sais pas s'il s'agit de prémonitions. Ce cauchemar revient depuis que le docteur Lormeau m'a parlé de son métier, des accouchements fatals aux bébés.

— Bon sang, quelle idée ! enragea Justin. Je pensais qu'il avait du tact. C'était stupide de te raconter ça, après la peur que nous avons eue.

Elle nicha sa tête contre lui, en songeant à une des scènes de son cauchemar, certaine qu'elle ne l'avait pas vue dans les rêves précédents.

— Mon Dieu ! Il y a une signification, je le sens, admit-elle tout bas. Mon amour, laisse-moi, c'est préférable.

— En es-tu sûre ? s'inquiéta-t-il. Princesse, tu ne me caches rien de grave ? Si tu me racontais ce qui t'a effrayée ?

— Non, aie confiance, Justin. Et puis *mummy* a le sommeil léger, je ne veux pas qu'elle te voie sortir d'ici. J'ai compris à quelques phrases, à des regards, qu'au fond, elle supporte mal notre situation.

— Très bien, je m'en vais, dit-il en lui donnant un baiser.

Depuis le départ de Norma, Élisabeth avait installé Sarah et Antonin dans la grande chambre qu'occupait la gouvernante. Claudine, bien que succédant à la jolie Américaine, était logée à l'étage des domestiques. Maybel en avait décidé ainsi.

Une fois seule, la jeune femme alluma sa lampe. Elle se leva et alla ouvrir un tiroir de son secrétaire en marqueterie. Elle en sortit un petit carnet où elle n'avait rien noté ces derniers mois.

« Je ne fais presque plus de cauchemars, se dit-elle. Au mois de janvier, j'ai rêvé de l'incendie, mais je n'ai rien écrit. »

Élisabeth emporta le calepin et son stylo plume. Elle poussa une chaise près de la fenêtre, pour contempler la frondaison des vieux chênes, que la pleine lune nimbait d'argent. Enfin elle se décida à rédiger une suite de mots sans chercher à les ordonner.

On frappa à sa porte. Élisabeth rangea aussitôt le carnet dans sa table de chevet. Sa pendulette indiquait 4 h 20.

— Qui est là ? demanda-t-elle à mi-voix.

— C'est Sarah, Antonin te réclame.

Un instant plus tard, elles se penchaient toutes les deux sur le lit du petit garçon. Il retint un sanglot en tendant une main vers sa mère.

— Il refuse de me dire ce qu'il a, se plaignit l'adolescente.

— Va vite te recoucher, Sarah, lui conseilla Élisabeth. Je suis désolée qu'il t'ait réveillée. Je voudrais t'attribuer une chambre pour toi seule, mais Antonin est déjà très anxieux depuis que vous dormez là.

— Mais ça ne me dérange pas de veiller sur lui, Lisbeth.

Sarah courut vers son lit. Antonin s'empressa d'avouer en chuchotant qu'il avait mouillé ses draps.

— Denise les changera demain matin, chéri. C'est un accident qui peut se produire. Il fera bientôt jour, tu peux venir finir la nuit dans mon lit. Es-tu inquiet, fais-tu de vilains rêves ?

Son fils était déjà debout. Il trottina vers le couloir, son chien en peluche serré sur sa poitrine. Élisabeth le suivit, attendrie par sa fragilité d'enfant.

« Je l'aime tant, songea-t-elle. Et si c'était mon bébé, ce nouveau-né inerte, tout bleu ? Mais non, c'est impossible. »

Elle attendit l'aube, Antonin assoupi dans ses bras. Il était nu, son pyjama étant sali, et sa présence innocente aida Élisabeth à affiner son intuition, puis à établir une théorie qui fit de nouveau battre follement son cœur.

Village de Guerville, cabinet du docteur Lormeau, lundi 29 juillet 1907, 10 heures du matin

Les maisons de pierre blanche du village, aux toits de tuile rousse, se doraient au franc soleil d'été. Des enfants jouaient sur la place de l'Église, non loin de la demeure bourgeoise que le docteur Lormeau avait achetée deux ans auparavant et dont il était très satisfait. Elle disposait d'un grand jardin à l'arrière, et du côté de la rue, d'une grande cour gravillonnée. Ce matin-là, il s'apprêtait à sortir quand on frappa à la double porte, à l'aide du heurtoir en bronze.

— J'espère que ce n'est pas une urgence, j'ai des visites à faire, bougonna-t-il.

Il fut stupéfait de se trouver nez à nez avec Élisabeth, qui s'abritait sous une ombrelle.

— Madame Johnson ! Mais vous étiez censée vous reposer, au moins vous ménager, protesta-t-il.

— Je souhaite vous parler, docteur, c'est important.

— Vous pouviez me téléphoner, dans ce cas. Rien de grave ?

— Marcher m'a fait du bien, j'étais tellement nerveuse, plaida-t-elle. Puis-je entrer un moment ?

Le médecin, en galant homme, n'osa pas refuser. Il recula et la conduisit dans son bureau.

— Je vous accorde juste un petit moment, chère madame, des patients m'attendent. Dix minutes de plus et j'étais parti. J'ai une employée de maison, mais c'est son jour de congé. Vous seriez venue en vain. Asseyez-vous, ce serait plus sage.

Élisabeth fit non de la tête. Elle était survoltée, les joues roses, son regard très bleu étincelait d'une mystérieuse impatience.

— Docteur, jeudi matin, vous m'avez raconté cette histoire de servante enceinte de son maître, qui a accouché d'un bébé mort-né. Sauriez-vous à quelle époque cela aurait pu se passer, à quel endroit ?

— Je suis désolé, madame, je l'ignore. La matrone qui m'a fait ce récit semblait âgée de soixante-dix ans, mais comme elle sévit toujours, le drame peut dater d'un demi-siècle ou bien s'être déroulé il y a seulement plusieurs mois.

— Quel dommage, déplora-t-elle. Ce devait être dans ce canton, sans doute…

— En toute logique, je vous dirais oui. Les gens de la campagne n'ont guère de moyens de locomotion, ils se déplacent dans un périmètre limité. Que cherchez-vous au juste ?

— Je voudrais connaître l'identité de la sage-femme qui prenait des enfants en nourrice, précisa Élisabeth, gênée par l'air ébahi de Lormeau.

— Vous n'avez quand même pas l'intention de faire appel à ses services ? s'offusqua-t-il.

— Mais non, pas du tout. Je souhaiterais la rencontrer pour une tout autre raison, je vous l'expliquerai bientôt, si mon intuition est bonne.

— Eh bien, le mieux est d'aller questionner les occupants de cette misérable ferme dont je vous parlais. Ils savent forcément où habite cette femme. Ce sont les Jambart, leur fils va à l'école du bourg. Il faut rouler sur des chemins cahoteux, aussi je vous déconseille fort d'y aller en voiture, chère madame. Et à pied, c'est trop loin pour vous. Ne mettez pas la vie de votre enfant en jeu !

— J'enverrai quelqu'un chez eux à cheval, affirma Élisabeth. Je vous remercie de tout cœur, docteur.

Elle sortit la première, déplia son ombrelle et se dirigea vers l'église romane, au clocher carré. De sa main libre, elle serrait la médaille de Catherine, qu'elle ne quittait jamais.

— Maman, aide-moi, guide-moi, dit-elle tout bas.

Dans le sanctuaire, Élisabeth alluma un cierge, avant de prier longuement devant une statuette de la Vierge Marie.

Sur la route d'Aigre, mardi 30 juillet 1907

Justin conduisait précautionneusement sa De Dion-Bouton, en se reprochant d'avoir cédé à Élisabeth, assise à ses côtés. Elle désirait se rendre à Ambérac, tout en refusant de lui dire dans quel but. Très soucieux, il tentait de lui épargner les moindres cahots.

— Le docteur serait très contrarié s'il savait que tu as entrepris ce trajet, que tu lui désobéis sans scrupule. Et moi je n'ai pas osé refuser. Ma princesse, tu devais te ménager. As-tu pensé au bébé ?

— Oui, je n'ai pensé qu'à lui, trancha-t-elle d'un air grave. Sois tranquille, la voiture est confortable, et j'ai la certitude que notre enfant va très bien.

Elle s'était habillée sobrement, d'une robe qui marquait à peine sa taille, en linon soyeux, de couleur beige. Elle tenait entre ses doigts une aumônière où elle avait mis de l'argent. Un chapeau de paille d'Italie, noué d'un ruban bleu, la protégeait du soleil.

— Je n'ai toujours pas le droit de savoir chez qui nous allons, ajouta Justin, perplexe. Tu es très cachottière, ces temps-ci. Hier matin, tu t'es rendue à l'église à pied, sans me prévenir, l'après-midi tu as envoyé Roger je ne sais où, au pic de la chaleur. Il a ramené sa jument en sueur. Et maintenant, c'est notre tour. Je parierais qu'il y a un lien avec ton cauchemar de l'autre nuit, quand tu as crié.

— En effet, il y a un lien. Ne t'inquiète pas, mon amour, tu sauras vite de quoi il s'agit. J'ai choisi de ne rien te dire jusqu'au dernier moment, au cas où je me serais trompée.

— Et si tu t'es trompée, me donneras-tu malgré tout quelques explications ?

— J'espère de toute mon âme avoir raison, répliqua-t-elle, afin de vivre dans la paix et l'harmonie familiales.

— Que comptes-tu faire pour obtenir un tel miracle ? Tu m'en as dit trop ou pas assez, Lisbeth.

— Pitié, sois patient, supplia-t-elle. Je t'ai caché également que j'ai reçu une lettre de papa. Denise me l'a remise à midi. Il se montre gentil envers moi, me recommande d'avoir soin de ma santé, mais à ton égard, rien n'a changé, il voudrait que tu quittes la région, même s'il prétend que pépé Toine lui a fait admettre que tu m'aimes sincèrement, et que nous sommes victimes d'un destin cruel. Le vrai souci est là, Justin, quel est notre destin, à nous deux ?

Élisabeth se tut, rêveuse. Elle préparait sa rencontre avec une dénommée Antoinette Vigier, la fameuse « matrone » que le docteur Lormeau avait côtoyée à la ferme des Jambart. Elle habitait le bourg d'Ambérac, au sud-est de la ville d'Aigre.

— Je rends visite à une sage-femme assez âgée, Justin, finit-elle par avouer.

— On te l'a conseillée, est-ce quelqu'un de qualifié ? s'enquit-il d'un ton méfiant.

— Non, ce serait plutôt le cas contraire, selon notre médecin, insinua-t-elle. Une fois là bas, je voudrais que tu m'attendes dehors, ta présence pourrait la gêner.

— Lisbeth chérie, pourquoi fais-tu autant de mystères ?

Le comportement de sa compagne l'intriguait. Elle qui était si câline, elle ne songeait même pas à l'embrasser, alors qu'ils se trouvaient seuls. D'ordinaire, elle se serait intéressée au paysage, mais elle semblait indifférente aux plaines ensoleillées que la route traversait.

— Parce que j'ai très peur de faire tout ceci en vain, Justin, répondit-elle. En trois mois, cette personne que je veux rencontrer a pu mourir, qui sait… ou bien elle ne sera pas chez elle aujourd'hui.

— Est-ce vraiment si important ? demanda-t-il en la regardant avec inquiétude.

— Vraiment, oui.

Ils demeurèrent silencieux jusqu'à l'entrée du petit bourg. Élisabeth murmura alors :

— Mme Vigier habite une maison au bord de la Charente, je n'ai pas d'autres précisions. Arrête-toi, je vais interroger cet homme qui pousse une brouette.

Le villageois lui indiqua l'endroit précis dans un français mâtiné de patois, avec de grands gestes. Elle le remercia, tandis qu'il les saluait en soulevant un peu sa casquette en toile. Justin se gara bientôt devant une maison d'un étage, aux volets verts. Des géraniums d'un rouge flamboyant ornaient l'appui de l'unique fenêtre.

— Je te ferai signe si tu dois me rejoindre, lui dit Élisabeth, avec une expression énigmatique. Pourvu que cette femme soit là. Je suis si impatiente.

— On bouge un rideau, ma chérie. Il y a quelqu'un. Reviens-moi vite.

Elle lui envoya un baiser du bout des doigts. Il la vit toquer à la porte basse, puis disparaître à l'intérieur du logement.

Élisabeth était confrontée à une femme au visage sillonné de rides, maigre, un peu voûtée. Un foulard noir couvrait en partie sa chevelure blanche.

— Qu'est-ce qu'elle me veut, cette jolie dame ? s'étonna Antoinette Vigier, en dévoilant une dentition en mauvais état.

— Disons que c'est un peu particulier, madame.

— Je ne fais plus les accouchements, ne comptez pas sur moi. Enfin si on a besoin dans le pays, je me dévoue, mais je ne pratique guère. Dites, j'ai soixante-treize ans, j'ai le droit de prendre du repos. Mais asseyez-vous, je crois bien que vous attendez un petit. J'ai l'œil !

— Vous avez raison, dit Élisabeth en lui souriant.

Un chat blanc, surgi d'une étroite pièce voisine, se frotta à ses jambes, tandis qu'elle prenait place sur une chaise paillée. La pièce était propre, un bouquet de roses égayait la table.

— Madame Vigier, vous dites que vous n'exercez plus, ou rarement, mais il y a trois mois environ, vous avez accouché une fermière, dans la commune de Guerville, avec une autre sage-femme. Le docteur Lormeau a dû intervenir lui aussi.

Antoinette Vigier plissa ses yeux étroits, gris-vert. Elle hocha la tête, une expression pensive sur le visage.

— Eh oui, un docteur a sauvé la mère. Ma cousine et moi, nous ne savions pas quoi faire quand il est arrivé. Comment voulez-vous sortir un bébé de dix livres, qui se présente par le siège ? J'étais là-bas pour aider Flavie, ma cousine, qui est sage-femme aussi. Elle habite Montaigon, pas loin de Guerville. Je passais trois jours chez elle, et Mme Jambart l'a fait chercher par son fils. Attention, Flavie, elle a quinze ans de moins que moi, et puis elle a suivi des cours dans un hôpital.

Élisabeth songea que le docteur Lormeau avait un peu noirci le tableau, au sujet des deux « matrones », comme il les appelait avec une note de mépris. Antoinette Vigier, toute contente de bavarder, s'était assise en face de sa visiteuse.

— Mais pourquoi ça vous intéresse, l'accouchement de Mme Jambart ? s'alarma-t-elle. Ce n'est pas notre faute si le bébé n'a pas survécu. Pardi, ça a duré des heures.

— Soyez tranquille, je ne vous cherche pas d'ennuis. J'ai besoin d'un renseignement et vous pouvez peut-être m'aider. Ce jour-là, vous avez raconté au médecin une autre naissance par le siège, et l'enfant était mort-né, lui aussi. Sa mère était servante et son maître en était le père. Elle aurait ensuite pris en nourrice un bébé d'une semaine qu'on vous avait confié. Je voudrais savoir à quelle époque cela s'est passé, madame Vigier.

Les yeux de la sage-femme se fermèrent un moment. Elle les rouvrit en soupirant.

— Seigneur, ça remonte à une trentaine d'années, cette histoire, mais je m'en souviens comme si c'était hier.

Le cœur d'Élisabeth manqua un battement. Elle eut un faible sourire, pleine d'espoir.

— On en voit de toutes les couleurs, dans mon métier, ma jolie dame. Le bébé dont vous causez, c'était celui d'une toute jeune fille. Ses parents avaient arrangé son mariage avec un notaire, plus vieux qu'elle et très riche. La malheureuse aimait un officier, aussi ils ont fauté un an avant la noce. Le sort s'en est mêlé, la demoiselle est tombée enceinte. Sa mère a tout manigancé, pour cacher cette grossesse. La naissance a eu lieu ici, à l'étage. Deux jours après, je me suis retrouvée avec le bébé sur les bras et une bonne somme d'argent, sa pension pour un an. Je lui donnais de l'eau sucrée, à ce petit, le temps de trouver une nourrice.

— Et l'autre femme dont l'enfant était mort-né s'est proposée, continua Élisabeth.

— Pardi, ça m'a arrangée. Elle était robuste et sa montée de lait se ferait quand même. Faut dire que je la connaissais un peu, Madeleine. J'étais allée à l'école communale avec sa mère, qui avait épousé un métayer du pays, Yvon Quintard.

— Madeleine Quintard, articula tout bas la jeune femme.

— Oui, une fille qui avait mauvais caractère et une volonté de fer. J'ai dû lui remettre l'argent de la pension quand elle a pris le petit Justin. Eh oui ! La jeune dame m'avait priée de le baptiser comme ça.

— Ah ? C'est le prénom choisi par sa maman ? dit Élisabeth, qui ne pouvait plus avoir aucun doute.

— Oui, c'est bien ça, Justin. Figurez-vous aussi que Madeleine lui a donné le sein deux ou trois semaines, après ça, elle l'a confié à sa mère qui a dû faire boire du lait de vache au nourrisson. Mais cette pauvre femme n'avait pas de santé. Deux ans plus tard, on l'enterrait. Madeleine était placée au château de Guerville, d'ailleurs. Elle a récupéré le petiot. Pas longtemps après, elle m'a écrit que le gamin était mort d'une mauvaise grippe. Ensuite je n'ai plus eu de nouvelles. Enfin, façon de parler. J'ai lu dans le journal qu'on l'avait mise en prison, Madeleine, pour crime.

— Elle y est morte, madame Vigier.

Élisabeth eut peur de faire un malaise, sous le coup d'une joie délirante. Une des images de son cauchemar lui revenait, où une femme dont elle ne voyait que le profil emportait un bébé emmailloté, qui hurlait.

« J'avais raison, c'était Madeleine, je l'ai reconnue, se dit-elle. L'enfant dont elle a accouché était mort-né… »

— Madame Vigier, je vous remercie de tout mon cœur. C'est à mon tour de vous expliquer pourquoi je suis venue vous voir. Mais d'abord, je vais dire au monsieur qui m'attend dehors de me rejoindre. C'est le père de mon bébé, et c'est aussi l'enfant que Madeleine a emporté d'ici. Il a survécu, elle vous avait menti, je commence à comprendre pourquoi.

Sidérée, Antoinette se redressa et regarda par la fenêtre. Elle vit à travers les rideaux un bel homme blond, assis au volant d'une automobile.

— Seigneur tout-puissant, c'est lui ?

— Oui, c'est lui, mon futur mari !

Sur ce cri du cœur, Élisabeth se leva. Ses jambes tremblaient sous elle, mais elle s'en moquait, transportée par un sentiment de bonheur infini, qui lui donnait des ailes. C'était le jour béni de leur délivrance, où s'offrait à eux un avenir radieux.

— Justin, appela-t-elle. Viens, viens vite !

Il descendit de la voiture et se précipita vers elle, pour la recevoir dans ses bras.

— Qu'est-ce que tu as, ma princesse ?

— Justin, je ne m'étais pas trompée, c'est grâce au docteur Lormeau, grâce à mon cauchemar ! Mon amour, tu n'es pas le fils de Madeleine ni celui de Laroche, tu n'es pas de mon sang. Nous sommes libres de nous marier, enfin libres.

Elle riait et pleurait, en l'embrassant. Lui, incrédule, hébété, il se contentait de la serrer contre lui.

— Viens, insista-t-elle, un peu calmée. Justin, tu es né là, dans cette maison, sûrement à l'étage. Antoinette Vigier t'a mis au monde. Ta véritable mère a dû t'abandonner. Nous allons peut-être connaître son nom.

— Dieu soit loué, je ne parviens pas à y croire. Ce serait vraiment miraculeux.

— Comprends-tu pourquoi je ne voulais pas t'en parler ? J'avais tellement peur que tu sois déçu, avoua-t-elle. Pourtant, au fond de moi, j'avais la conviction d'avoir raison. Le hasard n'existe pas, ou si peu, c'était notre destin de vivre ensemble, de nous aimer autant. Pépé Toine va être si heureux pour nous…

Ils échangèrent un baiser passionné, qui scella leur immense soulagement, leur allégresse toute neuve.

La vieille Antoinette avait écouté à son tour l'essentiel de leur histoire. Elle venait de sortir une bouteille d'eau-de-vie, afin de se requinquer, car elle se disait bouleversée.

— Seigneur, quand je pense à ce que vous avez enduré, mon jeune monsieur, par la faute de Madeleine. Quelle vipère, cette femme-là ! Gamine, elle causait déjà des soucis à ses parents. Enfin, je me réjouis pour vous deux, hé, la noce se fera vite.

Ils refusèrent gentiment de goûter son alcool de prune. Ils savouraient leur grand bonheur, qui suffisait à les étourdir. Justin avait l'impression d'être débarrassé d'une chape malsaine qui pesait sur son corps et son esprit depuis des années.

« Madeleine n'était pas ma mère, se répétait-il. Je ne suis pas né d'une criminelle, d'une femme immorale, vicieuse. Et Hugues Laroche ne m'a pas conçu. Merci mon Dieu. »

Élisabeth lui adressa alors un sourire d'une douceur ineffable. Elle percevait ce qu'il ressentait, et avec émerveillement, elle le voyait soudain transfiguré.

— C'est comme une seconde naissance, lui dit-il en prenant sa main.

Au bord du fleuve Charente,
même jour, un peu plus tard

Justin s'était garé à l'entrée d'un chemin de terre. Il avait aidé Élisabeth à descendre de la voiture, puis, main dans la main, ils avaient traversé un pré qui s'étendait le long du fleuve.

— Je suis au paradis, soupira d'aise la jeune femme, allongée sur l'herbe rase.

Il s'étendit près d'elle. Au bord de l'eau, il faisait frais. Les frênes dispensaient une ombre agréable. Ils regardaient tous les deux le jeu du soleil parmi les feuillages des grands arbres.

— En veux-tu à ta mère de t'avoir abandonné ? demanda soudain Élisabeth.

— Si j'ai bien compris, elle n'a pas eu le choix. Selon Mme Vigier, c'était une fille de seize ans qui obéissait à ses parents. Au fond je la plains. Et je suis incapable d'en vouloir à qui que ce soit aujourd'hui, je suis trop heureux. C'est grâce à toi, ma princesse. Si tu me parlais de ces cauchemars que tu as faits, ces trois dernières nuits ?

— Ils étaient tous semblables, à quelques détails près. Justin, si je te décrivais ce que j'ai vu dans ces rêves, il y aurait de quoi gâcher cet instant délicieux que nous partageons.

— C'est impossible, allons ! Dis-moi, j'ai le droit de savoir comment tu as deviné la vérité.

— La vision qui me perturbait le plus, c'était celle d'un pauvre bébé, tout bleu, violacé, son petit corps inerte. Et j'entendais des hurlements aigus, des vagissements pathétiques. Je pensais à notre enfant et j'avais peur pour lui, la première fois. Surtout que tout recommençait la nuit d'après. Les cris déchirants, une femme de dos, qui levait des mains pleines de sang. On m'a aussi montré un cimetière, mais il y faisait nuit. Il pleuvait. Mais quand j'ai crié, que tu es venu dans ma chambre, j'avais vu autre chose, une nouvelle scène, où je devinais le profil d'une silhouette de femme, qui tenait un bébé vivant… J'étais sûre de la connaître, car cette autre femme, c'était Madeleine. J'ai beaucoup réfléchi, en songeant au récit du docteur Lormeau. Mon Dieu, quand j'ai pensé à tout ce que cela pouvait signifier…

— Lisbeth, pourquoi tu ne m'en as pas parlé ? s'étonna-t-il en se tournant vers elle.

— J'ai préféré me taire et agir, mon amour.

— Donc, je disais vrai, c'est grâce à toi, ma princesse.

Il l'embrassa sur la bouche, ébloui, mais elle le repoussa en riant.

— Non, j'ai joué un rôle, mais nous devons notre bonheur présent au destin, à une suite de hasards qui n'en sont pas vraiment. Justin, si nous n'avions pas annoncé ma grossesse précisément ce dimanche-là, si je ne m'étais pas querellée avec papa, le docteur ne serait pas venu pendant une semaine, et peut-être qu'il ne m'aurait jamais parlé de ces deux sages-femmes. Tout est écrit, loin, très loin dans une autre dimension.

— Sûrement aussi belle et mystérieuse que toi, ma chérie.

Il la contempla, en posant une main sur le doux renflement de son ventre, qu'il effleura avec délicatesse. Un léger mouvement répondit à son geste.

— Je l'ai senti bouger, s'extasia-t-il.

— Notre bébé est joyeux, lui aussi, affirma-t-elle. Si tu savais, Justin, j'ai envie de chanter, de danser. Nous devrions aller au moulin tout de suite, annoncer la nouvelle à pépé Toine, preuve à l'appui.

Élisabeth faisait allusion à la lettre qu'avait écrite Antoinette Vigier, où elle attestait sur l'honneur la véracité de son récit. Craignant tous deux d'être soupçonnés d'avoir mis au point cette histoire, afin de pouvoir se marier, ils avaient demandé à la sage-femme un document confirmant leur bonne foi.

— Si quelqu'un de votre famille ne vous croit pas, il peut venir chez moi, je lui expliquerai de vive voix ce qui s'est passé, avait-elle décrété, la mine farouche.

Le précieux document, rangé dans le sac à main d'Élisabeth, servirait leur cause, ils en étaient persuadés.

— J'ai hâte de voir l'expression ébahie d'oncle Pierre et de papa, quand ils apprendront la vérité sur toi, ajouta-t-elle. Oncle Jean était le moins hargneux, sans doute parce que je lui ai prêté l'argent pour acheter la Panhard dont il est si fier.

— Peut-être, mais Jean est d'un caractère plus enjoué, toujours prêt à plaisanter, commenta

Justin. Nous en avons eu la preuve, il a seulement dit, ce jour-là, que je le décevais.

— J'aime mes oncles, malgré leurs défauts. Pierre est allé trop loin dans sa vindicte envers toi, mais je lui pardonnerai avec le temps. Papa, je l'adore, même si je lui en veux encore de t'avoir frappé. Les révélations que nous allons lui faire mettront un terme définitif à notre querelle. Nous serons réconciliés et il n'y aura plus aucune ombre sur le joli tableau de notre vie, énonça rêveusement Élisabeth.

— Il y en a une, cependant, déplora Justin d'un ton grave. Je n'ai plus aucun droit sur le domaine de Guerville, ses vignobles, ses fermes, sur le château. Je possède une partie des chevaux, rien d'autre. Je n'avais pas à hériter non plus de la fortune des Laroche. Il faudrait consulter un juriste, pour y remédier.

Indignée, la jeune femme le dévisagea. Elle lui donna un baiser à son tour avant de déclarer, très sérieuse :

— Peu importe, tu as été légitimé, tu portes le nom de famille de maman, qui était une personne merveilleuse, courageuse. Ce qui est fait le restera. Même si tu estimes que je suis l'unique héritière, le problème sera réglé le jour de notre mariage. Nous ferons établir un contrat dans ce sens. Justin, ce sont des soucis d'ordre matériel. Les seules choses importantes, je les connais, ce sont notre amour et notre bébé. Si quelqu'un ose faire la moindre remarque à propos de ta position au château, je le ferai taire d'un regard.

Justin se redressa, assis en tailleur. Il attira Élisabeth dans ses bras, ébloui par sa volonté, sa bonté, sa force d'âme.

— J'ai beaucoup souffert, pendant mon enfance, dit-il, mais si c'était le prix à payer pour être aimé d'une femme comme toi, je n'ai aucun regret.

Ils échangèrent un nouveau baiser, plus voluptueux, plus long. Leur désir, prompt à s'éveiller, les poussa à des caresses qui leur firent vite perdre la tête. Justin se domina le premier.

— Il ne faut pas, Lisbeth, déplora-t-il. Le médecin a été formel. L'incident de dimanche peut se reproduire. Nous devons être sages, et il en est de même pour une expédition jusqu'au moulin. Ce serait une imprudence. Repose-toi encore, nous rentrerons au château pour l'heure du thé. Ainsi, tu pourras rassurer Maybel sur notre situation.

Élisabeth, déçue, eut aussitôt une autre idée. Elle prit le visage de Justin entre ses mains et le fixa avec insistance.

— Nous pourrions au moins aller jusqu'à Aigre, et nous présenter à ta vraie mère. Nous sommes à quelques kilomètres. J'ai supplié Mme Vigier de nous donner son nom, autant lui rendre visite maintenant. Ensuite, je te le promets, je me reposerai. Demain matin, j'écrirai au moulin, à pépé

Toine, pour les inviter à venir tous au château, en précisant que c'est très important.

Elle était exaltée, fébrile, comme si chaque minute comptait et qu'elle devait régler le moindre détail sans tarder.

— S'ils décidaient de venir, ce ne serait pas avant dimanche, fit remarquer Justin.

— Dans ce cas, nous irons tous les deux. Mais tu ne m'as pas répondu, il faut que tu rencontres ta vraie mère aujourd'hui, je t'en prie. Je le sens, Justin, je n'ai pas d'explication à te donner, c'est comme si on me soufflait à l'oreille que c'est le jour idéal.

— Il vaudrait mieux attendre. Je ne m'imagine pas frappant à sa porte et lui annonçant que je suis son fils, surtout qu'elle croit que je suis mort à l'âge de deux ans. Non, ce serait absurde de me présenter à elle. Cette femme est mariée à un notaire et...

— Et il n'y a que deux notaires à Aigre, précisa Élisabeth. Celui qui gérait les affaires du domaine, que tu connais, et le second, l'époux de Calixte de Rouffignac. Tu es le fils d'une aristocrate, mon amour.

— C'est son nom de jeune fille, nous ignorons le patronyme du notaire, répondit simplement Justin. Je me moque bien qu'elle soit une aristocrate, comme tu dis. Non, Lisbeth, je n'ai pas envie de la déranger.

— Nous obtiendrons facilement l'adresse, en interrogeant un passant, cet homme doit être renommé, dans une ville d'un millier d'habitants. Je conçois sans peine que tu aies peur, mais je serai près de toi. C'est l'occasion ou jamais.

Justin secoua la tête. Il était blême sous son hâle. Élisabeth le suivit des yeux pendant qu'il marchait au bord du fleuve, les mains dans les poches, l'air perdu.

— Non, je lui écrirai d'abord, pour savoir si elle souhaite me voir, trancha-t-il. Rentrons chez nous pour annoncer la bonne nouvelle. Je suis désolé, ma princesse, cette fois je ne te céderai pas.

Aigre, rue du Temple, même jour,
une heure plus tard

Finalement, Justin avait cédé, devant la petite mine déçue de la femme qu'il adorait. Ils suivaient à présent la longue rue du Temple que le soleil avait déjà désertée, en ce milieu d'après-midi.

Pour le convaincre, Élisabeth s'était plainte d'être affamée et de rêver d'un gâteau de pâtissier.

— Nous pouvons au moins goûter à Aigre, avait-elle dit en l'enlaçant, avant de monter dans la voiture. Bonne-maman Adela m'y avait emmenée un samedi, en calèche. Nous avions acheté des choux à la crème. Il y a des boutiques dans la Grand-Rue, je rapporterai un jouet à Antonin et un livre pour

Sarah. Et nous en profiterons pour demander où se trouve l'étude du notaire. Il suffira de passer devant, et tu reviendras seul une autre fois, si tu reçois une réponse à la lettre que tu veux envoyer.

— Faisons ainsi, avait-il capitulé en l'embrassant.

Ils avaient dégusté des pâtisseries, assis à la terrasse d'un café. Élisabeth n'était plus vraiment la même. Elle rayonnait de gaieté, d'insouciance, au point d'avoir réussi à balayer d'un sourire les craintes et les doutes de Justin. La serveuse du café leur avait indiqué l'adresse.

— Nous y sommes, souffla-t-elle à son oreille, regarde la plaque en cuivre : « Maître Edmond Courtant ».

Justin considéra d'un œil méfiant la haute façade de la maison bourgeoise, à deux étages. Les volets de certaines fenêtres étaient fermés. Il respira plus vite, oppressé, quand ils furent devant la porte double en bois massif, au heurtoir représentant un dragon. Élisabeth frappa deux fois de suite.

— C'est sûrement une domestique qui va ouvrir, dit-elle tout bas en lui prenant le bras.

Un des battants s'entrebâilla sur une jeune bonne en longue robe noire, tablier blanc, et coiffe assortie. Elle les regarda d'un air surpris.

— Maître Courtant s'est absenté, leur dit-elle aussitôt. Il ne rentrera pas avant le dîner. Si vous souhaitez prendre un rendez-vous, j'appelle madame.

L'appréhension de Justin se dissipa brusquement. Il aurait été incapable de repartir sans avoir vu le visage de celle qui lui avait donné la vie.

— Oui, ce serait pour un contrat de mariage, mentit-il avec aplomb.

— Entrez, je vous prie.

Le vestibule était sombre, il y faisait presque froid après la chaleur du dehors. Élisabeth eut un frisson.

— Qu'est-ce que c'est, Jeanne ? demanda-t-on d'une voix bien timbrée.

Une femme apparut sans attendre la réponse de la domestique. Elle se tenait sur le seuil d'une pièce, au fond du couloir au carrelage noir et blanc. En apercevant le couple, elle s'approcha d'un pas rapide. Justin sentit son cœur s'emballer.

— Mon époux ne pourra pas vous recevoir avant septembre, précisa-t-elle. J'en suis désolée, mais je vous propose de revenir le 2 de ce mois, à 10 heures du matin.

Calixte Courtant continuait à leur sourire avec affectation, parfaite dans son rôle. Les jeunes gens étaient de toute évidence d'un milieu aisé, comme le prouvaient le costume en lin beige de l'homme, sa chemise de qualité, son allure générale. La ravissante personne qui l'accompagnait témoignait aussi d'une élégance raffinée, d'une charmante sobriété. Elle lui parut d'une beauté émouvante, sous son chapeau de fine paille blanche, orné selon la mode d'une nuée de fleurs en soie rose.

— Suivez-moi, proposa-t-elle. Je vais noter vos noms.

Élisabeth lança un rapide coup d'œil sur Justin. Il était très pâle, les traits tendus. Elle lui serra plus fort le bras.

« Cette femme ressemble à maman, songea-t-elle. Et Justin tient d'elle ses cheveux blonds, son regard sombre. »

Ils se retrouvèrent dans l'étude notariale, aux lourds meubles de noyer, à l'ambiance feutrée. Calixte Courtant s'empara d'un grand cahier et les invita d'un geste aimable à s'asseoir. Vêtue d'une toilette d'été en mousseline verte, elle avait des formes opulentes, un visage très doux, un teint mat. Mais Élisabeth lisait de la tristesse au fond de ses yeux en amande.

— C'est monsieur..., interrogea-t-elle.

— Justin Laroche, madame.

Calixte Courtant, à l'écoute du prénom, avait eu un léger tressaillement, qu'ils perçurent tous les deux. Le sourire qu'elle arborait par convenance s'effaça quelques secondes, puis elle se reprit et trempa une plume dans l'encrier. Justin décida de ne pas faire durer davantage leur petite comédie.

— Excusez-moi, madame, je n'ai pas besoin d'un rendez-vous. En fait, je voulais vous rencontrer. Je suis navré si je vous mets dans l'embarras, mais j'ai appris que vous aviez abandonné votre enfant nouveau-né, il y a environ trente ans.

— Qu'est-ce que vous me racontez là, monsieur ? s'insurgea Calixte Courtant en jetant un regard inquiet du côté de la porte. Je vous prierai de sortir immédiatement.

— Madame, je ne sais pas comment vous l'annoncer avec plus de ménagement, mais je suis votre fils, à qui vous aviez donné le prénom de Justin.

— C'est la vérité, madame, intervint Élisabeth. Nous l'avons appris aujourd'hui, chez Antoinette Vigier, une sage-femme d'Ambérac.

Cette fois, ils la virent s'empourprer, avant de devenir livide.

— Mon Dieu, c'est impossible, murmura-t-elle. Venez par là, Jeanne ne doit rien entendre.

Elle les conduisit dans une pièce voisine, plus petite, dont l'étroite fenêtre, munie de barreaux, donnait sur un jardin. Là, après avoir tourné le verrou de la porte, elle se tordit les mains, sans oser leur faire face. Justin éprouva un début de compassion, quand elle étouffa un sanglot affolé.

— Je ne vous veux aucun mal, madame, dit-il gentiment. Nous allons nous marier bientôt, Élisabeth et moi, ce qui tient du miracle, mais ce serait long à vous expliquer. Je souhaitais vous connaître, savoir qui étaient mes véritables parents.

— Justin, vous seriez Justin, mon fils, balbutia-t-elle. On m'avait écrit à l'époque que vous étiez décédé, à l'âge de deux ans. Seigneur, heureusement, mon mari s'est absenté. Demain, nous partons pour la Vendée où nous possédons une propriété près de la mer. Mes enfants nous rejoignent là-bas.

Élisabeth comprit alors le sentiment d'urgence qui l'avait poussée à harceler Justin. Ils devaient vraiment venir ce jour-là.

— Vous avez d'autres enfants ? s'enquit-elle sans réfléchir.

— Oui, bien sûr, on se marie dans ce but, rétorqua Calixte d'un ton amer. Que vous a raconté Mme Vigier ?

— Ma naissance illégitime, soigneusement cachée à tous, lui dit Justin, et comment elle m'avait confié à la femme dont le bébé était mort-né. La suite, je la connaissais trop bien, hélas !

— Pourquoi ?

— Cette prétendue nourrice était une odieuse créature, lui précisa Élisabeth avec véhémence. Madeleine Quintard, pétrie de vices, une brute sans âme, avide d'argent. Elle a gardé Justin des années dans le grenier du château où elle était employée, en le battant, en le maltraitant.

— Mon Dieu, pardonnez-moi, monsieur, plaida Calixte. Je n'avais pas le droit de prendre des nouvelles de mon bébé, ma mère surveillait si j'essayais de poster une lettre à Mme Vigier. J'ai reçu celle annonçant votre mort quand j'étais déjà mariée à Edmond. Par chance, il n'ouvrait pas mon courrier.

Ils demeuraient debout, entourés par des étagères garnies de gros dossiers cartonnés.

— Madeleine Quintard avait dû juger utile de me déclarer mort, hasarda Justin. Par la suite, elle s'est prétendue ma tante, pour tenter de faire croire au châtelain de Guerville, plus tard, que j'étais son fils. Sa mascarade a réussi, j'ai été légitimé par Hugues Laroche.

— Ce nom m'est familier, peut-être que mon époux a traité des affaires avec cet homme. Justin, laissez-moi vous regarder.

Calixte vint près de lui, les yeux brillants de larmes. Elle étudia son visage d'un air avide, égaré.

— J'étais tellement jeune, soupira-t-elle. Seize ans et trois mois. Je suis d'une famille noble ruinée. Mes parents m'ont fiancée contre mon gré à Edmond Courtant car il était très riche. Un mariage arrangé qui réjouissait cet homme, mon aîné de douze ans. Ma mère savait pourtant que j'étais amoureuse d'un autre.

— De mon père, supposa Justin.

— Oui, Justin Lambert, un officier de la marine. Je peux bien prononcer son nom, il a été tué accidentellement, pendant un voyage en bateau. Il était fils unique et ses parents sont depuis longtemps au cimetière. Nous étions désespérés, contraints de nous séparer, nous qui voulions nous marier. Il a suffi d'une nuit d'amour, la veille de son départ pour l'Afrique, et j'étais enceinte.

Élisabeth, touchée par la mélancolie qui submergeait la mère de Justin, eut envie de pleurer. Cette jolie femme de quarante-cinq ans avait sûrement vécu avec le regret de son amour perdu, livrée de surcroît à un homme plus âgé qu'elle.

— Edmond, s'il a soupçonné quelque chose pendant notre nuit de noces, n'a jamais su que j'avais eu un fils avant de l'épouser, ajouta Calixte. Il s'est montré un mari aimant mais jaloux. Je n'ai pas eu à me plaindre de lui. Nous avons eu une fille, Mathilde, qui habite Bordeaux… Je suis déjà grand-mère d'un petit garçon de six mois. Ensuite un fils nous est venu, Gérard, qui a choisi la carrière militaire. Ils ont respectivement vingt-cinq ans et vingt-trois ans. Ne m'en veuillez pas, Justin, je préfère ne pas leur révéler votre existence. Ils auraient honte de leur mère.

— Je n'ai pas honte de vous, moi, répondit-il tout bas. Vous m'avez donné le prénom de mon père. Vous souvenez-vous de ma date de naissance ? Je l'ai toujours ignorée…

— Comment l'oublier ? Tu es né le 10 mai 1878. Il faut me croire, j'ai souvent pensé à toi.

J'ai pu te tenir dans mes bras pendant deux jours, tu étais un si beau bébé.

Elle l'avait tutoyé spontanément, sans réfléchir. Justin en eut la gorge serrée. Élisabeth se blottit contre lui, très émue elle aussi.

— Je vous aurais volontiers offert du thé, ajouta Calixte, mais Jeanne, ma domestique, s'étonnerait. Elle nous suit en Vendée, il lui arrive de parler à tort et à travers devant mon époux. Déjà, elle doit se demander pourquoi je vous retiens si longtemps.

— N'ayez crainte, la rassura Élisabeth, vous n'aurez qu'à lui dire que nous avons des relations en commun. Je suis la petite-fille d'Hugues Laroche. Madame, je tiens à vous l'annoncer, j'attends un enfant de Justin.

— Je m'en doutais un peu, à votre silhouette.

— Il naîtra à la fin novembre, indiqua Justin, rasséréné par la tournure qu'avait prise leur entretien. Soyez tranquille, je ferai en sorte de garder le secret sur ma naissance. Le plus important pour moi, c'était de vous rencontrer.

Calixte Courtant, née Rouffignac, fit un visible effort pour ne pas pleurer. Elle avait envie de serrer ce bel homme, son fils, sur son cœur meurtri, mais elle y renonça.

— Nous pourrions nous revoir, tous les trois, suggéra-t-elle d'une voix tremblante. Pas ici, peut-être en septembre.

Seule Élisabeth prenait conscience d'une difficulté à venir. Justin et elle allaient obligatoirement révéler à leur famille dans quelles circonstances Madeleine avait pris un enfant abandonné, afin de servir ses plans machiavéliques. Mme Vigier, dans son attestation sur l'honneur, avait eu soin de ne pas révéler l'identité de la vraie mère du jeune homme, cependant Aigre n'était guère éloigné de Guerville.

« Nous exigerons nous aussi le secret, papa comprendra, mes oncles aussi, et *mummy*, se dit-elle. Seigneur, je vous rends grâce, pour cette journée bénie où toutes les ombres du passé se sont dispersées. »

Justin lui prit la main, étreignit ses doigts, ce qui la tira de sa songerie. Calixte essuyait ses joues humides à l'aide de son mouchoir.

— Ton père était mon grand amour, dit-elle encore. Loyal, d'une rare intelligence, tendre et gai. Tu me parais à son image, mon enfant.

Elle cessa de lutter et tendit ses bras à Justin. Il la dépassait d'une tête, aussi ce fut elle qui appuya son front à hauteur de sa poitrine, en l'étreignant.

— Pardonne-moi, je t'en supplie, pardonne-moi, implora-t-elle.

— Tu es pardonnée, maman, chuchota-t-il à son oreille.

Sur cet aveu dit tendrement, il déposa un baiser sur ses cheveux blonds, au parfum de verveine.

21

Le temps du bonheur

Moulin Duquesne, mercredi 31 juillet 1907

La grande cuisine du moulin pouvait à peine contenir tous ceux qui s'y étaient rassemblés, après l'arrivée inattendue d'Élisabeth, de Maybel et de Justin. Antoine Duquesne les avait accueillis avec sa gentillesse habituelle, sans cacher son étonnement. Laurent, qui tenait compagnie à son grand-père, avait tout de suite redouté une nouvelle querelle.

— Je t'en prie, cousin, va vite chercher Norma et papa. À l'heure qu'il est, en fin de journée, il doit être là, lui avait demandé Élisabeth en l'embrassant. Au retour, dis à tes parents et à oncle Jean de venir eux aussi. S'ils refusent, ajoute que c'est d'une extrême importance. Au pire, ne leur parle pas de la présence de Justin.

— Tu en es sûre ? s'était inquiété l'adolescent.

— Oui, tu comprendras tout à l'heure, avait-elle affirmé, très souriante.

Bonnie repassait du linge à l'étage. Elle était descendue, son fils sur le bras, l'air effaré.

— Qu'est-ce qui se passe encore ? avait-elle déploré. Lisbeth, tu es montée en automobile ! En voilà une imprudence, moi qui te pensais sagement au lit.

— J'ai eu la permission du docteur Lormeau, Bonnie. Il m'a encore examinée ce matin et il n'y a plus de crainte à avoir. Je me sens très bien, et Justin avait mis un coussin sur la banquette, je n'ai senti aucun cahot.

L'attitude d'Élisabeth et du jeune châtelain, qui se tenaient par la main, radieux, intriguait Antoine, comme l'expression ravie de Maybel. Cependant, il n'avait posé aucune question, supposant à raison qu'il serait vite renseigné.

Quand Norma et Guillaume, Yvonne et Pierre étaient entrés dans la pièce, ils avaient trouvé Élisabeth, sa petite filleule Marie sur les genoux. Justin amusait l'enfant en faisant tourner une toupie en bois sur la table. Bonnie, quant à elle, était en grande conversation avec Maybel, mais à voix basse et en anglais.

— Bon sang, qu'est-ce que tu fiches ici, Laroche ? avait hurlé Pierre, outré, le teint empourpré. Tu viens nous narguer ?

— Oui, répondez donc, avait renchéri Guillaume. Vous n'êtes pas le bienvenu sous ce toit. Dis quelque chose, Jean !

Mais son frère cadet était resté muet, occupé à se rouler une cigarette.

— Ne recommencez pas à hurler, cette fois, je vous demande de rester calmes ! s'était enflammé le vieil Antoine, furibond. Dieu m'est témoin, combien de fois devrai-je répéter que ce moulin m'appartient encore ? J'ai le droit de recevoir Justin. Il m'a amené ma petiote, que j'ai eu le plaisir d'embrasser. Votre mère ne vous avait pas élevés ainsi ! On salue les dames, d'abord, avant d'aboyer et de vociférer.

Élisabeth avait attendu ce moment de longues heures. Elle s'était empressée d'annoncer, avec son plus beau sourire :

— Mon cher pépé Toine, nous sommes venus, *mummy*, Justin et moi, vous donner la date de notre mariage, le samedi 24 août. Papa, j'espère que tu me conduiras à l'autel ?

Pendant quelques secondes, il y avait eu alors un profond silence, né de l'incompréhension, de la stupeur. Avant même de le voir brisé par des cris de colère, elle avait ajouté :

— Ne faites pas ces mines ahuries, je ne plaisante pas, nous pouvons nous marier, Justin et moi. Les bans seront publiés à la mairie de Guerville vendredi matin.

Surtout par respect envers son grand-père, qui ne méritait pas de subir la petite vengeance qu'elle venait d'orchestrer, Élisabeth s'était lancée aussitôt dans le récit de ses découvertes.

Tous l'avaient écoutée sans même songer à s'asseoir, avec des mimiques sidérées où la suspicion perçait parfois.

Elle venait de terminer par leur visite à Calixte Courtant, d'un ton exalté. Yvonne se moucha, larmoyante, tandis que Bonnie, renseignée par Maybel, avait envie d'applaudir.

— Seigneur, j'aurai vécu assez longtemps pour assister à votre bonheur, mes chers enfants, déclara solennellement Antoine. J'ai tant prié pour vous deux. Dans mes bras, ma petiote. Je me disais aussi, tu avais un air si joyeux…

— Antoinette Vigier, la sage-femme qui m'a mis au monde, a rédigé une attestation sur l'honneur, décréta Justin. Nous avions peur, Lisbeth et moi, d'être accusés d'avoir tout inventé. J'ai apporté ce papier, si vous souhaitez le lire.

Le plus embarrassé était Guillaume. Il lança un regard de détresse à Norma, qui se réjouissait de la bonne nouvelle, un grand sourire sur son joli visage.

— Je vous crois sur parole, Justin, lâcha-t-il à mi-voix.

— Et cette femme, ta mère, bougonna Pierre, elle a le culot d'exiger une promesse de ta part ? De la nôtre aussi ?

Très gêné, il préférait tempêter encore, en s'en prenant à la seule personne qui n'était pas là. Justin allait protester, mais Élisabeth le devança.

— Oui, oncle Pierre, et nous vous prions de faire la même promesse, insista-t-elle. Au dernier instant, avant de nous séparer, elle nous a suppliés de ne pas la trahir. Elle se doutait néanmoins que nous serions obligés de vous révéler son identité. Calixte Courtant, née Rouffignac, est une dame charmante, il est hors de question de lui causer du tort.

— Charmante, c'est vite dit ! fulmina Jean. Aristocrate ou non, ce n'est pas glorieux d'abandonner son nouveau-né !

— Je ne veux rien entendre de déplaisant sur ma mère, trancha Justin. J'ai eu le grand bonheur de la rencontrer, à présent je pense surtout à Élisabeth, à notre enfant, à notre avenir. Vous savez la vérité, inutile de revenir sur cette page de ma vie.

— Bien parlé, mon garçon ! s'exclama Antoine. Dieu soit loué, je ne vois plus cette tristesse dans tes yeux, qui me nouait le cœur depuis que je te connais.

Le vieil homme se leva de sa chaise pour venir étreindre les épaules de Justin. Mais celui-ci se leva également, afin de le serrer dans ses bras.

— Vous avez su être un père pour moi, un modèle de bonté, comment vous remercier ? chuchota-t-il à son oreille.

— En étant le plus heureux possible, fiston, répliqua-t-il aussi bas. Si tu savais la joie que j'éprouve !

Justin approuva d'un signe de tête, la gorge nouée. On lui effleura le bras au même instant. C'était Guillaume.

— Je n'ai plus qu'à vous présenter toutes mes excuses, Justin, dit-il d'un ton grave. Je n'ai jamais été violent, pourtant je vous ai frappé, je le regrette aujourd'hui. Mais il faut me comprendre, j'étais furieux et j'avais la terreur de voir mourir Élisabeth. Dans ces moments-là, on ne se domine plus.

— Je le conçois sans peine, Guillaume. Je vais devenir père à mon tour, et je réagirai sans doute comme vous si j'ai une fille et qu'un jour, un homme lui cause du tort ou la fait souffrir. Je ne vous en veux pas, sachez-le.

— Merci. Je me suis méfié de vous en raison de votre parenté avec Laroche, le plus exécrable personnage que j'aie côtoyé dans ma vie, doublé hélas d'un ignoble pervers. Je suis soulagé d'avoir appris que vous êtes né d'un grand amour entre deux jeunes gens honorables.

Ils échangèrent une énergique poignée de main, mais le charpentier lui donna presque immédiatement l'accolade.

— Vous rendrez ma princesse très heureuse, j'en suis persuadé, dit-il encore. J'étais d'une humeur noire, ces derniers jours, Dieu merci, je respire enfin.

Élisabeth avait assisté à la scène. Elle confia Marie à Yvonne, puis elle alla embrasser

Guillaume sur la joue, une bise rapide où il perçut un brin de rancune.

— Je te pardonne volontiers, papa, car je peux comprendre ce qui t'a conduit à des paroles, à des gestes déplorables.

— C'est l'amour d'un père pour sa fille unique, ma princesse, répliqua-t-il. Une fille adorée, qui est devenue une femme sans avoir été protégée et chérie par ses parents. Je serai fier de te mener à l'autel.

Pierre, renfrogné, différait l'instant pénible des excuses qu'il était censé faire à Justin. Il se résigna, en lui tendant la main.

— Je suis désolé de t'avoir insulté, marmonna-t-il. Bon sang ! Je ne pouvais pas deviner la vérité, et mes frères non plus. Mets-toi à notre place, une liaison entre un oncle et sa nièce, c'était quand même scandaleux, contraire à la morale. Hein, Jean, tu es d'accord ?

De nouveau, Jean évita tout commentaire. Élisabeth en profita pour donner son opinion à ses oncles.

— Papa, je viens de le dire, je peux admettre sa réaction, mais vous deux, était-ce si difficile d'essayer de ne pas nous juger avec hargne, mépris ? Notre supposé lien de parenté rendait certes notre amour répréhensible, cependant, au prix d'un léger effort, vous auriez pu nous plaindre, et non nous condamner. Justin avait tellement souffert, enfant, et moi aussi.

— Pardonne-moi, ma nièce ! s'écria Pierre, sincèrement navré.

Jean s'en mêla. Il se planta devant Justin, en lui prenant la main d'autorité pour la serrer longuement.

— Je me félicite d'avoir su modérer mes propos, ce fameux dimanche au château, dit-il de sa voix un peu éraillée. Au fond de moi, je devais pressentir que tu étais un type bien, môssieur de Rouffignac.

Norma eut un petit rire amusé, imitée par Bonnie et Yvonne. L'ambiance se détendit. Pierre et Guillaume ne purent retenir un sourire. Justin n'avait guère apprécié la taquinerie de Jean, mais il en prit son parti. C'était un jeune homme intègre, sans vanité. Pour lui, la valeur d'un être humain se mesurait à ses actes, à ses qualités de cœur.

— Moque-toi, Jean, lança-t-il. La noblesse d'âme n'a pas besoin de particule.

— Je n'aurais pas mieux dit, triompha Antoine. Yvonne, si on débouchait deux bouteilles de cidre !

— Pourquoi pas, pépé Toine, s'enthousiasma sa bru. Laurent, prends donc ton vélo et va à l'épicerie acheter des biscuits, la jolie boîte en fer toute décorée qui me faisait envie.

— D'accord, m'man. Ce que je suis content, moi aussi ! Dis, Élisabeth, pourquoi Sarah n'est pas venue ?

— Elle garde Antonin, mais si tes parents le permettent, j'ai prévu de t'emmener ce soir. Nous repartons avant l'heure du dîner.

— C'est dommage, soupira Bonnie. Vous auriez pu souper là, n'est-ce pas, Yvonne ? Il y a de la soupe au cresson et du ragoût de porc.

Élisabeth, assise près de son grand-père, refusa d'un sourire rêveur. Le vieil homme lui caressa le visage, très ému.

— Ma belle petiote, alors je vais t'admirer en mariée, dit-il d'une voix douce. Et si Dieu le veut, je pourrai assister au baptême de votre bébé.

— Dieu le voudra, pépé Toine, répliqua-t-elle. Voudrais-tu, jusqu'au jour de la noce, séjourner au château ? Ce serait mon plus beau cadeau, t'avoir près de moi. Tu entendras Sarah jouer du piano, elle progresse, et tu verras Antonin au galop sur son poney.

— C'est toi qui me fais un cadeau, petiote, assura Antoine.

Ils se sourirent, intimement complices.

Château de Guerville, vendredi 16 août 1907

Antoine Duquesne s'estimait le plus comblé des hommes de la terre. Assis dans une confortable bergère tapissée de chintz, il était aux premières loges pour l'exaltante cérémonie des derniers essayages. De charmantes jeunes femmes et une jolie adolescente disparaissaient derrière un paravent à six panneaux, déployé pour l'occasion dans le grand salon.

Il entendait des éclats de rire, les conseils de la couturière et de son apprentie, puis on venait évoluer sous ses yeux, dans une toilette ravissante, destinée à être étrennée le jour du mariage d'Élisabeth et de Justin.

— Est-ce que ma robe me va bien, pépé Toine ? s'enquit Sarah en virevoltant, vêtue d'un nuage de mousseline bleue, ses cheveux noirs, aux boucles souples, attachés sur la nuque. Elle parlait bien français, mais avec un léger accent plein de charme.

— Elle te sied à ravir, mon enfant, affirma-t-il. Laurent sera époustouflé. Tu devras lui accorder une danse.

Le cœur sensible de la jeune fille battit à se rompre. Elle venait de fêter ses quinze ans, une semaine plus tôt. Le soir, sous l'ombre des chênes du parc, Laurent l'avait embrassée sur la joue, puis au coin des lèvres. Elle chérissait ce souvenir, comme un trésor bien caché.

Ce jour-là, Justin était allé chercher Norma et Bonnie en voiture. Le futur marié multipliait les trajets entre le moulin et le château, tandis que Roger se chargeait des déplacements à la gare de Vouharte.

Maybel tenait en effet à recevoir un traiteur, à essayer divers chapeaux et capelines, quand elle ne faisait pas livrer des fleurs par dizaines.

— *Mummy*, je désirais un mariage simple, familial, lui répétait Élisabeth, impuissante à freiner sa folie de dépenses.

— Je ferai tout pour que tu sois la plus belle, la plus heureuse, répliquait sa mère adoptive. Alors je dois tout organiser.

— Très bien, fais à ton idée, *mummy* !

Il en avait été de même pour sa robe de mariée dont la couturière vérifiait la belle ordonnance, à l'abri du paravent. Maybel avait dessiné un modèle qui dissimulait l'état d'Élisabeth, enceinte de bientôt six mois.

— La taille haute, marquée sous la poitrine d'une ceinture brodée de perles, c'est la mode Empire. Tu seras merveilleuse, Lisbeth.

Après trois séances d'essayage, la jeune femme admit le goût sans faille de sa *mummy* car sa toilette était une réussite. Elle en tremblait de joie, en ce tiède après-midi du mois d'août.

— Patientez un peu, madame, murmura la petite apprentie. Je prépare votre voile. Vous êtes sûre que votre fiancé ne viendra pas à l'improviste ? Car ça porterait malheur, s'il vous voyait.

— Il n'y a aucun risque, lui dit Élisabeth. Mon fiancé est parti se promener avec mon petit garçon. Quant au malheur, j'ai la conviction qu'il est derrière nous désormais, qu'il a rejoint les ombres du passé.

Assises autour d'Antoine, Norma et Sarah, dans leurs toilettes de demoiselles d'honneur, guettaient son apparition. Bonnie, debout près de la cheminée, avait les mains jointes, les larmes aux yeux.

« Ma petite Lisbeth connaît enfin le bonheur qu'elle mérite, se disait-elle. Seigneur, je la revois, à six ans, quand je courais à son chevet parce qu'elle hurlait de peur, la nuit. C'était à cause de ses cauchemars, mais sans ce don étrange, elle ne pourrait pas épouser l'homme qu'elle aime. »

Élisabeth apparut presque aussitôt, d'une démarche de reine. Son pépé Toine resta bouche bée, tant elle était belle, coiffée d'un long voile en dentelle de couleur ivoire, que maintenait une fine couronne de minuscules fleurs en soie aux nuances abricot.

— Superbe, parfait ! s'écria Maybel en anglais, en surgissant à son tour d'un angle du salon.

— Le décolleté est un peu osé, *mummy*, fit remarquer Élisabeth.

— Oui, c'est voulu, chérie, on ne voit que lui.

— Pépé Toine, qu'en penses-tu ? Je ne peux pas entrer dans l'église ainsi !

— Je te l'accorde, le curé de la paroisse serait très surpris, avoua Antoine, les yeux pétillants de malice.

Perplexe, Élisabeth pencha un peu la tête pour contempler l'immense traîne de sa longue robe, qui s'évasait à partir des seins. Le tissu, du taffetas en soie « champagne », aux reflets d'or pâle, était rehaussé d'arabesques de dentelle d'une délicatesse sublime.

La couturière s'empressa de draper les épaules et le décolleté d'une étole en soierie brodée, de la teinte des roses artificielles de la couronne.

— Le tour est joué, articula triomphalement Maybel, mais en français. Il manque le bouquet de fleurs que tu tiendras. On nous le livre vendredi prochain.

— C'est une idée splendide, cette étole ! s'extasia Norma. Lisbeth, vous serez pudique à l'église, et vous n'aurez pas trop chaud ensuite.

— Et mes cheveux ? Quelle coiffure conviendrait, demanda la future mariée d'un ton inquiet. Pépé Toine, dis-moi.

— Seigneur, je suis le moins capable ici de te conseiller, ma petiote, s'esclaffa le vieil homme.

— Je t'en prie, comment me préfères-tu ? Avec un chignon, les cheveux défaits, une natte dans le dos ? insista-t-elle.

— Si je peux me permettre, petiote, dit-il, je verrais bien un chignon natté, mais en laissant une longue mèche sur le côté. Ta maman était coiffée comme ça, le jour de ses noces.

Élisabeth tressaillit car elle pensait très souvent à sa mère, et précisément au moment où son grand-père l'avait évoquée. Elle l'appelait « ma petite maman », dans le secret de son cœur. Bouleversée, elle ferma les yeux quelques secondes, afin de mieux se représenter la photographie de ses parents, en mariés. C'était sa grand-mère, Adela Laroche, qui avait accroché le cadre dans sa chambre de jeune fille, lors de son premier retour en France.

— Oui, tu as raison, pépé Toine. Maman était tellement belle, je revois la teinte exacte de ses magnifiques cheveux blonds. J'espère qu'elle me voit, depuis son paradis…

Pendant un instant, Élisabeth crut entendre de la musique, et un exquis parfum d'iris et de violettes la grisa, dont elle ignorait aussi la provenance. Troublée, elle fixa d'instinct le fond de la pièce, là où s'ouvrait la porte du boudoir. Il lui sembla deviner un halo lumineux, insolite à cet endroit.

— Maman, chuchota-t-elle.

Elle avait la certitude que Catherine se trouvait auprès d'eux, et elle ne fut guère surprise d'apercevoir fugitivement un doux visage au sourire ineffable.

— Maman est venue, dit-elle dans un souffle. Pépé Toine, je l'ai entrevue, mais c'est déjà fini.

— Ne pleure pas, petiote, notre chère Catherine t'a offert sa bénédiction.

Bonnie, Norma et Sarah retenaient leur respiration, ainsi que la couturière et son apprentie.

— Que se passe-t-il ? s'alarma Maybel. Pourquoi pleures-tu, Lisbeth ? Qui est venu ?

— Je vais te le dire, *mummy*, mais d'abord je voudrais enlever ma robe, je crains de la salir. Surtout si ton chien déboule, je l'entends aboyer.

L'irruption de Câlin, bruyante boule de poils blancs, détendit l'atmosphère. Denise accourut pour le rattraper.

— Je suis désolée, mesdames, il s'est échappé dès que j'ai ouvert la porte de l'office, déplora la domestique.

Elle osait à peine les regarder, malgré son envie d'admirer leurs toilettes de couleur pastel, et surtout celle d'Élisabeth.

— Il nous faudrait du thé, Denise, beaucoup de thé, lui dit celle-ci, dissimulée derrière le paravent. Et des brioches, du pain beurré, je suis affamée.

Justin et Antonin trouvèrent toutes ces dames, vêtues de leurs robes d'été ordinaires, réunies autour de la table ovale de la salle à manger, présidée par le vénérable Antoine Duquesne.

— Vous êtes à l'heure pour le thé, nota Bonnie. Antonin, viens sur mes genoux, mon petit, je te prépare une tartine.

— Je suis un grand garçon de sept ans, maintenant, protesta l'enfant.

— C'est vrai, mon chéri, lui dit Élisabeth, mais ça ferait si plaisir à Bonnie.

— Et William, il n'est pas là, Bonnie ? demanda-t-il en guise de réponse.

— Yvonne l'a gardé au moulin, précisa Norma.

Antonin ne se fit pas prier davantage. Justin apprécia en secret le sympathique tableau qu'il avait sous les yeux. Chaque matin, il s'éveillait encore tout surpris de n'éprouver aucune angoisse, d'être pleinement heureux.

— Je suis désolé, ma princesse, déclara-t-il. Quand je suis allé au moulin, Pierre m'a remis une lettre de Gilles qui nous est destinée. Il aurait pu nous écrire ici.

Radieuse, Élisabeth l'invita à s'asseoir près d'elle. Il ne put s'empêcher de l'embrasser sur la joue.

— J'espère que mon cousin aura une permission, pour notre mariage, murmura-t-elle. Marie aura une si jolie tenue, et William lui tiendra la main. Ils marcheront tous les deux devant mes demoiselles d'honneur.

— Yvonne est bien triste à cause du comportement de Gilles, révéla Bonnie. Son fils vient rarement au moulin, et quand il est là, il ne s'occupe pas de sa petite Marie, qui est pourtant sage et bien mignonne. Il est sergent, à présent.

— Oui, mais il voudrait partir dans les colonies françaises, ajouta Norma. Guillaume a tenté de le raisonner, ça n'a servi à rien.

Élisabeth sortit une feuille de papier griffonnée d'une enveloppe beige. Elle lut à mi-voix :

Chère cousine, cher Justin,

J'ai bien reçu votre aimable invitation pour le samedi 24 août. Mon colonel m'a accordé la permission que j'ai sollicitée aussitôt. Je serai donc là pour vous présenter mes vœux de bonheur, après toutes les épreuves que vous avez connues.

Je profite de ce courrier pour demander pardon à Justin, à qui j'ai causé beaucoup de tort. J'ai économisé sur ma solde, aussi j'ai l'intention de lui rembourser la somme qu'il m'avait donnée, lorsque j'ai quitté le pays pour m'engager.

Je ne regrette rien, l'armée me convient. Je vous dis à bientôt, et je t'embrasse, ma chère cousine.

Gilles

— Pauvre garçon, déplora Antoine. Il paye cher son erreur. Je suis bien content qu'il vienne. Ma petiote, ne te vexe pas, mais ce soir je rentrerai au moulin, en compagnie de Bonnie et de Norma. Tu m'as hébergé deux semaines, et je t'en remercie. J'ai savouré la vie de château.

— Oh, je t'aurais volontiers gardé encore, pépé Toine, répondit Élisabeth en lui souriant tendrement. Tu vas me manquer, et tu manqueras aussi à Denise et à Margot, qui sont aux petits soins pour toi.

— Et à Hortense, notre fabuleuse cuisinière, renchérit Justin. Elle prétendait un matin se creuser la cervelle pour vous servir les meilleurs plats du monde.

— Je lui dirai ma gratitude avant de m'en aller. Mes chers enfants, nous nous reverrons le jour de votre mariage, qui sera un des plus beaux jours de ma longue vie.

Église Notre-Dame de Guerville,
samedi 24 août 1907

Il était 3 heures de l'après-midi. Élisabeth s'attardait sur le parvis de l'église du village, dont l'imposante structure romane dispensait une ombre bienvenue. Des curieux s'étaient massés autour de l'édifice, pour observer le cortège animé et coloré qui revenait de la mairie toute proche.

— Papa, mon cœur bat très vite, je suis tellement émue, avoua-t-elle en serrant plus fort le bras de Guillaume. J'avais épousé Richard Johnson civilement, là je vais m'engager devant Dieu.

— Avec l'homme que tu aimes depuis des années. Ne crains rien, je suis là, ma princesse. Tu es d'une beauté rare, dans ta robe de mariée. Respire ton bouquet de fleurs, il sent si bon, ça t'apaisera. J'entends les premiers accords de musique, nous devons entrer.

Ils s'avancèrent d'un pas mesuré. William, qui aurait bientôt trois ans, et Antonin, tous deux en costume gris clair et cravate bleu foncé, les suivirent. Bonnie leur avait fait la leçon, mais elle s'adressait surtout à son fils, souvent turbulent. Ils marchaient bien droit, attentifs à ne pas aller trop vite, pour ne pas poser un pied sur la traîne d'Élisabeth.

Derrière les petits garçons venaient Norma et Sarah, en robe de mousseline bleu pâle, un petit bouquet de roses blanches entre les mains. Elles étaient vêtues de la même façon, coiffées toutes deux d'un chignon haut, mais elles formaient un joli contraste, l'une grande et blonde, la seconde de taille moindre, plus fine et très brune.

Justin attendait sa future femme, très digne dans un costume trois pièces, et une lavallière blanche nouée autour du cou. Roger, son témoin à la mairie, se tenait à deux pas de lui.

C'était l'épouse du maire de Guerville qui jouait la marche nuptiale sur l'harmonium, avec un certain brio. Élisabeth lui accorda un bref regard amical, puis elle ne quitta plus des yeux le visage de Justin, debout à droite de l'autel. L'odeur suave des fleurs l'étourdissait, elle craignit d'avoir une défaillance, tant sa joie était grande.

— Courage, chuchota Guillaume qui l'avait sentie trembler.

Maybel, sur leur gauche, versait déjà quelques larmes, en voyant approcher sa fille bien-aimée par les liens du cœur.

« Merci mon Dieu, pour la faveur que vous m'avez accordée, songea Élisabeth. Moi qui me plaignais souvent de faire des mauvais rêves, ils m'ont offert ce jour béni où je vais être unie à mon amour. »

Elle souriait sous son voile, en reconnaissant de chaque côté de l'allée des visages familiers. Tous ceux qu'elle chérissait ou appréciait étaient là, témoins de son bonheur. Ils lui semblaient nimbés d'une brume lumineuse, son pépé Toine en costume sombre, avec sa chevelure de neige, Bonnie, Yvonne, ses oncles, ses cousins, le docteur Lormeau, et les domestiques du château dans leurs habits du dimanche.

La cérémonie se déroula sans incident, hormis les éclats de rire de William, que Jean fit taire, et les pleurs de la petite Marie, peu avant l'échange des alliances.

Lorsqu'ils prononcèrent le « oui » rituel, Élisabeth et Justin eurent vraiment l'impression de rêver. Du meilleur et du pire dont leur avait parlé le prêtre, ils espéraient connaître désormais le meilleur, refusant de revivre le pire, au moins pendant plusieurs années.

Enfin, le couple se dirigea vers le porche en ogive de l'église Notre-Dame. Sur le seuil de l'édifice, face aux gens du village, ils s'embrassèrent de nouveau, faisant naître des cris joyeux, des félicitations jetées au vent d'été.

Maybel avait prévu un lâcher de colombes, une surprise pour les jeunes mariés. Ils contemplèrent, main dans la main, l'envol des gracieux oiseaux vers le ciel d'un bleu intense.

— Ma belle épouse, je t'aime plus que tout au monde, dit tout bas Justin.

— Mon mari bien-aimé, je t'adore, répliqua-t-elle.

Ils se sourirent éperdument, sous une pluie de grains de riz.

Personne ne vit Roger quitter discrètement le parvis, escorté par son commis, Maurice. Ils coururent vers une grange que le palefrenier avait louée pour l'occasion.

— Vite, Maurice, on n'a pas une minute à perdre. Bon sang ! Je ne veux pas décevoir le patron, c'était son idée. Grimpe sur le siège, j'ouvre les portes. Là, là, mes tout beaux, vous avez été sages, c'est bien, ça.

Survolté, Roger s'adressait aux deux cobs à la robe rousse qui étaient attelés au phaéton. Le véhicule à six places reluisait, entièrement décoré de fleurs blanches et roses, les sièges tapissés de tissus soyeux.

— Et les grelots, où sont les grelots ?

Roger, pris de panique, cherchait en vain les clochettes en cuivre qu'il devait attacher au harnachement des chevaux. Il leur avait tressé la crinière, en y nouant des rubans blancs, mais il lui manquait les fameux grelots.

— Les voilà ! s'écria Maurice, soulagé.

— Flûte, on a pris du retard.

— Mais non, Roger, le patron ne bougera pas tant qu'on ne fera pas trotter nos bêtes.

Élisabeth et Justin, à l'ombre de l'église, recevaient les congratulations du maire, des employés des chais Laroche et des commerçants du pays. Pendant ce temps, Jean se mettait au volant, ainsi que le docteur Ferdinand Lormeau, invité d'honneur de la noce, chacun dans son automobile.

Des hennissements, assortis du choc des sabots ferrés sur le sol, firent se taire soudainement la rumeur des bavardages.

— Tiens, un attelage, constata Élisabeth.

Elle se tut, sous le coup de la surprise, en reconnaissant le phaéton du château, tiré par leurs deux robustes cobs.

— Que c'est joli, toutes ces fleurs et ces rubans ! s'extasia Sarah, qui se tenait près d'elle.

— Et le tintement des grelots, s'émerveilla la mariée.

— Nous irons jusqu'au lieu du banquet au pas de nos chevaux, annonça Justin, en prenant sa femme par la taille. Est-ce à ton goût, ma princesse ?

— Je ne pouvais pas souhaiter mieux. Tu m'as fait une adorable surprise. Je te remercie de tout mon cœur, mon amour. Ce sont nos invités qui vont être étonnés cette fois, chuchota-t-elle, de crainte d'être entendue. Seule *mummy* est dans la confidence. Que je suis heureuse !

— Sûrement autant que moi, dit-il.

Justin, impatient de prendre les rênes de l'attelage, aida Élisabeth à monter dans le phaéton, ainsi qu'Antoine Duquesne, l'unique passager qu'il y avait convié. Roger, lui, se précipita au volant de la De Dion-Bouton de son patron.

— Où allons-nous ? s'égaya Bonnie, la mine intriguée sous son large chapeau en paille fine, décoré de fleurs et de feuillages en tissu.

— Il faut suivre les mariés, je n'en sais pas plus, répliqua Yvonne en riant. Je parierais pour une auberge.

— Peut-être, hasarda Norma. Es-tu au courant, Guillaume ?

— Pas du tout, affirma-t-il.

Ils se répartirent dans les voitures, tandis que l'attelage mené par Justin s'éloignait sans hâte.

Maybel se retrouva assise sur la banquette avant de la Panhard noire du docteur Lormeau, ayant évité de monter à bord de celle de Jean, pourtant du même modèle.

— Je suis flatté de vous servir de chauffeur, chère madame Woolworth, lui confia le médecin, dans un anglais correct.

— Oh, Dieu soit loué, vous parlez ma langue, c'est si rare, dit-elle, enchantée.

Sarah, Laurent et Gilles s'installèrent à l'arrière, ce dernier encombré de sa fille. Marie, qui avait dix-huit mois, observait fixement de ses prunelles grises le visage indifférent de son jeune père. Il en fut excédé et confia la petite à son frère.

Bercée par l'allure régulière des chevaux, Élisabeth s'était blottie contre son grand-père. Elle avait ouvert une grande ombrelle pour les protéger du soleil.

— Nous formons une belle famille, pépé Toine, dit-elle d'une voix très douce.

— Oui, et j'espère qu'elle saura rester unie, à l'avenir. J'ai fait le compte à la sortie de l'église, nous sommes dix-huit, avec les trois enfants. Où nous conduis-tu, ma petiote ?

— Tu verras, nous arriverons bientôt. *Mummy* m'avait demandé ce qui me ferait le plus plaisir, en cadeau de mariage, je lui ai confié un de mes rêves, un rêve éveillé cette fois. Elle s'est occupée de tout, avec l'aide de Norma. Mais je n'en dirai pas plus.

Justin se tourna vers eux, en arborant une expression malicieuse qui le rendait encore plus séduisant.

— Ma délicieuse épouse aime faire des mystères, pépé Toine. Je ne pouvais pas la contrarier.

— Je te comprends, mon garçon, ne dit-on pas « ce que femme veut, Dieu le veut » ? Ce très vieux proverbe convient assez bien à notre Élisabeth.

Le vieil homme caressa la joue de sa petite-fille, comme pour atténuer sa plaisanterie. Elle lui répondit d'un léger baiser sur la joue. Une centaine de mètres plus loin, Justin dirigea ses chevaux vers un chemin empierré qui traversait un vaste pré de fauche.

— Regardez ! s'écria Justin. À gauche !

Fébrile, Élisabeth découvrit en même temps que son grand-père le lieu du repas de noce.

— Mais, c'est incroyable, déclara Antoine.

La Charente, près de Guerville, se divisait en deux bras, créant des îles et des méandres plus étroits, ombragés, aux eaux paisibles. Deux grandes tentes en toile écrue étaient dressées au bord du fleuve. D'immenses nattes en paille, garnies de coussins, avaient été posées sur l'herbe rase, et à l'ombre des frênes, ils aperçurent trois tables nappées de blanc, ornées de bouquets de fleurs.

— C'est une *garden-party*, mais dans un cadre bucolique, dit la jeune femme, en riant de joie. *Mummy* a commandé le repas chez un traiteur, et elle a loué les services de ces messieurs qui s'affairent, en tenue de majordomes.

Elle se leva à moitié pour vérifier si les trois automobiles les suivaient.

— Tout le monde arrive, dit-elle en riant. Alors, pépé Toine, que penses-tu de ce décor féerique ?

— Qu'il est digne de toi, petiote, à la fois simple et enchanteur.

Au bord du fleuve Charente, une heure plus tard

Élisabeth et Justin prenaient la pose pour le photographe que Maybel avait fait venir, afin d'immortaliser le jour du mariage. L'homme de l'art, le haut du corps enfoui sous une toile noire, réglait son appareil dressé sur un trépied.

Le couple se tenait par le bras, resplendissant de joie, avec en toile de fond l'eau verte du fleuve et la végétation de la petite île voisine. Le vaste pré appartenait au domaine de Guerville, ce qui avait facilité le projet de Maybel, quand elle avait demandé à Justin un lieu idéal pour sa « garden-party ».

Le mois d'août s'achevant, la chaleur était agréable, sans excès. Le ciel d'un bleu pur ne laissait présager aucun orage.

— Maintenant, toute la noce ensemble, ordonna Bonnie, rieuse. Je traduis les consignes de madame Maybel, vite, en place !

Ils se regroupèrent, déjà égayés par les rafraîchissements que les maîtres d'hôtel leur avaient proposés, certains alcoolisés, et accompagnés de petits-fours aux amandes.

— Gilles, prends Marie dans tes bras pour la photographie, exigea Yvonne. Ça me fera un beau souvenir.

Le jeune sergent Duquesne consentit, les traits durcis. Jean souleva son petit William, blond et rond, et le porta fièrement contre lui.

— Docteur, venez ! appela Élisabeth, qui avait remarqué le mouvement de recul du médecin.

— Non, je ne fais pas partie de la famille, répondit-il.

— Sans vous, nous ne serions sans doute pas là aujourd'hui, tous réunis et le cœur en paix. Je vous en prie, venez, insista-t-elle.

Ferdinand Lormeau céda à son beau regard bleu, impérieux et tendre. Maybel lui fit signe de la rejoindre, ravissante avec son chignon cuivré, dans une longue robe mauve de demi-deuil, composée de volants en torsade, aux manches mi-courtes. Elle était sensible à la galanterie du docteur, à ses sourires discrets mais charmeurs.

Guillaume avait pris Norma par l'épaule, Pierre et Yvonne fixaient l'objectif, un peu trop figés au goût de leur fils Laurent.

— Maman, papa, ne soyez pas si crispés, souffla-t-il.

L'adolescent fit ensuite un clin d'œil à Sarah, dont il serrait la main.

— Le prochain mariage, ce sera peut-être bien le nôtre, lui chuchota-t-il à l'oreille.

Elle n'osa pas lui répondre, mais elle étreignit plus fort ses doigts. Antonin, debout devant eux, avait entendu. Il se retourna pour les observer, si bien que le photographe dut faire une autre prise.

À la fin de la séance, Élisabeth sauta au cou de Maybel et l'embrassa à plusieurs reprises.

— *Mummy* chérie, comment te remercier ? C'est encore plus beau que je ne l'imaginais. Tous ces plats froids exquis, les pétales de rose sur les nappes, les seaux remplis de glaçons pour le champagne, la citronnade, et la pièce montée !

— Il y a aussi le gramophone, pour danser. As-tu visité la tente où vous dormirez ? interrogea Maybel.

— Oui, dès mon arrivée, avec Justin et pépé Toine. On dirait une image de conte de fées, à l'intérieur, le lit et son dais de mousseline, la petite table, le chandelier en argent, les coussins en satin, les bouquets de fleurs. *Mummy*, tu es merveilleuse. Je t'aime très fort, sais-tu ?

— Moi aussi je t'aime de tout mon cœur, Lisbeth. Je voulais tant te faire plaisir, car je me suis beaucoup tourmentée, quand j'ai su pour le bébé.

Je voyais combien tu étais anxieuse, au fond de toi, Justin également. Aujourd'hui, vous êtes enfin heureux, et je me sens moins triste.

Elles s'enlacèrent un instant, les larmes aux yeux. Guillaume, qui discutait avec Roger, se chargea d'annoncer la suite des divertissements.

— Mon gendre a prévu des promenades en barque, autour de l'île, dit-il tout haut, en souriant à sa fille.

Justin apprécia le terme qui le désignait, surtout dans la bouche du charpentier. Radieux, il salua quand on l'applaudit pour son idée. Élisabeth se nicha contre son mari.

— Nous sommes tellement mieux ici, au bord de l'eau, qu'au château, mon amour, lui dit-elle tout bas. Et les surprises se succèdent.

— Rien n'est trop beau pour une princesse, murmura-t-il. Nous raconterons cette journée à notre enfant, ma chérie. Ce mariage était inespéré, il y a seulement deux mois, alors il devait être inoubliable, teinté d'une note de magie.

— Vous avez réussi, *mummy* et toi, merci.

Les barques glissaient lentement sur le fleuve, au rythme des clapotis que faisaient les rames en plongeant et en ressortant de l'eau. Les saules, les frênes, les aulnes, les buissons de clématites sauvages bruissaient de chants d'oiseaux.

Antonin, assis près d'Élisabeth, était en extase. Il avait vu un martin-pêcheur au plumage bleu turquoise, un héron perché sur une patte.

— Est-ce que j'aurai le droit de t'appeler papa ? demanda-t-il soudain à Justin.

Celui-ci, en chemise blanche, un canotier sur la tête, en resta d'abord bouche bée. Il se ravisa aussitôt, sans pouvoir cacher son émotion.

— Bien sûr, Antonin, j'ai l'intention d'être un bon père pour toi. Tu es un si gentil garçon.

— Quand je serai grand, je monterai à cheval aussi bien que toi, papa, s'empressa de dire l'enfant.

Élisabeth eut à nouveau envie de pleurer de joie. Elle serra son fils dans ses bras.

— Nous sommes une vraie famille désormais, mon chéri, et bientôt, tu auras une petite sœur ou un petit frère.

— Je préférerais une sœur, maman.

Elle déposa un baiser sur son front, en songeant qu'elle avait eu souvent l'intuition d'attendre une fille.

— Nous verrons bien, hasarda-t-elle.

Des chants et des rires leur parvenaient, en provenance des deux autres barques. On avait eu soin de les laisser seuls avec Antonin.

Une fois encore, Maybel se retrouvait en compagnie du docteur Lormeau, de Sarah et de Laurent.

« Jean a pris à son bord Bonnie et leur petit William, Yvonne, Gilles et Marie, songea Élisabeth. Comme ils s'amusent, tous ! Papa a voulu qu'on les dépose sur l'île, Norma et lui, je les aperçois à travers les branchages. Maman, est-ce que tu nous vois, ma douce maman si jolie ? Ne m'abandonne pas, tu as su me guider, depuis ton paradis, j'aurai sûrement besoin de toi, au fil de ma vie. »

Justin, qui l'admirait, lui adressa un grand sourire. Ses mèches blondes étaient agitées par le vent léger, sa peau hâlée semblait capter le moindre rayon de soleil.

— Tu es bien rêveuse, ma princesse, dit-il. Mais tellement belle dans cette robe éblouissante.

Elle lissa du plat de la main les volutes soyeuses de l'ample tissu qui tapissait son siège et les bords de l'embarcation. Une large capeline en lin avait remplacé son voile en dentelle, rangé dans une malle en osier par les soins de Bonnie.

— Oui, je rêvais d'une éternité de bonheur, à l'image de ces instants, avoua-t-elle. Mais je pensais aussi à la pièce montée, car je suis affamée, comme toujours.

Ses mains fines se posèrent sur son ventre. Tout de suite le bébé remua, d'un mouvement vif, pareil au saut d'un cabri.

— Il est temps de débarquer, alors, commenta Justin. Veux-tu ramer avec moi, Antonin ?

— Bien sûr, j'avais très envie d'essayer, papa !

La nuit tombait sur la paisible campagne charentaise. Justin, torse nu, en caleçon long, allumait les lampions en papier multicolore qui étaient suspendus à l'entrée de leur tente, mais également sur des fils tendus jusqu'aux branches d'arbres les plus proches.

Les jeunes mariés étaient enfin seuls, après des heures animées où leurs invités avaient dansé près des tables, sur les airs de valse que jouait le gramophone dont Laurent tournait dès qu'il le fallait la manivelle. Il ne restait presque rien du festin, mais le couple avait de quoi dîner dans un panier. Maybel avait veillé à mettre à leur disposition un nécessaire de toilette, et une réserve d'eau fraîche.

— Je pourrais vivre ainsi plusieurs jours, déclara Élisabeth.

Elle s'étira, allongée sur un grand lit, composé de trois épais matelas de laine, savamment dissimulés par des draps fins. Elle avait quitté avec un certain soulagement sa somptueuse robe de noces pour mettre une longue combinaison en soie rose, à fines bretelles.

— Mon amour, viens près de moi, dit-elle d'une voix enjôleuse.

— J'ai terminé, ma princesse. Est-ce que ça te plaît ? s'enquit Justin en désignant les lampions étincelants dans la pénombre aux senteurs de foin coupé.

— Tout me plaît infiniment, notamment mon bel époux, le plus séduisant des hommes. Et nous sommes sur nos terres, au bord du fleuve, à l'endroit précis où nous avons échangé notre premier baiser, mais ça, personne ne le sait, sauf nous.

Il s'étendit à ses côtés. Son regard sombre erra des épaules nues d'Élisabeth à sa poitrine ronde, dont la chair nacrée éveillait son désir.

— Quelle étrange nuit de noces, ma chérie, déplora-t-il. J'en viendrais à détester ce cher docteur, qui persiste à nous prôner la chasteté.

— Il ne nous a pas interdit de nous embrasser, de nous enlacer, de nous caresser, répliqua-t-elle malicieusement. Et je lui ai déjà désobéi, alors une fois de plus, il ne le saura pas.

Elle l'attira dans ses bras, lui offrit ses lèvres chaudes et satinées. Justin fut incapable de résister. Ils s'aimèrent avec tendresse et délicatesse, pour savourer ensuite la première nuit qu'ils pouvaient passer ensemble, sous le ciel étoilé de leur plus bel été.

Église Notre-Dame de Guerville,
samedi 21 décembre 1907

Des myriades de flocons de neige voltigeaient dans le vent glacé de décembre. Élisabeth, en manteau de fourrure, une toque sur ses cheveux nattés, se pencha d'un air inquiet sur le fin visage de son bébé, que Justin tenait dans ses bras.

Chaudement emmitouflé, leur enfant ne semblait pas souffrir du froid. Le prêtre vint à leur rencontre, sur le seuil de l'église, pour tracer un signe de croix sur le front du tout-petit.

Ils entrèrent, très émus, pour se diriger vers le baptistère en marbre blanc. Derrière eux venaient les Duquesne, à l'exception de Gilles, puis Maybel, Sarah et Antonin.

Des bouquets de houx et de lierre décoraient l'autel du modeste sanctuaire, où brûlaient des cierges. Des gens du village s'étaient déjà installés sur les bancs, ainsi que la famille du maire, le docteur Lormeau, les employés des chais Laroche et leurs femmes.

— Regarde notre Catherine, chuchota Élisabeth à son mari, elle observe tout, alors qu'elle n'a même pas un mois.

— Il s'en faut de peu, nota Antoine, qui caressa le front de son arrière-petite-fille. Qu'elle est mignonne !

— Dans le salon, hier soir, elle semblait fascinée par le sapin de Noël, pépé Toine, je t'assure, ajouta la jeune mère.

Catherine était née le jeudi 28 novembre, pendant une terrible tempête d'automne. Élisabeth avait accouché sans difficulté, entourée par Maybel et Bonnie. Le docteur Lormeau, à qui Justin avait téléphoné dès les premières douleurs, était arrivé pour constater la venue au monde du bébé, un beau nouveau-né de trois kilos, en parfaite santé.

Trois fois, le prêtre prononça les paroles rituelles en versant de l'eau sur le crâne bien rond du bébé, sous les regards attentifs et graves du parrain, Guillaume, et de Maybel, la marraine, qui s'étaient engagés à veiller sur l'enfant.

— Je te baptise au nom du Père, et du Fils, et du Saint-Esprit. Amen.

Élisabeth put reprendre dans ses bras sa précieuse petite fille, qui pleurait et s'agitait, après avoir reçu sur le front le saint chrême, l'huile sainte qui signifiait qu'elle était désormais chrétienne, baptisée « dans l'eau et dans l'Esprit ».

— Là, là, ma chérie, nous allons rentrer chez nous, lui dit-elle tout bas. Tu pourras téter, mon petit cœur.

Un repas de fête était prévu, en famille, mais Élisabeth avait tenu à inviter le docteur Lormeau, qui assistait lui aussi à la cérémonie.

Justin avait hâte de ramener ses bien-aimées entre les murs du château où régnait maintenant une appréciable chaleur dans toutes les pièces, grâce à l'installation du chauffage central.

— Il neige de plus en plus, remarqua-t-il, la porte de l'église étant entrebâillée.

Ce fut à cet instant qu'il aperçut une femme élégante, vêtue d'un ensemble en lainage brun, coiffée d'un chapeau à voilette, qui dissimulait ses traits. Pourtant, il la reconnut immédiatement. Sa mère était venue, avertie par une lettre de la naissance de sa petite-fille, Catherine, de la date et du lieu de son baptême.

Il hésita à la rejoindre, le cœur cognant très vite. Mais Calixte lui fit un léger geste de la main, en guise d'au revoir, avant de sortir d'un pas rapide. Justin ne chercha pas à la rattraper.

— Je te dis à bientôt, maman, murmura-t-il.

Élisabeth, distraite par les paroles affectueuses des uns et des autres, ne s'était aperçue de rien. Pourtant elle ressentit comme un appel et se tourna vers son mari. Il avait une expression très douce et lui souriait.

Dès qu'elle s'approcha, Justin l'embrassa sur le front.

— Ma princesse, tu m'as tant donné, dit-il d'un ton ému. Ma mère était là, et même si elle s'est enfuie lorsque je l'ai reconnue, je sais que je la reverrai. Te souviens-tu de notre première rencontre, dans la nursery ? J'étais tellement malheureux, et toi tu avais si peur !

— Tu m'as pris la main pour me rassurer, poursuivit-elle. Ensuite tu m'as offert un petit soldat de plomb. Il ne m'a jamais quittée, je l'ai sur moi, dans mon aumônière.

— Qu'aurait été ma vie, si je ne t'avais pas trouvée, ma petite femme adorée ? se demanda Justin.

— Il ne faut plus se poser de questions, mon amour, répondit Élisabeth. Le destin nous a longtemps malmenés, mais à présent nous sommes profondément heureux. Ce sera notre plus beau Noël, avec Catherine et Antonin.

La cloche de l'église Notre-Dame se mit à sonner. Il neigeait sur le village, sur la campagne et sur les toits du château de Guerville où deux enfants s'étaient rencontrés plus de vingt ans auparavant, pour rester unis à jamais, envers et contre tout.

Épilogue

Trois ans après le baptême de Catherine, devenue alors une adorable petite fille blonde, aux yeux d'un bleu-vert, Élisabeth et Justin eurent un fils, en 1910.

Ils l'appelèrent Édouard, en souvenir d'Edward Woolworth, un choix qui toucha beaucoup Maybel. Elle joua avec douceur et dévotion son rôle de *grandma*, et grâce à ses efforts quotidiens, elle finit par s'exprimer en français assez correctement.

Antonin se montra un frère aîné affectueux, mais enclin à faire preuve d'autorité. Il considéra rapidement Justin comme son père et celui-ci ne fit jamais de différence entre les trois enfants qui grandissaient sous son aile.

Justin et sa mère, Calixte, ne purent résister à l'envie de se revoir, de faire plus ample connaissance. Ils se retrouvaient à Angoulême où ils déjeunaient dans un des bons restaurants de la ville. Leurs conversations permirent à Justin de découvrir le passé des deux familles dont il était issu.

En 1912, devenue veuve, Calixte prit l'habitude de venir au château où Élisabeth et Justin la recevaient avec joie. Elle put ainsi profiter des sourires de Catherine et des espiègleries d'Édouard, un petit garçon très brun, aux yeux gris. Mais elle ne dévoila jamais à ses deux autres enfants la vérité sur son grand amour de jeunesse et la tragédie qu'avait été pour elle l'abandon de Justin.

Les affaires du domaine de Guerville prospérèrent encore, car le jeune couple gérait avec intelligence la production d'eau-de-vie et l'élevage de chevaux.

Quant à Norma, elle accoucha d'un garçon en septembre 1908, à la grande joie de Guillaume. Ils le baptisèrent Ambroise, en hommage à la défunte épouse d'Antoine Duquesne, Ambroisie. Malgré leur différence d'âge, ils formèrent un couple solide, que la naissance de ce bébé enchanta.

En août 1914, lorsque la Première Guerre mondiale éclata, Élisabeth et Justin eurent le cœur brisé de voir leurs chevaux réquisitionnés, à l'exception de deux poulinières et du poney des enfants. Antonin pleura en se séparant de Dakota, le cheval que lui avait donné Justin sept ans auparavant.

Justin fut mobilisé, ainsi que son palefrenier, Roger, et les fils de Pierre Duquesne, Gilles et Laurent. Si Gilles, devenu militaire de carrière, fit des adieux assez froids à Marie, sa fille de huit ans, Laurent, récemment nommé instituteur, fut déchiré de quitter Sarah, devenue sa femme l'année précédente, en 1913. Le jeune couple avait emménagé à Angoulême ; cependant, privée de son mari, Sarah préféra revenir habiter au château.

Élisabeth, en 1915, accepta de grand cœur de transformer plusieurs pièces de l'ancienne forteresse en un hôpital pour les blessés de guerre. Elle se montra une infirmière compétente, dévouée, secondée bien souvent par Sarah, Bonnie et Maybel, toutes trois sous la férule du docteur Lormeau, lui aussi très investi dans sa tâche de médecin.

Maybel Woolworth ne retourna jamais à New York. Le jour du mariage d'Élisabeth, elle avait pu apprécier l'humour et la séduction de Ferdinand Lormeau. Le docteur parlait un peu l'anglais et elle décida de l'épouser, en 1909, s'accommodant de la demeure bourgeoise de son second mari, dans le village de Guerville.

Justin et son ami Roger, incorporés dans le même régiment, affrontèrent ensemble les horreurs de la guerre. Comme Laurent, ils eurent la chance de rentrer chez eux, à l'immense soulagement de leurs épouses et de pépé Toine, qui avaient tant prié pour leur salut. Mais Gilles Duquesne fut porté disparu, pendant la bataille de Verdun. La petite Marie attendit en vain le retour de ce père qu'elle aimait, même s'il lui avait rarement témoigné d'affection.

Roger fit peu à peu partie de la famille. Il se maria sur le tard avec une veuve de guerre, Marianne, mais auparavant, il avait aidé Justin à relancer l'élevage des chevaux.

Pépé Toine, choyé par ses belles-filles et par Élisabeth, atteignit l'âge respectable de quatre-vingt-dix-sept ans. Il eut le bonheur de voir grandir Catherine, Édouard et Ambroise, mais également la satisfaction de fêter l'armistice de novembre 1918, puis il s'en alla l'âme en paix, dans les bras d'Élisabeth, sa « petiote ». Tous le pleurèrent, en ayant soin d'être fidèles aux valeurs de charité et de tolérance qu'il avait prônées sa vie durant.

Table

De la même auteure
aux éditions Calmann-Lévy :

L'Orpheline des neiges, 2010
Le Rossignol de Val-Jalbert, 2011
Les Fiancés du Rhin, 2012
Angélina. Les mains de la vie, 2013
Les Soupirs du vent, 2013
Angélina. Le temps des délivrances, 2014
Les Marionnettes du destin, 2014
Angélina. La force de l'aurore, 2015
Les Portes du passé, 2015
Le Val de l'espoir, 2016
L'Ange du lac, 2016
Le Scandale des eaux folles, 2016
Les Amants du presbytère, 2017
Les Sortilèges du lac, 2017
La Galerie des jalousies (3 vol.), 2017
Amélia, un cœur en exil, 2017
Abigaël, messagère des anges (6 vol.), 2018
Le Refuge aux roses, 2018
Astrid, la reine bien-aimée, 2018

L'Orpheline de Manhattan (3 vol.), 2019
Les Fiancés du Rhin, 2019
Le Cachot de Hautefaille, 2019
Lara. La ronde des soupçons, 2020
L'Amour écorché, 2020
Lara. La valse des suspects, 2020
Lara. La danse macabre, 2020
Les Feux de Noël, 2020
Le Mystère Soline, 2021

mariebernadettedupuy.e-monsite.com
Groupe Facebook : « Les amis de Marie-Bernadette Dupuy »

PAPIER À BASE DE
FIBRES CERTIFIÉES

Le Livre de Poche s'engage pour l'environnement en réduisant l'empreinte carbone de ses livres. Celle de cet exemplaire est de :
450 g éq. CO_2
Rendez-vous sur
www.livredepoche-durable.fr

Composition réalisée par Lumina Datamatics, Inc.

Achevé d'imprimer en France par
CPI BRODARD & TAUPIN (72200 La Flèche)
en mai 2021
N° d'impression : 3043833
Dépôt légal 1re publication : mai 2021
Édition 02 - mai 2021
LIBRAIRIE GÉNÉRALE FRANÇAISE
21, rue du Montparnasse – 75298 Paris Cedex 06

33/9108/8